Von Siegfried Lenz erschienen

Romane:
Es waren Habichte in der Luft, 1951
Duell mit dem Schatten, 1953
Der Mann im Strom, 1957
Brot und Spiele, 1959
Stadtgespräch, 1963
Deutschstunde, 1968

Erzählungen:
So zärtlich war Suleyken, 1955
Jäger des Spotts, 1958
Das Feuerschiff, 1960
Lehmanns Erzählungen, 1964
Der Spielverderber, 1965
Leute von Hamburg, 1968
Gesammelte Erzählungen, 1970

Szenische Werke:
Zeit der Schuldlosen, 1962
Das Gesicht, 1964
Haussuchung, 1967
Die Augenbinde, 1970

Essays:
Beziehungen, 1970

Ein Kinderbuch:
So war das mit dem Zirkus,
mit farbigen Bildern von Klaus Warwas, 1971

Siegfried Lenz

Das Vorbild

Roman

Hoffmann und Campe

1. bis 100. Tausend 1973

Gesetzt aus der Korpus Janson-Antiqua
Satz und Druck Süddeutsche Verlagsanstalt und Druckerei GmbH, Ludwigsburg
Bindearbeiten Großbuchbinderei Sigloch, Künzelsau
ISBN 3-455-04238-4 · Printed in Germany

Das Vorbild

I

Langsam, langsam; sie können doch nicht auf einmal da sein. Sie können doch nicht wie zufällig auf einem dunstigen, novemberlichen Bahnsteig ankommen oder sich unvorbereitet in dem trüben, von einem Leitergerüst gefangengesetzten Hotel vorfinden, als wären sie mit der Paketpost eingetroffen. Man kann ihnen doch nicht die Mühsal der Annäherung erlassen, sie einfach nur hineinstoßen in den mit Waffen überladenen Tagungsraum und sie dann vorzeigen bei zäh richtender Beschäftigung – in dieser Stadt, die selbst über jeden richtet, der sich in ihr aufhält. Und sie können doch auch nicht, einmal ins Schwerefeld von Hamburg geraten, in schroffer Umzäunung vorgeführt werden, so als gäbe es hier nur sie und ihre bemessene Aufgabe, denn wer hier ankommt mit Aufträgen, Plänen, Bereitschaften, wird unwillkürlich gemessen, wird ausgespielt und verglichen – also auch er, auch Valentin Pundt, dieser mächtige, steife Mann mit dem scheitellosen Haar, den eine Rolltreppe hochbaggert in die Halle des Hauptbahnhofs.

Es wird gleich zugegeben: dieser Mann, der im dünnen Licht der Halle zögert, der sich gleich zum falschen Ausgang wenden wird – in einer Hand einen Lederkoffer, in der anderen eine fleckige, schwere Aktentasche: Valentin Pundt, der in seiner Jugend Beckmann begegnet ist und prompt von ihm gemalt wurde – *Norddeutscher Lehrer* –, er ist einer der drei Sachverständigen, die im Auftrag eines Arbeitskreises der Kultusministerkonferenz an einem repräsentativen Lesebuch für Deutschland arbeiten; diesmal in Hamburg, in einem nassen November, der alles verschmiert.

Unschlüssig, von keinem bemerkt, die Gruppe müder stumpfgesichtiger Männer im Blick behaltend, die ihre Pappkartons spazierenführen wie quengelnde, widerstrebende Kinder, wendet er sich dem falschen Ausgang zu und erfährt schon auf dem kurzen Weg, welche Angebote diese Stadt bereithält, wie sie die Ereignisse mischt. Während sie also in förderlicher Zurückgezogenheit den dritten Abschnitt eines ganz neuen Lesebuchs für Deutschland beraten werden, feiert unter anderem der hiesige Hafen sein mehr als siebenhundertjähriges Jubiläum, und die Marine wirbt mit einem Tag der Offenen Tür. Da werden folglich Wimpel, da werden Flaggen knatternd von Leinen und Masten abstehen, man darf den Feuerleitstand betreten und eine Salve gegen die Altonaer Kühlhallen loslassen, ein Koch wird den Koch spielen und an jedermann bedrohliche Portionen Labskaus verteilen.

Nein, hier sind Sie falsch, dies ist der Ausgang Glockengießerwall, die Kirchenallee ist auf der anderen Seite, sagt ein Bahnpolizist; und deshalb geht Valentin Pundt zum zweitenmal durch die trübe, zugige Halle und wundert sich über die Achtlosigkeit, mit der zwei Frauen den Boden der Halle fegen und den extra breiten Besen gegen die Schuhe von Stehenden stoßen. Scharf setzen sie die

Besen auf, die Borsten zischen über die schmutzigen Fliesen, bringen den Staub in Aufruhr, der sich wolkig erhebt, bis unter das erblindete Glasdach hinaufsteigt, wo struppige Tauben eine dauernde Gefangenschaft verbringen. Valentin Pundt weiß, daß er am Ausgang Kirchenallee erwartet wird, neben einem Briefkasten, einem »unübersehbaren« Briefkasten, wie ihn Frau Dr. Süßfeldt beschrieben hat; das könnte für andere ein Grund sein, den Schritt zu wechseln, forscher, gespannter, ungeduldiger dem Treffpunkt zuzustreben, vielleicht sogar mit sich selbst eine Wette abzuschließen, daß oder daß nicht, doch dieser Mann, rauhhäutig, abweisend und offensichtlich bemüht, die Schwere seines Gepäcks nicht anzuerkennen, watet nur steif und ebenmäßig durch die Trübnis der Halle, in seinem langfallenden Lodenmantel, der eine beachtliche Feuchtigkeit aufzubewahren scheint, die Feuchtigkeit einer herbstlichen Fichtenschonung womöglich, und man kann schon die kurzgewachsenen Türken, die Griechen und Jugoslawen verstehen, die beim Anblick von Valentin Pundt ihre wärmenden Gespräche unterbrechen, sich anstoßen, bedeutungsvoll zunicken und ihm grinsend nachsehen, wie er dem Ausgang zustrebt, wobei es ihm gelingt, die Formation einer entgegenkommenden Schulklasse aufzuschlitzen. Wer ihm jetzt noch nachsieht, erkennt, daß er nur knapp hinaustritt, das verschlossene Gesicht nach links wendet, dort augenscheinlich – denn er blickt nicht nach rechts – den »unübersehbaren« Briefkasten entdeckt, allerdings auch nicht mehr als den Briefkasten, was ihn jedoch weder ratlos noch unsicher macht, sondern nur dazu veranlaßt, unter wildwachsenden Augenbrauen die nähere Umgebung durchzumustern, unerbittlich, bei langsamer

Drehung in den Hüften. Nichts; er wird nicht erwartet, obwohl er am richtigen Ausgang steht. Der Zug hatte keine Verspätung. Am Datum ist nicht zu zweifeln. Der übergroße Briefkasten hat hier keine Konkurrenz; dennoch wird er nicht erwartet.

Valentin Pundt entschließt sich, zu telefonieren, geht schräg durch die Halle, erwägt, auf einen der Besen zu treten, die zischend gegen ihn vorstoßen, verweist jedoch nur die beiden formlosen Frauen durch einen Blick und schließt sich, ohne das Gepäck abzusetzen, der Reihe der Wartenden vor den Telefonzellen an.

Was macht sein Gepäck so schwer? Das schrumpelige Backobst, von dem er hin und wieder bei der Arbeit angeboten hat und auch diesmal wieder anbieten wird, kann es nicht sein; ebensowenig die geschnürten Katzenfelle, mit denen er sein Rheuma zähmt; es wird an den Flaschen mit selbstgebranntem Korn liegen, ohne die er nie verreist, ein hausgemachter Klarer, den er, lauschend im Bett sitzend, vor dem Frühstück kippt und aus dem er nach eigenen Worten »so eine Botschaft empfängt« – wenn Sie wissen, was ich meine. Und natürlich wird die Schwere seines Gepäcks nicht zuletzt auch durch all die Ordner und Notizen begründet, durch Zeitschriften und Bücher, die er unbarmherzig, wenn auch nicht wahllos, hineingezwängt hat in Fächer und Nebenfächer, sowie durch das zweiteilige Manuskript *Die Erfindung des Alphabets,* an dem er seit vierzehn Jahren arbeitet, und das er sich in den Sitzungspausen vornehmen möchte, ohne Erfolg, selbstverständlich.

Doch jetzt können wir die Schlange der Wartenden verkürzen, Valentin Pundt eine Zelle zuweisen, allerdings kann er sie noch nicht betreten, da die Vorstellung hinter der Glastür kein Ende nehmen will, die volkstümliche Pantomime, die ein Bursche mit ölglänzendem Kraushaar und sehr breiten Koteletten anbietet: Pundt, immer dazu aufgelegt, einer Sache sofort einen Namen zu geben, nennt das alles »Mißglückte Versöhnung«, was da mit ziellosem Lächeln, mit flehender Hand und schräger Kopfhaltung beginnt, sich zusehends versteift und ungläubig verhärtet, ohne jedoch in banger Werbung nachzulassen, denn immer noch werden zaghafte Appelle an Einsicht oder Verständnis geäußert, was aber augenscheinlich auf der anderen Seite wirkungslos bleibt, so daß nun auf spitzmündiges Warnen ein Ausbruch von Fassungslosigkeit und Vorwurf folgt, unterstützt von einer Schuhspitze, die gegen die Zellenwand stößt, und von einer Hand, die fordernd mit einer Münze gegen die Flanke des Apparats tickt, auch das ohne Wirkung, wie sich herausstellt, worauf der telefonierende Pantomime zu atmen aufhört, den Kopf einzieht wie zu einem Rammstoß und mit einem Gesicht, das nichts zeigt als schlimme Undurchdringlichkeit, den Hörer auf die Gabel knallt und aus der Zelle stürzt und gleich zu laufen beginnt in Richtung auf ein beschlossenes Ziel.

Nun aber ist Valentin Pundt dran. Er wuchtet sein Gepäck in die Zelle, setzt den Koffer gegen die Wand, stellt die Tasche auf den Koffer und klemmt sie mit einem Knie fest, und in dieser Haltung sucht er nach dem Brief, da steht die Nummer drauf, wie warm der Hörer ist, wie feucht und beschlagen. – Hier spricht Pundt, Rektor Pundt aus Lüneburg, ich bin verabredet mit Frau Doktor Süßfeldt. – Haben wir nicht, sagt eine gehemmte Männerstimme und legt auf. Valentin Pundt wählt noch einmal, er hört dieselbe Männerstimme, er sagt: Bitte, Doktor Rita Süßfeldt. – Sie waren doch schon einmal da, sagt die Männerstimme, und Pundt darauf: Hier Pundt aus Lüneburg. Doktor Süßfeldt wollte mich von der Bahn abholen, es kann sein, daß wir uns verfehlt haben. — Sie ist zur Bahn gefahren, sagt die Männerstimme, vor einer Stunde schon, und wenn nix passiert, wenn sie keinen Rentner überfährt und keinen Polizisten, wird sie auch kommen und Sie abholen. Valentin Pundt will antworten, doch im Hintergrund hört er eine übelnehmende Frauenstimme: Laß das, Heino, du sollst nicht ans Telefon; mit wem sprichst du eigentlich? — Lüneburg, sagt Heino, jemand aus Lüneburg möchte Rita sprechen. – Ja? – Hier Süßfeldt, sagt die Frauenstimme, und Valentin Pundt wiederum: Pundt hier, Rektor Pundt aus Lüneburg. Frau Doktor Süßfeldt wollte mich von der Bahn abholen, offenbar haben wir uns verfehlt, wenn Sie ihr bitte ausrichten würden, daß ich direkt zur Tagungsstätte fahren werde, zum Hotel, ja. – Tun Sie das nicht, sagt die Frauenstimme, meine Schwester ist unterwegs zu Ihnen, sie ist bereits vor einer Stunde abgefahren, den Weg zum Bahnhof hat sie schon oft gemacht. – Danke, sagt Valentin Pundt und hängt ein, bugsiert sein Gepäck aus der Zelle, verläßt diesmal die Halle durch einen Nebenausgang und strebt auf den »unübersehbaren« Briefkasten zu.

Er stellt sich neben den Briefkasten und wartet, und im Prisma der Erwartung dehnt und vervielfacht sich alles, wächst sich aus zu bedrückender Größe: die ernsten Fassaden dieser hamburgischen Hotels rücken zusammen und bedrängen das Schauspielhaus; die Kaufhäuser versuchen, jedermann den Weg zu verstellen; die Prozession der Autos, die nur aus Lieferwagen von Chemischen

Reinigungen und Büromöbelgeschäften zu bestehen scheint, erlaubt keinem das Überqueren der Straße. Ein Zeitungsverkäufer wirbt mit einem beispiellosen Bankrott. Das traditionelle Geschenk Norwegens, ein mit Stricken gefesselter Tannenbaum, wird auf einem Spezialwagen vorbeigefahren. Dort verdicken sich die Schnüre der Passanten vor einer Ampel. Mißmutig, mit klammen Fingern, laden sie hier Kabelrollen ab. Und über allem streitet sich das Licht mit diesem diesigen November.

Valentin Pundt wartet neben dem Briefkasten am Hauptbahnhof. Diesmal werden sie also, während Kollegen im Süden im gleichen Auftrag an einem Gegenmodell arbeiten, den dritten Abschnitt des neuen Lesebuchs für Deutschland fertigstellen: *Lebensbilder – Vorbilder*. Die beiden ersten Kapitel sind zusammengestellt, überprüft, beschlossen; zügig, fast ohne Widerstand, hat man sich auf *Arbeit und Feste* geeinigt; zäher, lustloser dagegen ist *Heimat und Fremde* entstanden, es hat da gereizte Nachfrage und spöttische Antwort gegeben, und wenn auch das, was erarbeitet wurde, als abgeschlossen gilt: bezweifelt wird es immer noch – nicht von ihm allerdings, nicht von Valentin Pundt. Er denkt an die mühselige, halbherzige Einigung am Schluß der letzten Sitzung. Wie anstrengend es ist, andere zu überzeugen, wie trostlos, selbst überzeugt zu werden. Damals war er gut vorbereitet. Wo sie nur bleibt?

Ein hochbeiniges, froschgrünes Auto kommt in leichtfertigem Slalom zwischen wartenden Taxis heran und hält vor ihm. Hinter verschmierten Scheiben winkt eine Hand, schnell, schnell, hier ist Halteverbot, die Hand pocht gegen die Scheibe, drängt Valentin Pundt zur Eile, der ist bereit, der hat sein Gepäck nicht einen Augenblick abgesetzt, umrundet schon das Auto und sieht, wie die Tür geöffnet wird, die Sitzlehne nickend und dienstbereit nach vorn kippt, das ist die Aufforderung, Koffer und Tasche – Vorsicht, da sind Flaschen drin – auf den Rücksitz zu bugsieren, da springt die Lehne auch schon zurück, er zwängt sich hinein und wirft die Tür zu, ohne zu merken, daß der langfallende Mantel eingeklemmt wird: Guten Morgen.

Rita Süßfeldt fährt an. Ihretwegen brauchte es weder Rückspiegel noch Seitenspiegel zu geben. Sie fährt an mit einem Seufzer der Genugtuung, wie immer, wenn sie einem Verkehrszeichen seine Entbehrlichkeit bewiesen hat, und der Mann auf dem Nebensitz wendet ihr das Gesicht zu und bedankt sich knapp. Rita Süßfeldt beobachtet den einzigen noch arbeitswilligen, wenn auch ermüdeten Scheibenwischer: seit zwanzig Minuten fahre sie um den Hauptbahnhof herum, immer in derselben Richtung, sie habe es sich abgewöhnt, hier nach einem Parkplatz zu suchen, schließlich müsse man ja einmal aufeinandertreffen, zwangsläufig, jedenfalls habe er gut daran getan, am Briefkasten zu warten, wie ausgemacht. Rita Süßfeldt fährt, wie gesagt, steuert das leichte Auto an der Tankstelle vorbei durch die Einbahnstraße, eine wippende Zigarette zwischen den geschminkten, aber nicht zuende geschminkten Lippen, das war voraussagbar, auch der zu helle Ton des Lippenstifts und die grauen Flecken auf Rock und Mantel waren voraussagbar, Ascheflecken, die sie achselzuckend verreibt, manchmal lächelt sie in gespielter Bekümmerung, wenn der fahle, gekrümmte Wurm von der Zigarette fällt und auf ihren Kleidern zerplatzt. Wie leicht sie es jedermann macht, wiedererkannt zu werden; immer noch, denkt Valentin Pundt – der sie freimütig abfragt mit seinen Blicken –, immer noch dieser Eindruck, als sei sie gerade irgendwo hastig aufgebrochen, mit einem Schreckensschrei und einem belegten Brötchen zur Garderobe gestürzt – immer noch, und in allem, dieser unausgeführte Entwurf ihrer selbst. Offen ist der Mantel, der durchsichtige Schal nur lose gebunden, das Stirnband, das dem kräftigen, rötlichen Haar Strenge auferlegen soll, sitzt schief; im Hotel wird Rektor Pundt außerdem entdecken, daß Rita Süßfeldt nur einen Ohrring trägt. Alles an ihr ist bedacht, geplant, eingeleitet, sie hat alles Nötige begonnen, doch ein unerwarteter Einfall, eine Ablenkung oder einfach überlegene Lustlosigkeit haben sie daran gehindert, das Begonnene auch zu beschließen.

Rauch steigt kräuselnd von der wippenden Zigarette auf, zieht über das glatte, sommersprossige Gesicht, über die gleichmäßig gewölbte Kinderstirn, sie muß die Augen schließen, sie wischt sich beim Fahren mit einer Hand über die tränenden Augen, gleich wird auch die andere Hand das Steuer loslassen, was Valentin Pundt jedoch nicht schert oder etwa besorgt macht, denn der geschätzte Schulmann, der gerade pensionierte Rektor ist nach eigenen Worten ein »erklärter Nichtfahrer«. Ob er sich wieder mit soviel schauderhafter Sorgfalt vorbereitet habe? – Er sei geziemend vorbereitet. – Ob er außer den verabredeten Texten auch noch neue Texte mitgebracht habe? – Er habe sich – die schwere Pädagogenhand zielt auf den Koffer – mit Texten ausreichend versehen. – Und Backobst? Werde er in kritischen Augenblicken wieder in der Lage sein, Backobst kreisen zu lassen? – Er werde dazu in der Lage sein.

Rita Süßfeldt lächelt und verschafft sich lächelnd Vorfahrt, manchmal unter Mithilfe heftiger und etwas zu groß geratener Dankesgesten, und die Hinweise anderer Autofahrer, daß da ein Mantel eingeklemmt, daß da ein beachtliches Stoffdreieck zur Tür heraus, daß da jedenfalls etwas Schlappes, Hängendes die Fahrbahn feudelt – all diese Hinweise mißversteht sie grundsätzlich und nimmt sie, wenn nicht als fröhlichen, so doch als bewundernden Gruß.

Sie will über die Kennedy-Brücke, das gelingt nicht, scheitert einfach daran, daß die Auffahrt anscheinend über Nacht verlegt wurde, doch man fährt bereits in gewünschter Richtung zur Lombardsbrücke hinab, an der Kunsthalle vorbei, die an diesem Morgen – der Schnee oder Regen, vermutlich aber den ortsüblichen Schneeregen bereithält — Trübsinn angelegt hat, und zwar den termingerechten Trübsinn, dem der Backstein jedesmal im November verfällt.

Ob er, Valentin Pundt, nicht die Ausstellung sehen möchte, die gerade eröffnet worden ist, eine sehenswerte Ausstellung: *Kinderbildnisse europäischer Maler*? Wenn er Zeit finde, werde er sich die Ausstellung ansehen. Überhaupt – sie läßt das Steuer los, um einen Batzen herabgefallener Asche in den dunkelblauen Wollrock zu reiben —, Hamburg habe eine Menge zu bieten, gerade in diesen Novembertagen, und man müsse sich schon gewaltsam Zeit nehmen, um das Wichtigste mitzubekommen. Zum Beispiel habe der Hafen Jubiläum. In Planten un Blomen finde zum Beispiel die traditionelle Skandinavische Lebensmittel-Ausstellung statt. Unterhaltsame Veranstaltungen biete auch die Werbewoche *Freundschaft mit der Polizei.* Und die Bach-Woche. Und der

Internationale Puppenspieler-Kongreß. Die nötige Zeit, sich etwas davon herauszupicken, werde man schon finden: der Doktor Dunkhase sei ohnehin verreist und kehre erst in ein paar Tagen zurück.

Rita Süßfeldt biegt hinter der Lombardsbrücke rechts ab, es gelingt ohne Folgen, sie fährt an der Alster entlang, die nun unbevölkert ist, stumpf und schieferfarben; da formieren sich keine Segel zum Ballett, gläserne Versicherungsbauten, in denen einheimisches Unglück lautlos verwaltet wird, suchen erfolglos ihr zitterndes Spiegelbild, die hölzernen Landungsstege werden nicht mehr von hängeärschigen Schwänen besetzt und fauchend verteidigt. Jetzt, Ende November, gehört die Alster allein den wilden Enten, die in regungslosen Schnüren weit draußen auf dem Wasser treiben, rundlich, wie dunkle Glaskugeln eines verankerten Netzes. Vor der gängigen Grafik der Trauerweiden, auf dem sogenannten Wanderweg, weniger durch Nebel als durch Dunst um Genauigkeit gebracht, führen erstaunlich mangelhaft bekleidete junge Leute Hamburger Liebespaare vor: man hält sich in spielerischem Würgegriff, man wendet den einfachen und den Doppel-Nelson an, probiert das Ausheben, läßt den soliden Schwitzkasten gelten, und alle Augenblicke wächst man unter langen Mähnen mit den Köpfen zusammen. Valentin Pundt, der geschätzte Pädagoge, mustert die Frau auf dem Fahrersitz und denkt an eine Glaskugel, in der ein künstliches Schneegestöber das winzige Blockhaus und die Fichtenschonung verbirgt.

Die Ampel an der Alten Rabenstraße springt auf Rot um, Pundt liest den Namen der Straße, leise zuerst, dann fragt er: Alte Rabenstraße? Und da die Frau es bestätigt, streicht er sich über das scheitellose graue Haar und über die Stirn, so, als müßte er sich etwas zurückrufen oder herbeizwingen, was er zwar nicht vergessen, aber doch verschoben hat auf eine unbestimmte Zukunft: dies also ist die Alte Rabenstraße? – Ja. – Ich muß da mal vorbei, etwas abholen, was seit sechs Wochen wartet; es dauert nicht lange. Die Frau bemerkt den veränderten Ausdruck seines Gesichts, diese gesammelte Härte und plötzliche Zurückweisung, die doch eine Antwort sein müssen auf etwas, und deshalb fragt sie: Gleich? Wollen wir gleich? – Wenn es sich machen läßt, sagt Valentin Pundt. Da der linke Blinker seine Tätigkeit regelmäßig im Herbst, spätestens nach dem ersten Schneefall, einstellt, dreht Doktor Süßfeldt die Scheibe herunter, streckt den linken Arm hinaus und gibt dem Hintermann, leicht mit den Fingern schnippend, zu verstehen, daß sie, sobald die Ampel wieder Grün zeigt, nach links abbiegen werde, in die Alte Rabenstraße.

Es ist eine kurze, abschüssige Straße, langsam, können wir etwas langsamer fahren, da ist ein älteres Haus mit einem Vorgarten, nicht größer als ein Bettlaken, hier muß es sein: darf man hier halten? Rita Süßfeldt kann weder vor sich noch hinter sich ein Schild entdecken, sie hält, sie bietet ihre Hilfe an, doch Rektor Pundt schüttelt den Kopf: was dort aufbewahrt werde, könne er allein tragen, nur ein Karton und ein Koffer, alles stehe bereit seit Wochen, vielen Dank. Und er arbeitet sich heraus aus dem engen, aber warmen Auto, schiebt eine Schulter vor, dreht sich um dreißig Grad und senkt den Nacken, bringt sodann ein Bein und den Rücken heraus und, nach vorn abgestemmt, schließlich den ganzen Körper. Der Mantelsaum, der rechte Mantelsaum ist schwarz und verdickt, scheint sich etwas zusammengezogen zu haben, wodurch der Eindruck entsteht, als falle der Mantel ungleich lang – später, im Hotel, wird Valentin Pundt alles näher untersuchen. Jetzt durchquert der mächtige, barhäuptige Mann erst einmal den kümmerlichen Vorgarten, drückt einen Klingelknopf, stößt die Tür auf und tritt in das Haus, ohne zurückzusehen.

Rita Süßfeldt, freie Lektorin und Herausgeberin von Lesebüchern, ist überrascht, wie schnell Pundt zurückkehrt; jedenfalls hält er sich an seine Voraussage, kommt schon wieder mit Koffer und verschnürtem Karton, man wird kaum, vielleicht überhaupt nicht gesprochen haben, sein Gesicht ist immer noch gekennzeichnet von Härte und einer fast erbitterten Weigerung, und daß er ein besonderes Verhältnis zu den Gepäckstücken hat, beweist er durch die langfingrige Vorsicht, mit der er sie zum Auto trägt und auf dem Rücksitz verstaut. Hoffentlich keine neuen Texte, sagt Rita Süßfeldt, und Pundt, tonlos und geradeaus blickend: Ein Nachlaß. Der Nachlaß meines Sohnes.

Sie wenden, sie fahren wieder zur Alster hinab, und dann fragt die Frau, ob man nicht immer, wenn man von einem Nachlaß spreche, einen Tod voraussetzen müsse, und der Mann sagt: Ja. Und dann fragt die Frau, ob es auch in diesem Fall so sei, und der Mann sagt: es sei so. Und weiter fragt die Frau, ob es ein Unglücksfall gewesen sei, und der Mann sagt: es sei Selbstmord gewesen, in jenem Haus unter freundlichen Menschen, am Ende eines sorglosen und nie gefährdeten Studiums. Und wieder fragt die Frau – ihre Fragen fester und enger verklammernd –, ob das Unglück sich unmittelbar vor dem Examen ereignet habe, und der Mann sagt: nein; die Stunde des Selbstmords sei genau bestimmt worden, alles sei zwei Tage nach einem nicht nur mühelos, sondern auch mit Auszeichnung bestandenen Examen geschehen. Und bedachtsam fragt die Frau, welche Gründe zu solch einer Tat führen könnten, und der Mann sagt: er wisse einstweilen keine Gründe. Und leiser fragt die Frau, was Valentin Pundts Sohn studiert habe, und der Mann sagt: sein Sohn habe Geschichte und Pädagogik studiert.

Es läßt sich ohne weiteres annehmen, daß die Frau gern weiterfragen möchte und auch in der Lage wäre, das Geschehnis mit ihren Fragen weiter einzugrenzen, vielleicht so lange, bis zwar nicht alles, aber doch einiges durchsichtig geworden ist – doch dort ist das Hotel, man muß nach links abbiegen, obwohl ein durchgehender weißer Strich dagegen ist, man muß sich auf die schmale, von verwitterten Pfosten bemessene Einfahrt konzentrieren – die eisernen Gitterflügel sind geöffnet – und dann mit Schwung den steilen gewundenen Teerweg nehmen, der zur Hotel-Pension Klöver, Inhaberin Ida Klöver, hinaufführt und vor dem überdachten Eingang endet. Das Hotel, von einem Gerüst gefangengesetzt – es ist nicht zu entscheiden, ob die Arbeiten bereits beendet sind oder erst beginnen werden – bekennt auf den ersten Blick, daß es in seiner Jugend, jedenfalls vor dem ersten Weltkrieg, nichts als Privat-Villa sein wollte, eine durch und durch hamburgische Villa, und das heißt: raumverdrängend, melancholisch und gediegen. Es liegt zurückgezogen, aber unübersehbar am bevorzugten Hang, ein sahnefarbener Kasten mit schmalen Fenstern und aufgesetzten Türmchen, in die Schießscharten eingelassen sind. Und es liegt so, daß die Alster, besonders im Sommer, als Bucht oder als Bay erscheint, sprühend vor Licht, eine Bay, die man weniger in träumerischer als in

trockener Erwartung ins Auge faßt, weil da womöglich fleißige Schoner aufkommen könnten, um gesammelten Pfeffer, Kaffee und das einträgliche Sandelholz abzufahren. Hier hat sich Erinnerung ihren Alterssitz geschaffen.
Doch sie müssen ankommen. Sie müssen das Haus betreten, das Rita Süßfeldt als Tagungsstätte ausgesucht hat – zentral gelegen und überraschend still, hieß es in ihrem Brief –, vor allem müssen sie das Gepäck in die dämmrige, nußbaumgetäfelte Halle tragen.
Da steht Janpeter Heller. Der dritte Sachverständige steht erwartungsvoll vor dem nie benutzten Kamin, er ist schon einen Tag früher angekommen, hat Rita Süßfeldt schon begrüßt, jetzt stößt er sich mit dem Rücken von der Marmorplatte ab und geht mit verzogenem Gesicht und vorgegebener Trauer auf Valentin Pundt zu, ihre Hände fahren ineinander, bewegen sich jedoch nicht wie in üblicher Begrüßungsfreude, sondern verhalten sich ruhig, beinah andachtsvoll, gerade so, als ob man sich gegenseitig kondolieren wolle.
Was beabsichtigt Janpeter Heller? Was hofft er? Der junge Experte, der einen verwaschenen, aber immer noch weinroten Pullover trägt, der seinem zurückfliehenden Kinn einen Bart wachsen ließ, den er scharf nach vorn kämmt, hofft nicht weniger – und das sagt er gleich zur Begrüßung –, als daß es auf dieser Sitzung zu rascher Einigung kommt, ja, er möchte einen »Rekord an Einverständnis« aufstellen, und zwar nicht, weil der dritte Abschnitt des Lesebuchs es besonders zuläßt oder dafür geeignet ist, es sei vielmehr diese Stadt, es sei Hamburg mit seinen Angeboten, das eine zügige Arbeit nahelegt. Wir können uns nämlich nur bedauern, sagt er, wenn wir

nicht Zeit herausschlagen für die Theater-Diskussion *Was geschieht hinter unseren Bühnen?* Wir begehen ein Versäumnis, sagt er, wenn wir nicht die Ausstellung *Moderne Fotografie* mitnehmen. Und *Beat und Lyrik im Wartesaal.* Und die Demonstration aufblasbarer Möbel. Und das Konzert mit den Monkees. Überhaupt alles, was er aus dem Terminkalender *Wohin in unserer Stadt?* für sich herausgefischt habe und worauf man zu Hause, in Diepholz, vergebens warte. Er glaubt sich verständlich gemacht zu haben. Er blickt seine Kollegen an. Nun gut, *Lebensbilder – Vorbilder:* wer fühlt sich nicht von ihnen sattsam umstellt, wem wurden sie nicht von Kindesbeinen an verordnet, jeder hatte doch so einen wechselvollen Umgang mit ihnen, nun braucht man sie doch nur aus dem hoch hängenden Rahmen zu schneiden, sozusagen. Keine Zustimmung, nur ein unscheinbares, ein abwesendes Nicken, seine Kollegen mustern noch die ungewohnte Halle, wollen oder können sich nicht festlegen, und als Valentin Pundt etwas sagt, reicht es nur zu der Feststellung: Sie haben einen Ohrring verloren. Rita Süßfeldt weiß es, sie winkt geringschätzig ab, mit aufschlußreicher Resignation: es werde ihr wohl nie gelingen, zwei Ohrringe zu gleicher Zeit einzusetzen, einer spiele immer Versteck; ja, sie weiß es. Janpeter Heller kann jetzt schon absehen, daß es schwierig sein wird, den Beginn der Sitzung vorzulegen oder, woran ihm gelegen ist, eine beschleunigte Behandlung des dritten Kapitels ausdrücklich abzumachen; deshalb weicht er in eine Hoffnung aus: Gut vorbereitet? Wenn wir alle gut vorbereitet sind, könnten wir die Sache bald im Kasten haben, das geforderte Pensum: *Lebensbilder – Vorbilder;* ich habe nämlich noch etwas Privates zu ordnen.

Nicht zu lange, sie dürfen einfach nicht zu lange unbemerkt in der dämmrigen Halle der Hotel-Pension Klöver stehenbleiben, denn wer hier eintritt, braucht sich, um entdeckt zu werden, weder rufend noch klingelnd verständlich zu machen; selbst schweigende Anwesenheit hat hier unmittelbar zur Folge, daß im ersten Stock eine Tür geht, daß ein mürrisches Selbstgespräch hörbar wird, dann eine schnaufende Annäherung, bei der man unwillkürlich das Gesicht hebt, und wer auch noch den Seufzer versteht, der ihn vom Treppenabsatz erreicht, macht sich sofort Vorwürfe, hier überhaupt eingetreten zu sein, zumindest bereitet er gleich eine Entschuldigung vor.
Ida Klöver, die Inhaberin, ist solche Entschuldigungen offenbar gewöhnt, sie wedelt schon auf der Treppe mit lascher, vielberingter Hand, ist gut, ist erledigt, und sie steigt angestrengt herab, bewegt von einem alten, vielleicht schon erschöpften, aber immer noch wirksamen Mechanismus, dem sie nichts entgegensetzen kann: eine Frau in schwarzem Kostüm, schwerfüßig, mit losem Wangenfleisch. Ihr Gesicht erzählt, was sie für sich selbst übrig hat, ihr freies, regsames Gesicht, das den Ausdruck von Überdruß nicht mehr loswerden kann.
Sie begrüßt ihre Gäste mit Handschlag, und auf dem kurzen Weg zur Empfangsloge gibt sie ungefragt Auskunft über ihre Schwierigkeiten: ohne Mann, in ihrem Alter, mit unzureichendem Personal, da verliere man seine Freude daran, ein Hotel zu leiten. Sie schiebt Pundt eine geöffnete Kladde hin, bittet ihn, sich einzutragen. Sie spricht auf seinen gebeugten Rücken hinab: Ja, wir hatten ein Hotel in Südwest-Afrika; achtundzwanzig Jahre waren wir dort, mein Mann und ich. Gleichgültig schließt sie die Kladde, legt sie aufs Fensterbrett und

reicht Pundt einen Schlüssel mit den Worten: Lange wird's nun nicht mehr gehn; lange nicht. Sie zögert, da war noch etwas – ja, es wurde angerufen, ein Anruf für Herrn Heller: Sie möchten Ihre Frau nicht besuchen, nicht heute abend. Dann bittet sie, ihr zu folgen, diese wenigen Stufen hinauf, hier, durch die Schiebetür: das ist unser Konferenz-Zimmer, wie Sie sehen, ein Raum mit Erinnerungen, hier ist man ungestört – falls Wünsche bestehen, kann man einfach läuten, und jetzt darf ich Sie wohl sich selbst überlassen.

Hier also, in diesem helltapezierten Raum – die Tapete zeigt fröhliche Szenen aus der Geschichte menschlichen Arbeitslebens, vornehmlich fröhliche Sackträger –, wird man tagen, unter verglasten, durchweg kränklich erscheinenden Fotografien, die alle etwas überbelichtet sind und den immer gleichen melancholischen Riesen vorstellen, der neben erlegter Beute kniet, steht, einmal auch mit aufgestütztem Oberkörper liegt. Kreuzweis Speere an den Wänden, Speere mit hölzernem und eisernem Schaft, mit Kupfer- oder Lederverzierung. Bogen, die einander gegenüber hängen und darauf warten, daß einer ihnen den Pfeil auflegt und sie auszieht. Pfeile in Köchern und zu losem Strauß zusammengebunden, Pfeile mit Knochen-, Eisen- und Steinspitzen. Verformte, aber handliche Äxte bieten ihren Dienst an; ein Blasrohr will ausprobiert werden.

Hier wird man tagen. Die Korbsessel stehen so da, als setzten sie knisternd ein Gespräch fort, das gerade in ihnen geführt worden ist. Der breite Palisandertisch empfiehlt sich als Ablage, desgleichen ein Teetisch auf Rädern. Hier also wird man sie ausbreiten und wenden, die *Lebensbilder – Vorbilder*, hier wird man sie prüfen, abschätzen, aussondern, bis im gemeinsam geschüttelten Sieb das Eine zurückgeblieben ist, das Erwünschte, zu dem jeder ja sagen kann. Ja, hier wird man sitzen und tagen.

Valentin Pundt setzt sich nicht, wie Rita Süßfeldt, probeweise in einen Sessel, er beobachtet mißtrauisch die hohen Fenster, hält eine Hand über das Fensterbrett und stellt sogleich fest, daß es hier zieht, begnügt sich indes nicht mit dieser Entdeckung, sondern weist gleich darauf den Heizungsrohren nach, daß sie ebenfalls Zugluft entlassen, und da sein Mißtrauen weder vor dem – allerdings sehr großen – Schlüsselloch haltmacht noch vor dem Blasrohr, erwägt er, womit er beide – Schlüsselloch und Blasrohr – verstopfen kann; Fenster und Heizungsrohre sollen wohl später drankommen. Nichts einzuwenden, sagt er, gegen den Raum habe ich nichts einzuwenden, vorausgesetzt, wir können die Zugluft abstellen.

Die hat Janpeter Heller noch nie gestört, wird ihn auch nicht stören. Der junge Experte prüft für sich die Schärfe der Waffen, indem er eine Fingerkuppe leicht auf Speerspitzen, Pfeilspitzen und auf die Spitzen zweischneidiger Jagdmesser drückt, gerade so weit, daß es zu einem kleinen Schmerz reicht; sie sind brauchbar, sagt er, falls wir uns nicht einigen können, diese Sachen sind sehr brauchbar. Er erwartet kein Lächeln auf seine zu naheliegende Bemerkung. Man scheint zuversichtlich zu sein, zumindest Doktor Süßfeldt, die noch einmal beiläufig den Raum vermißt mit langfallenden Schritten und dabei auf gewonnene Erfahrungen und Kenntnisse aus den ersten beiden Sitzungen hinweist. Hat man sich nicht beinahe spontan geeinigt bei dem Kapitel *Arbeit und Feste*? Und ist man sich nicht nähergekommen in nützlichen Auseinandersetzungen bei *Heimat und Fremde*? Wer will da von mangelnden Voraussetzungen sprechen? Außerdem habe sie schon herausgehört, daß diesmal jeder vorbereitet sei. Da kann man doch nur zusammentreten – unter dem matt glänzenden Gehörn eines Antilopenbocks – und nach kurzem gegenseitigen Abfragen die Stunde der ersten Sitzung festlegen, sagen wir: heute nachmittag, sagen wir: um drei. Jeder ist einverstanden und gibt sein Einverständnis zu erkennen auf eine ihm entsprechende Weise: nickend oder, wie Pundt, mit kurzem zustimmendem Brummen. Und jeder überschlägt dann für sich die verbliebene Zeit, teilt sie ein, bewirtschaftet sie im voraus: bis drei also; da kann ich noch, da muß ich, da könnte ich, jedenfalls sollten wir uns jetzt trennen, um dann zur vorgesehenen Zeit, gerüstet und gut aufgelegt, bewaffnet mit Kenntnissen, unnachgiebig, doch verzichtbereit, wo es sein muß, mit der uns anvertrauten Arbeit zu beginnen. Der Abschied findet in der Halle statt.

Hier könnte man wegblenden. Hier könnte man die drei ungleichen Sachverständigen aus dem Blickfeld beurlauben, sie in eine unerhebliche Zwischenzeit entlassen, die der Vorbereitung dient oder der Einstimmung, und mit ihren Worten könnte auch ich sagen: bis drei also; um drei sehen wir uns wieder, wenn die, sozusagen, entscheidende Arbeit beginnt. Doch wir bestehen darauf, ihnen nachzusehen. So bringen wir also Rita Süßfeldt dazu, sich kühn, doch folgenlos in den Verkehrsstrom auf dem Harvestehuder Weg einzufädeln; sie nimmt bei Gelb die Kreuzung Mittelweg, fährt geradeaus zum Klosterstern – nicht, weil sie dort hin müßte, sondern weil sie einfach vergißt, links abzubiegen –, fährt die Rothenbaumchaussee hinauf bis zur Oberstraße, biegt rechts ab in die Hochallee und noch einmal rechts in die Innocentiastraße – nur Einheimische werden den Umweg ermessen.

Es ist sicher, daß Janpeter Heller Pundt dabei hilft, das Gepäck aufs Zimmer zu bringen – Vorsicht, im großen Koffer sind Flaschen drin –, das Gepäck in der Mitte des Raums absetzt, einen prüfenden Blick durchs Fenster wirft und feststellt, daß Pundt fast der gleiche Ausschnitt der Alster angeboten wird wie ihm selbst; dann geht er rückwärts zur Tür, eilig, als fürchte er, der alte Mann könnte ihn in ein Gespräch ziehen: bis später.

Und Valentin Pundt? Der verschließt die Tür, ehe er den großen Koffer auf den Gepäckständer wuchtet, hängt den Lodenmantel über einen Bügel, melkt aus dem verdickten Mantelsaum schmutzige Wassertropfen heraus, die er mit einem Taschentuch aufnimmt, stutzt auf einmal und hebt gleichzeitig Reisetasche und Karton auf den Tisch.

Und Rita Süßfeldt stürzt mit einem angedeuteten Kuß an ihrer älteren Schwester Margarethe vorbei und wehrt jede Neuigkeit ab, indem sie die Hände kapitulationsbereit hebt: Jetzt nicht, Mareth, auch keine Heino-Geschichten, bitte halt ihn mir vom Leibe in den nächsten Stunden, denn ich muß arbeiten, ich muß mich noch vorbereiten; aber einen Tee könntet ihr mir bringen und zwei Scheiben Toast.

Und Janpeter Heller hebt ein Bein kreisend über die Stuhllehne und setzt sich und sackt zusammen vor den mehrfarbigen Ordnern mit Papieren, er bedeckt sein Gesicht mit den Händen und bietet jedem Beobachter das Beispiel eines zwar nicht aussichtslos, aber doch angestrengt nachdenkenden Mannes, bis er sich unerwartet aufsetzt, den Telefonhörer abhebt, wählt und, obwohl sich auf der Gegenseite niemand ausdrücklich gemeldet hat, mein Recht sagt, und dann: Ich hab doch wohl das Recht, das Kind wiederzusehen, wenn du schon nicht willst, also melde dich, ich hör doch deinen Atem, und außerdem warst du zu einem Treffen bereit – immer, wenn ich in dieser Stadt bin; also warum soll ich dich nicht besuchen?

Und der alte Pädagoge dröselt die verknoteten Schnüre auf, lüftet den Deckel des Kartons, beugt sich über den Inhalt, ohne etwas zu berühren oder herauszunehmen; vielmehr mustert er nur starr die kleinen Packen von Briefen und Fotografien, Schreibheften, die von Gummibändern zusammengehalten werden, sein Blick gleitet über den leeren Wechselrahmen, über das Bleistiftbündel und die Meerschaumpfeife mit dem zersplitterten Mundstück, und jetzt verschließt er den Karton, stellt ihn unter den Tisch, zögert und trägt ihn schließlich zum Schrank.

Und Doktor Süßfeldt fährt mit steifem Zeigefinger an dem Spalier der großen braunen Briefumschläge entlang, die wie Lohntüten auf einem Regal stehen, fischt sich einige Umschläge heraus und setzt sich an den bedrohlich zugewachsenen Schreibtisch, der ihr nur noch Beschäftigung im Din-A 4-Format zugesteht, steckt sich eine Zigarette an und liest, was sie selbst auf die braunen Umschläge geschrieben hat: *III. Lebensbilder – Vorbilder.*

Und nach dem dritten Versuch zu telefonieren – immer wurde abgenommen, nie hat sich eine Stimme gemeldet –, öffnet Heller den blaßgrünen Ordner, hebt einen handgeschriebenen Zettel ab, liest, ohne daß ihn die eigenen Worte erreichen: Fühle mit jedem, der Vorbilder nötig hat.

Und nach einem Schluck seines selbstgebrannten Korns zieht Pundt aus dem Hauptfach der Ledertasche die benötigten Manuskripte heraus und bleibt gleich bei dem Satz hängen, mit dem er selbst in seiner harten, steilen Schrift Bedenken gegen einen Vorschlag angemeldet hatte: Als Vorbild ungeeignet, da mehrdeutig.
Und Rita Süßfeldt nickt wie in abermaliger Bestätigung und bekennt sich zu der in privater Kurzschrift gemachten Notiz, daß von einem Vorbild zweierlei ausgehe: Verpflichtung und Herausforderung; diese Notiz wird unterstrichen werden.
Immer kürzer die Abstände, immer mehr geraten sie aneinander, nun, bei der Vorbereitung, sie sehen sich schon, sie hören bereits ihre Stimmen – Stimmen der Verteidigung, der Werbung, aber auch Stimmen des Zweifels und der Ablehnung –, jetzt schon, beim Sichten, beim Lesen und Wiederlesen, fühlt sich keiner von ihnen mehr allein, vielmehr umstellt und dauernd kontrolliert von den andern: sie wissen, daß alles schon begonnen hat.

2

Etwas näher zusammen, ruhig ein bißchen vorbeugen, die Papiere können so liegen bleiben: gleich zu Anfang wollen wir hier im Konferenzraum der Pension Klöver ein Erinnerungsfoto machen, mit Selbstauslöser, ja, ich habs gleich. Janpeter Heller blickt vom Sucher seines Fotoapparats auf, prüft und überprüft die von ihm arrangierte Gruppe, versetzt sich selbst neben Rita Süßfeldt und linst noch einmal, den Winkel erfragend und krausnasig, in den Sucher: der Gruppe fehlt etwas. Valentin Pundt fehlt etwas, der steif, in hochgeschlossener Hausjacke dasitzt, starräugig und vorwurfsvoll, als wollte er das Objektiv einschüchtern; und Rita Süßfeldt fehlt etwas, da ihre sommersprossigen Hände sich anscheinend vervielfältigt haben und über dem breiten Palisandertisch ein Wurf- und Fangspiel mit dem letzten Ohrring vorführen. Was aber? Dies ist ja kein unmerklicher Augenblick, er besagt schon etwas, denkt Heller, und auf einmal tritt er an die sogenannte »Wand der Erinnerung«, sieht sich triumphierend um und pflückt da behutsam einige Waffen herunter, ein sehr dünnes Jagdmesser für Doktor Süßfeldt, eine Lanze für Valentin Pundt und für sich selbst einen Pfeil mit bleicher, vielfach gezackter

Haifischzahn-Spitze: das ist schon besser, ein sichtbarer Ausdruck dafür, daß man nicht waffenlos zusammengekommen ist, doch wenn schon, dann möchte Rita Süßfeldt das Blasrohr. Heller zieht das Jagdmesser ein und reicht der Frau das Blasrohr.

So, und nun die persönliche Bewaffnung der Kamera vorzeigen, dieser Augenblick soll aufgehoben werden mit allem, was sichtbar ist, also auch mit den Papieren, Notizen, Büchern, und vielleicht, wenn die Aufnahme scharf genug gerät, wird sie für immer belegen, daß auf der ersten Sitzung ein Vorbild durchleuchtet oder vermessen wurde – es ist Hellers Vorschlag –, das in einer Geschichte von O. H. Peters entdeckt werden konnte. Das Manuskript liegt dreifach obenauf und heißt: *Die Absage.* Sie haben sie längst ausgetauscht und gelesen, sie haben die Geschichte längst abgeklopft, abgehorcht und mit Zettelchen gespickt, auf denen der diagnostische Befund festgehalten ist: kann man ihr Tauglichkeit bescheinigen? Volle Verwendungsmöglichkeit? Bedingte Verwendungsmöglichkeit? Lohnt überhaupt ihre Entdeckung?

Janpeter Heller kann sich jetzt ruhig mit seinem sprechenden, jedenfalls geständnisbereiten Erinnerungsfoto aufhalten – dies ist und bleibt sein Vorschlag, sein Beitrag, den er nach langen und enttäuschenden Streifzügen, auch nicht frei von Bedenken, hiermit anbieten möchte. *Die Absage* von O. H. Peters. Also:

Die Sprechstunde war vorbei. Nur noch ein Patient wartete draußen, er war angemeldet, seine Karteikarte lag bereits auf dem Tisch, doch bevor mein Vater ihn hereinrufen ließ, ging er wieder an den Medizinschrank und

schenkte sich ein Glas ein. Und wie jedesmal, so wollte er auch diesmal mir ein Glas einschenken, doch ich lehnte ab. Es waren sehr kleine Gläser, er trank sie schnell aus und stand danach einen Augenblick stumm und mit offenem Mund da. Er wischte sich mit dem Handballen über die Lippen. Er zwinkerte mir zu. Er legte mir eine Hand auf die Schulter und stellte fest, wie gut mir der weiße Kittel paßte, den er mir geliehen hatte; sein Kittel. Nicht einmal dies brauchte sich zu ändern, sagte mein Vater: mit seiner Stellung als Vertrauensarzt könnte ich sogar seine Kittel übernehmen, wenn ich nur wollte. Ich sollte Schluß machen mit langer Fahrt, den Schiffsarzt an den Nagel hängen, und übernehmen, was er sich geschaffen hatte in den Jahren: eine kleine, aber solide Privatpraxis und dies hier, die Stellung eines Vertrauensarztes bei einer Rentenbehörde. Fünf Jahre auf See sind genug, sagte er. An Bord gibt es keine Aufgaben für einen Mediziner, sagte er, zwischen Brest und Kapstadt wird einem Mediziner doch nur dies geboten: Blinddärme und abgequetschte Finger.
Ich verfolgte seine Bewegungen, sie waren genau und berechnet, es waren nicht die Bewegungen eines alten Mannes. Ich hörte auf seine Stimme, die immer noch so klang, wie mein Gedächtnis sie aufbewahrt hatte, mild und seimig, die Stimme eines Geistlichen. Und er hatte immer noch diesen abgleitenden Blick, als könnte er kein Gegenüber ertragen. Er war zuvorkommend. Er war scherzbereit. In den fünfziger Jahren hätte er in jedem deutschen Film den Hausarzt spielen können. Warum zögerst du, fragte er. Ist dir das nicht genug? Ich zuckte die Achseln. Ich sagte: Draußen wartet noch ein Patient – und mein Vater ging zur Tür und ließ ihn hereinru-

fen, während ich auf meinem Stuhl am Fenster sitzenblieb.
Mein Vater las die Karte des letzten Patienten. Er zerbiß dabei eine Pfefferminztablette. Er fächelte sich mit der Karte Luft zu. Dann trat der Patient ein, und mein Vater ging ihm entgegen und begrüßte ihn vertraulich, als wollte er ihm ein Bündnis anbieten, ein Bündnis gegen die Krankheit. Es war ein alter, mürrischer Patient, der an einem Stock ging. Er lehnte den Stock gegen den Schreibtisch und stülpte seine Mütze über den Knauf. Sein dünnes, aber langes Haar schob sich über den Jackenrand, als er sich setzte. Fordernd sah er meinen Vater an. Er hieß Boysen und arbeitete im Hafen. Wie fast jeden Patienten sprach mein Vater auch ihn im vertraulichen Plural an: Wo fehlt's uns denn? Was können wir dagegen machen? Boysen zog den orthopädischen Schuh mit der hochgewölbten Kappe aus. Schweigend wickelte er Bandagen ab und einen grauen Verband. Mein Vater setzte einen Schemel hin, und Boysen hob seinen Fuß auf den Schemel. Der Fuß war blau angelaufen, über den Spann zogen sich gelbe Streifen, die Knöchel des deformierten und narbenbedeckten Fußes waren wundrot. Die Narben stammten von Geschossen. Boysen forderte meinen Vater mürrisch auf, sich »das einmal anzusehen«: die alte Verwundung und jetzt die Quetschungen an einer Luke. Er hatte Schmerzen. Er musterte meinen Vater aus schmalen, kalten Augen und verlangte zu wissen, warum man ihm immer mehr Prozente abstrich von seiner Erwerbsunfähigkeit. Nach dem Krieg waren es noch fünfundzwanzig Prozent, die sie ihm bei der Rente anrechneten, jetzt waren es nur noch fünfzehn. Und er sah den Tag voraus, an dem es noch weniger werden

würden. Er forderte seine Prozente zurück, und mein Vater sollte ihm dabei helfen.
Mein Vater untersuchte den Fuß. Er strich behutsam den Spann hinab bis zu den Zehenstümpfen. Er bat Boysen, seinen Fuß fest aufzusetzen und einen Probeschritt zu machen; dabei wandte der Patient mir sein Gesicht zu und blickte mich feindselig und mißtrauisch an. Mein Vater sah sich die Röntgenaufnahmen an, die der Patient mitgebracht hatte, dann beklopfte er mit der Kuppe des Zeigefingers den Fuß und stellte durch massierende Bewegungen die Schmerzempfindlichkeit fest. Mit abgewandtem Blick sagte er voraus, daß die Schwellung bald zurückgehen werde, eine Entzündung ließe sich nicht nachweisen. Boysen sagte, daß ihm damit nicht geholfen sei, er verlangte eine gerechte Prozentzahl, was mit dem Fuß los sei, wisse er selber, das bekäme er zu spüren beim Gehen und Stehen. Ich konnte meinem Vater ansehen, daß die Untersuchung für ihn beendet war, der Befund feststand; trotzdem zögerte er, den Patienten zu entlassen. So machte er es immer. Indem er die Untersuchung in die Länge zog, zeigte er an, daß er alles berücksichtigen wollte, was zugunsten des Patienten sprechen könnte. Schließlich bat er mich, zu ihm zu kommen. Er forderte mich auf, Boysens Fuß zu untersuchen. Ich tat es und wollte zu meinem Stuhl zurückgehen, doch Boysen versperrte mir mit einer ausgestreckten Hand den Weg. Und Sie? fragte er, was schätzen Sie? Ist dieser Fuß nicht mehr wert als fünfzehn Prozent? Muß man da nicht etwas drauflegen? – Das sieht schlimm aus, sagte ich. Schlimm, wiederholte er geringschätzig, schlimm: dafür kann sich keiner was kaufen.
Mein Vater bat ihn, den Verband und die Bandagen wie-

der anzulegen. Er selbst setzte sich an den Schreibtisch und schrieb Buchstaben und Ziffern auf Boysens Karte. Also wieviel, fragte Boysen, wieviel hab ich zu erwarten? Ich weiß nicht, sagte mein Vater, das endgültige Resultat wird Ihnen brieflich zugestellt werden, brieflich, ja. – Mehr als diese schäbigen fünfzehn? fragte Boysen. Wir haben neue Richtlinien, sagte mein Vater, wir treffen alle Entscheidungen in Übereinstimmung mit unseren Richtlinien.

Schade, sagte Boysen, schade, daß man nie einen von denen zu Gesicht bekommt, die sich solche Richtlinien ausdenken. – Ich verstehe Ihre Erbitterung, sagte mein Vater. Ich wette, fuhr Boysen fort, daß keiner von denen auf eine Rente angewiesen ist. Richtlinien: dahinter geht man doch nur in Deckung. Ruhig gab mein Vater dem Patienten einen langstieligen Schuhanzieher. Er stützte ihn beim Anziehen. Er reichte ihm Stock und Mütze und begleitete ihn zur Tür. Wie lange wird's dauern, fragte Boysen zum Abschied. Es hängt nicht allein von mir ab, sagte mein Vater.

Wir zogen die Kittel aus und hängten sie in den Schrank. Ich las die Karteikarte, versuchte die Eintragungen zu entschlüsseln, die mein Vater gemacht hatte. Das verstehst du nicht, sagte er, noch nicht. Und er sagte: wir müssen strenge Urteile fällen, mein Junge, es sind zu viele, die auf dieser Welle zu reiten versuchen. Er kann froh sein, wenn er seine fünfzehn Prozent behält. Du willst ihm nicht mehr geben, fragte ich. Mehr? sagte er. Hältst du mehr für angemessen? – Ja, sagte ich. Er nahm mir die Karteikarte aus der Hand und steckte sie in einen Kasten. Er legte mir eine Hand auf die Schulter. Sanft schob er mich zum Fenster. Unten auf der Straße stand

Boysen und drohte mit dem Stock einem Radfahrer hinterher, bevor er durch den Regen tickend davonging. Du hast also noch nicht abgemustert, sagte mein Vater. Nein, sagte ich, wir sind ins Dock gegangen, und ich habe nur meinen Urlaub genommen. Aber du wirst abmustern, sagte er, jetzt wirst du es tun. – Warum? fragte ich. Jetzt wirst du hier gebraucht, sagte er.

Er war in Eile. Sie hatten ihn in ein Komitee gewählt, das einen Kongreß vorbereitete. Er mußte zur ersten Sitzung. Er wollte mich ein Stück im Auto mitnehmen, doch ich lehnte ab. Wir fuhren zusammen im ratternden Aufzug nach unten, und vor dem Eingang trennten wir uns. Ich ging durch den dünnen, sprühenden Regen in die Richtung, die auch Boysen eingeschlagen hatte. In den Anlagen saß ein Kerl auf einer Bank und schnitzte einen Namen in die Rücklehne: Paul war hier. Von hier aus konnte ich mein Schiff im Dock sehen. Die achteren Aufbauten ragten in hellem Grau über die rostfarbenen Dockwände empor. Eine kümmerliche Rauchfahne hing flach überm Schornstein. Ich fragte den Kerl nach der Karolinenstraße. Er wies mit dem Knauf des Messers zur Stadt hinauf, und ich folgte seinem Hinweis. Zweimal mußte ich noch fragen, dann fand ich die Karolinenstraße.

Ein leerer Kinderwagen stand im Flur, ein Fahrrad blockierte die Tür zum Keller. Obwohl es ein Neubau war, liefen Risse über die Flurdecke, und die gekalkten Wände waren gezeichnet von Schrammen und Kratzern. Vom Eisengeländer platzte die Ölfarbe ab. Ich las die Namen auf den Türschildern. Ein Junge, der lautlos erschienen war, beobachtete mich dabei, und er stieg mit mir hinauf, Stock für Stock, und hörte nicht auf, mich zu

beobachten, bis ich den Namen fand und am altmodischen Klingelknopf drehte.
Seine Frau öffnete mir. Sie musterte mich weniger mißtrauisch als gereizt. Sie war schmal und flachbrüstig, unter ihren Augen lagen tiefe Schatten, ihre Lippen bewegten sich unaufhörlich. Ich fragte sie, ob ihr Mann zu sprechen sei, und sie sagte gereizt, daß er für niemanden zu sprechen sei, nicht einmal für sie selbst. Sie wollte die Tür schließen. Ich sagte: ich möchte Ihrem Mann einen Rat geben, weiter nichts, einen Rat, den er vielleicht gut gebrauchen kann. Sie ließ mich eintreten und schloß hinter mir ab. Sie ließ mich vorausgehen durch den trüben Korridor, an der Garderobe vorbei, an der nur Mützen hingen. Dort liegt er, sagte sie.
Boysen lag auf einem Sofa in der Küche. Neben dem Sofa stand eine gelbe Plastikschüssel, auf dem Herd zischte ein Wasserkessel; anscheinend bereitete er ein Fußbad vor. Er erkannte mich sofort. Er war nicht sehr überrascht, zumindest legte sich seine Überraschung schon nach kurzer Zeit. Seine Frau prüfte die Temperatur des Wassers im Kessel. Keiner von ihnen bot mir einen Platz an, keiner forderte mich auf, zu sagen, warum ich gekommen war. Hören Sie zu, sagte ich; ich war dabei, als Sie untersucht wurden. – Dann wissen Sie ja Bescheid, sagte er, und jetzt lassen Sie mich zufrieden, oder schulde ich Ihnen etwas? – Ich möchte Ihnen einen Rat geben, sagte ich, ich bin nur gekommen, um Ihnen einen Rat zu geben. – Mir? fragte er mißtrauisch und massierte seinen Fuß. Ich kenne Ihren Fall, sagte ich, und ich weiß, wieviel Ihnen daran liegt, Ihre fünfzehn Prozent zu behalten, wegen der Rente. Es ist nicht einmal sicher, ob es dabei bleibt, und deshalb bin ich zu Ihnen gekommen. –

Behalten Sie Ihre Kenntnisse für sich, sagte er, und lassen Sie mich zufrieden: ich habe mir abgewöhnt, noch etwas zu erwarten. – Wir haben es uns abgewöhnt, sagte seine Frau, er und ich: mein Herzschaden wurde nicht anerkannt, und eines Tages wird auch sein Fuß nicht mal fünf Prozent wert sein. Wir haben es uns abgewöhnt, noch etwas zu erwarten.
Sie goß Wasser in die Schüssel. Ihre Hand rührte das Wasser. Vorwurfsvoll sah sie ihn an und stellte den Kessel auf den Herd zurück. Gehen Sie in die Bromberger Straße, sagte ich, Nummer zwölf, dort ist die Privat-Praxis. Melden Sie sich da als Privatpatient, ziehen Sie Ihr bestes Zeug an, lassen Sie sich noch einmal untersuchen von demselben Arzt. – Warum? fragte die Frau, warum soll er das tun? – Solche Ratschläge können Sie für sich behalten, sagte Boysen, und nun lassen Sie mich zufrieden. – Das Resultat wird günstiger ausfallen, sagte ich. Wenn Sie Wert darauf legen, daß Ihr Fuß etwas einbringt, dann tun Sie das, vielleicht können Sie Ihre Prozente sogar verbessern. Verschwinden Sie, sagte Boysen, ich hab Sie nicht gerufen. — Hören Sie nicht! sagte seine Frau. Wer sind Sie eigentlich? – Einer von diesen Prozenthändlern, sagte Boysen; er war bei meiner Untersuchung dabei. – Fang schon an, sagte die Frau gereizt und zeigte auf die Schüssel, fang an, sonst wird das Wasser wieder kalt.
Sie erwiderten nicht einmal meinen Gruß. Sie ließen mich gehen, und ich sperrte die Wohnungstür auf und ging hinaus. Ich fuhr zu meiner Pension am Dammtor. Es war für mich angerufen worden, ein Studienfreund hatte mich zum Essen eingeladen, und auch meine Reederei hatte anrufen lassen. Ich legte mich auf das Bett,

sah auf das alte Marktbild aus Norddeutschland. Es war eine frühe Fotografie: Fischer verkauften Störfleisch von einem Leiterwagen. Nachdem ich einige Stunden geschlafen hatte, rief ich bei der Reederei an. Sie hatten eine Aufgabe für mich. Sie brauchten einen Arzt auf der *Frisia,* die eine Reise zu den Antillen machen sollte. Die *Frisia* war eine Neuerwerbung, und dies sollte ihre Jungfernfahrt nach dem Umbau sein. Ich sagte nicht zu, versprach aber, mir das Angebot zu überlegen. Und ich versprach ihnen, mich am nächsten Tag zu entscheiden.
Ich hatte noch nicht gefrühstückt, als mein Vater anrief. Er wunderte sich, daß ich meinen zweiten Urlaubstag fast ausschließlich in der Pension zugebracht hatte. Wieder versuchte er, mich zu überreden, doch nach Hause zu ziehen, ich lehnte ab. Solange Mutter im Sanatorium war, wollte ich nicht mit ihm in dem großen Haus wohnen. Er lud mich in seine Praxis ein. Er bestand darauf, mir die Neuerungen zu zeigen. Ich konnte es ihm nicht abschlagen, und nach dem Frühstück fuhr ich hinaus in die Bromberger Straße. Seine Privatpraxis lag in einem Villenparterre, es war ein Klinkerbau, den alte Rotbuchen umgaben. Als ich durch den Garten ging, winkte er mir aus dem Fenster; durch seine »geheime« Tür konnte ich gleich zu ihm. Er hatte uns Kaffee kochen lassen, und dazu bot er mir wieder ein öliges Getränk in sehr kleinen Gläsern an, die er im Schreibtisch verwahrte. Ich ließ es bei Kaffee, und ich ließ ihn sprechen: von seinem Alter, von dem, was er erreicht hatte, und von der Notwendigkeit, sein Werk zu übernehmen und fortzusetzen. Der Tisch ist hier bereitet, mein Junge, sagte er, du brauchst nur an ihm Platz zu nehmen, du allein. Wer sonst soll ihn erben?

Immer, wenn er einen Patienten empfing, ging ich in ein Nebenzimmer und beobachtete die Fische in einem Aquarium. Ich gab ihnen Trockenfutter. Ich säuberte das Aquarium von Algen und zog den Sauger über den Grund. Dann rief er mich wieder zu sich und fuhr fort, wo er aufgehört hatte: Draußen auf See gibt es keine Aufgaben für einen Mediziner; häng den Schiffsarzt an den Nagel; übernimm das, was ich erreicht habe. Er wiederholte sich unaufhörlich. Er gab's nicht auf, mir die Vorteile auszubreiten. Die entscheidende Frage aber zögerte er immer noch hinaus. Wieder kam ein Patient, wieder ging ich ins Nebenzimmer. Wie unvermutet die Fische nach der Beute schnappten! Zuerst sah es so aus, als wollten sie vorbeischwimmen. Gleichgültig und gar nicht zielbewußt kamen sie näher. Plötzlich peitschten sie nach vorn, krümmten sich, stießen kraftvoll zu und schnappten sich ihren Teil. Ich beugte mich über das Aquarium. Ich stupste einen fast durchsichtigen Fisch mit dem Schlammabsauger, da ging die Tür zum Korridor. Als ich mich umwandte, wurde die Tür bereits wieder geschlossen, dann jedoch, in überraschendem Entschluß, noch einmal geöffnet.

Auf der Türschwelle stand Boysens Frau. Sie trug ein Kostüm und eine schwarze Lacktasche. Sie entschuldigte sich. Ich hab den Ausgang nicht finden können, sagte sie. Ich zeigte in die Richtung, wo der Ausgang lag, und ging unwillkürlich auf sie zu. Was machen Sie hier? fragte sie. Besuch, sagte ich, ich bin hier nur zu Besuch. Sie lächelte vorsichtig. Sie sah aus, als ob sie sich Hoffnungen machte auf etwas. Sind Sie schon drin gewesen? fragte ich und nickte zum Sprechzimmer hinüber. Jetzt haben wir es, sagte sie, was festzustellen war, ist festgestellt, jetzt muß

ich nur noch zum Röntgen. Dies ist mein letzter Versuch. Sie zog die Tür zu und wandte sich zum Ausgang.
Mein Vater erwartete mich hinter seinem Schreibtisch. Er bot mir einen Platz an. Er erhob sich, als ich meinen Regenmantel aus dem Schrank nahm. Du willst gehen? fragte er. Sie haben einen Auftrag für mich, sagte ich; sie brauchen einen Arzt auf der *Frisia*, die eine Reise zu den Antillen macht. – Aber doch nicht heute, sagte er. In der kommenden Nacht, sagte ich, aber vorher muß ich noch in meine Pension.

Dies also, *Die Absage*, ist und bleibt Janpeter Hellers Vorschlag für den dritten Abschnitt des Lesebuchs, sein Beitrag, den er in einem Sammelband aufgestöbert hat und verteidigt gegen Pundts bedächtige Einwände, gegen Doktor Süßfeldts hartnäckige Nachfragen, während draußen der erwartete Schneeregen die Alster unkenntlich macht und hier im Konferenzraum zum zweitenmal Magda erscheint, das finstere Hausmädchen der Hotel-Pension Klöver, um eine Portion Tee mit Rum, einen Kaffee und einen Apfelsaft zu servieren. Die Waffen, die Heller sich für das Erinnerungsfoto ausgesucht hatte, hängen wieder an der Wand, bis auf den Pfeil mit der gezackten Haifischzahn-Spitze, den wiegt er in der Hand, den gebraucht er zu gedankenlosen Zielübungen, mitunter skandiert er mit ihm die eigene Rede. Brennt eigentlich Licht? Es brennt kein Licht. Magda hat es zwar eingeschaltet bei ihrem Eintritt, doch Heller hat es wieder ausgemacht, weil die Dämmerung, die Schummrigkeit, die dauerhafte Novembertrübnis ihnen nicht nur ausreichend, sondern auch förderlich erscheint bei ihrer Aufgabe.

Also dieser namenlose Schiffsarzt: von ihm möchte Rektor Pundt, die schweren Pädagogenhände ruhig auf dem Tisch zusammengelegt, noch etwas mehr erfahren, denn nach allem, was er aus der Geschichte von O. H. Peters herausgelesen habe, erkenne er noch nicht, was den Schiffsarzt als Vorbild geeignet erscheinen lasse. Man möchte ihm eine Zusammenfassung erlauben, ihn unterbrechen, falls es notwendig sei.
Da sei also ein junger Schiffsarzt, der das Angebot erhält, die Privatpraxis seines Vaters und gleichzeitig dessen Stellung als Vertrauensarzt einer Rentenbehörde zu übernehmen – ein warmes und sozusagen gut gepolstertes Nest. Bevor er sich entscheidet, entdeckt er, daß sein Vater Krankheit mit zweierlei Maß mißt, daß der Vertrauensarzt schematisch verweigert, was der Privatarzt freundlich zugesteht; und diese Entdeckung genügt dem Schiffsarzt, läßt ihn auf das Angebot verzichten. Er geht wieder auf ein Schiff. Absage also, Weigerung, Verzicht: aber reiche das schon aus, um vorbildhafter Haltung zu entsprechen? Er, Valentin Pundt, übersehe nicht, daß dieser Schiffsarzt auch handelt, etwa, indem er Boysen einen Tip dafür gibt, wie man sich durch List seine Gerechtigkeit zurückholen kann, aber all das reiche nicht hin, sei zu mager, lasse viel zu wünschen übrig. Zum Beispiel eine außergewöhnliche Lage. Ein unerhörtes Dilemma. Eine herausfordernde Wahl. Soll darin vielleicht die Lehre eines Vorbilds liegen, daß man sich entzieht? Einfach nur nein sagt und den Seesack schultert? Janpeter Heller möge es ihm nicht übelnehmen, aber soviel Plätze hat die Marine nun auch wieder nicht frei.
Rita Süßfeldt, nie locker entspannt, immer wenn auch in unscheinbarer Bewegung, nimmt eine neue Zigarette aus

der geöffnet daliegenden Schachtel, zündet sie an dem Glutklumpen einer Kippe an, streicht ihren Rock glatt über den festen, fleischigen Schenkeln. Jetzt möchte sie etwas sagen. Welch eine Verpflichtung denn von diesem Vorbild ausgehe, möchte sie wissen, welch ein Beispiel es setze, wofür es stehe. Dieser Schiffsarzt entscheidet sich für den Abschied, für geordnete Flucht. Gut. Aber ist das genug? Sie bittet sich vorzustellen, was geschähe, wenn jeder nach einer verdrießlichen Erfahrung keinen anderen Ausweg wüßte, als seinen Hut zu nehmen. Davongehen: sei das nicht das typische Verlangen der Lauen, der Schmollenden, jedenfalls von Leuten, die sich den Luxus eines guten Gewissens durch Teilnahmslosigkeit bewahren möchten? Ihr, Doktor Süßfeldt, könne dieser Schiffsarzt nicht imponieren. Ja, wenn er geblieben wäre! Wenn er das Angebot seines Vaters angenommen hätte! Und wenn er dann, auf jedes Risiko hin, versucht hätte, die Verhältnisse zu ändern! Bleiben: darin liege das größere Wagnis, aber auch die größere Möglichkeit. Ein Vorbild, das eine Fahrkarte in der Tasche trägt? Undenkbar, jedenfalls für sie, Rita Süßfeldt, die jetzt bedauernd die Schultern hebt, Heller zulächelt und etwas leiser mit abschließendem Zweifel feststellt, daß man dem siebten bis neunten Schuljahr solch ein Vorbild ja wohl nicht auftischen könne.

Nun ist Heller dran – das heißt zuerst der Korbsessel, in dem er sich ruckhaft bewegt, was ein Knirschen und Knistern zur Folge hat, gerade so, als liefe ein kleines Feuer durch dünnes Unterholz –, und er setzt sich auf, mißmutig, doch gelassen, und tippt mit der Pfeilspitze auf seinen Beitrag: er sei nicht überrascht, mit dieser Mißdeutung habe er sogar gerechnet, denn sei es nicht immer so,

daß, wenn drei sehr unterschiedliche Leute ein und dieselbe Geschichte lesen und wiedererzählen – daß dann bei der Wiedererzählung der Eindruck entstehe, es handle sich um drei verschiedene Geschichten? Das sei rechtmäßig, das sei ganz in Ordnung. Aber wundern müsse er sich doch darüber, wie der Kern unentdeckt bleiben konnte, das Zentrum, das – er möchte es mal so sagen: unscheinbare, aber herausfordernde Symbol. *Die Absage* heiße die Geschichte, nicht wahr? Sie könne mit dem gleichen Recht *Die Kündigung* heißen. Was dem jungen Schiffsarzt nämlich angeboten werde, das sei ja nicht weniger als ein sorgloses, paradiesisches Wohlleben, der Herr habe ihm alles bereitet, nur wegsehen müsse er, nicht weiterforschen und alle Fragen unterdrücken: dies sei der Preis. Mit einem Fuß stehe dieser Schiffsarzt bereits im väterlich bestellten Garten, doch dann werde er von einem Wissen unterwandert, das ihm keine Wahl lasse: er entscheide sich für Unsicherheit, für das Risiko, vor allem aber für Unabhängigkeit. Er kündige. Wie das nur habe unentdeckt bleiben können! Da bemerkt Valentin Pundt trocken, daß das ja auch an O. H. Peters liegen könne, und Rita Süßfeldt, die Möglichkeiten des achten Schuljahres im Auge, fragt sich, ob das Paradies auf jeden Fall eine belastende Adresse darstelle und ob ein Vorbild da unter allen Umständen ausziehen müsse.
Janpeter Heller wirft den Pfeil auf die Manuskripte, steht auf, umrundet langsam den Tisch, trinkt im Stehen einen Schluck Kaffee und setzt die Tasse hart ab. Sammelt er sich? Holt er aus? Jedenfalls bietet er den Anblick eines Mannes, der sich sammelt und vorbereitet, um etwas Fälliges loszuwerden, etwas längst Erwartetes. Er zieht den weinroten Pullover in die Länge, beweist der Wolle ihre

Dehnbarkeit; dann geht er auf seinen Platz zurück und stellt fest, was vor allem Anfang hätte festgestellt werden müssen: die Anmaßung nämlich, die darin liegt, Vorbilder auszusuchen, sie im Lesebuch unterzubringen und jungen Menschen zu servieren – hier habt ihr euern Leonidas, euern Doktor Schweitzer, eifert ihm nach. Wenn Sie mich fragen: Vorbilder sind doch nur eine Art pädagogischer Lebertran, den jeder mit Widerwillen schluckt, zumindest mit geschlossenen Augen. Die erdrücken doch den jungen Menschen, machen ihn unsicher und reizbar, und fordern ihn auf ungeziemende Weise heraus. Vorbilder im herkömmlichen Sinn, das sind doch prunkvolle Nutzlosigkeiten, Fanfarenstöße einer verfehlten Erziehung, bei denen man sich die Ohren zuhält. Alles, was sich von den Thermopylen bis nach Lambarene überlebensgroß empfiehlt, ist doch nur ein strahlendes Ärgernis, das nichts mit dem Alltag zu tun hat. Peinliche Überbautypen, um es mal so auszudrücken. Und wenn er, Heller, mal ganz bekenntnishaft werden dürfe: wer heute das Kapitel »Vorbilder« behandeln wolle, sollte nicht von exemplarischen Situationen, sondern vom Alltag ausgehen, von beispielhaftem Verhalten im Alltag. Nicht dröhnende Entscheidungen, sondern die unscheinbare, die zivile, die leise und dennoch nutzbringende Tat: die möchte er, wenn überhaupt, in einem Lesebuch ausgebreitet sehen, und deshalb habe er *Die Absage* vorgeschlagen. Nun hoffe er, daß man ihn verstanden habe.
Valentin Pundt hat ihn auf seine Weise verstanden, er antwortet zunächst mit einer bedächtigen Geste in Brusthöhe, einer schräg abwärts geführten Geste, die bekanntgibt, daß er etwas sogleich abgeschnitten oder weggewischt haben möchte, zum Beispiel den Eindruck, daß

es hier um Persönliches gehe oder daß womöglich ein verworfener Text einer persönlichen Niederlage gleichkomme. Wir sind hier, sagt Pundt, um zu erfragen, welche Vorbilder heute noch taugen, und um uns schließlich darauf zu einigen, was wir aus dem »gewonnenen Angebot« in das Lesebuch aufnehmen. Vielleicht gelingt es uns, ein Vorbild gemeinsam herzustellen, sagt Rita Süßfeldt. Jedenfalls, sagt Pundt, kann behauptet werden, daß die Jugend nach Vorbildern verlangt; unsere Aufgabe ist es, ihr die Vorbilder zu zeigen, die unserer Zeit entsprechen. – Und die unwillkürlich verpflichten und herausfordern, sagt Doktor Süßfeldt. Oder die auf Möglichkeiten einer Bewährung hinweisen, sagt Valentin Pundt. Wobei das Vorbild selbst durchaus problematisch, also menschlich, sein soll, sagt Rita Süßfeldt. Ich denke an einen Maßstab für Augenblicke der Ungewißheit, sagt Pundt, an eine Hilfe bei Entscheidungen, und ich denke an den Zwang zum Vergleich: das Hervorragende sollte zum Vergleich einladen. Das Hervorragende ist asozial, sagt Heller, es belastet sich selbst; mit dem Hervorragenden kann sich niemand solidarisieren. Da möchte Rita Süßfeldt mit Recht wissen, was sich denn überhaupt noch als Vorbild verwenden läßt, und Pundt muß unwillkürlich zustimmen durch gleichmäßiges, lang andauerndes Nicken.

Jetzt zeigt Janpeter Heller nicht nur, daß er vorbereitet, sondern auch worauf er vorbereitet ist, und stehend an der »Wand der Erinnerung«, regungslos und mit zurückgelegtem Kopf wiederholt er Gedachtes und ruft ein paar Vorbilder ins dämmrige Konferenzzimmer, die er gleich zu Anfang abkanzeln und aussortieren möchte, sattsam bekannte Erscheinungen, die zeilenschindend durch jedes

Lesebuch geistern und denen er, ein für allemal, Untauglichkeit bescheinigen möchte.
Er läßt also den unvermeidlichen Kapitän auftreten, der, einer trostlosen Gewohnheit folgend, mit seinem Schiff untergeht, ohne etwas für seine Rettung versucht zu haben: Heller attestiert ihm zugleich blinde und blödsinnige Pflichterfüllung und entläßt ihn mit der schlechtesten Zensur. Er zitiert den bekannten Festungskommandanten herein, der mit seiner Besatzung bis zum letzten Schuß auf dem Posten blieb, um der Zivilbevölkerung einen Fluchtweg offenzuhalten: dieser Typ, sagt Heller, muß einfach als Unglück angesehen werden, weil er nie begreifen wird, daß man nicht ein Leben durch ein anderes aufwiegen kann. Er winkt den frühvollendeten Bergsteiger heran, der sich beweisen zu müssen glaubte, daß man die Eigernordwand auch im Winter, allein, und gegen alle Warnungen durchsteigen könnte; ihn läßt Heller wortlos durchfallen, mit wischender Handbewegung. Der erfolgreiche Forscher, der sich um die Folgen seiner Entdeckungen nicht schert; der vertraute Herrscher, der zwar einen Wegelagerer amnestiert, seinen zweifelnden Bruder jedoch in die Verbannung schickt; der Pionier, der die Pulverladung auf seinem Rücken zur Explosion bringt, um eine Bresche in eine feindliche Stellung zu sprengen: alle gängigen Spielarten des Vorbilds erhalten von Heller eine Gelegenheit zum Auftritt, werden ironisch begutachtet, geprüft und als Ladenhüter einer anmaßenden Pädagogik wieder entlassen. Diese Typen dürfen wir nicht verkaufen, sagt er. Wir müssen sie in den Giftschrank schließen, sagt er. Wenn schon Vorbilder, dann möchte man etwas von ihnen lernen können; von diesen aber läßt sich nichts lernen, nicht einmal mit Vorsicht.

Valentin Pundt läßt seine Tüte mit Backobst kreisen, bietet schrumplige Pflaumen an, Aprikosen, getrocknete Apfelringe, und mit seiner stummen und eindringlichen Nötigung erreicht er auch, daß jeder in die Tüte hineinlangt, sich bedient und unter aufforderndem Blick auch zu essen beginnt. Während Heller verdrossen kaut, die verklebten Zahnreihen gewaltsam auseinanderreißt und schon einen Pfeilköcher dazu ausersieht, die Pflaumenkerne aufzunehmen, holt Doktor Süßfeldt eine angebissene Aprikosenscheibe noch einmal aus dem Mund, betrachtet sie nicht nur erstaunt, sondern auch befremdet, und ißt dann mit düsterer Erwartung weiter, so als befürchte sie gleich eine Explosion. Und Pundt? Der kaut ergeben, träge, nicht genußvoll, eher mit der lethargischen Ausdauer, mit der ein Koalabär seinen Eukalyptus kaut.
Der alte Pädagoge, den Beckmann grün auf rostrot gemalt hat, nickt. Er sei einverstanden damit, daß man auch Vorbilder auf den Speicher der Vergangenheit schickt, wenn sie keiner verbindlichen Erfahrung mehr entsprechen. Er habe nichts gegen eine schonungslose Besichtigung, bei der unzeitgemäßen Idolen der Laufpaß gegeben wird. In Frage stellen: das gehöre ja zur Aufgabe des Erziehers, und die Anstiftung zu begründetem Zweifel bestätige ihn erst. Aber wird nicht immer und immer von ihm erwartet, daß er auch etwas anbietet, empfiehlt, vorschlägt? In Verruf bringen, bloßstellen, vom Sockel heben, zur Strecke bringen: ja, darin sei man geübt. Aber was bietet man denn nun an? Lassen Sie doch mal sehen, Heller, was Sie noch im Skat haben. Ein Vorbild sagt ebensoviel über sich selbst aus wie über den, der es sich erwählt. Vielleicht möchten Sie Ihren Musterkoffer öffnen und uns mit Ihrer Wahl bekanntmachen.

Ist Janpeter Heller auch darauf vorbereitet? Er nimmt einen Pflaumenkern aus dem Mund. Er klemmt den Kern zwischen Daumen und Zeigefinger fest. Er zielt auf das Fenster, entscheidet sich jedoch anders und schnippt den Kern in das waagerecht hängende Blasrohr. Er setzt sich wieder an den Tisch. Vorbilder, sagt er: schon der Begriff sei heute fragwürdig und mißverständlich geworden, er möchte ihn ersetzen, möchte das ganze Kapitel des Lesebuchs anders überschreiben, etwa: *Das Selbstverständliche*. Wenn er »Vorbild« höre, sei er schon versucht, den Blick zu heben, eine Art Habt-Acht-Stellung einzunehmen. Horizontaler, alles muß horizontaler werden, und das heißt: irdischer. Beispiele? Man brauche doch nur hinzusehen: der Sozialfürsorger, der entdeckt, daß seine Arbeit vergeblich war, und der dennoch nicht aufgibt; die beiden Vertreter der ost- und westdeutschen Wasserstraßendirektion, die zwar weisungsgebunden, doch zäh und bereitwillig über Erleichterungen für die Binnenschiffahrt verhandeln; der Stadt-Archivar, dem man Vorteile in Aussicht stellt, wenn er gewisse Dokumente unter besonderen Verschluß nimmt, und der gleichwohl seinen Sohn dazu überredet, eine Doktorarbeit über *Die Rolle führender Persönlichkeiten in O. in der Zeit von 1933 bis 1945* zu schreiben; der Polizist, der vor einer hingehaltenen Fotografie zugibt, den Namen des Kollegen zu kennen, der da einem zusammengebrochenen Studenten ins Gesicht tritt. Man fragt nach Angeboten: sind das keine Angebote?

Valentin Pundt zögert mit seiner Zustimmung, ihm will das allgemein Verpflichtende dieser Vorbilder noch nicht einleuchten, und er wendet langsam das Gesicht zu Doktor Süßfeldt, die automatisch die Schultern hebt, die jetzt unbedingt etwas wissen muß: Es ist doch hoffentlich noch

nicht halb sechs? – Es ist viertel vor sechs, sagt Heller. Sie muß aufbrechen, sie hätte längst aufbrechen müssen, um rechtzeitig zu ihrer Jury-Sitzung ins Winterhuder Fährhaus zu kommen, wo über die Verleihung des Züllenkoop-Preises abgestimmt werden soll. Züllenkoop-Preis? Er wird jährlich verliehen, für die beste journalistische Arbeit zum Thema »Hamburger Tradition«. Rita Süßfeldt entschuldigt sich für den plötzlichen Aufbruch, man wird sich ja wiedersehen, man wird die Suche nach einem erträglichen Vorbild fortsetzen, doch um zügiger, in jedem Fall aussichtsreicher voranzukommen, möchte sie vorschlagen, daß man sich entschiedener an die ausgesuchten Texte hält, also das nächstemal gleich Pundts Vorschlag auf den Tisch bringt, er heißt doch *Die Falle*, nicht wahr? Eben.
Heller macht Licht, erkennt in ihrer Hand einen kleinen, aufblitzenden Gegenstand, den Autoschlüssel, der an einem Kettchen hängt und propellerartig um den Zeigefinger gewirbelt wird. Heller reicht ihr den Schal. Sie stopft ihn in die Ledermappe, zusammen mit den Papieren. Der Mantel läßt sich da nicht mehr hineinstopfen, den läßt sie sich von Pundt um die Schultern legen, dann gibt sie den Männern die Hand, eine kühle, sehr glatte Hand, läßt sich noch einmal die Uhrzeit sagen und stürzt mit einem in mittlerer Lage angesetzten Schreckensschrei, der mehr vermuten als befürchten läßt, zur Tür und durch die Halle der Pension. Beide Männer lauschen ihr nach, beide rechnen offenbar damit, daß Rita Süßfeldt zurückkehren wird, es dauert lange, bis sie sich entspannt einander zuwenden, lustlos an den Tisch herantreten und, als ob sie sich verabredet hätten, im gleichen Augenblick ihre verstreuten Papiere einsammeln und sie auf das übereinstimmende Format zurechtklopfen.

3

Hier, in Hamburg, stimmen die Auskünfte: wer die Pension Klöver verläßt, wer an der Alster entlanggeht in Richtung Stadt, wer nicht die kurzen, zerlaufenden Lichter auf dem Wasser beobachtet, sondern die wegführenden Straßen streng mitzählt, und wer sich schließlich auf der Höhe eines weißen Anlegestegs schroff nach rechts wendet, der braucht nicht mehr auf das Schild unter der Peitschenlampe zu blicken, der hat die Alte Rabenstraße selbst gefunden.

Pundt hat sie selbst gefunden. In feuchtem, niederziehendem Mantel durchquert er ein Handtuch von Vorgarten, klingelt an der Außentür, sieht im Flur das Licht aufspringen. Da ist ein Knistern vor seinem Gesicht, ein krabbelndes und knackendes Geräusch, als wenn Krebse sich in einem Blechkasten bewegen: die Sprechanlage. Darf schon gesprochen werden? Muß vielleicht? Pundt ist hier, noch einmal: Rektor Pundt aus Lüneburg. Er zieht den leeren Porträtrahmen aus der Manteltasche, drückt die Tür auf, tritt in den Flur, folgt jedoch nicht gleich der erstarrten, einladenden Geste des Mannes, der ihn freundlich in blauem Bademantel erwartet, vielmehr säubert er zunächst seine Schnürstiefel auf einem Abtreter aus Kokosfasern, sorgfältig, genußvoll. Pundt gelingt es, einfach durch die Art seiner Annäherung – sein Kopf ist schräggelegt, eine Hand weist den leeren Rahmen vor, die andere verhält hüfthoch in bittender Offenheit – ausreichende Entschuldigungen auszudrücken für die abermalige Störung. Sie sind uns immer willkommen, Herr Pundt, treten Sie doch ein.

Hans Meister, der sein Jahrgang sein könnte, der ihm im Korridor aus dem Mantel hilft, lächelt ihn sanft und ermutigend an – es ist das gleiche Lächeln, das Herr Meister auf allen Plakaten zeigt, mit denen die Wände des Korridors bis zur letzten Tür bepflastert sind: Herr Meister als entlassener Krankenhauspatient, der im Schutz seiner Versicherung jeder Zukunft entgegenlächelt; hier ermutigt Herr Meister mit einer Brille vom Fachmann alle Kurzsichtigen und Weitsichtigen, dort, auf einem rotweißen Plakat, läßt er Gärtnerschürze und Heckenschere für die Verheißungen des Hausbesitzes sprechen; als Fußleidender, als Ferienreisender, als Konteninhaber und Feinschmecker findet Herr Meister Gründe zum Lächeln und bestätigt auf jedem Plakat, daß auch das Alter nicht ohne Aussichten ist.

Meine Frau hat sie aufgehängt, sagt Herr Meister.

Dort, hinter der Tür mit der Milchglasscheibe, am Ende des Korridors, hat Harald gewohnt, dort hat er es getan. Pundt streift die Tür im Abdrehen mit seinen Blicken. Er hatte den Mantel nicht ausziehen wollen, nun hat er ihn ausgezogen und folgt, den Stellrahmen in der Hand, dem hartnäckig lächelnden Mann ins Wohnzimmer. Guten Tag, Frau Meister. Die Frau sitzt an einem ovalen Tisch, vor sich einen Stapel von Katalogen, in denen, farbig illustriert, holländische Blumenzwiebeln angeboten werden;

augenscheinlich hatte der Mann ihr gegenüber gesessen und auf einem Block die Bestellnummern notiert. Pundt dankt für den angebotenen Stuhl, verzichtet jedoch auf jedes weitere Angebot; sogar einen weißen Klaren schlägt er aus, von dem Herr Meister behauptet: wer den trinkt, möchte sofort seine Lebensgeschichte erzählen.

Wie könnte er den Grund seines Besuches schnell umschreiben, zu dieser Stunde, wie könnte er sich einleiten, ohne die Lust zu beeinträchtigen, die Meisters bei der gewiß abendfüllenden Auswahl der Blumenzwiebeln gewinnen? Man kann ertrinken in all den Namen, sagt Frau Meister, in den Tulpen-Namen. *Königin Sirikit:* das geht noch, auch *Lady of Leicester* ist denkbar, aber einige heißen: *Kuß der Sonne* oder *Erhardts Triumph*, mit diesen muß man sich erst befreunden; aber diese hier: *Licht von Aurich*, ausgerechnet Aurich, wo ich zur Schule ging.

Pundt hat kein Verhältnis zu Blumen, er sagt: kein übertriebenes Verhältnis. Er möchte sich aber noch einmal für die Störung entschuldigen, jetzt, er möchte erklären, daß ihn nur eine bestimmte Hoffnung hierher geführt habe. Er bewegt den leeren Bilderrahmen zwischen den Fingern, dreht ihn, läßt ihn leicht kippen, gerade so, als suchte er nach einer Lichtquelle, die er sammeln und weiterwerfen könnte auf ein noch zu bestimmendes Ziel. Er stellt den Rahmen auf den Tisch, dreht der Frau die mattgraue Fläche zu: dieser Rahmen also fand sich im Nachlaß, leer, ohne passenden Inhalt, dennoch muß der Junge ihn benutzt haben, wie Spuren beweisen, was insbesondere die aufgebogenen Klammern beweisen, und er habe die Hoffnung, daß sich Herr oder Frau Meister erinnern können, wo der Rahmen stand und welch ein Gesicht er umschlossen hielt. Pundt ist dankbar für jede

Auskunft; er sagt: Jeder Hinweis wird mich weiterbringen, und er nimmt den Rahmen wieder an sich, hält ihn einmal der Frau hin, dann dem Mann, nicht fordernd oder bedrängend, sondern nur hilfsbereit, er will ihnen helfen bei dem Versuch, sich zu erinnern, denn sie sind schon unterwegs, er spürt es an dem gespannten Schweigen, sieht es an ihren angestrengten Gesichtern, daß sie auf der Suche sind, um wiederzufinden, was einmal in den Rahmen gehört hat.

Der Mann gibt als erster auf, nein, sagt er, nein, ich kann mich nicht erinnern, und er schlägt den Kragen hoch, steckt die Ärmel des Bademantels zusammen, als ob er fröre. Er bedauert. Er lächelt sein sanftes, ermutigendes Meister-Lächeln, das gesucht ist, für das man ihn bezahlt. Die Frau indes sitzt immer noch regungslos da, steifnackig, eine untersetzte Frau mit körniger Haut; sie beißt sich auf die Lippen, massiert mit zwei Fingern die Schläfe, gibt, sich erinnernd, einen Schmerz zu, und dann steht sie auf, geht den Männern voraus auf den Korridor und in das Zimmer, in dem Harald gelebt hat. Hier, sagt sie und legt eine Hand auf die Ecke des kahlen, von Brandflecken gesprenkelten Schreibtisches, hier hat der Rahmen gestanden, und das Bild: ein blonder Mann mit sehr langem Haar, ja, und mit einer Gitarre. Hier hat es gestanden. Es war ein Mann mit einer Gitarre, jetzt erinnere ich mich.

Valentin Pundt mustert dringend das eiserne Bettgestell, das Fensterbrett, den zur Hälfte offenstehenden Schrank; sie verweigern jede Auskunft. Er zieht die Schublade des altmodischen Nachttischchens auf; sie ist leer; er sieht, über den Schreibtisch gelehnt, in den Papierkorb; kein Rest. Nirgendwo eine Spur, ein Überbleibsel, ein Zeichen, und er wiederholt langsam, echohaft: Mit einer Gitarre.

Sie lösen sich aus dem Zimmer, zäh, sie schieben sich hintereinander auf den Korridor zur Garderobe, als die Türklingel einen Tobsuchtsanfall bekommt; das ist Überfall, das ist höchste Alarmstufe, doch während Pundt, den feuchten Mantel in der Hand, erschrocken lauscht, geht die Frau ruhig seufzend zur Tür und öffnet und steht wartend da in unabänderlicher Resignation. Warum mußt du Sturm klingeln, Tom, mein Gott, warum kannst du nicht klingeln wie ein erwachsener Mensch? Ulli wartet! Also deswegen. Ulli wartet, und Tom will sich an ihnen vorbeidrängen mit gutmütigem Grinsen, ein sehr magerer, hochaufgeschossener Junge, dem ein dreieckiges Hasengesicht regsamen Ausdruck verleiht. Ich brauch mein Schneehemd. Er braucht sein Schneehemd. Es macht ihm nichts aus, daß man ihm zusieht, wie er ein Schneehemd über den Pullover zieht, ein knöchellanges Schneehemd mit gelben Altersflecken, das, wer weiß, schon auf den verschneiten Ebenen Rußlands gelegen hat oder einen Soldaten im karelischen Winter tarnte, und an die weiße Brust heftet er sich eigenhändig ein Eisernes Kreuz, das er aus seiner Schulmappe hervorkramt, vermutlich also in der Schule eingetauscht hat.

Tom, sagt Herr Meister, das ist Haralds Vater, und Tom gibt Pundt die Hand ohne Erstaunen oder besondere Aufmerksamkeit, er hält nicht einmal in der Bewegung inne, will nur fort, will zu Ulli, der draußen im Schneeregen wartet. Vielleicht kennt Tom den Mann mit der Gitarre? Pundt hält ihm den leeren Rahmen hin, sagt: Auf dem Tisch, auf dem Schreibtisch hat er gestanden, erinnern Sie sich vielleicht? Tom im Schneehemd braucht sich nicht zu bedenken, nicht anzustrengen: Mike war das, Mike Mitchner, wer denn sonst; Mike war Haralds Mann. Da ist eine

leichte Verwunderung in seiner Stimme, da könnte man eine dringende Gegenfrage raushören: Mike – wißt ihr das denn nicht mehr? Mike in seinen Anfängen allerdings, als Protestsänger, nicht der heutige Mike, der große, erfolgreiche Mike, zu dem er, Tom, jetzt aufbricht, dem zu Ehren er sich das Schneehemd angezogen hat; diesen Mike hätte sich Harald nicht auf den Tisch gestellt, leider. Heute tritt er zum erstenmal in der Ernst-Merck-Halle auf, eine ganz steile Sache: *Licht, Bewegung und Musik.* Ein Amerikaner? fragt Pundt. Nicht doch, sagt Tom, er war auf unserer Schule, Mike Mitchner ist nur sein Künstlername, bis zum Abitur hörte er auf Neidhart Zoch. Und mit gespielter Förmlichkeit sagt Tom zu Herrn Meister: es kann spät werden, teure Eltern, sorgt euch nicht um euren selbständig denkenden Sohn. Nimm den Hausschlüssel mit, sagt die Frau. Träum von deiner Jugend, Mütterchen, sagt Tom. Vorsicht, sagt Herr Meister, gib acht auf deine Worte. – Sie sind alle vergoldet, Väterchen, merkst du das nicht?
Tom im geräumigen Hemd, Tom der Schneehase schiebt eine Hand auf den Rücken, ertastet den Türdrücker, setzt aus seiner Höhe zu übertrieben respektvoller Verbeugung an, da fragt Pundt, den leeren Rahmen sorgfältig in seiner Manteltasche verstauend: Wenn Sie nichts dagegen haben – ich möchte Sie gern begleiten; vielleicht bringt es mich weiter. Herr und Frau Meister nicken ihm freundlich zu. Unterbrechung der Verbeugung, Heben des Blicks, Tom ist nicht überrascht, scheint noch nie durch irgend etwas überrascht worden zu sein: Wenn Sie Erlaubnis haben, sagt er, wenn Sie weiterkommen wollen – Sie können uns begleiten, von mir aus.
Auch Ulli hat nichts dagegen, obwohl sein mürrisches

Schweigen anders ausgelegt werden könnte; gebeugt unter seiner Jugend, mißmutig, kopfhängerisch, latscht er neben Valentin Pundt durch den Schneeregen und scheint allenfalls auf das Klicken der Metallkette zu lauschen, die er unter fransigem Afghanermantel trägt. Barhäuptig geht der Pädagoge zwischen ihnen, kurzlebiger Schnee schmilzt auf seinem Haar, sein Gesicht glänzt vor Nässe. Schon beginnt er, dem Erlebten Zensuren zu geben.

Dort ist die Moorweide mit dem ziegelroten Turm, dahinter der Dammtor-Bahnhof, der mit seinem breiten, geteilten Eingang die abendliche Prozession der Fußgänger ansaugt; in Trauben, in Ketten streben sie ihm entgegen, bepackt mit Taschen, Stofftieren, Decken, Rucksäcken, aufblasbaren Gummimatratzen: haben sie den Bahnhof zu ihrem Zuhause bestimmt? Wir müssen auch da durch, sagt Tom und grüßt gelassen, grüßt schneekühl einen Trupp junger Leute, die ein Metallbett auf ihren Schultern tragen, ein mit grünen und rosafarbenen Girlanden geschmücktes Bett, von dem ein ruhendes Mädchen ein langes, gestiefeltes Bein wippend herabhängen läßt. Pundt bemerkt, wie andere stehenbleiben, so wie er selbst stehengeblieben wäre, um diese zwar lockere, aber zielsichere Prozession zu betrachten, all die hochgestimmten minderjährigen Zeitgenossen, die so selbstverständlich ihr Schaffell, ihren Angora-Umhang spazierenführen, die sich den Schnee aus hochgekämmten Papua-Frisuren oder lang fallenden Schillerlocken schütteln, die sich mit Ketten und Amuletts und gewichtigen Fingerringen bewaffnet haben, als müßten sie sich gegen einen bösen Zauber schützen. Mit der Prozession wird Pundt durch den Bahnhof geschwemmt, ein Fremdkörper, vereinnahmt, ein aufschwimmendes Wrackteil, das von einer Strömung

entführt wird, hinüber zum Ausstellungsgelände, zur großen Halle, in den abgesperrten Garten aus »Licht, Bewegung und Musik«.
Ich hab Sie mir anders vorgestellt, sagt Tom auf einmal. Anders? Harald – er nannte Sie manchmal den »Wegweiser«, der nur eine Richtung kennt, nur in eine Richtung zeigt, ein Chausseeschild, Sie wissen; ich schätze, dies ist nicht Ihre Richtung, und dennoch kommen Sie mit. – Harald? fragt Pundt, und Tom darauf: Wenn ich mich nicht verhört habe, mußte er jeden Tag auf ein Kalenderblatt schreiben, wann er die Schule verließ und wann er zu Hause eintraf; Sie kontrollierten diese Eintragungen. – Schöne Scherze, sagt Ulli düster. Weil Sie was gegen Umwege haben, sagt Tom, durfte er auch keine Umwege machen; über jede ungewisse Minute mußte er Rechenschaft ablegen, wenn ich ihn richtig verstanden habe. Deshalb finde ich's Klasse, daß Sie sich Mike ansehen wollen.
Stauungen entstehen, Strömungen treffen aufeinander. Die Prozession wird gehemmt, durchlöchert, durchwirkt von Besucher-Pulks, die, mit Prospekten eingedeckt, mit Proben beschwert, aus der Skandinavischen Lebensmittel-Ausstellung heraussickern, wo man den Norden zwischen den Zähnen hatte, einen wirtlichen, einen schmackhaften Norden, der aus seiner Vorliebe für Mayonnaisen keinen Hehl macht und all seine Angebote kunstvoll bekleckert. Stimmen, geblähte Erinnerung, vergewissernde Fragen: wie heißt das weiche Geklebe? Ködboller sind doch Fleischklöße, oder? Der Rentierschinken hat mich – gegen das Bier läßt sich nichts – Smörbröd sollte man unbedingt – über die Pasteten kann man nur. Man erklärt sich Gesehenes. Nachgeschmeckt wird da. Es werden Beschlüsse gefaßt.

Die Prozession bewegt sich wieder ungehemmt auf die große Halle zu, ein gewaltloser und dennoch ungestümer Zug, der den vereinzelten Polizisten das Recht auf Anwesenheit bestreitet – einfach durch die augenscheinliche Friedfertigkeit, die von den mitgeführten Gegenständen ausgeht: in offenen Ledertaschen entdeckt Pundt Brettspiele, Mensch-ärgere-dich-nicht zum Beispiel; er entdeckt einen Stapel Micky-Maus-Hefte, Strickzeug sogar. Pundt kann nicht aufhören, zu bewerten. In welch einen Aufbruch ist er hineingeraten? Ist das ein Abschied, eine Lossagung? Soll hier ein Reich der Minderjährigen gegründet werden? Ein verschontes Luft- und Traumreich, fern von den Erwachsenen? Wird man ihm womöglich den Zutritt verwehren, ihm, dem Alten, dem Grauhaar, dem Feind? Am Eingang muß jetzt ein Gedränge inszeniert werden, jedoch nicht, weil die Prozession ihre Disziplin aufgegeben hätte, sondern weil die Eigentümer von Betten, Matratzen, Steppdecken nicht schnell genug ihre Eintrittskarten aus der Tasche fischen können. Lasten werden hochgeschwungen, werden nun auf Köpfen, auf Schultern getragen...

Hier hab ich die Verantwortung, sagt Tom, halten Sie sich nur an mich, dann gehn Sie nicht verloren. Pundt erhält eine Karte und wird eingelassen ohne Mißtrauen, ohne Prüfung – er darf im Mantel einen Raum betreten, in dem sich seit zwei Tagen und zwei Nächten Licht in Musik verwandelt und Musik sich Bewegung erfindet. Der violette Strahl zweier Scheinwerfer schwingt, tanzt, zuckt durch den Raum, jetzt treffen beide Pundt, sammeln sich auf ihm, halten ihn gemeinsam fest, als hätten sie in ihm den Gegner entdeckt, den Fremden, der sich hier eingeschlichen hat, und er schließt die Augen, da lassen die Lichter ihn wieder los und schwingen, Zacken, Girlanden, Kreise ziehend, durch den Raum und zur Bühne zurück, wo sie eine Glocke über die beiden Kapellen stülpen. Rektor Pundt öffnet die Augen und steht vor einem unabsehbaren Terrarium: da sind Grotten unter einem Stuhlgebirge, da sind Pfade und Tunnel, da hat sich die Sorglosigkeit eine Plattform errichtet und die Vorsicht ein Versteck hinter Wolldecken. Auf einer Gummimatratze, mit verflochtenen Pfoten, liegen zwei Siebenschläfer, ein gefleckter Hamster mit Sonnenbrille, der sich von Zeit zu Zeit Puffreis in den Mund hineinregnen läßt, scheint ihren Schlaf zu bewachen. Springmäuse in sehr kurzen Röcken huschen gemeinsam zur Toilette, vorbei an den erschöpft tanzenden Gürteltieren, die sich mit ihren lang ausgezogenen Lippen aneinander festgesaugt haben. Pundt steht. Pundt hält sich fest. Was er sieht, möchte er auf seine Weise sehen. Unter der Bühne spielen zwei Meerschweinchen, eins sitzend, das andere liegend, rauchend Schach, während eine Negerin in weißen, strammen Höschen rhythmisch in die Hände klatscht und den Kopf pendelnd hin- und herbewegt. Molche verlassen gerade mit klopfenden Flanken die Tanzfläche, beziehen Ruhestellung unter einem Fenster, einen von ihnen glaubt Pundt zu erkennen aus einer anderen Welt: Schüler Eckelkamp. Und über das ganze schlafende, tanzende, spielende, in jedem Fall zufriedene Inventar huschen violette und gelbe Lichter und streiten sich mit den süßlichen Rauchwolken, die vom Grund des Terrariums zur Decke steigen.

Pundt findet einen Klappstuhl und beobachtet die beiden erschöpften Kapellen, die sich nicht wahrzunehmen scheinen, die auch etwas musikalisch bezeugen, was weit auseinander liegt: die berechtigte Schwermut der Baumwollpflücker und die nicht weniger berechtigte Trauer eines lateinamerikanischen Partisanen. Sie spielen verhalten, in sich gekehrt spielen sie, da wird kein Appell vorbereitet und schon gar keine Herausforderung, vielmehr lassen sie aus ihrer Versunkenheit nur Bilder der Klage aufsteigen, nutzloser Klage, wie man sich denken kann. Pundt möchte rauchen, doch obwohl viele es tun, wagt er es nicht. Er zieht den Mantel aus und legt ihn über die Knie. Unten am Ende der Treppe taucht Tom auf, der nicht mehr allein unter seinem Schneehemd steckt, sondern seine Tarnung mit einem Mädchen teilt, das gerade seinen Kopf durch den breiten Halsausschnitt zwängt, das Haar schüttelt, das vergnügte Gesicht hebt und Applaus erwartet für diese gelungene Vereinigung zum Doppelwesen. Werden sie stolpern? Aufeinanderfallen? Sie bleiben stehen, gegen eine Wand gelehnt. Der Stoff des Schneehemds wird lebendig, verrät, daß ihre Hände sich zu unterhalten beginnen. Ulli schnürt in berechneter Diagonale auf eine Gruppe andächtig hockender Burschen zu. Sie haben einen Kreis gebildet, und im Kreis wandert, mit leerer Würde weitergereicht, eine qualmende Pfeife, Friedenspfeife, Wonnepfeife, die Pfeife des Vergessens, die auch Ulli erhält, nun, da er sich wortlos hingehockt und seine Zeit gewartet hat. Ihr Blick ist hoffnungsvoll in die Ferne gerichtet, gleich werden sie ihren Kometen sehen, oder den Schweif ihres Kometen, der sie über alles erfahrene Unrecht in Physik, Mathe und Latein hinwegtröstet. Müder Beifall für die beiden Kapellen, das heißt für den Entschluß der Kapellen, aufzuhören und abzutreten; dennoch schieben sie winkend ab, räumen die Bühne für einen Paradiesvogel, der in leuchtendem Seidenhemd und mit alleswissendem Lächeln auftritt, sich das Mikrofon angelt, eine knappe Dressurnummer mit dem Kabel abzieht und dann einen Augenblick konzentriert dasteht, als habe er nicht nur etwas, sondern alles zu verkünden, zumindest ein neues Zeitalter. Und es trifft zu: sein Auftritt wird angesagt, seine leibhaftige Gegenwart. Er wird erscheinen, unter uns sein, er wird unserer Sehnsucht einen neuen Ausdruck finden: MIKE MITCHNER. Der Paradiesvogel wendet sich um, stopft über dem Hintern sein Seidenhemd in die Hose, blickt regungslos in die Kulissen, und siehe: jetzt steigt er heraus mit seiner Gitarre, breitet die Arme aus und gibt das Signal für ein gellendes Erwachen.

Pundt erschrickt. Das schüttelt sich, schreit auf, springt auf die Füße, schießt an die Oberfläche. Das flitzt nach vorn, stampft, das wirft den Schlaf und alle genügsame Trägheit ab und bereitet dem blonden, hohlwangigen Jungen ein kreischendes Willkommen. Pundt hört Kreissägen, Trillerpfeifen, Stahlbohrer, rotierende Schleifsteine, Blechscheren und, obwohl »erklärter Nichtfahrer«, den Fiepton luftlassender Autoreifen. Gespreizte Finger recken sich zur Bühne hinauf. Heulend, klatschend, auch haareraufend schieben sie sich unter der Bühne zusammen, werden gleich auf die Bühne stürmen und den langmähnigen Jungen, dessen rötlicher Bart schimmert, als ob er geölt sei, in gläubiger Raserei in Stücke reißen, um ihn an Ort und Stelle, ohne besondere Zutaten, zu verzehren oder so ähnlich, doch jetzt rührt er sich, gibt die Haltung auf, die sowohl ergeben als auch segnend genannt werden kann, und hebt lächelnd einen Fuß auf einen Stuhl. Sofort wird die Länge des von Wildlederhosen umschlossenen Schenkels erkennbar. Der Paradiesvogel hängt das Mikrofon an einen Ständer, geht rückwärts ab und schnippt auf einmal in die Luft, worauf mehrfarbige Lichter aufflammen, die tanzend durch die Halle schwingen, bis sie ihn gefunden haben, sich auf ihm ausruhen: MIKE MITCHNER. Der schlägt jetzt probeweise einen Akkord an, senkt das Gesicht, wünscht sich Stille, aber erreicht sie nicht, er ist es gewohnt, er ist auf alles vorbereitet, und plötzlich richtet er den Oberkörper auf und erstarrt. Er hat etwas entdeckt, nein, er hat nur einen Punkt in der Halle angenommen, an dem er sicht festsieht – Pundt vielleicht? –, und dann eröffnet er mit *Midnight-Letter.* Mike Mitchner stöhnt. Er schluchzt. Preßlaute, eigentümlich erkaltet, bestätigen die Not, die er mit seinem Midnight-Letter hatte, hat und immer noch haben wird, denn dieser Brief, um Mitternacht geschrieben, soll Katy alles, aber auch alles sagen, vor allem soll er die Einsamkeit aufheben und der Kälte ein Ende setzen, doch was mitternächtlich gelingt und auszureichen scheint, will am Morgen nicht mehr genügen, erweist sich einfach als schal, lahm, unangemessen, was den Briefschreiber, der bei Mitternacht auf Inspiration, beim Morgen aber auf zerstörerische Kontrolle abonniert ist, immer wieder daran hindert, den unzureichenden Brief abzuschicken, das kommt nicht oft vor. Die Zuhörer werden ergriffen von den rhythmischen Wellen des Leids, sie verstehen Mitch, sie haben offensichtlich die gleichen Sprachprobleme, und sie stöhnen mit ihm, schluchzen mit ihm, und ein sehr junges Mädchen mit kurzen, formlosen Waden wirft sich auf den Boden und robbt im Kreis herum. Hin und her fliegt ihr Kopf, ihr Haar fegt über den Boden wie ein wild geführter Mop: sucht sie das Wort, das zufriedenstellende Wort für Mike Mitchner?

Rektor Pundt will es so verstehen; alles, was da geschieht, möchte er auf seine Weise sehen, erfahren, bewerten, und als Mike Mitchner, seinen Körper zum Fragezeichen verziehend, leise und zum Schlag der Gitarre wissen möchte: *Who can take my heat away?* – da steht der Pädagoge auf, zufrieden, daß er sich nicht durch die Reihe klemmen muß, und strebt dem Ausgang zu.
Er ist der einzige, der in diesem Augenblick die Halle verläßt, er weiß, daß sein Auszug als Absage, als Demonstration verstanden werden kann, darum senkt er das Gesicht, winkelt den Oberkörper weit nach vorn: so gewinnt er den Einlaß und läuft auf einen Ordner auf, der von Mike Mitchner so magnetisiert ist, daß jetzt alles passieren könnte unter seinen Augen. Der Ordner fährt ihn an, hebt einen Arm und bedroht Pundt mit dem Ellenbogen. Drüben, Mann, sagt er, die Lebensmittelproben können Sie drüben abstauben, in der Ausstellung, hier sind Sie ein Querschläger. Pundt entschuldigt sich, bleibt stehen, findet den Mut, um eine Auskunft zu bitten: wo es zu den Garderoben geht, zu Herrn Mitchners Garderobe? Mann, sagt der Ordner, wenn Sie ein Autogramm haben wollen: schreiben Sie, ich rate Ihnen, schreiben Sie, denn vor seiner Tür bricht gleich der Vesuv aus, wenn Sie wissen, was ich meine. Also dort sind die Garderoben, aber gehn Sie nicht hin, Mann.
Pundt mißachtet die Warnung, fragt sich von Ordner zu Ordner weiter, gleich hat er die Garderoben, Hilfs-Garderoben, gefunden, doch hier, in Augenhöhe, ist ein kleines offenes Schiebefenster, von dem aus man die Halle, oder doch einen Teil der Halle, übersehen kann: tief unten, von gleitenden und kreisenden Lichtern aus dem Halbdunkel geschnitten, eine Hydra von Mikrofonen

dicht vor dem Mund, singt Mitchner immer noch mit gepreßt klagender Stimme von der unbarmherzigen Hitze, die sengend über seinem Leben liegt, eine offenbar schicksalhafte Hitze, die nur ein anderer von ihm nehmen kann, ein lange Erwarteter, ein heimlich Erwählter, und während er nun den Blick wandern läßt über den Saum eingebildeter Horizonte, können ihn viele seiner Zuhörer nicht mehr leiden sehen. Gellende Angebote. Erkennungszeichen. Gekrümmte Körper, gekrümmt wie Blätter im Feuer. Explodierendes Mitgefühl. Ich, ruft ein Mädchen, ich, ich, ich, Mike! Flatternde Hände. Ein Junge unter weißem Sturzhelm steigt auf die Bühne, will Mike umarmen, forttragen, entführen in selige, vor allem wohltemperierte Kellergemeinschaft – zwei Ordner ziehen ihn zurück. Mike unterbricht sich nicht, es scheint nicht die ersehnte Offerte zu sein, und er singt auch dann noch weiter, als sich ein sehr junges Mädchen – Quinta, denkt Pundt, allenfalls Quinta – aus einer gewürfelten Bluse pellt und Mike mit zwar nacktem, aber flachem Oberkörper Kühlung verspricht.
Pundt vergewissert sich, ob man ihn, den Alten, den Zaungast beobachtet. Er zieht sich vom Fenster zurück, geht weiter in Richtung der Garderoben, und jetzt braucht er nicht mehr zu fragen: der Haufen dort, die drängende Ansammlung, die sich selbst durch Druck und Gegendruck in dünende Bewegung bringt, bestätigen ihm, daß er sein Ziel erreicht hat. Er irrt sich: einstweilen hört er keine Anspielungen, keine ironischen Zurufe – na, Opa, auch'n Autogramm? –, vielmehr scheint ihre ganze Aufmerksamkeit darauf gerichtet, den Platz zu behaupten, den sie sich, auf Mike Mitchners Auftritt verzichtend, erobert haben. Pundt zwängt sich in die bewegliche Mauer

der Körper hinein, die Arme abwehrbereit vor der Brust, besorgt um Spielraum, Atemraum, und sanft kippend, zurückwogend, unter berechnetem Einsatz seines Gewichts gelingt es ihm, in die Ansammlung einzudringen und sich amöbenhaft gegen die Tür vorzuarbeiten. Und jetzt, bei erfolgreichem Vordringen, hört er Flüche, die ihm gelten, hört Warnungen und spöttischen Anruf: He, Opa, mal halblang, Opa; hast dich wohl verirrt, Opa! Sie haben ihn entdeckt, sie machen sich gegenseitig auf ihn aufmerksam, dennoch stoßen sie ihn nicht aus ihrer Mitte aus, einfach weil die Furcht, durch eine strudelhafte Bewegung selbst an den Rand zu geraten, größer ist als der Wunsch, ihn loszuwerden. Soll er sich jetzt zurückziehen, den Plan aufgeben?

Pundt, der unablässig die Tür im Auge behält, entdeckt plötzlich, daß die Tür von innen geöffnet wird; da wird ruckweise gerückt, da vergrößert sich unter stetigem Schlagen ein Spalt, und im Spalt taucht, heulend begrüßt, nicht etwa Mike Mitchner auf, sondern ein Mann, der Janpeter Heller gleicht – nein, es *ist* Janpeter Heller, der sich im weinroten Pullover emporreckt und mit bogenförmigen Gesten der Beschwichtigung die nötige Ruhe für eine Ansage herstellen möchte. Also, es wird gleich losgehen. Jeder wird bedient. Aber man möchte zurücktreten, sich in einer Reihe aufstellen, geordnet vorrücken: das zu jedermanns Vorteil. Sie glauben ihm nicht, vielleicht verstehen sie ihn auch nicht, jedenfalls verformt der Haufen sich nicht zu dünn ausgezogener Schlange, was Heller zu der achselzuckenden Feststellung veranlaßt: Wenn nicht – dann nicht.

So ist es: jetzt entdeckt er Pundts Gesicht unter dem ungescheitelten Haar, zögert, zeigt die nötige Betroffenheit

bei diesem Wiedererkennen, muß aber glauben, daß es Pundt und tatsächlich Pundt ist, denn wer sonst würde ihm so überrascht und hilfesuchend zuwinken? Und da es keinen Zweifel mehr gibt, vergrößert Heller den Spalt um schätzungsweise fünfzehn Grad, fordert eine Gasse – macht doch mal Platz! –, stößt sogar einen teilenden Arm in die Menge, die zwar quengelt und lärmt angesichts dieser ungerechten Bevorzugung, aber doch auch widerwillig Platz macht, so daß Pundt es schafft, Hellers ausgestreckte Hand zu erfassen und sich zum Spalt vorzuziehen, in die Garderobe.
Erschöpftes Aufatmen, verdutzte Musterung: Sie hier? – Sie hier? – Wie Sie sehen: Neidhart war mein Schüler, sagt Heller, damals in den Hamburger Jahren. Ich kann Ihnen eine Ehrenkarte geben. – Danke, sagt Pundt, ich brauche nur eine Auskunft, privat. – Nichts gehört? – Doch, sagt Pundt, er sei in der Halle gewesen, er habe Herrn Mitchner gehört, Herrn Mitchners Gemeinde, eine junge Gemeinde, ja, die gerade erweckt wurde und eine Art mystischer Vereinigung feiert. Er, Pundt, sei nicht ohne Eindruck, jedenfalls.
Heller bietet ihm einen Holzschemel an und macht ihn bekannt mit einem jungen athletischen Christus, der ein lindgrünes Pulloverhemd über der Hose und über dem Hemd einen breiten Lackledergürtel mit extra breiter Schnalle trägt; Jürgen Klepatsch, Neidharts Betreuer. Klepatsch, ein überlanges Handtuch um den Hals geschlungen, blickt von seinem Kreuzworträtsel auf und hebt zum Gruß den Zeigefinger, läßt ihn eine Sekunde versteift schräg aufwärts ragen, dann sinnt er weiter über die Papageienart mit drei Buchstaben. Und ich dachte schon: sieh an, der Herr Pundt ist ein Liebhaber, viel-

leicht sogar ein Sachverständiger von Neidharts Musik, sagt Heller. Nein, nein, nur privat. Trotzdem, Herr Kollege, es freut mich, daß wir uns hier begegnen, in dieser Halle, bei dieser Veranstaltung. Sehn Sie dort auf dem Fensterbrett? Pundt wendet den Kopf und blickt zum Fensterbrett, auf dem Stapel von Briefen, Karten, Autogrammheften liegen und ein gesonderter Stapel von Fotografien. Achtzehntausend im Monat, sagt Heller, und in raunender Wiederholung: achtzehntausend Zuschriften in jedem Monat, wahrscheinlich mehr als der Bundespräsident. Pundt könnte länger darauf antworten, doch er beschränkt sich auf ein einziges Wort, sagt nur: Enorm.

Sprechchöre? Sind das Sprechchöre vor der Tür? Heller legt ein Ohr an die Tür, lauscht, preßt eine Wange gegen das Holz und läßt einmal mit hochgezogenen Schultern und leicht nach vorn geneigtem Oberkörper, die Füße in Lauf- oder gleich in Fluchtstellung, das Abbild eines Lauschers entstehen. Sie werden ungeduldig da draußen, hören Sie? Mike, wir stehen hier zuhauf, mach die Bude endlich auf! Pundt tritt näher an die Tür heran, hört jetzt deutlich die Sprechchöre, er unterscheidet sogar die Stimme eines Mannes, der sich gellend bemüht, der Menge einen neuen Text beizubringen.

Sie kennen Neidhart persönlich? fragt Heller. Nein, er war mit meinem Sohn befreundet, vielleicht kann er mir etwas sagen, was mich weiterbringt. Jetzt wirft Jürgen Klepatsch den Bleistift in einer Art auf das großgedruckte Kreuzworträtsel, daß man sogleich annehmen möchte, die Papageienart kann niemals drei, sie muß fünf, womöglich sechs Buchstaben haben. Mikes Betreuer geht zum Ausguß. Er dreht den Wasserhahn auf. Er nimmt aus einem Lederetui einen beutelförmigen Waschlappen, in den er seine Hand hineinzwängen kann. Das Frotteetuch dunkelt, als er es unter den vollen Wasserstrahl hält. Er legt den nassen Waschlappen über den Rand des Beckens. Was noch? Die Flasche mit dem Kölnisch Wasser. Er stellt die Flasche auf das Fensterbrett, ans Kopfende der Couch, setzt die Kuppen seiner Finger gegeneinander, drückt und bewegt sie, bereitet sie auf die gewohnte Arbeit vor. Er öffnet die schmale Tür zum Bühneneingang. Kommt er nicht endlich? Er kommt.

Dahinten, im Schlepptau des Paradiesvogels, stelzbeinig und gegen den ansteigenden Boden geneigt, kommt Mike Mitchner, allein in seiner Erschöpfung, jedenfalls unachtsam gegenüber den Komplimenten, mit denen der Paradiesvogel ihn spickt: Wunderbar, Mike; unerreicht, Mike; so kannst nur *du* sein. Schwarz vor Schweiß ist sein Hemd von den Achselhöhlen bis zum Gürtel, Pundt erkennt es, während Mike die Arme ausbreitet und schwankend die seitliche Begrenzung des Ganges ertastet, er wankt tatsächlich mit geschlossenen Augen, nicht enttäuscht oder fassungslos, sondern noch in seiner Ermattung mit sich selbst zufrieden, da er auch diesmal seinen Grundsatz befolgte, sich nie zu schonen, sondern alles von sich zu fordern und zu geben.

Sie bugsieren ihn in die Garderobe, drehen ihn gegen das Licht, heben seine Arme über den Kopf und rollen ihm, der ergeben und immer noch mit geschlossenen Augen dasteht, das Hemd bis zur Schulter hoch, führen ihn schließlich zur Couch, wo Jürgen Klepatsch ihm das Hemd über den Kopf zieht und ihn geschickt niederdrückt auf den kühlen, seidig schimmernden Stoff. Mike Mitchner liegt auf dem Bauch, das Gesicht der Wand zugekehrt, heftig atmend. Von Hellers Blick dauerhaft befragt, möchte Pundt etwas sagen, er möchte sagen, daß er nicht gewußt hat, um welch ein »Stück zehrender Arbeit« es sich hier handelt, doch nun werden alle Blicke von Klepatsch angezogen, der mit der Hand in den Waschlappen fährt und ihn auf Mikes fettlosem, doch pickligem Rücken spazierenführt, zuerst hier tupft, da tupft, Linien zieht, Bogen entwirft, feuchte Initiale breit hinschreibt, die er gleich darauf mit dem überlangen Handtuch fortwischt. Schweigend beobachtet Pundt, wie der Betreuer seinen bärtigen Schützling auf den Rücken dreht, den Waschlappen von neuem tränkt und ihn sanft über das Gesicht zieht, danach klatschend die unbehaarte Brust bearbeitet und mit fast inständiger Sorgfalt Handgelenke und Achselhöhlen abreibt: *Who can take my heat away?* Klepatsch verspritzt in unerhörter, zumindest von Pundt noch nie erlebter Großzügigkeit Kölnisch Wasser über die Couch, das heißt, er schlackert es energisch aus der Flasche heraus. Spritzer finden Mikes Rücken, die enge Wildlederhose, die Couch; unter diesem Regen muß jeder erwachen, denkt Pundt, und ist schon nicht mehr erstaunt über den Eifer, mit dem der Betreuer Mikes Haar auskämmt, der jetzt natürlich nicht mehr liegt, der vielmehr spreizbeinig, feierabendlich, wie eine Bäuerin dasitzt, die Hände auf die Oberschenkel gestützt.

Er ist fertig, flüstert Heller, nach jedem Auftritt ist er völlig fertig; und Pundt, ebenso leise: man braucht mehr als Kraft, kann ich mir vorstellen. Nun hebt Klepatsch ein frisches, rosafarbenes Hemd über Mike, senkt es langsam auf ihn herab, wobei er darauf achtet, daß die Hände durch die Ärmellöcher stoßen und der Kopf durch den Ausschnitt emportaucht, und in diesem Augenblick greift Mike, weil das Zeremoniell es so verlangt, nach einer schwebenden Zigarette in der Luft, die sich allerdings nicht findet – doch, der Betreuer hat die Zigarette längst angeraucht und steckt sie in die erwartungsvolle Fingerschere, die zukneift und das glimmende Stäbchen zum Mund führt.

Wie war ich? fragt Mike plötzlich. Los, sagt mal, wie war ich? – Du warst du, sagte der Paradiesvogel, und sonst niemand. – Wenn das man genug ist, sagt Mike und steht auf und sieht zum erstenmal Pundt im Hintergrund vor der Tür, sieht ihn und erwartet keineswegs von ihm selbst, sondern von Janpeter Heller eine Auskunft oder Erklärung, und Heller winkt den alten Pädagogen heran und darf vorstellen: Herr Pundt – Herr Zoch. Das scheint Mike zu genügen, er will schon abdrehen, da sagt Heller: Privat, Herr Pundt möchte dich privat sprechen, darum habe ich ihn hereingelassen, worauf sich Mike noch einmal Pundt zuwendet, hoch aufgerichtet, die Daumen in die aufgenähten Taschen eingehängt. Privat? Valentin Pundt sagt: Harald, mein Sohn Harald – Sie kannten ihn? Harald Pundt? Student.

Ist etwas passiert mit ihm? fragt Mike. Er ist tot, sagt Pundt.

Mike Mitchner wendet sich ab, verschiebt die Stapel von Briefen, Autogrammheften, Fotografien, und mit angezogenem Kinn spricht er langsam auf sie hinab. Ja, er könne sich an Harald erinnern, obwohl es lange Zeit her sei – in meiner Zeit als Protestsänger –, er könne sich an ihn erinnern, an das Kellerlokal, an die Gulaschsuppe, das Lokal hieß »Vierter August«, er wisse auch nicht, warum – vielleicht war das der Hochzeitstag des Wirts –, also dort habe man zusammengesessen, der ganze Kreis, die Gulaschsuppe sei sehr scharf und billig gewesen, und bei dieser Klasse-Suppe habe der Kreis die schwebenden Fälle behandelt, mehr oder weniger ein Freundeskreis, ja, der seine Aufgabe darin sah, zu verhindern, daß ein grobes Unrecht, sagen wir ruhig: eine beispiellose Sauerei zu schnell von der Bühne verschwand und vergessen wurde. Deshalb schrieb der Kreis Leserbriefe, bündelweise; man habe die Fälle behandelt, sie in eine Reihenfolge gebracht und danach die Redaktionen mit einer Welle von Leserbriefen eingedeckt. Harald? Was könnte er sonst über ihn sagen? Er löffelte seine Suppe wie die andern, schrieb seine Briefe wie die andern. Etwas Besonderes? Seine Begeisterung vielleicht, ja, er erinnere sich an Haralds Begeisterungsausbrüche, an die man sich erst gewöhnen mußte, sie erfolgten automatisch, fast bei jedem Vorschlag, eine mitunter kaum zu begründende Begeisterung, die alle Pläne begleitete. Mehr könne er nicht sagen. Mehr nicht. Und Mike Mitchner dreht sich wieder zu Pundt um und hebt bedauernd die Schultern. Es ist wenig, ich weiß. Nein, sagt Pundt, Sie haben mir sehr geholfen, ich danke Ihnen, und entschuldigen Sie die Störung. Der Sänger steht da und blickt nur noch auf Janpeter Heller, der Pundt ein Zeichen macht: bald, wir sehn uns ja bald.

4

Dieser Polizist ist Rita Süßfeldt unbekannt. Er gibt zwar an, auf dem nahen Revier in der Oberstraße Dienst zu tun, er will sogar, und zwar bereits seit anderthalb Jahren, auf seinen täglichen Streifengängen durch die Innocentiastraße gekommen sein, dennoch hat sie ihn nie zuvor gesehen, weder allein, noch in Begleitung eines der anderen Beamten, die ihr nicht nur bekannt, sondern auf unterschiedliche Weise zugetan sind. Schon beim ersten Anblick dieses betretenen, freudlosen Gesichts weiß sie, daß dieser Mann noch nie eine Flasche Cognac von ihr erhalten hat; sie weiß außerdem, daß sie sich mit ihm noch nie auseinanderzusetzen brauchte über ihre eigene Art der Teilnahme am Verkehr. Deshalb kann er nicht ihretwegen gekommen sein, und er ist auch nicht ihretwegen gekommen, wie er gleich im Flur bekanntgibt: Sagen Sie, wohnt hier ein Merkel, Doktor Heino Merkel? Rita Süßfeldt entscheidet sich für eine indirekte Antwort, sie weist stumm auf die halbgeöffnete Schiebetür, hinter der das Wohnzimmer beginnt oder vielmehr, was dem ersten Eindruck näher kommt, ein großzügig organisiertes Möbellager mit ererbten Sitzecken, Schränken, Truhen, Kommoden, Standuhren und Tischen. Da bieten sich

Nußbaum und Kirschholz an; es bedrängen sich eine italienische Kredenz, ein gotisches Schrankungetüm, ein Renaissancetisch, von geschnitzten Einhörnern getragen, ein Biedermeiertisch, ein Fauteuil mit Beauvais-Tapisserie. Der fremde Polizist zögert, es ist das gleiche Zögern, das uns davon abhält, auf einer ausgestellten Sitzgelegenheit im Völkerkunde-Museum Platz zu nehmen – doch Rita Süßfeldt, eine Hand gegen das ererbte Möbellager ausgestreckt, ermuntert ihn: Setzen Sie sich, falls Sie etwas Passendes finden. Der Polizist setzt sich und stülpt seine Mütze über eine mit Silber eingefaßte Bürste, in die sich ein silberbeschlagener Kamm verbissen hat. Auf allen Tischen liegen silberne Dosen, Spiegel, stehen Apothekerwaagen und kleine Mörser herum.
Rauchen Sie? Der Polizist raucht nicht, trinkt nicht, zumindest nicht im Dienst; wie geborgt dasitzend, hebt er den Blick zu den Bildern, zu den oval gerahmten Familienbildern, die ausnahmslos blasse, noble, hasenköpfige Männer zeigen, die sich als hanseatische Senatoren verkleidet haben und die, auch wenn sie leicht verschleiert aus dem Rahmen blicken, etwas von dem strengen Sinn für Barzahlung ahnen lassen. Rita Süßfeldt bemerkt den Blick; von ihr wird der unbekannte Polizist nicht erfahren, daß ihre Familie sechs Senatoren und einen Bürgermeister gestellt hat, von ihr nicht.
Sie müssen sich etwas gedulden, sagt sie, mein Vetter wird noch abgehalten. Sogleich nickt der Polizist und richtet sich, die Arme auf die geschnitzten Armlehnen hebend, sichtbar aufs Warten ein, er scheint darin geübt. Wir haben sowieso nur ein paar Fragen zu stellen, sagt der Polizist. Fragen? Ja – da hat wieder einer im Tierheim nachts die Käfige geöffnet und Tiere befreit. – Ach

so! Rita Süßfeldt zieht sich zurück. Nein, sie verschwindet nur vorübergehend in ihrem Arbeitszimmer, angelt ein Buch von einem hochgelegenen Regal, dann kehrt sie zurück und legt das Buch mit Freundlichkeit neben die Mütze des Polizisten: Falls Sie mal reinschauen wollen, ein Werk meines Vetters, aus früheren Jahren, er ist Archäologe. Der Polizist bedankt sich, bevor er den Titel gelesen hat, gibt noch einmal zu verstehen, daß ihm Warten nichts ausmacht, und steht auf und bleibt so lange stehen, bis die Frau – über eine mit Kokos ausgelegte Treppe – den ersten Stock erreicht, eine Türe geöffnet und wieder geschlossen hat.

Das Buch heißt: *... und die Arche schwamm doch*, der historische Bootsbau vor der Sintflut. Jetzt setzt sich der Polizist. Die Schritte über ihm, Deckenhöhe dreiachtzig, müssen die Schritte der Frau sein, forsche, fast überstürzte Schritte, die sich nun tackend, vermutlich über die Fliesen eines Badezimmers, hinbewegen und abrupt aufhören. Keine Stimmen, keine Geräusche. Drüben im Arbeitszimmer läutet viermal das Telefon, niemand hebt ab. Mäßig interessiert, lauscht der Polizist dem Schlag der zahlreichen Uhren, greift dann träge zum Buch, liest und gibt lesend nicht mehr her als andere Leser.

Oben drückt Rita Süßfeldt die mattweiße Tür auf. Die Vorhänge sind zugezogen. Es brennen: die Deckenlampe, die Nachttischlampe und eine Schreibtischlampe auf schwarzem, gebogenem Fuß. Auf dem Fußboden liegen Bücher, Kissen, Zeitungsausschnitte und Kleidungsstücke, allerdings nicht sorgsam abgelegt, sondern gewaltsam hingefeuert und verstreut wie nach einer Auseinandersetzung, wovon besonders die Bücher erzählen, die mit abgerissenen Seiten herumliegen oder in verkrampftem

Spagat. Was aber niemand übersehen kann, und was diesen Raum von ähnlichen Räumen unterscheidet, ist der hohe, sowohl im Boden als auch in der Wand verankerte Stuhl, ein düsterer, wenn auch stilreiner Koloß, der ganz für sich dasteht, in einer Art unbarmherziger Bereitschaft. Dieses harte, mannshohe Ungetüm verpflichtet zu der Annahme, daß es nicht zu friedlichem Dasitzen aufgestellt ist, eher könnte man sich denken, daß hier Platz nimmt, wer verhört, angeklagt oder operiert werden soll.

Jetzt sitzt Heino Merkel in dem Stuhl, der ehemalige Archäologe. Er ist gefesselt. Lederriemen zwingen seine Handgelenke auf die Lehne, spannen sich kreuzweis vor seiner Brust, steife, knarrende Riemen, die mit Krampen am Stuhl befestigt sind. Der schmale, ausgezehrte Körper ist seitlich verrutscht, bezwungen von einer Kraft, die sich als stärker erwies, der Kopf hängt nach vorn und weist ein Stück künstlicher Schädelplatte vor; Striemen an den Unterarmen zeugen von vergeblicher Auflehnung gegen die Fessel. Der Mann regt sich, sein Kopf beginnt sanft zu pendeln, die Finger erproben ihre Gelenkigkeit, greifen, krümmen sich. Er hebt das Gesicht, ein erstauntes Gesicht, auf dem die dauernde Bereitschaft liegt, sich zu entschuldigen, lächelt hilflos, während Margarethe Süßfeldt ausdauernd seinen Nacken massiert und dabei die Vorwürfe sortiert, die er noch jedesmal zu hören bekam.

Kaum belebt er sich unter der Wohltat der Massage, da zeigt sich auch schon frisches Schuldbewußtsein auf seinem Gesicht, er möchte die Hand der Frau erfassen, er möchte – fassungslos über die abermalige Heimsuchung – ihr Gesicht zu sich herabwinken und ihr etwas zuflüstern, doch die Fesseln, die er selbst am Stuhl befestigt hat,

ziehen ihn ruckhaft zurück. Er stöhnt leise, weniger vor Schmerzen als deshalb, weil ihm die Berührung nicht gelingt, von der er sich Erleichterung erhofft.
Mareth, sagt er, Mareth, ich hab' alles versucht, aber es kam zu schnell. Und die Frau, über ihn hinwegsprechend: Du hast uns wieder enttäuscht. Du bist nicht zeitig genug in den Stuhl gegangen. Du hast uns zu spät gerufen. Und der Mann: Aber ich hab doch stillgehalten, ich hab euch doch keine Schwierigkeiten gemacht. Und die Frau, mit monotoner Strenge: Du hast Rita verletzt, du hast dein Zimmer verwüstet. Wenn es so weitergeht, Heino, können wir dich nicht bei uns behalten. Und der Mann wieder, in jäher Angst: Nicht in eine Anstalt, Mareth, bitte nur nicht in eine Anstalt, ich werde mich bessern. Ich werde euch rufen. Und die Frau: Oft, das hast du schon oft versprochen. Und der Mann: Aber ich hab doch gut durchgehalten. Das letzte Mal – es ist lange her. Weißt du, wie lange ich durchgehalten habe? Und die Frau, die Massage beendend: Wir mußten dich diesmal in den Stuhl bringen. Wir mußten dich fesseln. Du hast Rita an der Schulter verletzt. Und der Mann, jetzt aufgerichtet im Stuhl und mit glaubwürdigem Eifer: Es gibt automatische Schnappschlösser, Mareth. Ich werde solch ein Schloß besorgen und es selbst an den Riemen befestigen. Die Schwestern stehen vor dem Stuhl, tauschen einen Blick, Rita löst unter ermahnendem Zuspruch die Riemen, doch der Mann erhebt sich nicht, der Mann bleibt sitzen und reibt ruhig seine Handgelenke, atmet wie zur Kontrolle geräuschvoll ein und aus, dann knöpft er sein Hemd zu und biegt die Spitzen seines Hemdkragens zurecht: er weiß, was sie von ihm erwarten. Und er weiß, welche Spuren er beseitigen muß.

Während er die Socken hochzieht, die Hose abklopft, der Krawatte einen gefühlvollen Knoten macht, wiederholt er Versprechungen; doch das kennen die Frauen, sie wollen es nicht mehr hören, denn sie sind, auf geheime Verabredung, schon dabei, das Zimmer aufzuräumen, eine Ordnung herzustellen, die leichter vergessen läßt; schon winkt Rita beschwichtigend zu dem Mann hinüber, zerstreut allerdings und in einer Knappheit, die ihre Eile verrät. Wie spät ist es eigentlich?
Sie muß fort. Rita Süßfeldt muß zu einer Sitzung in die Hotel-Pension Klöver, wo diesmal über Pundts Vorschlag abgestimmt werden soll. Entschuldigt, Mareth, aber vorher muß ich die Sache noch einmal lesen – vorausgesetzt, daß ich das Manuskript wiederfinde. Was ist das für ein Mann, Pundt, fragt Mareth, auf der Ecke eines Taschentuchs kauend, und ihre Schwester, überrascht, denkt über Valentin Pundt nach und muß feststellen, daß sie ohne Schwierigkeiten zu zwei, drei Ansichten über ihn kommen kann. Pundt? Wer Pundt ist? In jedem Fall grauhaarig und aus Lüneburg. Manchmal kommt er mir vor wie ein Aussichtsturm in der Heide, der selbst zwar alles überragt und übersieht, der es aber jedem anderen schwer macht, das Gesehene zu überprüfen. Warum? Da fehlt sozusagen ein Geländer, eine Treppe, ein Aufstieg. Ein pensionierter Schuldirektor, der auf Backobst schwört, so als Beruhigungsmittel für alle Stimmungen, weißt du. Beckmann hat ihn porträtiert in seiner Jugend. Wenn du schon so fragst: sobald du von Pundt die Zeit wissen möchtest, sieht er zuerst auf seine Taschenuhr, dann wie selbstverständlich auf seine Armbanduhr, errechnet das Mittel der Differenz und sagt dir unter Vorbehalt, wie spät es ist. Sein Sohn — ich glaube, sein Sohn

hat sich umgebracht. Aber ich muß sein Manuskript suchen, das, was er vorgeschlagen hat; wir sind beim Kapitel »Vorbilder«; genauer: *Lebensbilder – Vorbilder.*
Lies es uns doch vor, sagt Mareth. Das Ganze? – Lies es vor, bitte, Heino wird auch gern zuhören, zumindest wird es ihm gut tun, nicht wahr, Heino? – Ja, Mareth, ich höre gern zu, wenn Rita vorliest, und das Manuskript – vielleicht steckt es in dem braunen Briefumschlag, Rita hatte ihn in der Hand vorhin, er liegt auf meinem Schreibtisch. Schau mal nach ... Siehst du!
Also vorlesen: man setzt sich zurecht, verengt die Aufmerksamkeit, der Oberkörper hat schon die nötige Starre und drückt Bereitschaft aus, auch die Hände, lose auf den Schenkeln ruhend, bezeugen Erwartung oder schon Konzentration. Wie gesagt, das ist Pundts Vorschlag, der Text, den er für unser Lesebuch ausgesucht hat, sagt Rita Süßfeldt, zählt mit angefeuchtetem Zeigefinger die Seiten ab und spricht aus, was sie beim Abzählen erwägt: Vielleicht ist es nützlich, wenn gerade ihr euch das mal anhört, ihr mit eurer Unbefangenheit. Auf *ein* Vorbild müssen wir uns ja einigen. Hört zu! Der Autor heißt Kai Köster – vermutlich ein Pseudonym – und das Beispiel selbst heißt: *Die Falle.* Seid ihr so weit? Also:

Ja, ich hätte ihm befehlen müssen, vor mir herzulaufen, auf jede Gefahr hin, vor mir durch die langen, hartgestampften Gänge der alten Kasematten, zwischen den Schienen, auf denen keine Munitionsschlitten mehr standen, so hätte ich ihn im Auge behalten können, klar gegen den bogenförmigen Ausgang, gegen das Schneelicht. Ich wäre sicher gewesen, ich hätte meinen Teil getan, gleichgültig, was dann mit ihm geschehen wäre, draußen im verschneiten Hof, auf dem gefrorenen Strand – wenn er nur vor mir gelaufen wäre, diese Handvoll von einem Mann, dies Fliegengewicht mit seiner blechernen, ewig nörgelnden Stimme, ich hätte darauf achten müssen. Vielleicht hätte ich ihn aber auch zurückschicken sollen, in jener Nacht, in den Dünen bei den Kasematten, vielleicht wäre er mit einer Strafe davongekommen, wenn er sich seiner Lagerwache gestellt hätte, ich weiß es nicht, ich kann es nicht entscheiden, vor allem deswegen nicht, weil das Lager bald nach unserem Rückzug evakuiert und das langsame Schiff, daß sie westwärts bringen sollte, versenkt wurde. Und ich weiß auch nicht, was ich täte, wenn alles noch einmal geschähe, in einer gleichen Nacht, bei hartem Ostwind von der See, wenn noch einmal solch eine Begegnung stattfände oder, ich muß wohl sagen, verhängt würde, auf der Mittelwache, unvorbereitet. Wenn mich wieder einer anriefe, aus einer Schneemulde, zusammengekauert, frierend in dem dünnen, gestreiften Drillich, wenn wieder einer, ganz bedenkenlos, im selbstverständlichen Vertrauen auf Hilfe, sich aus dem Dunkel meldete: Kumpel? – hörst du mich, Kumpel? – hilf mir, Kumpel! –, würde ich ihn dann nicht, dem alten Anspruch folgend, hochziehen und fortbringen, in die Wärme erst einmal, in die Sicherheit, in eine Sicherheit? Wieder stellt er sich ein, der schlimme Wunsch nach Grundsätzen, die uns versteinern lassen, die alles vereinfachen, hier Soll und hier Haben, sie verleihen eine Schutzschicht, diese Grundsätze, man ist imprägniert, undurchlässig, abweisend, gerade in solch einer Nacht, wenn man seine Mittelwache schiebt, in den Dünen, über die der Ostwind Schneefahnen treibt, und sich dann plötzlich einer meldet, der sich doch fürchten und deshalb schweigen müßte. Woher nahm er nur den Mut, mich Kumpel zu nennen, er, von dem mich alles trennte, den ich in der Hand hatte vom ersten Augenblick an, was entdeckte er an mir, das ihn zu dieser Anrede veranlaßte, als ich von den Kasematten in die Dünen aufstieg und er unvermutet vor mir lag, in der Schneemulde, durch die verharschte Oberfläche gebrochen und offenbar zu kraftlos, um sich von allein zu erheben. Obwohl er wissen mußte, daß ich zur Wache gehörte, tat er es, denn er sah mich ja von den Kasematten heraufsteigen, die damals als Munitionsdepot dienten, alte, an den Boden geduckte Befestigungen, in denen auf unabsehbaren Regalen Seeminen und Torpedos lagerten, es waren überholte Modelle von Torpedos und aus der Mode gekommene Minen, denen man anscheinend nicht mehr sehr viel zutraute, die zu vernichten man sich aber nicht entschließen konnte; so hob man sie auf, und wir bewachten sie schon im zweiten Winter. Außerdem sah er doch, daß ich bewaffnet war, und wer ein Gewehr trug, mußte sein erklärter Gegner sein, doch anstatt regungslos zu liegen, mich vorbeigehn zu lassen – und ich wäre vorbeigegangen, ohne ihn entdeckt zu haben –, rief er mich an, streckte mir beide Arme entgegen, knochige, sehr dünne Arme, die ich mit einer Hand hätte umschließen können: Kumpel? Hilf mir, Kumpel! Da lag er in dem dünnen, gestreiften Drillich, barhäuptig, kurz geschoren, in dieser fleckigen Dunkelheit, die mir noch erlaubte, sein Gesicht zu erkennen, ein scharfes, rechthaberisches Gesicht voller Selbstzufriedenheit – nein, das erkannte ich nicht gleich, das habe ich später in ihn hineingesehen, nach den Erfahrungen, die ich mit ihm machte, aber dies bemerkte ich doch: er war vollkommen furchtlos. Er, dem es gelungen war, aus dem gesicherten

Lager zu entfliehen, den sie mit Hunden suchten, die nur seiner Spur im Schnee zu folgen brauchten, er fürchtete sich nicht, schien nicht einmal sehr beunruhigt, als er landwärts lauschte, dorthin, wo weit hinter den Dünen, weit hinter einem zähen Kiefernwald, das Lager war. Bring mich hier weg, Kumpel, sagte er, stand mühsam auf und machte eine ungeduldige Bewegung, zeigte auf die dunklen Kasematten hinunter, als ob er wüßte, daß es dort Sicherheit für ihn gab, mach schon, komm, laß uns gehen; doch ich zögerte, ich nahm das Gewehr von der Schulter, den altmodischen Beutekarabiner, so blieb ich stehn und sah ihn an, und fern hinter ihm, in der Nacht unter dem Horizont, flammte und zuckte es hell auf, von dort her rückte die Front näher.

Wir standen uns gegenüber, ich mit all meiner Überlegenheit und er, seltsam, keineswegs mutlos und aufgabebereit, so als ob alles für ihn zu Ende sei, vielmehr schien er erfüllt von der fraglosen Gewißheit, daß ich, den er Kumpel nannte, ihn nicht ausliefern werde; und diese Gewißheit erstaunte mich, machte mich unsicher, und vielleicht hatte ich da schon zum erstenmal das Gefühl, daß ich ihm nicht gewachsen sei.

Keinen Namen, ich weiß bis heute nicht seinen Namen; sein Los und seine Tat waren ihm Ausweis oder Eingeständnis genug, allenfalls seine Kleidung, die ja alles über seine Herkunft sagte, zumindest über den letzten Ort, an dem er sich aufgehalten hatte, deshalb glaubte er wohl, nichts weiteres zugeben zu müssen. Und dann ging er an mir vorbei, unbekümmert um die Warnung, die ich schweigend ausdrückte, behutsam schob er den Lauf meines Gewehrs zur Seite, suchte nach meiner Spur im Schnee, die ihm den Abstieg von der Düne erleichtern sollte, doch meine Schrittweite war zu groß für ihn, für seine Kraftlosigkeit, ich stützte ihn widerwillig, ich bewahrte ihn davor, zu stürzen, in einer Schneewehe zu versacken, mein Gewehr hing längst wieder über der Schulter. Ich folgte ihm hinab zu den Kasematten, warnte ihn vor dem verschneiten Graben, zwang ihn nieder in den Schatten des Walls, und vor einem Belüftungsrohr, das schneebemützt aus dem Boden stand, kniend und eng nebeneinander, redete ich auf ihn ein, daß er hier nicht bleiben könnte, in diesem bewachten Depot, in diesem kontrollierten Verlies, das ihm zur Falle werden mußte; eher sollte er am Strand entlang nach Osten gehen, bis zu dem kleinen Hafen, der voll war mit Wracks, dort könne er ein Versteck finden, warten, bis alles vorüber war.

Wie nah war sein unrasiertes Gesicht, die dunklen Augen, er klammerte sich an meinen Arm, hörte nicht auf, mich anzusehen aus dieser unerwünschten Nähe, und ich erkannte, daß in der Tiefe seiner Augen etwas glomm, ein Wunsch, eine absurde Zuversicht: Hier, Kumpel, hier bin ich am sichersten, bring mich rein. Ich weigerte mich, ich entzog mich seinem Griff, heftig, vielleicht zu heftig, denn er fiel aufs Gesicht und blieb liegen, beim Belüftungsrohr, im Schnee. Draußen auf See, ziemlich weit, schossen sie Leuchtkugeln, anscheinend ging dort ein Schiff unter, rote und gelbe Leuchtkugeln, die zitternd in der Höhe standen und in einem Bogen erloschen, über der grauen See, über treibenden Flößen vermutlich und den Schreien und Hilferufen aus dem Wasser. Ich hörte sie und hörte sie nicht, als ich den Wall entlangging, allein, ohne Entschluß, bis zur eisernen Treppe, die zum Notausgang führte, zum zweiten Hauptausgang, wie wir sagten, und hier öffnete ich die beiden Stahltüren und horchte nur, horchte in das schwach erleuchtete Labyrinth, sah über das schimmernde Spalier der veralteten Minen und Torpedos, über denen Flaschenzüge umsonst baumelten; dann ging ich zurück zu der Stelle, wo er immer noch lag, wie ich ihn verlassen hatte, mit dem Gesicht im Schnee. Zuerst stieß ich ihn mit dem Fuß an, dann hob ich ihn auf, zerrte ihn, ärgerlich, mit mir zur eisernen Treppe.

Diese Nacht, dachte ich, ein wenig Wärme, ein wenig Schlaf, nur eine Nacht, dann muß er sehen, wo er bleibt, dann endet meine Hilfe, von der die anderen nichts erfahren dürfen, am wenigsten der Wachhabende. Es gelang mir, den zwar leichten, aber steifen und kraftlosen Mann die Treppe hinabzubringen, niemand beobachtete uns, für eine Nacht also, sagte ich, führte ihn durch den zweiten Hauptausgang in das Innere der Kasematten, wo er kein Interesse zeigte für das, was ihn umgab, für die Torpedos nicht und nicht für die gehörnten Minen, auch die Frist, die ich nannte, nahm er nicht zur Kenntnis. Unter den Flaschenzügen, unter den Laufkatzen schob ich ihn vorwärts, alles mußte ich für ihn übernehmen, das Lauschen, das Sichern, doch ich brachte ihn unbemerkt in die Kabelkammer, schloß hinter uns die feuersichere Tür und schaltete das elektrische Licht an. Stumm zeigte ich auf Kabelrollen, dort konnte er schlafen, oben auf dem breiten Regal, hinter der Wand summte nur eine Elektromaschine, ja, er entschied sich für das Regal, schubste Werkzeugkästen zur Seite, und ich half ihm hinauf, wieder zu heftig, denn ich hatte nicht seine Leichtigkeit bedacht.

Ich sehe mich, wie ich ihm da auf seine Lagerstätte hinaufhalf, lustlos, nicht anders, als ob ich ein Gerät abstellte, denn uns verband nichts, wir teilten nichts, im Gegenteil, er bewirkte, daß der Pegel meines Unwillens oder meiner Reizbarkeit stieg, weil er ungerufen in meine auskömmlichen Tage eingebrochen war und mich zu Handlungen zwang, die mich belasteten, und wenn nicht dies, mir doch eine Unruhe abverlangten, die ich mir ersparen wollte. Er rollte sich auf die Seite, stützte seinen Kopf auf, seine dunklen großen Augen musterten mich, nicht dankbar, das möchte ich meinen, eher nachdenklich, erwägend, und dann deutete er auf meinen Schal, den dunkelblauen Marineschal, und wußte auf einmal, was er benötigte: Leih mir den Schal, Kumpel, der wird mir helfen, seit meiner Jugend hab ich's auf der Brust. Komm, Kumpel, du tust ein gutes Werk. Ich schüttelte den Kopf, band aber schon den Schal ab und reichte ihn ins Regal hinein, kein Gruß danach, nicht mal ein Nicken zum Abschied, so sehr hatte mich sein unangemessener Wunsch aus der Fassung gebracht, ich löschte wortlos das Licht, und im Dunkeln sagte ich: Diese Nacht nur, hörst du, es geht nur diese Nacht. Er antwortete nicht. Ich ließ ihn allein.

Das Ende der Wache, ich konnte nicht das Ende meiner Wache erwarten, die ich auf dem hartgetrampelten Wall verbrachte, nicht in den Dünen, auch nicht wie sonst auf dem gefrorenen Strand, wo es unter jedem Schritt sanft krachte und platzte, wo ich oft das Angetriebene untersuchte, Planken zum Beispiel, zerschlagene Flöße, all das Treibende, das die See behielt, in dieser Zeit, in der ihr mehr als genug zufiel.

Nach meiner Ablösung meldete ich mich im Wachraum, keine besonderen Vorkommnisse, nur draußen auf See muß wieder etwas geschehen sein, sie schossen Leuchtkugeln, nein, sonst keine besonderen Vorkommnisse, und der Wachhabende entließ mich für die restlichen Stunden der Nacht, für schlaflose Stunden, denn ich erkannte, daß ich, da ich ihm schon Sicherheit verschafft hatte, nun auch eine andere Sorge würde übernehmen müssen: ich konnte ihn nicht dort liegen lassen, ohne ihm etwas zu essen und zu trinken zu bringen. Da es das einzige Frühstück wäre, das ich mit ihm zu teilen hätte, beschloß ich, die Hälfte des Brotes und der Margarine abzuzweigen und es ihm in einem günstigen Augenblick, zur Zeit der Mitternachtsruhe, oder vielleicht schon früher, während einer Zigarettenpause, zu bringen; doch noch vor dem Frühstück gab es einen Appell, unten in den Kasematten, nicht weit von der Kabelkammer, eine peinliche Befragung, weil da irgend jemand unter Minen und Torpedos hingeschissen hatte, während meiner Wache oder in der darauffolgenden, und wir mußten uns vor dem unschuldigen Scheißhaufen versammeln und uns rechtfertigen, einer nach dem andern. Es gab keinen Augenblick, ich konnte erst mittags zu ihm gehen, in sein Versteck, in seine Falle, wo er mich zwar nicht vorwurfsvoll, aber ungeduldig erwartete mit ausgestreckter Hand, hungrig, vor allem aber durstig, da die Kabel, wie er sagte, schmerzhaften Durst verursachten, und er gab seine Enttäuschung darüber zu erkennen, daß ich ihm nichts Trinkbares mitgebracht hatte. Ich wollte ihm von dem morgendlichen Appell erzählen, wollte ihn bezichtigen und zurechtweisen, ich konnte es nicht, es gelang mir einfach nicht, als ich ihn, auf einer Kabelrolle sitzend, beim Essen beobachtete, die Mühe ersah, die es ihn kostete, mit seinen schlechten Zähnen das harte Brot zu zerkauen. Flüssigkeit, Kumpel, sagte er, Flüssigkeit ist

wichtiger als Brot, das nächstemal mußt du dafür sorgen, irgend etwas zu trinken, und wenn es Wasser ist, oder besser noch, bei meinem Magen, ist Tee.
Er hatte sich meinen Schal um den Hals gebunden, die Enden in die Drillichjacke gesteckt und tief, fast bis zum Gürtel, hinuntergezogen, anscheinend hatte er vergessen, daß es mein Schal war, daß ich ihn brauchte beim Außendienst, denn es fror über Tag, es herrschte eine entschiedene und trockene Kälte, gegen die eine verschleierte Sonne nicht ankam, die niedrig über den Horizont wanderte. Ich beließ ihm also den Schal, nahm mir nur vor, ihn dem Mann wieder abzuknöpfen, sobald ich ihn in der nächsten Nacht hinausführte, an den Strand, oder in die Dünen, wo ich ihn gefunden hatte; und um ihn an unsere Abmachung zu erinnern – aber war es denn eine Abmachung? – oder um ihm noch einmal die Unabänderlichkeit meines Entschlusses deutlich zu machen, sagte ich: Heute nacht, hörst du, heute nacht mußt du hier verschwinden.
Er antwortete mit kleinen, flatternden Gesten, die mich abspeisen sollten, ja, ja, nun wart doch ab, bis ich zu Kräften gekommen bin, bis ich den Marsch zu dem ostwärts gelegenen Hafen schaffe, den du mir genannt hast. Wie er mich ansah, nachdem er gegessen hatte, er machte den Eindruck eines Mannes, der nach einem geziemenden ersten Wort suchte, nach dem Anfang für eine schwerwiegende Eröffnung, die er mir vielleicht aus Dankbarkeit anbieten wollte, da er doch nichts besaß als seine Erlebnisse, und die fühlte ich schon auf mich zukommen, unerbetene Erlebnisse, Stationen seiner Biografie, mit denen er sich revanchieren wollte für meine Hilfe, und deren Kenntnis mich ihm, wer weiß, auf be-

lastende Weise verbunden hätte, und ich war, ja, ich war erleichtert, daß er mir ersparte, was ich unter seinem Schweigen befürchtet hatte. Er gab nichts preis, am wenigsten seinen Namen; ich war einverstanden damit: je mehr er mir vorenthielt, desto weniger ging er mich an, und ich wollte mich nicht verpflichten lassen durch ein Wissen, auf das ich nicht aus war, zumal da ich ihn schon in der folgenden Nacht fortschicken würde.

Und im Gedanken an den beschlossenen Abschied goß ich ein Drittel meiner Rumportion, die ich bei Dienstschluß empfangen hatte, in die Feldflasche mit Tee, süßte das Getränk mit braunem Zucker und brachte es ihm gegen Abend, dazu ein halbes Kochgeschirr voll in Fett geschmorter Nudeln, die ich unter meinem Mantel verbarg.

Diesmal machte er mir Vorwürfe, leise, eindringlich, er bat mich zu überlegen, ob es noch von Verantwortung zeuge, wenn ich ihm Alkohol anböte, bei seinem Magen, bei seiner Konstitution, vor allem in seiner Lage, und er reichte mir mißbilligend die Feldflasche zurück, an deren Öffnung er nur gerochen hatte: Wenn du mich fertigmachen willst, Kumpel, dann aber anders, dann nicht mit Alkohol, sagte er, und ließ ein Mißtrauen erkennen, das nicht gerechtfertigt war. Aber mit diesem Mißtrauen erreichte er, daß ich unter seltsamem Zwang fortging, in die Küche schlich und dort die Feldflasche mit lauwarmem, aber reinem Tee füllte, den er, nach umständlicher Geschmacksprobe, zu trinken begann, andachtsvoll, wie mir vorkam, doch ohne ein Wort des Danks. Und dann gab ich ihm auf seine Bitte Tabak und Zigarettenpapier; ich selbst hätte mir nie erlaubt, in der Kabelkammer zu rauchen, auch kein anderer hätte es hier wagen dürfen, er durfte es, in seinem Fall begünstigte ich es sogar – vielleicht nur deswegen, weil ich ihn fortschicken würde in der kommenden Nacht; ja, das war es, die von mir verfügte Frist, mit der ich ihm zu verstehen gab, wie sehr er in meiner Hand war, ließ mich großzügig sein, ließ mich Ausnahmen machen.

Meine Kameraden kümmerten sich nicht um mich, es waren ausnahmslos ältere Leute, Familienväter, Ernährer ohne besonderen Traum, die in der Freizeit Briefe schrieben, Karten spielten oder schliefen; hier kümmerte sich niemand um den anderen, man lebte mit dem Gedanken, daß diese Wache nichts bedeutete und daß man auseinandergehen würde, wenn alles vorbei wäre, für immer auseinander. Auch wenn wir uns nicht beargwöhnten: ich durfte nicht sorglos sein, ich konnte keinen ins Vertrauen ziehen, ich sicherte gründlich, wenn ich zur Kabelkammer ging, und besonders gründlich in der Nacht, in der ich ihn fortschicken wollte.

Diese Nacht kam mir milder vor, erträglicher, sie schien mir – ich weiß nicht, warum – geeigneter zur Flucht als die Nacht, in der ich ihn gefunden hatte, in den Dünen oben, von denen nun violette Schatten fielen, unter einem verschleierten Himmel. Die See lief träge gegen den Strand an, fast ohne Geräusch.

Da alles abgemacht und besprochen war, hoffte ich, ihn bereit zu finden, fertig zum Aufbruch, vor Ungeduld dicht bei der Tür, und in dieser Erwartung öffnete ich und rief ins Dunkel: Komm, komm jetzt, doch es regte sich nichts, er gab kein Signal, also mußte ich in die Kammer und Licht machen, und da lag er in seinem Regal und blinzelte mich an. Ich stieß ihn an, ein befehlender Wink, komm jetzt, worauf er zielsicher meine Hand nahm, die

Finger öffnete und sie mit bedauerndem Ausdruck an seinen Kiefer führte, einen geschwollenen Kiefer, wie die Finger bei der Reibung feststellten, in dem eine klopfende Hitze saß. Das war seine Erklärung: er ließ mich die Geschwulst betasten, und als ich die Aufforderung, herabzusteigen, dennoch wiederholte – lascher allerdings, unsicherer –, kam er mit unerträglichen Zahnschmerzen, tischte mir Fieber auf, sogar Gleichgewichtsstörungen, ob ich es denn nicht fühlte, ob ich es nicht sähe – natürlich fühlte und sah ich es, keine Überredung war nötig, um ihm zu glauben, daß er litt, aber wie lange sollten die Leiden dauern! Gereizt, aufgebracht fragte ich ihn tatsächlich, wie lange seine Leiden wohl dauern sollten, nicht nur mit Rücksicht auf mich, sondern auch auf ihn selbst, denn schließlich mußte er damit rechnen, eines Tages entdeckt zu werden – wenn ich kann, Kumpel, sagte er, sobald ich kann, bist du mich hier los, aber so kannst du mich nicht wegschicken, fühl nur die Schwellung, die Hitze, in diesem Zustand komm ich nicht weit.

Er bat um feuchte Umschläge. Er bat um schmerzstillende Tabletten, augenscheinlich ohne sich zu fragen, ob ich die Möglichkeit hatte, seine Wünsche zu erfüllen, am liebsten hätte er mich zur Eile aufgefordert, das sah ich ihm an.

Wenn ich heute daran denke, wenn ich unsere Begegnungen noch einmal geschehen lasse, in der Kabelkammer zuerst, später in dem Raum, in dem die Elektromaschine summte, wenn ich ihn aus mildernder Entfernung und in heutiger Gefahrlosigkeit noch einmal aufrufe, dann muß ich zugeben, daß er mich zwar nicht beherrschte, aber mich doch an sich fesselte mit seinem Los, meine Selbständigkeit einschränkte durch seine Wünsche,

und mir bei allem, was ich tat, das Gefühl beibrachte, nicht genug getan zu haben; ich weiß nicht, vielleicht bilde ich mir das auch nur ein.
Jedenfalls brachte ich ihm, was er wünschte, unter Risiken für uns beide, einmal verlangte er sogar eine Zeitung, und nach der Lektüre beschwerte er sich bei mir über den unerträglichen Optimismus, von dem die Zeitung durchtränkt sei; nebenher prüfte er mich listig, wie weit auch ich diesem Optimismus verfallen sei. Er trug mittlerweile einen Pullover von mir, er trug meine Strümpfe, und damit er nicht Tag und Nacht meinen Schal trage, brachte ich ihm ein Handtuch, das sie mir von zu Hause geschickt hatten, und wie diese Gegenstände, so wanderte auch mein Denken zu ihm hinüber, stetig, unabänderlich, selbst während des Dienstes dachte ich an ihn, weniger im Sinne zufälliger Erinnerung, sondern so, als sei er eine Daueraufgabe für mich geworden oder eine Dauerprüfung.
Nachdem er vier Tage und vier Nächte in seinem Versteck verbracht hatte, hörte ich auf, an eine Frist zu denken, ich ertrug ihn und seine Ansprüche, auch die nicht geäußerten, die besonders – wie ich das andere ertrug, die Wachen, die Monotonie, die Nachrichten, und dabei hätte ich ihn mir fortwünschen müssen, denn dem Wachhabenden schien etwas aufgefallen zu sein, er sah mich anders an als sonst, schnitt überraschend meinen Weg, einmal, mittags, stellte er mich sogar, als ich schon mit leerem Kochgeschirr aus dem Depot kam. Ich überließ es ihm, zu bestimmen, wann er fortwollte, es war seine Flucht, es würde seine Angst sein und sein Hunger, die ihn dann begleiteten, vor allem mußte er ohne Schmerzen sein.

Haßte ich ihn? Manchmal, wenn er Wünsche äußerte – ich brauch dein Rasierzeug, Kumpel –, wenn er sich über das Essen mokierte, wenn er weghörte, sobald ich von meinen Schwierigkeiten sprach, in solchen Augenblicken, ja, da haßte ich ihn, zumindest bedauerte ich, mich auf alles eingelassen zu haben. Nachts, auf meinen Wachen, während er unten schlief, beobachtete ich von den Dünen den Horizont hinter dem Kiefernwald, den kurzen Widerschein von Flammen, das sprunghafte Leuchten, das näher und näher kam und mit ihm die Geräusche der sich nähernden Front, und wenn ich dann zu ihm ging, in der Erwartung, daß meine Schilderungen ihn zu einer Entscheidung bringen würden, war ich jedesmal erstaunt über den Gleichmut oder die Kaltblütigkeit: Wer weiß, Kumpel, sagte er, wer weiß, ob mit dem Ende alles vorbei ist.
Bei solchen Reden, nach solchen abschließenden Äußerungen, hatte ich trotz aller Grundsätze das Verlangen, mehr über ihn zu erfahren, herauszufragen, warum er im Lager war und welchen Beruf er hatte, doch ich unterdrückte jede Neugierde und fand mich damit ab, ihm Berufe zuzumessen und Gründe zu erfinden, die ihn ins Lager gebracht haben könnten.
Am sechsten Abend, bevor er sich auf das Essen stürzte, griff er nach meiner Hand, führte gespannt, mundoffen meine Finger an seinen Kiefer: Merkst du was, Kumpel, die Schwellung ist weg, ich bin fieberfrei. Er sah mich an, er spürte, was ich dachte, und er zögerte nicht, es auszusprechen, mit listigem Lächeln, als habe er mir ein Geschenk anzubieten, das einzige Geschenk, das ich mir wünschte: er hatte beschlossen, seine Flucht fortzusetzen, ostwärts, wie ich es ihm geraten hatte, und da ich

bei aller Erleichterung nur nickte, mich jedenfalls gelassener gab, als er vermutet hatte, fragte er enttäuscht nach einem angemessenen Ausdruck der Freude. Wo bleibt die Freude, Kumpel? Ich gehe, ich falle dir nicht mehr zur Last, das ist doch ein Anlaß zur Freude.

Ich schenkte ihm meinen Schal, bat ihn, das Handtuch mitzunehmen, die Strümpfe anzubehalten, außerdem versprach ich, ihm am nächsten Tag Verpflegung zu bringen – keine großen Mengen, damit durfte er nicht rechnen, aber Brot für zwei Tage, Margarine und ein Stück geräucherter Wurst: das würde ich ihm hereinreichen. Er überhörte mein Angebot, er nahm es gleichgültig zur Kenntnis. Zum Abschied gab er mir diesmal die Hand, nicht bedeutungsvoll allerdings, nicht so, als wollte er damit umfassenden Dank ausdrücken, sondern eher versehentlich, beiläufig, und dann ließ ich ihn allein, damit er, wie er selbst sagte, die letzte Nacht dazu benutzen konnte, auf Vorschuß zu schlafen, auf einer Persenning zusammengekrümmt, beim Summen der Elektromaschine.

Fünf Kilometer, wenn nicht mehr, war der nächste Ort entfernt, in dem unsere Verpflegungsstation lag, dorthin schickten sie mich, am Morgen, mit dem geräumigen Schlitten, und wie immer, so hoffte ich auch diesmal etwas mehr herauszuschlagen, ein Mehr an Brot oder Tabak, das ich ihm würde bringen können, und ich zog allein durch die Dünen, durch den blendenden Wintermorgen. Flugzeuge waren in der Luft. In der Ferne, beruhigend weit, unterhielten sich schwere Geschütze. Der Schlitten, übermütig, pendelte und schlenkerte hinter mir, überholte mich links oder rechts, wenn es abwärts ging, auf dem gefrorenen Schnee, manchmal fing ich ihn so schroff mit der Ziehleine ab, daß er sich in der Bewegung aufbäumte, senkrecht stellte. Parallel zum Strand wanderten, glitten wir nach Westen, wir hatten uns den Weg selbst erlaufen, wir von der Wachmannschaft, einen gewundenen, unübersichtlichen und darum kurzweiligen Weg, der plötzlich von den Dünen wegführte und über verschneite Äcker lief, zum Ausgang des Ortes, zu der requirierten Scheune, in der wir, einander abwechselnd, unsere Verpflegung holten.

Da geschah etwas auf dem Hof der Scheune, da hatten sich Lastwagen versammelt, die beladen wurden, ich sah es schon von weitem, daß da ein Aufbruch stattfand, nicht überstürzt, aber doch eilig, Kisten und Dosen und Eimer wanderten über eine Kette aus der Scheune zu den Ladeflächen, und ich erkannte den Verpflegungsbullen, der, vor dem Scheunentor stehend, die Arbeit verteilte und lenkte.

Ich zog den Schlitten auf den Hof, vorbei an den Lastwagen, ich wich der Kette aus, drang bis zur Scheune vor und ging mit dem Anforderungsschein zum Verpflegungsbullen, der mich kaum ansah, jetzt keine Zeit für mich hatte: Wir werden verlegt, Menschenskind, sagte er, wir sind nicht mehr zuständig für euch, doch plötzlich schien er mich wiederzuerkennen, mein Erscheinen erinnerte ihn an etwas, das man ihm aufgetragen hatte, und dann erfuhr ich, daß auch wir verlegt werden sollten; man hatte bereits telefoniert meinetwegen, ich sollte auf dem schnellsten Wege zurückkehren, zu den Kasematten. Ich ließ den Schlitten auf freiem Feld stehen, er behinderte meinen Lauf, er ließ mich nicht so schnell vorwärtskommen, wie die Furcht es mir auferlegte, die Furcht um ihn, den sie, so dachte ich, vielleicht schon entdeckt hatten, womöglich verhört, mehr aber noch als diese Furcht

hetzte mich der Gedanke, daß sie sich doch nicht absetzen konnten mit allen Minen und Torpedos, die mußten zurückbleiben, die altmodischen, immer noch brauchbaren Waffen, aber nicht so, nicht unzerstört. War nicht schon alles für den Fall eines Rückzugs vorbereitet?
Über die Dünen hinab zum Strand, dort ging es schneller, der Lauf verlangte mir nicht soviel ab an Kraft, auch wenn der Grund weicher war, dafür fand der Fuß verläßlichen Halt, sobald er durch die schwache Frostdecke gebrochen war, und ich lief, begleitet von meinem langen Schatten, neben der winterlichen See, die mit breiten Zungen über den Strand leckte. Draußen mahlte ein Konvoi westwärts, weit auseinandergezogen, vielleicht entstand er auch erst, ein Konvoi von fünfzehn oder zwanzig Schiffen, der von Torpedobooten und Minensuchern flankiert wurde. Dort die schwarzen Öffnungen, die schlitzhaften Mäuler im Schnee: das waren die Kasematten, und die Punkte, die sich von ihnen entfernten, die die Dünen hinaufstrebten, das waren meine Kameraden, also hatte der Rückzug schon begonnen, sie setzten sich bereits ab, möglicherweise suchten sie auch nur Deckung in einer Mulde, Sicherheit für den Augenblick, in dem sich die getarnten Verliese unter der Gewalt der Sprengung heben und auffalten würden. Ich lief, ohne auf den Boden zu achten, den Blick unablässig auf die Wälle und abgeflachten Hügel gerichtet, immer in der Erwartung, daß sie, klumpig, zerrissen, hochfliegen würden, weiße Trümmer, eingeschlossen von Rauchsäulen und Feuer, dann rief mich einer an, von oben, aus den Dünen und befahl mir, mich hinzuwerfen. Ich tat, als verstände ich ihn nicht, ich überhörte seine Warnung, übersah die dringenden Zeichen, einmal im Lauf, lief ich weiter, gehetzt

von meiner Furcht, taub gegenüber der Trillerpfeife des Wachhabenden.
Die Stahltüren standen offen. Licht brannte in den Gängen. Ich versuchte, zu rufen, es gelang nicht, also mußte ich zu ihm, durch das Labyrinth, dessen Wände sich das Echo meiner Schritte zuspielten, zu ihm, der auf seiner Persenning lag und nicht wußte, was eingeleitet war und gleich geschehen würde. Mißbilligend blickte er zu mir auf, rieb sich den Hals und sagte: Das Essen, Kumpel, bringst du mir am letzten Tag nichts zu essen? – da hatte ich ihn schon gepackt, hochgezogen. Komm, schrie ich, komm jetzt!
Mein Gesicht, meine Angst, mein Befehl, der keinen Einwand duldete, ließen ihn erkennen, daß dies nicht die Zeit für Gegenfragen war, seine Witterung für Gefahr alarmierte ihn sofort und brachte ihn zu einer Bereitschaft, die ich ihm nicht zugetraut hätte: Los, weg hier. Ich lief ihm voraus, an den Spalieren der schwarzbäuchigen Waffen entlang, unter vervielfältigten und hämmernden Schritten auf den Hauptausgang zu, nichts anderes mehr wahrnehmend als mein Keuchen und das rhythmische Dröhnen in meinem Kopf. Das zählte, das setzte aus und zählte von neuem, während ich zwischen den Schienen stolperte und ihn hinter mir glaubte, weil weder die hämmernden Schritten aufhörten noch der heftige, stoßweise Atem, das konnte ich doch nicht allein sein, nicht ich allein, und einmal spürte ich auch eine kurze Berührung und nahm an, daß nur er mich berührt haben konnte, er, der hinter mir herlief.
Wir erreichten den Ausgang, ja, wir gewannen den Strand und liefen geduckt auf die Dünen zu – nicht dort, wo meine Kameraden lagen, vielmehr zur andern, zur

östlichen Seite – doch bevor wir sie noch erreichten, riß mich die Druckwelle der Explosion um. Ich preßte mich an den Sand und spürte, wie der Boden sich schüttelte, abschrägte, einmal und noch einmal, und dann, als sich alles schon beruhigt zu haben schien, kam der Schlag, der mich hochwarf, die Erde wankte, wölbte sich auf, gleich mußte sie platzen. Ich lag mit den Füßen im Wasser. Langsam, auf allen Vieren kroch ich aufs Land, ruckweise eine Spur in den Sand ziehend. Ich erhob mich auf die Knie, suchte den Strand ab bis zum Fuß der Dünen. Hatten wir nicht zusammen den Ausgang erreicht? Waren wir nicht gemeinsam zu den Dünen hinübergelaufen, bis uns die Druckwelle niederwarf? Hatte er denn nicht neben mir gelegen? Ich konnte ihn nicht finden.

Rita Süßfeldt legt die Blätter der Erzählung auf den Fußboden, zündet sich eine Zigarette an, inhaliert, indem sie den Rauch zunächst in trägen Ringen zwischen den Lippen hervortreten läßt, ihn nachdenklich ansieht und ihn plötzlich, mit lautlos schnappender Bewegung, wieder einzieht, tief in die Lunge hinein. Sie hebt das Gesicht: wie sitzen die Zuhörer da? Mareth, offensichtlich immer noch an den winterlichen Strand verschlagen, hat ihr schätzungsweise sechstes Papiertaschentuch gegessen oder doch zerkaut; unmerklich schwankend, die Lider halb herabgezogen, so sitzt sie da, ziemlich verkrampft. Der Mann dagegen, Heino Merkel, scheint sozusagen der Erzählung entgegengerutscht zu sein. Er hält sich nur mehr auf der äußersten Kante des kolossalen Stuhls, das Kinn in eine Hand gestützt, die Lippen spitz zusammengezogen. Da habt ihr also Pundts Vorschlag, sagt Rita Süßfeldt, diese Geschichte wünscht er in unserm Lesebuch zu sehen als Zeugnis für vorbildhaftes Verhalten. Wenn ihr mich fragt: mir kommt die Sache wie eine zu glatte Kletterstange vor, an der kein Schüler hochkommt. Was mich stört, ist einfach die Fraglosigkeit, mit der Pundts Vorbild seine Rolle spielt, dieser fraglose Automatismus: er liest den Flüchtigen auf, nicht wahr, er versteckt ihn ohne Erkundigung, er versorgt ihn mit Lebensmitteln, ohne nach seinem Namen zu fragen, und schließlich ist er zum Selbstopfer bereit, ohne zu wissen, für wen er sich da opfert. Auch wenn die Tat des Wachtpostens gerade durch die Anonymität des Verfolgten aufgewertet werden soll: hier, scheint mir, wird das Gute zu pünktlich abgelassen. Und die einzige Aufforderung, die von allem ausgeht, heißt doch wohl: frag nicht, eifer mir nach. Ist das aber menschlich? Alltäglich? Was sagst du, Mareth?

Mareth ist noch nicht so weit, die muß angeblich die Bilder auswischen, die ein Urteil erschweren, aber für den Anfang möchte sie einfach mal wissen, zu welch einem Beispiel denn die Haltung des Wachtpostens verpflichten solle. Was er vorführe, nicht wahr, sei eine Art von widerwilliger Hilfeleistung. Lustloses Mitgefühl, wenn sie nicht alles täusche. Dies aber könne und werde sie nicht für Pundts Vorschlag gewinnen, denn was solle beispielhaft sein an widerwillig geleisteter Hilfe, an gereiztem Beistand?

Da ist, zu Mareths Erstaunen, Heino Merkel anderer Ansicht: gerade die Lustlosigkeit der Hilfeleistung habe ihn überzeugt, und der Versuch des Wachtpostens, sich nicht durch nähere Kenntnisse zu belasten. Er hilft, obwohl er einsieht, daß diese Hilfe ihn in Konflikte stürzt, ihn aus der angenehmen Lethargie holt, die ihm bisher geholfen hat, den ganzen Stumpfsinn zu ertragen. Insofern könne

es zu keiner anderen als zu einer widerwilligen Hilfeleistung kommen, er begreife das sehr gut.
Rita Süßfeldt hebt die losen Blätter auf, sie muß fort, gewiß wird sie schon erwartet in der Hotel-Pension Klöver: Mein Gott, ihr müßt mich entschuldigen.
Jetzt klopft es, klopft schon zum zweitenmal, scheu, anfragend, als wollte sich jemand, ohne zu stören, in Erinnerung bringen. Der Polizist, das wird der Polizist sein. Bei uns? fragt Mareth. Er hat einige Fragen zu stellen, deshalb habe ich ihn ins Wohnzimmer geführt. Und er sitzt dort die ganze Zeit? Allein? – Ich habe ihn mit Lektüre versorgt, sagt Rita in einem Ton, als könne man für einen Polizisten nicht mehr tun, und geht zur Tür. Warte, sagt Mareth, sie tritt neben den Stuhl, in dem der schmale Mann sich in erschrockener Abwehr zurücklegt, wie so oft zu Geständnis und Widerruf bereit. Sie blickt streng von oben auf ihn herab, da braucht er nichts mehr zu gestehen, weil sie auch schweigend in der Lage ist, sich Aufschluß zu holen über das, was sie wissen muß. Ich werde mit der Polizei sprechen, sagt Mareth, zum letztenmal, ich werde ihr deine Geschichte erzählen, vielleicht schützt sie dich.
Es ist ein neuer Polizist, sagt Rita, in jedem Fall ist er mir unbekannt. Leider muß ich jetzt gehn. Geh nur, ich übernehm das schon, sagt die Schwester und öffnet die Tür.

5

Wenn Magda, das finstere Hausmädchen der Hotel-Pension Klöver, Erfrischungen bringt, wenn sie vor der Tür des Konferenzzimmers stehenbleibt, das Tablett in eine Hand nimmt und lauscht, bevor sie klopft, dann scheint es ihr mitunter, als ob da drinnen am Palisandertisch, unter gekreuzten und gebündelten Waffen, nicht eine Konferenz stattfindet – eine Tagung, wie die fischverarbeitende Industrie, die Hamburger Floristen oder die Müllverbrennungsfachleute sie hier schon gehalten haben –, sondern daß man sich da nur ablöst in Grabreden, Trauerreden, und gelegentlich gereizte Klage führt. Kein Beifall, kein rollendes Gelächter, keine begeisterte Zustimmung, die durch die Flure dröhnt. Immer bricht man ab, sobald sie den Raum betritt, benutzt die Zeit des Servierens zu verbissener Lektüre oder macht einige Lockerungsschritte, nur die Frau bittet sie regelmäßig um einen neuen Aschenbecher.

Der Mann in der Hausjacke fragte sie einmal überraschend, ob sie, Magda, ein Vorbild habe, und als sie nach einiger Not Caterina Valente nannte, zeigte es sich, daß er den Namen noch nie gehört hatte. Sie serviert eilig, sie serviert lustlos, da man ihr doch keine Aufmerksamkeit schenkt, sie gar nicht zu bemerken scheint mit ihrem weißen Häubchen auf der knubbeligen Stirn, allenfalls ihre breiten, abgebissenen Fingernägel finden das Interesse der rothaarigen Frau.

Also das waren: einmal Kaffee, einmal Tee, einmal Apfelmost. Sie bittet zu quittieren und verläßt den Raum und hört sogleich hinter der Tür, wie der Mann in der Hausjacke bedächtig das Wort nimmt und da weniger etwas fordert als zu bedenken gibt, nämlich die Erwartungen des Auftraggebers, die Wünsche der Auftraggeber. Diese Wünsche sind genau benannt, sie sind geäußert und festgelegt auf zahlreichen Konferenzen, und da die Ministerien besonderen Wert auf das Kapitel: *Lebensbilder – Vorbilder* legen, kann man es nicht einfach auslassen, nur weil Herr Heller gerade entdeckt hat, daß die Suche nach einem Vorbild eine prekäre Huldigung an die Leithammel-Idee sei. Zu dieser Ansicht hätte er, Heller, ja auch früher kommen und den Auftrag zurückgeben können. Nun habe man sich mit allen Auftraggebern, auch dem Verlag, geeinigt; der Inhalt des Lesebuchs sei beschlossen, und an diesen Beschluß habe man sich zu halten – es sei denn, man gibt dem Gegenvorschlag den Vorzug.

Auch Neugierde kann jetzt Magda nicht zum Bleiben veranlassen, sie zieht sich zurück, während Pundt in der ihm eigentümlichen Erregtheit die Stimme senkt, leiser und leiser spricht, die Handballen gegeneinanderreibt und immer längere Sätze abspult, als wolle er das Wort vorerst nicht abgeben, oder als sei fortwährendes Sprechen das einzige Ventil, das ihm noch Erleichterung verschafft nach dieser Auseinandersetzung, nach dieser Absage. Er sei nicht beleidigt, weil man seinen Vorschlag abgelehnt habe, er könne einsehen, daß man sich bei einem solchen

Unternehmen zusammenraufen müsse, aber daß er, Heller, nach allen Vorarbeiten, Abstimmungen und sogar Einigungen auf einmal das Ganze in Frage stellt und das dritte Kapitel einen verkrampften pädagogischen Klimmzug nennt: das befremde ihn. Das erscheine ihm ungerecht und abgeschmackt. Um zu erfahren, wie unrecht er habe, brauche er doch nur einer beliebigen Diskussion mit jungen Leuten zuzuhören: an einem gewissen Punkt wird immer noch nach den zureichenden Vorschlägen der Älteren gefragt – was habt ihr uns eigentlich zu bieten? –, und es wäre in jedermanns Sinne, wenn durch die geöffnete Tür ein paar Vorbilder hereinspazierten, die sich selbst empfehlen und für ein Ende der Entscheidungslosigkeit sorgen. Das sei nun mal ein eingeborener, ein angestammter Wunsch, in einem unübersichtlichen Gelände nach Wegweisern Ausschau zu halten; er, Pundt, habe sie in seiner Jugend gebraucht, und die heutige Jugend, schwankend zwischen so vielen Möglichkeiten, brauche sie ebenso und gebe ihren Bedarf ja auch offen zu erkennen. Insofern, das möchte er nachdrücklich, auch mit angebrachter Schärfe feststellen, sei ihre Arbeit alles andere als der Versuch, eine, wie Heller es nannte, heroische Sülze aufzukochen, mit Hilfe von Lorbeerblättern und Geschichte. Die Tat, und zwar die beispielhafte Tat, verbreite durchaus keinen säuerlichen Geruch; sie sei immer noch beachtens-, sei empfehlenswert und, aus eigener pädagogischer Erfahrung gesprochen, auch schmackhaft.

Hört Janpeter Heller überhaupt zu? Ist er zufriedengestellt? Hat Rektor Pundt seine aggressiven Bedenken zerstreut, ihn wenigstens zu glimpflichen Vergleichen gebracht? Der junge Experte, dessen kaum bewimperter Blick selten von den exotischen Waffen loskommt, der immer einen Pfeil oder ein Jagdmesser vor sich hat, deren Schärfe er an seiner eigenen Haut überprüft bis zur Grenze des Zumutbaren – Heller erwacht, als er angeredet wird, befreit sich sichtbar aus geruhsamer Versunkenheit und gibt mit einer schlaffen Handbewegung zu erkennen, daß er alles mitbekommen habe. Nun möchte er nur noch wissen, ob Pundt fertig sei. Ja?

Gut, dann habe er hier auch einiges »mit Nachdruck« festzustellen: im Namen von ahnungslosen Schülern möchte er protestieren gegen die Art, wie hier, typisch systemkonform, versucht werde, jungen Leuten einen Minderwertigkeitskomplex beizubringen, indem man sie zwingt, vor erdrückenden Denkmälern zu leben. Warum wolle man nicht verzichten auf die Einschüchterung durch Autoritäten? Warum könne man den unbeschriebenen Blättern nicht das Gefühl der Erbärmlichkeit ersparen, das sich doch vor lastenden Idolen einstellen muß? Und warum bestehe man darauf, das Geschenk des freien Verhaltens durch die würgende Verpflichtung zum Exemplarischen zu entwerten? Ihm, Heller, komme da schlicht der Konfirmationskaffee hoch, wenn er an diese pädagogische Vergewaltigung denke. Es ließe sich doch anders vorgehen. Man könne sich doch zum Beispiel auf die Voraussetzung einigen, daß jeder sein eigenes Vorbild ist oder es doch werden kann – wenn er nur eine Chance erhält, sich zu verwirklichen in seinen besten Möglichkeiten. Und ein Lesebuch müßte eben darauf eingehen: es sollte zeigen, wie sich unerweckte oder durch die Verhältnisse blokkierte Möglichkeiten verwirklichen lassen. Alles andere sei Grünkohl von achtzehnhunderteinundsiebzig. Und wenn Pundt daran zweifle, solle er sich mal jetzt, gelokkert und gerecht, mit kritischem Abstand, an die Stelle eines Schülers versetzen, dem der Wachtposten aus der *Falle* als Vorbild serviert wird: was kann ihm diese Figur sagen für sein kleinkariertes alltägliches Leben? Welch einen Gewinn an Erkenntnis kann sie ihm bringen? Er, Heller, würde solch eine entlegene, beinah schon exotische Empfehlung vielleicht gespannt, in jedem Fall verständnislos zur Kenntnis nehmen und sofort wieder vergessen. Valentin Pundt verengt seine Augen, seine trockenen Lippen zittern, er neigt den Kopf in nachsichtiger Herablassung, er hat etwas in der Hinterhand, er setzt an, hält inne – es ist das übliche Innehalten vor dem Gebrauch des letzten Arguments –, doch er will oder kann nicht mehr zurück: Gut, sagt er, wenn Ihnen dieser Vorschlag so entlegen vorkommt, so exotisch, dann habe ich wohl das Recht, Ihnen zu erklären, daß dieser Bericht so erfahren wurde, wie er geschrieben ist. Es hat diese Kasematten gegeben; es hat den flüchtigen Mann gegeben und den Wachtposten, der ihn versteckte.

Sie? fragt Rita Süßfeldt. Nein, sagt Valentin Pundt, ich war der Wachhabende damals, ich war verantwortlich für die gelagerten Waffen, und ich spürte, daß da etwas ohne mein Wissen geschah, etwas Illegales, Verbotenes, doch ich konnte nicht erfahren, was es war, obwohl ich darauf aus war und mehr Runden ging als üblich. Was damals wirklich geschah, erfuhr ich erst, als man mir den Bericht zuschickte; die *Falle* ist keine aufbereitete Legende, keine erfundene Vorlage, sondern ein Teil meiner persönlichen Erfahrung: Wahrheit.

So mit Bekenntnissen beschwert und unter Zuhilfenahme der letzten Drohung, die von sogenannter »Wahrheit« ausgeht, glaubt Pundt tatsächlich, alle Zweifel und Einwände abgebogen zu haben, und während er sich zurück-

lehnt, möchte er fast um Entschuldigung bitten für den Gebrauch der äußersten Begründung.
Heller ist weder überrascht noch eingeschüchtert. Machen wir uns nichts vor, sagt er gleichmütig: es gibt taugliche und untaugliche Wahrheiten. Es gibt Wahrheiten, die uns nichts angehen, und andere, die unmittelbar für eine Vermehrung von Helligkeit sorgen. Jedenfalls sei erlebte Wahrheit noch keinesfalls beispielhafte und mitteilenswerte Wahrheit. Er möchte Pundt nicht zu nahe treten, es liege ihm vor allem fern, hier persönlich zu werden, doch im Interesse der Sache sehe er sich gezwungen, festzustellen, daß die persönliche Erfahrung vieler Menschen nur aus alten Hüten besteht oder aus Käseauflauf. Sie gewinnt doch erst dann einen Wert, wenn andere sich in dieser persönlichen Erfahrung erkennen können. Meine Erfahrung ist nichts wert ohne die gleichartige Erfahrung anderer. Nach einer verabreichten Wahrheit möchte ich mehr wissen über mich selbst. Die entlegene Wahrheit des Wachtpostens komme ihm vor wie eine Gabe von Rumpelstilzchen: niemand weiß, wie sie heißt.
Pundt steht wortlos auf. Pundt rafft mit verschlossenem Gesicht seine Papiere zusammen, er strafft sich, er legt den Kopf übertrieben weit zurück: dies ist nicht die Haltung, in der man übersieht, einlenkt, Versöhnliches äußert. Bleibt ihm noch etwas zu sagen? Er macht einige Schritte in Richtung zur Tür, dreht sich um, nein, er versucht sich zu verbeugen, gegen den Tisch, steif, knapp, bis zu einem früh wirkenden Widerstand, der ihn in die Senkrechte zurückklappen läßt, und mit einer Stimme, der man das Bemühen um einen Frostmantel anmerkt, gibt er zu verstehen, daß er es nicht gewohnt sei, Meinungsverschiedenheiten in solch einer Tonart auszutragen. Und er sagt zu

Heller: Die Belehrungen, Herr Kollege, die ich nötig habe, erteile ich mir selbst.
Danach verläßt Pundt das Konferenzzimmer, die Papiere unter einen Arm geklemmt, mit undurchsichtigem Gesicht, zumindest gibt sein Gesicht nicht preis, was er beschlossen hat – den endgültigen oder nur vorübergehenden Abbruch der Arbeit.
Das Horchen bringt nichts ein. Vom Warten wird nichts besser. Gehen Sie, sagt Rita Süßfeldt, gehen Sie ihm nach und entschuldigen Sie sich: ich habe das Gefühl, Sie sind etwas zu hart eingestiegen. Janpeter Heller ist anderer Ansicht, er läßt eine Pfeilspitze in seinen Radiergummi dringen, er hebt den aufgespießten Gummi in Augenhöhe. Das Lesebuch hat zwar drei Herausgeber, sagt er, aber die Verantwortung dafür läßt sich nicht dritteln. Und da er nicht belastet werden möchte mit etwas, das er selbst nicht gewollt habe, sollte es keine Unklarheiten geben. Wohin gegenseitige Rücksichtnahme führe, das könne man ja aus anderen Lesebüchern erfahren, sattsam. Da ist Rita Süßfeldt schon unterwegs, segelnd, die brennende Zigarette in der weggestreckten Hand, die Treppe hinab, energisch durch die Halle und die Treppe hinauf, die zu den Wohnzimmern führt; natürlich hat sie die Tür offen gelassen. Heller schließt seufzend die Tür, zwängt einen Finger in Doktor Süßfeldts Zigarettenschachtel, merkt, daß die Schachtel leer ist, worauf er, zufrieden mit sich selbst, ans Fenster tritt, eine Weile dem Hamburger November zusieht, der über alles sein Grau pinselt, bis er, auf einem Gerüst schräg über sich, die beiden ungleichen Klempner entdeckt, die mit Zinkblech arbeiten.
Ein alter dunkelhäutiger Klempner bringt einem sehr jungen Klempner in unverwaschener, hängender Berufs-

kleidung bei, wie Zinkblech geschnitten wird, vermutlich für eine Dachkehle, und weil der junge Klempner offensichtlich Schwierigkeiten bei der Konzentration hat, weil sein Blick abgleitet und ein niedrig fliegendes Flugzeug sucht oder den Verkehrsstrom beobachtet oder sich an einen Rentner hängt, der mit spitzem Spazierstock vor dem Wind streunendes Papier aufpickt, weil also der sehr junge Klempner, anstatt durch Augenschein zu lernen, die größere Freude in der Ablenkung findet, schneidet ihm der alte Klempner mit der Blechschere den Daumen ab, zumindest befiehlt er der Schere, sich dicht an den Daumen heranzubeißen, und jetzt, wo die Schere nur noch einmal zuzuschnappen brauchte, unterbricht der alte Klempner seine Arbeit, macht den Lehrling – es ist gewiß ein Lehrling – auf die Gefahr aufmerksam, in der sein Daumen sich befindet, und um den Augenblick erzieherisch zu nutzen, hält er den eigenen linken Zeigefinger hoch, dem das vorderste Glied fehlt: soweit kann es kommen, soweit wird es kommen, wenn du nicht bei der Sache bist. Und jetzt hol uns das Essen.
Heller sieht dem Lehrling zu, der mit klammen Fingern herabklettert; er selbst wünscht sich auf das Gerüst hinauf, vor Pundts Fenster, dort möchte er unbemerkt kauern und hören, woran der Rektor aus Lüneburg so empfindlich Anstoß genommen hat, daß er das Zimmer verließ. Aber er möchte auch erfahren, was Rita Süßfeldt zu sagen hat, wie sie seine Bekenntnisse einschätzt – diese Frau, die es ihm nicht leicht macht, sich angemessen zu verhalten: fühlt er sich zur Nachsicht aufgefordert, nötigt sie ihm Bewunderung ab, hat er sich gerade auf getarnte Gleichgültigkeit eingerichtet, zwingt sie ihn wider Willen zu privater Anteilnahme.

Er nickt grüßend dem jungen Klempner zu; der erschrickt, greift sich vom Fenstersims eine Ledertasche, nimmt den Griff zwischen die Zähne und klettert verstört wieder nach oben, auf das Gerüst – schneller als nötig, wie Heller feststellt, und gerade so, als ob sie hinter ihm her wären. Heller geht zur Tür. Er sieht auf seine Uhr: dies wäre eine Zeit, um zu telefonieren, doch bevor er in die verlassene Halle hinuntergeht, hört er Doktor Süßfeldts Schritte, die sich wie immer überstürzt nähern, geplagt und zur Eile getrieben von Abmachungen, Befürchtungen, von wirklichen oder eingebildeten Terminen.

Los, sagt sie, Sie müssen sich entschuldigen, er ist bereit, die Entschuldigung anzunehmen. Gehn Sie rauf, ich habe alles eingeleitet. Später, sagt Heller. Es hängt sehr viel davon ab; auch für unsere Aufgabe hängt viel davon ab, daß Sie sich entschuldigen; denn wie soll es weitergehen, wenn Herr Pundt seine Mitarbeit aufsagt? Wenn er abreist? Wer will wissen, wer dann der dritte Mann sein wird? Wir müssen uns doch einigen können. – Gut, sagt Heller, ich weiß zwar nicht, wofür ich mich zu entschuldigen habe, aber sobald ich aus der Stadt zurück bin, werde ich es tun, ich werde dem grollenden Heideläufer die Hand geben, damit wir gemeinsam unseren dreistimmigen Kanon über das Vorbild weitersingen können. Einstweilen steht etwas anderes auf dem Spiel.

Rita Süßfeldt blickt ihn unschlüssig an, sie hat mit einer anderen Entscheidung gerechnet, nun wird sie noch einmal mit Pundt sprechen müssen, nur eine rasche Verständigung, und danach, falls er Wert darauf legt, könnte sie ihn, Heller, in die Stadt mitnehmen, weil ihr Weg ohnehin in die Stadt führt. Heller ist einverstanden, er geht schon voraus zum Auto, das unverschlossen ist, das auch zur Nacht unverschlossen bleibt – offene Autos ziehen keinen an, behauptet Doktor Süßfeldt, und sie ist bereit, zu beweisen, daß sie mit dieser Psychologie bisher erfolgreich war.

Schwacher, aber intensiver Dauerregen. Schlechte Sicht. Klebrige Novemberluft, die auch dem Winzigen, dem Schwerelosen keine Verflüchtigung erlaubt – alles hängt am Boden. Sott und Ruß verschmieren die Scheiben, man kann mit dem Finger zeichnen. Richtung Stephansplatz? Von mir aus: Stephansplatz. Die Windschutzscheibe beschlägt, Heller zieht ein Tuch aus dem Handschuhfach und beginnt zu wischen, ausdauernd auf seiner Seite, hastig vorstoßend auf der Seite von Rita Süßfeldt, die eine Zigarette wippend zwischen den Lippen hält. Immerhin ein Vorteil, sagt Heller: der intakte Wischer ist auf Ihrer Seite. Die Frau zuckt die Achseln. Wenn er nicht mehr mitmacht, sagt sie, müssen Sie das Fenster runterkurbeln und mich dirigieren: haben wir alles schon gemacht.

Hinter Regen und Sott, hinter dem Schleier aus Abgasen entdeckt Heller das Hamburger Funkhaus und neben dem Pförtnerhäuschen die auf schmutzigem Rasen ruhende Plastik, die die Arme über den Kopf gehoben hat. Dort, sagt Rita Süßfeldt, der Mann aus Bronze: er ringt die Hände übers Programm. Heller kennt den Witz, er ist ihm vertraut aus einer Zeit, als er selbst gesuchter Teilnehmer an Diskussionen über pädagogisch-politische Themen war, ein nicht sehr gelittener, dafür aber gefürchteter Teilnehmer, der im Einverständnis mit dem Redakteur der Sendung für Unruhe zu sorgen hatte, für heißen Dampf. Nie hat er das Funkhaus anders erlebt denn als Baustelle, von Gerüsten umschlossen, besetzt von Maurern, Betongießern und Malern, die auch heute bei der Arbeit sind, die überdachte Verbindungsbrücken bauen, Dachgärten anlegen und die Betonwand für einen Teich gießen, in dem sich auch Goldfische von mehr als achtzig Zentimeter Länge wohlfühlen sollen.

Sie fahren die Rothenbaumchaussee hinab, später kann man unbesorgt, und das heißt rechts herum, abbiegen, hinter dem Dammtor-Bahnhof. Wo sind die traulichen Ruinen, denkt Heller, wo ist die essenswarme Kellerkneipe; er findet nichts wieder, weil ihm im entscheidenden Augenblick die Wand des immer gleichen Lastzuges die Sicht nimmt, den Rita Süßfeldt einmal von links, dann von rechts überholen will. Der Lastzug hat Matratzen geladen, seine Wände werben für eine Dr.-Grotappel-Matratze: *Im Hellen und im Schummer – wir garantieren Schlummer*. Das Deutsch der Werbung, denkt Heller und sagt, mit dem Daumen auf die Matratzen-Reklame zeigend: man müßte mal die Sprache der Werbung untersuchen. Und die Gesinnung, sagt Rita Süßfeldt. Anstelle der backenbärtigen Vorbilder, sagt Heller, sollten wir dies Kapitel in unser Lesebuch aufnehmen: Sprache und Gesinnung der Werbung. Da wird Herr Pundt allerdings gleich seine Rückfahrkarte benutzen. Ich kenne ihn seit über zehn Jahren, sagt Doktor Süßfeldt, er ist ein fähiger Pädagoge, sagen Sie nichts gegen ihn. Aber politisch, sagt Heller, politisch scheint er sich zu verhalten wie ein Löschpapier.

Plötzlich stemmt er sich mit beiden Händen gegen das Handschuhfach, der Wagen rutscht, gleitet, bei ganz leichter Schräglage, über die feuchten Straßenbahnschienen, gleich werden sie Dr. Grotappels Matratzen erpro-

ben, doch noch vor der Ampel gelingt es Rita Süßfeldt, aus den Schienen herauszukommen und zu bremsen. Sie hat weder Hellers Anstrengung bemerkt noch seine Furcht, sie sagt vergnügt: bei Glatteis und bei Regen sollte jeder Gegenverkehr abgeschafft werden. Heller stimmt ihr spontan zu, überlegt, um wieviel ruhiger es wäre, wenn von drüben, von der Gegenfahrbahn, keine Taxis, keine Lastwagen und vor allem nicht die beiden Zementtransporter mit den sacht rotierenden Trommeln herüberdrohten, als versuchten sie, das kleine, froschgrüne Auto anzunehmen.
Doch weiter vorn muß etwas los sein, Polizisten stehen auf der Straße, die die Fahrer durch Handbewegungen auffordern, langsamer zu fahren, und dann sehen sie eine lockere Kette von Polizisten, die dem zögernden Verkehr entgegensteht, ihn umleitet, alle Fahrzeuge folgen rechtwinklig angelegten uniformierten Armen, alle biegen in Nebenstraßen ab, bis auf Rita Süßfeldt: die nimmt mit einem kurzen Aufseufzen das lockere Hindernis, ist schon durch und vorbei, und da sie von Rückspiegeln nichts hält, erfährt sie auch nicht, daß zwei Polizisten in schulmäßigem Reflex zur Seite springen und ihr sodann ein paar Schritte hinterherlaufen, winken, drohen, und sich schließlich damit begnügen müssen, ihre Nummer zu notieren. Sie aber ist vorbei, fährt jetzt allein über eine gereinigte Straße ohne Gegenverkehr, und als Heller zurückblickend sagt: das wird ins Auge gehn, weist sie darauf hin, daß die Woche der *Freundschaft mit der Polizei* erst gerade begonnen hat. Wie mühelos der Dammtor-Bahnhof passiert wird, wie folgenlos man sich einordnen kann, wenn man die Straße allein für sich hat, so zügig erreicht man sonst nicht den Stephansplatz.

Der Stephansplatz ist nicht abgesperrt, er ist besetzt, überflutet. Eine Wand schiebt sich ihnen entgegen, eine unaufhaltsame Wanderdüne, die von Spruchbändern und Plakaten überragt wird wie von hausgemachten Feldzeichen. Fröhlicher Zorn trägt die Bewegung, und auf den Gesichtern liegt noch die Ungläubigkeit über das schnell Erreichte: die Straßen in Besitz genommen, den Verkehr unterbunden, alle Begrenzungen aufgehoben. Arm in Arm, selbstgewiß, mit verhaltenem Schritt ziehen sie durch den Regen, Jungen und Mädchen, und in Sprechchören wiederholen sie, was Spruchbänder und Plakate fordern: die Fahrpreiserhöhung für Schülermonatskarten muß rückgängig gemacht werden. Sie fordern Gerechtigkeit, sie verlangen Einsicht. Anstatt mehr für Forschung und Bildung zu tun, verteuern die Verantwortlichen noch den Weg zu den Lehrstätten, indem sie die Fahrpreise für Straßenbahnen, U-Bahn und S-Bahn heraufsetzen. Ein Streifen mit Karikaturen zeigt Hamburg auf den Stationen zur Verödung.
Angeführt wird der wogende Zug von einem hohlwangigen Jungen mit Megaphon und Maori-Frisur, der rückwärts voranschreitet und, nach einleitender, beschwörender Geste, der Menge den skandierten Unmut abverlangt: Der weise Senat wird gebeten – raubt keine Schülermoneten! Rückwärts schreitend streift der Junge das kleine Auto, in dem Heller und Rita Süßfeldt sitzen, und wer jetzt aus der Vogelperspektive, etwa vom Dach der Zentralpost, den Demonstrationszug beobachtete, zusähe, wie das Auto eingeschnürt und umschlossen wird, der könnte gar nicht anders, der müßte an einen zuckend arbeitenden Magen denken, der da unter Druck und Reibung etwas aufnimmt und verdaut, und tatsächlich scheint

das Auto immer heftiger umdünt, es scheint mitzuwogen, ein verschluckter, aber schließlich doch unverdaulicher Fremdkörper, der später ausgeschieden wird.
Doch obwohl es zu beben beginnt, obwohl es wackelt und schlingert, stürzt das Auto nicht um, keine Scheibe zersplittert, keine Stichflamme erhellt den Grimm, der sie alle vereint und voranträgt, und nun wird eine Tür geöffnet, langsam, gegen den Widerstand der vorbeidrängenden Flut, und ein Mann in offenem Regenmantel, unter dem ein weinroter Pullover zu erkennen ist, klemmt sich hinaus. Er hat kaum Boden unter den Füßen, steht noch verzogen da, da wird er schon aufgenommen, mitgeschwemmt, Arm in Arm verhakt mit Nebenleuten, ein neues Kettenglied – oder muß man nicht sagen: ein alter Schäkel, der, gerade noch passend, eingehängt wurde? Es wäre der gerechtere Vergleich, denn alle, die Heller einkeilen und fortziehen, sie lassen sich auch nicht mit Hilfe von Bärten und wuchernden Koteletten in die Nähe seines Alters bringen, sie sind sehr viel jünger, sie müßten ihn rechterdings als einen von der anderen Seite behandeln, doch eine Witterung scheint ihnen zu sagen, daß er trotz des Altersunterschieds einer der ihren ist, ein Gleichgesinnter, dessen Empörung sich einstellt, sobald sie gebraucht wird.
Heller wechselt den Platz mit einer scheuen, pummeligen Schülerin und geht jetzt außen, als Flügelmann, nur wenige Schritte von den jungen Polizisten entfernt, die zu tun haben, um jeden ansteckenden Kontakt zu vermeiden, die gerade in der Praxis lernen, wie man Zurufe überhört, Gespräche vermeidet und Gelassenheit vorzeigt, wenn man angepflaumt wird.
Janpeter Heller weiß, warum er sich dem Zug angeschlos-

sen hat. Ein Plakat schräg vor ihm, mit Blaustiften an einen Besenstiel gepinnt, unterrichtet ihn, daß der Fahrpreis für eine einfache Fahrt auf den städtischen Verkehrsmitteln um fünfzehn Pfennig, der Preis für eine Schülermonatskarte um drei Mark fünfzig erhöht worden ist. Er erfährt von der Schülerin, die von ihrer Körperwärme bereitwillig an seinen Unterarm abgibt, daß ein Mitglied des Senats zu einer Diskussion gezwungen werden soll, außerdem wird eine angemessene Erklärung überreicht werden. Die Erklärung ist vorbereitet, die Diskussionsteilnehmer sind benannt. Hat denn keiner an die Bannmeile gedacht?

Vorn, in Höhe der elektrischen Uhr, staut sich der Zug, die Bewegung wird gedämmt, aufgefangen, man läuft aufeinander auf, schiebt, drückt, doch von der Spitze kommt ein wiegender Gegendruck zurück, auf einmal geht es nicht weiter. Was ist los? Warum geht es nicht weiter? Wie lange noch? Frag doch selbst.

Heller verläßt sich nicht auf die Auskunft hochgewachsener Schüler, er zieht die Hände spitz vor der Brust zusammen, zwängt und pflügt sich durch die Reihen, an nasser Wolle vorbei, an tropfendem Haar, vorbei an naß glänzenden Regenmänteln. Niemand kennt ihn, dennoch läßt man ihn, ohne zu maulen, durch, einfach, weil man ihm etwas zutraut. Vorn stehen, tief gestaffelt, zwei Reihen von Polizisten, stehen plaudernd da, abwartend, während einige ihrer Vorgesetzten, die auf den ersten Blick als Vorgesetzte zu erkennen sind, mit der Spitze des Zuges verhandeln, gutartig, wie Gesten verraten, auch eindringlich, vor allem aber unter Zuhilfenahme eines einzigen Arguments, das andauernd wiederholt wird.

Heller steht neben dem Jungen mit dem Megaphon und

der Maori-Frisur, die von blinkenden Perlmutt-Kämmen gebändigt wird. Heller läßt sich sagen, daß die Grenze der Bannmeile erreicht ist. Heller, gesprächsbereit, läßt sich, obwohl er die Antworten kennt, über die Folgen aufklären, die aus einer Verletzung der Bannmeile entstehen können. Heller erwägt, unter welchen Bedingungen eine Abordnung des Zuges eine vorbereitete Erklärung im Rathaus übergeben darf. Heller überläßt es dem Demonstrationskomitee, zu entscheiden, ob man die zulässige Abordnung von drei Vertretern ins Rathaus schicken will. Heller, nur noch allein redend, sieht sich gegenüber dem Chef des Einsatzkommandos zu einer Auslegung des Demonstrationsrechts gezwungen, da er unterschiedliche Auffassungen entdeckt hat. Heller läßt den folgenden Satz hören: Wir müssen endlich mit dem Irrtum aufräumen, daß alle, die einen erschlichenen Vorsprung an Macht oder an Informationen haben, auch automatisch zum Herrschen taugen. Heller ist es schließlich, der, nachdem die Abordnung losgezogen ist, die Parole ausgibt, sich hinzuhocken, den Stephansplatz besetzt zu halten und die Rückkehr der eigenen Vertreter abzuwarten.

Die Menge hockt sich hin. Wer einen Regenmantel hat, zieht ihn sich über den Kopf, hebt die Arme in Segelstellung und bietet seinem Nebenmann Schutz an. Zwischen gekrümmten, zu loser Faust geschlossenen Fingern werden Zigaretten gehalten. Transistoren, auf verschiedene Stationen eingestellt, beginnen mit einem Wettstreit. Die Polizisten stehen in Gruppen zusammen, hören einem der ihren zu und können ihren Blick nicht von dem ungeheuren, krummrückigen Gegenüber wenden, von dem nur dunkle Laute herüberwehen, zunehmend, abnehmend, wie Gezeiten.

Aus Richtung Lombardsbrücke nähert sich jetzt eine Straßenbahn, mit unvermeidlichem Schleifgeräusch, unter metallischem Singen der Hochspannungsleitung. Heller sieht ihr entgegen, dem runden, wulstigen Metallbug, der nur gemacht erscheint, Hindernisse von den Schienen zu stoßen, sie kommt auf ihn zu, wird langsamer, hält kurz vor ihm – so nah, daß er, wenn er wollte, den schwarzen Stoßwulst mit der Hand berühren könnte. Der Schaffner steigt aus, sieht verwirrt über die hockenden Körper, geht dann zu der Gruppe der vorgesetzten Polizisten hinüber, fragt an, lamentiert da, scheint auch etwas zu erreichen, denn der Chef des Einsatzkommandos begleitet ihn zu seinem Wagen zurück und sagt zu Heller: Ihr müßt die Schienen freigeben, die Bahn muß durch.
Heller blickt sich um, überall zwinkerndes und grinsendes Einverständnis, er wendet sich an den Chef und sagt: Von uns aus kann die Bahn passieren. Der Schaffner zieht mehrmals an seinem Lederseil und gibt das Zeichen zur Abfahrt, ohne daß sich die Bahn in Bewegung setzt. Sie werden die Schienen sofort räumen, sagt der Chef des Kommandos ruhig. Dies ist eine angemeldete Demonstration, sagt Heller. Ist mir bekannt, sagt der Chef, aber Sie haben sich verpflichtet, den Verkehr nicht zu behindern. Behindert hier jemand den Verkehr? fragt Heller nach hinten. Auf ein Zeichen des Chefs – ein verabredetes Zeichen, das aufgenommen und weitergegeben wird durch die Ketten der gestaffelten Polizisten – schieben sich aus einer Seitenstraße zwei dunkelgrüne Lastwagen, die rückwärts an die Straßenbahn heranfahren. Zusammengerückt und mit kurzem Schritt nähert sich eine erste Welle von Polizisten, deren Bewegung beeinträchtigt zu werden scheint durch eine automatisch wirkende Hemmung oder

Blockierung – eine Folge der Ungewißheit vermutlich, denn noch läßt sich nicht voraussagen, wie ihr Vorrücken enden wird. Einzelne Pfiffe begleiten sie; verstreute Schmähungen, ein Buh aus dem Stimmbruch. Diese Unweigerlichkeit, die ein Gleichschritt hat oder vorgibt. Kann man da sitzenbleiben? Hier und da erheben sich einige Schüler, ruckartig, wie Gewächse im Zeitraffer, bereit, etwas zu tun, und doch unsicher angesichts der raumgewinnenden Polizei. Der Junge mit dem Megaphon fordert jedermann auf, sitzen zu bleiben: Wir wollen hier auf unsere Antwort warten.

Die Polizisten schwenken auf die Straßenbahn zu, ihr Schritt wird noch kürzer, sie treten fast auf der Stelle. Der Chef legt Wert auf die Einhaltung der Vorschriften und fordert Heller, vor allem Heller, ein letztes Mal auf, die Schienen zu räumen, andernfalls er sie gewaltsam, und so weiter. Heller und die Schüler feixen. Da Sie unserer mehrmaligen Aufforderung nicht nachgekommen sind, sagt der Chef, ohne die Stimme zu heben, sehen wir uns gezwungen, das Nötige zu veranlassen. Im Namen der Allgemeinheit, denkt Heller, im Namen der Deutschen Bank und aller bewahrenden Kräfte. Der Chef, in grüngrauen Lederhandschuhen, gibt abermals ein schnell verständliches, gewiß aus der Fibel stammendes Zeichen, worauf sich die Polizisten erst einmal lockern, durch Zwischenrufe verständigen und sich dann sachgemäß und immer nur zu zweit über die Sitzenden hermachen. Ein energischer Griff unter die Achseln, ein schnürender Griff um die Beine, und die zwar widerspenstigen, aber durchsackenden Körper werden von den Polizisten gelüftet, zu den Lastwagen geschleppt und, unter Ausnutzung eines errechneten Schwunges, auf die Ladeflächen geworfen.

Die Polizisten arbeiten nicht wahllos, sie versuchen nur, der Straßenbahn eine Schneise freizulegen, doch anscheinend schaffen sie es nicht und werden es nie schaffen, denn kaum haben sie einen von den Schienen gehoben, wird die Lücke durch andere Schüler aufgefüllt. Heller, längst auf der Ladefläche, sieht lächelnd der hoffnungslosen Räumarbeit zu; was er den Zurückgebliebenen raten wollte, tun diese auch ohne seinen Ratschlag, und er drängt sich beim Anfahren an die hochgeschlossene und festgehakte Klappe und macht den Seßhaften zum Abschied das V-Zeichen. Zwei Polizisten mißbilligen das Zeichen und unterbrechen den Film, indem sie die Zeltplane zuziehen.

Heller läßt sich zwischen den anderen auf der Ladefläche nieder. Hier darf nicht geraucht werden. Schwaches Licht dringt durch das biegsame Cellophanfenster. Wohin fahren wir? Weiß jemand, wohin wir fahren? Klassische Preisfrage, sagt Heller, müßt ihr doch kennen: im geschlossenen Güterwagen unterwegs sein und aus geschätzter Geschwindigkeit, aus geschätzter Zeit und meinetwegen noch aus der Länge des Haars den eigenen Standort bestimmen.

Der Junge mit dem Megaphon fragt einen der begleitenden Polizisten: Würden Sie mir freundlicherweise sagen, wohin Sie uns bringen werden? Es antwortet nicht der gefragte Polizist, sondern sein Kollege; er sagt: Halt deine Fresse! Heller spürt Erschütterungen in seinem Körper, das ist grobes Kopfsteinpflaster, also in jedem Fall am Dammtor vorbei; vielleicht auch an der Universität, wenn die nur mitmachen würden, jetzt aus den Vorlesungen kämen und die beiden Lastwagen festkeilten – oder fahren sie ostwärts über die Kennedy-Brücke? Plötz-

lich sind die Beatles unter ihnen, die Beatles singen *Let it be*, doch der Polizist, der schon keine Auskunft über das Ziel geben wollte, gibt ihnen keine Chance. Stellt den Scheißkasten ab, sagt er, dies ist keine Fahrt ins Grüne.
Soll die Fahrt gestreckt werden? Soll der Versuch gemacht werden, Hamburg durch eine Zeltplane erahnend zu beschreiben? Wäre das eine Gelegenheit, ein Muster für die Relativität der Wahrnehmungen zu liefern? Es stinkt nach Fischmehl: also bin ich in Eidelstedt – nach dieser Methode vielleicht? Würde die Einbildungskraft unter der Zeltplane ein Hamburg zustandebringen, das dem wirklichen ebenbürtig, womöglich sogar überlegen wäre?
Die Lastwagen drehen ab, rollen über einen Erdbuckel, eine Torschwelle, scheren jedenfalls aus dem Verkehr aus und fahren anscheinend über einen zementierten windigen Platz. Kein scharfer Sog von Straßenbahnen strafft die Zeltplane, dafür lassen Fallwinde sie flattern und das Dach sich kuppelartig aufwölben. Nun halten sie.
Die Klappen, die die Ladeflächen sichern, fallen herab. Aussteigen! Los, runter vom Wagen! Und aufstellen. In einer Reihe, ihr Säcke; falls ihr wißt, was eine Reihe ist. Eine Schülerin, langhaarig, eine aschblonde Undine, verbittet sich in sanftem Ton die Anrede, worauf der Polizist, eine Sekunde verdattert, süßsauer salutiert und nur sagt: das gnädige Fräulein ist auch eingeladen, die Ständer in die Hand zu nehmen. Und nun aufgepaßt, rechts um, herrgottnochmal, und dann bis zum Dienstgebäude. Im Gänsemarsch schlurfen sie zum Dienstgebäude der Polizeikaserne, ziehen sich ein paar ausgetretene Steinstufen hinauf, nehmen Aufstellung im gefeudelten Korridor, der nach Sparsamkeit und Lysol riecht. Ausweise bereithalten,

sagt ein Polizist, es werden jetzt die Personalien aufgenommen; nur nicht drängeln, jeder kommt dran.

Als fünfter betritt Heller das Dienstzimmer. Grünliches Lampenlicht. Vor dem Fenster, das auf den Kasernenhof hinausgeht, ein karger Schreibtisch. Hinter der altmodischen, aber treuen Remington ein nicht weniger bejahrter Polizist, der mit zwei Fingern tippt; neben ihm, stehend, über die Maschine gebeugt, ein Kollege. Keine Stühle. An der getünchten Wand der Kalender einer Dosenmilchfabrik und die gerahmte Fotografie des ehemaligen Bautruppführers, der mit westfälischer Unbeweglichkeit in den Raum starrt. An der linken Schreibtischseite ein klemmender Rollschrank.

Heller kommt herein, bleibt an der Tür. Der stehende Polizist, sachlich: Bitte, kommen Sie doch näher. Ihren Ausweis? Heller: Ich trage keinen Ausweis. Nie. Der alte Polizist: Ein anderes Dokument? Führerschein vielleicht? Heller, mit überlegenem Lächeln: Es tut mir leid. Ich trage grundsätzlich keine amtlichen Hundemarken. Der alte Polizist, scharf über die hinabgerutschte Brille spähend: Aber Sie wissen, daß es eine Ausweispflicht gibt. Heller: Die läßt sich nicht mit der Würde des Einzelnen vereinbaren. Der stehende Polizist: Vielleicht sind Sie dann ausnahmsweise so freundlich, uns Ihren Namen zu sagen. Heller, achselzuckend: Janpeter Heller, Janpeter in einem Wort, und da als nächstes wohl das Geburtsdatum drankommt: geboren am fünfzehnten Januar dreißig in Hamburg, Ecke Bundesstraße – Rentzelstraße in einer Taxe, die Nummer der Taxe ist mir entfallen.

Der stehende Polizist tauscht mit dem Kollegen einen Blick: Jahrgang dreißig, da gehen Sie ja schon auf die Vierzig zu. Heller, vergnügt: Wollen Sie damit sagen, daß ich jünger aussehe? Der stehende Polizist: Mit achtunddreißig hat man die Schule hinter sich, im allgemeinen. Heller: Man sieht ja, was dabei herausgekommen ist. Wenns nach mir ginge, ich würde gern eine zweite Schulpflicht für alle Fünfzigjährigen erlassen. Der alte Polizist: Beruf? Heller: Studienrat. Der alte Polizist: An welcher Schule? Heller: Diepholzer Gymnasium. Der stehende Polizist überrascht: Nicht in Hamburg? Sie unterrichten nicht in Hamburg? Heller, gleichmütig: Es gibt auch außerhalb Hamburgs Gymnasien. Der stehende Polizist, eifrig in die Lücke stoßend: Und was hat Sie dazu bewogen, an der Hamburger Demonstration teilzunehmen? Wissen Sie überhaupt, um was es ging? Heller: Wenn Sie mich so fragen – um den Widerstand gegen das Profitdenken. Der stehende Polizist unbeirrt: Es geht um die Verteuerung der Schülerfahrkarten. Und ich möchte wissen, warum Sie hier demonstrieren, wenn Sie selbst gar keine Hamburger Verkehrsmittel benutzen. Sie sind hier doch nicht wohnhaft. Heller seufzend: Das hatte ich ganz vergessen. Falls ich in Zukunft an einer Demonstration teilnehme, werde ich mir vorher eine Wohnsitzbescheinigung verschaffen. Der alte Polizist, persönlich interessiert: Sind Sie nur nach Hamburg gekommen, um an der Demonstration teilzunehmen? Heller: Nein. Der alte Polizist: Aus beruflichen oder aus privaten Gründen? Heller: Ich glaube nicht, daß ich verpflichtet bin, Ihnen auf diese Fragen zu antworten. Aber wenn Sie's unbedingt wissen wollen: es findet eine Konferenz statt. Der alte Polizist: Was für eine Konferenz? Heller, nicht ohne Genugtuung: Eine pädagogische Arbeitstagung. Wir stellen ein neues Lesebuch zusammen, einige Kollegen und ich. In öffentlichem Auftrag. Der alte Polizist, verwundert: Ein Lesebuch? Heller: Zum Lesen, ja – falls Sie wissen, was ich meine. Der alte Polizist, lächelnd: Na, Sie werden die jungen Leute ja gut bedienen, nehme ich an. Heller: Es wäre schon viel erreicht, wenn die Polizei nicht den Ehrgeiz hätte, uns Konkurrenz zu machen. In pädagogischer Hinsicht. Der alte Polizist mustert Heller mit gründlichem Blick: Vielleicht, Herr Heller, hat Ihnen das noch niemand gesagt, gut, dann möchte ich es Ihnen sagen. In all meiner Praxis ist mir noch niemand so erbarmungswürdig vorgekommen wie ein betagter Revolutionär. Einer, der nicht den Mut hat, zu seinen Jahren und Erfahrungen zu stehen. Unmögliches glauben – das kann man nur zu seiner Zeit, am Anfang. Die jungen Leute, die können es sich leisten, »alles oder nichts« zu verlangen. In Ihrem Alter, da sollte man die Grenzen erkannt haben. Heller, abrupt: Falls der Nachhilfeunterricht beendet ist, darf ich wohl gehen. Der alte Polizist: Von mir aus. Bitte. Sie können gehen. Heller verschwindet grußlos.

Draußen auf dem Korridor empfangen sie ihn mit Fragen und vergnügter Wißbegier: Wie war's? Tat's weh? Was wollen die Bullen wissen? Doch Heller winkt ab und zeigt Eile, am Spalier vorbeizukommen. Er springt die Steintreppe hinab, geht forsch über den Hof der Polizeikaserne; die Wache am Eingang übersieht er. Unentschlossen ist er nicht. Er strebt gleich zur Straßenbahnhaltestelle hinüber, wo eine bärbeißige Mutter – Plastikhäubchen über dem strähnigen Haar, zwei Einkaufstaschen, ein Blumenstrauß in aufgeweichtem Papier – ihre Überlegenheit gegen einen kleinen Jungen ausspielt, der nichts anderes will, als den gelben, öffentlichen Papierkorb durchzugrabbeln und, nach Möglichkeit, zu entleeren. Immer wieder reißt die Mutter ihn zurück, schlägt mit flacher Hand auf den hängenden, offenbar gepolsterten Hintern, und da dies nicht hilft, ins Gesicht. Der Junge trampelt, brüllt, streckt die verfetteten Arme dem Papierkorb entgegen. Die Mutter setzt auch die zweite Einkaufstasche ab, rüttelt den Jungen, gleich wird sie ihm einen Arm ausreißen, da klaubt Heller ein paar alte Fahrkarten aus dem Papierkorb, hält sie dem brüllenden Jungen vor die Nase, kassiert von der Mutter einen drohenden Blick. Der Junge steckt die Fahrkarten sofort lachend in den Mund.

Jetzt kommt die Straßenbahn. Heller steigt ein, wird bis zur Mitte vorgeschoben, hier hängt er sich mit dem rechten Arm in einen Haltering ein. Die Bahn scheint für schwer Erkältete reserviert zu sein, das blafft, das hustet trocken, das schnieft, zieht hoch, ringt pfeifend nach Luft. Sogar den Fahrer scheint es erwischt zu haben, der sich bei jedem Halt ausschweifend schneuzt und seine geröteten, tränenden Augen im Rückspiegel betrachtet.

Heller legt seinen Mund auf den Ärmel des Regenmantels. Fragen nach Stationsnamen beantwortet er mit Kopfschütteln. Um Berührungen zu vermeiden, preßt er sich in die schmale Nock neben der Aussteigeplattform, legt den Kopf an die Scheibe, sieht hinaus: schwarze Bäume, Mauern, Schaufenster. Die Peitschenlampen werfen ein kränkliches Licht. Diesen Weg ist Heller schon einmal gefahren, an einem ähnlichen Nachmittag, doch ohne Erinnerung. Dort ist der Isebek-Kanal, er muß aussteigen. Heller geht ein Stück zurück, dann den Sandweg am Kanal entlang, dessen Spiegel der Regen zerschlägt, die Bootsschuppen drüben sind verlassen. Er könnte sich dem geklinkerten Mietskasten ebensogut von der Vorderseite nähern, am Tabakladen, an der Friseurstube und an der

Sparkassenfiliale vorbei, denn auch so würde er in den unebenen Torweg gelangen und danach auf einen quadratischen Hof, doch Heller entscheidet sich für die Rückseite, wahrscheinlich, weil er hier weniger Gefahr läuft, erkannt zu werden. Er geht auf dem schmalen Gehsteig durch den rückwärtigen Torweg, der kein Auto durchläßt, nicht einmal ein gewöhnliches Fuhrwerk, sondern nur Fußgänger, Kinderwagen. In den Putz der Wand gerissen sind neue, zotige Zeichnungen und Inschriften. Heller bleibt auf dem Innenhof stehen. Da sind die Klopfstangen für Teppiche und Läufer, und hier, hinter magerem Gesträuch, die Sandkästen für die Kinder – auch diesmal werden einige vergessene Backformen überwintern, blecherne Krabben, Schnabeltiere, dazu die unvermeidliche Schaufel.

Heller blickt sich um, überlegt: wenn er auf die Müllkästen neben der Klopfstange stiege, könnte er die ganze Wohnküche übersehen, vielleicht auch das Kinderzimmer; er steigt also auf die Müllkästen, drückt sich gegen die Mauer: ja, sie sind da. Sie sitzen beide in der Eßnische, die Frau und das Kind, Charlotte und Stefanie. Charlotte trägt ihr Haar noch wie früher, im Nacken gesammelt und mit einer Spange verschlossen, auf der – Heller weiß es – entweder ein Zierfalter oder eine Zierraupe sitzt. Eine Teetasse steht auf dem Tisch und ein Milchglas. Stefanie greift sich in den Mund, zieht etwas heraus und reicht es der Frau, die es ihrerseits zwar nicht in den Mund schiebt, aber doch – bei hochgezogenen Lippen – gegen die Zähne hält und sich aufrichtend zur Schau stellt: Na, ist es so schlimm? Und um sich selbst zu versichern, hebt sie einen weißen Handspiegel, und unter den skeptischen Blicken des Mädchens kommt sie zu dem

Schluß: das ist doch wirklich nicht schlimm.
Eine Gebißspange, also hat Stefanie eine Gebißspange bekommen. Die Frau reicht dem Mädchen die Gebißspange zurück, fordert sie auf, die Spange einzusetzen, und dann beugt sie sich zum Gesicht des Mädchens hinab, hebt den Spiegel und entblößt abermals ihre Zähne: Sieh doch selbst, Stefanie, ist der Unterschied so groß? Mit und ohne Spange – das fällt doch kaum auf. Charlotte nimmt Stefanie in den Arm, küßt sie flüchtig auf den Mund: Siehst du, ich merke sie gar nicht. Nun geben sie sich die Hand, das heißt, Charlotte nimmt Stefanies Hand, sie scheinen etwas abzumachen, einander zu geloben; vermutlich wird sie dem Kind wieder eine ihrer Belohnungen anbieten, so wie sie für alles Belohnungen ausgesetzt hat, fürs Zähneputzen, fürs Aufräumen, jetzt also auch für das Tragen der Gebißspange. Die ganze Welt möchte sie ändern und in Gang halten mit Hilfe eines Systems von Belohnungen.
Plötzlich hebt die Frau den Kopf, richtet sich auf und lauscht; sie muß ein Signal gehört haben, und jetzt springt sie auf, sieht noch einmal in den Spiegel, bevor sie das Mädchen mit langem Zeigefinger ermahnt und, den Rock glättend, den Pulloversitz verbessernd, auf den Flur hinausgeht. Sie bekommt Besuch. Im Abdrehen wendet sie ihr Gesicht dem Fenster zu, dieses zweifelnde, unbewegte Gesicht, von dem Heller lange glaubte, daß es sich nie verändern könnte, einfach weil Charlotte bei allem schon die zweite, und das heißt die schlimmere Möglichkeit vorwegnahm und bedachte, sogar wenn sie über sich selbst sprach, kommentierte der Zweifel ihre Worte.
Stefanie, allein, nimmt die Gebißspange wieder in die Hand, hält sie weit von sich, schneidet ihr eine Grimasse

und setzt sie hastig wieder ein, als die Frau zurückkommt. Sie bringt einen Mann in die Wohnküche, einen krausköpfigen Athleten im Regenmantel, der begrüßt Stefanie onkelhaft – nein, das möchte Heller vielleicht so haben; aber im Gruß liegt doch eine Vertraulichkeit, die zugibt, daß man einander kennt. Der Mann zieht den Mantel nicht aus. Er setzt sich zu dem Kind, nähert ihm sein Gesicht, spricht auf es ein, womöglich zieht er da Komplimente ab über den schönen Sitz der Gebißspange. Er erlaubt sich eine wischende Liebkosung, mit breiter Hand ausgeführt, vom Nacken über den Hinterkopf zur Stirn. Charlotte entschuldigt sich bei ihm, offensichtlich will sie sich bereitmachen zum Aufbruch.

Ein Geräusch, das Klappern von Satteltaschen an Fahrrädern, zwingt Heller, seine Beobachtung zu unterbrechen. Er schwingt sich von den Müllkästen herunter; dort, durch den rückwärtigen Torweg, kommen zwei Männer mit Fahrrädern, also schlendert er durch den vorderen Torweg, biegt kurz ab und bleibt gleich vor dem Schaufenster der Sparkasse stehen, das mit grauem Samt ausgelegt ist – in der Mitte ebenmäßig gerafft – und nichts ausstellt außer einem getippten Aushang mit den täglichen Wechselkursnotierungen. Ein Plakat hängt da auch noch, an der Seite der Scheibe: Hast du was, bist du was. Heller steht vor dem leeren Schaufenster – was sollen die auch ausstellen? –, liest die Wechselkurse, tritt auf einmal zurück und läuft zur Telefonzelle auf der anderen Seite der Straße. Die Nummer weiß er auswendig, wird er immer auswendig wissen. Er stellt sich vor, wie sie aufhorcht, zögert, dann aus dem Badezimmer auf den Flur geht und den Hörer abnimmt.

Charlotte? Leg nicht auf, ich weiß, daß du da bist, ich

weiß auch, daß du Besuch hast. Von mir aus brauchst du nicht zu antworten, aber hör mir zu ... Nein, nicht später, Stefanie ist beschäftigt, und ihr kommt noch zeitig genug ... Und wenn er hundertmal dein Chef ist, bitte hör mir jetzt zu, oder ich muß dich in der Praxis aufsuchen, ich war heute schon einmal drauf und dran, aber am Stephansplatz – mir ist etwas dazwischengekommen. Du weißt, daß ich ein Recht habe, das Kind zu sehen, du selbst warst damit einverstanden, hörst du mir noch zu? ... Dann ist es gut. Ich bleibe noch einige Tage in Hamburg, wohne bei Klöver, die Hotel-Pension an der Alster, du weißt schon, du hast ja dort bereits angerufen ... Gib mir eine Nachricht, wann ich das Kind sehen kann, und ob auch wir uns sprechen können ... Wo ich jetzt bin? Eben, genau da. Es *hat* einen Zweck, daß wir uns sehen, ich werde dir beweisen ... Abrechnungen? Was meinst du mit Abrechnungen? Eure Vierteljahres-Abrechnung? Die könnt ihr von mir aus gleich machen. Also wirst du anrufen? ... Gut, wenn du willst, werde ich es tun, heute noch. Spät ... Morgen? Dann morgen. Charlotte? Charlotte?

Heller hängt den Hörer ein, verläßt die Telefonzelle, er strebt dem Buchladen an der Ecke zu: ob sie ihn wiedererkennen? Das Personal hat gewechselt. Eine junge staksige Verkäuferin bietet ihm ihre Hilfe an, er winkt ab, er kenne sich aus, ein alter Kunde, den es zufällig vorbeigeführt habe; da ist er schon bei den drehbaren Ständern mit Taschenbüchern, legt den Kopf auf die rechte Schulter, überfliegt die Titel, sieht an ihnen vorbei auf die Straße hinaus zum Hauseingang, wo sie jetzt gleich auftauchen müssen oder bereits auftauchen, denn Heller knickt in der Hüfte ein und sucht Deckung hinter dem

Ständer. Der Mann führt Charlotte zum Auto, öffnet ihr die Tür.
Warum zaudert Charlotte? Sie blickt aufmerksam zur Telefonzelle hinüber und dann in beiden Richtungen die Straße hinab. Sie spürt die Nähe, sie spürt vor allem, daß sie in diesem Augenblick gesehen wird, und sie steht noch suchend da, während die Scheinwerfer aufflammen, jetzt endlich steigt sie ein. Die Verkäuferin beobachtet, wie Heller, den Ständer als Deckung benutzend, das abfahrende Auto beobachtet und dabei das Körpergewicht riskant verlagert. Sie ist vorübergehend allein in der Buchhandlung, sie muß etwas fragen, und sie fragt: Haben Sie etwas gefunden? Natürlich, sagt Heller, dieses Taschenbuch, *Hörspiele*, und wenn Sie ihn haben, den neuen *Spiegel*.

6

Wie nimmt man eine förmliche Entschuldigung entgegen? Valentin Pundt, die Hände auf der Lehne des Schreibtischsessels, unterdrückt den Atem, beugt den Nacken, starrt so gesammelt auf den Bettvorleger, als wolle er mit stierendem Blick ein Loch hineinbrennen; die Beine übrigens sind leicht gespreizt und tragen zu gleichen Teilen. Er hört konzentriert zu, er nimmt die Entschuldigung nachdenklich zur Kenntnis, wahrscheinlich bewertet er sie bereits nach Form und Inhalt: Es war wirklich nicht so gemeint, es lag mir fern, Herr Pundt, gerade Ihre persönliche Erfahrung als alten Hut oder Käseauflauf zu bezeichnen, es entsprach ganz und gar nicht meiner Absicht – und wenn Sie mich fragen, ich bin betroffen, ich bin fassungslos, daß gerade Sie mich so mißverstehen konnten, denn Sie selbst haben doch zu Anfang klargestellt, daß es bei allen Sitzungen und Bewertungen nicht um Persönliches gehe, doch wenn ich tatsächlich etwas gesagt haben soll, was Ihre Gefühle verletzt hat, so mag das an meiner besonderen Anteilnahme an diesem Kapitel des Lesebuchs liegen, schließlich hat jeder einzelne von uns das Ganze zu verantworten; in diesem Sinne bitte ich Sie um Entschuldigung.

Das wär's eigentlich, sagt eine hinterhergeschickte Geste, die Pundt nicht bemerkt, da er noch mit der Bewertung der Entschuldigung beschäftigt zu sein scheint; doch schließlich nickt er, es ist ein zustimmendes Nicken, und die Hand, die sich jetzt Heller entgegenhebt, ist denn auch nicht nur bereit zur Vergebung, sondern auch zu einem errechneten Glückwunsch zur bestandenen Prüfung. Sie geben sich die Hand, Pundts Lodenmantel, auf einem Bügel an der Tür, ist Zeuge, die Konferenz hat kein vorzeitiges Ende gefunden.

Setzen Sie sich doch, sagt Pundt, setzen Sie sich ruhig auf mein Bett, falls es Ihnen nichts ausmacht, ich werde uns etwas eingießen. Er öffnet seinen Koffer und hebt ein Handtuch-Knäuel heraus, zupft am Handtuch, zieht es lächelnd zurück, bis ein weißer Flaschenhals zum Vorschein kommt: mein Selbstgebrannter, müssen Sie wissen, ich gab ihm den Namen Großes Lüneburger Kikeriki, ein Korn, den ich vor dem Frühstück brauche, ermunternd wie ein Hahnenschrei. Er gießt zwei Zahnputzgläser halbvoll und verwahrt die Flasche wieder im Koffer. Er trinkt Heller zu. Es ist gut, Herr Kollege, daß Sie den Weg zu mir gefunden haben. – Auf Ihr Wohl, Herr Pundt. Sie trinken zweimal, sie sehen sich an. Wirklich, sagt Heller, das Zeug – es ist eine Art großes Wecken! – Dann hab ich nicht zuviel gesagt: ein Anruf des Morgens, sogar jetzt, sogar am Abend spürt man das.

Da ist leicht reden, da ist unverfänglich reden, sie könnten dabei bleiben, Gefühlen Namen zu geben und dem wohligen Feuer im Innern mit Vergleichen beizukommen, doch auf die Dauer könnte Heller nicht schweigend den braunen Umschlag übersehen, der auf Pundts Schreibtisch liegt, zumal er weiß, was in ihm steckt. In seinem

Zimmer liegt der gleiche Umschlag, von dem gleichen Absender, mit gleichem Inhalt: Nach allem, Herr Pundt, scheint das unsere letzte Hoffnung zu sein. Unsere Vorschläge sind, wenn ich so sagen darf, durchgefallen, nun bietet sich nur noch das hier an, Doktor Süßfeldts Beispiel. Ein umstrittenes Kapitel, *Lebensbilder – Vorbilder*, sperriger jedenfalls, als vorauszusehen war, und wenn es so weitergehen sollte, ich meine: wenn uns auch der letzte Vorschlag enttäuscht, müssen wir uns wohl vertagen; denn mit gutem Willen allein ist hier nichts getan.

Hier kann Valentin Pundt nicht zustimmen, außerdem möchte er an die gesetzten Termine erinnern, an den Ablieferungs- und an den Erscheinungstermin; nein, Herr Kollege, wenn wir auseinandergehen diesmal, müssen wir uns geeinigt haben; das Kapitel muß fertig werden. Da fragt Heller mit gebotener Vorsicht an, ob der Text denn schon gefunden sei, oder ob er, Pundt, vielleicht in Doktor Süßfeldts Vorschlag den Text sehe, den sie ohne große Bedenken in das Lesebuch aufnehmen könnten. Wenn wir etwas hinzufügen dürften, sagt Pundt, eine kleine Operation, eine hilfreiche Bearbeitung – wir hätten, glaube ich, das Beispiel gefunden. — Kürzen, sagt Heller, wir dürfen leider nur kürzen, aber lohnt sich das überhaupt bei diesem Autor? — Hartmut König ist ein bekannter und beliebter Lesebuchautor. – Eben, sagt Heller, und das schon seit vierzig Jahren, und wenn wir ihn nicht endlich auf den Speicher bringen, wird er uns noch weitere vierzig Jahre einreden, daß der Teutoburger Wald von Holzköhlern bewohnt wird. Er, Heller, habe diese Geschichte, *Das Zugeständnis*, zwar nur einmal gelesen, er könne sich nicht an jede Einzelheit erinnern, doch die Mutter sehe er noch vor sich, diese unausrottbare Lesebuch-Mutter, die mit ihrer fröhlichen Sorge alle Krisen und Veränderungen überlebt.

Rektor Pundt sei da anderer Ansicht, er habe *Das Zugeständnis* mehrmals gelesen, und allein der Anfang habe ihn mehr als überzeugt. Ob er, Heller, sich an den Anfang erinnere?

Die dreckigen, verspritzten Fenster der Kellerwohnung; das reibende Ledertuch; der feste, fleischige Arm, der das Tuch führt, kreisförmig zuerst, dann gitterförmig über Glasbreite. Und wie allmählich, mit zunehmender Klarheit, das schöne spöttische Gesicht des Jungen hinter der Scheibe auftaucht, sozusagen hervorgewischt wird, bis es der Mutter deutlich wird, daß es weder ein Wunschbild noch ein Trugbild ist, sondern daß da wirklich der Junge hockt und sie mustert – Kalle, Sie wissen, den sie ganz und gar nicht erwarten durfte. Heller weiß es, oh ja, er erinnere sich, und ihm falle auch ein, daß die Freude des Wiedererkennens sich nur kurz zeigte und gleich wieder erlosch, als die Frau den Jungen – Kalle, nicht wahr? – in die Wohnung ließ und hier mit stummem Mißtrauen verfolgte, wie er an den Brotkorb ging, aß und dazu kalte Milch trank.

Bis dahin habe Heller es ja auch durchaus für möglich gehalten, dem Vorschlag zuzustimmen, zwar sei ihm der Gedanke, eine Mutter als Vorbild zu präsentieren, zu aufdringlich, zu naheliegend und zu platt erschienen, andererseits habe er hier die Chance gesehen, eine Frau in der Rolle des Idols anzubieten. Aber dann erweise es sich, daß auch diese Mutter zum Typ der deutschen Lesebuch-Mutter gehöre, eine gütige Kummernuß, nicht wahr, voll Liebe und Verzicht: sie durchschaut ihren Kalle, sie merkt sofort, daß ihn die Jugendstrafanstalt nicht, wie er vorgibt, für ein Wochenende auf Ehrenwort beurlaubt hat, sondern daß er stiften gegangen ist; trotzdem wäscht sie ihm nicht den Kopf, sie kocht ihm Milchreis, in mütterlicher Ergebenheit, Milchreis mit Zimt, seine Lieblingsspeise.

Pundt muß Heller darauf hinweisen, daß dieser etwas vergessen habe; seit anderthalb Jahren habe die Frau den Jungen nicht mehr gesehen – so lange sei er bereits in der Jugendstrafanstalt –, und der Mann sitze die gleiche Zeit im Gefängnis, wegen gemeinsamen Einbruchs übrigens: das gehöre zum Verständnis dieses Charakters. Und wenn er, Heller, etwas tiefer in seinem Gedächtnis grabe, müsse er zugeben, daß die Szene nicht ohne Eindruck sei: der geflohene Junge, nervös, hastig essend am Tisch, und ihm gegenüber, still, geduldig, alles wissend und dennoch glücklich, die Mutter. Und wenn er, Heller, die Geschichte noch einmal gelesen hätte, wüßte er, daß die Frau sehr wohl mit Kalle ins Gericht geht, daß sie ihm den Kopf wäscht – dann nämlich, als er gleich nach dem Essen über Geld zu reden beginnt. Er braucht Geld, die Mutter kann ihm nichts geben, und da, als er beschließt, einen Freund aufzusuchen, um sich zusammen mit ihm Geld für das Wochenende zu beschaffen – da greift die Mutter ein und sorgt dafür, daß er ganz klein wird und den Plan aufgibt.

Ob nicht in diesem Augenblick die Polizei erscheine, vergewissert sich Heller, und Pundt, mit der Sicherheit wiederholter Lektüre, bestätigt das und ruft dem jungen Kollegen in Erinnerung, wie die Mutter Kalle in einem Bodenloch neben der Wasseruhr versteckt, bis wieder reine Luft ist.

Leider, stellt Heller fest, denn damit beginne für ihn der

verschlungene Weg einer penetranten Mutterliebe, mild wie Vanillesauce. Wenn er sich vorstelle: statt das einzig Vernünftige zu tun und den Jungen gleich der Polizei mitzugeben — alles geschehe doch schließlich vier Wochen vor Kalles regulärer Entlassung –, verstecke sie ihn, damit er sein unterhaltsames Wochenende habe. Und zieht los, nachdem sie ihm eingeschärft hat, im Versteck zu bleiben. Und will sich einen Vorschuß geben lassen von ihrem Arbeitgeber, in dieser Schnellimbißbude. Und versucht, da dies zu keinem Erfolg führt, Geld bei der Nachbarin zu leihen. Und gerade beginnt man inständig zu fürchten, hoffentlich trägt sie nun nichts ins Leihhaus, um das kurzweilige Wochenende zu ermöglichen, da holt sie auch schon, melodramatisch einwandfrei, ihren Verlobungsring hervor, putzt ihn selbstverständlich versonnen und macht sich auf den schlurfenden Opfergang zum Leihhaus, wo sie offensichtlich schon seit längerer Zeit Stammkundin ist.

Pundt ist nun erstaunt, er muß bekennen, daß er nicht ein einziges Mal den Geschmack von Vanillesauce auf der Zunge gehabt habe, und er bittet Heller zu erläutern, was denn abgeschmackt an dem Wunsch einer Mutter sei, ihrem Jungen ein unterhaltsames Wochenende zu ermöglichen, das er so lange entbehrt hat. Und der Gang zum Leihhaus? Ob er denn nicht wisse, wie viele Leute ihre Rechnung mit dem Leihhaus machten? Ob er denn nicht erfahren habe, daß alles sein Muster braucht und findet? Die Not ebenso wie das Vorbild?

Es gehe doch, sagt Heller, um das Wohl dieses Tunichtguts. Er soll in vier Wochen entlassen werden, eine freiwillige Rückkehr würde ihm vielleicht eine unwesentliche Strafverlängerung einbringen, aber nun beginnt, anstelle

des Kopfes, der sogenannte Mutterbusen zu denken, und der beschließt, daß der Junge eine Zerstreuung verdient hat. Sicher, alles finde sein Muster, aber den Film mit dem Leihhaus habe er zu oft gesehen, als daß er ihn noch glauben könnte, gerade ein Muster müsse auch von der Einzigartigkeit erzählen und uns in die Ecke drängen, wo wir nur noch feststellen können: so ist es. Doch damit möchte er nun nicht sagen, daß ihm an Königs Geschichte nichts gefallen habe; er sei vielmehr mehr als einverstanden mit der Blendentechnik, in der der Autor diese Stationen beschreibt: der Junge, mit Taschengeld gepolstert, auf der Suche nach einem unterhaltsamen Wochenenderlebnis – typengerecht natürlich auf St. Pauli –, und auf der anderen Seite, allein, die Mutter, die ausschließlich im Zustand des Wartens vorgeführt wird. Das habe ihn, Heller, sogar sehr überzeugt, einfach weil da etwas bewegt und erkennbar werde. Ein ergiebiger Kontrast: der Junge unterwegs von Kneipe zu Kneipe, zusammen mit alten Freunden, im Lärm, in der Menge, auf der Suche nach etwas, das er nicht finden wird, weil er es nicht bestimmen kann; und die Mutter, lesend, am Radio oder nur angestrengt lauschend, auf ihre Art auch um Zerstreuung bemüht in ihrer Einsamkeit. Dies sei aber auch alles.
Und die Szene in der Spielhalle? fragt Pundt. Das Spiel, das sie gegeneinander führen, an den Automaten zuerst und dann an der Würfelbank? Sei das nichts? Zeige sich bei Kalles Verlust nicht der Neigungswinkel einer guten Erzählung, in der das Unvermeidliche ja nicht nur sein Recht finden, sondern auch vorbereitet werden soll? In dem Augenblick nämlich, als der Junge das Geld seiner Mutter verliert – später pumpt er sich Geld von einem

Freund, das er ebenfalls verliert –, werde das Unvermeidliche vorbereitet, und zwar auf unauffälligste Weise. Ob Heller denn das nicht zugeben wolle?
Heller ist bereit, das zuzugeben, doch er frage sich – und werde nicht aufhören, sich zu fragen –, ob diese Mutter das Vorbild abgibt, das sie benötigen und das sich selbst empfiehlt. Denn was geschieht? Der Junge verliert das mühsam zusammengekratzte Geld seiner Mutter, verliert noch mehr, und gerät dadurch in die Klemme. Was erscheint da unausbleiblich? Ein Ding. Es muß demnach ein Ding gedreht werden, an dem unbeteiligt zu sein der Junge sich nicht leisten kann, umso weniger, als er doppelter Schuldner ist. Heller könne sich nicht helfen: ihm komme das stark ausgefahren vor, da lassen alle Schablonen grüßen, und von ferne winke der Illustrierten-Roman. Sein Unmut wäre ja noch erträglich, wenn die Freunde sich das nötige Kleingeld aus einer Tankstelle beschaffen, aus der Kasse eines Nachtkinos oder, wenn es schon sein müsse, in einem Striptease-Lokal; doch wer könne noch die Eingebung verantworten, daß sie sich das Geld just in dem Leihhaus gewaltsam holen, in dem Kalles Mutter ihren Verlobungsring versetzt hat? Lasse sich Marmelade überhaupt noch dicker auftragen? Und spüre er, Pundt, nicht einen ziehenden Schmerz an den Zahnhälsen, wenn ihm solch eine Brücke gebaut werde?
Jetzt fischt Pundt die Tüte mit dem Backobst heran, bedrängt Heller mit seinem Angebot, der nimmt einen getrockneten Apfelring, legt ihn auf sein Knie: Später, ich esse später.
Lieber Herr Kollege Heller, haben Sie sich schon einmal die Mühe gemacht, herauszufinden, wie zahlreich die arrangierten Zufälle in Ihrem Leben sind? Sehen Sie! Ich

verstehe Ihre Skepsis, die sich dagegen wehrt, daß es ausgerechnet das Leihhaus sein muß, in dem sich die Jungen Geld verschaffen, doch vielleicht verringert sich Ihre Skepsis, wenn ich Ihnen sage, daß Leihhäuser zu den bevorzugten Objekten gehören, die gewaltsam heimgesucht werden. In diesem Fall gibt die Wirklichkeit – genauer: die statistische Wirklichkeit – dem Autor recht.
Trostlos, sagt Heller, sobald die Wirklichkeit recht behält, bricht die Trostlosigkeit aus. Das will Valentin Pundt durchaus nicht einleuchten, für ihn sei die Wirklichkeit nun einmal das, woran alles gemessen werde, aber wenn er jetzt bekennen dürfe, was der Grund seiner Unzufriedenheit mit der Geschichte sei, und was er gern hinzugefügt sehen möchte: also Kalle bricht mit seinen Freunden im Leihhaus ein – er erinnere sich doch –, es sind nur ein paar Groschen in der Kasse, damit kann er seine Schulden nicht begleichen, deshalb läßt er Uhren und Schmuck mitgehen, soviel seine Taschen aufnehmen. Ein Nachtwächter überrascht sie, sie müssen fliehen, auf der Flucht verlieren sie einander. Nach längerem Suchen, im Morgengrauen, kommt Kalle nach Hause. Die Mutter ist am Tisch eingeschlafen. Ob Heller das noch gegenwärtig habe? Ja? Dann wisse er sicher auch noch, daß der Junge gleich zu Bett geht, während die Mutter seine Sachen forträumt und dabei die Beute der Nacht entdeckt. Die Mutter leert die Taschen, legt Uhren, Ringe, Halsbänder in einen Karton. Und jetzt, Herr Kollege, möchte ich etwas hinzufügen: unter dem Diebesgut sollte die Mutter ihren Verlobungsring wiederfinden, den sie selbst versetzt hat. Wäre das nicht dramatischer? Gäbe das nicht der ganzen Erzählung eine stärkere Bindung? Der Junge stiehlt unwissend den Ring, den die Mutter beliehen hat,

um Geld für ein unterhaltsames Wochenende zu beschaffen. Nun?

Tschaikowsky, sagt Heller, er höre dazu Musik von Tschaikowsky; und wenn es die UFA noch gäbe, dieser Film wäre unvermeidlich. Er, Heller, möchte Pundt nicht zu nahe treten, aber dieser Geschichte sei beim besten Willen nicht aufzuhelfen, mit keiner Veränderung. Aber der Schluß? Der Schluß, ja, der spreche natürlich für die Mutter, die diesmal die Polizeibeamten an das Lager des Jungen führt – vermutlich, weil sie ihm etwas ersparen möchte, denn es wird angedeutet, daß sie den Karton ans Leihhaus zurückschicken wird. So schroff, so lustlos kann Valentin Pundt den Schluß nicht beurteilen; vielmehr sehe er gerade in der Unerkennbarkeit des Motivs einen Reiz für Auslegungen: hat die Mutter die Polizisten nur deshalb ans Lager des Jungen geführt, um ihm eine neue Anklage zu ersparen, oder war es ihr Gerechtigkeitssinn, der sie dazu überredete? Es gebe Anzeichen für beide Auffassungen, doch unbestreitbar sei wohl, daß es sich hier um ein Vorbild handle, das nun einmal nicht aus alpiner Höhe herabblicke, ein Beispiel aus dem Alltag, außerdem aus gehätschelter sozialer Niederung, wie es sich Heller doch wünsche.

Janpeter Heller hebt den getrockneten Apfelring in Augenhöhe, zögert, bläst kurz und scharf über ihn hin, als wolle er ihn entstauben, inspiziert ihn von neuem und kann sich immer noch nicht entschließen, zuzubeißen – nun legt er ihn auf den Schreibtisch. Er sehe sich außerstande, für Doktor Süßfeldts Vorschlag zu stimmen, denn wenn sich hier auch ein handlicher Lesebuch-Konflikt anbiete – Schwanken zwischen Mitleid und Gerechtigkeit –, als Ganzes reiche ihm die Geschichte nicht aus. Glauben

Sie mir, Herr Pundt, bevor ich diese Arbeit übernahm, habe ich ein Dutzend Lesebücher durchgeackert. Wenn die Gesellschaft wirklich so ist, wie sie sich in diesen Büchern spiegelt, dann scheinen wir allesamt auf einer Lämmerwiese zu leben: die Väter brauchen nur die Ärmel aufzukrempeln, damit sich alle Probleme lösen, und die Mütter scheinen nur da zu sein, um jedes erfahrene Leid mit einem Napfkuchen zu belohnen. Ich habe mir vorgenommen, daß das Ergebnis unserer Arbeit anders aussieht.

Da steht Valentin Pundt abrupt auf, geht ans Fenster und starrt länger als üblich in die Dunkelheit, und, halb zurückgewandt, über die Schulter sagt er: Ich möchte nur wissen, wo wir jetzt angelangt sind, am Anfang oder am Ende. Noch ist nicht aller Tage Abend, sagt Heller, wir haben doch noch eine Chance. Mir will nicht einleuchten, sagt Pundt, daß es in dieser Zeit kein Beispiel für vorbildhaftes Verhalten geben soll, über das wir uns ohne Schwierigkeiten verständigen könnten. Die beispielhafte Tat – sie geschieht doch überall, im Verborgenen und in der Öffentlichkeit. – Aber dadurch, daß sie geschieht, sagt Heller, empfiehlt sie sich noch nicht für ein Lesebuch. Jeder von uns hat einen Vorschlag gemacht, und jeder war wohl erstaunt über die Bedenken der anderen. Und das beweist, daß wir nicht das richtige Beispiel gefunden haben.

Sollen wir uns etwa gemeinsam auf die Suche machen? fragt Pundt. Es klopft. – Wie bitte? – Es hat geklopft, sagt Heller, schon zum zweitenmal.

Magda steht auf dem Flur, finster, gekränkt, alles, um das man sie bittet, scheint mit Kränkung verbunden zu sein. Also da ist ein Telefonanruf für Herrn Pundt, sie habe

das Gespräch schon nach oben gelegt, auf das Flurtelefon, Herr Pundt brauche nur abzunehmen.
Pundt stürzt zum Telefon; obwohl er sich auch anders, gemäßigter dorthin bewegen könnte, stürzt er hinaus, als erwarte er Nachrichten von ungewöhnlicher Bedeutung.
Heller wirft den Apfelring in die Backobsttüte. Er beugt sich über Pundts Schreibtisch, schlägt das ziegelsteindicke Manuskript auf: *Die Erfindung des Alphabets.* Er liest: ... haben Knotenschrift, Bilderschrift und Rebusschrift zwar beigetragen, doch kann heute die Behauptung als gesichert gelten, daß die Mutter aller neuen gebräuchlichen Alphabete das phönizische Alphabet ist. Ohne Zweifel handelt es sich bei diesem Alphabet um eine künstlerische Erfindung ersten Ranges. Die Silbe wird bezeichnet durch die Konsonanten, sie sind die Herrscher, die Träger der Wortbedeutung; was der Leser an Vokalen braucht, mag er selbst ergänzend hinzufügen. Der Leser ist also aufgefordert, mit Hilfe des selbstgefundenen Vokals die Bedeutung eines Wortes zu schattieren – welch eine Verpflichtung zu schöpferischer Aufmerksamkeit! Unter semitischen Völkern ist das übrigens ...
Heller klappt das Manuskript zu; er spürt, daß er beobachtet wird. Ja, Fräulein Magda? Sie steht im Türausschnitt auf dem Korridor. Das Mädchen möchte eine Bitte äußern, im Namen von Frau Klöver: Herr Heller habe jetzt nun schon zum viertenmal die Waffen aus dem Konferenzraum in sein Zimmer hinaufgenommen, das sei nicht statthaft, deshalb habe sie Pfeil und Messer wieder an den alten Platz gehängt, nur damit er Bescheid wisse.
Daran können Sie sehen, wie sehr ich mich bei Ihnen fürchte, sagt Heller, und, in gespielter Sorge: Wissen Sie vielleicht eine Möglichkeit, diese Furcht zu verringern?

Magda begreift ihn nicht, Magda mißt ihn mit anklagendem Blick, Magda wirft den Kopf zur Seite, geht nach links ab.

Von rechts erscheint Valentin Pundt, die Hände auf dem Rücken, nachdenklich und in Zweifeln befangen. Hoffentlich nichts Unangenehmes, sagt Heller, und Pundt darauf, zerknirscht: Ich hätte unserem gemeinsamen Urteil nicht vorgreifen sollen, doch ich hab's ihr beigebracht, ich habe Frau Süßfeldt erklärt, daß auch ihr Vorschlag, *Das Zugeständnis,* durchgefallen ist. – Und wie hat sie's, sozusagen, aufgenommen? – Sie hat uns eingeladen, sagt Pundt, zu sich nach Hause, zu einem Frühstück, zu einem »epischen Frühstück«, wenn Sie sich darunter etwas vorstellen können. Mich hat sie jedenfalls daran erinnert, daß ich mein Abendbrot noch vor mir habe.

7

Im regensicheren Niedergang zum Kellerlokal »Vierter August« verkündet eine Tafel: *Unsere Spezialität: Gulaschsuppe.* Pundt öffnet die selbstschließende Tür, schiebt sich mit einer Kraulbewegung durch den Spalt der Filzportiere und tritt auf etwas Weiches, Nachgiebiges, den extra breiten Fußabtreter. Hier also. Er hat sich das Lokal anders vorgestellt – rohe Holztische, eine niedrige, lastende Decke, schwebender Qualm, den ein scheppernder Ventilator vergeblich quirlt, dazu, milieugerecht, Zementfußboden und in ewiger Zugluft blakende Kerzen. Stattdessen findet er nur die vermutete niedrige Decke wieder, und auch die ist nicht, wie er es sich vorgestellt hat, von Rußschleiern überzogen, sondern mit Sperrholz verkleidet und englischrot getüncht. Die Tische sind mit blauweiß karierten Tischtüchern bedeckt, auf denen Plastikkörbchen erste Angebote machen: Salzbrezeln, Nüsse, Chips. Von einer gläsernen Blumenbank grüßt die genügsame Lästerzunge, und die Wandlampen scheinen unter fröhlichen Bauerngardinen hervor. Hier also.

Pundt zieht seine Schuhsohlen über den Fußabtreter, wischend, und beobachtet die sehr jungen Leute an den Tischen, die sich jetzt aus Gesprächen lösen, ihre Mahlzeit unterbrechen, sich aufsetzen und ihn unwillkürlich mustern, nicht zurückweisend, aber doch abschätzend. Obwohl sie sich gegenseitig mit Blicken auf ihn aufmerksam machen, zaudert er nicht, schiebt sich vielmehr an ihnen vorbei zu dem einzigen noch unbesetzten Tisch, nun unter spürbarer Mißbilligung und Zurückweisung, und nach einem nickenden Gruß zu dem jungen, kahlköpfigen Wirt hinüber zieht er den Mantel aus und setzt sich.

Warum verständigen sie sich über ihn? Warum erhalten sie ihm ihre unwillige Aufmerksamkeit? Hat er, der Eindringling, der Störenfried, verhindert, daß sie, die offensichtlich alle miteinander bekannt sind, unter sich bleiben können? Eine Kellnerin, schwarzer Rock, schwarzer Pullover, fragt nach seinem Wunsch – einmal Gulaschsuppe, bitte – und macht dem Wirt ein Zeichen, der es aufnimmt, an die Durchreiche zur Küche klopft und dem halben Gesicht, das in der Öffnung erscheint, einen senkrecht gestellten Daumen entgegenhält: einmal wie üblich. Verebben seinetwegen die Gespräche? Löffelt man vielleicht seinetwegen langsamer, lustloser? Wo wird Harald gegessen haben, denkt Pundt – vor dem blaßgrünen Kachelofen, dort unter der hochgelegenen Fensterluke, oder neben der Glasvitrine bei der Theke, in der für eilige Gäste Rundstücke mit Käse, Schinken und gebratenen Koteletts bereitliegen? Duzte er den Wirt ebenso wie einige der jungen Gäste, die von ihrem Platz zur Theke hinüberrufen: Berti, noch zwei Blonde? Wie ist er, wie sind sie alle hier darauf verfallen, ausgerechnet das »Vierter August« zu ihrem Lokal zu machen, diesen Keller von penibler und, man muß schon sagen, verpflichtender Häuslichkeit?

Pundt steht auf, geht in Richtung zur Theke, will anscheinend zu den Toiletten, die hier mit ortsüblichem Frohsinn gezeichnet sind – ein Mädchen in bauschigem Dirndlrock: Sie; ein schlanker Zylinderträger: Er. Vor der Theke jedoch bleibt Pundt stehen, beugt sich dem Wirt entgegen, der, wie Pundt erst jetzt entdeckt, auf einem Drehschemel sitzt: ob er mal etwas fragen dürfte? Sicher, sagt der Wirt. Ob ihm ein Gast bekannt sei, Harald Pundt? Er habe hier verkehrt. – Sind Sie von der Behörde? fragt der Wirt. Oh nein, er sei alles andere als von der Behörde, er habe nur private Gründe. Über unsere Gäste, sagt der Wirt, geben wir keine Auskunft, grundsätzlich nicht. Dann möchte Pundt wenigstens wissen, ob er, der Wirt, sich an solch einen Gast erinnern könne: mittelgroß, grauäugig, stark gekraustes Haar, Harald Pundt mit Namen. Diese Beschreibung, sagt der Wirt, trifft auf schätzungsweise zwanzig Prozent meiner Gäste zu. Aber der Name? Mit Namen belaste ich mich grundsätzlich nicht, sagt der Wirt, gleichbleibend distanziert. Danke, vielen Dank.

Pundt kehrt an seinen Tisch zurück, die Kellnerin bringt ihm seine Gulaschsuppe und wünscht ihm guten Appetit, und unter den forschenden Blicken des Wirts beginnt er zu essen, die Papierserviette in den Halsausschnitt geklemmt, so, wie er es gewohnt ist. Was trauen sie ihm hier zu? Glaubt der Wirt vielleicht, daß er nach Glasstücken löffelt, nach Insekten, verdorbenem Fleisch? Zugluft – woher kommt diese Zugluft?

Pundt blickt zur Tür, ein junges Paar arbeitet sich da lachend durch die Filzportiere, scheint sich verfangen zu haben, dreht und befreit sich endlich gegenseitig und kommt, nach allen Seiten grüßend, herein; beide tragen amerikanische Armeemäntel, der Junge und das Mädchen mit den schwarzen, gelb beschleiften Rattenschwänzen, dessen Stimme zwitschernd und metallen klingt wie eine eilige Friseurschere. Sie stützen sich auf die Theke auf, begrüßen den Wirt mit Handschlag; nun wenden sie sich um und spähen nach einem Platz.

Ist das nicht Rektor Pundt? Das ist doch Rektor Pundt! Sind Sie es wirklich? Der Junge zieht das Mädchen an Pundts Tisch: Wie hat es Sie denn hierher geblasen? – Guten Tag, Herr Eckelkamp, sagt Pundt stehend, die Papierserviette zusammengeknüllt in einer Hand. – So trifft man sich wieder. – Ich hab Sie neulich schon gesehn, sagt Pundt, von weitem, bei dieser musikalischen Veranstaltung. Rektor Pundt. Schüler Eckelkamp. Nun komm her, Mischa, und gib dein Pfötchen meinem alten Klassenlehrer, Rektor Pundt. Darf ich vorstellen: Rektor Pundt, Mischa Kröger, meine — nun was? — mein Hermelin. Wir dürfen uns doch zu Ihnen setzen? Berti: drei Blonde vom Faß!

Sie sitzen da in einem Ring von Schweigen, unter lautlosen Verständigungen, in die auch der Wirt einbezogen wird, und zumindest Schüler Eckelkamp sucht sich zu fassen: Das nenne ich eine gelungene Überraschung.

Unverhofftes Wiedersehen: da verringert sich zuerst wie von selbst die verfügbare Sprache, aufplatzende Freude verwendet unverhältnismäßig viele Ausrufezeichen, man findet Mut zu Wiederholungen und sucht nach einem Einstieg. Nein, ich bin nicht privat in Hamburg; wir haben mal wieder eine Konferenz, Lesebuch-Konferenz. — Kunstgeschichte, ich habe zwei Semester Kunstgeschichte gehört, jetzt sind wir umgesattelt, Mischa und ich: Wirtschaftswissenschaft. – Sie, Eckelkamp, und Wirtschaftswissenschaft? – Das einzige, was sich heute noch zu studieren lohnt. – Und was sagt Ihr Vater dazu? – Der wird es erfahren, wenn ich fertig bin. Nein, also, Rektor Pundt hier, im »Vierten August«, immerhin hat Ihre Nase Sie dorthin geführt, wo's die beste Gulaschsuppe gibt.

Unverhofftes Wiedersehen: allmählich geht der Überraschung der Wind aus den Segeln, man treibt langsam durch gemeinsame Vergangenheit, holt herauf, was schließlich von allem übrigbleibt – Geschichten. Und Guntram, der Bastler: kennen Sie ihn noch? Er studiert Geschichte. Und Klaus, der Furunkel, ist allen Ernstes zur Bundeswehr gegangen. Und Hebbi, Sie wissen schon, der unterm Tisch immer Magazine ausschnitt, wird Zahnmediziner.

Die Kellnerin bringt das Bier, und sie trinken auf diese Begegnung. Immer weiter die Spirale hinab, immer weniger bleibt übrig an gemeinsamer Erinnerung, nun wartet das Persönliche darauf, abgerufen zu werden, das, was man für immer bewahren wird: Wissen Sie noch, Herr Pundt, den Streit, den wir beide hatten? Es ging um die Konsequenz. Sie ließen uns einen Aufsatz schreiben: *Konsequentes und inkonsequentes Verhalten;* ich möchte gern mal wissen, wie Sie heute darüber denken, nach all den Jahren.

Pundt brütet steif vor sich hin, pflügt da augenscheinlich in seiner Erinnerung. Wir gerieten nämlich aneinander, weil ich, zu Ihrem Verdruß, die Inkonsequenz nicht nur verteidigte, sondern sie vorstellte als einzige Chance der Selbstbehauptung; da gingen Sie ganz schön aus sich heraus und verlangten, daß jeder, der A sagt, auch B sagen muß. Ich mußte meinen Aufsatz vor der Klasse vorlesen, und danach versuchten Sie, ihn auseinanderzuneh-

men oder sogar madig zu machen: Inkonsequenz als Haltung des Wankelmuts und listiger Angeglichenheit. Dämmert es Ihnen? Auf die Gefahr des Irrtums, sagten Sie, und ohne umzukehren müssen wir unsere Entwürfe zu Ende bringen, denn unsere größten Verbündeten sind Starrsinn und Ausdauer. Ihnen fiel sogar die »Würde der Ausdauer« ein. Mir kommt es vor, als wäre es gestern. Ich muß Ihnen sagen, Herr Pundt, bisher sprachen alle Erlebnisse für meine Ansicht. Und wofür sprechen Ihre Erfahrungen?
Erst einmal braucht Pundt einen Korn, einen Doppelten, wenn's geht, dann gibt er zu, daß auch er sich an diese Meinungsverschiedenheiten erinnere, leider nur dunkel, leider unzureichend, doch er freue sich, wie sehr hier etwas nach- und fortwirke, was er als Problem vorgestellt beziehungsweise seinen Schülern eingeimpft habe. Ja, er sei auch heute noch der Meinung, daß konsequentes Verhalten verläßliches und, auf die Dauer gesehen, siegreiches Verhalten sei, einfach weil es uns bis zur Grenze führe, bis zur äußersten Grenze.
Hier entdeckt Mischa Kröger eine Gelegenheit zum Vorwurf: Du hast mir nie etwas davon erzählt, sagt sie zu Schüler Eckelkamp, und dieser darauf: Wenn du reif bist, Mischa, mit der Zeit erfährst du auch das. Es geht nämlich darum, ob das Hermelin, wie bisher, konsequent sterben soll, sobald es einige Dreckflecken auf seinem hübschen Pelz erhält, oder ob es sich zu der Inkonsequenz bereitfinden kann, mit einigen Flecken weiterzuleben. Du siehst doch den Unterschied, oder?
Gib mir lieber eine Salzbrezel, sagt Mischa und winkt beschwichtigend zu einem der Nebentische hinüber: später, wartet doch ab. Pundt nimmt einen Schluck Korn,

einen langen Schluck Bier, und gleich darauf wieder einen Schluck Korn – so soll es sein –, und plötzlich fragt er: Sie kommen schon länger hierher, in dieses Lokal? – Seit anderthalb Jahren, sagt Eckelkamp, beinah täglich, und falls Sie sich über den Namen wundern: alles, was in Bertis Leben – Berti ist der Wirt – von Bedeutung war, passierte am vierten August: geboren, geheiratet, durch's Examen gefallen, und sogar seine Erbtante starb am vierten August; deswegen. – Dann kennen Sie gewiß viele, die hier verkehren? – Viele, ja. – Sie kannten auch Harald? — Ja, ich kannte auch Harald. Ich habe Ihren Sohn oft hier getroffen, dort war sein Lieblingsplatz, unter dem Ventilator, dort sprachen wir auch manchmal über Sie, Herr Pundt. Wissen Sie, wie Sie bei uns hießen? – Ja, sagt Pundt, »der Wegweiser«; trafen Sie sich auch außerhalb des Lokals? – Er war Pädagoge, wir hatten kaum Berührungspunkte, sagt Eckelkamp, und auf einmal: Warum hat er das getan, warum? Pundt sieht schweigend und starr über die Tische hinweg, nicht so, als denke er über eine Antwort nach, viel eher in der strengen Erwartung, daß ihm selbst, der so lange und ergebnislos gefragt hat, nun eine Antwort gegeben wird, von Eckelkamp oder irgendeinem anderen in diesem Raum. So dasitzend, mit diesem Blick, mit diesem unnachgiebigen Verlangen, bestätigt er nebenher noch einmal den Maler Beckmann, der ihm auf dem Porträt schon damals jene grüblerische Unnachsichtigkeit zuerkannt hat, mit der er sein Gegenüber zwingt, Farbe zu bekennen.

Hört er, was Eckelkamp auf den Tisch hinab erzählt? Erreicht es ihn überhaupt?

Eckelkamp erzählt, wo er Harald zum letztenmal sah, wenige Wochen, bevor es geschah, folglich auch nur

wenige Wochen vor Haralds Examen, und es war auf dem Fischmarkt in St. Pauli, sehr früh an einem Sonntag. Waren Sie schon einmal da? Dort wird ja nicht nur verkauft, was das Meer hergibt, sondern einfach alles, von dem man glaubt, daß es einen Wert haben könnte. Da standen sie also in der Frühe, Harald und Lilly, vor der Karre, auf der ein feierlich gekleideter Schnellsprecher unterhaltsam Aale versteigerte. Gemeinsam zog man weiter durch ein Spalier verblüffender Waren – an diesem Morgen wurden erstaunlich viele gebrauchte Trinkwasserhähne feilgehalten – auf der Suche nach einem altmodischen großen Vogelbauer, das Lilly sich wünschte. Lilly ist so: sie wünscht sich etwas, und sobald sie es hat, vergißt sie, daß sie es sich gewünscht hat. Wir kauften kein Vogelbauer, sondern ein Meerschweinchen, das Lilly immer schon haben wollte, und Harald trug es im Karton und fütterte es später in der Kneipe, wo wir frühstückten. Nein, Harald schien nicht verändert, als wir dort draußen saßen und uns die vergammelte Prüfungsordnung vornahmen, und ich weiß noch, daß er gute Gründe dafür fand, warum an einer Reform dieser Ordnung auch bisher Ungeprüfte mitarbeiten sollten, und gerade sie. Bevor wir gingen, schenkte er das Meerschweinchen heimlich einem kleinen Geschwisterpaar – sie wird's nicht merken, flüsterte er mir zu, Lilly wird sich nicht mehr daran erinnern, daß sie sich ein Meerschweinchen nicht nur gewünscht, sondern auch besessen hat. Das war die letzte Begegnung, auf dem Fischmarkt, an einem Sonntagmorgen, und Harald war wie sonst: der ungeduldige Zuhörer, der große Plänemacher.
Valentin Pundt regt sich, er senkt die Schultern, legt die Hände aufeinander und wendet das Gesicht seinem ehe-

maligen Schüler zu: es ist doch nicht so, als ob man eine Tür zumacht und weggeht, man weiß doch, daß man etwas in Kauf nehmen muß, was war denn nur mit ihm los? — Ob er, Pundt, denn schon einmal mit Lilly Fligge gesprochen habe? – Nein, er höre diesen Namen zum erstenmal. – Aber es sei nun einmal Lilly, die Harald besser gekannt habe als jeder andere, und wenn überhaupt jemand, dann sei sie es, die die Gründe kenne. Lilly Fligge, ja, diese erhitzte Quecksilberkugel. Da möchte Pundt, er möchte tatsächlich wissen, was die beiden verbunden habe – wörtlich: Welch eine Art von Verbindung bestand zwischen ihnen? Doch für solch eine Frage kann Schüler Eckelkamp kein Verständnis haben, er übergeht sie einfach und bietet statt einer gerichteten Antwort eine Auskunft an, die noch gar nicht verlangt wurde: wenn man vor dem »Vierten August« stehe, mit dem Rücken zum Eingang natürlich, dann nach links blicke, entdecke man schräg gegenüber ein Feinkostgeschäft mit monumentalen Auslagen, und vier Stockwerke über diesen Auslagen zwei riesige Fenster; falls dahinter Licht brenne, sei Lilly zu Hause und damit auch zu sprechen; das habe er von Harald erfahren.

Der alte Pädagoge nimmt diese Auskunft nickend zur Kenntnis, er fragt nicht nach, und er gibt auch nicht zu erkennen, ob und wozu er sich entschlossen habe. Jedenfalls – Eckelkamp schlägt einen Haken und springt wie selbstverständlich im Gespräch zurück—, jedenfalls möchte er heute sagen, daß bei der erkannten Vorläufigkeit aller Erfahrung konsequentes Verhalten unangebrachtes Verhalten sei. Wenn wir erfahren, daß unsere Einsichten nur vorübergehend gelten, müssen wir doch wohl auch unser Verhalten ändern – von Zeit zu Zeit. Ob er, Pundt, ihm nicht darin zustimmen möchte? Pundt stimmt zwar nicht zu, findet aber, daß diese Ansicht »etwas für sich habe«, man sollte wohl noch einmal darüber sprechen, vielleicht bei besserer Gelegenheit; was er jetzt tun möchte, das sei: zahlen. Da protestiert Eckelkamp, der ehemalige Schüler besteht darauf, seinen ehemaligen Lehrer einzuladen, und während sein rechter Zeigefinger kreisförmige, besitzanzeigende Bewegungen über das Tischtuch macht, gibt er mit der linken Hand dem Wirt ein Zeichen: das alles übernehme ich, Berti.

Langer, etwas zu bedeutungsvoller Händedruck, ein Abschied, den jeder hier verfolgt – vielleicht sehn wir uns sogar im »Vierten August« wieder, warum nicht? –, dann geht Pundt, den niederziehenden Mantel zuknöpfend, an den Tischen vorbei zum Ausgang, gespickt von den Blicken der jungen Gäste, von Getuschel begleitet, und bevor er den Arm durch die Portiere schiebt, sieht er noch einmal zurück zu Schüler Eckelkamp, verschlossen, unbewegt.

Valentin Pundt zieht sich am eisernen Geländer die Zementstufen hinauf, linst durch den Schneeregen über die Straße, dort ist das Feinkostgeschäft und vier Stockwerke darüber die beiden erleuchteten Fenster. In den Auslagen des Feinkostgeschäfts entdeckt Pundt Herrn Meister wieder: auf einem Plakat, vor ceylonesischer Landschaft, gut gelaunt, doch seiner Verantwortung bewußt, schmeckt er den besten Tee für uns alle vor. Über der Zeile der Geschäfte erheben sich die schmutzigen Fassaden alter, sehr geräumiger Wohnhäuser, die Wände neben den unscheinbaren Eingängen sind bepflastert mit weißen Emailleschildern, auf denen sich, nach und ohne Vereinbarung, besonders drei Berufsgruppen empfehlen, ohne die man,

so scheint es, in dieser Stadt nicht auskommen kann: Rechtsanwälte, Zahnärzte, Steuerhelfer.
Warum ist die Haustür nicht verschlossen? Pundt steht im Flur und macht sich mit der in älterer Plakatschrift gedruckten Hausordnung bekannt, die verlangt, daß die Tür im Winter ab acht, im Sommer ab neun Uhr verschlossen wird. In einer Etage über ihm verschleift sich ein Schritt, wird langsam unhörbar. Schlüsselgeräusch und Türschnappen bleiben aus. Pundt geht den Flur hinab, der mit zweifarbigen Fliesen ausgelegt ist, unter sehr hohen, an den Rändern schon erblindeten Spiegeln, die sich seit sechzig Jahren gegenseitig kontrollieren, vorbei an einem Fahrstuhl, den man nicht mal mehr auf eigene Gefahr benutzen darf. Er liest die Namensschilder auf den ausnahmslos braungelb gestrichenen – Braungelb gilt hier als »Sparfarbe« –, Wohnungstüren dieses hamburgischen Mietshauses, und obwohl er es nicht möchte, muß er glauben, daß hinter jeder Tür etwa neun Parteien zu Hause sind, außerdem Konsulate, Verlagsfilialen und sogar das Sekretariat einer Akademie.
Hier wohnt Lilly Fligge; auf einer Visitenkarte wird gebeten, viermal zu klingeln. Pundt betätigt die Klingel wie einer, der Morsen gelernt hat, lässig und dennoch akkurat gibt er viermal kurz, tritt von der Tür zurück und beobachtet den Spion, der sich sogleich verschatten muß; doch der Spion bleibt leer, und im Gefühl, vielleicht nicht gehört worden zu sein, klingelt Pundt abermals. Da kommt jemand, jetzt kommt jemand: harter Schritt, schnelle, zielbewußte Annäherung, eine im Gehen gesummte Melodie, und nun wird die Tür mehr aufgerissen als aufgezogen, und auf der Schwelle steht ein roter Hosenanzug. Ja, bitte? – Pundt, Valentin Pundt, aus Lüneburg. Der

Name scheint nicht spontan auszureichen, gibt den Weg noch nicht frei auf den weitläufigen Korridor, deshalb fügt Pundt hinzu: Ich bin Haralds Vater. Das regsame Gesicht unter dem kurzgelockten Haar hebt sich ihm entgegen, und mit einem Ausdruck von Überraschung und Ungläubigkeit: Haralds Vater? – Ja, kann ich Sie einen Augenblick sprechen?

Sicher, aber sicher, auch wenn es kein günstiger Augenblick ist, was ich gleich sagen möchte — kommen Sie —, kein passender Zeitpunkt, denn ich bin mächtig am Wühlen und Ausmisten – hier müssen wir weiter –, am Packen, um genauer zu sein, denn morgen geht's los, nach Aberdeen, für ein ganzes Semester – Vorsicht, hier sind zwei Stufen –, als Austausch-Studentin nach Aberdeen, ja, was natürlich kein Grund ist, mein Zimmer aufzugeben, das kann gut und gern ein Kommilitone übernehmen für die Zeit, denn daß ich in Aberdeen nicht hängenbleibe, das ist nun vollkommen sicher – so, jetzt nach links –, trotzdem fragt man sich, ob nicht auch ein Austausch-Semester Grund genug ist, sein Testament zu machen, schließlich besuchen einen beim großen Packen ganz ungewohnte Gefühle, die Ihnen wohl auch nicht ganz unbekannt sind – hier sind wir, treten Sie ein –, jedenfalls soll dies mein längster Aufenthalt im Ausland werden.

Eine Mitrailleuse, denkt Pundt, diese Rede hört sich an wie eine Mitrailleuse, und am Ende wird es nichts geben, was wiederholt werden könnte. Hoffentlich stört Sie nicht diese Verwüstung – nehmen Sie doch Platz –, und wenn Sie erlauben, möchte ich weiterpacken; den Plattenspieler können Sie abstellen.

Da sitzt Rektor Pundt in einem unerträglich hellen

Zimmer, in dem alle Möbel so flach sind, daß man sich fragen muß, warum man nicht überhaupt auf sie verzichtet hat: auf diesen Tisch beispielsweise, der in seinen Augen etwa die Höhe einer Streichholzschachtel erreicht, auf diese Sessel, die einen knapp über dem Boden und noch dazu in gekrümmter Lage abfangen, oder auf diese Bettcouch, die einem normal gewachsenen Menschen wohl nicht erlaubt, sich im Sitzen auszuziehen. Alles niedrig, flach und geduckt, alles verkürzt und dem Fußboden zugewachsen, gerade so, als rechnete man mit einem Sturm, der keinen Widerstand finden, der ins Leere laufen soll. Valentin Pundt möchte und könnte wohl auch nicht entscheiden, wie seine jetzige Haltung genannt zu werden verdient; vielleicht lagert er, jedenfalls hält er einen der Sessel besetzt und kommt sich darauf vor wie auf einem Floß, dahintreibend durch eine auslaufende Flut, die um ihn herum die mitgeschwemmte Beute vorweist: Schuhe, Schnellhefter, Kleiderbügel, Dosen und Zierflaschen, sogar ein Sparschwein ist zu erkennen, und natürlich Bücher, Koffer, Unterwäsche, sperrmäulige Reisetaschen. Lilly Fligge im roten Hausanzug watet durch das Treibende, birgt es, sortiert, schichtet und verstaut es, auch einige gerahmte Fotografien, obenauf Mike Mitchner.

Sie scheint vergessen zu haben, wer in ihrem Zimmer sitzt und ihr beim Packen schweigend zusieht, vielleicht aber fürchtet sie sich auch davor, befragt und erinnert zu werden, und gibt deshalb nicht die Rede ab, denkt Pundt; doch plötzlich, weit vom Fenster her und leiser als sonst, wendet sie sich an ihn. Sie sagt: Ich weiß nicht, warum Sie gekommen sind, ob Sie mir etwas erzählen oder etwas von mir erfahren wollen, doch Sie sollen gleich wissen,

daß Harald und ich uns getrennt hatten – einige Wochen, bevor es geschah.
Pundt sieht ihr abwartend entgegen, sie hat einen Pullover in den Händen, dessen Reißverschluß aufgesprungen ist und den sie zu reparieren versucht unter der Stehlampe am Fenster, jetzt kommt sie zurück, begleitet von einem schlappenden Laut, den die weiten Aufschläge – Zimmermannsaufschläge – ihrer Hosen hervorrufen. Sie legt sich den Pullover an, wirft die leeren Ärmel über die Schulter, eine kurze, skeptische Umarmung vor dem Spiegel, dann wird der Pullover in der Luft gefaltet und verschwindet in einer Reisetasche. Einen Kursus, denkt Pundt, sie sollte einen Kursus im Packen nehmen, vielleicht in der Volkshochschule.
Wir hatten uns getrennt, ja, in gutem Einvernehmen, sagen wir: freundschaftlich; denn wir hatten beide eingesehen, daß es nicht weitergehen konnte, nicht so. Das kann nicht der Grund gewesen sein, sagt Pundt, und sie darauf: Nein, das war nicht der Grund; es gibt immer mehrere Gründe, zumindest zwei; auch für Harald wird es mehrere Gründe gegeben haben. Sie öffnet eine Schublade, bindet sich probeweise Kopftücher um, leuchtende, bedruckte Tücher, die sie unschlüssig dem Spiegel entgegenhält; schließlich rafft sie alle zusammen und stopft sie achselzuckend in den Koffer: bei dem ständigen Wind, den man in Aberdeen voraussetzen darf, kann man nicht genug Kopftücher haben.
Sie haben ihn besser gekannt als jeder andere, sagt Pundt – welche Gründe waren es? Was ich von ihm kannte, war nicht viel, zumindest war es nicht das Entscheidende, sagt Lilly Fligge, und abgewandt, während ihre Arme in den offenen Einbauschrank tauchen: Wenn Sie mich fragen –

und wenn ich das Kind einmal beim Namen nennen darf: sehr früh, in seiner Jugend schon, hat man ihm etwas beigebracht, was sich immer bedenklicher bei ihm auswuchs, eine Manie, eine Besessenheit, ja, das war es, und vielleicht könnten Sie mir sagen, woran es lag, daß er immer auf der Jagd nach Gründen war, nach Belegen. Alles mußte belegt und begründet werden, jede Abwesenheit, jeder Gedanke und jeder Wunsch, und wenn er etwas tat, dann mußte es im voraus gerechtfertigt erscheinen. Nur merkwürdig: er, der für alles Gründe brauchte, ließ uns im unklaren darüber, welche Gründe es denn nun waren, die ihn zu diesem Schritt zwangen.

Sie zieht einen Packen wollener Strümpfe heraus, gelbe, blaue, rote Kniestrümpfe, die sie einzeln, aus halber Höhe, in die offene Reisetasche fallen läßt. Vielleicht wissen Sie, sagt Pundt, worunter er am meisten litt? – Harald? Ich weiß nicht. Manchmal, wenn er keine Zigaretten mehr hatte, kam er zu Fuß aus der Alten Rabenstraße hierher und klingelte, abends um elf, ja, und dann saß er auf dem Boden – er saß am liebsten auf dem Boden – und suchte nach Gründen für ein bestimmtes Verhalten, für gewisse Anstrengungen, auch nach Gründen für diese oder jene Politik; nie sagte er, worunter er litt – ausgenommen vielleicht, aber das zählte bei ihm wohl nicht: das Examen. – Und wenn er es verbarg? – Er muß es verborgen haben, offensichtlich, denn sonst wäre es nicht geschehen; und wenn Sie schon so fragen: da wir nun einmal keine Gründe kennen, sind wir auf Vermutungen angewiesen, und ich, ich persönlich vermute, daß das, was Harald so gut verbergen konnte, Angst war.

Sie schlägt den Deckel des großen Koffers zu, die Schlösser schnappen nicht ein, weil eine riesige Keksdose, die

sofort ihr Profil ins Leder drückt, sich nicht zusammenpressen läßt, auch nicht durch das Gewicht eines Körpers, also wird die Keksdose in der hölzernen Bücherkiste reisen, warum auch nicht.
Angst, fragt Pundt, Harald Angst?
Er saß hier, ich hatte zu arbeiten, es ist lange her. Er hatte etwas in der Zeitung gelesen, was ihn beschäftigte: ein Junge hatte sich einen Klappstuhl auf den Times Square gestellt, in New York; dort saß er einen ganzen Tag, neben sich einen Kanister. Am Abend schrieb er etwas auf einen Zettel, reichte ihn dem nächsten Passanten, übergoß sich mit Benzin und riß ein Streichholz an. Auf dem Zettel stand: . . . und es lohnt sich auch nicht. Es war ein Student, der vor seinem Examen stand.
Ich hatte zu arbeiten, aber ich weiß noch: Harald beklopfte immer wieder den unvollständigen Satz, erfand ihm einen Sinn, suchte nach Begründungen, ja, und dann entschied er, daß es Angst und Überdruß gewesen sein müssen, und zwar nicht nur vor dem Examen, sondern vor allem, was den Jungen danach erwartete: . . . und es lohnt sich auch nicht, ja, das stand auf dem Zettel. Ich vermute, Harald hatte eine ähnliche Angst; wenn Sie mich fragen – er fühlte sich einfach nicht den Forderungen gewachsen, die auf ihn zukamen, er mit seinem Komplex, alles belegen und rechtfertigen zu müssen. Eine Erklärung muß man ja finden, wenn etwas geschieht; dies ist meine Erklärung.
Sie kniet sich vor dem mehrfarbigen Spalier der Schuhe hin, mustert sie ratlos, schnappt sich dann einige Plastiktüten und stopft die Schuhe hinein, jede Tüte rabiat verschnürend. Wohin damit? Also auch in die Bücherkiste.
Sie glauben also nicht, sagt Pundt, daß es ein Protest sein

sollte? Lilly Fligge schüttelt den Kopf: Es war kein gerichteter Protest; natürlich ist die Absage unübersehbar, natürlich ist sein Nein deutlich genug – darüber wundere ich mich noch heute: daß er das letzte, was er tat, nicht wie sonst belegt hat, sondern im Ungewissen ließ.

Aufseufzend überblickt sie das Gepäck, all die Dinge, die darauf warten, noch verpackt zu werden: Wirklich, Herr Pundt, Packen ist für mich die erlesenste Strafarbeit. Sie geht zur Notküche hinüber, dort, wo der Ausguß ist, und im Gehen entschuldigt sie sich dafür, daß sie nichts anbieten könne – mir ist alles termingerecht ausgegangen –, doch Valentin Pundt winkt ab, schon gut, nur keine Sorge deswegen, und gleichgültig verfolgt er, wie sie ihre Handgelenke unter den Wasserstrahl hält, stoßweise atmend. Das hab ich von Harald gelernt. – Was? – Diese Art der Erfrischung.

Stürzt Pundt? Hat er eine Kolik? Wird er von plötzlichem Schmerz gekrümmt? Er versucht nur aufzustehen von dem sehr flachen Sessel, rutscht weg, fängt sich wieder, verharrt einen Augenblick in kauernder Haltung und richtet sich erfolgreich auf. Wenn Sie Lust haben, sagt Lilly Fligge, könnten wir hinübergehn, ins »Vierter August«, auf einen Sprung nur, doch Pundt, dem die Verlegenheit nicht entgeht, aus der dieser Vorschlag stammt, lehnt dankend ab und verweist auf die dringende Aufgabe, die auf dem Fußboden gelöst werden muß. Ihm bleibe nicht viel zu sagen: er habe zu danken; er sei weitergekommen; er wünsche eine gute Reise.

8

Janpeter Heller ist gegen Blumen, und wenn nicht gegen Blumen, so doch gegen die – wie er sagt –»ererbte deutsche Unsitte«, jedem Gastgeber mit einem Strauß ins Gesicht zu springen, das sei doch wohl eine der lästigsten und blödsinnigsten Konventionen, denn wenn man jemanden einlade, und sei es zum Frühstück, dann wird man ja wohl nicht das Schlimmste von ihm erwarten, und deshalb sollte man es dem Gast erlassen, mit einem nicht mal preiswerten Symbol der Friedfertigkeit herumzuwedeln.

Pundt indes besteht auf Blumen; er unterwerfe sich gern einem Zwang, wenn dadurch Freude entstehe, er sei nur unschlüssig, welche Blumen zu Rita Süßfeldt paßten, langstielige Nelken vielleicht? Die Nelke, sagt Heller, ist die erklärte Lieblingsblume deutscher Bauarbeiter, Baumeister und Bauunternehmer; wer diese Berufsgruppe zu sich ins Haus lädt, muß mit Nelken rechnen. Also was dann? Mich dürfen Sie nicht fragen, sagt Heller, ich bin grundsätzlich nur für Stangenspargel. Jetzt zeigt Pundt mit Entschiedenheit auf die gelben Blütenbälle einer Chrysantheme, die scheinen Rita Süßfeldt zu entsprechen, jedenfalls kommen sie ihm passend vor: also diese Chry-

santhemen hier, aber ohne viel Beiwerk. Der Verkäufer zögert nicht, Pundt zu seiner Wahl zu beglückwünschen. Sie stehen am Eppendorferbaum, um neun soll das »epische Frühstück« beginnen: müssen wir nun nach links oder nach rechts? Valentin Pundt, der die Blumen trägt, der die Blumen in beider Namen überreichen wird, kennt den Weg; und es ist notwendig, daß sie ihn zurücklegen, auf Tuchfühlung, an nassen Häuserfronten entlang, unter mittleren Fallwinden, die nach Papier stöbern, nach lose gebundenen Schals. An der Post vorbei, wo eine Schwadron verdrossener Briefträger ihre gelben bepackten Fahrräder aus einer Einfahrt herausführt, an der Apotheke vorbei und an der Deutschen Bank, die bei jedem Wetter helfend mit Kleinkrediten einspringt – Heller und Pundt, die der Wind und der Schneeregen bearbeitet, müssen mit nassen Gesichtern und flatternden Mänteln in die Rothenbaumchaussee einbiegen, und wer jetzt im Auto an ihnen vorbeiführe, müßte den Eindruck haben, daß der alte Pädagoge gleichgültiger, ja geringschätziger auf das Wetter reagiert als der junge.
Barhäuptig, aufrecht vor allem – nicht so weggeschrumpft in seinen Mantel wie Heller – spricht er in den Wind, der seine Worte entführt und verstümmelt. Er fragt etwas, er möchte wissen, ob Heller schon einmal bei Rita Süßfeldt . . .? – Nein, nein. – Ob er dann vielleicht ihre Schwester kenne, oder ihren Vetter? – Auch nicht, nein. – Aber Doktor Merkel, von ihm müsse er gehört oder gelesen haben; er wird wohl anwesend sein. – Nichts gehört, nichts gelesen. – Und es wurde doch so viel über ihn – im Radio, ja, und in der Presse, und welche Illustrierte man auch aufschlug damals. Archäologe, dessen wichtigstes Buch: . . . *und die Arche schwamm doch* – der

historische Bootsbau vor der Sintflut. Heller dämmert es: Gab's da nicht einen Film? – Es sollte einen geben, ja, und Doktor Merkel war verpflichtet als wissenschaftlicher Berater. Die Arche wurde nach seinen Angaben... Er bestimmte, welche Tiere . . . Hinunter bis zur gemeinen Feldmaus . . . Alle Vorbereitungen hat er selbst, ja, und als gedreht werden sollte, dieses Angebot. Angebot? Die Gesellschaft erhielt ein anonymes Angebot. Jemand wollte den Schutz der Tiere übernehmen, die an Bord waren – Sie verstehen: bezahlter Schutz. Man konnte sich nicht... auch nicht nach einem zweiten Angebot. Und da ist es dann... Was? – Auf seiner Wache. Sie hatten Wachen eingeteilt. Kein drittes Angebot. Auf seiner Wache der Brand. Die Arche mit den Tieren. Er wurde schwer verletzt. Die Arche verbrannte mit allen Tieren, und seither... – Was ist seither? – Sie werden ihn gleich kennenlernen: Doktor Merkel. – Es hat also keinen Film . . .? – Nein. Aber mir ist, als hätte ich ihn irgendwo... – Wir müssen jetzt nach rechts, sagt Pundt und reibt sich die tränenden Augen. Dort drüben wohnt Frau Süßfeldt.
Sie gehen schräg über die Straße, kopfschüttelnd erwartet von einem breiten Mann mit Doggengesicht, der sie barsch anspricht, der von ihnen sofort wissen möchte, warum und für wen wohl Fußgängerstreifen angelegt werden, und der auch gleich die Frage zufriedenstellend beantwortet haben möchte, was aus ihnen vermutlich geworden wäre, wenn ein Eiltransporter nicht mehr rechtzeitig hätte bremsen können.
Was sagt man da? Heller, über die Zurechtweisung verärgert, über die Frage belustigt, weist den Mann auf den akuten Personalmangel bei der Polizei hin und empfiehlt ihm, sich im nächsten Revier zu bewerben. Und nach dem

Passieren einer kniehohen Pforte, in dem etwa briefmarkengroßen Vorgarten, sagte Heller zu Pundt: Hilfspolizisten; nirgendwo gibt's so viele freiwillige Hilfspolizisten wie bei uns. Pundt scheint das nicht gehört zu haben, er hat schon die Klingel im Auge, zupft schon mit spitzen Fingern das Papier von den Blumen – was für schöne Astern, wird Rita Süßfeldt gleich sagen. Dennoch wartet er, bis Heller neben ihm auf dem Treppenabsatz steht; jetzt drückt er den Knopf.

Da kommt Rita Süßfeldt, mit vorgehaltenen Händen kommt sie, mit frischgewaschenem, noch nicht ganz getrocknetem Haar, in moosgrünem Kleid, lächelnd öffnet sie die Tür und sagt: Willkommen, ihr Mörder, nun habt ihr auch meine Geschichte umgebracht. Sie hatte einen leichten Tod, sagt Heller. Und dies haben wir Ihnen zum Trost mitgebracht, sagt Pundt, hoffentlich sind es Ihre Blumen. Was für schöne Astern, sagt Doktor Süßfeldt und zeigt auf die Garderobe: hier können Sie sich aufhängen.

So, und jetzt ziehen sie hintereinander ins Eßzimmer ein, Rita Süßfeldt voran – der Reißverschluß auf dem Rücken ist nur zur Hälfte hochgezogen, vielleicht haben ihn die Haken des schnürenden Büstenhalters gebremst –, und automatisch erheben sich von einem unsterblichen Sofa Mareth und Heino Merkel und gehen den Gästen mit warmer, ausgestreckter Hand entgegen. Sie lösen sich so sachte aus dem Hintergrund, daß es den Anschein hat, als stiegen sie selbst aus einem der vierundachtzig Rahmen, aus denen magere, hasenköpfige Vorfahren den Besucher auf Zahlungsfähigkeit testen, oder als entließen sie sich selbst aus dem halbhohen Spalier der Büsten, die in einer Art augenloser Würde auf die nächste Eiszeit warten.

Darf ich mal eben bekannt machen. Von Ihnen hab ich schon viel ... Angenehm ... Es freut mich, daß ich Sie nun auch persönlich ... Angenehm. Nicht überkreuz. Ganz meinerseits. Und nun darf ich zu Tisch bitten.

Janpeter Heller, der nicht nur diese, der jede Begrüßung süßsauer über sich ergehen läßt, blickt auf den gedeckten Frühstückstisch und hat eine Vision: auf diese erstaunlich winzigen Näpfchen und Schüsselchen, die gefüllt sind mit Haferflocken, gequollenen Weizenkörnern, mit Cornflakes und Mais, werden sich im nächsten Augenblick Banden einheimischer Vögel stürzen, die sich schon im Garten versammelt haben und nur noch auf Rita Süßfeldts Signal warten. Diese armseligen Roggenkekse, dieses fahle Toastbrot, diese kaum erkennbaren Schinkenwürfel und die Fingerhüte mit Marmelade müssen als Vogelfrühstück Spatzen und Finken zugedacht sein, die gleich hereinfliegen werden, um sich zänkisch, mit gelüfteten Flügeln, über das Futter herzumachen. Ja, dies kann nicht nur, dies muß ein Vogelfrühstück sein.

Nun langen Sie man tüchtig zu, auch Sie, Herr Heller; Mareth sagt das, Rita Süßfeldts schwarzgekleidete Schwester, und um ein Beispiel zu geben, schaufelt sie etwa drei Weizen- und vier Maiskörner auf ihren Teller, atmet schon angestrengt, mustert mit schrägäugiger Skepsis die Menge, gerade so, als ob sie sich doch zuviel vorgenommen habe, dann auf einmal beginnt sie fröhlich loszukauen. Rita Süßfeldt tut es ihr nach, Heino Merkel tut es ihr nach, und was macht Valentin Pundt?

Der alte Pädagoge, dem das bereits genossene »Lüneburger Kikeriki« einen brennenden Ball in den Magen senkte, leert mit einer einzigen bohrenden Bewegung das Butterfäßchen, leert mit einer Drehung seines Teelöffels auch den Marmeladenbehälter, streicht und kleckst beides, Butter und Marmelade, auf zwei Scheiben Knäckebrot, klebt jeder geschmierten eine ungeschmierte Scheibe obenauf, läßt es aber immer noch nicht genug sein, sondern legt die Doppeldecker zu einer vierstöckigen Stulle zusammen und schlägt, während die Schwestern einen fassungslosen Blick wechseln, friedlich seine Zähne hinein. Schon wird deutlich, daß Pundt, der diese Mahlzeit ganz für sich das »Frühstück des Offenbarungseids« nennt, entschlossen ist, seinem Körper nicht vorzuenthalten, was dieser am Morgen gewohnt ist; darum wird Heino Merkel vorsichtshalber nach neuem Brot geschickt, außerdem soll er Tomaten und Käse mitbringen.

Tee, wer möchte Tee mit Kandis? Heller natürlich, und er hält Rita Süßfeldt die Tasse hin und hört sie fragen, ob denn nun mit ihrem Vorschlag das ganze Projekt gestorben sei; es gebe doch nur zwei Möglichkeiten: entweder bitte man, aus dem Auftrag entlassen zu werden, oder man setze die Arbeit fort, in der Hoffnung, doch noch das Modell eines Vorbilds auszugraben, das von allen akzeptiert werden kann. Sie sehe ein, daß bei einem repräsentativen Lesebuch für Deutschland gerade das Kapitel *Lebensbilder – Vorbilder* einer peinlichen Musterung ausgesetzt werden muß; die drei vorgelegten Entwürfe hielten dieser Musterung nicht stand; folglich könne man sich doch nur verabschieden – oder weitermachen. Sie bitte jetzt um ein deutliches Wort, auf die Anwesenheit ihrer Schwester und ihres Vetters solle man keine Rücksicht nehmen, die seien eingeweiht und Auseinandersetzungen gewohnt. Also, was solle geschehen?

Da sitzen sie in dem erleuchteten, vollgestopften Eßzimmer, von Büsten und Porträts bedrängt, nicht einmal erstaunt über die Entschiedenheit der Frage, die ja nun fällig war, aber doch in schweigsamer Ungewißheit; nur das sanfte Krachen des Knäckebrots ist zu hören, ein Schrapen und Mahlen und spitzmündiges Zischen. Davon ist Pundt überzeugt: Wenn wir den Auftrag zurückgeben, werden sich andere finden, die ihn annehmen, und sie werden vermutlich keine Schwierigkeiten haben, die erwünschten Vorbilder zurechtzukneten und ins Lesebuch einzubacken. Vielleicht sollte man schon deshalb weitermachen, um das zu verhindern; wenn er jetzt mal eine Tomate haben dürfte.

Heller hält den Kandis in rotierender Bewegung, er blickt auf seine Tasse hinab, auf die Spitze des Teelöffels, die die klirrenden Kandisstückchen im Kreis treibt, und ruhig, achselzuckend bekennt er, daß er dies vorausgesehen habe, diesen Augenblick, wo nichts mehr bleiben würde als die Frage: nach Hause fahren oder unter neuen Vorzeichen weitermachen. Das liege am Thema, an der unmöglichen Aufgabe, an dem autoritätsfixierten Verlangen, jungen Menschen einen pädagogischen Koloß vor die Nase zu setzen. Man habe es ja gesehen: alle Vorschläge seien geprüft und verworfen worden, und so werde es weitergehen, zwischen Prüfen und Verwerfen, man werde Beispiele nur auftischen, um sie abzuräumen, ja, es liege am Thema Vorbilder, daß sie nicht zu Pott gekommen seien, an der schrecklichen Mißverständlichkeit dieser Erscheinung, und falls sich jemand darüber wundern sollte, daß sie im ersten Anlauf gescheitert seien – er, Heller, wundere sich nicht darüber. Und wenn es nach ihm ginge, so sollte man es bei der erfolglosen Suche belassen, man sollte den Auftrag zurückgeben, mit der Bemerkung vielleicht, daß alle untersuchten Vorbilder sich bei genauem

Abklopfen als breitärschige Pappkameraden der Erziehung erwiesen hätten, anders ausgedrückt, natürlich; den Vorschuß brauchte man nicht zurückzuzahlen, zwei Kapitel »stünden« ja. Im übrigen sollte man nach Hause fahren, mit der Genugtuung, unzähligen Schülern das Fürchten erspart zu haben. Janpeter Heller blickt auf, sucht nicht sein Gegenüber, will nicht erfahren, ob und wie grundsätzlich man mit ihm einig ist, er wendet das Gesicht und sieht in den schmutzigen Garten hinaus, wo die struppigen Hecken es längst aufgegeben haben, dem Wind Widerstand zu leisten.

Will Pundt etwas sagen? Er möchte, verzichtet aber darauf, weil er gerade einer Tomate mit dem Sägemesser zusetzt, sie energisch in Scheiben schneidet und die Scheiben nicht etwa für sich ißt, sondern zum Erstaunen der Schwester mit Maiskörnern bedeckt, auf bescheidene Roggenkekse packt und sie sich dann, man muß schon sagen, mit artistischem Schwung in den Hals wirft, worauf jedesmal seine Augäpfel vorquellen. Rita Süßfeldt, eine nicht nur hastige, sondern auch gedankenlose Esserin, hat längst ihre Haferflocken gelöffelt, sitzt jetzt mit kalter Zigarette da, rauchbereit, und die Zigarette pressend und auf der Tischplatte festklopfend, möchte sie von Heller mal wissen, ob der Fehlschlag nicht darauf zurückzuführen sei, daß man sich nicht ausreichend über die Eigenschaften verständigt habe, die ein zeitgemäßes Vorbild besitzen sollte. Was das sein könnte? Sie denke zum Beispiel an vorläufige und beschränkte Gültigkeit eines Vorbilds und daran, daß es sich widerlegen lassen muß durch wechselnde Lagen; sagen wir so: die jeweilige Konstellation entscheidet darüber, welch ein Verhalten vorbildhaft genannt werden kann; andere Konstellationen

beanspruchen andere Erscheinungen. Wenn man nun davon ausginge, von dieser erklärten Befristung, von dieser Geltung auf Widerruf: lasse sich dann nicht vielleicht ein Beispiel finden, das alle zufriedenstellt? Der Gewinn wäre Bescheidenheit in der Empfehlung.
Dies will Janpeter Heller nicht bezweifeln, und wenn überhaupt, dann möchte er ein Vorbild aufgerichtet sehen, das bescheiden und problematisch zugleich ist – ein Feigling könne es ebensogut abgeben wie ein Marodeur oder ein gesellschaftlicher Störenfried –, aber je mehr er in diese Aufgabe eintauche, desto schonungsloser müsse er sich sagen, daß jedes offerierte Vorbild, pädagogisch gesehen, auf eine Beleidigung des jungen Menschen hinauslaufe: da ihr zu dumm seid, um euren eigenen Kurs abzustecken, habt ihr allemal ragende Leuchttürme nötig, also haltet Ausschau nach Leonidas, Schweitzer, Kennedy, und laßt euch durch sie beraten. Aber liege die Aufgabe eines Erziehers nicht auch in der Vorbereitung auf unvermeidlichen Schiffbruch, auf Irrtum, Enttäuschung, eigenes Risiko? Sei man gut beraten, wenn man versucht, dem jungen Menschen nötige Erfahrungen vorzuenthalten, selbst gemachte Erfahrungen, die ihm erst ein Augenmaß für die Wirklichkeit verschaffen? Anstatt ihm ein sichtversperrendes Vorbild auf den Weg zu stellen: sollte man nicht eher darum bemüht sein, die eigenen kritischen Fähigkeiten zu schärfen? Er, Heller, könne sich nicht helfen, aber radikal gesagt, erschienen ihm Vorbilder wie Zwangsangebote für Unmündige, Dumme, notorisch Ratlose.
Pundt sucht ein Ei, findet aber nur Radieschen, die er eine Weile unschlüssig anstarrt, gerade so, als ob man noch etwas anderes mit ihnen anfangen könnte, als sie

aufzuessen; plötzlich beginnt er, sie in kleine Würfel zu hacken, vermischt sie ausschweifend mit dem Schinken und mutet den soeben entdeckten Brotbelag einer Toastscheibe zu. Das sollten Sie einmal probieren, lieber Kollege Heller, da haben Sie saftige Frische und ehrwürdigen Rauchgeschmack in bisher unbekannter Verbindung; übrigens teile ich überhaupt nicht Ihre Meinung. Und breit und aufmerksam mahnend möchte Rektor Pundt hier einmal einwerfen, daß es offenbar immer noch kein übereinstimmendes Verständnis dafür gibt, was ein Vorbild zu sein habe. Da sei gesagt worden, daß es dazu dienen solle, die eigenen kritischen Fähigkeiten zu ersetzen – ein handfestes Brevier für alle Lebenslagen, in dem Antworten auf alle folgenreichen Fragen zu finden sind.
Ihm stelle sich das nun ganz anders dar. Ein Vorbild, wie es ihm vorschwebe, sei doch geradezu ein Anlaß, die kritischen Fähigkeiten zu entwickeln, mit seiner Hilfe werden Situationen ausprobiert; es führt vor, was möglich ist von Fall zu Fall, es veranschaulicht, wozu eine Bedingungslosigkeit führt, mit der man ihm folgt. Das Stichwort, wir können durchaus sagen, das pädagogisch sinnträchtige Stichwort heißt: Selbstversetzung. Wir versetzen uns rigoros in den anderen und erfahren uns selbst. Auf dem Weg der Selbstversetzung erkennen wir das Verbindende, aber auch das Trennende, wir stimmen zu und grenzen uns ab, wir besichtigen, was uns erlebbar erscheint, und lernen verstehen. Nicht auf Wiederholbarkeit kommt es an, sondern darauf, den Unterschied zu ermessen, und das hat, wenn ich nicht irre, durchaus mit Kritik zu tun; wenn ich jetzt noch um etwas Tee bitten dürfte.
Das ist im Sinne von Rita Süßfeldt gesprochen, sie ent-

deckt eine »frappierende Nähe« zu ihren Ansichten, und im sympathischen Schwindelgefühl der ersten Zigarette möchte sie feststellen, daß sich doch hier eine Gemeinsamkeit zeigt, mit der sich etwas anfangen lasse. Sie habe den Verdacht, daß die Unstimmigkeit oder sogar Lustlosigkeit nur deshalb auftreten konnte, weil man die falschen Beispiele bemüht habe; der Schiffsarzt, der sich seiner Aufgabe entzieht, der widerwillig helfende Wächter und, na ja, die gegen ihre Gefühle handelnde Mutter – Beispiele, die nur in bester Absicht ausgesucht wurden, und das sei zu wenig. Man hätte anders vorgehen sollen. Wie? Nun, man hätte sich zunächst die tauglichen Eigenschaften eines Vorbilds benennen sollen, um dann nach entsprechenden Beispielen zu suchen; doch jetzt möchte sie etwas vorschlagen. Noch längst nicht zu Aufgabe und Abschied bereit, möchte Rita Süßfeldt vorschlagen, daß jeder sein Ersatzbeispiel erzählt, wobei sie einfach voraussetze, daß jeder eins gehabt habe bei der Vorarbeit, also das zweite, das Notbeispiel, das nicht zur Sprache gekommen ist, weil man ihm nicht zutraute, die Prüfung zu bestehen. Welch einen Zweck das habe? Zumindest könne man vergleichen, und sie, Rita Süßfeldt, sei schon immer eine Liebhaberin des Vergleichens gewesen: meinetwegen sollten wir es uns auch erzählen, als Abschiedsgeschenk. Und dies ist, kurz gesagt, mein Ersatzbeispiel:
Da liegt ein Schiff in den Mahlsänden vor der norddeutschen Küste, aufgegeben von der Besatzung, aufgegeben von den Bergungsschleppern, den Winterstürmen überlassen. Fotografien, die in mehrwöchigen Abständen aufgenommen werden, beweisen die gründliche Arbeit der See und der Stürme: die Aufbauten sind zerschlagen, das Wrack sackt tiefer und tiefer, der Krängungswinkel

nimmt zu; das Schiff scheint verloren zu sein. Nach anderthalb Jahren kauft der Chef einer kleinen, privaten Bergungsfirma das Wrack, gegen alle Ratschläge und Warnungen. Er rüstet eine Bergungsflotte aus, und im Frühjahr beginnt er mit der Arbeit und läßt eine Rinne in die Sände baggern. Ruhige See, mäßige Winde – das Wetter ist günstig, doch bei dem ersten Abschleppversuch kentert ein Schlepper, die Arbeit muß unterbrochen werden. Ende des Sommers fahren sie wieder hinaus, baggern, richten das Wrack auf, es bewegt sich beim Abschleppversuch, es löst sich zumindest vom Grund. Die Bergungsfirma hat keinen Gewinn gemacht bis zum Herbst, in dem die Arbeit unterbrochen werden muß, denn in der Zeit der Stürme kann die Flotte nicht draußen sein. Sie warten bis zum Frühjahr, der Chef leiht sich Geld, wieder muß zuerst die Rinne vertieft werden, in einem plötzlichen Sturm werden einige Männer über Bord gewaschen, das Bergungsunternehmen muß wieder unterbrochen werden. Alle raten dem Chef zur Aufgabe, am dringlichsten seine Frau, doch er wagt noch zwei weitere Versuche, und vor den Herbststürmen gelingt es, das Wrack von den Sänden zu schleppen. Es schwimmt auf, die See ist friedlich, in einer atemlosen Prozession wird das Wrack zur Küste geschleppt. Nachts kommt Nebel auf, und im Nebel wird das Schiff von einer schnellen Fähre gerammt.

So ungefähr, sagt Rita Süßfeldt, nur mit lockeren Strichen, nur in Andeutung mein Ersatzbeispiel: das Vorbild als Traum von Ausdauer. Niemand will dazu etwas sagen, vorerst nicht, Pundt löffelt die letzten Maiskörner aus einer Porzellankumme, Heller kommt von einem Stich nicht los, der mittelalterliches Jagdleben festhält,

eine Sauhatz offensichtlich, bei der die beiden berittenen Jäger seltsamerweise nicht das friedlich erscheinende Wild, sondern die vor Jagdfieber tollen Hunde spießen.
Hat Rektor Pundt denn kein Ersatzbeispiel auf Lager? Doch, doch, aber nach allem Erfahrungsaustausch möchte er es erst gar nicht erzählen, oder wenn, dann auch nur knapp, denn das Vorbild, das sich hier anbietet ... — also denken Sie sich den Wartesaal einer Bahnhofsstation, leergeräumt, schlecht erleuchtet, es ist Abend. Hat man schon erlebt. Auch dies ist erlebt. Auf dem mit Sand bestreuten Holzfußboden liegen gefangene Soldaten und richten sich für die Nacht ein; der Zug, der sie ins Lager bringen soll, wird für den nächsten Morgen erwartet. Vor den Fenstern, vor dem Ausgang, vor der Tür zu den Toiletten kauern übermüdete Posten. Am späten Abend, die Soldaten schlafen bereits, bleibt ein Transportzug auf der Station liegen, der in umgekehrter Richtung fährt; er bringt Soldaten, die ihre Gefangenschaft hinter sich haben, nach Hause. Zwei Transporte, zwei Richtungen, zwei Stimmungen. Um Mitternacht werden die Entlassenen ebenfalls in den Wartesaal gebracht, eine Schnur wird gespannt, die Gruppen dürfen sich nicht vermischen. Bei der herrschenden Enge allerdings läßt es sich nicht vermeiden, daß einige Soldaten aus den verschiedenen Transporten eng nebeneinander liegen; kann man sich vorstellen.
Und hier nun liegen zwei Soldaten nebeneinander, ein alter, der die Gefangenschaft hinter sich hat, und ein sehr junger, dem sie bevorsteht. Ihre Körper berühren sich, ihre Gesichter sind einander so nah, daß sie flüstern können, ohne von den Posten gehört zu werden. Und flüsternd befragt der Alte den Jungen, läßt zuerst seine

Parolen und Gerüchte entwerten, läßt sich von zu Hause erzählen; sie stammen aus derselben Stadt. Es braucht nicht befürchtet zu werden, daß jetzt etwa verwandschaftliche Beziehungen festgestellt werden, oder daß gemeinsame Erinnerung an Straßen, Plätze, Gerüche den Rest des Nachtgesprächs bestimmt. Auf eine direkte Frage sagt der junge Soldat, daß er Vogelkundler werden wollte, dann sprechen sie über die Bedingungen des Lebens zu Hause, und zuletzt ist es der alte Soldat, der dem jungen zum Schlaf rät. Man hat zu schlafen gelernt in allen Lagen, man ist nicht empfindlich. Als der junge Soldat geweckt wird, ist der Transport schon fort, der Transport, der in die Gefangenschaft führt. In seiner Manteltasche findet er einen geschnitzten Holzvogel und ein Papier, den Entlassungsschein. Die Soldaten müssen sich zum Zählappell aufstellen, die Zahl stimmt, sie dürfen den Zug besteigen, der eine neue Lokomotive bekommen hat.

Ja, sagt Pundt, das war also mein Ersatzbeispiel, und Sie brauchen Ihre Einwände erst gar nicht zu äußern, da ich vermutlich mehr gegen dieses Vorbild habe als Sie selbst. Obwohl hier ja alles stillschweigend geschieht: den lautstarken Appell kann niemand überhören. Und wie oft gerät man schon in Gefangenschaft, nicht wahr, wie oft bietet sich einem der Augenblick, in dem man fremdes Schicksal übernehmen möchte. Ein Vorbild ohne Lehre, zumindest ohne annehmbare Lehre können wir wohl doch nicht offerieren; wenn ich jetzt noch etwas Saft haben dürfte und dazu von dem Zwieback. Alle sehen zu, wie Pundt, gut berechnet, verdünnten Quark auf den Zwieback kleckst, alle warten darauf, daß beim ersten Zubiß Sperrholz bricht, trockner Mörtel platzt, Mäuse

an Fußleisten nagen, doch alle Geräusche, mit denen der Zwieback sonst überrascht, bleiben aus, da er augenscheinlich feucht geworden ist.
Nun wäre ja der Kollege Heller dran, aber niemand fordert ihn auf, sein Notbeispiel bekanntzugeben, da ihm niemand eins zutraut; so ist das Erstaunen berechtigt, das Heller mit der ruhigen Feststellung hervorruft, er habe nicht nur Ersatz mitgebracht, sondern, wie er glaube, ein durchaus verwendungsfähiges Beispiel, das er nur deshalb unter Verschluß gehalten habe, weil er dem ganzen Auftrag immer weniger abgewinnen könne; er sei nun mal gegen jede Art von pädagogischer Götterspeise. Ohne für sein zweites Beispiel zu werben, möchte er es hier einfach mal vorzeigen, weniger zur Begutachtung als zur Kenntnisnahme – also denken Sie sich überschwemmtes Land, zum Beispiel die norddeutsche Tiefebene nach einer Sturmflut. Ein Floß aus Benzinkanistern treibt in der Dämmerung an Baumwipfeln vorbei, hält auf verlassene Gehöfte zu. Ein alter Mann sitzt auf dem Floß, neben ihm liegen Kisten, Beutel. Mit dem selbstgemachten Paddel hebt er schlaffe, im Wasser hängende Telefondrähte über sich und das Floß hinweg. Er paddelt gemächlich, ausdauernd, das Wasser ist strömungslos. Sobald die Motorboote der Pioniere auftauchen, macht er an Baumkronen fest und wartet, bis sie außer Sicht sind.
Ich überspringe seine Beobachtungen, Sicherungen, seine unaufhörlichen Selbstgespräche, die er in der Geschichte führt. Er paddelt auf ein abgelegenes Gehöft zu, umkreist es, bewegt sich trudelnd auf der Höhe der Regenrinne um das Haus, die Bodenluke ist offen. Er bindet sein Floß an. Er steigt durch die Bodenluke in das Haus ein, es könnte Obstbauern gehören, die hier seit Gene-

rationen sitzen. Ausdauer und Sparsamkeit haben sie wohlhabend gemacht. Der Alte öffnet Schränke und Kommoden, die sie hier herauf-, aber nicht mehr fortgebracht haben. Er durchschnüffelt Körbe. Er untersucht, was an eisernen Haken von den Dachbalken herabhängt. Hier und da findet er Brauchbares, das er entweder in einen Sack steckt oder zur Bodenluke trägt. Bei der zweiten Durchsuchung eines Schranks scheint er seinen größten Fund zu machen, einen altmodischen Silberschmuck, den er sofort auf das Floß bringt und in einem wasserdichten Beutel verstaut. Er löst sogleich die Leine, will fortpaddeln, da hört er das Wimmern. Es braucht ihn nichts anzugehen, er treibt das Floß mit lautlosen Schlägen fort, rasch zuerst, dann immer langsamer, und während er dahintreibt, kann man die Entstehung eines Entschlusses beobachten: er paddelt zurück; er findet eine Frau mit einem Säugling unter dem Dach, und obwohl er annehmen muß, daß sie seine Mitwisserin ist, bringt er sie auf sein Floß. Nie fällt ein Wort zwischen ihnen. Unter mürrischen Selbstgesprächen paddelt er dem Horizont zu, dem Eisenbahndamm, den Lichtern entgegen. Dort ist eine Hilfsstation. Keinen Gruß zum Abschied, keinen Dank, er überläßt es den andern, der Frau vom Floß zu helfen, und sie, die erkannt hat, was in seinem Beutel steckt, blickt ihm nicht nach, als er, auf Brot und heißen Kaffee verzichtend, eilig abstößt und davonpaddelt, auf die zurückgedämmte Einöde hinaus.

Ja, sagt Heller, das war's – ein Beispiel, das er hiermit nur vorzeigen wollte, er erwarte nicht, daß man jetzt über seine Tauglichkeit rede, aber vielleicht mache es deutlich, worauf es ihm ankomme: wenn schon Vorbild, dann muß es uns die Bekanntschaft vermitteln mit einer Lebenssituation; so ungefähr. Pundt möchte offensichtlich etwas sagen, doch er verzichtet, als er bemerkt, daß auch Rita Süßfeldt eine erwogene Rede erst gar nicht beginnt, sondern sich unter den mahnenden Blicken ihrer Schwester mit Krümelbürste und zierlicher Krümelschaufel über einen Batzen Asche hermacht, der neben ihre Tasse gefallen ist. Von Beispielen gesättigt, aber nicht zufrieden, mit Blicken, die sich an Entferntes hängen, ertragen sie das ausbrechende Schweigen, das doch nur dies bedeuten kann: man wird den Auftrag zurückgeben, man wird auseinandergehen, man wird den übernächsten Zug nach Lüneburg und Diepholz nehmen.

Jetzt regt sich zum erstenmal Heino Merkel. Der scheue, ausgezehrte Mann, der sich so unscheinbar machen kann, daß man ihn übersieht, dem sicher auch daran liegt, übersehen zu werden – er möchte, da er solange zuhören durfte, hier auch mal gern etwas bekennen. Oder hinzufügen. Oder, wenn es erlaubt ist, eine persönliche Ansicht äußern. Und niederblickend, die Troddeln der gehäkelten Tischdecke flechtend, verknotend und wieder lösend, läßt er sich von Mareth Erlaubnis geben und bittet vorsorglich um Entschuldigung für das, was er zu sagen vorhat. Also Vorbilder: in unserem Gedächtnis festgefrorene Ungeheuer, die uns zur Heldenverehrung drängen. Dazu aber, so glaube er, fehle es uns an Zeit und Verständnis. Zu bestreiten allerdings sei es nicht, daß es wünschbare Handlungen gibt, die vorbildhaft genannt werden können. Was macht diese Handlungen zeitgemäß? Seiner, Heino Merkels Meinung nach dies: daß sie nicht allein verpflichten, sondern auch Widerspruch zulassen. Sagen wir: ein heutiges Vorbild kann uns nur auf exemplarische Weise umstritten vorkommen. Ein grandioses Durcheinander, das mehrere Lehren zugleich erteilt. Um mal ein Beispiel zu nennen.

Der Archäologe hebt sein Gesicht, zögert in diesem Ring von Erwartung, der sich um ihn gelegt hat, dann sagt er schnell: Lucy Beerbaum, und leiser: Lucy Beerbaum aus unserer Straße. Wir kannten sie von ferne zu Lebzeiten. Sie hat alle Eigenschaften.

Lohnt es sich, die unterschiedliche Art festzuhalten, in der dieser Vorschlag zur Kenntnis genommen wird? Mareth, zum Beispiel, vergißt in trockener Überraschung weiterzuatmen; Rita Süßfeldt wiegt zweifelnd den Kopf wie ein Holsteiner Brauereipferd; Rektor Pundt versetzt seine immer blutleeren Lippen in mächtige, grimassierende Kaubewegung, und Heller zuckt nur einmal die Achseln und gibt zu, daß ihm zu diesem Namen nichts einfällt. Heino Merkel hat mit dem Erstaunen über seinen Vorschlag gerechnet, er hat die Überraschung vorausgesehen und den pünktlichen Zweifel; er wartet, er nimmt nichts zurück.

Du weißt doch wohl, daß sie ein Sonderling war, sagt Mareth, und daß sie sich sonderbar verhielt. – Steckt nicht in jedem Vorbild ein Sonderling, fragt Heino Merkel, und Mareth darauf: Ja, ja, mag sein, aber ihr Verhältnis zu den Sachen, beispielsweise zu ihrem Haus, wo findest du in dieser Straße ein Haus, das in einem so herausfordernden Rosa gestrichen ist? Schließlich war diese Frau ja erst Ende fünfzig. Zweimal war ich bei ihr, sagt Rita Süßfeldt, in diesem Haus, wo größter Wert auf überflüssigen Raum gelegt wurde. Ich interviewte sie, nachdem sie den französischen Palmenorden bekommen hatte, und sie bat mich, nur sachliche, keine persönlichen Fragen zu stellen. Eine Schauspielerin? fragt Pundt, ist das nicht eine Schauspielerin, Lucy Beerbaum? Biologin, sagt Heino Merkel, sie war Wissenschaftlerin, weltbekannt. Sie ist tot, seit knapp zwei Jahren; sie starb hier in unserer Straße. Freiwillig, fügt Mareth hinzu, ja, Lucy Beerbaum starb freiwillig: das lange Hungern hatte sie so entkräftet, daß sie keiner Krankheit mehr gewachsen war. Eine umstrittene Frau, sagt Heino Merkel, eine umstrittene Wissenschaftlerin, ein zeitgemäßes Vorbild.

Da möchte Heller, der den Namen Lucy Beerbaum noch nie gehört hat, zu Recht wissen, aus welchem Grund die Frau hungerte, bis sie starb, und Heino Merkel scheint daran gelegen, die Antwort keinem andern zu überlassen: hastig auf den Tisch hinabsprechend, flicht er Daten, Meinungen, Geschehnisse zusammen und bringt eine erloschene Spur zum Vorschein, die er zu beachten und zu prüfen bittet.

Vor zwanzig Jahren; Sie müssen wissen, daß Lucy Beerbaum nicht von hier stammt; zwar haben ihre Eltern einige Jahre in dieser Stadt gelebt, doch sie selbst ist in Griechenland geboren und vor zwanzig Jahren hierhergekommen. Sie lebte zusammen mit ihrer Haushälterin Johanna; im Institut hatte sie eine eigene Abteilung. Längere Zeit lebten zwei Nichten in ihrem Haus, die vor allem die Verschiedenartigkeit deutlich machten, die zwischen Geschwistern bestehen kann. Jeden Morgen ging sie in zerstreuter Freundlichkeit zur Straßenbahn-Haltestelle, oft grüßte sie mit Verspätung zurück. Ihre Art, sich zu kleiden, bestimmte sie ausschließlich selbst; ihr hartes und dabei immer noch mädchenhaftes Profil hätte Münzpräger anregen können. An jedem Mittwochabend fanden Diskussionen in ihrem Haus statt; mit einem Kreis von ausgesuchten Studenten besprach sie ihre gesell-

schaftlichen und politischen Überzeugungen. Man kannte ihre äußerste Bescheidenheit; ihr ganzes häusliches Leben mutete beiläufig an. Als in ihrem Geburtsland das Militär die Macht übernahm, ließ sie sich vom Institut beurlauben. Und als sie erfuhr, daß ihr Jugendfreund und einige Kollegen zu den politischen Gefangenen gehörten, die die neuen Mächtigen auf eine Insel bringen ließen, drückte sie ihre Anteilnahme auf eigene Art aus: sie gönnte sich nurmehr den gleichen Bewegungsraum, den die Gefangenen hatten, lebte nur noch unter den Bedingungen, unter denen die Gefangenen leben mußten. Obwohl man im Institut auf ihre Arbeit nicht verzichten konnte, weigerte sie sich, ein anderes Leben als das einer Gefangenen nach eigenem Beschluß zu führen; den Arzt, der sich um sie kümmerte, wollte sie nicht zu oft empfangen. Sie verzichtete auf Lektüre, Post beantwortete sie nur selten, und wenn, dann mit der Zahl von Wörtern, die den Gefangenen zugestanden wurden. Den Direktor des Instituts bat sie einmal, sich an die Besuchszeit zu halten, die man den Gefangenen gewährte.
In dieser Zeit der freiwilligen Gefangenenschaft kündigte Johanna, die langjährige Haushälterin, zweimal, weil sie den Wunsch zur methodischen Vernachlässigung nicht glaubte erfüllen zu können; beide Male kehrte sie schon nach wenigen Stunden zurück. Viel ist zu erzählen über die wechselnden Zustände, die als Folge des Mangels auftraten, viel über das Verhältnis von Johanna und Lucy Beerbaum, die angeordnet hatte, daß im Haus alles so weitergehen sollte, als wäre nichts geschehen. Jedenfalls, nachdem sie achtundachtzig Tage gehungert hatte, stand es fest, daß sie ihrem Körper zuviel zugemutet hatte.
Das ist erwiesen; dennoch gibt es hier vieles an Erlebtem,

was offen und unbeweisbar erscheint, obwohl manches geschrieben wurde über Lucy Beerbaums unerhörte Gefangenschaft, sogar ein Theaterstück, das seine Premiere erlebte. Aus allen von ihm aufbewahrten und gesammelten Darstellungen – gerade ist auch eine romanhafte Biografie erschienen – geht hervor, daß das Bild dieser bescheidenen, nicht einmal sehr alten Frau kaum beschreibbar ist: eben verläßlich erfaßt, beginnt es zu schwanken, eben mit soviel Bemühung auf seine Außerordentlichkeit bestimmt, zeigt es Alltägliches vor, das den Blick verengt. Gerade deshalb läßt sich aber aus diesem bezeugten Leben etwas erwirtschaften, etwas Brauchbares im Sinne der Aufgabe, ein Vorbild, das bestätigt und bezweifelt werden will. Nur erwirtschaftet muß es werden, aufgefunden, herausgelöst aus einem Überangebot an Mitgeteiltem.
Er, Heino Merkel, möchte anheimstellen. Er sei bereit zur Mithilfe. Er sei bereit, das Gesammelte herauszurücken. Und er würde sich, ja, er würde sich freuen, wenn Lucy Beerbaums Versuch, eine gewagte und hoffnungslose Solidarität zu verwirklichen, Beachtung fände und eines Tages von jungen Menschen besprochen würde, so oder so. Ohne Vorbilder zu leben, bedeute zwar auch ihm: menschlicher zu leben, doch lasse sich in diesem Fall vielleicht fragen, wie ein Idol für Zeitgenossen auszusehen hätte.
Was wird Heller zu diesem Vorschlag sagen? Besonders er, der so offensichtlich bereit ist zu Aufgabe und Abschied? Er will etwas sagen, aber vor ihm stellt Rita Süßfeldt fest, daß ja unmöglich das ganze Leben von Lucy Beerbaum durchleuchtet und abgeliefert werden kann, vielmehr müsse man sich doch wohl, wenn über-

haupt, an einen Ausschnitt halten, an ein Geschehnis, das nach allen Seiten hin für sich spricht, Signale gibt.

Also Laubsägearbeit, sagt Heller, jeder bewaffnet sich mit einer Laubsäge, mißt sich was zurecht, zeichnet vor, und dann sägen wir uns aus dieser Sperrholz-Biografie die ergiebigsten Stücke heraus, die wir später auch noch leimen können; jetzt wird's beinah schöpferisch.

Und Rektor Pundt? Der schließt die Augen, legt die Hände auf dem Tisch zusammen und bekennt, daß er etwas sehe, daß da etwas aufsteige und sich auch schon behaupte, nämlich eine Gewißheit, daß sie hier auf guter Spur seien. Da ist etwas drin, sagt er, da zeichnet sich schon jetzt etwas ab, noch nicht genau, aber als Versprechen bereits erkennbar; Tee gibt's wohl keinen mehr? Das macht nichts, meinetwegen soll kein frischer aufgegossen werden; aber ein Stück Kandis werde ich mir zum Abschluß genehmigen.

Mareth bittet sozusagen um mildernde Umstände für ihr Urteil, doch sie sei einfach außerstande, Lucy Beerbaum soviel beizumessen oder soviel aus ihr herauszuholen, daß da gleich eine lesebuchreife Erscheinung entstehen könnte; zu lange habe sie auf Nachbarschaft gelebt, zu häufig habe sie absonderliches Verhalten beobachtet; sie könne sich Lucy Beerbaum in keinem Augenblick als Vorbild erscheinen lassen, nicht mal zur Zeit der Frühjahrs-Migräne.

Leuchtschrift, denkt Janpeter Heller, auch dieser unscheinbare, dieser stille Protest, flammt auf einmal wie eine Leuchtschrift auf, wenn wir ihn nur genügend hervorheben und bewerten; doch wenn es schon sein muß, sollten wir auch darauf hinweisen, wieviel im Dunkeln zurückbleibt. Und er sagt: Manches ist unbekannt, vieles

ist offen, und wir haben bei allem die Möglichkeit, auszuwählen. In jedem Fall sollte uns Lucy Beerbaum einen Versuch wert sein.
Rita Süßfeldt blickt Heller an, es ist ein Blick voll erstaunter Dankbarkeit, sie möchte ihm zunicken jetzt, zulächeln oder zu verstehen geben, welch ein Einverständnis besteht zwischen ihren Ansichten, aber Heller hebt nicht sein Gesicht.
Was ich besitze, sagt Heino Merkel, werde ich Ihnen zur Verfügung stellen. Meine Sammlung wird Ihre Suche erleichtern. Ich sage Ihnen voraus: Sie werden Entdeckungen machen, und Sie werden gewiß finden, was Sie bisher nicht gefunden haben. Wenn Sie noch einen Moment warten wollen, ich habe das Material in meinem Zimmer.
Wenn mich nicht alles täuscht, sagt Pundt, ein nützliches Frühstück. Ich werde Ihnen doch noch frischen Tee aufgießen, sagt Rita Süßfeldt, jetzt ist mir auch danach.

9

Hier ist die Hochbahnstation Landungsbrücken. Wie soll man sie nachmachen? Man wirft also eine steile Böschung auf, verlegt einen matten Schienenstrang – er gehört zum »Ring über Hafen« –, setzt einen zwar überdachten, doch erstaunlich zugigen Bahnsteig hin, behängt die Wandflächen mit Schuh- und Versicherungsreklamen, sorgt für ein geschlitztes Behältnis, in das der Reisende abgefahrene Fahrtausweise werfen kann: fast ist die Station sichtbar. Pfefferminz- und Zigarettenautomaten lassen sich noch aufstellen, Papierkörbe, sodann harte plumpe Holzbänke für Wartende, die sich, wenn sie wollen, noch kurz vor der Abfahrt davon überzeugen können, daß für den tiefliegenden, im Weitwinkel erfaßbaren Hafen immer nur Bewegung bezeichnend ist, auch in der ausgeflaggten Jubiläumswoche.

Vom Bahnsteig aus erscheinen die Bewegungen auf dem Wasser verwirrend und ungelenkt: das überholt einander, das passiert einander, das bringt sich auf Kollisions- und Ausweichkurs, schleppen läßt sich das, schieben und bugsieren – als Zuschauer hat man da ständig etwas zu befürchten. Was noch? Eine Schwingtür ist nötig, die die Station begrenzt, eine zur Hälfte verglaste Tür, die über

dem Boden zerkratzt ist, zerschrammt von den Tritten und Stößen der Reisenden; hinter ihr läßt man einige Steintreppen hinablaufen, bis zu einer Plattform, auf der eine mannshohe Waage jedermann mürrisch auffordert, sein Gewicht zu prüfen. Hier, auf der Plattform, hängt man nun die flache Fußgängerbrücke ein, die die Straße in sicherer Höhe überspannt und hinabführt bis zu den knarrenden Pontons im Wasser: also Landungsbrücken.
Am Geländer der Fußgängerbrücke, Baskenmütze auf dem Kopf, Aktentasche gegen die Hüfte gepreßt, in Wildlederschuhen, die von Nässe geschwärzt werden, steht Janpeter Heller und beobachtet den einlaufenden Hochbahnzug, dessen Wagen sich nach leichter Kurve zurechtschütteln, bevor sie abgebremst werden. Heller steht am ausgemachten Treffpunkt. Jetzt tritt er vom Geländer weg auf die Fußgängerbrücke. Sein Blick springt die Türen entlang, die klickend und zischend auffliegen, da sind sie, das sind sie, Charlotte und das Kind in gleicher Kleidung, beide in dunkelblauen gefütterten Wettermänteln, beide mit langfallendem, kariertem Schal. Was soll die übereinstimmende Kleidung hervorheben, demonstrieren? Hellers Arm fliegt hoch, er winkt zum Bahnsteig hinauf, wo Charlotte ihn längst entdeckt hat; doch anstatt zurückzuwinken, nimmt sie das Gesicht des Kindes in beide Hände, bewegt es langsam wie ein Scherenfernrohr auf Hellers Standort zu – und nun hat Stefanie ihn gefunden und winkt zurück, in ihrer Art, mit versonnenen Greifbewegungen. Warum kommen sie nicht? Warum setzt Charlotte dem Drängen des Kindes einen eigenen, stärkeren Druck entgegen, der es da oben festhält? Heller winkt eine Aufforderung hinüber, wartet dort, ich hol euch, dann läuft er die Treppe hinauf, zwängt

sich durch den Stau an der Schwingtür, springt auf den Bahnsteig hinaus, da hört er die Stimme im Lautsprecher: Zurückbleiben bitte! – und sieht im gleichen Augenblick Charlotte mit langem, schwingendem Schritt in den Zug treten. Die Türen schnappen zu, der Zug fährt an, und Heller wartet der Türscheibe entgegen, hinter der Charlotte stehen wird, stehen muß, und jetzt kommt der Wagen heran und trägt ein bewegungsloses Gesicht vorbei, in dem all ihre aufmerksame Skepsis versammelt ist.

Tag, Pappi, was hast du mir mitgebracht? Das Kind ist zu ihm gekommen, hat das Einkaufsnetz auf den Boden gelegt, läßt sich hochheben und streift an Hellers Wangen ein paar ungenaue Küsse ab, an denen sich die Gebißspange beteiligt. Erst werden wir etwas Warmes trinken, und dann wollen wir sehen, was ich dir mitgebracht habe. Sie nehmen sich an der Hand, sie gehen über die Fußgängerbrücke zum Hafen hinunter, am lockeren Spalier weißer Fahnenmasten vorbei, an deren Spitzen Hamburger Tuch in Böen steif absteht oder knallend und klatschend bewegt wird. Auch die Schlepper haben geflaggt, die Barkassen und Fähren und natürlich die mattgrauen Kriegsschiffe, doch ganz über die Toppen geflaggt haben nur die Bäderschiffe, die, vor kurzem noch auf flimmernder Kreuzfahrt, rechtzeitig zum Jubiläum des Heimathafens zurückgekehrt sind. Ich habe dir auch etwas mitgebracht, Pappi, hier im Netz; rat mal. – Dort gehen wir hinein, sagt Heller.

Hier im Lokal sind die sanften und entschiedenen Anstrengungen nicht zu spüren, mit denen die Elbe die Pontons anlüftet und, insoweit es die Verankerung zuläßt, weggleiten läßt, all das langsame Dünen, das Heben und weiche Sacken, das einem draußen die Beine wie von selbst auseinanderzwingt – hier bleibt es unbemerkt in diesem kahlen, leicht überschaubaren Lokal, in dem eine alte Kellnerin den Schlaf des einzigen Besuchers bewacht, der sein Gesicht auf die Tischplatte gelegt hat.

Ans Fenster? Also gehen wir ans Fenster. Das Kind legt das Einkaufsnetz auf den Tisch, läßt sich ergeben aus dem Mantel pellen, schiebt sich rückwärts auf den viel zu breiten Stuhl hinauf und kämpft mit dem Netz, versucht es reißend und ruckend zu öffnen, von Heller nicht unterstützt, sondern nur mit unerbittlicher Aufmerksamkeit beobachtet. Mach du mal. Heller öffnet das Netz mit einem einzigen Griff, und Stefanie schüttet den Inhalt auf dem Tisch aus.

Was darf es sein, fragt die Kellnerin und führt vor, wie ein Lächeln entstehen kann gegen jede Absicht, ein leichtes und werbendes Lächeln, das dem Kind gilt. Milch oder Kakao gibt's wohl nicht? Nein. Dann Tee und Kaffee, und zum Kaffee einen Kirsch.

Stefanie befreit kleine weiße Papptafeln aus braunem Packpapier, schiebt sie Heller hinüber, rutscht vom Stuhl und geht an seine Seite, um ihm, wie früher, nötige Erklärungen zu geben: Guck mal, das hab ich gemalt für dich! Ein Boot und eine Ente auf dem Isebek-Kanal; hier ist die Brücke, die ging nicht mehr rauf, und auf der Brücke stehst du, dich bekam ich auch nicht mehr rauf, und hier oben ist noch eine kleine Ente, die brennt.

Also immer noch, von Charlotte gewünscht und gefördert, diese grenzenlosen Malversuche, bei denen schon damals Stapel von Kinderzeichnungen entstanden, Blätter, die sie noch jedesmal erstaunen ließen und die sie beinah andachtsvoll sammelte, verschickte oder sogar als Gastgeschenk mitnahm, wenn sie eingeladen waren. Heller mustert die bemalten Papptafeln durch, die er fächerartig ineinandersteckt wie zu groß geratene Spielkarten: wie früher erzählen die wilden, geschwätzigen Farben von fliegenden Booten und abstreichenden Krähenschwärmen, von Katzen und rosa beschleiften Fischen, von der sonntäglich steifen Puppenfreundin Zwita und immer wieder von einem fremden, feierlichen Mann mit Zylinder unter künstlichem Himmel. Und das, Pappi, ist die Ostsee, da waren wir im Sommer, ich hab meinen Ball im Sand vergraben: dies ist der begrabene Ball. Ja, sagt Heller langsam, und das Kind jetzt schnell und wißbegierig, die Aktentasche im Auge: Und du? Was hast du mir mitgebracht? Och, nur was Kleines, du mußt es selbst auspacken: hier.

Wie rabiat Stefanie die Gummibänder von dem Päckchen abzieht. Ein Kaufmannsladen? Sieh doch selbst! Die schmalen grauen Augen des Kindes, das im Nacken gesammelte braune Haar, die von blasser Haut weich umspannten Wangen: Heller hält sich an Ausschnitt und Einzelheit, fragt alles unbemerkt ab, als sei er darauf aus, Veränderungen festzustellen. Ein Kochherd? Eine elektrische Küche für »Die kleine Köchin«, sagt Heller, mit richtigen Töpfen und Pfannen, mit Kessel und Bratenschüssel; jetzt kannst du endlich selbst kochen, richtig kochen, und was du kochst, das kannst du auch essen.

Stefanie packt den kleinen, hellroten Kochherd aus, befreit winziges Küchengerät aus Seidenpapier, setzt mit quietschender Freude die Geräte auf den vorbestimmten Platz, verschiebt noch ein bißchen, ordnet und richtet aus, und nach einem Augenblick nachdenklicher Prüfung entscheidet sie: Ich werd es malen, Pappi, gleich, meinen Malkasten hab ich immer bei mir. Nicht jetzt, sagt Heller,

nicht hier; du kannst es zu Hause malen; und das Kind: Dann siehst du es doch nicht.
Die Kellnerin bringt Tee und Kaffee, nähert sich mit breitem Lächeln, jetzt setzt sie das Tablett ab, ihre Hand gleitet behutsam über das winzige Küchengerät, sie fragt Stefanie: Werde ich auch zum Essen eingeladen? Deine Hände, sagt Stefanie, deine Hände sind ganz zerkratzt; hat das deine Katze gemacht? Die Kellnerin blickt sich unwillkürlich nach dem schlafenden Mann um, blickt auf ihre von verschorften Blutspuren gezeichneten Hände und antwortet leise: Keine Katze; und zu Heller gewandt: Er, mit seinem Schrott; immer wenn ich ihm beim Verlesen helfe, reiß ich mir die Hände auf. Sie blickt scharf und vorwurfsvoll zu dem Tisch hinüber, an dem der Mann immer noch schläft, ein matt schimmernder Lederbuckel, sehr entspannt und in so waghalsiger Haltung, als habe er für diesen Schlaf alle Schwerkraft beurlaubt.
Heller zahlt gleich. Trink jetzt deinen Tee, Stefanie. Ich möchte die kleine Küche malen. Später, zu Hause kannst du sie malen. Kommst du mit? Wir wollten doch ein Schiff besichtigen, sagt Heller; weil der Hafen Jubiläum hat, dürfen wir heute Schiffe besichtigen. Aber danach kannst du doch mitkommen: du bist nie zu Hause! Trink deinen Tee erst einmal. Die kleine Küche möchte ich für dich malen, zum Mitnehmen. Ja, ja, aber jetzt trink, solange der Tee heiß ist. Heller kippt mit verzerrtem Gesicht seinen Kirsch, zieht Zigaretten aus einem Automaten, blickt rauchend auf das Kind, das weder enttäuscht noch schmollend, sondern nur nachdenklich die kleine Küche und den Malkasten ins Netz legt – so sorgsam, als hätte Stefanie eine Belohnung zu erwarten. Früher hast du bei uns geschlafen, ich weiß das noch. Heller könnte

jetzt antworten, ein Verweis zumindest böte sich an, eine Ermahnung, doch er schweigt und beschäftigt sich mit einer zunehmenden Gereiztheit, die alle vorhandene Freude abzulösen beginnt. Er wendet das Gesicht ab; draußen auf dem Ponton zieht eine Schulklasse vorbei, drängt sich vor den Laufsteg des aufgeputzten Minenlegers, und auf ein Zeichen des Lehrers stürmt die Klasse an Bord, um das freigegebene Spielzeug zu beschlagnahmen. Mit wessen Stimme spricht Stefanie? Hat Charlotte das Kind für diese Begegnung vorbereitet? Geimpft? Mit Fragen ausgerüstet? Was darf er als ihren Anteil ansehen? Komm, sagt er, wir gehen, wir werden jetzt das Schiff besichtigen. Ich muß noch mal. Dann beeil dich. Dort drüben ist die Toilette.

Das Kind rutscht vom Stuhl, schert zögernd an dem schlafenden Mann vorbei; wie ungleich die Beine erscheinen in den ausgebeutelten, Ringe werfenden Strumpfhosen, wie steif der Rock absteht über dem gepolsterten Hintern, und der Oberkörper – beim Anblick des schmalen Oberkörpers, den ein weißgrauer Pullover umschließt, muß Heller an eine Glühbirne denken. Als brauchte sie eine letzte Ermutigung, bleibt Stefanie vor der Tür zur Toilette stehen und blickt fragend zu Heller herüber: Nun geh schon. Warum hatte er so darauf bestanden, das Kind zu sehen? Hatte ihn die Erinnerung nicht gewarnt? All die Augenblicke der Ungeduld, des Überdrusses, all die Gelegenheiten, die ihn an seiner Tauglichkeit als Vater selbst zweifeln ließen: hatte er alles vergessen?

Janpeter Heller läßt es wie von selbst Abend werden, hängt fleckige Dunkelheit über die Stadt, im Nebenzimmer ist das Kind endlich eingeschlafen unter Charlottes

Zureden, doch hier in dem Raum, den er sein Arbeitszimmer nennt – getünchte Wände, eine durchgesessene Couch, Bücherstapel auf dem Fensterbrett und auf den Dielen –, hier sitzen sie bei leichtem Rotwein, seine Pennäler und er, und sind sich schon wieder einig, daß der Schüler den Unterrichtsplan mitbestimmen muß. Stickige Luft. Geruch nach Rotwein und Asche. Genußvolles Verschwörerspiel. Verschwörermief. Verschwörerflüstern. Also das kann man doch nicht allein den Paukern überlassen. Für wen ist denn der Unterrichtsplan, wenn nicht ... Hier feiert doch der gewöhnlichste Wissensvorsprung ... Das letzte Mittel, mit dem sich die Autorität ... Was uns vor allem fehlt, Herr Heller, das sind Lehrer wie Sie ... Trotzdem werde ich euch jetzt rausschmeißen, denn morgen früh müssen wir wieder ...
Und dann kommt Charlotte noch einmal in sein Zimmer, lüftet, leert stumm die Aschenbecher, sammelt die Gläser ein und kommt zurück und bleibt in der offenen Tür stehen, in der Haltung resignierten Protests: So nicht, Jan, so kann es nicht weitergehen; ich hab es dir oft gesagt, ich muß es dir auch heute sagen: so können wir doch nicht leben auf die Dauer, so öffentlich.

Du wirst nie verstehen, Charlotte: diese jungen Leute brauchen meine Hilfe, zumindest meine Formulierungshilfe. Sie wollen etwas verändern, aber sie sind darauf angewiesen, daß Erfahrung ihnen beisteht. Es ist meine Aufgabe, ihnen zu helfen.

Ach, Jan, du benimmst dich, als seist du einer von ihnen: du spricht wie sie, du kleidest dich wie sie, du spielst dich an sie heran, als ob ihr Wohlwollen dir das Wichtigste sei. Ja, sie sind begeistert von dir, und du genießt es. Sie machen dich zu ihrem Vertrauten, diese Jungen und

Mädchen von neunzehn, und du revanchierst dich dafür, indem du vergißt, was dich von ihnen trennt. Es ist traurig, Jan, glaub mir.
Wenn du dir die Mühe gemacht hättest, Charlotte, wenn du zugehört hättest – sie brauchen mich. Du hättest es gespürt. Warum bist du nie dabei? Früher, da waren meine Probleme auch deine Probleme, du hast teilgenommen an allem; jetzt – du hast dich zurückgezogen.
Oh nein, Jan, ich habe mich nicht zurückgezogen; du hast mir nur zu verstehen gegeben, daß es dir auf meine Teilnahme nicht mehr ankommt. Es ist nicht mehr viel geblieben, worüber wir noch miteinander sprechen; nur das Notdürftigste, das uns über den Tag bringt, über die Wochen. Überleg mal, Jan – wieviel ist geblieben, was uns noch gemeinsam angeht? Die Mahlzeiten und die üblichen Nachfragen, wie es dem Kind geht; und das alles findet statt an der Grenze der Rufweite. – Ich weiß nicht, Charlotte, was du vermißt. – Du weißt es nicht? Früher, da hast du mir mitunter das Gefühl gegeben, daß du mich brauchst, daß dir an meinem Ratschlag liegt oder meinem Interesse: in den ersten Jahren, als wir alles zusammentrugen, als alles so schwierig war. – Wie lang ist das her? – Ach, Jan, ich bin müde.
Heller hebt das Gesicht, dort kommt Stefanie mit ausgebreiteten Armen aus der Toilette gesegelt, ein Rockzipfel steckt noch in der wollenen Strumpfhose. Sie läuft auf ihn zu, läßt sich auffangen. Sie fragt: Mußt du gleich wieder zur Schule? – und er darauf: Wir wollen uns anziehen und dann ein Schiff besichtigen.
Und er pellt dem Kind wieder den Mantel an, schlingt den Schal zu losem Knoten, grüßt zur Kellnerin hinüber, die seinen Gruß nicht oder nur unmerklich erwidert.

Tippend, mit den Fingerspitzen schiebt er das Kind vor sich her durch das Lokal, hinaus auf den langen Anlege-Ponton, an dem sich knarrend graue Schiffswände reiben. Posten stehen vor den Laufstegen, in sauberem Paradepäckchen, freundlich und gut gelaunt, wie Ausrufer: Hereinspaziert, heute kann jeder, wollen Sie nicht mal? Das Hafenjubiläum gibt jedem die Chance.

Die Elbe geht schwarzgrau vorbei, zur Mitte hin, wo die böigen Winde unbehindert arbeiten, entsteht ein Feld kurzer, dekorativer Wellen, so gleichmäßig, als habe ein Marinemaler sie entworfen. Wie immer fährt Treibendes hinab, das jeder für sich aufzählen kann. Barkassen legen aus Gewohnheit ein Netz von Kielwasserlinien über das sichtbare Stück des Flusses. Und dieser Elefant dort, dem man den Rüssel festgebunden hat, ist ein Getreidesauger. Und dort: weiß stäubend, kreischend, flügelschlagend und immer hungrig, das sind Lachmöwen.

Obwohl es jetzt weder regnet noch schneit, glänzen die Gesichter, von feuchtem Novemberwind massiert, vor Nässe ebenso wie die Fahnenmasten, die Poller und die Decks der Schiffe. Auf welches gehen wir denn nun? Auf dieses? Gut.

Der junge Posten salutiert schmunzelnd vor ihnen, als sie Hand in Hand über den glitschigen Laufsteg an Bord des Minenlegers gehen, wo ein Bootsmann sie willkommen heißt und sogleich in Sicherheit bringt vor einer Schulklasse, die von der Brücke stürzt, kollert und fuchtelnd zum Achterschiff stürmt. Sie fallen alle über Gleitschienen. Sie schubsen sich gegen aufgeschossenes Tauwerk. Sie pressen sich gegen die Reling und schreien und triumphieren: die Seeschlacht scheint gut ausgegangen zu sein.

Kommen Sie, sagt der Bootsmann, ich führe Sie. Seine

Stimme ist etwas zu laut, befehlsgewohnt; sie klingt, als ob sie sich vielen und dazu noch bei Seewind verständlich machen möchte. Heller ist nicht die prompte Skepsis entgangen, mit der dieser Bootsmann – drahtig, peinlich rasiert, säbelbeinig – seinen Bart gemustert hat; er will sogar schnelle Abneigung festgestellt haben. Heller kennt diesen Blick und diesen Vorbehalt.

Dies ist ein Minenleger und damit ein Spezialfahrzeug unserer Bundesmarine, sagt der Bootsmann und säbelt mit hartem Schritt über das Mitteldeck. Wir unterscheiden E-Minen, Magnet-Minen, Geräusch-Minen; diese können ihre Aufgabe sowohl in verankertem als auch in treibendem Zustand erfüllen. Unser Boot heißt *Admiral Tittgens,* nach einem Führer der Minenleger im Ersten Weltkrieg; er ist unser Vorbild. Wofür, fragt Heller leise, und der Bootsmann, ohne zurückzusehen: Admiral Tittgens gilt eben als Vorbild aller Minenleger, in der Messe können Sie ein Bild von ihm sehen. Jetzt schlage ich vor, daß wir erst einmal auf die Brücke hinaufgehen; dort erhalten Sie einen Überblick über das ganze Schiff.

Sie steigen auf die Brücke hinauf, der Bootsmann, Stefanie, Heller, und in der Brückennock hebt Heller das Kind hoch, setzt es auf sein angewinkeltes Knie, zeigt auf das Vorschiff hinunter: so also sieht *Admiral Tittgens* von oben aus. Die Kanonen, siehst du? Den Anker, siehst du? Und die schwarzen Kugeln: das sind wohl die Minen. Hier möchte ich malen, sagt Stefanie. Es ist zu kalt, und du darfst hier nicht sitzen bleiben. Die Kugeln möchte ich malen. Nicht heute, sagt Heller, und zum Bootsmann: Hat Ihr Vorbild selbst auch Minen gelegt? Admiral Tittgens, sagt der Bootsmann, den wir als den Vater der Minenleger betrachten, hatte seinen größten persönlichen

Erfolg vor der Themse-Mündung 1915; seine Minenfelder gelten immer noch als beispielhaft. Also branchenkundig, sagt Heller, und der Bootsmann, argwöhnisch: Wie meinen Sie das? – Ich meine: Sie haben immerhin ein Vorbild mit Fachkenntnissen.
Dieses Bild will Heller erst einmal schweigend auf sich wirken lassen: die erigierten Geschütze, denen man Mündungskappen vorgebunden hat; die prallen, gefüllten Minen, das zu verwaschenen Schnecken aufgeschossene Tauwerk; die gespannten Rhomboide aus Segeltuch, die der Wind überfällt; die Schlankheit des Bugs, die dunklen Öffnungen der Speigatts und Entlüfter, das bolzenhaft steife Spill, die wulstigen Fender: Heller braucht nicht mühsam nach einem Vergleich zu suchen, da er sich von allein einstellt angesichts der drohenden Steifheit und der fordernden Härte der Formen.
Was Sie dort sehen, sagt der Bootsmann, sind die Transportschlitten, auf ihnen werden die Minen zum Achterschiff transportiert. Darf man die malen, fragt Stefanie. Das Fotografieren an Bord, sagt der Bootsmann, ist leider nicht gestattet. Wenn du uns besuchst, Pappi, werde ich sie aus dem Gedächtnis malen, die Schlitten und die Kugeln, dann kannst du das Bild mitnehmen. Ist gut, sei still jetzt.
Er läßt das Kind von seinem Knie gleiten und folgt dem Bootsmann, der offenbar alles, was er erklärt, berühren und streicheln muß; Kompaß, Ruderanlage, Funksprechsystem werden getätschelt und beklopft. Zärtlich wischt seine Hand über eine Schalttafel mit Signalknöpfen. Gleichgültig hört Heller die selbstzufriedenen Erklärungen; für viele Sätze macht er die Ausbildungsvorschrift verantwortlich: Was Sie hier sehen, spielt für die Sicher-

heit des Schiffes und seiner Besatzung ... Ein Ernstfall ist gegeben, wenn ... Bei der Verankerung einer Mine unterscheiden wir drei Phasen ... Janpeter Heller, lustlos unter einem Regen von Erklärungen, Hinweisen, Aufschlüssen, legt sich einen Ausdruck zu, der großes laienhaftes Staunen vorgibt, dazu eine Art von Betretenheit, die ihm – so hofft er – zusätzliche Kommentare erläßt. Das war die Herzkammer des Schiffes: von hier geht alles aus, hier läuft alles zusammen.

Das Kind sucht seine Hand, er spürt, wie sich die Finger krümmen, verknoten wollen, dann seiner Handfläche einschmiegen und auf ein Signal warten, das er, Heller, jetzt nicht gibt oder nicht geben kann, weil er Stefanie abstützen muß auf dem eisernen Niedergang. Ich hab keine Lust mehr: bald wird Mammi mich holen. Es dauert noch etwas, du mußt ruhig sein jetzt. Sie klettern den Niedergang hinab, trotten durch enge, elektrisch erleuchtete Gänge – hier ist der E-Raum zwo, dort die FU-Zentrale, weiter links sind die Aufzüge für Minen – und finden schließlich zur Messe, in der drei langhalsige, blonde Minenleger Karten spielen, fast geräuschlos. Leise Musik kommt aus einem Bordlautsprecher. Achtung! Weitermachen! Der Bootsmann winkt die Ehrenbezeigung ab, macht eine sozusagen erläuternde Bewegung in den Aufenthaltsraum hinein, bittet zu ermessen: die Gemütlichkeit, die von karierten Tischtüchern ausgeht, die Häuslichkeit, die eine festgeschraubte Sofabank verspricht; die Bequemlichkeit der Stühle, auf denen man sitzen kann, ohne den Kopf einziehen zu müssen. Und hier an der Wand, wie versprochen: Admiral Tittgens, der Vater der Minensucher.

Heller tritt vor die schlicht gerahmte Fotografie, weniger

aus Interesse als aus Höflichkeit gegenüber dem Bootsmann, der sie führt, und blickt länger als üblich in ein asketisches Gesicht, das sich mit einem Ausdruck unerforschlicher Ironie dem Fotografen zuwendet. Also so schaut er aus. Jawohl. Soll das Onkel Gerhard sein, fragt Stefanie; er hat mir schon zwei Farbkästen geschenkt. Du bist nicht gefragt, sagt Heller gereizt und schüchtert das Kind durch einen aufwärtsgestellten Zeigefinger ein. Er widmet sich mit übertriebener Aufmerksamkeit einem Foto-Aushang, der unterschiedliche Klassen von Minenlegern in Tätigkeit zeigt, bei ruhiger und bei kabbeliger See, bei kleiner Fahrt und sacht treibend, alles in allem ziemlich harmlos wirkende Boote, von denen die schwarzen Eier in aufschwappendes Wasser plumpsen.

Hier sehen Sie Minenleger im Einsatz, sagt der Bootsmann und fügt hinzu: ein anstrengender, ein gefahrvoller Dienst. Für wen? fragt Heller, und der Bootsmann darauf, mit seinen Möglichkeiten, Fragen zu verstehen: Wie meinen Sie das? Das ist schon im Abdrehen gesprochen, vom Schott her, denn der Bootsmann möchte ihnen, obwohl er da nicht zuständig ist, unter keinen Umständen das vibrierende, blitzende, öldunstverhangene Reich der Maschinen vorenthalten: ist die Brücke nämlich zugleich Herz und Kopf des Bootes, so ist die Maschine sein Magen; so ist das.

Warum bleibt Heller stehen? Warum folgt er dem Bootsmann nicht in den Magen des Bootes? Der junge Pädagoge wird auf einmal immer langsamer, scheint sich da an etwas zu erinnern, schwankt, schüttelt den Kopf, nimmt die Hand des Kindes und bleibt vor dem überraschten Bootsmann stehen: er habe genug gesehen, er möchte sich bedanken, die gewonnenen Eindrücke reichten ihm vollauf; jetzt brauche er nur noch zu wissen, wie er ans Licht zurückkomme. Kann der Bootsmann da etwas anderes zeigen als sein Mißtrauen? Ob es denn Heller nicht gefallen habe, möchte er mal fragen, ob er an seiner Führung oder am Boot etwas auszusetzen habe? Nichts? Und er möchte tatsächlich darauf verzichten, die Maschine zu sehen? Ja? Dann möchte er ihn am Verlassen des Schiffes nicht hindern; hier geht's lang; wenn Sie das Schott dort öffnen, kommen Sie aufs Achterdeck. Der Bootsmann grüßt kühl, er grüßt flüchtig und nicht ohne ein Zeichen von Geringschätzung, klemmt sich an ihnen vorbei und geht zur Messe zurück. Schnell hier raus, sagt Heller, komm. – Ist dir nicht gut, Pappi? – Frag nicht, komm.

Über das Achterdeck, über den glitschigen Laufsteg, über den Anlegeponton zerrt Heller das Kind mit leichtem Schnaufen, ein Abbild ungeduldigen und, man muß wohl auch sagen, rücksichtslosen Dahinstürzens; fast beginnt Stefanie, einen Schritt zurückhängend, in ihrer Vermummung zu schleudern. Dort klettert eine Marine-Kapelle mit ihren Instrumenten aus einem Bus: Siehst du, Pappi? – Ja, ja. An langem, schmerzhaft ausgezogenem Arm hängt das Kind, legt trippelnd den Kopf zurück, läßt die Musiker nicht aus dem Auge, die ihre in Schonbezügen steckenden Instrumente zu einem der bewimpelten Passagierschiffe hinuntertragen. Jetzt über die Fußgängerbrücke und zur Hochbahnstation hinauf, wo ein einlaufender Zug sich ankündigt durch die gesammelte Erwartung der Reisenden, die abgesetztes Gepäck aufnehmen, Gespräche unterbrechen, näher an die Bahnsteigkante herantreten und durch ihre Beinstellung Bereitschaft ausdrücken. Unsere Bahn, Pappi? – Ja.

Die Fenster sind verschmiert, gesprenkelt mit einzelnen, zerplatzten Regentropfen, die dem Hafen dort unten seine Schärfe nehmen, diese gestochene Klarheit, und Heller lehnt das Gesicht an die Scheibe und läßt den ausgeflaggten, bewimpelten Jubilar vorbeigleiten und zurückbleiben: den von hellen Linien durchstickten Strom, die verwischten Helligen und Kräne, die vertäute Flotte der Barkassen – diesen Hafen, dem man also mehr als siebenhundert Jahre bescheinigt, mit einer gestreckten Geburtstagswoche.

Heller hört das Kind fragen: Gehst du schon wieder weg? – und antwortet aus seiner Versunkenheit: Nein, ich bleibe noch; ich hab zu arbeiten. Was arbeitest du? – Wir machen ein Lesebuch. – Für mich? – Vielleicht auch für dich, ja, und jetzt frag nicht mehr. Stefanie hängt sich in seinen angewinkelten Arm ein und läßt das Netz vor ihren Füßen hin- und herpendeln. Sie weicht den Blicken eines alten, frostigen Ehepaares aus, das sie unablässig anstarrt, als wollte es sie zugleich ausfragen und berufen. Ob Heller auch das Spiel kenne? Welch ein Spiel? – Einer muß rausgehn, Pappi, und wenn er zurückkommt, muß er raten, was die andern gemacht haben. – Ist das ein Spiel? – Mit Onkel Gerhard spielen wir das immer. Kennst du ihn? – Nein.

Das Kind legt das Netz in seinen Schoß, zieht sich auf die Bank hinauf und versucht, »kleiner Bergsteiger« zu spielen, indem es an Heller emporklettert – offensichtlich mit dem Ziel, seinen Kopf zu besteigen. Heller fängt sie mit einer energischen Bewegung ab, zieht sie auf die Bank hinunter: Nicht hier, Stefanie, du bist zu alt dafür, sei still jetzt, bis wir aussteigen.

Am Eppendorfer Baum ist sie eingeschlafen, den Kopf an

seiner Hüfte, die Pfoten auf seinem Schenkel, und er muß sie wecken und mit einem Griff, der sie an den Achseln unterfängt, schlafsteif vor sich hertragen zum Ausgang und auf den Bahnsteig hinaus. Sieh mal, Stefanie, dort unten ist Markt. Unter der Hochbahnbrücke, zwischen den verstrebten eisernen Pfeilern verkaufen sie den Herbst aus Kisten und Körben, wiegen Birnen ab, sandige Kartoffeln und gerippten Kohl, und Heller und das Kind schieben sich an offenen Ständen vorbei, an Buden, die mit geflicktem Segeltuch überspannt sind und in denen gelbsüchtige Türme von Käselaiben um Aufmerksamkeit werben oder ganze Klaviaturen von angeschnittenen Würsten zum Probieren auffordern. Blasse, aber kräftige Zwiebeln lassen schon die Tränen ahnen, die beim Zerschneiden geweint werden müssen, Sellerieknollen beteuern ihren Feldgeruch. Was sollen wir denn kaufen, Stefanie? – Eis, Pappi, am liebsten Eis. – Dann können wir jetzt schon ins Café gehen.

Heute, am Markttag, können sie natürlich nicht irgendeinen beliebigen Platz wählen, denn im großen Vorraum sind alle Tische besetzt von beschürztem oder kitteltragendem Marktvolk, das hier klamm herumsitzt, rauhhäutig, und sich gegen die kühle Nässe draußen mit Kaffee und Kognak beheizt, mit weißem Klaren und duftendem Grog. Sie müssen schon in den Schlauch von Nebenraum gehen, an den letzten Tisch, unter den grünblauen, anderthalb mal zwei Meter großen Ölschinken, auf dem ein Seeadler eine Wildente gleich und deshalb niemals schlagen wird.

Ist das nicht Charlotte? Obwohl sie fast eine halbe Stunde zu früh im Café sind, werden sie bereits von Charlotte erwartet, die ihren Mantel zuknöpft, die ihnen schon entschlossen entgegenkommt und das Kind mit einer Heftigkeit an sich zieht, als habe sie es gewaltsam entbehren müssen. Wie ein argwöhnischer Geschäftsmann beim Umtausch einer Ware, so begutachtet sie es; fehlt gerade noch, denkt Heller, daß sie eine Geruchs- oder Konsistenzprobe macht. Wir essen jetzt Eis, Mammi; ich mit Sahne. Ob es nicht zu kalt sei dafür, fragt Charlotte, ob man nicht lieber nach Hause gehen sollte, ob es nicht Zeit sei, sich zu verabschieden. Das Eis ist doch aber versprochen. Nun, gut.

Heller und Charlotte geben sich die Hand, beiläufig, über die äußerste Entfernung hinweg, die einen Handschlag noch möglich sein läßt; da könnte man einen Kreidestrich zwischen ihnen vermuten, der sie vor Nähe bewahren soll. Und so nehmen sie den Tisch in Beschlag: Stefanie mit Anlauf und Sprung, Heller zielstrebig, in beherrschter Rückwärtslage aus dem Mantel gleitend; Charlotte gehemmt, staksig, jedenfalls gibt sie zu verstehen, daß ihr Einverständnis nur befristet ist. Nehmen wir alle Eis? fragt Heller undurchsichtig, worauf Stefanie in die Hände klatscht, Charlotte knapp auf die Kaffeetasse zeigt, die sie noch nicht ausgetrunken hat. Also nur einmal Eis mit Sahne und einen doppelten Kirsch für Heller.

Während das Kind die Spielzeugküche aus dem Netz fischt, sie auswickelt und musterhaft vor sich aufbaut – sieh mal, was Pappi mir mitgebracht hat –, wartet Heller geduldig, bis seine und die Blicke der Frau sich begegnen, das heißt, er zwingt sie durch Beharrlichkeit auf die Bahn seines Blicks, hat schon ein kümmerliches Lächeln bereit, sagt: Du hast dich kaum verändert, Charlotte. Sie antwortet mit leichtem Anheben der Schultern; das kann Gleichgültigkeit bedeuten oder Überdruß; was soll sie auch darauf sagen, und nach all der Zeit, nach all den Jahren: Du hast dich kaum verändert? Ihr Gesicht gibt nur zu, was sie auch empfindet, und Heller kann da keine Härte herauslesen, nur einen ruhigen, erkalteten Vorwurf, der entstanden ist in seiner Abwesenheit. Wir sollten miteinander sprechen, Charlotte. – Jetzt? – Später, wenn du willst: auch später. Ich bleibe noch in Hamburg. Er hält ihr das offene Zigarettenpäckchen hin, sie lehnt ab, sie hat sich das Rauchen abgewöhnt, und außerdem kann sie nicht so lange bleiben. Aber später, Charlotte; ich werde hier auf dich warten. – Wozu? – Und wenn nur dazu: um sich gemeinsam zu erinnern. Kommst du? Ich warte hier auf dich, an diesem Tisch. Charlotte will sich nicht festlegen, sie drückt ihre Unentschiedenheit aus, indem sie die Augen schließt und das Gesicht wegdreht: Vielleicht, Jan, ich weiß noch nicht. Das scheint Heller schon auszureichen, auf mehr war er wohl auch nicht gefaßt, er wird hier sitzenbleiben, er wird auf sie warten, denn natürlich — und das wisse sie auch — habe er ihr mehr anzubieten als den Austausch von Erinnerungen, schließlich müsse ja auch etwas beschlossen werden über den bestehenden Zustand. Die Frau sieht ihn überrascht an. Ist es nicht längst beschlossen? Ist es keine Entscheidung, daß du für dich lebst? Und die Zeit, die für jeden anders vorbeiging: besagt sie nichts über den Zustand? Ach, Jan, warum sollen wir uns die Mühe machen, Worte zu sammeln für etwas, das nicht mehr zu ändern ist?

Eine Geste zum Kind fordert zur Eile auf: Mach schon, Stefanie; aber Stefanie hat jetzt zu tun, die Eisportion in die einzelnen Bestandteile zu zerlegen und Proben in das winzige Küchengeschirr hineinzukleckser; hier geraspelte Schokoladensplitter, dort Sahnebatzen, hier matschige

Erdbeeren, alles für sich und verteilt auf zierliche Pötte und Pannen, das soll nun vermutlich aufgekocht werden. Was machst du da bloß, Stefanie! Iß das schön auf und pack die Küche wieder ein. Und jetzt ist das zu beschreiben: wie beide, Heller und Charlotte, das essende Kind betrachten, das abwechselnd, mit mäßigem Genuß aus dem Glas, mit übertriebenem Genuß aus dem Küchengeschirr ißt, und das mit dem Löffel gegen die Gebißspange klopft oder Proben anbietet, die allesamt dankend zurückgewiesen werden. Und wie das Kind sich dann zum Nebentisch wendet, wo Marktleute sich über ein persönliches Unglück erheitern: da gab es auf dem Land einen Mann, der warf eine brennende Kippe in die Latrine, ohne zu wissen, daß vor ihm jemand einen benzingetränkten Lappen hineingeworfen hatte. Die Stichflamme soll ansehnlich gewesen sein, das Pech damit jedoch nicht vorüber; denn als er, auf der Bahre liegend, den Krankenträgern erzählte, wie er zu den achteren Brandwunden gekommen war, mußten sie so lachen, daß sie die Bahre fallen ließen, was zu zusätzlichen Rippenbrüchen führte. Manch einer hat das Pech eben gepachtet, sagen die Marktleute.

Und wie Charlotte dann aufspringt, die kleine Küche einpackt, Stefanie beim Anziehen hilft und sie sogleich zu Heller hinüberführt, damit sie sich von ihm verabschiede, nicht ausdauernd, nicht langwierig, sondern lakonisch und sachgemäß – was sie dadurch erreicht, daß sie das Kind am Oberarm festhält für den Augenblick des Abschieds. An diesem Tisch werde ich warten, sagt Heller noch einmal. Mhm. Einige Marktleute grüßen Charlotte, als sie mit dem Kind an der Hand durch das Café geht; jetzt überqueren beide die Straße und schlüpfen zwischen

Buden und Lieferwagen auf den Marktweg, erscheinen hier und da noch kurz in unverstellten Zwischenräumen, winkeln ab und verschwinden.

Still sitzt Heller da, vor der steifen Gardine, in der alter Tabaksdunst hängt, in der Nachbarschaft angeheiterter Marktleute, die auf Kosten anderer lachen, an diesem wachstuchbespannten, mit Krümeln und Flecken bedeckten Tisch, an dem er auch schon früher oft gesessen hatte mit seinen Schülern und beispielsweise über Che Guevara und Franz Moor einen ziemlich ausgebeulten Hut stülpte. Soll er Mike anrufen? Den düsteren Rübesam, der jedem recht gab, bevor er ihn schonungslos widerlegte? Oder Ines, die darauf bestand, zumindest *ein* rotes Kleidungsstück zu tragen? Der junge Pädagoge hebt seine Aktenmappe auf den Tisch, zieht flache Broschüren und ein Buch heraus, bestellt bei der erwartungsvollen Bedienung einen zweiten Kirsch und lehnt die Aktenmappe gegen das Stuhlbein. Das Buch, zuerst nimmt Heller das Buch in die Hand, das weiß auf blau einen gut lesbaren Titel trägt: *Preis der Hoffnung*, von Johannes Stein, und in kleinerem Schriftgrad und nach unten gezogen: *Ein Nachruf auf Lucy Beerbaum.*

Wie schwelgt der Waschzettel, was verspricht er? Ein einzigartiges Frauenleben. Scharfsinn und Mitleid. Höchste wissenschaftliche Intelligenz und eine Passion der Barmherzigkeit, die bis zur Selbstaufgabe führte. Asketische Lebenshaltung und sozialer Traum. Natürlich unaufhebbare Einheit von Denken und Tat. Natürlich Entscheidungen, die uns alle angehen. Heller seufzt. Natürlich ein Beispiel für viele, die auf der Suche sind. Der Waschzettel empfiehlt außerdem zwei andere Bücher von Johannes Stein, die Heller unbekannt sind. Er läßt die

Seiten des Buches schnurrend über den Daumen laufen, bremst bei den wenigen eingestreuten Fotografien ab, betrachtet sie und liest die Bildunterschriften: ein mageres, großäugiges Mädchen auf den Knien eines steif dasitzenden, melancholischen Schnauzbarts, »die kleine Lucy Beerbaum mit ihrem Vater«; ein Mann mit ausgetrocknetem Gesicht, in erstarrter Dompteurspose, der sich von einer Gruppe Mädchen bewundern läßt, die ausnahmslos an Haltungsschäden leiden, »Lucy Beerbaum mit Klassenkameradinnen und ihr erster Lehrer M. Simferis«; eine schmächtige junge Frau, Bubikopf, schlecht sitzendes Kleid, lehnt sich lächelnd gegen einen muskulösen Mann in bestäubter Berufskleidung, »Lucy Beerbaum mit dem Bäcker Th. P., bei dem sie oft in den Semesterferien aushalf, um die soziale Lage der Arbeiter kennenzulernen«; eine schöne verlegene junge Frau an der Reling eines betagten Ausflugsdampfers, offensichtlich ertrunken in einem viel zu weiten Hosenanzug, und neben ihr ein dunkel gekleideter Mann, den der Schatten einer Kreissäge gesichtslos macht, »Lucy Beerbaum mit ihrem Kollegen, dem späteren Professor V. Gaitanides«; ein verlassener Arbeitsraum im Institut für Genetik, auf dem einzigen Tisch ein vierfarbiges, waghalsig gestecktes DNS-Molekül, »Lucy Beerbaums Wirkungsstätte«; eine quadratische Grabplatte, »Lucy Beerbaums Grab auf dem Ohlsdorfer Friedhof in Hamburg«.

Janpeter Heller schließt das Buch, wiegt es in der Hand: hieraus also soll sich ein ergiebiges Vorbild destillieren lassen, ein sehenswertes Idol, das durch seine Umstrittenheit und so weiter glaubwürdig wird? Lohnt es sich, bis zur Wiederkehr von Charlotte anzufangen? Methodisch zu lesen? Er schlägt das Buch auf ...

... am Innocentia-Park, auf dem Heimweg, nicht weit von ihrer Wohnung. Lucy hatte die Geburtstagsfeier für einen Kollegen wie immer frühzeitig verlassen, sie ging allein. Der lange, glockenförmige Rock, der unmerkliche Fall ihrer Schritte und der zur Rechtsauslage verzogene Körper riefen den Eindruck hervor, als segelte sie, von sanftem Wind getrieben, die Oberstraße hinab. Hin und wieder grüßte sie vorsorglich naßglänzende Bäume, die sie in ihrer Kurzsichtigkeit für Passanten hielt.

Den Jungen, der aus dem Schatten in ihren Weg trat, grüßte sie mit Freundlichkeit. Sie rief nicht um Hilfe, sie bot keinen allzu großen Widerstand auf, als er ihr, mit schnell angesetzter Drehung, die Schnappschloßtasche wegriß und, den Stacheldraht übersehend, auf die Buschreihe des Parks zulief. Lucy horchte ihm nach, seinen Schritten, dem Geräusch seines Regenmantels, bis sie den Schmerzenslaut hörte und den Fluch, und jetzt rief sie ihm hinterher, gedämpft, eindringlich: daß er nichts zu erwarten habe, daß die Tasche wertlos sei, daß er zurückkommen solle. Sie konnte nicht erkennen, daß er unter der Peitschenlampe stehenblieb und die Tasche durchsuchte, doch sie hörte seinen Zuruf, daß er die Tasche an den Fuß der Lampe gelegt habe; darauf bat sie ihn mehrmals, nicht zu fliehen. Sie tat es behutsam, und vielleicht war es mehr ihre Stimme als das, was sie ihm in Aussicht stellte, daß er plötzlich zum zweitenmal herkam aus dem Parkschatten, ungläubig und fluchtbereit. Er preßte eine Hand auf einen Oberschenkel. Er fragte gereizt, was sie von ihm wolle, und gab keine Antwort, als sie sich danach erkundigte, ob er verletzt sei. Sie zählte den mageren Inhalt ihrer Tasche auf, und er sagte ihr, wo sie stand. Sie hob die Tasche allein auf. Bei dem Versuch, näher an ihn heranzugehen und in sein Gesicht zu blicken, wich er vor ihr zurück und warnte sie. Er duzte Lucy. Er sagte: Bleib hübsch dort stehn und wiederhol, was du vorhast; und auf ihre teilnahmsvolle Frage, warum er das getan habe, erklärte er: Das geht dich einen feuchten Dreck an. Sie bot ihm Geld an für den Fall, daß er sie in ihre Wohnung begleiten wolle – es ist hier gleich um die Ecke –, und ging ihm auch schon voraus auf selbstverständliche Art, ohne sich ein einziges Mal zu vergewissern, ob er ihr folgte. Erst im Vorgarten, nachdem sie das Licht über der Haustür eingeschaltet hatte, wandte sie sich nach ihm um und sah ihn vor der kniehohen Pforte – also war er schon die drei Steinstufen hinaufgestiegen –, und dann, als sie nach dem Schlüssel suchte, forderte sie ihn mehrmals auf, näherzukommen, mit ihr ins Haus zu gehen. Diese Aufforderungen, diese sachlich wiederholten Einladungen, die keinen Zweifel rechtfertigten, erlösten den Jungen aus seiner Starrheit, zogen ihn über den Plattenstieg und zur Haustür, wo er nun die Frau nah vor sich sah unter dem Licht, ein unerwartet junges Gesicht unter grauem Bubikopf. Lucy trat vor ihm in den Hausflur, hielt ihm die selbstschließende Tür auf, sagte: Kommen Sie, nun kommen Sie doch endlich; sie hatte Verständnis für sein Zögern, in jedem Fall für die knappen Fragen, mit denen er sich nach anderen Bewohnern des Hauses erkundigte. Er trat nicht ein ohne eine letzte gedehnte Warnung und wagte es nicht, Lucy in das Wohnzimmer zu folgen, das eine alte Holztäfelung hatte. Ein Blumenfenster, wenige hellgestrichene Möbel. Bilder, die nur Landschaften ohne Schatten zeigten. Ein Mittelgebirge von durchforsteten Zeitschriften. Der Junge verfolgte das abnehmende Echo ihrer Schritte, auf Holzdielen zuerst, dann auf Steinfliesen, und als es still wurde, schlüpfte er durch den Türspalt ins Wohnzimmer und rief: He, und noch einmal: He, mach keinen Quatsch! – doch da kam sie schon, den Mantel überm Arm, aus der Küche und forderte ihn auf, sich an den Tisch zu setzen. Im Vorübergehen musterte sie ihn, wie er dort stand in seinem schimmernden Regenmantel, mit verklebtem Haar. Ob er nicht seinen Regenmantel ausziehen wolle? Nein. Lucy hängte ihren Mantel in die Garderobe, wechselte die Schuhe und fragte aus der unbeleuchteten Nische, von der Garderobe her, ob er Hunger habe, ob sie ihm etwas zu essen machen solle. Er antwortete nicht.

Aus der Nische, unsichtbar für ihn, und gewiß in der Annahme, ihm die Rede zu erleichtern, fragte sie weiter über den ganzen Raum hin, aus welcher Not er gehandelt habe. Welche Sorge da mitspiele? Denn sie könne sich nicht vorstellen, daß man so etwas nur aus Gelegenheit tue. Der Junge wandte sich um, ging ihr entgegen und sah, wie sie sich mit einer Hand gegen den rissigen Spiegel lehnte, während sie die Schuhe wechselte. Mir ist nicht nach Tee, sagte er, und ich mag auch nicht, wenn man mich ausfragt. Warum sollte ich mitkommen, warum? – Ich will Ihnen helfen, sagte Lucy, denn was Sie getan haben, kann man nicht ohne Not tun. — Und, fragte der Junge, was wollen Sie für Ihre Hilfe hören? Ich kann Ihnen achtundachtzig Lebensläufe verkaufen, Geschichten von meinem Alten, in denen ich auftrete. Welche soll ich Ihnen auftischen? Hm? Damit wir uns gleich verstehn: ich will von Ihnen nichts wissen, und Sie sind gut beraten, wenn Sie nichts von mir wissen wollen. So werden wir am besten auskommen.

Lucy, obwohl vor dem Spiegel, hatte noch kein einziges

Mal ihr Gesicht gesucht, jetzt hob sie den Blick und sah den Jungen hinter sich vorbeigehen zur Tür: Warten Sie. Offenbar können Sie auch anders sprechen. – Was wollen Sie überhaupt von mir, fragte der Junge und preßte seine Hand auf seinen verletzten Schenkel. Was? Und geringschätzig: Helfen, hm? Aber für eure Hilfe soll man im voraus bezahlen. Mit unterhaltsamen Beichten, wie? – Gehn Sie noch nicht, sagte Lucy, aber er war schon draußen im Hausflur, lauschte noch einmal nach oben, bevor er zur Tür ging. Sie lief ihm nach, berührte seinen Arm und hielt ihn zurück, und gedämpft, eindringlich, wie am Park, bat sie ihn, zu warten. Tief tauchte ihr Arm in die Stoffülle ihres Rocks hinab, der Körper legte zur Seite aus, während sie angelte, stöberte, und auf einmal hielt sie still, lächelte und zog, nur von zwei Fingerspitzen beklemmt, eine Geldbörse hervor: Ich hab sie. Lucy öffnete die Geldbörse, fischte einen gefalteten Schein heraus, den sie nah vor das Gesicht hob und ins Licht drehte. War es zu wenig? Zu viel?
Sie wollte den Schein wieder zurückschieben, als der Junge zugriff, nicht genau allerdings, vielleicht hatte Lucy auch diesen Griff erwartet oder befürchtet, und die Geldbörse deshalb verdeckt in der Hand gehalten, jedenfalls erwischte er vorschnellend nur das Gelenk der Frau, packte es, zwang es zur Seite weg. Sie rief nicht, sie schrie nicht auf, doch diesmal setzte sie ihm, anders als am Park, einen lautlosen Widerstand entgegen, so lange, bis er sie zurückstieß, bis ihr Hinterkopf gegen den hölzernen Pfosten des Treppengeländers schlug. Ihre Finger öffneten sich, als sie neben dem Heizkörper zusammensackte, so still, so verzögert, als sei sie aus freiem Entschluß zu Boden gegangen, und auch jetzt rief sie nicht, obwohl sie

doch durch allen Schmerz hindurch bemerkte, wie er die Geldbörse an sich riß und floh.

Mehrmals versuchte Lucy aufzustehen, sich abzudrücken, auf den Heizkörper zu stützen – es glückte nicht: jedesmal zog sie der Schmerz nieder. Warum rief sie nicht, als im ersten Stock eine Tür geöffnet wurde und Ilse laut zu Irene sagte: Unten ist Licht, Tante Lucy ist da. Und warum machte sie sich nicht bemerkbar, als vor dem Hauseingang die Silhouette einer Frau erschien, die sich augenscheinlich in der Nummer geirrt hatte? Warum regte sie sich erst, als die beiden Mädchen, laut und ausdauernd ihren Namen rufend, die Treppe herabkamen?

Jetzt erst, als sich die ungleichen Nichten näherten — Ilse wie immer auf Strümpfen voran –, hob sie ihnen die Arme entgegen und verhinderte gleich jedes Erschrecken mit dem Hinweis, daß sie nur gefallen sei, daß man ihr nur aufzuhelfen brauche, daß es ihr gleich besser gehen werde, wenn sie nur sitzen könnte, nein, nicht oben, auf einem der Stühle dort, das genügt. Wie leicht sie aufzuheben war, wie mühelos der flache Körper von den Mädchen halb gestützt, halb getragen wurde, über den Flur, in das Wohnzimmer, wo sie sich schon sitzend aufrecht halten konnte.

Gefallen, Tante Lucy? Was denn sonst? Glaubt ihr mir's vielleicht nicht? Die Mädchen saßen ihr gegenüber und beobachteten, wie sie die Lehne umklammerte, den Kopf zurückwarf, vorübergehend die Augen schloß. Sollen wir einen Arzt rufen, Tante Lucy? Nein, nein, das geht vorüber. Die Mädchen tauschten einen Blick, besprachen sich schweigend: sagen wir's, oder sagen wir's nicht? Ilse, dünn, zappelig, wollte; Irene, bedachtsam, massig, blieb unentschieden; so warteten sie, gossen Tee auf, als der

Kessel sich scheppernd in der Küche meldete, flüsterten und fragten einander flüsternd, wie man im Hausflur zu Fall kommen könnte. Und dann verhielt sich Lucy so, wie die Nichten es oft genug erlebt hatten und jetzt wohl auch erwarteten, und was sie mit »typisch Tante Lucy« bezeichneten: mit leisem Klageton, als habe sie nun genug versäumt, als habe sie dem Schmerz genug Zeit und Aufmerksamkeit gewidmet, beugte die Frau sich nach vorn, strich noch einmal mit gespreizten Fingern über ihre Schläfen und musterte freundlich die beiden Mädchen, Irene zuerst, danach Ilse, die sie sanft tadelte, weil das Mädchen wieder mal auf Strümpfen lief. Und jetzt wollen wir zusammen Tee trinken, Kinder, nach diesem Mißgeschick.
Wieder stimmten die Mädchen sich schweigend ab, und da Irene zumindest nichts dagegen hatte, sagte Ilse: In den Nachrichten, Tante Lucy – hast du Nachrichten gehört? Und Lucy: Woher denn? Ich war auf einem Geburtstag. Und Ilse fortfahrend: In Athen, das Militär hat in Athen die Macht übernommen, am 21. April. Viele sind verhaftet worden, auch Wissenschaftler. Gestern? fragte Lucy, und Ilse darauf: Es läuft gerade ein Kommentar, wir wollten dich holen. Sollen wir dir nach oben helfen? Lucy preßte ihre Handballen gegeneinander. Bewegungslos sah sie hinaus in den dunklen Garten, auf den gekappten Birnbaum. Hörst du mich, Tante Lucy? Tante Lucy! Ja, ja...

Sind Sie Herr Heller? Da ist ein Telefonanruf für Sie, am Buffet, Sie müssen vorgehn. Janpeter Heller steckt den Zeigefinger in das Buch, schließt es und nimmt es mit nach vorn, wo ihn eine sehr gut frisierte Verkäuferin in weißem Kittel unwillig hinter die Auslagen winkt, auf den Hörer zeigt und ihm mit einer einzigen Geste zu verstehen gibt, daß er hier nur ausnahmsweise telefonieren dürfe. Er hebt den Hörer auf, dreht sich weg, blickt auf eine runde Sahnetorte hinab, eine grinsende, kränkliche Sonne, aus der das Licht in dünnen Schokoladenfäden tropft, und anstatt sich zu melden, fragt er: Ja, Charlotte? Die Verkäuferin, nachdenklich, die Arme vor der Brust verschränkt, hat keine Mühe, dem Gespräch zu folgen, die fehlenden Sätze zu ergänzen: man hatte sich hier verabredet, um Notwendiges zu besprechen, nun sind da Zweifel aufgetreten, das Notwendige hat überraschend an Wert verloren, dennoch wird man einen neuen Versuch machen, wenn auch nur deshalb, um etwas, das längst seine Klarheit besitzt, noch einmal klarzustellen.

10

Liebe Maria – schreibt Valentin Pundt an seine Frau in Lüneburg –, zuerst will ich Dich grüßen und Dir sagen, daß ich wohlauf bin. Wir wohnen, wie verabredet, in der Hotel-Pension Klöver; Kollegin Süßfeldt hat diese Bleibe ausgesucht, eine alles in allem erträgliche Unterkunft, wenn auch der Überdruß und die Lustlosigkeit, mit der die Besitzerin ihr Geschäft betreibt, den Gast nicht gerade bei guter Laune halten. Frau Klöver, etwa in Deinem Alter, hat lange im ehemaligen Deutsch-Westafrika gelebt, nun scheint alles über ihre Kräfte zu gehen, und wurschtig, wie sie ist, gibt sie jedem Gast zu verstehen, daß er sie daran hindere, nur noch beschaulich zwischen ihren mitgebrachten Erinnerungen zu leben. Unser Konferenzzimmer müßtest Du sehen – ein privates Museum mit exotischen Waffen.
Die Rheumaschmerzen setzen mir hier weniger zu, als ich befürchtet hatte; das war auch schon auf den letzten Reisen so: offenbar müssen sich mitgeführte Krankheiten auch erst an die neue Umgebung gewöhnen, bevor sie uns nach alter Art unter ihre Fuchtel nehmen. Das Fell benutze ich trotzdem regelmäßig. Am »Alphabet« leider weniger gearbeitet als vorgehabt; das liegt an den uner-

warteten Schwierigkeiten, die für unser Lesebuch aufgetaucht sind. Vermutlich kannst Du Dir denken, durch wen diese Schwierigkeiten vornehmlich entstanden sind: während ich jetzt an Dich schreibe – mit Blick auf eine winterliche Alster, es schneit draußen, aber der Schnee will nicht bleiben –, sitzt der alleswissende junge Kollege in seinem Zimmer und hört Musik. Kollegin Süßfeldt und ich, wir beide hätten uns längst geeinigt, wir wären gewiß auch schon beim nächsten Kapitel, wenn er nicht alles auf seine Weise entwertet und zertrümmert hätte.
Dieser Kollege Heller verdächtigt grundsätzlich alles, was es schon vor seiner Geburt gegeben hat. Zu jung, als daß er alles erfahren, aber zu alt, als daß er nicht vieles befragt hätte, glaubt er uns klarmachen zu müssen, daß Vorbilder nichts anderes darstellen als strahlende Angstmacher, schlimme Autoritäten, die die Selbstentwicklung verhindern. Kannst Du Dir denken, was es heißt, mit solch einem Mann ins Reine zu kommen? Micht geht es nichts an, wie er sich kleidet, aber die Art seines Auftretens und seiner Rede machten einen Zusammenstoß unvermeidlich. Der glaubt tatsächlich, Jugend sei bereits ein sachliches Argument. Immerhin, ich habe ihn gezwungen, sich bei mir zu entschuldigen. Ich wage nicht daran zu denken, wieviel Zeit die Zusammenstellung des ganzen Lesebuchs in Anspruch nehmen wird, wenn schon die Erarbeitung eines einzigen Kapitels soviel Mühe macht. (Ich weiß, was Du sagen willst, doch sei unbesorgt: wenn das so weitergeht, steige ich aus dem Unternehmen aus.)
Den Rest von Haralds Nachlaß habe ich abgeholt, er liegt jetzt bei mir. Ich kam noch nicht dazu, ihn durchzusehn, das sollten wir gemeinsam tun, wenn ich erst wieder zu Hause bin. Habe hier einige Menschen aufgesucht, die

Harald kannten oder sogar mit ihm befreundet waren, eine Studienfreundin, auch einen Sänger, ausnahmslos sonderbare Vögel, in Lüneburg kaum anzutreffen. Was ich erfuhr bei diesen Begegnungen, war viel – aber nicht genug, um zu verstehen, was geschehen ist. Auch Gerd Brüggmann, von dem ich gerade zurückkomme, konnte mir nicht weiterhelfen — ein älterer ehemaliger Schüler von mir, du wirst dich kaum an ihn erinnern –, dennoch vermute ich, daß das, was er zu sagen hatte, seinen eigenen, wenn auch bedrückenden Wert behalten wird. Damit Du es weißt: zufällig hatte ich durch die Familie Meister erfahren, daß es zwischen Harald und Gerd Brüggmann eine Auseinandersetzung gegeben hatte, die für unseren Jungen damit endete, daß er sich in ärztliche Behandlung begeben mußte – etwas, das er uns gegenüber mit keinem Wort erwähnt hat. In der Hoffnung auf mehr Gewißheit suchte ich deshalb meinen ehemaligen Schüler auf, es war nicht leicht, ihn zu finden, er arbeitet als Gerüstbauer bei einer der großen Leiterfirmen.
Sie waren gerade dabei, ein Gerüst an einer Privatklinik hochzuziehen, lauter untersetzte, gut aufeinander eingespielte Männer, die in Overalls steckten und Wollmützen trugen, und auf meine Nachfragen antworteten sie, als ob sie sich verabredet hätten, nur mit: Weg da, Vorsicht, aufpassen! Wo ich auch hinging, ich stand ihnen im Wege; sie ließen mich, wenn sie seitlich Leitern und Gestänge heranschleppten, im Halbkreis laufen, zwangen mich, wegzutauchen und Sicherheit immer wieder nur in der Hocke zu finden. Gerd Brüggmann zog Laufbretter zwischen die aufgerichteten und verankerten Leitern, ich erkannte ihn, ich rief ihn mehrmals an, ohne daß er sich mir zugewandt hätte, da kletterte ich einfach zu ihm hin-

auf und sagte: Gerd, hier ist dein alter Lehrer. Du hättest den Blick sehen müssen, liebe Maria, den ersten Blick, mit dem er mich musterte, etwa in der Höhe des ersten Stocks. Diese Feindseligkeit, die ihn versteifen ließ. Er schlug sein Pickeisen – so nennen sie ihr Arbeitsgerät – in eine Planke, griff nach einer hochliegenden Sprosse und hängte sich sozusagen fest ein, gerade als wolle er sich selbst davor bewahren, zu schnell zu handeln. Ich hatte vergessen, daß er einen Sprachfehler hatte, und ich wußte auch nicht, daß es ihm – seit er die Schule verlassen hatte – zunehmend schwerer fiel, Wörter zu ordnen und Sätze zu organisieren. Besondere Mühe machte ihm jedesmal die Eröffnung der Rede; doch darüber und über manches andere werde ich Dir mündlich erzählen.

Gerd Brüggmann und ich, wir wechselten keinen Gruß auf der Plattform, und als ich ihn nach Harald fragte, wandte er sich ab. Ich fragte ihn nicht nach der Auseinandersetzung, die es zwischen ihnen gegeben hatte, ich bat ihn lediglich, mir zu sagen, wie seine Begegnung mit Harald verlaufen war, da forderte er mich auch schon auf – so gut es ihm möglich war –, zu verschwinden. Er wollte von mir verschont bleiben, seine Ruhe haben; jedenfalls gab er mir unter Mühen zu verstehen, daß ich auf seinem Gerüst nichts zu suchen hätte. Als ich zögerte, wurde er deutlicher. Er beglückwünschte mich erregt zu dem Ergebnis meiner Erziehung, das ich an ihm ablesen sollte. Ich verstand ihn nicht, und da erinnerte er mich an eine Gewohnheit, die ich tatsächlich gehabt haben muß. Wenn ein Schüler keine Antwort wußte, soll ich ihn einfach stehengelassen haben, ohne den Unterricht fortzusetzen; auf diese Weise sollen viele Stunden vergangen sein. Mir war und ist das nicht bewußt, wirklich nicht,

Maria, doch nach Gerd Brüggmann muß es so gewesen sein. Du kannst Dir vorstellen, wie mir zumute war. Er zog sein Pickeisen aus dem Brett und zeigte nur auf die Straße und sagte: Hier gibt's keinen Willen mehr zu brechen; wenn ich das vorhätte, sollte ich mich andernorts umsehen, und wenn ich genau wissen wollte, was er von mir halte, sollte ich mich bei Harald erkundigen, ihm habe er alles gesagt. (Er wußte also und weiß immer noch nicht, daß Harald tot ist.) Und wenn er ihn auch nie ausstehen konnte und immer noch nicht ausstehen könne: in einer Hinsicht zumindest stimmten Harald und er überein, daß niemand von allen Lehrern in Lüneburg es so verstanden hätte, einen Schüler »lautlos und ohne Aufwand zu knicken«, wie ich. Ich kann mir einfach nicht vorstellen, Maria, daß ich dies zur Methode gemacht habe. Und wenn das hier und da geschehen sein soll: warum hat Harald dann nicht dagegen protestiert, er, der doch jede Möglichkeit hatte, mit mir zu sprechen, und den ich, wie ich mich erinnere, oft genug dazu ermunterte, mir alles zu sagen, was ihm mißfiel. Wie mir zumute ist jetzt, während ich an Dich schreibe – Du wirst es nachfühlen können. Aber so ist es heute wohl: es genügt nicht, nur die Kraft aufzubringen, die deine Arbeit beansprucht; du brauchst zumindest die gleiche Kraft noch einmal, um mit den Konflikten fertigzuwerden, die man dir nicht erspart. Vielleicht hätte ich doch nach Hause kommen sollen, und zwar gleich, als es sich zeigte, welche Schwierigkeiten uns begleiten würden, als alle Vorschläge, die wir mitgebracht hatten, abgelehnt wurden.

Nichts blieb bestehen, sogar die Ersatzvorschläge wurden unter den Tisch geredet: daran siehst Du schon, wie unterschiedlich unsere Auffassungen über das sind, was

man in dieser Zeit ein Vorbild nennen könnte. Woran wir jetzt arbeiten, soll, zumindest von mir aus gesehen, ein letzter Versuch sein; wir sind nämlich dabei, uns das benötigte Vorbild selbst herzustellen aus einer ansehnlichen Fülle von vorhandenem Material. Ich muß zugeben, daß wir diesmal auf einer guten Spur sind: eine Wissenschaftlerin (Biologin), in Griechenland geboren und aufgewachsen, in Hamburg tätig gewesen und gestorben, wird uns hoffentlich das Beispiel vorbildhaften Verhaltens liefern, das wir bisher nicht finden konnten. Sie heißt übrigens Lucy Beerbaum, und wenn ich mit meinen ersten Kenntnissen an sie denke, fällt mir immer prompt Frau Wischmann ein, Grete Wischmann, Du weißt, die Halbschwester von Haralds Patentante: der gleiche graue Bubikopf, das gleiche zarte und dabei einprägsam geschnittene Gesicht, und wie Grete Wischmann hat auch unser Vorbild die Neigung, sich mitunter gegen die Mode zu kleiden.
Die Aufgabe, die wir uns gestellt haben: wir prüfen, welcher überschaubare Abschnitt ihres Lebens für unser Lesebuch besonders geeignet ist. Wir haben das Material aufgeteilt, sind gerade dabei, uns einzuarbeiten, und meine ersten Eindrücke bestätigen, daß wir einem brauchbaren Ratschlag gefolgt sind. (Dir wird es nicht erspart bleiben, zumindest die romanhafte Biografie über Lucy Beerbaum zu lesen: Spannung, Bewunderung, Ärgernisse – all das kann ich Dir schon jetzt voraussagen.)
Du ahnst nicht, Maria, welche Entdeckungen ich in diesem fremden Leben mache, dessen Höhepunkt, so will mir scheinen, das Kapitel eines Protests ist, oder wie sie selbst es nannte, einer »öffentlich gezeigten Anteilnahme«. Als in Griechenland die Obristen die Macht übernahmen,

als außer Politikern und Künstlern auch Wissenschaftler verhaftet wurden – unter anderem Lucy Beerbaums ältester Freund –, da unterbrach sie ihre Arbeit und lebte in ihrem Haus freiwillig unter der gleichen Not, unter der die Verhafteten in Griechenland leben mußten. Die gleichen Beschränkungen, die gleichen Enthaltsamkeiten, fast die gleichen Isolierungen. Stell Dir vor, diese Frau brachte in Erfahrung, welche Essensrationen die Gefangenen erhielten, welchen Bewegungsraum man ihnen zugestand, wie oft sie Post empfangen durften, und nachdem sie das erfahren hatte, setzte sie sich den gleichen Bedingungen aus, peinlich genau. Nur das zählte noch, und Du mußt einmal nachlesen, mit welchen Begründungen sie die Freunde zurückschickte, die sie zur Wiederaufnahme der Arbeit im Institut überreden wollten.

Doch ich muß hier schließen. Gleich beginnt wieder eine Sitzung. Der junge Kollege hat gerade die Musik abgestellt. Falls Onkel Schnittlein in diesen Tagen nach Hamburg fahren sollte, gib ihm doch bitte zwei Flaschen für mich mit, Du weißt, von den unbeschrifteten im Keller. Hoffentlich sind die Maler nun auch mit der Küche fertig. (Du mußt mal hören, was die hier verdienen, in der Großstadt; wir sind in Lüneburg noch gut dran.) Meine Ankunftszeit in L. werde ich Dir wie immer telegrafisch mitteilen. Es grüßt Dich herzlich

Dein Valentin.

II

Rita Süßfeldt schläft. Im Polsterstuhl, außerhalb des Lichtkreises ihrer Nachttischlampe, umarmt ihr Pullover mit überzeugender Schlaffheit die Stuhllehne; ihre Strümpfe, achtlos übereinandergeworfen, hängen sich aus und suchen sich zu verflechten; ein zusammengefallener brauner Rock schmiegt sich an rissiges Lederpolster; schlapp baumelt ihr Büstenhalter neben dem Stuhlbein, und über einen Arm der Lehne geringelt, von ausgeleiertem Gummi gehalten, ruht sich ein weißer Schlüpfer aus. Die Schuhe vor dem Stuhl vervollständigen die doppelte Ansicht des Schlafs: mit den Sohlen nach oben liegen sie da, die Spitzen gegeneinandergekehrt, als wollten sie sich gegenseitig an jeder Fortbewegung hindern. Und das Buch, das Buch darf nicht vergessen werden, es ist von der Bettdecke auf den Fußboden gefallen, höflich sozusagen, mit dem Titel nach oben: *Preis der Hoffnung.*

Um Rita Süßfeldt aus dem Schlaf zu klopfen, muß man mehr als einen mageren Knöchel einsetzen; das sollte Heino Merkel wissen, er, der sich scheu und immer kurz-kurz-lang bemerkbar zu machen versucht, gegen diese dröhnende Stille, an der schweren weißgelackten Tür, die nicht verschlossen ist. Da er nicht gehört wird, zieht er die Tür schließlich auf, trägt mühevoll einen Koffer, dann eine Reisetasche ins Zimmer, vorsichtig jetzt, als dürfe er die Schlafende nicht wecken, setzt sich zuerst auf den Koffer, später, nachdem er Ritas Kleidungsstücke – pfleglicher, als sie selbst es je tun würde – zur Seite gelegt hat, auf den Polsterstuhl und beobachtet ihren nicht sehr ergiebigen Halswirbel. Er wartet. Er stellt sich auf das Erwachen ein, nimmt alles vorweg, was geschehen könnte und gleich auch geschehen wird – ein erschrockener Ausruf wird pariert, ein schlaftrunkener Ärger wird besänftigt werden müssen –, und hält es dennoch auf seinem Sitzplatz aus. Er trägt einen offenen, gefütterten Regenmantel, eine gefütterte Mütze in der Hand. Wer ihn so sähe, müßte annehmen: dieser Mann will gehen und besteht darauf, sich auch in ungünstigem Augenblick zu verabschieden.

Was seinem Knöchel nicht gelungen ist, seinem beharrlichen Blick, der den Halswirbel nicht losläßt, scheint es eher zu gelingen, denn unter der stillen Aufforderung beginnt Rita Süßfeldt sich zu bewegen, ziellos zunächst – hier läßt sie eine Hand kreisen, dort macht ein Bein rhythmische Streckversuche, schließlich setzt der ganze Körper zu einer Halbdrehung an – doch dann, unter dem gleichbleibenden, stummen Drängen des Mannes, bläst sie das Haar aus dem Gesicht, wischt sich über die Augen und setzt sich ruckhaft auf: Du? Warum kommst du? Jetzt? Und im Mantel? Der Mann antwortet mit mehrdeutigen Gesten, die besagen: Ist gut, ich bitte ja um Entschuldigung, aber ich hatte keine andere Möglichkeit, und nun verkürz deinen Ärger und hör dir doch erstmal an, warum ich gekommen bin.

Der ehemalige Archäologe senkt das Gesicht, sie erkennt

das Stück der künstlichen Schädelplatte, seine Ruhe macht sie hellhörig, diese ungewohnte Gefaßtheit, die einen erheblichen Entschluß vermuten läßt. Also? Warum bist du gekommen? Und mit Gepäck?

Ob sie es sich nicht denken könne, fragt er. Ob der Zeitpunkt seines Erscheinens, ob seine Verfassung und ob letzten Endes Koffer und Reisetasche denn nicht genug sagten? Hier jedenfalls könne er nicht mehr bleiben, nicht in diesem Haus, das für ihn zu einer lebenslänglichen Falle der Dankbarkeit geworden sei. Er habe Mareth einen Brief hinterlassen, sie werde ihn finden, sobald sie aus dem *Fliegenden Holländer* zurück sei, der übrigens zu gleicher Zeit im Fernsehen übertragen werde. Noch habe er keine feste Adresse, am Anfang werde er wohl zu einem Jugendfreund ziehen, der sei Fruchtimporteur in Bremen.

Rita Süßfeldt blickt auf ihre Armbanduhr, nimmt sich eine Zigarette vom Nachttisch, zündet sie an. Sie streicht ihr Haar über die Schulter zurück. Sie inhaliert so heftig, daß der Körper mit trockenen Hustenstößen antwortet. Die Asche – Vorsicht! Ja, ja. Sie sieht ihn nicht an, krümmt sich zusammen, legt das Kinn auf ihre angezogenen Knie und fragt, die an der Wand hängende Mandoline anblickend, warum er sich von ihr verabschieden wolle, er hätte ihr doch auch einen Brief schreiben und zurücklassen können, das wäre doch angemessener gewesen, schmerzloser, wenn sie es mal so nennen dürfe – warum also? Erstaunen, zunehmende Ungläubigkeit, gerade das hätte sie ja wohl nicht zu fragen brauchen, da ja doch sicher sei, was sie verbinde, da man sich doch ausreichend verständigt habe, wenn auch nicht ausdrücklich, so doch in lautlosen Beweisen, oder habe man sich etwa nicht

Beistand geleistet, weil jeder erkannte, was der andere zu ertragen hatte in diesem Haus?
Sag bloß, du bist gekommen, um mich abzuholen! Ja, Rita, sagt der Mann, ja, ich möchte dir den Vorschlag machen, mit mir zusammen wegzugehn, da ich ja weiß, wie wenig auch du das alles ertragen kannst, diese methodische Demütigung, diese Abhängigkeit, diesen unaufhörlichen Zwang, danken zu müssen. – Du bist nicht ganz bei Trost.
Die Frau schlägt die Decke zurück, eine knappe Drehbewegung, und sie steht vor ihm in dem formlosen, aber warmen Flanell-Schlafanzug, jetzt noch ein Wink, und der Mann erhebt sich und geht zum Fenster hinüber. Die Zigarette zwischen den Lippen, beginnt sie nun, sich anzuziehen, verdrossen, übelnehmend, so als mute man ihr etwas zu, was den ganzen Aufwand nicht wert sei, während der Mann sich aufgefordert fühlt, Beweise nachzuliefern für das, was er behauptet hat: Also du entsinnst dich, wirst doch noch bestätigen können, daß ... Du wirst doch zugeben müssen, daß alles anders wurde nach meiner Rückkehr; auf einmal war ich ein Krankheitsfall und auf Hilfe angewiesen. Aber vorher, es hat doch auch ein Vorher gegeben, oder weißt du das nicht mehr?
Und er beschreibt das Vorher, gibt noch einmal die geräumige Dachwohnung zur Besichtigung frei, in der er allein lebte mit seiner Sammlung von Puppen: ob sie sich noch erinnern könne, wie oft sie ihn damals ohne Wissen ihrer Schwester besuchte? Ob sie das Klingelzeichen noch auswendig wisse, das sie damals verabredet hatten? Und ob sie sich noch der Kühlanlage entsinne – ein wasserdichter Beutel, in dem Wurst, Käse und Butter steckten, und der einfach übers Dach hing –, die ihr noch jedesmal

Freude machte? Er bittet sie, noch einmal die Treppen hinaufzusteigen, das ausgemachte Signal mit der Türklingel zu geben, er öffnet ihr wie immer, läßt sich wie immer im Vorbeigehn auf die Wange küssen, draußen liegt Schnee, er macht einen Rum-Grog, und dann sitzen sie nebeneinander und suchen die Illustrationen für sein Buch aus – ... *und die Arche schwamm doch.*
Ob denn das auch nie geschehen sei? Sicher, sagt Rita, aber was weiter? Und verwundert erinnert er sie an einen Märzabend, er weiß noch das Datum – sie sei von einer Jury-Sitzung gekommen, müde, aber zufrieden, weil sie ihren Kandidaten hatte durchbringen können, und übrigens auch mit nassen Füßen, da sie aus dem Taxi in knöcheltiefes Schmelzwasser gepettet sei, und dann, nach einem heißen Fußbad für alle Fälle, habe sie sich auf dem Sofa zusammengeringelt, unter der grünen, holländischen Decke, und er habe ihr, so nah sei alles, so deutlich, von mohammedanischen Puppen erzählt und von Puppenspielen für mohammedanische Kinder; da sei sie eingeschlafen. Du hast nicht einmal gemerkt, daß ich dich auszog, später.
Weiter, sagt Rita Süßfeldt, während sie sich anzieht, erzähl nur weiter. Und er fordert sie auf, zuzugeben, daß sie oft zu ihm gekommen sei, ihm geholfen habe, etwa beim Lesen der Korrekturen, bei der Auswahl der Illustrationen, ganz besonders aber bei der Zusammenstellung und Erläuterung des Kinderspielzeugs, damals, als man ihn gebeten hatte, seine Sammlung leihweise auf eine Ausstellung zu geben. Ob ihr Gedächtnis noch so weit reiche? Und ob er ihr auch noch sagen könne, was auf dem Kostümfest geschah, auf dem sie beide, ohne sich verabredet zu haben, als Spanier erschienen seien; gut, es

seien überwiegend Spanier dagewesen, aber ihrer beider Kostüme glichen den spanischen Kinderpuppen, die er damals besessen hatte; und nach dem Fest sei Rita zu ihm nach Hause gegangen und wie selbstverständlich geblieben. Ob sie das bestreiten wolle? Ich hör dir genau zu, sagt Rita Süßfeldt.

Und als dann die Einladung kam, du weißt, sie luden mich ein, als wissenschaftlicher Ratgeber an der Verfilmung des Buches mitzuarbeiten, und wir saßen im Fisch-Keller und sprachen über das Angebot. Mareth war auch dabei, und sie riet mir ab. Sie riet mir ab, weil man, wie sie sagte, als Außenseiter beim Film weder etwas verbessern noch verhindern könne, doch du warst da anderer Meinung, du rietest mir zu, und ich nahm die Einladung an, weil ich hoffte, daß du – und du hattest ja deinen Anteil am Buch – eines Tages nachkommen würdest; auf meine Anfrage hast du das in der Schwebe gelassen. Du bist nicht gekommen. Du weißt aber, was mir passiert ist. Die Anstrengung des Sprechens, die Anstrengung des Erinnerns: jetzt werden sie spürbar. Setz dich, sagt die Frau, setz dich hier auf den Stuhl, ich bin nun fertig, und da du etwas von mir erwartest, will ich dir auch sagen, was alles darauf gesagt werden kann: gib sie auf, gib diese Erinnerung auf, weil sie nicht zutrifft. Du hast sie dir erfunden, diese Erinnerung, weil du sie brauchst. Es tut mir leid, Heino, auch ich habe meine Erinnerung, und die sieht anders aus.

Steif gegen die Lehne zurückgesetzt, weist der Mann sie darauf hin, daß sie doch eben erst manches zugegeben habe, und die Frau bezweifelt das auch nicht, gibt ihm jedoch zu verstehen, worin sich ihre Erinnerung von seiner unterscheidet: Zurechtgemacht, Heino, all das hast du dir zurechtgemacht. Mareth wußte es immer, wenn ich dich besucht hatte; kein einziges Mal habe ich bei dir geschlafen, und daß ich dir nachreisen sollte, darüber wurde nie gesprochen zwischen uns. Sie spricht langsam zu ihm, der Wunsch nach Schonung ist da unüberhörbar, ebenso eine bereite Freundlichkeit, die sorgfältig auf alle Rückfragen eingeht, nichts zu schnell klären will: wenn du genau bist, wenn du dich sammelst, wenn wir gemeinsam noch einmal zurückgehn – siehst du nun, was du aufgeben mußt?

Der Mann schüttelt den Kopf, er kann sich weder von seinen Gründen trennen noch von seinen Ansichten, er will sich nicht zerstören lassen, was ihm seine Not verständlich macht und seinen Entschluß erleichtert, und darum lenkt er ab und spielt den erwarteten Verdacht aus: Mareth. Sie sei es gewesen, die alles planvoll verhindert habe, vom ersten Augenblick an, und wenn auch anders als erwartet, so habe sie dennoch erreicht, was sie sich immer gewünscht habe. – Und was soll das sein? – Weißt du es nicht?

Erprobt und sattelfest, ein besessener Regisseur, der zeitlebens nur mit einem einzigen, mit »seinem« Stück reist, das er bis in alle entlegenen Zusammenhänge erkundet und ausgespielt hat, ruft er die Geschehnisse ab und bestimmt die Folge der Bilder: die schwimmende Arche, die nach seinen Angaben gebaut wurde; der Auftrieb der Tiere unter garantiert heiterem Himmel; das anonyme Schutzangebot, die nächtlichen Wachen und dann das nächtliche Unglück, der harte Schlag, der ihn traf, und der Brand der Arche. Er selbst habe die Arche damals nicht brennen gesehen, da er bewußtlos war und sieben Tage lang bewußtlos blieb, doch das habe er später nachgeholt und nachholen müssen, in Wachträumen und zwanghaften Erinnerungen, die immer das zur Folge hatten: den verzweifelten Wunsch, die Tiere zu retten, und das Gefühl, sich nicht mehr bewegen zu können. Sieben Tage Bewußtlosigkeit; Mareths kurz beschlossene Anreise; die schwierige Überführung nach Hamburg, die nur sie durchsetzen konnte mit ihrer Energie und mit ihrem Geschick, recht zu bekommen; die Zeit im Krankenhaus und Mareths Allgegenwärtigkeit; ihre rechthaberische, befehlsgewohnte Art gegenüber Ärzten und Schwestern; ihr Bemühen, mich länger im Krankenhaus zu behalten, als ich selbst es wollte; ihre empfindlichen Erzählungen, aus denen ich erfuhr, was geschehen war.

Und was war es, was sie sich immer gewünscht und nun erreicht hat? fragt Rita Süßfeldt. Ob sie darauf bestehe, daß er es sage? Die Frau nickt, und Heino Merkel, die Lehnen des Stuhles packend, die Lehnen drückend und pressend, spürt auf einmal einen Widerstand wachsen, der seine Rede schleppend macht: Solange ich unabhängig war ... solange ich allein und gesund war ... nie wäre ich in dieses Haus gezogen ... Niemand hätte mich überreden können, hier zu leben ... Die Krankheit erst und die Abhängigkeit durch die Krankheit haben das möglich gemacht ... Eine Abhängigkeit, auf die ich sorgfältig hingewiesen werde, für die jeden Tag Beweise geliefert werden: Du hast das Zimmer verwüstet ... du hast auf dem Boden gelegen ... du hast uns oder dich wieder einmal verletzt ... Was ich tue und was ich unterlasse: alles ist ein Zeichen der Krankheit ... die wird mir erklärt und begründet ... in ihren Risiken wird sie mir vorgestellt: überleg doch einmal, was alles hätte geschehen können, wenn du ohne Hilfe gewesen wärst ... So weit mußte es kommen, Mareth denkt für mich ... sie spricht und handelt für mich ... sie behauptet, sie muß es tun ... und jeden Versuch zur Selbständigkeit nennt sie Undankbarkeit ... Ich weiß, ich könnte ihr nichts Schlimmeres antun, als gesund zu werden ... damit würde ich ihr »Opfer« entwerten, das sie mir in der Zeit der Krankheit gebracht hat. Ja, weil sie mir soviel geopfert hat, darf es keine Verbesserung meines Zustands geben ... Frag dich doch selbst, ob man leben kann unter solchen Bedingungen.

Der Mann steht auf, er sieht die Frau auffordernd an: Komm mit. Wenn es so ist, daß ich mitunter Hilfe brauche – warum solltest du sie mir nicht geben; schließlich könntest auch du etwas dabei gewinnen. Und was sollte das sein? Unabhängigkeit, etwas mehr Unabhängigkeit.

Mein Hals, sagt Rita Süßfeldt, ich hab schon geschlafen, mein Hals ist so trocken, ich muß etwas trinken, unten, ein Glas Portwein. Flüchtig zieht sie das Laken des Betts zurecht, streicht das Zudeck glatt, stopft den Schlafanzug unter das Kissen: Gehn wir nach unten? Das Gepäck kannst du hierlassen.

Unter den Familienporträts, unter den hasenköpfigen Vorfahren, trinken sie schweigend einander zu, aus Gläsern, aus denen die skeptischen Männer an der Wand vermutlich das gleiche klebrige Zeug getrunken haben, in temperamentloser, dafür kühl kalkulierender Runde.

Sieh mal, du mußt es auch so verstehn: also beginnt jetzt die Berichtigung, die Gegendarstellung, und wenn nicht dies, so doch die Suche nach mildernden Umständen. Überleg dir doch einmal die Härte deiner Auslegung, und schau mal näher hin, ob es genug Gründe gibt für dieses schroffe Urteil, schließlich kenne ich Mareth ja auch. Ja, sie ist gewohnt, daß man auf ihr Wort hört. Ja, sie ist harsch. Ja, sie beansprucht mehr, als ihr zusteht. Und auch dies trifft zu: nichts kann sie beeindrucken, sie kann nicht staunen. Wenn du ihr sagst, daß du morgen früh mit dem Freiballon von Hamburg nach München fliegen willst, wird sie dich nur nach dem Preisunterschied zur Bahnreise fragen. Margarethe – sie ist versteinert. Zumindest hat sie sich so etwas wie einen Schutzanstrich zugelegt – seit den Tagen mit Nicolas. Der Mann wendet ihr langsam sein Gesicht zu: Nicolas? – Ja, Nicolas Windschild aus Rodenkirchen bei Köln. Du hast nie seinen Namen gehört? Mareth hat dir nie von ihm erzählt? Dann hat sie verschwiegen, was sie am meisten betrifft, in jedem Fall am meisten verändert hat.

Ob das erzählbar ist? Von mir kannst du das nicht erwarten, weil es mir einfach nicht gelingt, die nötige Gerechtigkeit aufzubringen, in diesem Fall nicht, und eine Erzählung ohne Gerechtigkeit läßt dich nicht viel erkennen. Frag Mareth selbst, vielleicht wird sie es dir erzählen. Der Mann lächelt resigniert. Die wahren Krankheiten, das sind unsere offenen Erlebnisse, sagt er, die unabgeschlossenen Erfahrungen, gegen die es nur eine Therapie zu geben scheint: sie durch Erzählen unschädlich zu machen.

Er wisse doch, sagt die Frau, wie sehr Mareth sich mit Grundsätzen eingezäunt habe. – Ja, sicher. – Dann werde er wohl auch bemerkt haben, wie sehr sie jede Gelegenheit benutzt, um gegen diese Grundsätze verstoßen zu können. Er solle nur warten, bei richtiger Gelegenheit nachfragen, und er werde erstaunt sein, was er alles zu hören bekomme.

Der Mann schwenkt sein Glas in langsamen Kreisen, beobachtet, wie die ölige Flüssigkeit an der Glaswand hinaufschwappt, immer höher und höher, und wie sie zäh, girlandenförmig nach unten abläuft, sobald er das Glas ruhig hält; nein, er möchte nicht mehr trinken, er möchte erst einmal seinen Mantel ausziehen, doch vorher werde er ans Telefon gehen, weil es ununterbrochen läute, ob sie es denn nicht höre?

Rita Süßfeldt hört es erst, als sie die Tür zum Korridor öffnet, sie drängt den Mann zurück, geh nur, ich übernehm es schon, aber bevor sie den Hörer abnimmt, tritt sie noch einmal ins Wohnzimmer und sieht auf die Uhr.

Wer ist dort? Eine entstellte, aber nicht unbekannte Stimme bittet um Entschuldigung, unterbricht sich, oder vielmehr wird unterbrochen, setzt von neuem an und bedauert die späte Störung, möchte dafür aber etwas anbieten, was jede Störung rechtfertigt. Wer ist dort? Liebe Rita Süßfeldt, hier spricht Ihr Kollege Janpeter Heller, Heller, ja, mit Ihnen auf schmerzhafter Suche nach dem großen, pädagogischen Popanz. Zum drittenmal eine schwerzüngige Entschuldigung, dann scheint man Heller vom Telefon abzudrängen, als ob dort ein vergnügter Kampf stattfinde: so hört es sich an, und Rita Süßfeldt muß mehrmals fragen: Wo sind Sie? Um Gottes willen, wo stecken Sie? – ehe Heller, offensichtlich nach geglückter Verteidigung, antwortet: Bei Mimmi, »Mimmis Ankerplatz«, Mimmis Grogstube am Fischereihafen: hier erwarte ich Sie.

Er sagt es dringend, demnach muß also etwas auf dem Spiel stehen, wenn schon nicht für die gemeinsame Sache, so doch für ihn persönlich, aber Rita zögert noch, sie muß erst mit ihrer Überraschung fertig werden und lauscht auf die Geräusche, die Heller ihr mitliefert: da ist ein Klicken von metallenen Kugeln zu hören, ein Flirren von

rotierenden Scheiben, verstümmelte Rufe dringen herüber.
Sie werde sich wundern, sagt Heller, er möchte auch jetzt nicht zuviel vorwegnehmen, doch was er ihr anzubieten habe, sichtbar, fühlbar, mit dem imponierenden Lebendgewicht von schätzungsweise einhundertneunzig Pfund, das sei das Vorbild, nach dem sie so lange und so ergebnislos gefahndet hätten. Es sei zu besichtigen und zu befragen. Auch Grog könne man gut mit ihm trinken. Ob sie nicht Augenschein nehmen möchte? Man sitze in zufälliger Runde; er, Heller, werde sich doppelt freuen, und so weiter. Also?
Rita Süßfeldt, damit beschäftigt, sich einhändig eine Zigarette anzustecken, sie muß Heller mehrmals sagen, daß sie bei anderer Gelegenheit, unter besseren Voraussetzungen sofort und nicht ohne Erwartung gekommen wäre, doch ausgerechnet heute, sie habe übrigens schon geschlafen, sei sie verhindert, da dieser Abend vermutlich auch für sie noch etwas bereithalte. Und was nun das Vorbild angehe, da sei man ja wohl einig, da habe man ja wohl beschlossen, sich an Lucy Beerbaum zu halten und aus ihrem Leben ein entsprechendes Beispiel gemeinsam zu erarbeiten? Denn was solle dabei herauskommen, wenn jeder anfängt, auf eigene Faust Lokale, vielleicht sogar Wartesäle und öffentliche Bäder zu durchstöbern auf der Suche nach einem genehmen Vorbild?
Was sagt Heller? Er sagt tatsächlich »Rita«, und wiederholt, das R leicht zum L hin sprechend, Rita, hier neben mir sitzt Franz Pikosch, der uns alles bieten kann, was wir brauchen, ein zeitgemäßes Vorbild, das den Vorteil hat, komplett zu sein, in sich rund gewissermaßen, jedenfalls braucht Franz nicht »erarbeitet« zu werden. Das Klicken

der Metallkugeln wird deutlicher, ein wehender Schmerzensschrei ist hinter Heller zu hören, der nun eine Hand auf die Muschel legt und vermutlich mit dem leibhaftigen Vorbild spricht.

Ist das alles vielleicht nur ein Beispiel für Hellers spezifischen Humor? fragt Rita Süßfeldt sich selbst. Ist das alles vielleicht nur ein Vorwand, um sie zu »Mimmis Ankerplatz« kommen zu lassen zu dieser Zeit? Da ist Heller schon wieder gesprächsbereit und setzt zu neuer Überredung an, läßt nun, in geflüsterten Stichworten, die Bedeutung seines Funds ahnen, die einmalige Verwendungsfähigkeit des pädagogischen Leckerbissens Franz Pikosch, dessen Beruf er zuerst mit »Binnenschiffer« angibt, dann, nach einer Korrektur aus dem Hintergrund, mit »Schiffseigner«.

Lieber Kollege Heller, sagt Rita Süßfeldt ungeduldig, ich kann mir denken, daß es ein Vergnügen ist, mit Ihrem Vorbild Grog zu trinken; dabei sollten Sie bleiben. Ich kann Ihnen nicht länger zuhören, und ich kann auch nicht Ihr Vorbild besichtigen kommen. Vielleicht bringen Sie es morgen zur Konferenz mit. Und nun wünsche ich Ihnen noch einen angenehmen Abend.

Sie legt den Hörer auf, blickt den Apparat an, nein, Heller meldet sich nicht noch einmal, er scheint sie verstanden zu haben, die behutsame Zurechtweisung ist angekommen. Im Wohnzimmer brennt kein Licht mehr – sitzt er allein in der Dunkelheit, wie so oft? Rita schaltet das Licht ein und löscht es sogleich wieder, dann läuft sie nach oben, das Gepäck steht nicht mehr in ihrem Zimmer, er hat es abgeholt, hat es zu sich hinaufgetragen, nun geht er hin und her und verteilt schweigend die Dinge, die er hat mitnehmen wollen.

Darf ich hereinkommen? fragt Rita Süßfeldt und steht schon neben dem verankerten Stuhl: Es ist besser so, Heino, für euch beide besser, und wenn es dir gelingt, deine Theorie aufzugeben, wirst du erkennen, warum Mareth dies alles für dich tut. Sie will nicht durch deine Gegenwart dafür entschädigt werden, daß sie dir soviel »geopfert« hat; sie will dir dauerhaft helfen.
Der Mann nickt in erzwungenem Einverständnis; nun, da er sich zu bleiben entschlossen hat, da er die Spuren seiner kurzlebigen Auflehnung beseitigt, hat er auch schon wieder die Haltung des Protests aufgegeben. Er packt aus und verteilt: Bücher, Notizhefte, wollenes Unterzeug, Hemden und, Rita Süßfeldt beobachtet es erstaunt, eine Anzahl vielfarbiger Glastiere, die er achtsam aus den Wollsocken schält – ihr letztes Geburtstagsgeschenk für Heino Merkel. So wären sie heil geblieben, sagt er, und sie, mit übertriebener Anerkennung: Eine sehr gute Idee, muß ich mir merken. Immer eiliger legt er die eingepackten Dinge an ihren Platz zurück, zwängt den Koffer unter den Schrank, schüttet den Inhalt der Reisetasche in zwei Schubladen – später, sortieren werde ich später –, und um seine Eile zu überspielen, fragt er: Es ging um Lucy Beerbaum am Telefon vorhin?
Heller, du kennst ihn ja, der Kollege, der auf der Suche nach einer anderen Haut ist. Er ist in einer Kneipe versackt, hat dort, anscheinend auf dem Boden seines Grogglases, das Vorbild entdeckt, das uns alle entlasten kann, und wollte mich unbedingt mit ihm bekannt machen; heute abend noch. Ein Vorwand, nehme ich an, morgen wird er den Anruf bedauern.
Der Mann schiebt seine Reisetasche unter sein Bett, und kniend, ohne sich umzuwenden, fragt er, wie weit sie sich

schon umgetan habe in Lucy Beerbaums Leben. In den Anfängen erst? Nun, wenn es nach ihm ginge, wenn er die Arbeit abzuliefern hätte, er würde gerade den Anfängen besondere Aufmerksamkeit widmen, denn da sei auf zarte, aber doch schon erkennbare Weise zu finden, was sich später sinnbildlich und beinahe modellhaft kundgibt.

Ja, das habe sie schon gemerkt; was ihr nur beim ersten Lesen Schwierigkeiten bereitet habe, das seien die Familienverhältnisse: es habe da einen Giorgos Beerbaum gegeben, Lucys Großvater, einen Kaufmann, der mit griechischer Volkskunst handelte: Goldschmiede- und Schnitzarbeiten, Spitzen, selbstgewebte Stoffe – ist er es nun gewesen, der zweimal geheiratet hat, oder Lucys Vater? Beide, sagt Merkel, beide haben zweimal geheiratet; Lucys Vater stammt aus der ersten Ehe ihres Großvaters, sie selbst war das einzige Kind aus der zweiten Ehe ihres Vaters, die erste Ehe war kinderlos geblieben. Wenn ich die Verhältnisse richtig sehe: Lucys Großvater blieb hängen in Athen, als er dort – von Hamburg aus – seinen Bruder besuchte, einen Schiffsingenieur; ihr Vater Kostos Leonard Beerbaum ist in Athen geboren, hat zwar einige Jahre versuchsweise in Hamburg gelebt, ist dann jedoch wieder zurückgegangen und hat in seinem alten Beruf gearbeitet: ein Winkeladvokat.

Heino Merkel lauscht, tritt ans Fenster und blickt auf die Straße hinab, ja, es scheint noch Zeit genug zu sein, um auch die letzten Spuren des nicht vollzogenen Abschieds zu beseitigen; und jetzt, da ihm keine Auflehnung mehr nachgewiesen werden kann, ist ihm Erleichterung anzumerken und auch Ermattung. Er bittet die Frau, ihm den verankerten Stuhl zu überlassen, er setzt sich, hebt die Lederriemen auf und läßt sie leicht und mit geschlossenen

Augen durch die Hände gleiten, und auf einmal richtet er sich auf und sagt: Um diese Arbeit beneide ich dich. Ich stelle mir vor, was Lucy Beerbaum einem so anbietet an Möglichkeit, an Widerspruch; da wird vieles seltsam, und du fragst dich unwillkürlich: wie kann einer von uns das schaffen? Und was läßt ihn aushalten? Wirklich, Rita, ich beneide dich. Wir sind bereits drei Herausgeber, sagt die Frau, und wir machen uns schon genug Schwierigkeiten. Aber begleiten, sagt der Mann, vielleicht hast du nichts dagegen, wenn ich deine Arbeit kritisch begleite.

Sie horchen auf und sehen sich an, einer den Gedanken des anderen bestätigend, beide konzentriert den unvermeidlichen Phasen der Heimkehr lauschend: jetzt legt sie die Kette über, zieht im Gehen den dunklen Mantel aus und hängt ihn in die Garderobe, jetzt steht sie vor dem Spiegel, jetzt öffnet sie die Tür zum Wohnzimmer und schließt sie wieder, jetzt holt sie sich ein Glas Portwein, zögert, da sie die beiden leeren Gläser entdeckt, endlich kommt sie die Treppe herauf: Guten Abend, Kinder – dieser *Fliegende Holländer* wäre schon in der Elbmündung gekentert, eine typische Inszenierung für die Badewanne.

Guten Abend, Mareth. Und um was geht es bei euch, fragt Mareth, ich dachte, ihr wolltet früh ins Bett gehen? Sie setzt sich, enttäuscht, doch angeregt, auf den Hocker am Schreibtisch, überlegt deutlich, ob sie gleich oder später lüften soll, entscheidet sich offensichtlich für später und trinkt auf eine Art, die sie einem Vogel abgeguckt haben muß, einen Schluck Wein.

Wir bohren uns sozusagen durch Lucy Beerbaums Lebensgeschichte, sagt Rita, denn morgen wollen wir die Dame unter die Lupe nehmen. Und? Seid ihr fündig geworden? Noch nicht, aber Heino hat es mir in Aussicht gestellt; er hat mir heute sogar seine Hilfe angeboten. Also wenn ihr mich fragt, sagt Mareth, ich finde sie heute ebensowenig bemerkenswert wie zu der Zeit, als sie unsere Nachbarin war.

12

Gerade haben sie sich in der dämmrigen Halle der Hotel-Pension Klöver begrüßt, gerade sind sie, Heller mißmutig voran, in den waffengespickten Konferenzraum gezogen, gerade nimmt Pundt seinen Kampf gegen die Zugluft auf, während Heller an einer Entschuldigung für den späten Anruf bei Doktor Süßfeldt arbeitet, da erscheint auch schon, unter schnaufender Ankündigung, Ida Klöver, winkt mit lascher Hand einen Gruß hinüber, will nicht stören und hat doch schon gestört, in jedem Fall muß sie bekanntgeben, daß Magda, das Hausmädchen, heute nicht zur Verfügung steht, und daß sie deshalb selbst Bestellungen entgegennehmen müsse. Das wird zwar nicht drohend gesagt, doch eine leichte Warnung, von Bestellungen abzusehen, könnte man schon heraushören; zu deutlich ist der Überdruß, zu offenherzig gibt sie Lustlosigkeit zu erkennen. Da sie vorhabe, sich gleich wieder hinzulegen, wäre es zweckmäßig, Wünsche jetzt anzumelden, also? Nichts? Umso besser; dann bleibe ihr nur, »gute Verrichtung« zu wünschen.
Was jetzt? Erst einmal wird die Konferenz vorbereitet: Zigaretten, Backobst, Streichhölzer werden bereitgelegt, Mappen und Taschen ausgepackt, Bücher mit unüblichen

Lesezeichen geschichtet – Pundt hat unter anderem einen abgerissenen Schnürsenkel eingelegt –, es werden Blöcke und Kugelschreiber in Bereitschaft gebracht. Kann es beginnen? Es könnte, aber vorher möchte Heller noch etwas loswerden, eine Entschuldigung, eine Begründung für den späten Anruf, er, der heute morgen düster und leidend erscheint, möchte hier eine Erklärung abgeben, doch Rita Süßfeldt winkt ab, für sie sei alles erledigt, da Heller ja darauf verzichtet habe, sein in der Nacht entdecktes Vorbild mitzubringen. Außerdem habe er sich, die Bücher und Notizen bewiesen es, an den allgemeinen Beschluß gehalten, und der besage doch, daß Lucy Beerbaum – gewissermaßen – das Rohmaterial abgeben sollte für die gestellte Aufgabe.

Hier möchte Valentin Pundt, die Hausjacke hochgeschlossen, gleich etwas »gestehen«, und zwar möchte er, auch wenn er noch nicht allzu tief eingetaucht sei in »Wesen und Werk«, seine Fassungslosigkeit darüber gestehen, wie Lucy Beerbaum ihm unbekannt bleiben konnte bis zu diesen Tagen. Zwar schwimme er noch an der Oberfläche, zwar habe er sich noch nicht gebührend hineingeknetet in die biografische Masse, immerhin lasse sich aber jetzt schon sagen – und er wisse, was er sage –, daß in dieser Persönlichkeit vermutlich ein Schlüssel zum Verständnis dieser Zeit liege. Seine Witterung für Signale bestätige ihm das, sein im allgemeinen verläßlicher Instinkt für Chiffren, um es mal so auszudrücken.

Wir werden Lucy Beerbaum zur Vorturnerin ernennen, sagt Heller mit zerknautschtem Gesicht, und zwar für jede Art von Gymnastik, die moralische eingeschlossen. Eine Vorturnerin, die uns die Welt erklärt. Wie er das verstehen darf, will Pundt sofort und argwöhnisch wis-

sen, und Heller darauf achselzuckend: Wenn Ihnen das Wort Vorturnerin nicht schmeckt, können wir Lucy Beerbaum ja auch zur Leitschiene erheben, an der alles entlanggleitet, was sich bewegt. Und beschwichtigend gibt Heller zu, daß er bis jetzt ein ganz gutes Gefühl habe, es sei ihm sogar gelungen, einen Abschnitt zu finden, den man unter Umständen verwenden könnte, und im übrigen möchte er vermuten, daß Lucy Beerbaum eine Art Ragout fin zum Lesebuch liefern werde. Ob der Kollege Pundt damit zufriedengestellt sei?
Pundt bietet Dörrpflaumen an, bleibt jedoch erfolglos und bedient sich selbst dafür doppelt. Welch einen Weg sollen wir denn nun beschreiten, fragt Rita Süßfeldt und ist sogleich unzufrieden mit ihrer Frage: Ich meine, sagt sie, wie wollen wir denn nun vorankommen? Austauschen? Vergleichen? Schriftlich bewerten, um dann abzustimmen?
Die Sachverständigen, sich selbst überlassen in dem Zimmer mit afrikanischen Erinnerungen, suchen nach einer Methode: Also wie denn nun? Wie bisher? Das hätte man ja auch gleich feststellen oder haben können.
So werden sie sich also wieder Vorschläge machen, werden einander präsentieren, was sie, ihrem Temperament, ihrer Möglichkeit und ihrer Vorliebe entsprechend, bei Lucy Beerbaum entdeckt haben in angewandter Lektüre; jeder wird auf die zu kurze Zeit der Vorbereitung eingehen, das muß bei der Bewertung berücksichtigt werden. Nur das Knistern der Korbsessel ist in dem Raum zu hören und ein Geräusch fummelnder Finger auf dem Palisandertisch; draußen im Garten, wo der November immer noch Schneeregen mischt, stehen zwei junge Dachdecker und starren sie belustigt an, rätselnd, welcher Be-

schäftigung die Leute unter dem Gehörn eines Antilopenbocks wohl nachgehen könnten. Was die wohl sagten, wenn sie es erführen, denkt Heller, und er blickt die beiden Burschen in der blauen Kluft so eindringlich an, daß sie sich wie auf Kommando mit ihren Zinkblechen zur Leiter verziehen.

Soll Rita Süßfeldt beginnen? Oder, da Heller sich nicht danach drängt, Valentin Pundt? Wir haben die Auswahl, doch Doktor Süßfeldt ist schon entschieden, hat sich bereits eine neue Zigarette angesteckt, sich vor dem aufgeschlagenen Buch zurechtgesetzt und gibt nur noch zu bedenken, daß das Beispiel, das sie vorschlagen möchte, aus dem Zusammenhang genommen ist und deshalb bearbeitet werden sollte. Im übrigen habe ich mich bewußt für ein Jugenderlebnis entschieden, sagt sie, weil der junge Leser hier die Möglichkeit hat, sich zu versetzen und unmittelbar zu vergleichen; einen Titel können wir gemeinsam finden. Wenn Sie bereit sind, fange ich an. Es heißt hier:

Selten machte Lucy ihre Schularbeiten zu Hause. Der alte Garten zog sie nicht an, nicht einmal das verfallene Gartenhaus unter den flachen Baumkronen, wo Tisch und Stuhl bereitstanden. Sobald die Schule vorüber war, wanderte sie fast jedesmal allein in die sogenannte Plaka, in die Altstadt Athens, dorthin, wo man auf leichten hölzernen Balkonen lebte, auf unebenen Höfen, oder einfach auf Stühlen, die man vor dunkle Hauseingänge setzte. Hierher, wo man alles ausstellte, was man besaß, ging sie auf kürzestem Weg, betrat ein doppelstöckiges Haus und stieg hinauf zum Büro ihres Vaters, das aus zwei getünchten Räumen bestand, die ihm der Besitzer des Hauses, ein ehemaliger Krankenpfleger, aus besonderer Dankbarkeit überlassen hatte. Und während ihr Vater, ein Advokat und, nach seinen eigenen Worten, ein »Anwalt der Beleidigten«, im ersten Raum seine Klienten empfing, saß Lucy immer bei angelehnter Tür in dem hinteren, kleinen Raum und machte ihre Schularbeiten zwischen liederlich gebundenen und gleichgültig abgelegten Akten sowie zwischen mißachteten, jedenfalls nie benutzten Bücherstapeln. Ohne selbst bemerkt zu werden, sah sie die Klienten kommen und gehen, hörte die Sorge reden, die List, die Verzweiflung, lernte so von ihrem geschützten Sitzplatz aus das Alphabet der Not. Wie ruhig ihr Vater dasitzen konnte, wenn die Besucher ihre Not nicht nur erzählten, sondern sie auch vorspielten; Gesten, Bewegungen, erstaunliche Tonlagen halfen da sogleich sichtbar zu machen, was ihnen zugestoßen war, doch der gewölbte Rücken von Lucys Vater bewegte sich nicht, das Gesicht mit dem melancholischen Schnauz schien keiner Teilnahme fähig.

Und Lucy? Sie entdeckte vorerst keine Möglichkeit, ihre Rolle zu verändern, sie mußte sich damit begnügen, Zaungast eines sehr unterschiedlichen Unglücks zu sein – wenigstens so lange, bis Andrea erschien. Auf einmal konnte sie das Wissen nicht mehr ertragen und glaubte sich auf ihre Art einmischen zu müssen, allerdings weniger deshalb, weil sie nun genug erfahren hatte, als aus dem Grund, weil Andrea ihr so auffallend glich.

Lucy erschrak, als sie aus ihrem Versteck heraus zum erstenmal das fremde Mädchen sah, mager wie sie, großäugig wie sie, von gleicher Augen- und Haarfarbe. Andrea war barfuß. Ein Ausdruck von Wachsamkeit und früher Bereitschaft lagen auf ihrem Gesicht; frühes Wis-

sen hatte es gekennzeichnet. Auf ihrem Schoß hielt sie eins ihrer jüngeren Geschwister, das nur einen einzigen quakenden Laut ausstieß. Sie war mit ihrer Mutter gekommen und hörte aufmerksam zu, gerade so, als wollte sie sich das Nötige einprägen für den Fall, daß sie einmal in ähnlicher Lage zu dem Anwalt kommen müßte, und sie suchte nach dem Eindruck, den die Worte ihrer Mutter auf den Mann machten oder doch machen mußten, und verwarnte das kleine Kind durch ruckhafte und schüttelnde Bewegungen. Ihre Mutter war eine untersetzte, muskulöse Frau – schwarzes Kopftuch, schwarze Strickjacke, schwarzer Rock, alles verblichen und unter der Sonne gealtert – und mit einem Gesicht, über das es huschte und leuchtete, versuchte sie ihr Unglück schnellsprechend an den Mann zu bringen.
Ihr Mann also saß im Gefängnis, das war vorauszusehen, ihr Elias, ein ungewöhnlicher und phantasievoller Mann: pah, keiner reichte an ihn heran! Seine Phantasie war das beste Mittel gegen die Arbeitslosigkeit, von seiner Phantasie lebte die ganze Familie in Zufriedenheit, einschließlich der Großeltern, doch nun saß er im Gefängnis, die herrliche Phantasie stieß sich an Gitterstäben wund. Und warum? Pah, er hatte nichts weiter getan, als Spatzen gefangen, diese gewöhnlichen Vögel eingefärbt – oder sind sie etwa nicht gewöhnlich? – und sie den Touristen am Hafen, kurz vor Abgang des Schiffes, in ansprechenden Käfigen als Singvögel verkauft. Pah, wer erlitt dabei schon große Verluste! Und eine Familie konnte leben. Bis auf einmal ein Fremder kam, der alle Vögel aufkaufte und sie auf das Schiff bringen ließ. Er bezahlte mit großem Geld, und als Elias den Schein in der Bank einwechseln wollte, wurde er verhaftet. Es war eine Blüte. Falsch-

geld. Man hielt Elias für ein Mitglied der Fälscherbande und setzte ihn fest, und seiner lebenserhaltenden Phantasie knickte man die Flügel.

Während Andreas Mutter ihr Unglück ausbreitete und in die Länge zog, beobachtete Lucy ausschließlich das barfüßige Mädchen, das zwar immer noch erwartungsvoll den Anwalt anstarrte, aber nicht mehr so beharrlich; Andreas Aufmerksamkeit hatte sich geteilt, sie erkundete mit schnellem Blick die losen und festen Dinge des Raums, und plötzlich schnellte ihr brauner Arm hervor. Sie schnappte sich zwei Orangen von dem glasierten Obstteller und verbarg die Früchte unter der Kleidung des kleinen Kindes.

Lucy hatte es gesehen, doch sie kam nicht hervor, sie blieb in ihrem Versteck und wartete, bis Andrea mit ihrer Mutter aufbrach; da folgte sie ihnen. Ruhig ging sie hinter ihnen her. Sie merkte sich das Haus mit den hochgelegenen Fenstern, in dem sie alle verschwanden, kam noch einmal zurück und linste auf den gestampften, schattigen Innenhof, und auf dem Heimweg beschloß sie, wiederzukommen.

Lucy kam wieder, mit einem kleinen Netz voller Orangen, wartete auf dem Innenhof, niemand erschien, da rief sie Andreas Namen unter dem Fenster, und nach einer Weile erschien das Mädchen. Mißtrauisch näherte sie sich, während Lucy ihr entgegenging mit verlegenem Lächeln und ausgestreckter Hand. Was willst du, fragte Andrea feindselig. Lucy hielt ihr das Netz hin, sagte: Für dich, und sah Skepsis und Geringschätzung ausdrucksvoll in dem Gesicht entstehen, das dem ihren so sehr glich. Lucy zitterte, vielleicht, weil sie sich durchschaut fühlte, vielleicht aber auch, weil sie mit dieser hochmütigen Abweisung nicht gerechnet hatte, und unvermutet riß Andrea das Netz an sich und warf es Lucy zurück, so heftig, daß Lucy das Gefühl hatte, einen Schlag vor die Brust zu bekommen. Die Orangen rollten auf den Hof.

Andrea ging stumm ins Haus zurück, Lucy aber sammelte die Orangen auf und brachte sie ins Büro ihres Vaters, wo sie sie auf den glasierten Obstteller legte. Sie fühlte sich verletzt, die Enttäuschung über diese Begegnung dauerte, dennoch gab sie es nicht auf, an einen neuen Besuch zu denken und auch daran, was sie dem Mädchen anstelle von Orangen mitbringen könnte.

Da sie es nicht aufgeben wollte, die Freundschaft des Mädchens zu gewinnen, das ihr so ähnlich war, beschloß sie, zunächst ohne ein Geschenk zu ihr zu gehen. Bevor es jedoch dazu kam, erschien Andrea mit ihrer Mutter wieder im Büro. Früh schon wartete Lucy in ihrem Versteck, sie hatte die Tür geschlossen, einen Stuhl davor gestellt, und nun saß sie und beobachtete durchs Schlüsselloch das fremde Mädchen. Und wieder geschah es: als Andreas Mutter sich über den Schreibtisch beugte, als sie den Federhalter nahm und sich zeigen ließ, wo und wie oft sie zu unterschreiben hatte, bewegte sich der braune Arm zum Obstteller hin, nicht einmal, sondern mehrmals, und wieder verschwanden die Orangen unter der Kleidung der kleinen Schwester. Lucy war glücklich, sie bewunderte Andrea.

Sie mußte sie wiedersehen, gleich am nächsten Tag, und auf dem Heimweg von der Schule ging sie an dem Haus vorbei, in dem Andrea wohnte, spähte auf den Innenhof, setzte sich dann auf die Treppe des gegenüberliegenden Hauses und wartete. Andrea kam bald; sie war es, die Lucy zuerst entdeckte, ärgerlich und verblüfft. Was willst du? Warum bist du schon wieder hier? – Ich habe auf dich gewartet, sagte Lucy. – Warum? – Man könnte uns für Schwestern halten, sagte Lucy, wir sind uns ähnlich; hast du schon gemerkt, wie ähnlich wir uns sind? Andrea lächelte spöttisch, ließ ihren taxierenden Blick über Lucys Erscheinung gleiten: die schwarzen Spangenschuhe, die Kniestrümpfe, der Faltenrock, die leuchtende Hemdbluse. Wir, fragte sie, wir uns ähnlich? Lucy reichte ihr einen Taschenspiegel: Da, überzeug dich, schau mal hinein.

Verschwinde, sagte Andrea, und Lucy darauf: Schau hinein, dann schenk ich dir den Spiegel. Sie standen sich gegenüber am Fuß der Treppe, gespannt, unsicher für einen Augenblick, beide sahen auf den Taschenspiegel, der auf Lucys ausgestreckter Hand lag, die Handfläche fast bedeckte; da schlug Andrea von unten zu, hart und im Ansatz kaum erkennbar. Ich will nichts von dir, sagte sie, nimm dein Geschenk mit und hau ab. Geh weg für immer. Lucy hob den Spiegel auf, der unbeschädigt war, und wartete, bis das Mädchen ins Haus trat; dann ging sie ins Büro ihres Vaters.

Ihr Vater wunderte sich über das Interesse, das Lucy auf einmal für den Fall des Vogelfärbers aufbrachte, und ebenso wunderte er sich über die Freude, die sie nach seiner Auskunft zeigte, daß Andreas Mutter wohl noch mehrmals ins Büro kommen werde. Fast hätte sie ihn gebeten, den Fall beschleunigt zu behandeln.

Als dann der Besuch bevorstand, wunderte er sich abermals über Lucy, denn anstatt ihn um Erlaubnis zu bitten, im Sprechzimmer bleiben zu können, vielleicht sogar an seiner Seite, am Schreibtisch, wollte Lucy ins Hinterzimmer, wollte allein sein, wollte nicht »verraten« werden.

Diesmal hatte Lucy, unerkennbar für ihren Vater, von Orangen abgedeckt, zwei Münzen an den Rand des Tellers gelegt, und sie saß wieder auf dem Stuhl und beobachtete Andrea, sah wieder das Lauern, mit dem sie Lucys Vater anstarrte, und war von Andreas Gesicht so gefangen, daß sie vergaß, auf ihre Finger zu achten: Hatte sie? Hatte sie nicht? Lucy wartete, sie hoffte, doch der braune Arm löste sich nicht von dem strampelnden Kind, die gekrümmten Finger schoben sich nicht gegen den glasierten Teller vor, solange sie sich dies auch wünschte; dennoch entdeckte Lucy später, daß die Münzen fehlten und einige Früchte. Da beschloß sie, Andrea vorerst nichts mehr selbst zu bringen, sondern alles, was sie ihr geben wollte, einfach auf den Teller zu legen, von Früchten verdeckt, und bei ihren nächsten Besuchen überließ sie ihr Süßigkeiten, den Spiegel, den das Mädchen ihr aus der Hand geschlagen hatte, und wieder einige Münzen von ihrem Taschengeld.

Zum letztenmal erschien Andrea mit ihrer Mutter am sogenannten »Tag der Adler«, an dem alles hinauszieht auf die Hügel vor der Stadt, um bemalte Drachen steigen zu lassen. Auch Lucy hatte ihren Drachen; grüne Augen, gelbe Zunge, unterfeuerter Atem, sie hatte das Pergamentpapier selbst bemalt und auf den Rahmen gespannt, und an dem Tag, an dem Andrea kommen sollte, brachte sie den Drachen mit, trug ihn allerdings nicht ins Büro, sondern hängte ihn im Flur auf, den Schwanz ans Geländer gebunden. Der Obstteller war leer. Obwohl Andrea mit ihrer Mutter kam, verließ sie das Büro nicht zusammen mit ihr; sie brach früher auf, verstört, zappelnd vor Unruhe, ohne das kleine Kind, das sie der Mutter übergab, bevor sie grußlos hinausging.

Lucy wollte sofort hinuntergehen, zwang sich jedoch, in dem Hinterzimmer zu warten, bis auch die Frau sich verabschiedet hatte; dann erst kam sie heraus und stürzte sogleich auf den Flur, wo sie ihren Wunsch erfüllt fand: der Papierdrachen war fort. Sie lief auf die Straße. Dort hinten ging ihr Drachen barfuß zu den Hügeln, der Schwanz schleifte durch den Staub, ein Windstoß preßte das bunte Papier gegen das Gerippe des Rahmens. Lucy folgte dem Mädchen auf seinem Weg zu den Hügeln, über denen schon pendelnd Drachen in der Luft standen, getragen und hin- und hergeschleudert von einem ungleichmäßigen Wind, der vom Meer herkam; fremdartige, alte Vögel, die gelassen über der ausgemachten Beute standen, so blickten die Drachen aus sprühenden, kreisenden, jedenfalls vielfarbigen Augen auf die steinübersäten Hügel hinab.
Andrea spürte schon auf dem Hang, wie der Drache loswollte, er zerrte und drückte, er schlug und erhob sich flatternd über ihren Kopf, aber sie hielt ihn fest und trug ihn zur Kuppe hinauf, und hier warf sie ihn dem Wind hin, der ihn gleich emportrug an der gewachsten Schnur. Von weitem sah Lucy ihren Drachen steigen, nicht größer, aber wilder und unternehmungslustiger als die anderen, die in der Luft standen; außerdem schien er sich höher hinaufzuschwingen als alle anderen.
Langsam stieg sie zur Kuppe hinauf, unbemerkt von Andrea, die Mühe hatte, Schnur nachzugeben, die sich schon mit den Füßen gegen einen Steinhaufen stemmte, um den ruckenden, seine volle Freiheit verlangenden Drachen festhalten zu können. Die Schnur, die sie doppelt um ihre Hand gewickelt hatte, schnitt tief in die Haut ein und rief einen brennenden Schmerz hervor, wenn sie

mehr und mehr Loose gab, das machte ihr nichts aus, solange der Drachen nur stieg und stieg und sich über die anderen erhob.

Dann kam die Bö; der Drachen tauchte nach unten weg, trudelte und stieg plötzlich so unwiderstehlich, daß Andrea ihn nicht mehr allein halten konnte und, ohne sich zu vergewissern, wer hinter ihr stand, nur: Hilf mir, sagte, hilf mir. Da war Lucy schon neben ihr, sprang nach der zitternd gespannten Schnur, erwischte sie, und in gemeinsamer Anstrengung, die Körper schräg zurückgelegt, bändigten sie den Drachen. Glücklich sahen sie sich an, in erregtem Einverständnis: sie hatten ihn gemeinsam bezwungen. Kein Befremden. Kein Verdacht, nicht einmal Erstaunen zeigte sich auf Andreas Gesicht, als sie Lucy neben sich sah mit dieser fröhlichen Verbissenheit, nur auf Widerstand aus.

Gemeinsam hielten sie den Drachen, aber eine zweite Bö schleuderte ihn in wütender Spirale nach unten, er fing sich, trudelte, und schoß schließlich, als ob ein Pfeil ihn getroffen hätte, auf die Erde hinab und schlug auf einen Steinhaufen auf. Sie ließen die Schnur los und liefen zu dem abgestürzten Drachen: das Rahmenkreuz war zerbrochen, das Papier eingerissen. Lucy kniete sich hin, zog eine zersplitterte Leiste aus dem Pergament, die das bemalte Papier durchstoßen hatte wie eine gebrochene Rippe, und als sie die Leiste Andrea zeigen wollte und zu ihr aufsah, blickte sie in ein feindseliges Gesicht. Du bist mir schon wieder nachgelaufen, sagte Andrea, du bist schuld, daß mein Drachen abgestürzt ist. Ich werde ihn reparieren, sagte Lucy, du kannst zusehen dabei. Während sie noch kniete, ratlos über diese unerwartete Anklage, hob Andrea hastig den Drachen auf, nahm ihn in beide Hände und schlug ihn so über Lucy, daß das Pergament platzte und der hölzerne Rahmen sich über Lucys Körper schob. Laß dich bloß nie mehr blicken, sagte Andrea, nie mehr, hörst du. Dann lief sie davon.

Rita Süßfeldt lehnt sich zurück, bläst mit vorgeschobener Unterlippe über ihr Gesicht, und nun erst geschieht, was Heller längst voraussah: die Asche von der erkalteten Zigarette löst sich und stäubt über ihren Schenkel, was die Frau nur zu mechanisch wischenden Bewegungen veranlaßt. Dies also sei ihr Vorschlag, ein Jugenderlebnis von Lucy Beerbaum, nicht schlecht geeignet zur Interpretation, in jedem Fall aufschlußreich für die Hauptperson und durchaus eigentümlich; denn was hier deutlich werde, nicht wahr, sei unbewußte Einsicht, daß ein Diebstahl unter gewissen Bedingungen gerechtfertigt ist. Was dieses fremde Mädchen, diese Andrea, aus Stolz nicht annehmen könne, das verschaffe sie sich selbst bei günstiger Gelegenheit, und Lucy, wenn auch nur in instinktiver Anerkennung der Notlage, bemüht sich, solche Gelegenheiten herbeizuführen. Grundsätzlich möchte sie aber noch einmal darauf hinweisen, daß dies ein schnell gefundenes Beispiel nach erster Lektüre sei; sie sei sicher, gegebenenfalls andere Vorschläge machen zu können.
Also solle man schon in die Einzelheiten gehen, das Jugenderlebnis bewerten, sozusagen Rosinen zählen?
Valentin Pundt winkt brummend ab; obwohl dies Beispiel einiges für sich habe, möchte er doch vorschlagen, daß man sich zunächst die anderen Vorschläge anhöre, denn durch den unmittelbaren Vergleich sondere das Schwache sich ganz von selbst aus, womit er um Gottes willen nicht sagen wolle, daß er Lucys Jugenderlebnis

für schwach halte, er möchte nicht mißverstanden werden – nur: zügiger komme man gewiß voran, wenn zuerst jeder seinen Vorschlag macht und man sich dann auf das beschränke, was die größte Zustimmung findet. Ob der Kollege Heller nicht auch diese Ansicht teile?
Der Kollege Heller hat Nachdurst, ihm sei es, wie er sagt, wurscht, auf welche Weise man das Vorbild ermittle, er möchte hier lediglich wiederholen: wenn schon ein Lesebuch seinen Namen als Herausgeber tragen soll, dann spiele möglicher Zeitgewinn keine Rolle für ihn. Nebenbei sei er dafür, daß man jetzt, am Vormittag, das Licht ausknipse, da es ihn blende, quäle, von Kopfschmerzen wolle er gar nicht reden. Also wird das Licht ausgeschaltet; danach bekennt Valentin Pundt, daß er das Jugenderlebnis bereits gelesen habe und daß es ihm gleich diskutabel erschienen sei, allerdings habe er sich später doch für einen anderen Abschnitt entschieden, weil in ihm – doch er wolle nicht vorgreifen, vor allem, niemanden beeinflussen, der Text solle für sich sprechen. Ob man bereit sei, ihm zuzuhören? Schön. Den Anfang müsse man wohl neu schreiben; weiter liest es sich dann so:

... am Fenster, während ihre Mutter sich geräuschvoll umzog, gerade so, als sollten die Geräusche den Vorwurf vergrößern, den sie Lucy machen mußte. Die stand am Fenster; schmal, selbstsicher, und den rauchenden Polizisten am Gartentor beobachtend – er störte und scheuchte die Eidechsen, die in den Rissen des gemauerten Tors schliefen –, achtete sie auf Inhalt und Reihenfolge der Vorwürfe, nicht zerknirscht oder niedergeschlagen, sondern fast nur darauf aus, Variationen festzustellen. Die schwerfällige Frau stöhnte, sie erinnerte an offenbar nicht befolgte Ratschläge: wie oft hab ich dir gesagt, daß ... Wie viele Male dich gewarnt. Dir war bekannt, welche Folgen entstehen, wenn man freiwillig Berührung mit anderen Schichten sucht, wenn man seinen Kreis verläßt. Daß man sich auch sozial anstecken kann: du hast es gewußt. Warum also bist du nicht, hast du nicht, warst du nicht ...! Jetzt haben wir prompt die Bescherung: Polizei. Zum erstenmal klopft an dieses Haus die Polizei. Und dein Großvater war vorübergehend Kommandeur der Evzonen. Er war General. Er war! Du aber mußt in einer Backstube aushelfen, in deinen Ferien bist du mit den Bäckern zusammen; nun hast du erfahren, was dabei herauskommt, wenn man mit solchen Leuten umgeht: Polizei.

Lucy lächelte mit abgewandtem Gesicht, sie konnte keine Variationen in den Vorwürfen entdecken, alles nur abgedroschene Anklagen, Vorhaltungen, die sie hätte aufnehmen und zuende sprechen können, so oft hatte sie sie über sich ergehen lassen, und nickend, als ob sie die Standpunkte weniger anhörte als vielmehr zur Probe abhörte, begleitete sie die Rede ihrer Mutter, die sich seufzend fertigmachte zu einem zweiten Auftritt, den sie vorausgesehen hatte: Heute wirst du nicht allein dorthin gehen, heute komme ich mit in diese Höhle, in diese Backstube, wo augenscheinlich mehr gebacken wird als Brot. Du wirst nicht allein mit dem Polizisten gehen. Warum ist dein Vater ausgerechnet heute verreist?

Sie herrschte ihr Spiegelbild an, war auf einmal unzufrieden mit dem schottischen Kostüm und entschied sich für Weiß, weißer Hut, weiße Handschuhe, aber wo ist die weiße Tasche; und jetzt sagte Lucy ruhig vom Fenster her: Großvater war nicht Kommandeur der Königlichen Garde, Mama; er sollte es werden, man hatte es ihm so gut wie versprochen. Na und, sagte Lucys Mutter, zugleich betroffen und erregt, macht das vielleicht einen Unterschied? Ist es etwa nicht genug, daß man es ihm versprochen hatte? Mein Gott, mir genügt das.

Das kühne, fleischige Gesicht glänzte vor Schweiß; an der Rücksichtslosigkeit, mit der sie den schweren Körper schnürte, Wülste werfen ließ, konnte man schon erkennen, wie sehr sie alles mißbilligte: Lucys Entscheidung ebenso wie die Entwicklung der Zeit. Sie, deren Leben in den letzten Jahren aus Schallplatten und Süßigkeiten bestand, die fett geworden war vom genußvollen Dasitzen, Lucys Mutter, die sich endgültig zurückgezogen hatte in das schunkelnde Gehäuse ihrer Vergangenheit, sie meldete schon Widerspruch an bei dem Wörtchen »heutzutage«.

Gehen wir, Mama? fragte Lucy. Gehen wir. Der Polizist salutierte, als er die weißgekleidete Frau sah, die schwerfüßig die Steintreppen hinabstieg, und beim Anblick von Lucy hob er die Schultern, um sein Bedauern auszudrükken: ich hab nur meinen Auftrag, ich kann nichts dafür. Im Gänsemarsch zogen sie die abschüssige Straße hinab, vorn Lucys Mutter, zürnend, eine weiße Fregatte, die zu einer Strafexpedition ausgelaufen ist; dann der junge Polizist und am Schluß Lucy, die ständig versuchte, mehr zu erfahren über das, was in der Bäckerei geschehen war oder immer noch geschah, doch der Polizist kannte nur seinen Auftrag, den er vorzeigte wie ein Plakat: Man hat mich beauftragt, Sie zur Bäckerei Psathas zu bringen.

Die Bäckerei von Theodoris Psathas war leichter über den Hof zu erreichen als durch den Vordereingang des

Hauses, der den Eintretenden zögern ließ angesichts mehrerer verwinkelter dunkler Gänge; deshalb scherte Lucy aus und ging voran auf den schattigen Hof. In den Mauern waren Gestelle verankert, die zum Abstellen der Bleche dienten und federnder, mehlgepuderter Bretter, auf denen das Brot abkühlte. Eine verrottete Karre, Schubstangen schräg in die Luft, irdene Krüge, in denen Wasser verdunstete, die ausgediente Klappe eines Backofens, ein Stapel gebrannter Ziegel: das war das Inventar des Hofes, den sie jetzt nebeneinander überquerten.

Dort die Stufen hinab, sagte der Polizist, und Lucy darauf: Ich weiß, ich kenne mich hier aus. Verklebt die Stufen, von einem grauweißen Belag bedeckt wie alle Stufen, die in eine Bäckerei führen; desgleichen hatte der Zementboden eine schmutzige, teigartige Decke, die kein Besen entfernen, die nur ein Spachtel abheben konnte. Vor der Ofenfront, in weißen, bestäubten Unterhemden, klebrige Schürzen vorgebunden, standen die Bäcker: Meister Psathas, verschüchtert, krumm; Semni, der Geselle, geöltes Haar, Kerne kauend wie immer, und Stratis, der hängelippige Junge, dessen bewundernder Blick vom Gesellen nicht losfinden konnte. Ihnen gegenüber, in offenem Staubmantel, auf einem hölzernen Bock der Kommissar; neben ihm, mit dienstbereitem Bleistiftstummel und offenem Notizbuch, ein Assistent des Kommissars.

Die Unbeweglichkeit des Bildes, das bestehende Schweigen, die zur Schau gestellte Geduld: alles wies darauf hin, daß man miteinander fertig war, jedenfalls das übliche Spiel gespielt hatte und nun auf den wartete, von dem der Ausgang abhing.

Lucy trat als erste ein, doch ehe sie noch die Bäcker be-

grüßt hatte, die ihr, jeder auf seine Art, die Freude über das Wiedersehen zu verstehen gaben, war ihre Mutter schon an ihr vorbei, stand schon, Auskunft fordernd, in der Mitte zwischen den Fronten und musterte dringend die Gesichter: Wer, wer von euch hat hier das Wort? Und in der Annahme, daß nur das Alter das Wort haben könnte, wandte sie sich an Meister Psathas: Nur deshalb bin ich gekommen, damit Sie es ein für allemal wissen: ich mißbillige, daß Lucy sich hier aufhält; ich kann es ihr nicht verbieten, aber ich mißbillige es. Schweigen Sie! Ich habe Lucy gewarnt, ich habe sie früh auf die Folgen aufmerksam gemacht. Hoffentlich können Sie begreifen, wie die Verantwortung verteilt werden muß.
Meister Psathas konnte zuerst nichts sagen, wollte dann etwas sagen, allerdings nicht ohne Erlaubnis des Kommissars; der übersah den Bäcker, glitt vom Bock und stellte sich Lucys Mutter vor und gab sich nicht nur als Wortführer zu erkennen, sondern ließ auch gleich durchblicken, was ihn und seine Begleiter hierhergeführt hatte. Die Behörden hatten sich also lange Zeit gewundert, wie Gefangene des Stadtgefängnisses in den Besitz von Nachrichten und kleineren Werkzeugen kommen konnten, die nur einem einzigen Zweck dienen sollten; er, der Kommissar, war mit seinen Beamten der Spur nachgegangen, und die hatte sie hierher geführt, in diese Backstube. Da Meister Psathas, zu Recht oder zu Unrecht, das Vertrauen der Behörden genossen hatte, war es ihm erlaubt worden, Brot ans Gefängnis zu liefern; in dieses Brot waren Nachrichten und Werkzeuge eingebacken: das konnte er beweisen.
Die schwere Frau sah Lucy erschrocken und mit traurigem Triumph an: siehst du nun, wozu meine Ratschläge

gut waren, daß meine Warnungen recht hatten. Dieser schmerzliche Triumph überwog noch ihren Argwohn und ihre Entrüstung, und als sei ihr vor allem daran gelegen, bestätigt zu werden, wollte sie nun, da dies geschehen war, zur glitschigen Treppe und hinaus auf den Hof – aber da war Lucy schon zu den Bäckern getreten, hatte jeden flüsternd begrüßt und stand jetzt zwischen ihnen, gerade so, als ob sie fraglos zu ihnen gehörte und als ob sie alles, was die andern betraf, auch für sich selbst übernehmen wollte. Komm, Lucy, sagte die Frau, und zum Kommissar: Sie nehmen doch nicht an, daß meine Tochter Ihnen bei Ihren Ermittlungen helfen kann, auch wenn sie sich mitunter hierher verirrt hat. Der Kommissar beschwichtigte sie; gleich, gleich, nur ein paar allgemeine Fragen, und auch nur, um der Form zu genügen.
Sie sind Studentin? fragte er Lucy. Ja. – Der Biologie? – Ich studiere Biologie und Chemie. – Und in den Semesterferien haben Sie hier gelegentlich geholfen? – Ja. – Bei Ihrer Konstitution? – Ja. – Darf ich fragen, worin Ihre Arbeit bestand? – Hilfsarbeiten vor allem. – Sie arbeiteten ohne Bezahlung? – Ja. – Seit wann kennen Sie Psathas? – Seit meinem zwölften Lebensjahr. – Und die andern? – Seit ich hier ausgeholfen habe. – Und aus welchem Grund halfen Sie hier aus? – Ich wollte etwas wissen. – Worüber? – Über die Arbeit; was sie an Wünschen erfüllt und was sie immer noch unerfüllt läßt. – Und Sie sind zufrieden mit Ihren Erfahrungen? – Nein. – Und Ihr Studium läßt Ihnen Zeit für solche Erfahrungen? – Durch diese Erfahrungen wird mein Studium gerechtfertigt, sagte Lucy.
Der Kommissar nickte, jedoch nicht deshalb, weil er mit dieser Antwort einverstanden war, sondern weil er sie

erwartet zu haben schien, sie vervollständigte offenbar ein Bild, das er sich von Lucy gemacht hatte. Wenn man so nah nebeneinander arbeitet, sagte er, macht man seine Beobachtungen. Wußten Sie, daß von hier aus Brot ans Gefängnis geliefert wurde? – Ja. – Und wußten Sie auch, daß mit dem Brot etwas anderes geliefert wurde –, Nachrichten, Werkzeuge zum Beispiel? — Ja, sagte Lucy, ja, ich wußte es. Wieder nickte der Kommissar, als ob er auch diese Auskunft erwartet hätte; er wollte schon weiterfragen, da erhob Lucys Mutter vom Ausgang her fuchtelnd Einspruch: Was sagst du da, Lucy; das ist doch nicht wahr, Lucy; das wirst du sofort richtigstellen; und zum Kommissar: Sie dürfen das nicht glauben, ich bitte Sie. Der Kommissar beschwichtigte sie mit dämpfender Handbewegung und fragte Lucy beiläufig: Und Sie waren dabei, als Nachrichten und Werkzeuge eingebacken wurden? – Ja. – Haben Sie womöglich dabei geholfen? – Ich habe dabei geholfen. – Aus welchem Grund? Lucy schwieg, und der Kommissar gleichmütig: Waren es persönliche Gründe? Allgemeine? Oder befolgten Sie eine Anweisung? – Allgemeine Gründe, sagte Lucy leise, während ihre Mutter, erstarrt in einer Haltung der Ungläubigkeit, kleine, schnappende Geräusche mit ihren Lippen hervorrief. Sind Sie bereit, uns diese Gründe zu nennen, fragte der Kommissar. – Sie ergeben sich aus meinen Überzeugungen. – Also?

Meister Psathas wandte sich Lucy zu, und in seinem Blick lagen Furcht und Bewunderung. Also? fragte der Kommissar noch einmal. Gewisse Vergehen, sagte Lucy zögernd, übersteigen die Absicht des Täters. Sie werden zu einem allgemeinen menschlichen Unglück. In gewissen Vergehen müssen wir uns alle wiedererkennen; denn

sie enthalten eine Beschreibung der Welt und der Verhältnisse.
Den Kommissar schien dieses Bekenntnis nicht zu überraschen; er sagte ruhig: Ja, unter bestimmten Umständen kann ein Verbrechen notwendig werden. Welche Umstände meinen Sie? – Wenn einem das Nötigste verweigert wird, kann ein Verbrechen zu neuen Möglichkeiten führen. — Demnach glauben Sie, sagte der Kommisar, daß gewisse Verbrechen zu Recht geschehen sind? – Ja. – Und daß man gewisse Täter, die man überführen konnte, zu Unrecht festhält? – Ja, das glaube ich. – Und deshalb, aus diesen Überzeugungen, haben Sie geholfen, Nachrichten und Werkzeuge ins Gefängnis hineinzubringen? – Aus diesen Gründen, sagte Lucy.
Der Kommissar ging nachdenklich zum Ausgang, drehte sich plötzlich um und musterte Lucy: das zarte, eher kränkliche Mädchen, schön vor Gewißheit; die schmalen Schultern; der flache, leichte Körper, der keiner Anstrengung gewachsen schien; dann ging er langsam auf sie zu und fragte, ohne seine Stimme zu verändern: Und Sie sind überzeugt, daß viele in den Gefängnissen Ihrer Hilfe bedürfen? – Viele, ja. – Obwohl sie ein Verbrechen begingen? – Obwohl sie etwas taten, was wir nach seltsamen Übereinkünften Verbrechen nennen, sagte Lucy, und vielleicht sollte unsere Hilfe damit beginnen: neu zu bestimmen, was ein Verbrechen ist. – Ist das nach Ihrer Meinung nicht geschehen? – Nein, sagte Lucy; ein Verbrechen am Schreibtisch oder im Konferenzsaal übergehen wir mit einem Achselzucken; für ein Verbrechen aus Armut aber oder aus Leidenschaft wollen wir kein Verständnis aufbringen.
Der Kommissar nickte wie abschließend und zufrieden-

gestellt – war er auf diese Antworten vorbereitet? Hatte er sie in schätzungsweise dreißig Dienstjahren schon öfter gehört? Jetzt, da er dies wußte oder bestätigt bekommen hatte, interessierte ihn nur noch das Werkzeug; er fragte Lucy: Das Werkzeug, das Sie ins Gefängnis schmuggelten – würden Sie es uns beschreiben? Lucy stutzte, tauschte einen Blick mit Meister Psathas, und Semni, der Geselle, stand unbeweglich und verengte seine Augen. Wie also sah es aus, das Werkzeug? – Es sollte die Flucht erleichtern, sagte Lucy. Ihre Mutter stieß einen wimmernden Laut aus, bedeckte das Gesicht mit den Händen und schüttelte abwehrend den Kopf. Also welche Werkzeuge, fragte der Kommissar geduldig, und als Lucy länger als üblich schwieg und dann nur ihre Antwort wiederholte, berührte der Kommissar Lucys Mutter an der Schulter und sagte mit mechanischer Teilnahme: Sie dürfen jetzt gehen, beide, ich danke Ihnen; und zu Lucy: Sie haben mir geholfen, der Form zu genügen.

Lucy trat verblüfft auf ihn zu, weniger aus Erleichterung als unzufrieden darüber, daß es hiermit für sie enden sollte, und zwar folgenlos, allem Anschein nach, während es für die Bäcker, oder zumindest für einen von ihnen, noch keineswegs vorüber war, da der Kommissar zu dem Bock zurückkehrte, auf dem er beim Eintritt gesessen hatte. Und als ob er Lucys Enttäuschung durchschaute, ihren Wunsch verstanden hätte, entließ er sie zusätzlich mit einem Lächeln und sagte: Es könnte sein, daß ich noch einmal Ihre Hilfe brauche; für diesen Fall werde ich mich bei Ihnen melden.

Immer noch ratlos, verabschiedete sich Lucy von den Bäckern, nickte knapp dem Kommissar zu und folgte ihrer

Mutter, die, unter unregelmäßigen Kaubewegungen, so stockend ging, als hätte sie eine Last zu balancieren, und dazu schickte sie von Zeit zu Zeit einen jammernden Fiepton gegen die bröckelnden Mauern. Unerreichbar für jeden Anruf, nur mit dem Erfahrenen beschäftigt, achtete sie nicht darauf, ob Lucy neben oder hinter ihr ging; schwankend schleppte sie sich im geringen Schatten die Straße hinauf, ließ sich von Lucy durch den Garten führen und ins Haus. Sie mußte sich hinlegen. Sie mußte ihren Anislikör haben und sich dann hinlegen. Lucy streifte ihrer Mutter die Schuhe ab, drehte die mütterliche Masse auf die Seite und knöpfte das Kleid auf, löste da Haken und Ösen, löste unbarmherzig Schnüre und Verschlüsse, bis alles, was da quoll und sich aufwarf, seine Spannung verlor, zurücksackte in erträgliche Schlaffheit. Sie setzte sich auf den Rand der Couch, hob die warmen, dicklichen Hände auf, strich massierend über Dellen und Gelenke und bot dem immer noch benommenen Blick ihrer Mutter einen Ausdruck überlegener Gewißheit an: sei unbesorgt, du brauchst nichts zu fürchten.
Die Frau sammelte Kraft, setzte zu einer – wenn auch ziemlich panisch geratenen – Umarmung an, die nicht ganz gelang, die eher an einen Versuch erinnerte, Lucy in den Schwitzkasten zu nehmen, und unter dieser gewaltsamen Liebkosung stöhnte sie: Warum, Lucy? Warum? Warum mußt du immer alles aufs Spiel setzen? Sie ließ sich zurückfallen und starrte an die Decke. Früher oder später, sagte sie leise, erscheint bei solchen Leuten die Polizei. — Hör zu, Mama, sagte Lucy, du mußt es mir glauben: durch mich sind keine Nachrichten ins Gefängnis gekommen, weder Nachrichten noch Werkzeuge. – Nicht? Aber du hast es doch zugegeben! Und du hast

deine Gründe genannt. – Du warst dabei, sagte Lucy, meine Gründe haben nicht überzeugt. – Aber warum hast du es denn überhaupt getan? – Sie können es sich nicht leisten, die Arbeit zu unterbrechen, keiner von ihnen: Meister Psathas nicht, der seine Frau pflegen muß; der Junge nicht, der für die halbe Familie arbeitet, und Semni, der Geselle – er hat etwas übernommen, was ihn für lange Zeit festgelegt hat, eine Verpflichtung, aus der er sich selbst nicht entlassen kann. – Wie gut du unterrichtet bist, sagte die Frau bekümmert, und Lucy darauf: Weil ich es bin, Mama, mußte ich es tun; ich hab mich angeboten, weil ich es mir eher leisten kann als jeder von ihnen, und weil Papa mir geholfen hätte. Weißt du, warum Semni in der Bäckerei arbeitet und nicht, wie es die Sache erforderte, im Gefängnis sitzt? Weil der Familienrat es so beschlossen hat; der Familienrat entschied, daß ein erwerbsunfähiger Bruder Semnis die Tat auf sich nehmen und ins Gefängnis gehen mußte, damit Semni selbst arbeiten kann. – Spürst du denn nicht, was du uns zumutest, fragte die Frau und ließ ihr Gesicht zur Seite wegkippen. Wir muten andern mehr zu, sagte Lucy. Oh, du bist undankbar, sagte die Frau, du bist sehr undankbar.

Valentin Pundt, der zum Schluß immer rascher gelesen, sich immer häufiger versprochen hatte, springt plötzlich auf: wurde er gestochen, gebissen, gekniffen vielleicht? Er springt so unvermittelt und geräuschvoll auf, daß Rita Süßfeldt ihn erschrocken ansieht und Heller aus redlicher Lethargie auffährt; ja, es muß ihm etwas Ernstes zugestoßen sein, da er keine Erklärung abgibt, beide Hände gleichzeitig in die Taschen der Hausjacke stößt, dort gräbt, sucht und schließlich ein Papiertaschentuch hervorzieht, von dem er eine Ecke abreißt, nicht größer als eine Schneeflocke – offensichtlich, um den Fetzen auf eine winzige Wunde zu kleben. Der aufgebrachte Pädagoge, den niemand zu unterbrechen wagt, hält den Papierfetzen für zu dick, treibt mit Hilfe gezielten Atems die Papierschichten auseinander, so lange, bis die einzelnen Stücke auch die Leichtigkeit einer Schneeflocke haben, die trägt er auf flacher Hand zur Heizung: eine drehende Bewegung, und auch hier im Konferenzraum ist November, auch hier schneit es, wenn auch künstlich und in experimenteller Absicht. Pundt beobachtet die an der Heizung hinabschwebenden Papierfetzen, geht, das Schwebende aufmerksam begleitend, immer tiefer in die Hocke, und auf einmal stößt sein wachsamer Zeigefinger vor: hierher, von hierher kommt es. Zugluft? fragt Rita Süßfeldt erleichtert. Wie Hechtsuppe, sagt Pundt, es ist kaum noch zu ertragen, wir riskieren unsere Gesundheit. Es wird höchste Zeit, daß auch die Pädagogik ihre Märtyrer benennen kann, sagt Heller; vielleicht gelingt es uns ja gemeinsam, etwas aufzuschnappen. Für unseren Grabstein möchte ich dann die Inschrift vorschlagen: Sie starben für ein ewiges Aufsatzthema. Auf der Suche nach einem Vorbild. Ehret ihr Andenken, indem ihr weitersucht.

Rita Süßfeldt schiebt lachend die Zigarettenpackung zu Heller hinüber, während Pundt vor der Heizung kniet und, das Papiertaschentuch zerpflückend, die Ritze neben den Rohren zustopft. Da rühmt man die alten Baumeister, sagt Pundt bitter, da spielt man sie aus gegen ihre heutigen Kollegen, aber ich versichere Ihnen: damals wurde noch schlechter gebaut, sowohl was das Material angeht als auch die aufgewendete Sorgfalt. Ob er gleich weiterlesen möchte, fragt Heller. Nein, er sei fertig, sagt Pundt, er sei mit seinem Beispiel gerade noch zuende gekommen, ziemlich gehetzt im letzten Teil, dafür bitte er jetzt um Entschuldigung.

Argwöhnisch bewegt er eine offene Hand über der Stelle, wo das Rohr in der Wand verschwindet: Nun ist es besser, so mag es hingehen, ich stehe bereits wieder zur Verfügung. Zum Erstaunen seiner Kollegen möchte Janpeter Heller etwas Grundsätzliches sagen, er, der nur lustlos, mit zerknautschtem Gesicht zugehört hat, scheut sich nicht, hier mal ganz bekenntnishaft zu werden: also, er halte die eben vorgelegten Beispiele für annehmbarer als alles, was davor angeboten wurde, sie seien gegenwärtiger, authentischer und im besten Sinne fragwürdiger, ja. Lucy Beerbaums Lebensweg – und er meine das nicht abwertend – scheine sich geradezu als pädagogisches Schatzkästlein zu erweisen; man greift nur hinein und zieht einen lesebuchgerechten Leckerbissen heraus. Das allerdings sei nicht Lucys Schuld, sondern gehe auf das Konto von Johannes Stein, aus dessen Buch *Preis der Hoffnung* ja wohl beide Beispiele stammten – Proben, bei denen er sich fragen müsse, ob sie nicht überorganisiert seien, allzusehr zubereitet, kurz gesagt, ihn störe, daß ein gelebtes Leben hier in die Anekdote mündet, zur einprägsamen Erzählung gerät und sich dadurch dem Verdacht der Manipulation aussetzt. Bei aller Brauchbarkeit der Texte möchte er zu bedenken geben, welch eine Gefahr hier besteht, und um dieser Gefahr zu entgehen, Mißtrauen erst gar nicht aufkommen zu lassen, habe er sich für etwas anderes entschieden, für einen Fund, den er in einer Zeitschrift gemacht habe.

Pundt lächelt, er findet, nach beinah abgeschlossenem Pädagogenleben, diese Besorgnis übertrieben, er sagt: Kein Leben entgeht der Anekdote, lieber Herr Kollege, und vor Geschichten ist mir nicht bang, da sie ja das sind, was von uns übrigbleibt; außerdem muß wohl jeder, der ein Leben sichtbar machen will, etwas hinzuerfinden. Das, was Sie Zubereitung nennen, dient nur der Wahrheit.
Will Rita Süßfeldt zustimmen? Nein, sie will nur feststellen, stichwortartig bilanzieren, was einstweilen geprüft werden sollte; da ist also das Jugenderlebnis von Lucy, Stichwort: der erlaubte Diebstahl, und da ist der Vorschlag von Rektor Pundt, Stichwort, mit allseitigem Einverständnis: eine Gelegenheit zum Opfer; soll jetzt nicht gleich Kollege Heller sein Angebot machen, damit ... Er soll. Es sei ja übrigens so ausgemacht. Heller soll sein Beispiel auf die beiden vorangegangenen setzen, danach werde man sehen. Entspricht das jedermann? Es entspricht. Heller blättert schon in der Zeitschrift, muß da aber noch vorher einen Hinweis geben: Falls man sich auf seinen Vorschlag einigen sollte, werde es wohl unerläßlich sein, eine kurze Einleitung zu schreiben, da das, was er vorlesen möchte, einige Kenntnisse voraussetze. Er werde Zeit überspringen; er werde Daten und Ereignisse überspringen, Chronologie, also übliches Nacheinander, sei nun mal nicht seine Sache; deshalb habe er auch nicht bei der Durchforstung von Lucy Beerbaums Leben bei Null angefangen; seine Schneisen habe er sozusagen kreuz und quer geschlagen. Der vorläufige Titel? *Gleichzeitig.* Wenn ich nur noch darauf aufmerksam machen darf, sagt Heller, wie hier eines das andere belichtet, eine persönliche Entscheidung allgemeine Verhältnisse spiegelt, und so weiter. Nach einer knappen

Einführung also würde dieser Text stehen:

Als die Biologin Lucy Beerbaum in ihrem Haus in Hamburg künstlich die Bedingungen einer Gefangenschaft herstellte, die sie dann freiwillig und konsequent auf sich nahm, öffnete ein westdeutscher Bundeskanzler trotz ernster Bedenken einen Brief des ostdeutschen Ministerpräsidenten und brachte es fertig, ihn durchzulesen. Als Professor Lucy Beerbaum – um ihre Solidarität mit griechischen Kollegen zu bekunden, die eine Militärregierung aus vorbeugenden Gründen festgesetzt hatte – alle äußeren Bedingungen einer freiwilligen Gefangenschaft erfüllte, senkte die Bundesbank den Diskontsatz auf drei Prozent, worauf die flüssigen Mittel der Kreditinstitute zu den festverzinslichen Wertpapieren drängten. Als Lucy Beerbaum, ohne zu wissen, wie diese Gefangenschaft enden würde, sich für ihre Form demonstrativer Anteilnahme entschied, erwog man in Westdeutschland, zur Behebung bestehender Haftraumnot Gefangene in Notunterkünften unterzubringen. Als Lucy Beerbaum eine Abordnung aus ihrem Institut zu einem drei Minuten dauernden Gespräch empfing – man versuchte sie sanft, unter Hinweis auf ihre Unentbehrlichkeit im Institut, zur Aufgabe der freiwilligen Gefangenschaft zu überreden –, wurden dem amerikanischen Präsidenten, der sich gerade in Westdeutschland aufhielt, abstrakte Gemälde und Kuckucksuhren gezeigt; er beschloß, Kuckucksuhren mit nach Hause zu nehmen. Als Lucy Beerbaum die zweite Kündigung ihrer Haushälterin Johanna entgegennahm – mit der diese hoffte, die Zeit freiwilliger Not zu unterbrechen –, spielte auf dem Rathausplatz die Kapelle eines Marinegeschwaders, das im Hafen festgemacht hatte: U-Boote, ein Tender, unvermeidliche Minensucher. Als Lucy Beerbaum nach einer Woche freiwilliger Gefangenschaft einen Schwächeanfall erlitt, veröffentlichte die Polizeipressestelle eine optimistische Bilanz der Verkehrsunfälle; es waren nur sechshundertvierundachtzig Unglücksfälle registriert. Als die Biologie-Professorin Lucy Beerbaum, Trägerin des Französischen Palmenordens, Mitglied der Sowjetischen, der Englischen und Französischen Akademie der Wissenschaften, von einem Reporter erfuhr, daß ihr Protest in Griechenland nicht bemerkt worden war, zeigte sie sich weder erstaunt noch entmutigt. Sie bestand darauf, daß am gleichen Tag eine Geburtstagsfeier für ihre Nichte Ilse stattfand, an der sie selbst allerdings nicht teilnahm. Als Lucy Beerbaum Johanna bei dem Versuch ertappte, die streng bemessene Essensration heimlich zu verbessern, kosteten in Hamburg ein Liter Milch sechsundsiebzig Pfennig, ein Brötchen zehn bis zwölf Pfennig; eine Auster – je nach Größe – von einssechzig bis zweiachtzig. Als Lucy Beerbaum, von keinem zur Aufgabe überzeugt, ihre Demonstration fortsetzte, sagte der ägyptische Präsident Israel den Heiligen Krieg und den letzten Kampf an, nachdem er die Blauhelme der Friedenstruppe fortgeschickt hatte; an einen kriegerischen Konflikt wollte niemand glauben. Als Lucy Beerbaum in ihrem Haus der Anteilnahme einen eigenen Ausdruck erfand, vermißte eine interessierte Öffentlichkeit auf der Sterbeurkunde eines westdeutschen Bundeskanzlers a. D. die Berufsbezeichnung M.d.B. – der Titel Bundeskanzler a. D. wollte als Berufsangabe nicht einleuchten. Als die Biologin Lucy Beerbaum es für nötig hielt, auf einen Putsch in ihrem Geburtsland zu reagieren – privat, doch konsequent, ausdauernd, doch amateurhaft –, erschien in einer Hamburger Tageszeitung eine Heiratsannonce, mit der folgende Frau gesucht wurde: »Tag und Nacht neu, einem Fenjalbad entstiegen, elegant wie eine Bach'sche Fuge, brennend zart wie ein flambiertes Whiskysteak, schwarzsüß wie dalmatinischer Mokka; Vermögen wäre kein Handicap.« Als die Wissenschaftlerin Lucy Beerbaum beschloß, auf das Unglück aufmerksam zu machen, das griechischen Freunden und Kollegen zugestoßen war, erklärte der Erbe einer weltumspannenden Hotelkette, daß seine Direktion bereits Pläne für die Errichtung eines Hotels auf dem Mond ausgearbeitet habe; es werde wandgroße Fernsehschirme geben und einen Cocktail-Salon; im übrigen werde alles wie auf der Erde sein. Als Lucy Beerbaum ihre freiwillige Gefangenschaft auf sich nahm, nannte die neue Regierung in ihrem Geburtsland die Gründe, die sie zu gewaltsamer Machtübernahme bewogen hatten. Darunter fanden sich: »Der bedenkenlose und erbärmliche Tauschhandel zwischen den Parteien; die Unverschämtheit eines großen Teils der Presse; die methodischen Angriffe gegen alle Grundlagen des Staates.«

So weit kommt Heller, er scheint fast fertig zu sein, was Rita Süßfeldt daraus schließt, daß er seinen Zeigefinger erinnerungsfördernd etwa fünf Zeilen vor dem Ende des Textes auf das Manuskript setzt, bis hierher also; und nun wendet er sich wie seine Kollegen zur Tür, die zwar vorsichtig, doch immer noch geräuschvoll geöffnet worden ist: dort steht Mike Mitchner. Verlegen steht er da in den strammen Wildlederhosen, in dem gerüschten rosafarbenen Hemd, das unter der pelzbesetzten Jacke hervorlugt; er hat eine Fingerkuppe zwischen die Zähne

genommen, als ob er sich verbrüht hätte; auf solche Art und mit einem zusätzlichen Ausdruck gespielter Angst möchte er um Entschuldigung bitten für die Störung.
Neidhart, sagt Heller erstaunt und begrüßt seinen ehemaligen Schüler, der seinen unangemeldeten Eintritt zu rechtfertigen versucht: er habe draußen gewartet, geklingelt, gerufen, ohne daß es ihm gelungen sei, sich bemerkbar zu machen; da habe er auf eigene Faust gesucht. Darf ich mal vorstellen: mein ehemaliger Schüler Neidhart Zoch, bekannter vielleicht unter dem Namen Mike Mitchner – das Idol, darf ich doch sagen, von einigen hunderttausend Nichtangepaßten –, das ist Frau Doktor Süßfeldt. – Freut mich sehr. – Und Rektor Pundt kennst du wohl? – Wir kennen uns, ja, aus der Veranstaltung. – Wie du siehst, Neidhart, sind wir mitten in der Arbeit, bei der Erstellung eines ff. Lesebuchs; ich hatte noch nicht mit dir gerechnet. – Macht nix, sagt Neidhart, ich werde draußen warten und die Zeitung des deutschen Hotelgewerbes lesen, das war schon immer mein Wunsch. – Es kann länger dauern, sagt Heller. Macht nix, sagt der Sänger, beim Empfang liegt ein ganzer Stapel Zeitungen. Plötzlich tritt er an Pundt heran und legt einen Umschlag vor ihn hin: Wir sprachen doch über Harald, wissen Sie es noch? Ja, sagt Pundt verdutzt, ja, natürlich. — Hier sind einige Briefe, die Harald mir geschrieben hat, sie stammen aus verschiedenen Zeiten. Der letzte, schätze ich, wird Sie am meisten interessieren, er muß geschrieben worden sein, kurz bevor es mit Harald passiert ist, vielleicht ist es überhaupt sein letzter Brief.
Pundt steht überrascht auf, will etwas sagen, hebt die Hand, als müßten ihm auf ihr einige Wörter wachsen, einige wenn auch nicht bedeutende, so doch der Geste

angemessene Wörter, aber ehe er noch etwas erklären kann, läßt Neidhart sich von seinem ehemaligen Lehrer Arm in Arm zur Tür bringen, bittet von dorther um gelegentliche Rückgabe der Briefe und verläßt mit einem Stepschritt den Konferenzraum. Mike Mitchner, sagt Heller gedehnt, und mit einem Zwinkern zu Rita Süßfeldt: Wenn wir bei Lucy Beerbaum nicht fündig werden sollten, können wir auf ihn zurückkommen, die höchstdotierte Wimmerkiste, die es gibt, und Herr einer verzückten Gemeinde.

Wollen Sie nicht weiterlesen, fragt Rita Süßfeldt, die letzten Sätze? Heller winkt ab, er verzichtet, weil er beim Lautlesen gemerkt hat, daß die Reihung der Sätze doch nicht die Spannung hervorbringt, die er bei der ersten Lektüre empfunden hatte, außerdem, das will er jetzt zugeben, erscheinen sie ihm zu bewußt abgehoben von verästeltem Geschehen: geronnene Augenblicke, die vielleicht ein Ergebnis belichten können, die aber nicht ausreichen, um zu zeigen, wie das Ergebnis zustande gekommen ist. Und gerade darauf sollte es ja ankommen: die Elemente, Gewichte, Einflüsse zu bestimmen, die verantwortlich sind für ein Ergebnis. Er möchte seinen ersten Vorschlag zurückziehen. Hiermit. Er werde andere Beispiele bringen. Im übrigen bitte er zu erwägen, ob man Lucy Beerbaum Gerechtigkeit antue, indem man sich vorschnell auf einen Ausschnitt einige, ohne die ganze Fülle der Biografie gesichtet zu haben; zunächst einmal. Ist das nicht die mindeste Mühe, die wir aufbringen müssen, fragt er Pundt und sich selbst. Sind wir es ihr nicht schuldig? Heller braucht seine Skepsis nicht wortreich zu begründen, denn der alte Pädagoge hat schon nach der ersten Frage zustimmend genickt.

13

Solch eine Autohupe hat Janpeter Heller noch nie gehört: das krächzt zuerst, als ob es sich räuspert, entschleimt, findet dann zu einem herausfordernd melodiösen Flötenton, der von einer Singdrossel stammen könnte, und geht über in das satte inständige Muhen einer Kuh. Zweimal betätigt Mike Mitchner diese Hupe, hier auf dem geräumigen Parkplatz, zwischen den Hochhäusern, und wie immer freut er sich über verblüffte, erschrockene Fußgänger, die beschwören möchten, eine Kuh gehört zu haben, und sie nun auch sehen wollen. Er winkt hinauf zum zwölften Stock, wo er, aber nicht Heller, ein Gesicht hinter dem Fenster entdeckt hat: das Signal ist empfangen, seine Ankunft bemerkt worden. Kommen Sie, Herr Heller. Sie gehen über einen verlassenen Kinderspielplatz, an Bäumen vorbei, die von straffen Ankerseilen gehalten werden, vorbei an Bronzeplastiken – *Reifen schlagendes Kind, Der junge Gänsehirt* –, die von kühlem Schneeregen gewaschen werden. Sie müssen zum Haupteingang, unter den Fallwinden hindurch, am Spalier der erleuchteten Drogerien, der Schuh- und Feinkostgeschäfte vorbei: gleich haben wir's geschafft – Vorsicht, das ist eine Glastür.

Wer hält den Fahrstuhl besetzt? Mike Mitchner drückt den Knopf und läßt ihn nicht los, dennoch gelingt es ihm nicht, den Fahrstuhl herabzuholen, der sich gerade bis zum ersten Stock senkt und dann sofort wieder zum dreizehnten hinaufklimmt, auf und ab, als ob dort ein Pendelverkehr stattfindet, oder, das ist vielleicht noch wahrscheinlicher, der Umzug eines Büros. Sie steigen zum ersten Stock hinauf, und hier gelingt es Mike, den Fahrstuhl abzufangen, auf dessen Boden zwei bekümmerte kleine Mädchen vor einer weißen Pappschachtel hocken. Was macht ihr denn da?

Guten Tag, Herr Mitchner, wir haben Sie im Fernsehen gesehn, sagen die Mädchen. Auf dem Grund der Schachtel, zur Hälfte mit Salatblättern bedeckt, liegt eine Schildkröte. Sie heißt Albert, sagen die Mädchen, und Albert ist krank, denn Albert hat keinen Appetit, deshalb fahren sie mit ihm rauf und runter. Wenn Sie wollen, dürfen Sie ihn anfassen. Beide, Mitchner und sein ehemaliger Lehrer, stubsen gutmütig die Schildkröte an, wünschen ihr wieder guten Appetit und steigen im zwölften Stock aus.

Da ist eine Tür ohne Namensschild, also muß es hier sein, denkt Heller, doch obwohl er es erwartet hat, erscheint es ihm wiederum auch nicht genug, daß hinter dieser unscheinbaren, mattgestrichenen und genormten Tür Mike Mitchner wohnen soll – er, dem eine Tür aus mehrfarbigem Glas oder ein Vorhang aus knisternden Stanniolstreifen angemessener wäre. Hereinspaziert – und noch einmal: Willkommen. Danke, sagt Heller, danke, und läßt sich verwundert über den Flur in ein großes, helles Zimmer schieben: keine Poster an den Wänden, keine Bilder und Blumen, nichts, was wärmt, belebt, Staub fängt, zum Bleiben überredet oder zumindest zum Ver-

gleichen einlädt; statt dessen nur metallgefaßte Glasplatten, metallene Beschläge und Stützen, Kunststoffmöbel, weiß und gleichgültig, eine durchsichtige gläserne Uhr, ein gläsernes Bord, auf dem zu Hellers Überraschung ein altes Fernglas liegt. Hier, zwischen diesen krankenhausweißen Wänden, wäre die erwartete Kleidung ein weißer Kittel, und wenn jetzt einer käme, der ihn in einen Kittel nötigte und ihm außerdem einen sterilen Mundschutz vorbände: Heller würde es stillschweigend als Zugeständnis an diesen Raum auffassen.
Dort im Sessel, den leeren Blick auf die messingfarbenen Innereien der Uhr gerichtet, sitzt eine lebensgroße Zelluloid-Puppe, langhaarig, langwimprig – nein, sie bewegt sich, sie steht von allein auf und produziert eigens für Mike ein sparsames, unmißverständliches Lächeln. Auch Jürgen Klepatsch, der ein angewinkeltes Bein auf die Fensterbank gehoben hat, unterbricht die Suche nach einem Königreich mit vier Buchstaben, wirft das Kreuzworträtsel hin und begrüßt lächelnd die Eintretenden. Kinder, sagt Mike, ihr kennt ja meinen alten Lehrer, ich hab ihn zum Essen mitgebracht, hoffentlich könnt ihr uns etwas bieten. Das ist Herr Heller, und das sind: Jürgen Klepatsch und Tamara.
Ölsardinen, sagt Klepatsch, wir haben jede Menge Ölsardinen. Wir hatten doch Suppen, sagt Mike, Krebs-, Ochsenschwanz-, Aal-, Zwiebelsuppen – wo sind denn die ganzen Suppen geblieben? Tamara, sagt Klepatsch, und macht eine weniger vorwurfsvolle als erläuternde Handbewegung: Tamara lebt ausschließlich von Suppen. Dann werden wir etwas aus der Bratstube holen, sagt Mike, mit viel Chips. Aber zuerst bringt uns etwas zu trinken, natürlich Apfelsaft.

Sie trinken Apfelsaft mit Weizenkorn, Mike Mitchner führt seinen ehemaligen Lehrer durch die Wohnung, erklärt ihm die Vorzüge der Kühle, der Kahlheit, der stimulierenden Schmucklosigkeit, die, seiner Meinung nach, allein dieser Zeit entsprechen oder sogar Ausdruck dieser Zeit sind, deren konkrete Utopien von ihm ebenso bewundert werden wie ihre grausamen Banalitäten.

Erinnern Sie sich noch, Herr Heller, daß Sie einmal sagten: Banalitäten sind aufrichtiger als jede Metaphysik? – Klingt nicht übel, sagt Heller, und außerdem ist das nach wie vor meine Meinung. Aber jetzt möchte er doch einmal fragen, was das für ein Fernglas ist und warum es auf diesem bevorzugten Platz stehen darf. Gleichzeitig nimmt er das angestoßene Glas vom Bord, setzt es an die Augen und hebt es gleich wieder ab, erstaunt über die rötliche Dunkelheit, in der ihm die Fensterfront des gegenüberliegenden Hauses erschienen ist: ein Nachtglas? Ja, sagt Mike, es ist ein Nachtglas, ein Freund hat es mir geschenkt – Harald Pundt übrigens, der Sohn ihres Kollegen. Ein Glas, das seine Geschichte hat. – Du weißt, daß er tot ist? – Ja, sagt Mike. – Und du weißt auch, daß er nach seinem Examen Selbstmord gemacht hat? – Ja, ich weiß es. Wir wohnten eine Zeit zusammen, es ist lange her, damals, als ich Protestsänger war. Armer Junge, der manchmal wie in Ekstase lebte: er träumte davon, neue Möglichkeiten des Protests auszuprobieren; sogar der Selbstmord war ihm recht, um auf Übelstände aufmerksam zu machen. – Weiß sein Vater das? fragt Heller, und Mike darauf: Ich habe nicht mit ihm gesprochen, darüber nicht.

Janpeter Heller hebt das Nachtglas an die Augen, blickt auf die vielfenstrige Fläche des Nachbarhauses, während

Mike »Rußland« sagt, und nach einer Pause: Das Glas stammt aus Rußland, Haralds Vater hat es aus dem Krieg mitgebracht, als Andenken an ein Mißgeschick im Niemandsland. In der Morgendämmerung, vermutlich Nebel, stürzte der alte Pundt in ein abgedecktes Wasserloch, in das vor ihm schon ein anderer gefallen war, ein russischer Soldat, ja, der ihn, bis zu den Knien im Wasser, grinsend willkommen hieß. Sie mußten es den ganzen Tag zusammen aushalten, jeder mit seinen Waffen – muß das ein Tag gewesen sein für sie beide, reden konnten sie nicht, schlafen durften sie nicht, wegsehen konnten sie sich nicht leisten, und erst als die Nacht kam, halfen sie einander hinaus. Zum Abschied tauschten sie ihre Gläser. Harald – er brachte es mir als mehr oder weniger symbolisches Geschenk.

Mike nimmt Heller das Glas aus der Hand, wickelt sorgsam den dünnen Lederriemen um das Mittelgelenk und lauscht ins Nebenzimmer hinüber, wo Jürgen Klepatsch lustlos telefoniert – von einem Apparat aus, der auf dem Fußboden steht – und mit erstaunlich wenigen Worten versucht, Mike Mitchner zu verleugnen, was ihm jedoch auf der andern Seite nicht geglaubt wird. Er beteuert, versichert, wiederholt sich so bärbeißig und geübt, daß Mißtrauen wie von selbst entstehen muß. Wer? fragt Mike gepreßt, und Klepatsch, die Muschel abdeckend: So'n dämliches Kaufhaus, Hillmeyer oder so, du hast da jetzt eine Autogrammstunde, Hunderte warten dort auf dich. – Sag ihnen, ich komme.

So schnell kann Mike Mitchner sich entscheiden. Er wird also hinfahren, seinen Tribut leisten und schnell wieder zurückkommen, mit einem Klasse-Menu, wie er sagt. Er bittet um Einsicht, er bittet um Verständnis. Heller möge es sich inzwischen hier gemütlich machen – Mike sagt tatsächlich: gemütlich machen; Tamara werde ihm dabei helfen, er könne Musik hören, sich ausruhen, vielleicht auch baden; es gebe Möglichkeiten. Alle, die da warten, die unter Umständen von weither gekommen sind, die Zeit geopfert haben: er, Mike Mitchner, könne sie nicht enttäuschen, allein lassen, er müsse zu ihnen. Wie allein sind sie, fragt Heller in gleichmütigem Sarkasmus. Sehr allein, sagt Mike, darum haben sie ein Recht auf meine Anwesenheit; außerdem ist der Termin seit langem verabredet. Demnach, sagt Heller, hast du das Gefühl, daß sie dich brauchen? – Ja, ja, das glaube ich.

Jetzt kommt Klepatsch aus dem Nebenzimmer und schwenkt einen Zettel: Also hört mal zu. Die Sache steigt tatsächlich im Kaufhaus Hillmeyer & Knokke, der Palast liegt in der Mönckebergstraße, wir müssen in die Möbelabteilung, während Mike kritzelt, sollen da Möbel aufgeblasen werden – so hab ich's jedenfalls verstanden. Möbel, fragt Heller interessiert, aufblasbare Möbel? Diese Demonstration möchte ich mir gerne ansehen. Dann fahren wir eben alle, dann kommt auch Tamara mit, entscheidet Mike, vorausgesetzt, daß wir alle ins Auto passen.

Nicht gerade verknotet, aber raumsparend aneinandergedrückt, hier ein Bein durchgesteckt, dort einen Arm horizontal weggestreckt, so besetzen sie das hart gefederte Auto; und nicht, um sich zu beschweren, sondern um herauszubekommen, ob Tamara – kühl, langgliedrig, geruchlos – auch sprechen kann, stellt Heller die Konstruktionsmängel des menschlichen Körpers fest und möchte von ihr wissen, ob sie nicht auch schon bei Gelegenheit über Verbesserungsvorschläge nachgedacht hat. Tamara begreift ihn nicht, sie haucht: Ich verstehe nicht, was

Sie meinen. Immerhin, denkt Heller, sie kann sprechen, und gibt zu bedenken, wie nützlich es wäre, wenn man zu ganz bestimmter Gelegenheit einzelne Glieder abschrauben, aushaken, ablegen könnte; jetzt zum Beispiel. Oder im Bett, sagt Mike. Oder auf dem Fußballplatz am Millerntor. Tamara öffnet den immer leicht geöffneten Schmollmund und erklärt hauchend, daß sie alles nicht begreift, weil »die Glieder doch angewachsen sind«, worauf Mike ihr nicht nur gut zuspricht, sondern auch zugute hält, daß sie die Logik immer in den Tatsachen sucht, in festgewachsenen. Heller möchte das aufnehmen und, durch Gereiztheit inspiriert, weiterführen, aber ein Blick auf Tamaras Profil, auf dies verhangene Gesicht, läßt ihn befürchten, daß sie, die ihn bisher nicht verstanden hat, nun noch viel weniger verstehen könnte, doch irgendetwas muß er tun oder loswerden.

Das wird also eine Autogrammstunde, fragt er, und Mike, während er eine Straßenbahn überholt: Die Kaufhäuser machen jetzt so etwas, dabei schlagen sie zwei Fliegen mit einer Klappe. – Und was tun sie mit deinen Autogrammen, fragt Heller, ich meine, tragen sie sie bei sich, legen sie deine Autogramme unter Glas, als Lesezeichen in Bücher, oder essen sie sie, mit Zucker und Zimt, als Oblate vom Leib ihres Herrn? – Sie tauschen sie unter anderem, sagt Mike ratlos, ja, tauschen und verkaufen. – Also Profit, sagt Heller, auch die erbeuteten Reliquien dienen nur zur Vermehrung des Profits. Da siehst du, welch ein unheilvoller Trieb deine Gemeinde beherrscht: die Objekte der Verehrung sind vom Tauschhandel nicht ausgeschlossen, und du förderst ihn noch, indem du für eine inflationäre Schwemme deines Autogramms sorgst. – An unserer alten Schule, sagt Mike, werden drei Tafeln

Schokolade für mein Autogramm geboten. – Und, fragt Heller, gibt dir dieser Kurswert nicht zu denken? Kakao, Milch und Zucker, damit wirst du aufgewogen, vielleicht kommen noch ein paar gehackte Nüsse hinzu. Das ist dein Beitrag zur gesellschaftlichen Aufklärung, zur Schärfung des kritischen Bewußtseins.

Janpeter Heller fühlt Erleichterung, während er spricht, eine grimmige Genugtuung, und er gibt der kalten Freude nach, sich für etwas zu entschädigen, von dem er selbst in diesem Augenblick nicht einmal sagen könnte, was es ist: die abgefälschte Einladung zum Essen, die gegen ihn drückenden Körper oder die Ansichten seines ehemaligen Schülers, die ihn um so mehr reizen, je selbstbewußter sie ihm serviert werden. Du sagtest, Neidhart, weil sie allein sind, brauchen sie dich. Als was denn? Sollst du sie durchs Rote Meer führen? Aus der Stadt Hameln hinaus zur aufnahmebereiten Weser? Was sehen sie in dir? Wozu bestimmen sie dich in heimlicher und freiwilliger Wahl? Nehmen wir an, zu ihrem Idol. Sie möchten dir gleichen, nacheifern, wie du sein. Aber wissen sie, wie du bist? Wie weit reichen ihre Erkundigungen? Du hast doch fragen gelernt – fragst du dich nicht manchmal, was der Grund ist für dieses Scheinbündnis? Was sie wollen, ist doch immer nur dies: sich beurlauben, davonstehlen, die Verantwortung in der Garderobe abgeben. Ein Feuer brauchen sie, um ihren in der Kälte erstarrten Traum neu zu beleben, den Traum von Abkehr und Entzug und einer Vereinigung in mysteriösem Gelände. Und du fachst dieses Feuer an, du stößt das blumenbekränzte Tor auf, hinter dem sie finden, was sie sich in keiner Weise verdient haben: Vergessen nämlich. Du als Priester auf der Gitarre, der für die preiswerte Religion des Vergessens wirbt: ist dir das nicht zu wenig? Weißt du, was du verhinderst? Du peitschst sie in selige Gärten und nimmst ihnen dabei den Blick für das, was hier verändert werden muß. Heller schweigt, denkt über das Gesagte nach: war die Schlußfolgerung zu hart?

Tamara versucht, sich auf Abstand zu halten, keine Berührung mehr zwischen ihnen geschehen zu lassen, immer wieder zerrt sie den Saum ihres weißen Lackmantels über die Schenkel und blickt starr in Mikes unreinen Nacken; denn Heller soll merken, wie sehr sie sich mitgetroffen fühlt durch seine Worte. Und Mike? Mike stößt ein gutgelauntes Knattergeräusch aus, Ankündigung und Bitte um Aufmerksamkeit, dann sagt er: Versteh schon, Herr Lehrer, man kann tun, was man will – es genügt nicht, solange man nicht das entsprechende Bewußtsein hat. Ist es so? Was mich betrifft – ich will eigentlich nur Musik machen, falls Sie wissen, was ich meine. Wenn Sie allerdings fordern, daß dazu ein gewisses Bewußtsein unerläßlich ist: vielleicht können Sie mir eins empfehlen? Meine Lieblingsfarbe ist – auch wenn es Sie enttäuschen wird – Gelb.

So reden sie. So stellen sie sich aus. So sind sie manchmal in der Klasse aneinandergeraten, auf Umwegen, aus bescheidenem historischem Anlaß, dem Echo eines Namens, eines Begriffs oder einer Tat nachgehend – Heller hatte dafür gesorgt, daß sich die Meinungen spalteten, daß da ein Graben durch die Klasse lief, und ihm selbst schien es Wohltaten zu bereiten, wenn klassische Charaktere schwankten, wenn Meinungen unter Druck entstanden und Unentschiedenheit schließlich triumphieren konnte. Beide, Heller und sein ehemaliger Schüler, scheinen sich jetzt daran zu erinnern, beide lachen.

Da ist nun das Kaufhaus Hillmeyer und Knokke, ein trübseliger Konsumententempel: Ein- und Aussteigen sind erlaubt, aber wie ist es mit Parken? Tamara bietet sich an, sie wird das Auto in eine Hochgarage fahren, sie wird später nachkommen, nun steigt doch schon aus, alle zusammen. Durch eine Heißluftwand am Eingang, eingezwängt in einen Strom feuchter Mäntel, schiebend, wartend, unentschlossen, von Schirmen bedroht, von Einkaufstaschen in der Kniegegend belästigt, von Musik umspült: sie gelangen unerkannt in das Kaufhaus, keiner verbeugt sich, winkt sie heraus, das geschieht Mike nicht oft. Sie können nicht ausbrechen, sie lassen sich weitertragen bis zur Abteilung *Gürtel-Knöpfe-Reißverschlüsse*, hier versickert der Strom, man kann ausscheren und sich beispielsweise dieser hochmütigen, unerhört gelangweilten Verkäuferin zu erkennen geben: Da sind wir also, sagt Mike, und erwartet nichts anderes, als daß die übliche, etwas verstörte Begeisterung entflammt. Die Verkäuferin mustert Mike zurechtweisend. Sie fragt: Was darf es sein? Darauf ist Mike nicht vorbereitet, deshalb hat er nichts dagegen, daß Jürgen Klepatsch für ihn antwortet: Was es sein darf? Den Direktor, Mädchen, auf einem Tablett, Mädchen, nun mach schon. Sag ihm: Mike Mitchner hat soeben den Laden betreten. Die Verkäuferin, die, ihrer Erscheinung entsprechend, offenbar nur höfische Rede gewohnt ist, kann ihren Widerwillen gegen diese Tonart nicht verbergen, zögert, geht dann aber doch, feierlich, in wirkungsvoller Gangart, zu einer Kollegin hinüber, flüstert mit ihr, deutet mit einem Blick zur Gruppe zurück – dort stehn sie! –, und jetzt geschieht, was Mikes Erfahrung entspricht: zuckendes Lächeln, verlegene, sagen wir, schiefschultrige Annäherung:

Guten Tag, Herr Mitchner, Sie werden bereits, darf ich Sie führen, wir nehmen diesen Fahrstuhl, der ist nicht für Kunden. Bitte, meine Herren, wir müssen hinauf in den fünften Stock, in die Möbel-Abteilung.

Hier sehen Sie die Möbel-Abteilung, die neu geschaffen wurde, extra für Sie! Ein Mann, den viele vom Fernsehen kennen, der ein Mikrophon schräg aufwärts gerichtet vor den Lippen hält, als ob er aus ihm trinken wollte, geht vor einem niedrigen Absperrseil hin und her und stellt der dichtgedrängten, der Schweiß und Feuchtigkeit ausdünstenden Menge launige Fragen nach ihrem Verhältnis zu Möbeln, hier nach dem Alter der Couch, dort nach den Stellungen, die der Lieblingssessel erlaubt. Der wirbt für möbelbewußtes Verhalten, flüstert Mike Mitchner seinem alten Lehrer zu, bevor er sich zum Absperrseil durcharbeitet. Was dort auf dem Boden liegt, auf einem versiegelten Parkett, könnte man für die gereinigten, präparierten und dann gefärbten Organe und Innereien großer Tiere halten, zumindest für die erschlafften Hüllen dieser Organe: braune Nieren, gelbe Herzbeutel, milz- und leberförmige Häute, Dickdärme, Blinddärme, schlappe, rostrot getönte Magenwände – alles matt glänzend und sorgfältig ausgelegt wie die Strecke einer Jagd.

Diesen Eindruck von höherer und von künstlerischem Ehrgeiz erfüllter Metzgerei vertiefen die sechs blonden Mädchen, die, in kurzen weißen Kitteln, weißes Schiffchen auf dem Kopf, abwartend an der Wand stehen und die man entweder für Verkäuferinnen oder Hostessen, in jedem Fall für Assistentinnen halten darf, die bei der Demonstration einspringen werden. Zuerst allerdings muß Mike Mitchner öffentlich begrüßt werden, er, der sich trotz Terminnot zur Verfügung gestellt hat, den jeder von ihnen, meine Damen und Herren, von Platte, Funk und Fernsehen und so weiter, und der Mann mit dem Mikrophon reicht ihm überschwenglich die Hand: Hallo Mike, wie nett, dich zu sehen. Gegenüber dieser Begrüßung wirkt das Willkommen ziemlich fade und amateurhaft, das dem Sänger von einem alten, hängewangigen Glatzkopf geboten wird, der, Mike achtet nicht darauf, entweder Hillmeyer oder Knokke heißt, und in jedem Fall so aussieht, als könnte er seinen Kompagnon umgebracht haben.

Was spielen wir denn heute, Gunnar, fragt Mike scheinheilig, und der Mann mit dem Mikrophon macht eine weit ausholende, dauernde und, fast könnte man annehmen, segnende Handbewegung gegen die form- und farbreichen Hüllen und Häute und meint: Premiere. Hier liegen die Möbel der Zukunft. Sie haben heute Premiere. Ein ermunterndes Zeichen zu den blonden Assistentinnen, und die sechs Mädchen, die fast alle Bedingungen einer Schaufensterpuppe erfüllen, treten mit standardisiertem Lächeln zwischen die Beutel und Hüllen, schnappen sich bereitliegende Luftpumpen, die mit dem Fuß bedient werden, schließen die kurzen Schläuche an die Ventile an und beginnen nicht etwa regellos zu pumpen, sondern richten sich gleichzeitig auf, setzen gleichzeitig einen Fuß auf die Pumpe, sammeln sich und lauschen auf ein Startkommando, und jetzt, als aus einer Musikanlage Mikes erster Hit dröhnt – *Leer die Bank und leer die Stühle* – fangen sie gleichzeitig zu treten, und das heißt: zu pumpen an, heiter, versteht sich, spielerisch, versteht sich, denn schon der Akt des Aufblasens soll als erfreulicher oder gleich lustfördernder Vorgang erscheinen.

Heller drängt nach vorn. Die Mädchen pumpen rhythmisch, stoßen die kleinen Hintern heraus, lassen sich nach vorn kippen und stemmen die Kippbewegung mit dem rechten Fuß ab. Heller steht nun am Absperrseil. Mit fauchenden Stößen fährt die Luft in die Häute, Beutel, Hüllen, dehnt sie, treibt sie auf. Da besinnt sich etwas, da regt sich etwas und erwacht unter scharfen Atemzügen aus seiner Schlaffheit und buckelt sich auf.
Eine Frau mit einer Tasche voller Kartoffeln, selbst ein vergnügtes Kartoffelgesicht, kann ihr Lachen nicht länger zurückhalten; ein hoch angesetztes, luftarmes Lachen, das seinerseits Gelächter hervorrufen muß. Heller klopft der Frau auf den Rücken, doch sie scheint das nicht zu fühlen, sie zeigt, offenbar unter unaussprechlichem Erinnerungszwang, auf die schwellenden, Umfang und Prallheit gewinnenden Häute, die bei unerbittlicher Luftzufuhr vibrieren und allmählich die vorgegebene Form annehmen.
Längst hat Heller seinen Eindruck berichtigt, daß das, was sich hier bläht und wölbt, außerordentliche Organe sein könnten, vielmehr kommen ihm die ihrer Form noch nicht sicheren Ungetüme, die die sechs Mädchen unermüdlich pumpend aufwachen lassen, wie besonders plumpe, und zwar sowohl herrschsüchtige, als auch bedrohliche Sexsymbole vor. Immer mehr Zuschauer lachen. Man stößt sich an. Man zeigt einander, wo sich etwas mehrdeutig reckt, schwillt, Wülste wirft. Die Mädchen pumpen, lächeln immer noch: Seht her, so mühelos geht das! Geschlechtsteile auf jeden Fall, denkt Heller, aber welchen Wesen könnten sie gehören, und an welcher Körperstelle halbwegs sinnvoll, also verwendbar getragen werden?

Sie sind Zeugen, meine Damen und Herren, sagt der Mann mit dem Mikrophon, und sagt: Hier vor Ihnen entsteht, was uns demnächst tragen und ertragen wird. Das Möbel der Zukunft. Das aufblasbare Möbel. Achten Sie auf den geringen Kraftaufwand. Und beachten Sie, wie aus Formlosigkeit Formen entstehen. Nur mit Hilfe von Luft. Allerdings vom Künstler erdacht und geplant. Nun, lieber Mike, vielleicht möchtest du auch ein paar Worte sagen, hier stehen ja viele Verehrer, ich sehe da schon einige gezückte Autogrammhefte.

Mike Mitchner nimmt das Mikrophon, blickt kurz zu Heller hinüber, der ihn mit sonderbarer Aufmerksamkeit verfolgt, und möchte dann, obwohl kein Fachmann, zunächst einmal den Verdacht äußern, daß zu wenige Mitbürger wirklich möbelbewußt leben. Anders ausgedrückt: zu viele ließen es beim alten, nehmen keinen Anstoß daran, wenn ihnen auf rücksichtslos geleimten Stühlen die Beine einschlafen, wenn sie auf miesem Lager Druckstellen bekommen, wenn ihnen beim Sitzen in gewissen Sesseln die Bandscheibe unaufhörlich vorklagt und womöglich eine Blutleere im Gehirn entsteht. Möbelbewußt: damit meine er, die Möbel zu Freunden, zu Gefährten zu machen, die uns vielseitig dienen. Und geschieht auf ihnen nicht fast alles von Wichtigkeit? Na, eben. Deshalb, Leute, überprüft, worauf ihr liegt, sitzt, Kaffee trinkt, Briefe schreibt und den ausbezahlten Lohn nachrechnet: dies mal ganz allgemein gesprochen. Was unsere Schau hier angeht, Gunnar, mir scheint, es kommt allerhand Überraschendes zum Vorschein. Ich frag mich schon die ganze Zeit, woran mich diese drallen Kameraden erinnern; sie kommen einem jedenfalls nicht unbekannt vor.

Die Mädchen pumpen langsamer jetzt, zur Melodie von

The last Waltz –, was jedoch nicht heißen soll, daß Ermüdungserscheinungen aufgetreten sind; vielmehr sollen die Zuschauer Gelegenheit haben, zu erkennen, wie die verschiedenen Möbel zu festgelegter, vor allem garantiert wiederholbarer Form hinschwellen. Von einigen läßt sich schon mit Bestimmtheit sagen, was sie sein wollen: Liege, Sessel oder pilzartiger Tisch; ein wulstiger Kamerad indes, der einem Ei mit Lehne gleicht, wird bis zuletzt nicht preisgeben, wozu er sich verwenden läßt. Was nun?
Gleichzeitig hören die Mädchen zu pumpen auf, ziehen die Schläuche aus den Ventilen – sie müßten doch Beifall erhalten, ja, nun erhalten sie mageren Beifall und verbeugen sich neben ihren Werken. Jetzt drängt der Mann mit dem Mikrophon den lieben Mike zu den aufgeblasenen Gefährten, bittet ihn, für uns alle probezusitzen und probezuliegen und dabei zu sagen, was er so fühle. Mike setzt sich, Mike räkelt sich, er krümmt und streckt sich, wippt auch ein bißchen – was er fühlt? Also im ersten Augenblick ist es, als habe man sich auf einen Wakkelpudding gesetzt; dann schmiegt man sich an, und zuletzt – wie soll er es sagen? – zuletzt hat man das Gefühl, daß der Körper von diesem Möbel umschmeichelt wird.
Dürfen wir auch einmal? ruft ein schlipsloser Kerl aus der Menge und erhält sofort Beifall. Alle dürfen, alle können gleich, versichert der Mann mit dem Mikrophon, aber vorerst möchte er – können Sie überall genug sehen? – am lebenden Modell die Vorzüge dieser aufblasbaren Möbel demonstrieren. Obwohl ihn kaum noch einer hören will, muß er seine Sätze ablaichen, redet von neuem Liegeerlebnis, vom ganz neuen Sitzgefühl, läßt sich angestrengte Vergleiche einfallen, zu denen besonders die Ehe herhalten muß, und was er meint, veranschaulicht er

an Mike Mitchner, der sich auf seine Bitte fallen läßt, um die Linksachse dreht, Lesende und Schlafende mimt. Diese letzte Werbemassage kann man wirklich überspringen, auch Janpeter Heller widmet ihr nicht das geringste Interesse, er beobachte ausschließlich Mike Mitchner, und als das Absperrseil endlich ausgeklinkt wird und eingezogen, da schiebt er sich mit den anderen nach vorn – weniger, um die aufgeblasenen Möbel auszuprobieren, die zuerst natürlich von Kindern gestürmt, geritten und gequält werden — als um dem Tisch nah zu sein, an dem sein ehemaliger Schüler Autogramme gibt. Bedächtig. Konzentriert. Oft dem Gesicht eines Autogramm-Sammlers so weit angenähert, als führe er ein vertrauliches Gespräch mit ihm. Schulhefte werden ihm hingehalten, Fotografien, Briefbogen, sogar eine Papiertüte mit Inhalt – Mike scheint alles gewohnt zu sein. Nein, als die Frau mit dem vergnügten Kartoffelgesicht an seinen Tisch herangerückt ist und ihm ein Paar weißer Segeltuchschuhe zur Unterschrift hinhält, da stutzt er, da erkundigt er sich vorsichtshalber, wo er seinen Namen hinschreiben soll. Auf die Kappen? Auf beide Kappen? Also, rechter Schuh – Vorname; – linker Schuh – Nachname. Es ist gelungen, die Frau lacht, schüttelt den Kopf, als kennte sie sich selbst nicht mehr, nun will sie sich mal die Möbel aus der Nähe besehen.

Entschuldigen Sie, fragt Heller, ist es richtig, daß Sie sich eben ein Autogramm geben ließen? – Ein was? – Sie haben sich einen Namenszug geben lassen, sagt Heller, und die Frau: Auf die Schuhe, ja, die sind für meine Tochter; ist das nicht kostenlos? — Alles gratis, selbstverständlich, sagt Heller, es interessiert mich nur eine Frage in diesem Zusammenhang: Kennen Sie Mike Mitchner schon länger? – Nein, überhaupt nicht. – Aber Sie wissen, welchen Beruf er ausübt? – Vielleicht Schauspieler, er sieht so aus? – Dann war Ihnen auch sein Name bisher unbekannt? – Meine Tochter kennt ihn bestimmt, die hat ihre Wände voll mit so Namen und Bildern.

Heller bedankt sich – etwas zu überschwenglich, wie es ihm selbst vorkommt, vielleicht liegt das an der Atmosphäre der Veranstaltung, denkt er, an dieser erzwungenen, zeremoniellen Munterkeit, die auf viele übergreift, und er tritt wieder hinter Mike und beobachtet die heranrückende Schlange der Autogramm-Sammler, deren Heiterkeit ebenfalls angestrengt wirkt. Wie verschieden sie sich verhalten, wenn sie ihr Autogramm erst bekommen haben: einige schieben es hastig in die Brieftasche, als könnte es ihnen wieder abverlangt werden; andere wedeln damit herum, und andere wiederum vergleichen den Namenszug, peinlich, als fürchteten sie, eine Fälschung nach Hause zu tragen.

Sie nähert sich anders als die anderen, das strenge Mädchengesicht dort, glattes, schwarzes Haar, Mittelscheitel; lustlos rückt sie näher, es scheint sie Überwindung gekostet zu haben, sich in die Schlange einzureihen; sie immerhin erweckt nicht den Anschein, als ob sie geimpft werden sollte, und noch viel weniger, als stünde sie nach einem Autogramm an. Hat sie überhaupt einen Zettel in der Hand? Jetzt beugt sie sich zu Mike Mitchner hinab, schiebt ihm einen Zettel hin, einen offenbar beschriebenen Zettel, wie Heller entdeckt, und flüsternd und zart auf den Zettel tippend bringt sie ihm etwas bei, was ihn anfangs nur lächeln, dann aber zustimmen läßt; ein flüchtiger Händedruck, und sie geht ohne Autogramm, während Mike den Zettel in die Brusttasche schiebt.

Entschuldigen Sie, sagt Heller, darf ich annehmen, daß Sie ein Bewunderer von Herrn Mitchner sind? Das Mädchen bleibt stehen, mustert ihn herausfordernd. Wir sind Freunde von Herrn Mitchner, sagt Heller; Ihre Antwort wird uns helfen bei einer Untersuchung über das zeitgenössische Idol. – Sie halten mich auf, sagt das Mädchen leise, fast wie für sich, und außerdem verbitte ich mir Ihre Einmischung in meine Angelegenheiten. – Aber vielleicht möchten Sie uns sagen, was an Herrn Mitchner Sie überzeugt? – Was mich überzeugt? Seine Schuhgröße; und jetzt entschuldigen Sie mich.

Nicht übelnehmen, sagt Jürgen Klepatschs Stimme auf einmal, das Mädchen hat Mike nur eine Einladung gebracht, nun wird sie erwartet, dort hinterm Pfeiler, sehen Sie? War Klepatsch sein Zeuge? Hat er alles mitbekommen? Heller gibt auf. Heller glaubt, daß die geduldig gegen den Tisch vorrückende Schlange nicht mehr preisgeben wird. Er wird ins Restaurant des Kaufhauses hinaufgehen und dort warten, bis die Vorstellung vorbei ist: Holt ihr mich dann da raus? Aber sicher, sagt Klepatsch, einer von uns wird da reinsegeln und Sie abholen. Also fragt Heller sich zum Fahrstuhl durch und läßt sich in das Restaurant rauftragen, wo man sich nach geglücktem Einkauf ausruht oder für den bevorstehenden Einkauf stärkt. Er steigt über Pakete und Kartons hinweg, die sich in Gängen stapeln, er findet einen freien Stuhl an einem Ecktisch, neben einem schweigsamen alten Ehepaar, das zwar Kaffee bestellt, aber vergessen hat, ihn zu trinken. Ist hier noch frei? Eine verspätete freundliche Handbewegung, doch er sitzt bereits, hat schon die Aktentasche auf die Knie gehoben, jetzt packt er Lesbares aus. Was er bestellen möchte? Tee mit Rum und auf alle Fälle eine

Currywurst. Im Abstreichen mustert der Kellner kopfschüttelnd die beiden Alten und will seine Verwunderung durch Heller rechtfertigen lassen, der aber blickt auf seine Bücher, Papiere, denkt dem Titel nach, *Preis der Hoffnung*. In zwei Stunden wird er wieder in der Pension sein müssen, mit neuen Kenntnissen, Einsichten, vielleicht auch schon mit neuen Beispielen ausgerüstet.
Heller, der junge Sachverständige, denkt über die Methode nach: hier ist ein übersichtliches Leben, man darf Höhepunkte voraussetzen, außerordentliche Situationen, aber die sind doch nur möglich vor alltäglicher Leinwand, vor grau strömendem Wasser, das nichts mit sich führt, und das heißt: auch die langen Phasen der Ereignislosigkeit gehören dazu, geben Bedeutung ab. Was würde Lucy Beerbaum sagen, wenn sie erführe, woraufhin ihr Leben untersucht und angestrahlt wird? Daß da eine Konferenz versucht, aus einer Masse von Gelebtem nur die pädagogisch schmackhaften Früchte herauszupflücken? Wie dienlich sind solche willkürlich geernteten Beispiele vorbildhaften Verhaltens? Warum sollte nicht von bezeichnetem Wert sein, was *vor* einer beispielhaften Tat geschieht, oder danach? Soll das Unscheinbare, Farblose, soll das gleichmütig Verstreichende keinen Aufschluß geben können? Warum das Zentrum nicht am Rand suchen, im übergangenen Geschehnis, in abseitiger Begebenheit? Müssen wir nicht, denkt Heller, unsere Suche auch auf das ausdehnen, was ohne Gewicht ist und auf den ersten Blick neben dem Thema liegt? Zum Beispiel? Nun, zum Beispiel diese Nacht beim Hirten, in dem schwarzen Haus aus geschichteten Steinen, dort bei den Meteora-Felsen. Soll das nicht kennzeichnend sein für Lucy Beerbaum? Aber in welchem Sinne?

Erst einmal die Landschaft; wie prompt die sich wiederherstellen läßt: in die Mitte schiebt er die Meteora-Felsen mit ihren Steilabstürzen, davor rollt er ein Stück der thessalischen Ebene aus, sägt einen Fluß hinein und nennt ihn Pinios, der Lichtsaum am Horizont kann nur das Ägäische Meer sein. Die beiden beweglichen Punkte, das müssen Lucy Beerbaum und ihr Kollege Victor Gaitanides sein; denn gingen sie nicht vom Fuß der Felsen quer zur Straße hinüber, zum Autobus? So hatte er es gelesen: sie waren in ihren Semesterferien zu den Meteora-Felsen hinausgefahren – beide hatten die Zwischenprüfung bestanden –, wanderten über die ansteigende Ebene, aßen aus dem geflochtenen Korb – Victor Gaitanides wie immer so adrett und förmlich, als wollte er Schutz suchen hinter allen eingehaltenen Regeln der Höflichkeit, zumindest aber seine Jugend tarnen. Und während des Essens, am Fuß der Felsen, als sich das Gewitter ankündigte, zuerst nur mit einem Zittern, einer Erregung des Lichts, das die Felsen durchtränkte und den Fluß härter aufschimmern ließ. Victor faltete sorgsam das Taschentuch zusammen, auf dem er gesessen hatte, und beobachtete beim Einpakken den Himmel: die schnell entstehenden und sich auflösenden Formen der Wolken, leuchtende Fische, nach unten wachsende Schattenbäume, deren Kronen rötlich flammten. Wir sollten uns beeilen – was sich da zusammenbraut, ist nicht von schlechten Eltern.

Er schien mehr besorgt als Lucy, die sich nicht drängen lassen wollte, die darauf bestand, wenigstens ihre Melone aufzuessen, wenn sie schon nicht das ganze Brot aufessen dürfte, und sie belustigte sich über die Eile, mit der er fortstreben wollte, zur Straße hinunter, zum Bus. Macht es Ihnen soviel aus, naß zu werden, Victor? Ich gestehe –

er war wirklich einer von denen, die eine schlichte Antwort schon für ein Geständnis halten –, ich gestehe, sagte er, daß es für mich sympathischere Gefühle gibt, als einen nassen Anzug auf der Haut kleben zu haben. Ihretwegen muß ich jetzt zum zweitenmal hungrig vom Essen aufstehen, sagte Lucy, und dabei verlangt unser Arzt, daß ich »esse, was in mich reingeht«. – Das Quantum dürften sie längst erreicht haben. Er stand ungeduldig da, Kreissäge auf dem Kopf, den geflochtenen Koffer in der Hand, ein Mann, dessen Wunsch nach unbedingter Korrektheit alles verbarg und verdeckte, seine Bereitschaft zur Anteilnahme ebenso wie seine automatisch wirkende Freundlichkeit. Es ist ratsam, zu gehen, Lucy, die Kompositionen da oben gefallen mir nicht.

Auf einmal schienen sich die Ränder der Wolken zu entzünden: rot und lila troff es aus ihnen heraus, ein schwarzes, wirbelndes Auge stand zwischen den Wolken, unter dem die ganze Ebene bis hin zur Küste welkte. Das macht uns wenigstens keiner nach, sagte Victor, solch ein thessalisches Gewitter. Ich glaube nicht, sagte Lucy, soviel ich weiß, kommen unsere einheimischen Blitze in jedem Schulbuch der Welt vor, jedenfalls sind sie auch nur elektrische Entladungen, Partialentladungen, wenn man es genau nimmt, die auf dem ganzen Weg des Blitzes stattfinden, von Teilchen zu Teilchen. Das Licht, sagte Victor, ich dachte vor allem an das Licht: bei uns wird ein Gewitter durch Farben gefeiert. Ja, sagte Lucy, das Gewitter und die Armut, bei uns sind sie malerisch.

Sie faßte nach dem Griff des Koffers, weniger, um ihn tragen zu helfen, als um sich von Victor über den krautbewachsenen Hang ziehen zu lassen, schräg hinunter zur Straße, wo es, das ließ sich jetzt schon erkennen, keinen anderen Schutz gab als einzelne Bäume. Kommen Sie, sagte der Mann, es fängt schon an, die ersten Tropfen habe ich schon bekommen. Die ersten Tropfen waren groß und erfrischend, sie trafen hart auf, vereinzelt, Lucy glaubte sie noch unterscheiden zu können, wenn sie auf Schulter und Nacken zersprangen oder im Gesicht. Der Wind war nur kurz, der eigene Wind des Gewitters.

Langsamer, rief Lucy, ich kann nicht so schnell. Die scharfkantigen Steine unter dem Kraut, die verdeckten Spalten, glatte, herausgewaschene Felsbuckel zwangen sie zu staksenden oder watenden Bewegungen, während der Regen heftiger und gleichmäßiger wurde und auf den durstigen Boden trommelte, daß es stäubte und der Regenstaub als grauer, schmutziger Streifen vor ihnen lag. Lucys Kniestrümpfe rutschten, das Kraut wischte über ihre schmalen Waden und näßte den Rocksaum. Die Sicht ließ nach. Dort, sagte Victor, eine Hütte, wir wollen uns unterstellen.

Er packte sie am Handgelenk und zog sie zu der flachen Hütte hinüber, es war eine Hirtenhütte, aus Steinen geschichtet, schwärzlich, das Dach war mit Felsbrocken beschwert. Zwei Öffnungen in den Wänden, schmal wie Schießscharten. Unbehauene Eingangspfosten, über und über mit Kerben bedeckt. Ein Stapel Reisig und leuchtendes Wurzelholz. Eine Decke aus gegerbten und zusammengenähten Häuten hing zwischen den Pfosten, der Mann hob sie auf, ließ zuerst Lucy eintreten und schlüpfte dann selbst, die Kreissäge rasch vom Kopf ziehend, in die Hütte hinein.

Neben einem Sehschlitz – er mußte also ihre Annäherung beobachtet haben –, hinter einer Bodenwanne, in der ein Feuer schwelte, stand der Hirte: speckiges, vielleicht weinrotes Käppi auf dem Kopf, weißgraue Bartstoppeln; über kragenlosem Hemd eine verschossene Weste und eine nicht weniger verschossene dreiviertellange Joppe; schräg von der Schulter zur Hüfte ein Strick und daran ein selbstgenähter Brotsack aus Leinen, ein alter Mann, wenn auch von unbestimmbarem Alter. Auf einen Stab gestützt, aus halbgeschlossenen Augen sah er ihnen entgegen und wartete ihren Gruß ab, dann hieß er sie willkommen, indem er den Platz am Sehschlitz räumte und ihnen anbot, das Land unter dem »freudigen Regen« zu beobachten. Er zwinkerte ihnen zu, goß bitteren Kräutertee auf und reichte den einzigen Emaillebecher Lucy, wobei er ihr ein Zeichen machte, den Tee mit ihrem Mann zu teilen.

Über den Rand des Bechers hinweg, in kurzen Schlucken trinkend, musterte Lucy das Innere der Hütte: das Lager mit der Kuhle, die selbstgewebte Decke, eine geschlossene Holzkiste, Draht an den Wänden, Stricke, hier ein Schneidebrett, in dem ein Messer steckte, darum herum Brot, Zwiebeln, Oliven, und wieder das Lager, ausgelegen, plattgewälzt, ein offenbar mit Gras und Kräutern gefüllter Sack. Wo sind die Tiere, fragte Victor, und der Hirte, auf den zweiten Sehschlitz deutend: gucken Sie mal durch, sie stehn wie im Pferch, dicht bei dicht.

Es troff von ihren Händen, von ihren Gesichtern. Wenn Sie erlauben, Lucy, ziehe ich meine Jacke aus und lasse sie am Feuer trocknen. Und wenn es Ihnen nichts ausmacht, werde ich das gleiche mit meiner Bluse und meinem Halstuch tun. Astgabeln, eine Stange darüber, und sie hängten ihre Sachen neben dem Feuer zum Trocknen auf. Dort fährt der Bus, sagte der Hirte. Gegen Abend geht noch einer, sagte Victor.

Ein Sehschlitz war immer besetzt; abwechselnd, mitunter gleichzeitig beobachteten sie das Gewitter, das Zucken der Flächenblitze, die ihr Licht von unten gegen die Regegenfahnen warfen, die tief über der Ebene hängenden Wolken. Das Gewitter schien auf das Meer hinauszuziehen, zögerte, drehte und wanderte mit umspringendem Wind wieder zurück.

Sie achten darauf, Victor, daß wir den letzten Bus erwischen? Wir werden ihn gewiß bekommen. Lucy öffnete den geflochtenen Koffer, kauerte sich hin, kramte hervor, was von ihren Mahlzeiten übriggeblieben war, und schenkte es dem Hirten, der das Geschenk augenscheinlich als Aufforderung verstand, ihnen nun seinerseits etwas anzubieten, denn er warf sich einen Mantel über den Kopf, ging hinaus und kam mit einer ledernen Provianttasche zurück. Mit zeremonieller Langsamkeit packte er Streifen von Hammelfleisch aus, das er sie zu begutachten bat, würzte und salzte es vor ihren Augen und briet es, nachdem er das Feuer angefacht hatte, auf einem selbstgemachten Rost. Dann sah er sie erwartungsvoll an, lächelnd, als wollte er sie veranlassen, das längst Überfällige zu tun; und Victor begriff seine Erwartung und nannte ihm vor dem Essen ihre Namen, sagte, woher sie kamen und was sie hierher geführt hatte, worauf der Hirte seinen Namen nannte und Victor um Erlaubnis bat, ein Wort über Lucy sagen zu dürfen. Mit Vergnügen, wir sind gespannt.

Lucy, auf dem Lager sitzend, hob die Schultern, führte die nackten, dünnen Arme zusammen und beklemmte die Hände mit den Schenkeln und lauschte. Aus dem Saum seiner Joppe fischte der Hirte eine Papierkugel, dröselte sie auf und befreite eine Münze, die er Victor schweigend auf flacher Hand hinhielt; der nahm die unebenmäßige Scheibe und besah sie sich nah am Feuer. Was ist das, fragte Lucy. Eine sehr alte Münze, mindestens zweitausend Jahre, sagte Victor, und hier ist ein Kopf, ein Mädchen, vermutlich die berühmte Arethusa, eine Nymphe. Wollen sie mal sehen? Er gab die Münze an Lucy weiter, und jetzt, während Lucy ihm im Schein des Feuers ihr Profil zuwandte – die glatte, steile Stirn, die kaum erkennbare Nasenwurzel, die Lippen kurz vor dem Lächeln, das Kinn energisch vorgezogen –, jetzt vermutete er, was der Hirt sagen wollte und nun stumm durch diesen Vergleich sagte.

Sie gleichen ihr wirklich, Lucy, sagte Victor, wir werden Sie zur Orts-Nymphe ernennen. — Dann müßte ich den ganzen Tag einen Wasserkrug herumschleppen bis zur Ewigkeit — wollen Sie mir das wirklich antun? — Nymphen sind sterblich, sagte Victor, sie dürfen zwar die Götter erziehen und den Menschen helfen, aber sie sind sterblich. Immerhin ein Trost, sagte Lucy, und was meine Ähnlichkeit mit dieser Dame betrifft: ich kann sie nicht entdecken. Das liegt daran: Arethusa wirkt so robust, wohlgenährt, fast schon ärgerlich gesund. Mit anderen Worten, sagte Lucy, diese robuste Nymphe wurde im Gegensatz zu mir nicht bei ihren Mahlzeiten unterbrochen oder von ihnen abgehalten. Sie gab dem Hirten dankbar die Münze zurück, der alte Mann nickte ihr erfreut zu; und dann aßen sie, die Männer auf dem Boden der Hütte hockend, Lucy auf dem Lager, während draußen der Regen auf dem Blechdach lärmte und frühe Dunkelheit über die Ebene zog. Ob man den Bus von hier aus früh genug erkennen könne, fagte Victor, und der Hirte, beruhigend: die Scheinwerfer schon in den Bergen, es geht langsam zur Ebene, wenn die Scheinwerfer in den Bergen zu sehen sind, bleibt noch viel Zeit, zur Straße hinabzugehen.

Er stellte das Geschirr in den Regen hinaus. Er brannte sich eine mehrmals geflickte Pfeife an und erzählte von seinem Bruder: der sei hier Hirte gewesen, habe hier in der Hütte gelebt, durch viele Jahre, eines Tages sei er tot gewesen, keine Verletzung, keine voraufgegangene Krankheit, er habe vor der Hütte gesessen, den Rücken gegen die Wand gelehnt; er selbst habe ihn so gefunden, und nicht nur gefunden, er habe ihn begraben und sei dann einfach an seine Stelle getreten, das sei nun lange her, jedenfalls zu lange, als daß er noch damit rechne, daß sowohl das Verschwinden seines Bruders als auch seine Übernahme des Stabs und der Arbeit bemerkt werden könnten.

Die Münze sei alles gewesen, was sein Bruder ihm hinterlassen habe, vermutlich habe er sie am Pinios gefunden, am Fluß, und später dann in ein Futter genäht. Wenn einer jung ist – ob er dann sterben könne ohne Verletzung, ohne voraufgegangene Krankheit? Seine Besucher ließen das im Unentschiedenen, worauf er eilig weitererzählte von seinem Vater: der sei auch Hirte gewesen wie sein Großvater, nicht hier, weiter zum Meer hin, er habe seine Herde gut zusammengehalten, eines Tages sei er tot gewesen, abgestürzt, wie es damals geheißen habe, aber er könne es bis heute nicht glauben, da seinem Vater jeder Paß und jede Schlucht bekannt gewesen seien, vielmehr müsse er annehmen, daß es sich um ein »gemachtes Unglück« gehandelt habe, denn es geschah, kurz bevor seinem Vater der Lohn für zwei Jahre ausbezahlt werden sollte. Wenn so etwas geschieht – ob

es da nicht naheliege, sich einen eigenen Schluß darauf zu machen?
So redete er, so erzählte er, in dem Wunsch, sich abzustimmen, sich Erleichterung zu verschaffen, und Victor stand die ganze Zeit am Sehschlitz und sah zu den Bergen hinüber – die schwenkenden Scheinwerfer, die den Bus ankündigen sollten, tauchten und tauchten nicht auf. Der Hirte goß noch einmal seinen bitteren Kräutertee auf und trat an den Sehschlitz – gerade so, als ob ihm eher gelingen müßte, was Victor Gaitanides nicht gelang, doch auch er konnte den Bus nicht »heransehen«. Vielleicht ist das Gewitter schuld, vielleicht hat er eine Panne. Aber was soll nun werden?
Sie gaben es nicht auf, die Berge zu beobachten, und später, nachdem auch die letzte Abfahrtszeit des Busses längst überschritten war, auch die Ebene nach den kreisenden Scheinwerfern abzusuchen; es blieb dunkel, nur der Regen war zu hören. Wenn es euch genug ist, sagte der Hirte, könnt ihr hierbleiben für eine Nacht. – Nein, das geht nicht, sagte Lucy. Ihr könnt allein in der Hütte bleiben, ich werde die Tiere zusammenhalten, da draußen ist noch ein Unterstand, und ich habe außerdem den schweren Mantel, sagte der Hirte, und Lucy schnell darauf: Es ist nicht nötig, wirklich nicht – oder, Victor? – Bleiben Sie in der Hütte, sagte Victor, hier ist für alle Platz. – Aber ihr seid meine Gäste, die Hütte steht euch zu, und ich muß nach den Tieren sehen. Der alte Mann warf sich den Mantel über, hob zum Gruß seinen Stab und ging hinaus. Wir werden auf ihn warten, entschied Lucy und streckte sich auf dem Lager aus; ihr leichter Körper paßte sich der Vertiefung ein, sie breitete die Decke über ihre Beine, legte das Gesicht auf einen angewinkelten Ellenbogen

und blickte in das Feuer und über das Feuer hinweg zu Victor, der sich an der Hüttenwand niedergelassen hatte – einer auch von innen unverputzten Wand, die einen alten Brandgeruch bewahrte –, als ob er sich eingerichtet hatte auf längeres Warten. Der Widerschein des Feuers spielte seine beweglichen Muster durch, schickte Lichtzungen über die Haut, ließ Schattensplitter wandern. Sie schwiegen, während das geschichtete Holz zerfiel, das Feuer herabbrannte und nur noch eine knisternde Glut übrigließ, die ihre Gesichter rötete. Wenn ihre Blicke sich trafen, lösten sie sich sofort voneinander, glitten ab. Ihre Gesichter: reine Aufmerksamkeit. Dann, als die Glut unter Asche versackte, als über der Feuerstelle nur noch ein schwacher Schein lag, der weder sie selbst noch die Decke der Hütte erreichte, in einem Augenblick, als eine überschärfte Wachheit auch dem mindesten Geräusch Bedeutung unterschob, richtete sich Lucy heftig auf, stöhnte vor Schmerz, packte ihr linkes Handgelenk und hielt es wimmernd hoch.

Der Mann sprang zum Lager und hockte sich hin. Er rührte mit einem Stock in der Glut, brachte sie noch einmal zum Glimmen, und jetzt, als Lucy ihm die offene Hand zudrehte, erkannte er den Nadelkopf über ihrem Handballen, die silberne, aufgerichtete Schlange, die Lucy an ihrem Halstuch getragen hatte. Die Nadel steckte tief im Handballen, eingedrückt oder eingetrieben in ihrer ganzen Länge. Die Wunde blutete kaum. Mein Gott, wie ist denn das geschehen, Lucy? Halten Sie ganz ruhig, sehen Sie zur Wand. Victor umspannte ihren Unterarm und riß die Nadel heraus. Saugen Sie, sagte er, na los, saugen Sie die Wunde aus. Wie konnte das nur geschehen, Lucy?

Er faltete sein Taschentuch zusammen und legte es als notdürftigen Verband auf die Wunde, die nun stärker und gleichmäßig blutete. Er half ihr, sich auf dem Lager auszustrecken, und zog die Decke über sie. Wie ist das geschehen, Lucy? Ich weiß nicht. Schmerzen? Es geht. Jedenfalls, sagte Victor, werde ich die Nadel bis zum Morgen verwahren. Ich möchte, daß Sie sie behalten, sagte Lucy, ich schenke sie Ihnen.

Schon wieder spürt Janpeter Heller den leichten Druck auf seiner Schulter, zwei Finger tippen ihn an, bitten ihn um Aufmerksamkeit. Ja? Das alte Ehepaar, das seinen Kaffee zwar hatte kalt werden lassen, findet es in seinem Fall bedauerlich, daß er seine Currywurst kalt werden läßt; die muß man doch warm essen, sagt die Frau freundlich und in der Gewißheit, daß ihr Hinweis eine Störung wert sei. Vielen Dank, ich hab's gar nicht gemerkt.

Nun sehen sie zu, wie er ißt, zustimmend, die Frau sogar nickend und vermutlich kurz davor, eine Belobigung auszusprechen: so ist's recht, so muß die Wurst gegessen werden. Die Alten neigen sich einander zu, die Lippen bewegen sich, kein Wort, nur ein leichtes Zeichen, ein sanftes Schmatzgeräusch, von dem Heller glaubt, daß er selbst es hervorgebracht hat. He, zahlen, ruft er dem Kellner zu, und immer noch kauend wünscht er den Alten guten Tag.

Er muß nach unten, er muß mit dem Fahrstuhl in die Möbelabteilung, wo die Demonstration wahrscheinlich jetzt zu Ende geht. Dort, zwischen den wulstigen Möbeln, stehen die Assistentinnen, geben Auskünfte, verteilen Broschüren. Aber Mike? Und wo ist Klepatsch? Wo der Glatzkopf, der Hillmeyer oder Knokke heißt? Tamara:

wo ist sie? Heller schiebt sich suchend durch die Abteilung, kurvt im Slalom zwischen den belagerten Möbeln hindurch: wo sind sie? Beim Mittagessen, sagt eine Assistentin, da ist ein festliches Mittagessen vorbereitet, ganz oben – ihr Daumen richtet sich auf –, in den heiligen Hallen. – Ach so.

Heller geht zum Fahrstuhl, wartet, Gesichter schweben hinab, gleiten vor ihm hinauf; er hört Gespräche hinter und neben sich, in denen man sich seltsamerweise nur eines bestätigt: den gelungenen, den vorteilhaften Kauf, da scheint jeder gegen alle Erwartung sein Glück gemacht zu haben, auf Kosten von Hillmeyer oder Knokke. Hier ist doch immer besetzt, gehn wir zu Fuß, sagt eine Stimme, und nicht nur Heller, sondern alle, die auf den Fahrstuhl warten, drängen zur Treppe und steigen hinab durch die einzelnen Abteilungen wie durch Himmelskreise, in denen sorgfältig gekleidete und Würde ablassende Empfangsherren bereitstehen, die dem Käufer helfen, Wünsche zu präzisieren, und ihn dann weiterleiten in das Dickicht der Angebote. Die Bettenabteilung. Die Abteilung für Herrenoberbekleidung. Die Sportartikelabteilung. Die Spielwarenabteilung.

Heller ist schon vorbei, nun steigt er noch einmal einige Stufen hinauf und blickt, das Gesicht in Fußbodenhöhe, durch die Dreiecke stehender Beine zu den beiden gleichgekleideten Lotsen hinüber, beide unter rotem Südwester, beide in gelbem Wetterzeug, Frau und Kind, Charlotte und Stefanie.

Machen Sie hier mal Platz auf der Treppe. Ja, ja. Sie stehen dort, wo das anspruchsvolle Spielzeug gestapelt ist, das Spielzeug für das phantasievolle Kind, zum Beispiel, »Die kleine Näherin« oder »Die kleine Ärztin«, was soll

es denn diesmal sein, zur »kleinen Köchin« hat Heller Stefanie ja schon gemacht.
Aus der Ferne, von einer Säule gedeckt, in Kinderbüchern blätternd, versucht Heller den Einkauf da drüben zu deuten, einfach nur anhand der gezeigten Bewegungen, und er möchte jede Wette riskieren, daß Stefanie sich etwas ausgesucht hat, was Charlotte aus zumindest zwei Gründen für bedenklich hält: erstens ist es zu kompliziert und zweitens zu teuer. Stefanie will aber, sie will entweder dies oder gar nichts, also doch die Ausrüstung für die »kleine Ärztin«, die Heller selbst schon einmal in der Hand hatte: allerliebste Fieberthermometer, niedliche Spritzen, die wirklich spritzen, und außer dem kompletten Operationsbesteck, mit dem alt gewordene Puppen gerettet werden können, ein silbernes Reflexhämmerchen. Wenn ich das nicht haben soll, dann brauchst du mir gar nichts zu kaufen, Mami. – Was stattdessen? Charlotte läßt sich Schachteln von den Regalen reichen: Sieh mal hier, Stefanie, diesen Puppenwagen mit den roten Gardinen, darin könnten sogar zwei schlafen, Mützi und Empfi. – Nein, nein. Quengeln, Maulen, schniefende Enttäuschung: dann lieber gar nichts.
Diesen Mann erkennt Heller gleich wieder, den krausköpfigen Athleten, der sich eilig ins Blickfeld schiebt – mit einer flachen, modischen Dokumentenmappe, an der noch der Gepäckausweis einer Fluggesellschaft hängt – und auf die beiden ungleichen Lotsen zusteuert, Charlotte eine mächtige Hand in den gewinkelten Arm schiebt, an Stefanie eine knuffende Liebkosung verteilt. Da bin ich also und hab mich nicht einmal verspätet. Aus dem Gelenk geschüttelte Diagnose, er ist schon im Bilde, kennt schon den Grund für die Verärgerung auf der einen, für das

Schmollgesicht auf der anderen Seite, also wenn es so ist – denn Unmut ist nicht erlaubt –, wollen wir Stefanies Wunsch mal möglich machen, man soll sich ja immer um gute Konkurrenten bemühen – was kostet denn die »kleine Ärztin«? Doch, doch, Charlotte braucht hier nicht mechanisch zu protestieren, es soll ja auch nicht immer so sein, aber heute, nicht wahr? Ja, packen Sie das mal ein.
Heller drückt sich seitlich weg, nutzt in schnell berechnetem Weg die Säulen aus, taucht schon im Treppenschacht unter, ruckweise versinkend und das Gesicht jetzt wieder der entkrampften Käufergruppe zugewandt, die über dem Kauf zueinander findet. Zielstrebig arbeitet er sich zum Ausgang vor, durch Familien, Gruppen, durch bepackte, in Bewegung und Sicht behinderte Verbraucher, zuletzt durch die Wand aus Heißluft, da ist die Straße. Er lehnt sich an ein Schaufenster, aus dem ein grinsender Skiläufer, von künstlichen, etwa handtellergroßen Schneeflocken umschwebt, in Schußfahrt auf ihn zuhält. Er steckt sich eine Zigarette an, prüft den Himmel, wo gerade ein prasselnder Hagelschauer vorbereitet wird – wo hält hier die Bahn? Heller gönnt sich ein Taxi.
Der Fahrer, der sich grundsätzlich nicht an die Geschwindigkeitsbegrenzung hält, kommentiert unaufhörlich die Fahrweise anderer Verkehrsteilnehmer: Zeig doch früher an, Idiot; ordne dich doch ein, du Kanaker; natürlich ein Weib am Steuer. Sitzen Sie mal zwölf Stunden im Wagen, sagte er zu Heller, dann lernen Sie Ihre Mitmenschen kennen. Nur im Wagen? fragt Heller. Der Fahrer hält, die Klappe des Handschuhfachs fällt herunter. Dort geht's zum Isebek-Kanal, ich kann da nicht wenden, wollen Sie eine Quittung?
Heller zahlt, läßt sich die Quittung geben, geht davon,

ohne Gruß, und strebt gleich der Toreinfahrt zu und betritt das Haus durch den Innenhof. Er braucht das Dreiminutenlicht nicht aufflammen zu lassen, er wartet neben der Kellertür, bis ein quälender, ungleicher Schritt, vermutlich der Schritt eines Invaliden, im zweiten Stock unhörbar geworden ist, dann sichert er einmal zum Straßeneingang hin und gleitet, Rücken gegen die Wand, zu den Parterre-Wohnungen und zu der mit brauner Farbe gestrichenen Tür und liest das Türschild: *Ch. Heller.* Also nicht mehr J. Heller, auch nicht schlechthin Heller, sondern – das Geschlecht allerdings immer noch im Ungewissen lassend – Ch. Heller. Den flachen Schlüssel zur Tür trägt er in einem Fach seiner Brieftasche. Er öffnet die Tür. J. Heller besucht Ch. Heller, klickend fällt das Schnappschloß zu. Soll er den Mantel ausziehen?
Die alte, kunstgewerbliche Garderobe hängt immer noch da, daneben, das ist neu, eine Garderobe für das Kind. Gleichfarbige Mäntel. Gleichfarbige Mützen und Schals, die wohl Zusammengehörigkeit signalisieren sollen oder vielleicht Verschworenheit. Gegen wen? Gegen ihn? Wenn, dann gegen ihn.
Hier die Küche mit der Eßnische: blauweiß gewürfelte Bauernvorhänge, der Tisch ist, wie immer, für die nächste Mahlzeit gedeckt – »man fühlt sich dann erwartet« –, die dienstbereiten Spaliere der Gläser, Vasen, Soßenschüsseln, alle nach Größe geordnet, das Porzellangesicht der Küchenuhr, deren Werk noch geräuschvoller arbeitet als damals; zwei Leisten mit Geschirrtüchern – mit den bunten, nur taschentuchgroßen verdient sich offenbar Stefanie die auch fürs Abtrocknen ausgesetzte Belohnung; die vibrierenden Türme der Tassen und Teller; im Brotschrank wie immer nur papsiges Weißbrot, das beide am liebsten

essen. Und das Badezimmer? Immer noch der rosa Frotteebezug auf dem WC? Immer noch tropfende Wäsche über der Wanne? Und der viel zu kleine Papierkorb: immer noch überquellend von gebrauchten Wattebäuschen, in die Schwärzliches eingerieben ist? Und das Sortiment der Falter und Raupen, der Schmuckspangen, mit denen sie ihr Haar zusammenhält?

Warum, denkt Heller, läßt jede Abwesenheit uns schon eine Veränderung voraussetzen? Natürlich sind die Wände des Kinderzimmers mit den letzten Zeichnungen bepflastert, bunte Kreide und Ölstifte, auf dem Fußboden unter dem Fenster findet ein großes Konzil der Stofftiere statt; in einer Strickleiter hängen vergnügt, mit ausgezogenen Armen, hölzerne Affen, und dort auf dem Nachttisch, an eine Stange gebunden, zwei alte beleidigte Vögel, die, von einem Mechanismus bewegt, abwechselnd aus einem Glas Wasser trinken.

Wie läßt sich ihre Vorliebe für schwere, repräsentative Möbel erklären, die in keinem Verhältnis stehen zur Größe des Raums? Verrät sich hier krankhafter Besitzanspruch? Ein Wunsch nach Dauer? Oder die eingeborene Neigung, dem Zuhause festungshafte Uneinnehmbarkeit zu verschaffen? Heller gleitet seitwärts über die geschnitzte Lehne in einen klotzigen Sessel, streckt sich, blickt auf den weißen, bauchigen Lampenfuß, auf die lederne Schreibmappe, auf den Umschlagkalender, kopfschüttelnd, er blickt all die Utensilien an wie widerwärtige Bekannte, die er einst aus der Nähe hatte ertragen müssen.

Wie weit muß man die Tage zurückblättern, denkt Heller, bis zu jenem Abend, als er von der Klassenreise nach Hause kam, von dieser Fahrt, die er selbst angeregt hatte und die nach Nordrhein-Westfalen gegangen war, in den Pott, wo er mit seinen Schülern »Arbeitswelt« besichtigte? Er blättert noch einmal jenen Sommerabend auf, läßt sich ankommen und von Charlotte geheimnisvoll begrüßen – wie deutlich ihr anzusehen ist, daß sie etwas in petto hat, eine heiße Überraschung, die sie so beschäftigt, daß sie ihn nicht einmal nach der Reise fragt; doch bevor sie etwas preisgibt, muß er zunächst einmal essen, hier, von den belegten Broten, und dazu gibt's Tee – Diakonissen-Tee, wie er ihn selbst nannte. Ihre Ungeduld. Ihre Erregung. Ihre Unaufmerksamkeit. Hörst du mir überhaupt zu? – Aber natürlich. Du warst beim nächtlichen Abstich der Birne. Er erzählt von den Erfahrungen der Reise – du triffst Menschen, denen einfach das Bewußtsein dafür fehlt, daß sie ausgebeutet werden –, bietet ihr Bilder an aus der Arbeitswelt – du hast den Eindruck, daß sie immer kleiner werden am Fließband, gleich einschmelzen zu Bolzen und Gewinden und zur Montage davonrattern –, wiederholt Reaktionen seiner Schüler auf das Gesehene – das schreit doch alles nach Mitbestimmung am Arbeitsplatz –, doch er kann nicht übersehen, daß ihre Ungeduld umso größer wird, je länger er erzählt. Also, was ist, Charlotte, nun laß schon die Katze aus dem Sack. – Komm mit, ich zeig dir was, dann kannst du weitererzählen. Er muß die Augen schließen, läßt sich bugsieren, hier herein, ja, und jetzt darfst du die Augen öffnen. Das also soll die Überraschung sein: dieses raumverdrängende geschnitzte Ungetüm, dem Arsch eines Aufsichtsrats angemessen, und dazu dieser lastende Schreibtisch, an dem man vielleicht Ölaktien zählen, aber doch niemals Hefte korrigieren kann.

Oh, mein Gott, sagt Heller, das ist ja eine schöne Bescherung, und Charlotte, bang, erwartungsvoll: Gefällt es dir, Jan? Heller schlägt einen halben Bogen um die Garnitur, bleibt in einer Ecke stehen, stiert ratlos die Überraschung an: Wer soll das denn benutzen, um Himmels willen? Ich meine, für wen ist das gedacht? – Für dich, Jan; ich dachte, das hast du verdient. Freust du dich? Sie fragt es, obwohl sie sieht, daß Heller betreten und fast erschrocken ist; zumindest löst das, womit sie ihn überraschen wollte, eher Ratlosigkeit und Verstörtheit aus als freudige Zustimmung; und als müßte sie ihm darauf die Möglichkeiten des Geschenks vorführen, setzt sie sich in dem ausladenden Sessel zurecht.

Das jedenfalls, sagt Heller, ist sicher: wer hier Platz nimmt, ist zu Schlips und Silberstift verpflichtet. – Aber die Qualität: davon wirst du immer was haben. – Das ist es ja gerade, sagt Heller: je wertbeständiger der Besitz, desto größer der Terror, der von ihm ausgeht. – Ach, Jan, jetzt redest du, wie du es dir seit einiger Zeit angewöhnt hast, zu reden: diese Geringschätzung für alles, was man erwirbt, diese Verachtung, als ob es ein Vergehen ist, wenn man den Wunsch hat, etwas zu besitzen. Steht das nicht jedem zu? – Du warst doch dabei, sagt Heller, wenn ich die Hefte auf dem Küchentisch korrigiert habe oder auf der geräumigen Fensterbank; was spricht dagegen, daß ich es weiter so mache? Warum müssen wir uns mit solch einem repräsentativen Auslegermöbel belasten, das nicht nur meine Sitzhaltung, sondern auch mein Selbstgefühl verändert? Ja, Charlotte. Ich mißtraue dem Besitz, weil er uns an die Kette legt oder zum Opportunismus verleitet.

Ihr langer fragender Blick und die Unsicherheit in der Stimme, als sie ihn jetzt bittet, zu sagen, ob er sich denn nicht freue, zumindest ein bißchen freue, schließlich werde er sich ja vielleicht an die Möbel gewöhnen, und eines Tages werde er sie für unentbehrlich halten. Ich weiß nicht, Charlotte. Ich hab sie erlebt, die Gefangenschaft, in die wir durch Besitz geraten. – Hör auf, Jan; du hast einmal anders gesprochen, das weißt du; damals, als wir nur von meinem Gehalt lebten. Oder hast du vergessen, was du vor den Schaufensterscheiben gesagt hast? Deine Wünsche, deine Pläne, all die Entwürfe für später: erinnerst du dich nicht mehr daran? Und nun ist also nicht einmal mehr Freude erlaubt über einen neuen Schreibtisch, und wer sich einen neuen Sessel zulegt, ruft schon Verdacht hervor? Aber ich weiß, woher das kommt, wessen Theorien du angenommen hast, ich hör euch ja oft genug reden, dich und deinen Schülerklub.

Du wirst mir hoffentlich auch einen Gedanken zubilligen, sagt Heller, und dann: Versteh doch, Charlotte, es geht nicht um diesen Schreibtisch, es ist etwas Grundsätzliches – solange es möglich ist, wollen wir unsere Unabhängigkeit bewahren, und der sicherste Weg ist, dem neuen Glauben keine Opfer zu bringen, ich meine der Religion des Besitzes. – Ach, Jan, wie sich das anhört! Aufgepustete Worte, Begriffe ohne ein Gramm Erfahrung. Ich habe Angst vor Leuten, die kein Verständnis für Kompromisse haben, die alles lupenrein verändern wollen, hundertprozentig. Laß deine Schüler doch mal herumhorchen, zeig ihnen mal nicht nur die Arbeitswelt, sondern laß sie zu Hause mit den Leuten reden. Ihr werdet euch wundern, wie verbreitet der Wunsch ist, etwas nach Hause zu tragen, anzuschaffen. Das hat man immer getan und tut es heute noch; es soll glücklich machen; am Ende ist es vielleicht sogar menschlich. – Merkwürdig, Charlotte, du mußt immer persönlich werden, bei allem persönlich. – Daran siehst du, Jan, daß ich alt werde: als Anfänger reagiert man auf alles mit einer Theorie; später, wenn man eingesehen hat, wie wenig zu ändern ist, nimmt man alles persönlich.

Heller blickt ihr nicht nach, er weiß, daß sie jetzt ins Badezimmer geht, und ohne daß er es hören könnte, weiß er auch, daß sie auf dem Rand der Wanne sitzt und eigentümlich trocken vor sich hinweint.

Nein, denkt Heller, in ihrer Qualität sind sie nicht umzubringen, sie werden alle überdauern. Er beklopft die Möbel, er zieht einen Fingernagel scharf über eine Ecke des Schreibtisches, mit der Fußspitze schlägt er gegen den Sessel: wie geht's dir, alter Lulatsch?

Ein Schlüsselgeräusch, ein forsches Schlüsselgeräusch an der Wohnungstür macht Heller ratlos, läßt ihn hastig die Wohnung auf Verstecke überprüfen, doch da sind schon Schritte auf dem Korridor, Charlottes Schritte, sie stürzt in die Wohnküche, Schubladen fliegen nacheinander auf und werden wieder zugeworfen, leises Fluchen, dann Stille auf einmal, Erleichterung, offensichtlich scheint sie gefunden zu haben, wonach sie suchte, das Schloß ihrer Handtasche schnappt klickend zu. Geht sie schon wieder? Sie geht zur Wohnungstür, kehrt jedoch überraschend zurück und verschwindet im Badezimmer, und jetzt kommt sie, kommt mit einer feuchten Bluse ins Wohnzimmer, um sie an der Fensterbank vor der Heizung aufzuhängen.

Dreimal spuckt sie andeutungsweise aus: Mein Gott, hab ich mich erschrocken; und dann, den Bügel mit der Bluse langsam senkend, immer noch verblüfft: Du wirst doch wohl nicht erwarten, daß ich dich willkommen heiße?

Heller geht ihr einen Schritt entgegen, er entschuldigt sich in Verlegenheit: Ich weiß nicht, wie es gekommen ist, Charlotte, ich kann es nicht mal auf Gewöhnung zurückführen – auf einmal war ich hier drin, in unserer alten Wohnung.

Du hast kein Recht, Jan, hier einfach einzudringen, nach all der Zeit; jetzt, wo wir endlich unsere Balance wiedergefunden haben. Bitte, geh sofort. Versehentlich, sagt Heller, bin ich jedenfalls nicht hier, doch ebensowenig kann ich dir einen Grund nennen; vielleicht ist die Vergangenheit doch noch nicht vorüber. Charlotte hängt die Bluse an das Fensterbrett vor der Heizung, und die kleine Drehbewegung des Bügels abfangend, sagt sie gegen das Fenster: Ich kann jetzt nicht mit dir sprechen, ich werde erwartet. Ist Stefanie bei ihm im Auto, fragt Heller, und sie darauf: Ach, Jan, wozu soll meine Antwort denn gut sein? — Sie warten also beide auf dich? — Ja, sie erwarten mich, und du willst mir doch nicht etwa sagen, daß du was dagegen hast? Bitte, geh jetzt, aber laß mich zuerst auf die Straße. — Wäre es dir unangenehm, fragt Heller, und, da sie schweigt: Stefanies Wohlwollen scheint er sich ja schon gekauft zu haben; und wie sieht es bei dir aus? Er nickt zu der Fotografie auf dem schweren Lampentisch hinüber, auf der der kraushaarige Athlet in hochgeschlossenem Arztkittel vor einer sauberen Grasfläche steht, offenbar im Park eines Krankenhauses; im Anschnitt ist außerdem ein Kerl auf einem Motormäher zu erkennen. Ist etwas ausgemacht zwischen euch? — Jan, ich muß jetzt gehen, begreif das doch; spar dir deine Fragen. – Also stimmt es? – Ja.

Heller geht langsam an ihr vorbei und auf den Korridor hinaus, wo er sie, den Blick auf die Tür, erwartet. Soviel ich weiß, Charlotte, sind wir noch nicht geschieden, nicht wahr? – Ruf mich an, sagt sie, heute abend, Jan. – Du wirst den Hörer nicht abnehmen. – Doch, ich werde ihn abnehmen. – Da ich den Weg kenne, sagt Heller: warum kann ich nicht gleich herkommen? Sie sieht ihn erstaunt an und gibt ihm die Hand, nein, sie will ihm die Hand geben, doch da sie bemerkt, daß er unvorbereitet ist, löst sie die begonnene Bewegung auf in einen Wink, der zur Eile auffordert. Wenn das Kind schläft, sagt sie, nicht früher; und er darauf, lächelnd: Geh nur, ich warte im Treppenhaus. Er steht neben ihr und beobachtet, wie sie die Wohnungstür verschließt, dann tritt er zurück in den Schatten, legt seine Hand auf die Lenkstange eines Fahrrades und lauscht auf das Sauggeräusch, mit dem sich die Haustür selbsttätig schließt.

14

Nein, sie scheinen ihn nicht wiederzuerkennen im Kellerlokal »Vierter August«, weder die jungen Leute, die mehrere Tische nebeneinandergestellt haben und über ausgelöffelten Tellern mit den Köpfen verschwörerisch zusammenwachsen, noch der junge, kahlköpfige Wirt, der über einer fleckigen Kladde brütet, vielleicht seinem Bestellbuch. Aber wie bei seinem ersten Eintritt heben sie die Köpfe und starren ihn verwundert an und begleiten argwöhnisch seinen Gang bis zu dem blaßgrünen Kachelofen – gerade so, als zählten sie seine Schritte mit, oder, das trifft vielleicht noch mehr zu, als wollten sie ihm mit ihren abweisenden Blicken den Weg verlegen.
Valentin Pundt erträgt die Musterung. Er schlägt sich, nach brummigem Gruß, aus dem Lodenmantel. Er setzt sich neben den Kachelofen. Obwohl er weiß, was er bestellen wird, schreibt sein Zeigefinger zuerst Girlanden über die Speisekarte, ehe er zum Wirt hin sagt: Einmal Ihre Gulaschsuppe. Dann langt er in die Innentasche des Mantels, holt Papiere heraus, legt sie vor sich auf den Tisch und betrachtet sie mit aufgestütztem Gesicht.
Lieber Mike! Das ist Haralds Handschrift, vielleicht hat er hier gesessen, vielleicht hat er den Brief sogar hier

neben dem Ofen geschrieben, unter Löffelgeklapper, in »gesunder« Wärme.

Was sagte der Junge mit dem Habichtsgesicht am Nebentisch? Katheder besetzen? Pundt sitzt da wie erschöpft und muß doch zuhören: ja, sie werden das Katheder besetzen, wenn er ihnen bei seiner Antrittsvorlesung nicht zugesteht, mit ihm zu diskutieren, und zwar sowohl über die wissenschaftlichen Inhalte als auch über seinen Lebenslauf. Er hat den Ruf angenommen, ohne ihre Warnung zu beachten – so hört Pundt heraus –, folglich wird er sich ihre Nachfragen gefallen lassen müssen, insbesondere zu seinen Aufsätzen über slawische Architektur, die gesammelt dreiundvierzig erschienen sind. Sie werden einen Riemek, der wohl über Geschichte der Architektur liest, gleich zu Anfang nach den Merkmalen und Kennzeichen der »Wanzen-Architektur« fragen, die er selbst auf einer Reise durch ostpolnische Städte entdeckt und über die er ausschweifend geschrieben hat in den damaligen Reichsblättern für Architektur. Wenn wir Inhalte zur Wahl stellen, sagt einer von ihnen beipflichtend, müssen wir mit Personen das gleiche tun.

Es kann nur Alfons Riemek sein, denkt Pundt, Professor Alfons Riemek, dem diese Verhandlungen am Nebentisch gelten, und er sieht das biedere Gesicht mit dem Kneifer an den frierenden Soldaten vorbeigehen, hin und her durch die kalte Turnhalle, mit genießerischer Ausdauer – Major Alfons Riemek, der neue und letzte Kommandeur, inspiziert das letzte Aufgebot am Ende des Krieges, seine Genesenden, die er in warnendem Tonfall auf sich verpflichten und die er dennoch bei nächster Gelegenheit ohne Abschied sich selbst überlassen wird.

Pundt bewundert die ruhigen Begründungen für eine Be-

setzung des Katheders und erinnert sich, daß er selbst Riemek aufsuchen oder ihm zumindest schreiben wollte – lange nach dem Krieg, als Riemek Gutachten für die Regierung lieferte –, einfach, um ihm zu sagen, wofür er ihn hielt.
Hier kommt Ihre Gulaschsuppe, sagt die Kellnerin, guten Appetit. Der alte Pädagoge wischt das Besteck mit der Papierserviette ab und beginnt zu löffeln, mechanisch, abgelenkt, wieder und wieder nur die Anrede lesend: Lieber Mike! Der würzige Dampf steigt in sein Gesicht, reizt die Poren. Jetzt faltet er den Brief auseinander und zieht ihn dicht neben den Teller:

Lieber Mike! Am letzten Samstag hast Du Dein neues Programm vorgestellt, ich hatte Zeit und bin trotzdem nicht gekommen. Wie die Zeitungen schreiben, ist Dein Programm sehr gut angekommen, bald gehst Du auf Tournee, in sechzig Städten wird es also sein wie hier. Du wirst ihre Träume ölen, und danach wirst Du durch einen Geheimgang fliehen müssen vor ihrer rasenden Verehrung. Wie ich erfahre, haben Deine eigenen Kompositionen »All meine Schwächen« und »Only a Stranger in the Waitingroom« den größten Beifall erhalten; das hat mich nicht überrascht, Du weißt, worauf es ankommt, jedenfalls ist bei Dir die Nabelschnur noch nicht gerissen, die Dich mit ihnen verbindet. Genauer gesagt, Du hast sie von neuem erfolgreich geknotet. Was sie schweigend beherrscht: Du kannst es ausdrücken, und nicht nur dies – Du befreist sie vorübergehend von ihren Mängeln. Das wird Dir Deinen Erfolg erhalten; sieh zu, wie Du damit fertig wirst.
Dein Erfolg ist kein Anlaß für mich, Dir zu schreiben.

Ich schreibe Dir, weil die Zeitungen Dich mit einem neuen Titel belegt haben, gegen den Du selbst nichts zu haben scheinst, vielleicht hast Du ihn Dir sogar selbst zugelegt: Sänger einer heilen Welt. Nach den Berichten, die ich gelesen habe, sollst Du erklärt haben, daß es Dir »uninteressant geworden sei, die Welt nur in Verruf zu bringen und ihr Untauglichkeit zu bescheinigen«; Du willst sie nicht mehr verklagen wie einst, sondern »ihre Vorzüge so sichtbar machen, daß auch der Zweifelnde ja sagen kann«. Einverständnis: das willst Du erreichen. Ich nehme an, Mike, daß Dir klar ist, wie weit Du Dich von Dir selbst entfernt hast, und was diese Entfernung für die alten Freunde bedeutet, die Dir ihre Freundschaft unter anderen Bedingungen angeboten haben. Jetzt, nach Deiner neuen Entdeckung, gehörst Du endgültig nicht mehr zu uns. Was Dich auch immer veranlaßt haben mag, Deinen Protest zurückzuziehen und zum Ja-Sager zu werden: wir können Dir nicht folgen. Da es sich nicht zu sagen lohnt, was Du für mich geworden bist, sollst Du aber zumindest wissen, was Du für mich warst.
Auch wenn es Dich überrascht, Mike: schon als ich Dich zum erstenmal hörte – es war auf einem Fakultätsfest –, hatte ich das Gefühl, daß für mich die Zeit der Unsicherheit vorbei war. Du wurdest als Protestsänger angekündigt, es herrschte ziemlich skeptische Erwartung, doch dann sangst Du die »Ballade von der Deutschen Bank« und Dein »Deutsches Wa-Wa-Wanderlied« und zum Schluß »So wollt ihr es«, und gerade das letzte Lied wirkte auf mich wie ein Appell – aber nicht nur wie ein Appell: auf einmal wußte ich, was ich wählen sollte. Ich schrieb Dir in derselben Nacht, Du ludst mich ein, und ich sehe noch Dein besorgtes Gesicht, als ich Dir erzählte,

wieviel ich Dir verdanke – wie Du mir später sagtest, hat Dir meine Begeisterung Sorgen gemacht. Und ich gebe zu: ich war begeistert, schließlich hatte ich gefunden, wonach ich lange genug gesucht hatte, man kann es Aufgabe nennen. Ja, Mike, und Du weißt, wie wir zusammenfanden und als was wir uns – nicht nur an den vielen Abenden im »Vierten August« – verstanden: eine vielleicht aussichtslose, aber tätige Bruderschaft, die zumindest nicht schweigen wollte, weil Schweigen als Billigung ausgelegt werden kann. Darum regten wir uns. Darum protestierten wir, wenn ein bekanntgewordenes Unrecht zu rasch vergessen zu werden drohte. Wir legten unseren Finger auf die Wunden, damit sie nicht zu schnell heilten, und das heißt: durch Gleichgültigkeit unempfindlich wurden. Was Du als Protestsänger mit Deinen Liedern, Grotesken und Balladen zu erreichen versuchtest, nahmen wir auf und wendeten es praktisch an. Und bei allem gabst Du den Ton an. Ja, Mike, Du warst es, von dem alles ausging: die Anstöße, die Bereitschaften und sogar die Inspiration, zumindest hast Du unsere Aufmerksamkeit gelenkt.

Nur Deiner Empfindlichkeit gelang es, all die Gründe und Zustände zu nennen, die jeden von uns herausfordern mußten. Was unsere Teilnahme oder unseren Protest erregte: Du hast es zuerst benannt, von den verschleppten Prozessen bis zur Tischfeuerzeugkultur, von den weißen Sklaven bis zu den Bonner Christkindlein. Oft glaubte ich, daß Du dich nicht einmal anstrengen mußtest, um Zustände bloßzulegen und gewissen Entwicklungen einen Namen zu geben; was Du ins Auge faßtest, das gab sich auch schon zu erkennen und verfärbte sich unangenehm. Muß ich Dir sagen, wozu das führte?

Wenigstens bei mir führte? Wir waren nicht bereit, die Welt als vollendete Tatsache anzuerkennen, mit diesen Vätern, diesen Richtern, mit diesen Verbrauchern und Vorgesetzten, und Du hast unserer Ablehnung die Stimme gegeben. Und weil Du das konntest, wurdest Du wie von selbst unser Sprecher, wir brauchten Dich nicht einmal zu wählen.

Kannst Du Dir vorstellen, daß ich oft glücklich war – auch wenn Du mitunter sagtest: Laß mal ein bißchen Dampf ab, Kleiner, du hast ein paar atü zuviel Begeisterung in deinem Reifen –, und besonders wenn Du die Texte sangst, die wir zusammen geschrieben hatten? Ich staune noch heute darüber, wie sehr ich auf Dich angelegt war. Wenn ich ein Stichwort brauchte, eine Parole – Du gabst sie mir. Und Du hast mir gezeigt, was ich mit mir anfangen konnte und wo meine Möglichkeit lag.

Du brauchst nicht zu erschrecken, Mike, aber es war wirklich so: Du warst eine Art Idol für mich, und weder die Nähe noch die Vertrautheit mit Deinen Verhältnissen konnten etwas daran ändern. Und falls Du eine Erklärung dafür brauchst: bevor ich dich kannte, tat ich etwas meist nur aus Gelegenheit; in der Zeit mit Dir handelte ich aus Überzeugung. Von Dir lernte ich, daß nicht etwa Beliebiges zu tun sei, sondern systematisch das, was wir uns selbst schuldig sind.

Gemeinsam besichtigten wir die Zustände. Wir sagten nein. Wir verklagten die Zeit. Wir ließen keinen im Unklaren darüber, daß wir nicht mitmachen wollten, und wir haben manchem beigebracht, daß Wegsehen korrumpiert. Mag sein, daß unsere Proteste belächelt wurden und daß sie sich abnutzten durch Gewöhnung – wir hatten zumindest versucht, was uns notwendig erschien.

Und nun frage ich Dich, Mike: war das unsere einzige Gemeinsamkeit? Verband uns nicht mehr als das Nein gegenüber den Verhältnissen? Kann es sein, daß unsere einzige Basis der Protest war? Du brauchst mir nicht zu antworten, und wie ich Dich kenne, wirst Du mir auch nicht antworten – schließlich kann niemand von Dir verlangen, Dich zu rechtfertigen. Die Zeit der Gemeinsamkeit ist vorbei. Du bist der »Sänger einer heilen Welt«; und das heißt: Du bist einverstanden. Wir sind mieser dran: unsere Begeisterung hat sich überlebt, wir sind unseren Entwürfen entwachsen, unsere Ziele sind undeutlich geworden. Gerade Dein Abschied von uns hat mir gezeigt, worauf alles hinausläuft (und das ist schäbig genug): man hat nichts mehr dagegen, älter zu werden, was für mich u. a. bedeutet, sich an Abschiede zu gewöhnen. Da Du jetzt Erfolg nötig hast, wünsche und gönne ich ihn dir.

Harald

Pundt dreht den Brief noch einmal um, liest wieder die Anrede, sucht nach einem Datum und findet keins, und auf den Brief hinabstarrend, löffelt er gleichmäßig die nun nur noch lauwarme Gulaschsuppe. Hofft er, daß sich ein Satz von selbst hervorheben und zum Beweis anbieten wird? Oder will er werten, deuten, Zensuren geben? Welche Note hat Enttäuschung verdient? Unwillkürlich zieht er den Brief näher an den Teller heran, jetzt, beim Eintritt dieser naßhaarigen, in blauweißgestreiften Trainingsanzügen steckenden Riesen, die anstatt eines Schals Handtücher um den Hals tragen. Lautlos auf speckbesohlten Turnschuhen, eine adidas-Sporttasche in der Hand. Sie schieben sich durch die Filzportiere, winken einen leutseligen Gruß zur Theke hinüber, schnüren, vermutlich aus lauter Gewohnheit, auf Pundts Tisch zu, obwohl zwei andere Tische noch frei sind. Mal sehn, was die bestellen, denkt Pundt, diese kurznackigen Prätorianer mit dem gleichen kantigen, erfolgsbewußten Kinn, mal sehen, was der Wirt ihnen auf den Zuruf »wie immer!« anschleppen wird auf dem braunen Tablett.

Pundt fühlt sich in die Enge gedrückt, eingeklemmt fühlt er sich, und, da sie alle ihn wie auf Verabredung übersehen, schmerzhaft verkleinert. Schon steckt er den Brief ein, zieht den Teller nah zu sich heran, um ihnen die Tischplatte zu überlassen, auf die sie aus bereitliegenden Cellophanbeuteln Nüsse und Salzgebäck einfach hinabregnen lassen. Also Florida-Boy, sie trinken tatsächlich etwas, das sich Florida-Boy nennt. Wie die über einen hinwegsprechen können, denkt Pundt, da muß man sich lästig vorkommen, als Störenfried; da muß man doch nach einem Abgang suchen, und zwar schon deshalb, weil sie einen unbesorgt einweihen in ihre Enttäuschung und in das, was sie einem gewissen Sammy Flotow, der ihre Erwartungen ganz und gar nicht erfüllt hat, demnächst beibringen müssen. Sie geben zu, daß Sammy auf der Brust- und Butterflystrecke alles gebracht hat, was sie von ihm erwarteten, doch auf der Rückenstrecke fiel er hoffnungslos ab, und das nicht, weil ihm Rücken nicht liegt, sondern weil er mit seinen neunundzwanzig Jahren eben nicht mehr in die Staffel, sondern aufs Altenteil gehört: der große Sammy, einst verläßlich und sieggewohnt.

Sportstudenten also, Schwimmer, eine Schwimmstaffel, und der Abwesende muß herhalten, eine Niederlage verständlich zu machen. Valentin Pundt möchte zahlen, er möchte vor allem weghören, doch da die Kellnerin und der Wirt sein Zeichen übersehen, muß er erfahren, wie

schwierig es ist, einen Mann abzuschieben, bei dessen Namen man sich gewöhnt hat, an Sieg zu denken, und den man offenbar auch nur noch aus Gewöhnung aufstellt, obwohl seine Leistungen es nicht mehr rechtfertigen.
Wer soll denn nun mit ihm sprechen? Du? Oder du? Oder soll Karl-Heinz, als Trainer? Natürlich, keiner will es ihm allein beibringen, gemeinsam wollen sie ihm den Abschied geben, im Chor und doch schonungsvoll, Sammy Flotow, der unter ihrer massierten Rede wird einsehen müssen, daß auch der Hervorragende nur seine befristete Zeit hat.
»Zahlen«, hört Pundt sich in ungewohnter Lautstärke rufen, und als habe er sich selbst erschrocken, schickt er einen geflüsterten Satz hinterher: »Bitte, ich möchte jetzt zahlen.«

15

Da muß sogar Rita Süßfeldt stehenbleiben: beim Anblick dieses bogenförmigen leeren Fensters, in dem gestern noch hochgezüchtete Topfpflanzen miteinander rivalisierten. Jetzt ist es ausgeräumt, die Gardinen sind abgehängt, und alles, was nun hinter der Scheibe geschieht, sind die Turnübungen einer gelenkigen alten Frau auf einer Trittleiter. Sie löst grüne Bärte von Kletterpflanzen, läßt sie auf den Boden fallen. Die Trittleiter wackelt, die alte Frau hält sich an der Gardinenstange fest, nicht ängstlich, und jetzt senkt sie den Blick und erkennt draußen ihre Nachbarin, erkennt auch den stehengebliebenen Schrekken im Gesicht der Nachbarin und lächelt und klopft gegen das Fenster und produziert von der Trittleiter herab eine Aufforderung: Kommen Sie doch mal rein, ich habe hier etwas für Sie.

Rita Süßfeldt zaudert, klingelt dann aber doch an Lucy Beerbaums Haus, das nun Johanna gehört, der langjährigen Haushälterin, und Johanna im Kittel, Johanna mit der verbrühten Wange öffnet ihr die Tür und hält ihr keine Hand zur Begrüßung hin sondern nur einen Handrücken zur Berührung: ich bin nämlich beim Umpflanzen. An der Garderobe vorbei, ohne den Mantel auszuziehen, durch das große Zimmer und an der Schiebetür vorbei; und jetzt ist Musik zu hören, ein Wunschkonzert für jung und alt, das aus einem Transistor übertragen wird. Der ovale Raum vor dem Fenster erinnert an eine verwüstete Gärtnerei: Hügel von schimmernder Blumenerde, auf ausgebreiteten alten Zeitungen zerkrümelter Torf, nackte, verschrumpelte Zwiebeln, Pflanzen, deren Wurzeln noch vermooste Erde anhängt, und dazwischen Pötte und emaillierte Kannen und Untersätze, die Bärte von Kletterpflanzen, ein Gefäß mit gestoßener Eierschale. Ich hatte Ihnen immer schon eine Pflanze zugedacht, sagt Johanna, und nun sollen Sie sich etwas aussuchen. Rita Süßfeldt blickt verlegen, doch erfreut über das Angebot, sie sucht sich Blumen grundsätzlich nur nach Farbe, nie nach Art und Namen aus, aber was sie gern wissen möchte: ob vielleicht Lucy Beerbaum eine Lieblingsblume hatte? Und welche? Und ob man womöglich von dieser einen Ableger haben könnte? Die Lieblingsblume von Frau Professor? Wenn Sie eine Fuchsie wollen, die mochte sie gern. Nein, eine eindeutige Lieblingsblume hatte sie nicht, es sei denn, dies Modell in ihrem Arbeitszimmer – das DNS-Molekül –, aus lauter bunten Nadeln gesteckt, die »Blume des Lebens«, wie sie sie nannte, aber davon sind keine Ableger zu haben.

Rita Süßfeldt setzt sich auf eine leere Blumenbank, beobachtet die hockende Frau, die einen kleinen Pott mit den Fingern für sie reinigt. Sie haben lange mit ihr zusammengelebt? — Viele Jahre, ja, aber nicht lange genug. — Sie kannten sie besser als jeder andere? — Manchmal glaubte ich es, doch dann geschah etwas, und ich war ratlos wie am Anfang. Sehen Sie sich nur mal die Fotografien an, die hier stehen: jedesmal sie, und jedesmal eine andere.

Johanna füllt feuchte Erde in den Topf, drückt sie mit den Fingerspitzen fest, reibt feinen Torfmull hinein. Wenn Sie noch einmal mit ihr leben könnten, sagt Doktor Süßfeldt, noch einmal so viele Jahre: würden Sie es wieder tun? Wieder, sagt die Frau, doch unter anderen Bedingungen.

Stimmt es, daß Sie zweimal gekündigt haben, fragt Rita Süßfeldt, und die alte Frau, die Arbeit unterbrechend, überrascht und mißtrauisch zugleich: Woher wissen Sie das? Warum fragen Sie danach?

Bevor Rita Süßfeldt antwortet, erkundigt sie sich, ob man hier rauchen kann, und nach einigen Zügen, die sie tief inhaliert, erzählt sie Johanna von ihrer gegenwärtigen Arbeit, von den Kollegen, von der gemeinsam gestellten Aufgabe. Johanna lauscht. Im Radio werden Glückwünsche durchgesagt, einem hundertjährigen Admiral a. D. mit nicht weniger als achtunddreißig Enkeln und Großenkeln wird zu diesem Tag alles Liebe und Schöne gewünscht; er solle sich steif halten, wird ihm empfohlen, er solle mit voller Fahrt voraus Kurs auf die nächsten Hundert nehmen, wird ihm empfohlen. Und damit das leichter gelinge, spiele man jetzt für ihn sowie für einen Schleusenwärter und für einen Kurgast, der seinen vierzigsten Urlaub auf der Insel Sylt offenbar ohne Schäden gerade hinter sich gebracht hat: *Wo die Nordseewellen ...*

Als ich das erstemal kündigte, sagt Johanna, wenn ich heute daran denke, aus dieser Ferne, es waren immer die gleichen Gründe, aus denen ich kündigte. Warnung, verstehen Sie, es sollte eine Warnung sein, ein Denkzettel für die Rücksichtslosigkeit. – Die Rücksichtslosigkeit? – Gegen sich selbst, ja. Als ich das erstemal kündigte, sagt

Johanna, und nun hält sie den Topf in ihrem Schoß. Sie bedenkt sich, und dann erzählt sie von ihrer ersten Enttäuschung über Lucy Beerbaum; da kommt eine traurige, eine dürftige Zeit zum Vorschein, eine Zeit der Not, die jeden zum Erfinder machte, kurz nach dem Krieg. Ob Sie sich das überhaupt vorstellen können? fragt Johanna.
Da ist also wieder die schwierige Zeit, zwei unterschiedliche Frauen müssen zusammenleben, in kalten Räumen, mit allem möglichen Ersatz. Lucy Beerbaum kommt erschöpft von den Vorlesungen zurück – Sie hätten sie mal erleben müssen damals, die abgestorbenen, schönen Hände, die Füße, die gefühllos waren vor Kälte, und dann die ziehenden Schmerzen in den Schultern –, und die beiden Frauen sitzen in der Dämmerung oder in der frühen Dunkelheit, ein heißes Getränk vor sich, das die klammen Finger für jeden Schluck ertasten müssen. Sie sprechen über den Haushalt. Nicht nach dem ersten, aber nach dem zweiten Schluck versucht Lucy Beerbaum den Geschmack des Getränks zu bestimmen, das wie eine Flamme durch die Speiseröhre fährt: Rotwein, mein Gott, woher hast du schon wieder diesen Rotwein, Johanna? In dieser Zeit – du hast doch nicht...? Du mußt mir sagen, woher das kommt, auch die Eier neulich und die außerplanmäßige Butter. Und Johanna bittet sich aus, daß man ihr einige bescheidene Geheimnisse läßt, nicht zuletzt deswegen, weil zu viele Fragen den Genuß verderben könnten. Da sie Strom sparen müssen, horcht sie im Dunkeln auf die Wirkung des warmen Getränks, freut sich über die zunehmende Redseligkeit, sie möchte ein zweites Glas bringen; doch Lucy Beerbaum will noch arbeiten. – Können Sie sich vorstellen, daß wir damals von ihrem Professorengehalt gerade drei Pfund Butter kaufen konnten? –

Wie immer, bestimmt Johanna auch diesmal, was gut und nützlich ist und der geschwächten Frau »auf den Damm hilft«.

Diese Ungeduld, die Freude immer dann, wenn Johanna etwas Besonderes auftischen kann, eine unvermutete Beute, Käse oder Eier oder Wein, und wie sich dann jedesmal ihre Sprache vergröbert und auf gutmütige Weise herrschsüchtig wird: jetzt wird nicht gefragt, Frau Professor, jetzt wird zugelangt, damit wir zu Kräften kommen.

Lucy fällt auf, daß Johanna seltene und nicht aufgerufene Lebensmittel vor allem dann nach Hause bringt, wenn sie sich ihren freien Tag genommen hat; wenn sie fortgeht am Morgen, nimmt sie ihren Korb mit; bei der Rückkehr richtet sie es so ein, daß sie nicht gesehen wird. Bei Besuch – und es kommt oft Besuch, Studenten vor allem, aber auch Kollegen mit ihren Frauen – besteht Johanna darauf, daß jeder sich etwas zu essen mitbringt; falls etwas übrigbleibt, reichert sie es in der Küche an und bringt es Lucy Beerbaum als Nachtmahlzeit vor dem Einschlafen.

Es mußte einfach jemand auf sie achtgeben, wissen Sie, weil sie selbst in ihrer Genügsamkeit kein Verhältnis hatte zu den Sachen, die man zum Leben braucht, und weil sie alles geteilt und verschenkt hätte, was ich, nicht ohne Schwierigkeiten, herbeigebracht hatte. – Johanna sieht sich gezwungen, Lucy Vorhaltungen zu machen und ihr Einverständnis dafür zu verlangen, daß sie den Haushalt selbständig führen darf, einfach um nicht aufs Trockne zu geraten. Und je mehr Lucy Beerbaum ihr zugesteht an Selbständigkeit, je mehr an häuslichem Kommando an Johanna übergeht, desto gesicherter erscheint, bei aller Bescheidenheit, die wirtschaftliche Lage. Aber das genügt Lucy Beerbaum nicht, die fortfahren muß, Nachfragen zu stellen und sich besorgt zu erkundigen, sobald Johanna etwas auf den Tisch bringt, was keine Lebensmittelkarte vorsieht.

Heute weiß ich, daß das schlechte Gewissen aus ihr redete, denn sie fragte immer wieder, ob wir recht daran täten, in einer Zeit allgemeiner Not heimlichen Besitz zu genießen. Da ist es wohl unausbleiblich, daß an einem Morgen, lockeres Schneetreiben, unmittelbar nach Johanna auch Lucy Beerbaum aus dem Haus tritt und, obwohl eine schlechte Verfolgerin wegen ihrer Kurzsichtigkeit, den gleichen Weg zur Straßenbahn einschlägt, dort, die schäbigen Auslagen eines Papiergeschäfts betrachtend, auf die Bahn wartet, die Bahn auch im letzten Augenblick erreicht und sich auf einem der hinteren Sitze kleinmacht in ihrer Vermummung. Sie muß neben dem hinteren Ausgang sitzen bleiben, um Johanna sogleich folgen zu können, wenn diese durch den vorderen Ausgang die Bahn verläßt; alles wäre leichter, wenn die Brille nicht immer wieder beschlagen wollte. Dammtor-Bahnhof: hier ist es nicht schwer, unentdeckt zu bleiben, in diesem drängenden Strom der Passanten. Durch zerbrochene Fenster stiemt Schnee an der baumelnden Lampe vorbei auf die Schienen hinab.

Nur ihrer Unruhe und ihrer Besorgnis möchte ich zuschreiben, daß diese Frau das fertigbrachte: mir an meinem freien Tag unbemerkt hinterherzufahren. Ich habe sie wirklich nicht gesehen, schließlich nimmt man ja doch nicht an, daß man verfolgt wird.

Sie steigen in dieselbe S-Bahn ein, wenn auch nicht in denselben Wagen, und auf jeder Station tritt Lucy Beerbaum auf den Bahnsteig hinaus, vergewissert sich und steigt erst beim Pfiff des Schaffners wieder ein. Und dann sieht sie Johanna plötzlich am Abteilfenster vorbeistreben, zielbewußt, und sie folgt ihr und sucht nach dem Stationsnamen; dies also ist Barmbek.

Wie sie sich bewegen, da möchte niemand die beiden Frauen für Verfolger und Verfolgte halten, selbst wenn der Abstand zwischen ihnen sich nicht verändert und die eine der anderen beharrlich durch das Schneetreiben folgt, auch über wenig begangene Straßen; vielmehr erwecken beide den Anschein, als ob sie zufällig den gleichen Weg hätten zum Krankenhaus.

Im Pförtnerhaus zeigt man Interesse für Johanna, offenbar muß sie sich ausweisen, sie nimmt ein Papier aus dem Korb, reicht es durch das Sprechloch, erhält es wohl mit einem Scherzwort zurück, denn sie lacht auf, bevor sie passiert und hinter einer Karre mit Essensbehältern die Straße hinabgeht.

Da kann sie noch nicht gewußt haben, was sie erfahren wollte, bis hierher hätte sie doch auch annehmen können, daß ich meinen freien Tag mit einem Krankenhausbesuch begann.

Unschlüssig bewegt Lucy Beerbaum sich auf das Pförtnerhaus zu, Johanna nachblickend, die in einem Gebäude verschwindet, das noch aus der Zeit des Krieges grünliche Tarnfarbe trägt, und sie blickt ihr so abwesend nach, daß der auffallend junge Pförtner schon seine Frage wiederholen muß: Ihren Spendenpaß? Darf ich mal sehen?

Die Frau sieht ihn ratlos an und schüttelt den Kopf: Spendenpaß? Ich dachte, Sie wollten auch Blut spenden, sagt der Pförtner. Nein, nein.

Und auch jetzt wußte sie nur soviel, daß ich nicht wegen

eines Krankenbesuches gekommen war, sondern um Blut zu spenden, was ja jedem unbenommen ist.
Lucy Beerbaum verzichtet darauf, Johanna weiter zu verfolgen, sie fährt allein zurück, abends hört sie Johanna heimkommen und, um Lautlosigkeit bemüht, zu ihrem Zimmer hinaufgehen. Wie erwartet, kommt auch diesmal wieder etwas auf den Tisch, was die Lebensmittelkarte nicht zugesteht, Weißbrot und Butter zum Beispiel, und wenn Lucy sich auch nicht weigern kann, davon zu essen, so besteht sie doch darauf, daß Johanna zumindest die gleiche Menge ißt. Und Johanna entgeht nicht, daß die Frau, der all ihre Mühen und Listen gelten, derer sie sich angenommen hat – Johanna spürt die Trauer und die Bekümmerung Lucys, wenn sie gemeinsam am Tisch sitzen und Johanna so tut, als hätte sie mit den herbeigeschafften Sachen der Welt ein Schnippchen geschlagen.
Der Winter. Die Abende bei Stromsperre. Oft arbeitet Lucy Beerbaum bei brennenden Talglichtern, die Johanna vorteilhaft ergattern konnte; die Bedingungen nennt sie nicht.
Sie hätten sie erleben sollen, damals, in der schwierigen Zeit: für sie gab es keine Entschuldigung, um eine Vorlesung ausfallen zu lassen, nicht Hunger, eine erfrorene Ferse nicht, auch als sie einmal stürzte bei Glatteis, bestand sie darauf, ins Institut gebracht zu werden.
Nicht ihretwegen, sondern wegen Johanna läßt sie dann doch einige Vorlesungen ausfallen; sie, die so schwächlich und gefährdet erscheint, pflegt ihre Haushälterin, die mit einer Grippe im Bett liegt. Die Krankheit geht schon zuende, da setzt sich Lucy Beerbaum eines Abends ans Bett und fordert Johanna auf, etwas zu trinken, was sie ihr

selbst bereitet hat, etwas »scheußlich Gesundheitsförderndes«. Johanna errät, daß es Rotwein ist mit geschlagenem Ei und Zucker, und bei dieser Feststellung setzt sie sich auch schon auf, und fassungslos – nicht nur, als fühle sie sich selbst durchschaut, sondern als liefe sie bereits Gefahr, etwas von ihrer Macht im Haus einzubüßen – beginnt sie mit einem Verhör. Lucy Beerbaum hat diese Reaktion vorausgesehen, sie ist eingerichtet darauf und entzieht sich allen Nachforschungen, indem sie nur für sich fordert, was auch Johanna in Anspruch nahm, ein bescheidenes Geheimnis bei Gelegenheit.

Ich hatte da schon meinen Verdacht, und ich sagte es der Frau Professor auf den Kopf zu, woher all die Dinge stammten, aber auf bestimmte Behauptungen konnte sie einen so ansehen, daß man schon bedauerte, sie überhaupt geäußert zu haben.

Johanna bleibt einfach nichts anderes übrig, als rasch gesund zu werden, und dann, während Lucy im Institut ist, steht sie auf und beginnt, das Haus zu inspizieren. Sie hat ihre eigene Art von Inspektion, lüftet Deckel, quirlt Papierkörbe durch, liest Etiketts auf leeren Flaschen, riecht, wo es sein muß. Nun soll Lucy nach Hause kommen. Johanna in starrer Haltung hinter dem Tisch, ein gemurmelter Gruß, aus dem Verletztheit spricht: da weist vieles auf Gerichtstag hin, und Lucy Beerbaum, nach kurzer Überraschung, fragt wohl auch: Hier steht anscheinend eine Verhandlung bevor? Doch es braucht nichts verhandelt zu werden, da Johanna alles weiß, was ihr ein Recht dazu gibt, enttäuscht zu sein; ihre Ermittlungen sind abgeschlossen, sie hat den Beweis in der Hand: Auch Sie haben Blut gespendet. Auch Sie haben Sonder-Rationen erhalten. Und Sie haben sie in Ihrem

Zustand geteilt. Und um Lucy Beerbaum erst gar keine Möglichkeit zu geben, sich der Anklage zu entziehen, legt Johanna ein Stück Pflaster und einen blutigen Wattebausch auf den Tisch.
Sie müssen wissen, daß sie es sich wirklich nicht leisten konnte in ihrem Zustand, das gleiche zu tun wie ich, und daß sie es dennoch tat – nun, wie soll ich sagen: ich fühlte es gegen mich gerichtet, es war, als ob sie meine ganze Sorge entwertete, schließlich hatte ich ihr ja beigebracht, wer von uns beiden eine Sonder-Ration am nötigsten hatte.
Lucy Beerbaum blickt auf den Beweis, den Johanna aus dem Abfalleimer gefischt haben muß, sie sucht nicht allein nach einer Antwort, sondern nach einer grundsätzlichen Art der Gegenwehr, einfach weil sie spürt, daß Johanna in ihren Vorwürfen zu weit gegangen ist. Und Lucy fragt Johanna, ob sie nicht selbst das Gefühl hat, in ihrer Anklage zu weit gegangen zu sein, und Johanna kann das nicht bestätigen. Was Lucy Beerbaum durch ihre Fragen erreichen will, ist deutlich genug: Johanna soll von sich aus den Unterschied erkennen, der zwischen ihnen besteht, und dann, wenn der Unterschied festgestellt ist, selbst bestimmen, wie weit Fürsorge gehen darf und welchen Ausdruck sie annehmen kann. Da trägt Johanna wortlos ihr Gedeck in die Küche, geht wortlos in ihr Zimmer und beginnt zu packen, zügig und verbissen zuerst, dann immer langsamer, vermutlich in der Hoffnung, daß Lucy Beerbaum doch noch zu ihr herauffindet und sie zumindest nach ihren Absichten fragt; doch Lucy bleibt unten am Tisch sitzen.
Ja, so war das, als ich zum erstenmal kündigte.
Und dann kommt Johanna herab mit dem notdürftigsten

Gepäck, setzt es im Flur ab, wartet, es muß doch etwas gesagt werden zum Abschied, ein Vertrag muß aufgelöst werden, wenn auch nur mit Worten, darum klopft sie an und tritt ein – insgeheim wohl noch in der Erwartung, daß die Frau Professor ihr eine Brücke bauen wird, die es ihr erlaubt, ihren Entschluß zu widerrufen – und ist schon erstaunt über die unveränderte Haltung, in der Lucy Beerbaum dasitzt und auch jetzt nicht einmal den Kopf wendet. Unter diesem Eindruck sagt Johanna nicht: ich kündige; sie sagt vielmehr: ich gehe, und da, wie sie sieht, das Ausharren neben der Tür nichts ändert, zieht sie sich widerstrebend zurück und verläßt das Haus, immer noch gewärtig, daß man sie rufen, zur Rückkehr auffordern wird. Und vielleicht ist es dies, was sie am meisten enttäuscht und womit sie nicht fertig wird für längere Zeit: daß die Frau keinen Versuch macht, sie zurückzuhalten und, was sie sich selbst unbewußt wünscht, in geduldigen Gesprächen umzustimmen. Weiß sie, daß Johanna zurückkommen wird? Und weiß sie vielleicht auch, daß Johanna ihren Fortgang gar nicht mehr erwähnen, sondern schon am nächsten Tag ihr Zimmer in Besitz nehmen wird, um, nachdem alles ausgepackt und verteilt ist, dort wieder an die Arbeit zu gehen, wo es ihr am nötigsten erscheint?

Wie ich Ihnen schon sagte, wenn ich kündigte oder wegging, dann nur aus dem Grund, weil sie eine Warnung brauchte oder doch einen Denkzettel. Nehmen Sie nun die Fuchsie? – Und sie selbst, sagt Rita Süßfeldt, Frau Professor Beerbaum, hat sie noch einmal die Kündigung erwähnt? — Kein Wort von ihr, sie tat, als sei ich nie fortgewesen, und sie überließ es mir allein, die Arbeit dort fortzusetzen, wo ich sie unterbrochen hatte. Hoffentlich werden Sie Freude haben an dieser Fuchsie. Das ist so gut wie sicher.

Rita Süßfeldt nimmt den Pott in Empfang, dreht ihn, bringt ihn in sanft schlingernde Bewegung, möchte Bewunderung und Dankbarkeit zugleich ausdrücken: Sie können sie ja einmal besuchen, sagt sie, die Blume, und sich selbst überzeugen, wie sie angeschlagen hat bei uns. Die beiden Frauen gehen zur Tür, kein Händedruck, nur mehrmaliges intensives Kopfnicken, dann steigt Rita, den Pott in besorgter Vorhalte, die Steinstufen hinab, hebt ihn unten auf der Straße noch einmal hoch wie eine frisch erworbene Trophäe – worauf Johanna knapp zurückwinkt – und geht an den sehr schmalen Vorgärten entlang nach Hause.

Wo soll die Blume stehen? Hier nicht, dort nicht, wenn schon, denn schon: so trägt sie den Topf eilig zu ihrem Zimmer hinauf; doch bevor sie die Tür aufstößt, entdeckt sie Heino Merkel, auf dem Fußboden seines Zimmers sitzend, eine Schere in der Hand, umgeben von Zeitungsstapeln und Fachzeitschriften, denen er genüßlich zu Leibe rückt: Sieh mal, Heino, was ich mitbringe. – Eine Fuchsie, wenn ich nicht irre. – Lucy Beerbaums Lieblingsblume, sozusagen aus eigener Zucht oder Pflanzung, oder wie man sagt. – Du bist drüben gewesen, fragt der Mann, und Rita darauf: Johanna hat mich hereingerufen, sie ist gerade beim Umpflanzen, sie hat mir den Topf geschenkt.

Der Mann blickt nicht auf, er macht mit der Schere eine halbkreisförmige Bewegung über Ausschnitte, Ordner, Zettelkästen und Zeitschriften, und leise, so daß sie Mühe hat, ihn zu verstehn, sagt er: und ich bin beim Weidwerk, wie du siehst, ich weide die ganzen Stapel hier nach nütz-

lichem Wissen aus. Er läßt die Schere wie ein Friseur flattern, setzt sie an einer großformatigen Sonntagsbeilage an, ein paar harte Schnitte, und er hält Rita eine Abbildung mit ausführlicher Bildunterschrift entgegen: Räder eines persischen Streitwagens. Ich werde sie schreiben, Rita, ich werde die Geschichte des Rades schreiben – glaubst du, daß ich es schaffe? – Du schaffst es, Heino.
Die Frau setzt sich auf einen Zeitungsstapel, zündet eine Zigarette an und sieht dem Mann zu, der nach ihrem lakonischen Zuspruch emsiger zu arbeiten beginnt – ein Schnellrichter, der die einzelnen Fälle energisch anblättert, sich mit einem Blick ins Bild setzt und dabei schon entschieden hat, was über den Tag hinaus aufbewahrt zu werden verdient zwischen den verzogenen Pappdekkeln seines Archivs. Nicht alle Blumen können Asche vertragen, sagt er plötzlich, Zigarettenasche, und er deutet mit der Spitze der Schere auf den Pott, an dem Rita zwei graue Aschebatzen abgestreift hat. Die Schere zittert in seiner Hand, schnell läßt er sie in eine graue Zeitschrift beißen, setzt sie mit einem Ratsch fest und fragt ohne besondere Anteilnahme: Weitergekommen? Blickst du schon tiefer? Johanna hat doch bestimmt einen Vorhang hochgezogen, oder...?
Bestätigungen, sagt Rita, was du überall erfährst, sind nur Bestätigungen für ein lesebuchreifes Leben: da wird ein zitierbares Beispiel nach dem andern geliefert, auch von Johanna. Allmählich beginnst du zu zweifeln, ob jemand so hat leben können, so selbstlos und ohne jeden Widerspruch.
Wart nur ab, sagt der Mann, du wirst schon noch finden, was du vermißt; so einfarbig war Lucy nicht. Es tut mir leid, sagt Rita, aber bisher kannst du zu allem nur ja

sagen; nichts läßt sich bei ihr mehrfach auslegen oder deuten oder ins Ungewisse bringen. Und ein Ja ist nicht genug, verstehst du, nicht für unsere Zwecke zumindest. Vielleicht mußt du noch einige Schichten abheben, sagt der Mann, und hält ihr stumm einen ausgeschnittenen Artikel hin: *Klassische Todesarten — 5. Das Rädern.* Muß ich das sofort lesen? – Nein, ich wollte dir nur zeigen: so reich ist mein Thema.

Die Frau läßt ihn nicht ausweichen. Du kanntest Lucy gut, nicht wahr? Jedenfalls besser, als du zugeben willst. Heino Merkel hebt unentschieden die Schultern, legt den Kopf zurück, tut, als überschlage er die Bedeutung seiner Kenntnisse, und nickt dann in halber Zufriedenheit: nicht so gut, wie du wohl annimmst, aber ich kannte sie, ja. – Und wo habt ihr euch kennengelernt? – Wo? Wir hatten denselben Verleger. – Bei Butenfels? – Bei Butenfels' Butterbrot-Einladungen, also an einem Freitag. Offenbar ging es ihr wie allen, die zum erstenmal da waren, sie hatte Schwierigkeiten, zwischen rosa schwitzenden Lachshälften, zwischen Hummern, Bündeln von Räucheraal und Kaviar-Pötten eine Butterstulle zu finden, denn wegen des versprochenen und vertrauenerweckenden Butterbrotes war man ja hingegangen. – Und an solch einem Abend lerntest du sie kennen? – Weiß Gott. – Was meinst du mit »weiß Gott«, fragt die Frau, und der Mann, in seinen vorsortierten Zeitschriften stöbernd: Gründlich – ich lernte sie gleich gründlich kennen; ausgerechnet wir gerieten an diesem Abend aneinander, im Haus unseres gemeinsamen Verlegers, ja. – Ihr seid doch wohl nicht aufeinander losgegangen? – Für mich endete es mit einer ansehnlichen Niederlage, sagt der Mann und lächelt säuerlich, gerade als kehrte mit diesem Eingeständnis auch der Schmerz zurück oder die Beschämung, die er damals empfunden haben muß.

Hast du die Feindseligkeiten eröffnet? – Im Gegenteil, mir ging es wie allen anderen, die sofort bereit waren, zuzuhören, sobald Lucy sprach. Du weißt, mit seinen Butterbrot-Einladungen wollte Butenfels die »Hamburger Gespräche« begründen. – War Lucy – ich nenne sie auch nur noch Lucy – zum erstenmal da? – Genau wie ich – zum erstenmal, und während wir anderen die Gesprächspartner wechselten, uns miteinander herumschoben, stand sie in einer Ecke und hielt Hof – wie es ihr zukam. Schlimm. – Was war schlimm? fragte Rita, und der Mann: Die Farben, das, was sie anhatte; da bissen sich drei verschiedene Rot-Töne, und wenn sie noch ein Lachsbrot in der Hand hielt ... Aber das war natürlich nicht der Grund, weshalb wir aneinandergerieten. – Sondern? Möglicherweise war es ja auf kühne Weise geschmackvoll, was sie anhatte, jedenfalls, man drängte sich in ihrer Ecke, und Butenfels selbst sorgte dafür, daß sie immer etwas auf dem Teller hatte.

Erzähl schon, Heino, was passiert ist zwischen euch. – Das war später. – Was? – Unser Zusammenstoß; wir saßen schon im Kreis vor den handgeschnitzten Rauchtischen, jeder ein Glas neben dem Sessel, Leute von der Universität, aus den Redaktionen, und selbstverständlich auch Hanker-Schmühling, der pompöse Flachkopf, der seinen theologischen Senf zu allem geben muß, was in dieser Stadt gedacht oder gesagt wird. – Und um was ging es? – Lucy war natürlich der Mittelpunkt, ihre Anwesenheit bestimmte wie von selbst den Inhalt der Gespräche. – Also Biochemie. – Ja, Biochemie, und alles, was sie uns hoffen und fürchten läßt. – Verstehst du denn etwas davon, Heino? – Das ist es ja eben: wenn sie so dasaß und sprach – waghalsig angezogen zwar, doch zart, mädchenhaft, mit einer fast glücklichen Demut, und wenn sie dann, sagen wir, über eine Zelle im Darmtrakt des Frosches sprach, die das gesamte genetische Programm dieses Frosches enthält –, ich verstand sie mühelos. Ich weiß nicht, woran es lag: wenn sie von der Definition des Menschen sprach – als einer hundertachtzig Zentimeter langen bestimmten molekularen Folge von verschiedenen Atomen – oder wenn sie das genetische Code-System entschlüsselte, dann kam es mir vor, als hätte ich das alles schon in vagen Zusammenhängen gewußt.

Und wie konntet ihr dabei aneinandergeraten? – Hanker-Schmühling: es lag an ihm, ja, an der Art, wie er quatschte. Immer mußte er Lucy beipflichten, emphatisch zustimmen, oder, wie er sagte, »von der Theologie her entgegenkommen«. Mal ließ er Gott in der Aminosäure wohnen, mal machte er ihn zum Technologen von sechzig Billionen menschlicher Körperzellen, schließlich ließ er ihn sogar über die berühmte DNS-Strickleiter turnen. Der ließ Gott wahrhaftig im weißen Kittel auftreten – und Lucy berichtigte ihn nicht. Sie schränkte ihn nicht ein, fragte nicht nach und hörte nur aufmerksam zu – sie, die es in der Hand hatte, seine Luftblasen platzen zu lassen oder ihn zu widerlegen mit einem einzigen Satz. – Und das reizte dich? – Vielleicht, ich bin nicht einmal sicher. Es ging gerade hoch her, zwei Ansichten standen sich gegenüber: auf der einen Seite traute man biologischem Forschergeist zu, daß er gottgleiche Wesen hervorbringt, auf der anderen Seite bestand die Befürchtung, daß er, einmal aus der Kontrolle gelaufen, die Welt mit spezialisierten Sklaven bevölkern könnte, mit programmierten Kreaturen. – Und an dieser Stelle griffst du ein, oder? – Ich hatte nichts anderes vor, ich wollte weder schlichten noch die Gegensätze vertiefen, ich erwähnte nur – um den dröhnenden Sabbelbüdel nicht zu Wort kommen zu lassen –, was ich kurz zuvor gelesen hatte: daß sich nämlich ein junger Biochemiker in ziemlicher Beklommenheit an die Öffentlichkeit gewandt hatte, um auf die verhängnisvollen Folgen hinzuweisen, die aus einer Arbeit entstehen könnten, bei der man sich mit Gott verwechselt. Er, der Wissenschaftler, hatte das Forscherteam verlassen und eine andere Tätigkeit angenommen. Und das war schon alles, was ich sagte.

Wenn ich es richtig sehe, sagt Rita, war das Wasser auf die Mühle von Hanker-Schmühling! – Der schwieg, der wartete auf Lucys Entgegnung, der brauchte doch erst eine Meinung, um seinen Senf draufzustreichen. – Und das war dein erster Beitrag zu diesem »Hamburger Gespräch«? – Ja, bis dahin hatte ich nur zugehört. Ach, Rita. – Was? – Du hättest erleben sollen, mit welcher Verblüffung Lucy sich mir zuwandte, sehr langsam die Augen schloß, sie ebenso langsam und ungläubig wieder öffnete – schon bei diesem Blick, in dem so ein tiefes, kummervolles Erstaunen lag, schwante mir etwas. Du hättest das erleben sollen, auch wie die anderen auf einmal schwiegen und mich musterten, ärgerlich, skeptisch, mitleidsvoll; ich verstand überhaupt nicht, was ich angerichtet haben sollte. — Heute siehst du es ein? —Ich erfuhr noch am selben Abend in welche Patsche ich da geraten war – aber woher sollte ich wissen, daß der junge Wissenschaftler, der sein Team verlassen hatte, Lucys Assistent gewesen war?

Immerhin, sagt Rita, Lucy konnte deine Bemerkung nur

als Vorwurf ansehen; du hast ihr zu verstehen gegeben, daß in ihrer Arbeit die größte Anmaßung lag.
Sie hat's mir ja auch heimgezahlt. – Wie? – Auf ihre Art; sie hat mir nur Fragen gestellt, zwanzig oder hundert Fragen, scheu, sogar respektvoll, und mit jeder Frage brachte sie mich meiner Hinrichtung näher, was die anderen mit kleinen befriedigten Schlucken aus ihren Gläsern zur Kenntnis nahmen. Allein wie sie ihre Fragen einleitete: Ich weiß nicht, ob wir die gleiche Ansicht teilen, daß ... Oder: sollte es zutreffen, daß wir hier einer Meinung sind, dann ... Sie war so konzentriert damit beschäftigt, mich auf den Rücken zu legen, daß sie die Aalschnitten mit Rührei übersah, die Butenfels ihr zwischendurch aufdrängen wollte.
Aber die Niederlage, sagt Rita Süßfeldt, angeblich hat sie dir doch eine Niederlage beigebracht, und der Mann: Reingefragt hat sie mich in die Niederlage. Zuerst wiederholte sie mit ihren Worten meine Bemerkung, und dann ging es los: ob ich mit ihr nicht darin übereinstimme, daß der Mensch, der ein zurechtgemachtes Schicksal lange genug ertragen hat, endlich versuchen sollte, Herr seines eigenen Schicksals zu werden; ob der Mensch denn nicht das Recht hat, sich zum Gegenstand eines Experiments zu machen; ob wir den Chiffren-Text der Natur nur deshalb nicht entschlüsseln sollten, weil wir die Folgen noch nicht kennen. Und ob ich nicht mit ihr die naive Annahme zurückweise, daß unerhörte Erkenntnis, von der noch niemand weiß, wohin sie führt, sich auf Eis legen oder verschließen lasse – bis zu einer Zeit, wo das Risiko ausgeschaltet ist.
So ging das, Rita, und ich wußte nicht, wie ich mich wehren sollte, jetzt konnte ich nur zustimmen und be-

stätigen – bei dieser weit ausholenden Selbstverteidigung, die ich doch gar nicht herausfordern wollte. Du kannst dir vorstellen, wie die andern es genossen, und als ich am Boden war und Butenfels mir tröstend eine Hand auf die Schulter legte und ein volles Glas besorgte, da sagte sie: Man kann vor vielem desertieren, auch vor unaufhaltsamen Erkenntnissen.

Und damit war für Lucy alles erledigt? – Alles; ich hatte mein Fett, und sie hatte sich gerechtfertigt. – Wie man sieht, sagt Rita, gibt es zahlreiche Möglichkeiten, Bekanntschaft zu schließen. – Damit begann sie erst, sagt der Mann: wir gingen zusammen nach Hause. – Ihr? Nach allem? – Sie fragte mich, ob ich nicht der Bezieher der griechischen Zeitschrift sei, die sie in der Tasche unseres gemeinsamen Postboten entdeckt hatte. Ich war so überrascht, daß ich es zugab, danach gingen wir zusammen nach Hause. — Du hast mir nie davon erzählt, Heino. — Sie lud mich ein, zu sich. – Ich sagte, du hast uns nie davon erzählt. – Es gab keinen Anlaß; jedenfalls, Rita, ging ich mit zu ihr, wir saßen vor offenem Fenster, tranken Sherry, draußen strebte eine Prozession Kinder vorbei, die »Laterne gingen«, die zum Park zogen mit ihren schwankenden Monden und bemalten Lampions. – Vermutlich hat sie dir da einiges abgebeten, oder? – Nichts, wir sprachen überhaupt nicht mehr über diesen Abend, sondern wir erinnerten uns unserer Schulzeit. Wir versuchten, herauszubekommen, ob man von der Schule immer und überall forderte, was man heute vor allem von ihr erwartet: nämlich nur Trampolin zu sein für möglichst leitende Posten, kurz gesagt. – Darüber spracht ihr? – Lucy hat mir auch das Haus gezeigt, und es ließ sich nicht umgehen, Johanna zu begrüßen, die gerade

in einer sehr schlichten Apfelpresse Saft herstellte; ich durfte nicht nur, ich mußte den Saft probieren.
Rita Süßfeldt schnippt aus einer neuen Packung eine Zigarette heraus, blickt dabei auf ihre Uhr und springt mit hochangesetztem Schrei auf. Was ist denn nun schon wieder, fragt Heino, und die Frau, das Stirnband fester ziehend, Ascheflocken mit großzügigen Bewegungen vom Rock schlagend: unsere Sitzung, Menschenskind, total verschwitzt, vermutlich haben sie ohne mich angefangen. Du mußt mir weitererzählen!
Sie will zur Tür hinaus. Der Mann zeigt mit der Schere auf die Blume: Soll ich sie in Pflege nehmen? – Bewundere sie, ruft Doktor Süßfeldt, und dann bring sie zu mir rüber. – Sollen wir mit dem Essen auf dich warten? – Heute nicht, ruft die Frau, schon von der Treppe her; sag nur Mareth, daß morgen der Schornsteinfeger kommt, da muß einer zu Hause sein.

16

Aber von Zeit zu Zeit müssen sie zur Arbeit zurückkehren und in ihrer eigentümlichen Arbeit gezeigt werden: redend, deutend, wertend. Darum öffnen wir wieder die Tür zum Konferenzraum der Hotelpension Klöver – Inhaberin: Ida Klöver –, lassen es Nachmittag sein, besetzen den Palisandertisch mit Pundt und Heller, garnieren das schimmernde Holz mit Papieren, Büchern, Notizheften, lassen bei ausreichender Beleuchtung zwei Schnapsgläser blinken, aus denen man offensichtlich schon getrunken hat und wohl auch bereit ist, weiterzutrinken. Heller soll seinen weinroten Pullover tragen, Valentin Pundt, unter dessen Stuhl wir eine Flasche seines selbstgebrauten »Lüneburger Kikeriki« stellen, seine Hausjacke, in der er immer noch steif und förmlich genug wirkt.

Noch geht das Gespräch locker und absichtsvoll am Thema vorbei; sie sind in Erwartung, die beiden ungleichen Pädagogen machen den Eindruck von Athleten, die sich warmlaufen. Draußen über der Alster können wir vorübergehend die lastende Wolkendecke aufziehen, da ist eine Lichtsäule denkbar, ein ziemlich ernster, vielleicht sogar pathetischer Lichtsturz, unter dem sich das Wasser

glitzernd beunruhigt. Im Anglo-German-Club könnte ein Empfang gegeben werden, vielleicht zum zehnjährigen Bestehen der Lux-Werbeagenturen, aufflammende Blitzlichter melden die Ankunft der Gäste – alle in geschäftsförderndem Dunkelblau – über die Entfernung hinweg bis in den Konferenzraum.
Und dann ist es nicht Heller, dem ja die größere Ungeduld zuzutrauen wäre, sondern Valentin Pundt, der den Vorschlag macht, auch ohne Rita Süßfeldt anzufangen, deren Verspätung mal wieder geradezu bewundernswert sei, in jedem Fall die Annahme rechtfertige, daß sie die wartenden Kollegen entweder vergessen oder versetzt habe. Heller ist einverstanden, vorausgesetzt, daß Pundt vorher noch einmal die Gläser füllt: Sie haben nicht übertrieben, Herr Kollege, aus ihrem Selbstgebrannten schmeckt man wirklich eine Art Botschaft heraus. – Nicht wahr? Heller bekommt seinen Schnaps, Heller lehnt sich aufnahmebereit zurück, eine Handbewegung gibt jetzt die Erlaubnis, zu beginnen, sozusagen die pädagogische Schnitte vorzukauen, die Pundt sich aus Lucys substanzreicher Lebenstorte herausgeschnitten hat. Pundt möchte sich diesmal jede Vorrede sparen, er glaubt gefunden zu haben, was dem dritten Kapitel des Lesebuchs fehlt, er sagt nur nach verheißungsvollem und zur Aufmerksamkeit vergatterndem Blick: Hören Sie zu.

Gegen Mitternacht umringten sie Lucy – nicht alle, aber doch die jetzt anwesende Mehrheit –, sangen und klatschten rhythmisch in die Hände, gerade so, als seien die Hoffnungen schon eingelöst, die sie auf die neugewählte Sprecherin der Studenten setzten. Rhythmisch schüttelten sie den Kopf, wenn Lucy ihre Huldigung abwinken wollte, und sobald sie versuchte, unter ausgestreckten Armen wegzutauchen und aus dem Kreis zu entkommen, wurde sie unerbittlich zurückgeschubst, in die Mitte, in das Zentrum ihrer Begeisterung. Sie drehten sich um sich selbst. Sie rissen sie mit in die Bewegung ihrer Stampfschritte. In genußvoller Verlegenheit gab Lucy ihnen Zeichen: Hört auf, das ist genug, und ermattet noch einmal: Hört doch nun endlich auf; aber sie setzten die Huldigung fort, als wollten sie ihr beweisen, wie weit ihre Begeisterung sie trug.

Victor stand nicht in dem Kreis, er stand draußen auf dem Balkon in der warmen Dunkelheit, vielleicht nicht mißbilligend, daß man der neugewählten Sprecherin nun schon zum zweitenmal huldigte, aber doch einen Vorbehalt ausdrückend einfach durch die Entfernung, die er gesucht hatte.

Es war sein Fest. Er hatte seine Kommilitonen eingeladen, weil er es ihnen schuldig zu sein glaubte – ungestraft durfte schließlich niemand das beste mündliche Examen seit den Tagen des großen Marangas ablegen –, aber es war Lucy gewesen, die dem Fest einen Namen gegeben hatte: *Aus der Retorte*.

Und jetzt umringten sie steifbeinige Homunculi, langschwänzige Peitschentiere, sonnverbrannte Roboter im Turnhemd, die auf der Brust genetische Befehle trugen; da waren fröhliche Kaulquappen auf Storchfüßen und Dreiäugige und Masken, die gefärbte Hirnmasse unter Glas zur Schau stellten. Stampfend waren ihre Bewegungen, hackend, sichelnd und sägend. Sie wollten sich weder durch Gesten einschüchtern, noch durch Sprache überzeugen lassen. Verbissen, furchtlos, mit überzeugendem Stumpfsinn verrichteten sie ihre Tätigkeiten, nur bereit,

dem chiffrierten Befehl des Erfinders zu gehorchen. Sie bestanden darauf, Lucy, der sackförmigen Amöbe, so lange zu huldigen, wie es das Programm vorsah, während sie Victors Aufmerksamkeit suchte, ihm winkte, ihm glückliche, resignierte Signale gab: Hol mich raus hier, bitte, hol mich raus. Er war der einzige, der ihr nicht oder noch nicht gratuliert hatte zu ihrer Wahl als Sprecherin der Studenten, Victor Gaitanides, der zu seiner förmlichen Steifheit nicht viel dazutun brauchte, um den mittelalterlichen Homunculus glaubwürdig zu machen, als der er an diesem Abend erschien. Mit feierlicher Steifheit bot er geharzten Wein an, suchte Musik aus, die zu mechanischer Bewegung einlud; er verwarnte Kommilitonen, die aus der Rolle fielen, doch Lucy entging es nicht, wie sorgfältig er es vermied, mit ihr allein zu sein, irgendwo in dem großen Haus, das seine Eltern ihm jedesmal überließen, wenn sie im Sommer an den pagalitischen Golf fuhren.
Er erwiderte Lucys Winken nicht, er antwortete nur mit einer angedeuteten Verbeugung, vom Balkon her, aus der Dunkelheit: dir macht es doch auch Freude, also halte es aus. Und Lucy ertrug auch die zweite Huldigung, wehrlos in dem Ring, eine Gefangene ihrer Begeisterung, die sich angemessene Geräusche suchte: da zerplatzten Blasen, das zischte, tickte und tropfte, das knarrte, blubberte und imitierte uranfänglichen Lebenslaut, viele U's waren zu hören. Ein allgemeines erleichtertes Stöhnen, ein kollektives Aufatmen, und jetzt öffnete sich der Ring für Lucy, die, während die ermatteten Kunstwesen zusammensackten und erhitzt ihre Gläser angelten, zur offenen Balkontür ging. Da kam Victor ihr schon entgegen, und unter dem Vorwand, ihr etwas zum Trinken

zu holen, klemmte er sich an ihr vorbei und verschwand in der grünlichen Dämmerung eines Hinterzimmers.
Komm, Lucy, wir tanzen. Sie tanzte mit Kitsos, der ihr seine Greifer fest auf die Schultern legte, der seine Arme wie Schraubschlüssel arbeiten ließ, wobei sie ein Gefühl hatte, als wollte er ihren Oberkörper vom Rumpf abschrauben. Neben ihnen tanzte Vagilis, der in kurzen Abständen aus einem verborgenen Beutel gelbe Dämpfe entließ, kleine, giftig aussehende Wolken, wie sie über kochender Lava stehen, und die hier entweder tränentreibend oder hustenfördernd wirkten, in jedem Fall von dem ächzenden Vagilis annehmen ließen, daß er gerade von einer Säure verzehrt werde. Und dort, der augenlose, dafür riesenköpfige Gnom, der hinter sich ein Kabelende mit Steckdose herzog, das war Stratis, den sie den Schwamm nannten. Nicht allein in diesem Zimmer, überall brannten nur wenige, mit grünen Manschetten bekleidete Lampen, das erinnerte an vorweltliche oder doch unterseeische Dämmerung, so konnte man sich aber auch den Grund der Retorte denken.
Wieder verabschiedeten sich einige. Wer sich verabschiedet, ist nicht mehr auf die Parole verpflichtet. Also macht's gut. Und auf bald, Lucy. Und du kannst auf uns rechnen. Victor kam dazu und stellte Lucys Glas ab und ließ es sich nicht nehmen, die Freunde zur Tür zu bringen und auf die stille Straße hinaus; da fanden gedehnte Abschiede statt. Hallende Schritte. Pfiffe. Abnehmendes Gelächter. Dem Horizont über dem Meer war ein schwefelgrauer Faden eingefallen: seht ihr das? Er feiert mit. Durch das offene Fenster sah Lucy die verkürzten Gestalten der Freunde, sah sie zu Victor zurückwinken, vom Hügel her, von der Steinbank. Nacheinander bog sie Kit-

sos Finger gerade und hob sie von ihrer Schulter: Entschuldige, Kitsos, nur einen Augenblick.

In ruckhafter Gangart, die Arme wie Kolben bewegend, verließ sie das Zimmer, stolperte auf dem Flur über ein sonderbares liegendes Paar – zwei flaschenförmige Körper in ungeschickter Umarmung – und stieg die Treppe hinab. Es war Licht in der Küche. Victor stand am Ausguß und hielt den linken Zeigefinger unter den Wasserstrahl, drückte ihn, saugte, zerrte ein Taschentuch hervor und versuchte einhändig, einen Verband anzulegen. Was machst du denn da, Victor? – Nichts weiter, man soll eben nicht das schärfste Messer nehmen, wenn man Orangen schält. – An diesem Abend, sagte Lucy, ich meine, nach dem Charakter dieses Abends dürfte eigentlich kein Blut fließen. – Ich weiß, eine Kochsalzlösung wäre das äußerste. – Habt ihr kein Heftpflaster? – Drüben, sagte Victor, in dem Wandschrank. Lucy begutachtete die Schnittwunde, betupfte sie, holte Pflaster, Schere und Watte aus dem Schrank. Ohne ihn anzusehen, sagte sie: Nur du, Victor, bist der einzige, der mir nicht gratuliert hat zur Wahl, alle anderen haben es getan.

Ich weiß, sagte Victor, und Lucy, einen Streifen Pflaster schneidend: Warum? Was hast du? Freust du dich nicht für mich? Victor schwieg und saugte noch einmal das nachdrängende Blut vom Finger, und dann, auf ihren gebeugten Nacken hinabsprechend: Bist du sicher, daß man zu solch einer Wahl beglückwünscht werden sollte? – Warum denn nicht? Ist denn nicht alles gut über die Bühne gegangen? Victor hob ihr Gesicht zu sich auf und musterte sie, ratlos und forschend zugleich: Weißt du es denn nicht? Weißt du es wirklich nicht, Lucy? – Was? – Es ist doch mit deinem Einverständnis passiert. – Was? –

Ich war im Wahlausschuß, sagte Victor, und dort waren alle der Meinung, daß nach allen abgegebenen Stimmen Kitsos die Wahl gewonnen hätte, und nicht du. – Kitsos? – Das mußt du doch wissen, Lucy – in ihrer Begeisterung ist deinen Freunden ein Fehler unterlaufen, der gab den Ausschlag. – Gib deinen Finger, sagte Lucy. Sie legte Watte auf die Wunde, schlug den Streifen Heftpflaster um den Finger und zog stramm an, so daß die Enden überlappten.

Hör zu, Victor: die Wahl ist gelaufen, ich weiß nichts von einem Fehler, doch wenn du etwas weißt: es steht dir frei, das Resultat anzufechten. – Ich kann es nicht, Lucy, jeder weiß, wie wir zueinander stehen. – Na und ...? – Ich möchte uns nicht ihren Mutmaßungen ausliefern. – Was erwartest du also? – Du, Lucy, du solltest das Resultat der Wahl anfechten, nun, wo du alles weißt. Lucy wandte sich ab, legte das Verbandszeug in den Schrank zurück und schloß die Küchentür, um das maschinenhafte Schnaufen und das besessene Stampfen, das von oben herunterdrang, auszusperren. Das ist es also, sagte sie; darum vermeidest du es den ganzen Abend, mit mir allein zu sein. Nur weil du mehr weißt als ich, Victor, und weil du mir dein Wissen nicht zumuten wolltest. Vielleicht hattest du sogar einen Verdacht gegen mich? – Du selbst, Lucy, mußt das Ergebnis dieser Wahl anfechten. – Warum? – Aus Prinzip; du wirst den Spielregeln Genüge tun, und Neuwahlen werden endgültig darüber entscheiden, wer der Sprecher sein soll.

Und wenn ich es nicht tue, Victor? Wenn ich darauf verzichte, gerade weil wir Kitsos kennen, seine freundliche Ahnungslosigkeit, seine Nachgiebigkeit, die ihm zwar Sympathien einbringt, uns aber nicht weiterhilft? Oder

glaubst du, daß unsere Forderungen bei Kitsos gut aufgehoben sind? – Nein, Lucy, und dennoch bin ich dafür, daß wir das Prinzip einhalten. – Auch wenn dann alles beim alten bleibt? – Ja. – Auch wenn die Wahl dann praktisch kein Resultat hätte? – Selbst dann. – Um also das Prinzip zu retten, sollen wir auf viele Verbesserungen verzichten, die ich schon eingeleitet habe und fest garantieren kann? – Ja, Lucy, denn wir können die Spielregeln nicht der Opportunität opfern. – Steht das irgendwo geschrieben? Wenn das Prinzip schon so anmaßend auftritt: glaubst du nicht, Victor, daß wir es von Zeit zu Zeit außer Kraft setzen müssen, einfach, damit es uns nicht blind beherrscht?
Du vergißt, Lucy: dies Prinzip ist eine Übereinkunft, die wir einhalten, damit jeder sein Recht findet. – Gut, sagte Lucy, dann tu du es, sorge dafür, Victor, daß die Übereinkunft eingehalten wird und wir noch einmal den schwächsten Mann als Sprecher erhalten. – Wirst du es nicht tun? – Nein, sagte Lucy, ich werde es nicht tun, denn ich kann in diesem Fall nicht gegen meine Überzeugung handeln. – Auch jetzt nicht, wo du weißt, wie deine Wahl zustande gekommen ist? Als Mitwisser? – Verstoßen, sagte Lucy entschieden, nur wenn wir bereit sind, mitunter gegen das Prinzip zu verstoßen, können wir etwas ändern. Ich weiß nur soviel, Victor: ich bin als Sprecherin gewählt, und ich werde versuchen, alles zu erreichen, was sie von mir erwarten. Auch die Mehrheit kann irren, und manchmal können wir nur etwas für sie tun, indem wir uns über sie hinwegsetzen. Das hättest du mir wohl nicht zugetraut? – Nein, Lucy, das nicht.
Victor sah auf seinen Finger, krümmte ihn, als ob er einen Abzug bewegte, und nahm eine halbgeschälte Orange

vom Küchentisch. Laß, sagte Lucy, ich werde sie dir schälen.

Das Haus erzitterte, rumpelnd, auf gefühllosen Füßen drängten schwere Körper die Treppe hinab. Die Möbel, dachte Lucy, so könnten Tische, Schränke und Stühle das Haus verlassen, wenn sie ihren Dienst aufkündigen, doch sie kamen nur herunter, und dann flog die Tür auf, und der Gnom, der ein elektrisches Kabelende hinter sich herzog, hob den Steckkontakt auf und musterte die Wand, auf der Suche nach einer Steckdose. Aufladen, sagte er, wir alle müssen uns aufladen, die Batterien sind leer. Jetzt kamen auch die andern herein, schlugen nach Nußknackerart die Zähne zusammen und führten eckige Eßbewegungen vor, klagten, spielten erschöpft.

Brennstoff, sagte Lucy, ich glaube, sie brauchen Brennstoff. – Hierher, sagte Victor, und die hungrigen Phantasiewesen wurden an einen Tisch geführt, auf dem sie Brot fanden, Käse, Dauerwurst und Oliven, und Victor achtete nicht nur darauf, daß sie von allem erhielten, sondern daß sie auch rollengerecht aßen, und das heißt gleichgültig, ohne Genuß, mit ordentlicher Lustlosigkeit. Aufladen, sie mußten sich also aufladen. Lucy goß ihnen Wein ein, kühl, geschäftsmäßig, als hätte sie Motoren zu versorgen, und unter freudlosem Kauen und Trinken schien sich die phantastische Gesellschaft zu beleben. Wieder brachen einige auf, und diesmal begleitete auch Lucy sie auf die Straße, ließ da ungeheure Umarmungen über sich ergehen, ließ sich bestätigen, wie unterhaltsam es in der Retorte sein könne; dann schwankten die Schatten davon.

Wortlos drehte Victor sich um und wollte ins Haus zurück, gerade so, als habe er Lucy gar nicht bemerkt und,

vor allem, als erinnere er sich nicht mehr, was zwischen ihnen ausgemacht war für diesen Abend. Diese schlimme Korrektheit, mit der er sich ihr zuwandte, als sie ihn ansprach, diese penible Angestrengtheit, unter der er zu tarnen versuchte, was ihn bewegte.
Wie es denn nun sei, fragte Lucy, bald würden die Letzten gehen. Er zog die Schultern hoch, machte eine Geste, die jede Entscheidung ihr überließ: Du kennst die Lage, tu also, was du für das beste hältst. – Merkwürdig, sagte Lucy, diese Schauer, als ob Glas zerschnitten wird –, geht's dir auch so? — Ich weiß nicht, wovon du sprichst, sagte Victor. – Wenn die anderen aufbrechen, sagte Lucy, Kitsos muß in die gleiche Richtung, ich werde ihn bitten, mich mitzunehmen. – Er wird dich bestimmt sicher nach Hause bringen. – Also möchtest du doch lieber, daß ich gehe? — Wir sollten die andern nicht so lange warten lassen, sagte Victor, und dann ...

Pause, eine unerträglich lange Pause inszeniert Valentin Pundt, nachdem er zuende gelesen hat, rührt sich auch nicht vor Selbstergriffenheit, blickt nicht auf, vielleicht, um Heller zu beweisen, mit welcher Wirkung man bei diesem Text rechnen kann, doch Heller, der sich die Flasche mit dem »Lüneburger Kikeriki« geangelt hat und jetzt beiden ungefragt die Gläser füllt – Janpeter Heller unterbricht das sinnierende Schweigen, weil es ihm zunächst wichtiger ist, Rita Süßfeldt aus ihrer Erstarrung zu erlösen.
Um die Lesung nicht zu stören, ist sie neben der Tür erstarrt und hat das letzte Drittel so mitangehört: regungslos den Fußboden fixierend, eine kalte Zigarette zwischen den Lippen, einen Hustenreiz erfolgreich unter-

drückend. Vergnügt winkt Heller sie heran, hebt ihr sein Glas entgegen: auch wenn es unter Kollegen unbemerkt bleiben sollte, sagt er, aber dies Gesicht steht Ihnen; ich meine, dieser Ausdruck von Betretenheit, von schlechtem Gewissen.

Rita Süßfeldt öffnet die Arme, sie ist bereit, alles zuzugestehen, wenn man sie nur entschuldigt, wenn man ihr diesmal nur vergibt. Außerdem kenne ich den Text und kann jederzeit mitstimmen, wenn es gewünscht wird, sagt sie, und segelt an ihren Platz. Ablegen der Papiere, Zurechtsetzen des grünen Stirnbandes, nun fehlt nur noch eine Zigarette: Trinken Sie ruhig, meine Herren, prost, ich hole es später nach. Die Männer kippen den Klaren, Heller aufgeräumt, Pundt reichlich versonnen und theatralisch, so als könne er immer noch nicht wegfinden oder auftauchen aus Lucys Welt, und da keiner seiner Kollegen überstürzt Stellung nehmen will zu seinem Vorschlag, möchte er zunächst selbst etwas bekennen.

Wenn man also wissen möchte, wenn man ihn nun frage: wodurch rechtfertige sich ein Vorbild, dann könne er mit neuer Gewißheit antworten: dadurch, daß es Mängel bewußt mache, und daß es ein Stichwort, eine Parole liefert, mit deren Hilfe diese Mängel beseitigt werden können, ja, und daß man notfalls verstoßen muß gegen geheiligte Regeln! An solch einem Vorbild, so Pundt, lasse sich lernen, daß nicht etwas Beliebiges zu tun sei, sondern systematisch das, was wir uns selbst schuldig sind. Er zögert, man widerspricht ihm nicht, oder noch nicht, und deshalb begründet er seine Ansicht, monoton, sehr bedächtig. Er habe Briefe gelesen, Briefe aus dem Unglück, wie er sie mal nennen möchte, der Schreiber sei sein Sohn gewesen, der Empfänger ein fast gleichaltriges Vorbild

seines Sohnes. Und diese Briefe bestätigten ihm: ein Vorbild verweist darauf, daß wir etwas nötig haben. Daß etwas zu tun ist. Daß die Welt keine vollendete Tatsache, sondern veränderbar ist. Und mit dieser Gewißheit habe er, Valentin Pundt, das Lucy-Kapitel angeboten: Sie, auf undurchsichtige Weise zur Sprecherin gewählt, lehnt sich gegen betagtes und deshalb ungeprüftes Vorurteil auf, indem sie die Macht des Prinzips bezweifelt; instinktiv nimmt sie die Partei einer Mehrheit, die sie vielleicht gar nicht gewählt hat, damit ist doch schon die pädagogische Spitze gegeben – immer lohnt es sich, etwas zu tun, auch wenn die erste Anstrengung aussichtslos erscheint.
Ob man ihm bis hierher folge? Ob man übereinstimme mit ihm? Düster läßt er eine Spitztüte mit Backobst kreisen, ist nicht beleidigt, daß niemand sich bedient.
Heller steht auf. Heller schnappt sich ein Panga-Messer von der Wand, schlägt mehrmals knapp in die Luft, als amputiere er überflüssige Gliedmaßen. Er konzentriert sich. Er plagt sich. Er will, daß man erkennt, wie schwer er sich selbst alles macht. Und dann: Lieber Herr Kollege Pundt – diese Anrede läßt nichts Gutes ahnen. Aber zuerst möchte er zugeben, daß ihm das angebotene Beispiel nicht übel gefallen habe; es sei so brauchbar und geeignet wie viele andere Texte, die man hier habe hören können, redlich, bündig, angenehm deutbar, und außerdem werde da die unvermeidliche, großäugige Botschaft im Huckepack vorbeigetragen.
Vermutlich würden sie kein Befremden unter den Lesern hervorrufen, wenn sie sich entschlössen, dieses Beispiel in ein Lesebuch aufzunehmen. Es sei eindeutig genug – hier blindes Prinzip, dort riskante Übertretung des Prinzips –, es sei handlich und altbacken genug, schließlich verlange

es nach bewährtem Rezept ein entweder – oder. Lucy: ein Vorbild aus dem »Ewigen Hausschatz«, wie gehabt. Aber gerade hier nun sollten unsere Bedenken beginnen, sagt Heller. Wenn nach einer Botschaft gesucht wird, wenn da eine Lehre herauspräpariert werden soll; wenn ein Text nur gedreht und gewendet wird, um verschlüsselte Signale zu empfangen, dann sollten wir unsere Mitarbeit verweigern. Es gibt nämlich keine größere Arroganz, als wehrlosen Schülern verkleidete Botschaften zu übermitteln, Heilsworte, die man sie unter üppiger Verpackung aufstöbern läßt. Sagen wir so: es ist zeitgemäß, daß jedes Ich selbst seinen Inhalt findet. Er, Heller, könne sich nicht helfen, aber wenn er daran denke, wie beredsam Lucy sich über lastende Tradition hinwegsetzt: da wachse doch hinter der Szene ein riesiger Zeigefinger auf, aus Teakholz gedrechselt.

Mit solch einer Reaktion hat Valentin Pundt am wenigsten gerechnet, er mustert Heller überrascht, als habe er unerwartet einen Gegner erkannt. Lohnt sich hier noch eine Form der Selbstverteidigung? Soll man nach solch einem Urteil noch für den eigenen Vorschlag werben? Nein, sagt Rita Süßfeldt abrupt, nein, Herr Kollege Heller, da liegen Sie schief, da sind Sie falsch beraten. Was Herr Pundt hier als Beispiel bringt, ist mehr als erwägenswert. Immerhin läßt sich mit gutem Recht fragen, ob hier nicht womöglich dieser Victor ein Vorbild abgeben könnte. Sie sagten: Botschaft. Ich kann mir denken, woher Ihr Mißtrauen gegen alles kommt, was nach Botschaft schmeckt, nach lehrhafter Eröffnung – Manipulation, nicht wahr? Hinter allem wittern Sie Manipulation, sogar hinter dem Herbstwetter. Aber was heißt das: Botschaft? Ich weiß, Sie denken dabei an unlautere Verkündung, an kritiklos zu verdauendes Zauberwort; Botschaft ist für Sie der Zaunpfahlwink der Autorität, der die neue Richtung verheißt. Was aber, wenn man den Namen wechselt, wenn man statt Botschaft Erfahrung sagt oder Überzeugung? Eine Erfahrung wird zum Vergleich oder als Herausforderung präsentiert: ist das nicht genau die Aufgabe, die wir uns mit unserem Lesebuch gestellt haben? Und liegt darin nicht allein unsere Chance? Ein beliebiger Text, der mir nichts aufgibt, der zu nichts verpflichtet, den keine Not zu dem macht, was er ist – ein solcher Text läßt mich gleichgültig. Ihm muß schon etwas zugrundeliegen, damit er mich angeht. Und wenn er so etwas preisgibt, ich meine: wenn er mit einer Haltung oder einer Erfahrung bekannt macht, dann spricht das nicht gegen den Text. Im Gegenteil: jetzt erst findet er mein Interesse. Ich begreife nicht, woher diese allgemeine Furcht kommt, durch fremde Erfahrung unterwandert werden zu können. Sicher, Lucys Auflehnung gegen formale Prinzipien ist überdeutlich, aber wem schadet denn diese Deutlichkeit? Das Thema bleibt doch umstritten genug? Ich bin dafür – auch wenn Sie mich jetzt so skeptisch ansehn –, ich bin dafür, daß wir dies Beispiel in die engere Wahl nehmen. Unter neuem Titel natürlich.

Heller trägt das Panga-Messer zur Wand und hängt es wieder auf. Ob eine Abstimmung gleich stattfinden soll, vielleicht eine Kampfabstimmung? Nicht? Dann möchte er sich, einfach, weil er fürchte, mißverstanden worden zu sein, noch ein wenig ergänzen: er sei vielleicht etwas zu rabiat gewesen. Das könne gut sein, doch leider habe er dafür Gründe. Er sei es nämlich satt, das unlautere Spiel mit den marktgängigen Vorbildern weiterzuspielen.

Und das stelle sich immer so dar: da ist Chaos, nicht wahr, schwarze Verzweiflung, erlittene Unentschiedenheit, kein Ende ist abzusehen, man muß sich wohl oder übel schon auf Dauer einrichten, doch da, in einem bangen Augenblick, bittet ein Vorbild um Aufmerksamkeit und laicht eine vielsagende Botschaft ab. Was geschieht? Grün bricht aus, die Hoffnung organisiert sich wieder. Na ja, gegen diese Buchhaltergesinnung habe ich etwas, sagt Heller, und als Pundt ihn mißbilligend ansieht, fügt er hinzu: das richtet sich nicht gegen Sie persönlich, Herr Kollege, das ist doch ausgemacht.

Mich jedenfalls hat das Beispiel überzeugt, sagt Doktor Süßfeldt, und ich stimme auch mit der Ansicht überein, die Herr Pundt hier vertreten hat: das Vorbild als anregende, als aktivierende und etwas auslösende Erscheinung. Jetzt können Sie auch mir einen Schnaps geben, Herr Pundt; doch bevor ich trinke, möchte ich Ihnen noch folgendes sagen, Herr Heller: Natürlich gibt es Gründe, um einzupacken, um Schluß zu machen mit dieser Suche. Natürlich können wir wie der alte Dunkelmann am Ende des Holzwegs erklären: keine schlimmere Blasphemie, als nach einem Sinn zu fahnden und einigen Haltungen oder Handlungen einen Sinn zu unterschieben. Wenn alles sinnlos ist, dann ist selbstverständlich auch die vorbildhafte Tat sinnlos, und die sogar auf strahlende Weise. Aber mir beweist jeder Tag, daß es einen Sinn hat, etwas zu tun – und sei es nur, zu verhindern, daß die Vernunft in die Ecke gedrängt wird. Oder, wie Lucy Beerbaum sagte: um zu verhindern, daß die Leiden unverbindlich bleiben.

Heller prostet ihr mit leerem Glas zu. Heller nickt anerkennend: Sie sind gut in Form heute, da wagt man kaum, sein eigenes Beispiel vorzuzeigen. Also haben Sie eins? fragt Rita Süßfeldt, und Heller darauf: Bei Lucy Beerbaum muß man etwas finden. Und dann möchte er, ohne jede Absicht, feststellen, daß er noch nie ein Leben »durchleuchtet« hat – er sagt: durchleuchtet, in dem soviel Spannung ausgetragen wurde, eine elementare und wie selbstverständliche Spannung zwischen einer Person und den Verhältnissen. Und gerade das läßt sich, nach seiner Meinung, von dieser Frau lernen: die Verpflichtung zur Unruhe, zur Teilnahme. Unter diesem Blickwinkel sollte man deshalb auch sein Beispiel, das er hiermit zur Diskussion stellen möchte, beurteilen, einen Abschnitt aus dem *Preis der Hoffnung,* den Titel müsse man später machen. Sind Sie bereit? Also:

Sie brachten Nikos zurück und stießen ihn auf die Pritsche und verließen sogleich wieder den Raum, ohne den Nächsten mitzunehmen. Als ob sie genug erfahren hätten, oder als ob sie sich die anderen für etwas Besonderes aufheben wollten, streiften sie weder Lucy noch Alexis mit einem Blick. Sie ließen sie allein in dem kalten, unvergitterten Raum, doch nur einer von ihnen entfernte sich über den Gang.

Nikos schwankte, seine Lippen waren geschwollen, die obersten Knöpfe von seinem Hemd abgesprungen. Er wandte sein Gesicht zum Fenster hin, krümmte sich, schien seinen Atemstößen nachzuhorchen. Leise trat Alexis an ihn heran, legte ihm eine Hand auf die Schulter und rüttelte ihn und zwang ihn, sich ihm zuzudrehen: Schnell, Nikos, bevor der Nächste dran ist. Der Mann auf der Pritsche sackte zusammen, drohte zur Wandseite zu kippen, nicht nur gleichgültig gegenüber den Fragen, sondern auch für eine Weile verständnislos, aber Alexis ließ ihn nicht los und gab nicht auf; mit flacher Hand seine Wangen bearbeitend, zog er Nikos zum Rand der Pritsche und flüsterte: Wie abgemacht? Sag, alles wie abgemacht? Noch sah ihn Nikos an wie von weither, als ob ihm entglitten sei, was abgemacht worden war zwischen ihnen, aber dann antwortete er stumm, mit einem Ausdruck gequälter Verwunderung, der nur besagen sollte: Was denn sonst? Hast du vielleicht etwas anderes von mir angenommen?

Alexis drückte ihn sanft nieder und hob seine Beine auf die Pritsche herauf. Gut, Nikos, sagte er, auch von mir werden sie nur dasselbe erfahren, das verspreche ich dir, und er beugte sich tief über seinen Kameraden, der jetzt bei geschlossenen Augen die Lippen bewegte, der zu bestätigen versuchte, was er stumm angedeutet hatte: Wir beide... ich hab ihnen gesagt... wir beide haben den Artikel geschrieben... denn nur das wollten sie wissen... wer *Die Peitsche* geschrieben hat... Alles wie abgemacht.

Alexis wischte ihm anerkennend über die Stirn und winkte Lucy von der Tür zur Pritsche heran und flüsterte: Er hat es auf sich genommen, und ich werde es auch tun. Du darfst nichts zugeben, Lucy.

Ich muß es, sagte Lucy, ich hab den Artikel geschrieben, und ich werde es zugeben. – Es ist leichter für uns, sagte Alexis, wenn wir wissen, daß unser Blatt ab und zu erscheint. – Es wird erscheinen, sagte Lucy, und der Mann: Deine Artikel, sie brauchen aber deine Artikel. Du mußt weiterschreiben, darum darfst du nichts zugeben, Lucy. – Für euch ist es leichter, sagte Lucy, aber nicht für mich; wenn ich draußen bin, jeden Augenblick werde ich daran denken, was ihr für mich getan habt; ich werde die Belastung nicht aushalten. Bei allem, was ich tue: ihr werdet dabei sein.

Du wirst mehr gebraucht als wir, sagte der Mann, darum nehmen wir es auf uns; keiner der Freunde würde es verstehen, wenn wir zurückkämen und du nicht. – Von euch hängen andere ab, sagte Lucy, ich bin allein.

Sie traten schnell auseinander und blickten zur Tür, die nach innen aufgestoßen wurde. Zwei mit Schulterriemen kamen herein, hagere Männer, lustlos, sie deuteten knapp auf Alexis und sagten: Du, jetzt du, und sie nahmen ihn in ihre Mitte und führten ihn hinaus. Da war Lucy schon an der Tür, sie preßte ihr Ohr an das glatte, kühle Holz und lauschte ihnen nach, bis ihre Schritte unhörbar wurden. Setz dich, sagte Nikos von der Pritsche, so erfährst du nichts, setz dich hierher, du kommst noch früh genug dran, und Lucy ging zu ihm und setzte sich auf das Fußende. Haben sie dich geschlagen? – Mein Gedächtnis, sagte Nikos, sie waren unzufrieden mit meinem Gedächtnis und wollten ihm aufhelfen. – Warum, sagte Lucy, warum tust du das für mich? – Nicht für dich, sagte er, oder doch nicht für dich persönlich: wir müssen dafür sorgen, daß mehr solcher Artikel erscheinen können wie *Die Peitsche;* du mußt dafür sorgen. Hättest mal hören sollen, wie sie davon redeten, da mußtest du dich einfach fragen, was größer ist: ihre Wut oder ihre Furcht. Jedenfalls, sie haben uns recht gegeben.

Er zitterte und scharrte leicht mit den Füßen, und dann hob er die Faust an die geschwollenen Lippen und biß in seinen Handrücken. Mit mir werden sie es nicht tun, sagte Lucy, sie werden es nicht wagen. Wenn ich es gleich zugegeben hätte, wäre euch das erspart geblieben.

Nikos blickte sie besorgt über den angewinkelten Ellenbogen an, er, der Jüngste ihrer Redaktion, der die Matrizen noch in der Hand hielt, als das Materiallager gestürmt wurde, in dem sie nach Feierabend ihre illegale Werkszeitung besprachen. Nikos richtete sich plötzlich in dem Verdacht auf, daß alles, was sie besprochen und auf sich genommen hatten, umsonst gewesen sein könnte. Bestätigen, sagte er, du mußt bestätigen, daß *wir* den Artikel geschrieben haben. Sie kaufen es uns nicht ab, noch nicht, darum mußt du es bestätigen. Er packte Lucys Handgelenk und ließ es gleich wieder erschrocken los angesichts dieses Lächelns, zu dem sich Lucys Lippen verzogen, und vielleicht spürte er auch wieder die beherrschte Kälte, die dieses Mädchen aufbringen konnte, wenn etwas Unvorhergesehenes beurteilt und quittiert werden mußte, und die ihn noch jedesmal erstaunen ließ. Ihr seid besser dran als ich, sagte Lucy, ihr gebt nur, ich aber muß es annehmen und damit fertig werden. – Du mußt dich darüber hingwegsetzen, sagte Nikos, dann geht es, du mußt an die anderen denken. Und in mißtrauischer Wißbegier: Du schaffst es doch, oder? Versprichst du's mir? Und gelassen, als müßte er ihr eine unzulässige Hoffnung nehmen: Rechne nicht mit Alexis, der fällt nicht um, der wird sich selbst bezichtigen. Und weiter in ihr Schweigen hinein, das ihn mehr und mehr beunruhigte: Du schuldest es uns, Lucy. Jetzt... wenn auch Alexis es auf sich nimmt: du darfst es nicht mehr zugeben.
Lucy stand auf, ging zur Tür, zum Fenster, wieder zur Tür. Lange stand sie vor der Wand und entzifferte Initialen und Kerben, in den Mörtel gerissene Zeichen, die unter Schichten von getrockneter Tünche flach und mitunter unbestimmbar geworden waren. Der Junge stöhnte

auf der Pritsche. Sie öffnete die Tür und lauschte den Gang hinab, weit unten, dort, wo die eiserne Wassertonne stand, fiel Licht aus einem Raum, sie hörte das Klappern einer Schreibmaschine. Sie wurde gerufen, der Junge auf der Pritsche rief sie und befahl ihr durch Zeichen, die Tür zu schließen. Nicht das, sagte er, du darfst nicht versuchen, zu verschwinden; du kommst nicht weit. Lucy setzte sich nicht auf die Pritsche, wie er es wollte, sondern zog sich auf den Tisch herauf und saß nun Nikos gegenüber mit baumelnden Beinen, die Hände auf die Kante der Tischplatte gestützt. Der Junge ließ sich nicht zurückfallen; mühsam aufgestützt, behielt er sie im Auge, gerade so, als müßte er sie bewachen, und in dieser Haltung warteten sie, bis sie Alexis zurückbrachten.
Ein schleifendes Geräusch kündigte sie an, mißmutige Stimmen. Die mit den Schulterriemen hielten Alexis unter den Achseln fest, das heißt, sie hatten ihm von beiden Seiten einen Arm unter die Achsel geschoben und schleiften ihn, der versteift und mit dem Gesicht nach unten zwischen ihnen hing, in den Raum und gleich zur Pritsche, wo Nikos zur Seite rückte und sich am Kopfende hochzog.
Hinter den Uniformierten erschienen ein trauriger, übermüdeter Zivilist und ein Junge, nicht älter als Nikos und ebenso blaß wie er, und der Zivilist – weißer, aber nicht mehr sauberer Kragen, schlecht rasiertes Doppelkinn – verbeugte sich beim Eintreten vor Lucy, durchaus nicht ironisch, sondern eher mechanisch. Lucy glitt vom Tisch, bewegte sich unwillkürlich auf die Pritsche zu, wo die Uniformierten Alexis aufrichteten, stützten und mit leisen Kommandos zwangen, seine Aufmerksamkeit dem Zivilisten zu widmen. Sie hob die Hände – bereit, etwas

zu tun, wobei sie allerdings selbst nicht wußte, was es sein könnte in diesem Augenblick. Der Zivilist winkte ihr beschwichtigend zu, gleich, es geht gleich besser; er bat sie, zum Tisch zurückzukehren, und stellte sich neben sie. Vor ihr waren die beiden Männer auf der Pritsche. Lucy mußte sie ansehen, während der Zivilist sprach, während er sich mit geschäftsmäßiger Stimme erkundigte, ob Lucys Vater wüßte, wo sie jetzt sei, und, als sie ungewiß die Schultern hob, sachlich feststellte: seit einigen Minuten weiß er es. Er hielt sich nicht mit ihren Personalien auf, er ließ sich nur bestätigen, daß Lucy Studentin der Biologie und Chemie sei, und dann ließ er sie auf kurze Fragen antworten, ohne sich jemals zu verwundern: Ja, ich wußte, daß es eine illegale Werkszeitung war; ja, ich habe mehrere Artikel geschrieben; ja, es war mir bewußt, daß der Arbeitsfriede gestört werden könnte, aber wichtiger noch war mir eine Verbesserung der Arbeitsverhältnisse; ja, ich habe an Redaktionssitzungen teilgenommen; ja, die Verbindung kam durch Freunde zustande.

Bekennen, bekräftigen: angesichts der beiden Männer auf der Pritsche machte Lucy keinen Versuch, in verschwommene Antworten auszuweichen oder sich dadurch Vorteile zu sichern, daß sie sich aufs Unbestimmte verlegte; vielmehr schien ihr daran gelegen, die ganze Befragung durch bestätigende Antworten zu verkürzen. Es fiel ihr schwer, die interesselos wirkenden, heruntergeleierten Fragen des Zivilisten zu verstehen. Sie blickte unablässig auf die beiden Männer, die ihr mit erzwungener Aufmerksamkeit zuhörten; selbst Alexis hatte sein Gesicht gehoben und musterte sie aus seiner Benommenheit mit unterlaufendem Blick. Da wurde wie von selbst eine Beziehung erkennbar zwischen ihr und den Männern, die,

nach ihrer Spezialbehandlung, fortwährend die Lippen bewegten, was tatsächlich den Eindruck hervorrief, daß sie Lucys Antworten, ganz für sich, kommentierten.
Ja, auch ich habe die Werkszeitung verteilt, im Regen, während die Arbeiter vor dem Tor auf Einlaß warteten. Lucy entging nicht, wieviel die Männer an Kraft aufbringen mußten, um ihr folgen zu können, und auch die Spannung entging ihr nicht, mit der sie jede neue Frage erwarteten.
Ja, es hat auch ein »auslösendes Ereignis« gegeben, das mich bewogen hat, an der Werkszeitung mitzuarbeiten. Lucy dachte nur an das Mädchen, das am Morgen mit ihren Haaren in eine Maschine geraten war, und das schon am Nachmittag wieder zur Arbeit erschien, nachdem es erfahren hatte, daß die Fabrikleitung ihren Unfall nur als »unerhörten Leichtsinn« ansah und nicht bereit war, Krankengeld zu zahlen.
Der Zivilist vereinfachte jetzt seine Fragen, indem er sie mit den immer gleichen Redensarten einleitete: Entspricht es ihrer Ansicht, daß ... oder: Sind Sie auch davon überzeugt, daß ... oder: Demnach darf ich also folgern, daß ...
Lucy tat, als merkte sie nicht, wie er sie mit seinen Fragen umstellte und immer mehr einzuschnüren versuchte. Entspricht es Ihrer Ansicht, fragte er, daß der entscheidende Konflikt zwischen den einen besteht, die über eine Maschine verfügen, und den anderen, über die sie verfügt? Lucy, die beiden Männer im Auge, nickte und sagte leise: Ja. Und sind Sie auch davon überzeugt, fragte der Zivilist, daß die dringendste Aufgabe darin besteht, eine Arbeiterorganisation ohne Bürokratie zu gründen? Ja, sagte Lucy, denn immer ist es die Bürokratie, die alle

Entwürfe widerlegt. Und entspricht es auch Ihrer Ansicht, fragte der Zivilist, daß das Verhältnis der meisten zu ihrer Arbeit durch Fremdheit gekennzeichnet wird, und daß Widerwillen und sogar Haß die stärksten Gefühle am Arbeitsplatz sind?
Lucy sah, wie die Männer auf der Pritsche verharrten, und ihren Blick erwidernd, in dem sie die stumme Aufforderung zu äußerster Vorsicht zu erkennen glaubte, sagte sie: Ja – wenn die Arbeit eine freie Fühlungnahme mit der Welt ermöglichen soll, dann muß man ihr mehr Würde verschaffen.
Ohne die Stimme zu heben, ohne Genugtuung oder Enttäuschung stellte der Zivilist fest, daß seine Fragen ausnahmslos Sätze wiederholten, die sich in einem gewissen Artikel finden, der *Die Peitsche* heißt und in der letzten Nummer der Werkszeitung abgedruckt wurde. Noch während er sprach, reichte er Lucy ein Exemplar der Zeitung. Er fragte: Kennen Sie diesen Artikel? Lucy nickte, doch das war ihm nicht genug, und so wiederholte er seine Frage. Ja, sagte Lucy, ich kenne diesen Artikel.
Die Männer auf der Pritsche regten sich, lockerten sich, als bereiteten sie einen Einspruch vor. Wissen Sie, wer den Artikel geschrieben hat, fragte der Zivilist. Alexis senkte den Oberkörper, um die Hände nicht mehr zu spüren, die einer der Uniformierten ihm auf die Schulter gelegt hatte; seine Augen wurden schmal. Alle Artikel erscheinen ungezeichnet, sagte Lucy. Sie wissen es also nicht, fragte der Zivilist, und Lucy, ihre Finger gegen die Tischkante pressend: Nein, ich weiß es nicht.
Damit erübrigt sich die Frage, sagte der Zivilist, ob Sie unter Umständen selbst diesen Artikel geschrieben haben. Er nickte, weder enttäuscht noch zufrieden. Er sagte

etwas, was sie nicht verstand, weil sie den Blick der Männer auf der Pritsche suchte, weil sie jetzt auf ein Zeichen angewiesen war, doch die Männer verharrten nur schweigend, wenn auch weniger aufmerksam als zu Anfang.
Der Zivilist wiederholte: Sie können gehen, ich brauche Sie nicht mehr, und da Lucy ihn immer noch nicht gehört zu haben schien: Wir brauchen Ihre Mitarbeit nicht mehr. Lucy trat unschlüssig auf die Pritsche zu, sie dachte: ich kann doch nicht gehn ohne ein Wort, und sie stand einen Augenblick da, als erwartete sie einen Händedruck der Männer, aber jetzt, da sie getan, was die Männer von ihr verlangt hatten, schienen sie alles weitere ihr selbst zu überlassen, auch die Form des Abschieds.
Sie ging grußlos hinaus. Niemand horchte ihr nach. Sie ging mit zusammengepreßten Lippen zur Tür, schwankte leicht, als sie den Gang hinabblickte, und berührte mehrmals mit schnellen, stützenden Bewegungen die Wand. Zögernder wurde ihr Schritt, leiser und zögernder, gleich würde sie innehalten und sich bedenken, den Entschluß berichtigen. Und dann blieb sie stehen, lehnte sich mit dem Rücken gegen die Wand und hob das Gesicht zur Decke. Zurück ging sie nicht.

Ohne genau hinzusehen, langt Janpeter Heller nach seinem Glas, kippt den geringen Rest, befeuchtet mit der Zunge seine Lippen und liest, nein, er liest nicht weiter, obwohl der Text offensichtlich noch nicht zuende ist, nur sein Beispiel möchte er hiermit beenden, hinter diesem Satz, den sein gestreckter Zeigefinger energisch beschließt. Ihm erscheint es ausreichend, er kann sich zurücklehnen, er hat das Recht, die Kollegen kommen zu lassen. Die

Kollegen aber drängen sich nicht nach dem Wort. Unlust zieht die Pause in die Länge. Verlegenheit sucht nach tarnender Beschäftigung. Rita Süßfeldt schüttelt ihr Haar aus, als wollte sie es von Schneeflocken reinigen; Pundt kratzt intensiv am Etikett der Flasche, das falschmünzerisch, tiefstapelnd einen gewöhnlichen Schnaps und nicht sein »Lüneburger Kikeriki« verspricht. Etwas, sagt Rita Süßfeldt, müssen wir in jedem Fall feststellen: leicht machen wir es uns nicht, und ich möchte heute *die* Herausgeber sehen, die soviel Mühe investieren wie wir. In ein Lesebuch. Noch dazu in ein einziges Kapitel eines Lesebuchs. Das wenigstens macht uns so schnell keiner nach.

Dazu hat Valentin Pundt nichts zu sagen, aber er entkrampft sich sichtbar nach diesem ironischen Eigenlob, wischt sich einmal über das scheitellose Haar und kündigt an, daß er jetzt ohne Verstellung und ohne jemandes Partei zu nehmen direkt draufzufragen möchte. Also: wie der Kollege Heller sein Beispiel verstehe? Was das Vorbildhafte sei an Lucys Entschluß, die Urheberschaft an dem Artikel zu verheimlichen? Und was der Schüler, der junge Mensch, für den ja das Lesebuch gedacht sei, durch die Deutung gerade dieses Beispiels gewinne? Ja, er möchte das mal auf kürzestem Weg herausfragen, und zwar einfach deshalb, weil ihm, Pundt, kein Licht aufgehen will.

Das Alter hat offenbar seine eigenen Erklärungen, will Heller sagen, sagt es aber nicht, da er Pundts Empfindlichkeit kennt; statt dessen richtet er sich auf, blickt vergnügt in seine offene Hand, und an den Fingern zupfend versucht er, dem alten Pädagogen seinen Vorschlag zu erläutern: Das Vorbild, nicht wahr, im allgemeinen handelt es ja wohl für andere; hier aber muß es, um für andere einstehen zu können, zunächst gegen sich selbst handeln. Das Vorbild, nicht wahr, muß sich seine Rolle erkaufen, muß, um glaubwürdig zu erscheinen, zuerst einmal einen Preis zahlen – um für viele zu wirken, muß es einverstanden sein mit dem Leiden weniger. Auf dem Weg zu einem größeren Ziel muß das Vorbild einverstanden sein mit den Schmerzen weniger, die ihm dargebracht werden wie – ich möchte mal sagen: wie ein ungemütliches Opfer. Um wieviel leichter wäre es für Lucy, zu bekennen und die Folgen des Artikels auf sich zu nehmen! Das gemeinsame Ziel erfordert, daß sie die Leiden anderer annimmt. Im Interesse der gemeinsamen Sache – weil von ihr erwartet wird, was die anderen nicht beibringen können – muß sie sich über alles hinwegsetzen, nicht einmal die Nähe der Schmerzen darf sie weich machen. Und darin, sagt Heller, liegt für mich eine äußerste Variante des Vorbilds. Ob der Herr Kollege Pundt das nicht ebenso sehe?

Der alte Rektor entwickelt aus einer Haltung düsterer Nachdenklichkeit ein immer heftiger werdendes Kopfschütteln: nein, er könne da nicht ganz folgen, er ahne etwas, ja, er habe da so Vermutungen, aber das ganze Beispiel erscheine ihm nicht schlüssig genug, nicht beweiskräftig genug. Meinen Sie nicht, Herr Heller, daß die Haare ein wenig zu lang sind, an denen Ihr Vorbild herangezogen wird? Vor allem möchte Pundt wissen, was ein Schüler anfangen könne mit solch einer empfohlenen Einsicht. Falls er überhaupt dahinterkäme: bliebe ihm mehr, als die Achseln zu zucken?

Abrupt wenden sie sich dem Fenster zu und blicken nach draußen, wo ein schwarzer Regen niedergeht, schwarze Scheiben und Splitter, die trudelnd, segelnd am Gerüst vorbeifallen und klatschend auf den Boden treffen wie eine Serie von Peitschenschlägen. Schiefer, sagt Heller, sie wechseln auf dem Dach die schadhaften Schiefer aus. Zwischen dem Splitterregen schweben ganze Platten herab, zischend, gleich schweren Vögeln im Sturzflug; einige überschlagen sich, gleiten seitlich ab und rammen das Gerüst und zerspringen. Plötzlich fällt ein Eimer herab, schlägt scheppernd auf und rollt aus.

Rita Süßfeldt springt auf, stürzt ans Fenster, doch die Männer auf dem Dach oder auf der obersten Plattform des Gerüsts sind nicht zu erkennen. Jetzt fällt ein Hammer, gleich darauf folgen, mit dem schorrenden Geräusch einer vom Dach rutschenden Schneelast, wieder einige Schieferplatten.

Bin gespannt, wann der erste Dachdecker fällt, sagt Heller, und Pundt, als ob er aus Erfahrung spräche: Die sind besonders streitbar, vermutlich macht das die Höhenluft. Doktor Süßfeldt hebt ein Blasrohr aus schwarzem Holz von der Wand, setzt das Blasrohr wie ein Einglas ans Auge und zielt, einen Flunsch ziehend, aus dem Fenster hinaus in die Höhe.

Deuten, sagt sie gequetscht, heute muß alles gedeutet werden; da wir so gut am Zug sind: vielleicht sollten wir die Vorgänge da oben zu unserer Unterhaltung deuten. Sie setzt das Blasrohr an den Mund und richtet die unscheinbare Mündung auf Heller. Finden Sie nicht, Herr Kollege? An Ihrem Beispiel läßt sich doch sehen, worauf alles hinausläuft: es genügt nicht mehr, zu sehen, zu hören; wir müssen uns das Gesehene und Gehörte gegenseitig erklären. Eine Tat ohne Deutung ist wertlos. Ein Geschehnis ohne Erläuterung unvollkommen. Ein Einfall ohne Kommentar nichtssagend. Früher, nicht wahr, da

lebte man; heute ist das Leben nur ein Anlaß, um es deuten zu können. Und dabei, meine Herren, entstehen unerhörte Verluste. Deuten, auslegen, erklären: wir machen es berufsmäßig, viele von uns leben sogar davon, und was kommt dabei am Ende heraus?
Vorläufige Befunde bestenfalls. Wir lüften den Mantel, ziehen den Vorhang auf. Schicht um Schicht wollen wir der Zwiebel ans Herz. Deuten: man bricht die Muschel auf, entschlossen, sie ist leer – man hält sich ans Perlmutt, das ergibt keinen Aufschluß, dann hebt man sie ans Ohr, es rauscht, man kann sagen: es ist das Meer.
Vom Fenster zum Tisch, nach Zielen suchend, das Blasrohr jetzt wie eine Flöte vor dem Mund: Doktor Süßfeldt macht die überraschten Kollegen mit Zweifeln bekannt, mit keineswegs frischen Zweifeln, denn sie holt weit aus, bekennt, daß ihr das Deuten von Handlungen, Charakteren, Ideen immer schon als sehr umstrittene Sache vorgekommen sei: meistens lande man doch beim Einerseits – Andrerseits. Wenn Deuten hieße: auf neue Art in Besitz nehmen, den unaufhebbaren Widerspruch bestätigen, wenn es gleichbedeutend wäre mit eigenem Erfinden, sie, Rita Süßfeldt, hätte vielleicht nicht soviel dagegen. Aber wo endet es fast immer? Geheimnisse werden zwangsweise gelüftet, angestammte Dunkelheit wird künstlich aufgehellt, Widersprüche werden gefällig gemacht. Alles wird ausgeleuchtet, beziffert. Und das Resultat? Wir deuten unser Leben in die aufgeklärte Langeweile hinein.
Valentin Pundt muckt auf, die Spitze seines Kugelschreibers stößt tickend auf den Notizblock hinab, und sich auf sein Alter berufend stellt er fest, daß hier soeben etwas getan worden sei, was er allerdings für fragwürdig halte:

Sie versuchten, liebe Kollegin, das Deuten zu deuten. Dabei kann man in der Tat den Eindruck erhalten, als sei unsere Arbeit überflüssig oder zumindest kurios. Erlauben Sie mir deshalb zu sagen, daß für mich deuten und unterscheiden eng zusammenliegen, und unterscheiden ist ja wohl eines der wichtigsten Mittel zur Orientierung. Das will ich meinen, sagt Heller, und damit wir etwas zum Unterschied haben, sollten wir jetzt, bevor wir alles zu Tode erörtern, den letzten Vorschlag hören, vielleicht nimmt der uns alle Sorgen. Oder haben Sie keinen?
Ich? Wenn ich auch zu spät gekommen bin, sagt Rita Süßfeldt, vorbereitet bin ich dennoch, allerdings, ich hab keinen fertigen Text, ich kann Ihnen nichts vorlesen, und ich weiß nicht einmal, ob dieses Beispiel schon geschrieben ist. Haben Sie es denn erfunden, fragt Heller und fügt, von dieser Möglichkeit begeistert, gleich hinzu: Vielleicht ist das überhaupt unsere Rettung: wir erfinden uns ein Vorbild. – Diese Geschichte habe ich gehört, sagt Rita Süßfeldt, sie könnte *Die Desertion* heißen, sie müßte nur noch geschrieben werden. – »Nur noch« ist gut, sagt Heller, und Rita, ohne darauf einzugehen: Hier ist Lucy Beerbaum auf ihrem Höhepunkt, es ist die Hamburger Zeit, das Institut – Lucy ist stellvertretende Leiterin – genießt in der Fachwelt größtes Ansehen, eine wissenschaftliche Veröffentlichung *Der Zweck und der Zufall* erreicht sogar die Bestseller-Listen – aber das ist natürlich nicht der Anfang der Geschichte, vielmehr müßte sie, nach meinem persönlichen Entwurf – etwa so beginnen:

Lucy Beerbaum und ihr Assistent Rainer Brachvogel sitzen in einer deutschen Kleinbahn und hasten mit reellen fünfzehn Kilometern per Stunde zu einer Tagung, zu

einer Wochenend-Tagung. Eine Evangelische Akademie hat die bedeutende Wissenschaftlerin eingeladen, und nicht nur dies: man hat sie gebeten, einen Mitarbeiter oder »Mitstreiter« mitzubringen, worauf Lucy Beerbaum unter ihren Assistenten den aussuchte, der bisher den entschiedensten Zweifel an der Arbeit des Instituts geäußert hatte. Das Thema der Tagung: *Glaube und Wissenschaft*, so etwa zum hundertsiebzigsten Mal. Das Fernsehen ließ sich diesmal gewinnen, Rundfunk und befreundete Presse werden wie immer zugegen sein.
Während die Kleinbahn sich also durch Obstgärten und über hochgelegenes Weideland müht, sprechen die beiden Passagiere unter dauerndem, allerdings unfreiwilligem Kopfnicken – ja, worüber? Im Zweifelsfall über diese Akademien, die ausnahmslos schwer zu erreichen sind, und in denen man darauf aus ist, Schuppen von den Augen zu entfernen: hier wird jeder übers Wochenend sehend und gewinnt einen beunruhigend neuen Blick für die Probleme der Zeit. Können Sie sich das soweit vorstellen? Gut.
Professor Beerbaum und ihr Assistent fahren bis zur Endstation, die aus einer weinlaubumrankten Toilette besteht, dort werden sie von einem jugendlichen, aber schon gebeugten Hünen erwartet, der sich Doktor Turrini nennt und sich mit melancholischem Lächeln nach dem Verlauf ihrer Reise erkundigt, ohne an einer Antwort interessiert zu sein. Man wäre nicht überrascht, wenn er ihnen für das letzte Stück des Wegs Fahrräder anböte, doch es zeigt sich, daß Doktor Turrini ein Auto besitzt, ein allerdings so winziges Auto, daß Lucy Beerbaum verwundert fragt, ob es womöglich für den Export in Gebiete gedacht sei, die von Pygmäen bewohnt werden.

Schweigsame Fahrt zur Akademie, Feldwege, dann eine Pappel-Allee, ein gepflasterter Hof, das Gutsschloß eines ehemaligen Kurfürsten. Vor der Freitreppe in wippender Erwartung Doktor Hoelzgen, der Direktor. Der erscheint perspektivisch so erdrückend, daß man den Eindruck hat, er werde das Auto gleich unter den Arm nehmen, es ins Gebäude tragen und den Inhalt in verschiedene Zimmer kippen.

Also Begrüßung. Ehre, und so weiter. Dankbarkeit natürlich. Hochgehende Hoffnungen und allgemeine Spannung. Er läßt es sich nicht nehmen, die bedeutenden Ankömmlinge auf ihre Zimmer zu bringen, irgendwo im Haus probt ein Mädchenchor *O du allerbeste Freude*, ein Geruch nach Wachskerzen und Lysol hat sich in den Gängen festgehängt. An den Zimmertüren fehlen die Schlüssel. Auf jedem Tisch ein Körbchen mit Obst, dazu stumpfe Obstmesser und Servietten aus erstaunlich hartem Papier. Doktor Hoelzgen empfiehlt Ruhe bis zum Abendessen oder einen Gang durch die Gärten, oder eine Besichtigung des Gebäudes; das ist freibleibend gemeint, jedenfalls erwartet er Lucy und Rainer Brachvogel zum großen, gemeinsamen Abendessen, zu dem ein Gong rufen wird.

Ob Lucy sich umzieht? Vermutlich wird sie das chlorophyllgrüne Kostüm anbehalten, dieselben schwarzen, bequemen Schuhe, und auch die bauchige Handtasche wird sie nicht wechseln, da sie sich daran gewöhnt hat, alles in ihr zu finden, was einem aus der Klemme helfen kann: Kleingeld nicht weniger als Packen von Papiertaschentüchern und Tabletten gegen jeden bekannten Schmerz. Sie braucht sich nicht zum Speisesaal durchzufragen, Doktor Hoelzgen holt sie mit dem Gongschlag ab, ein Mann

von flatternder Fröhlichkeit, der kaum einen Satz zuende spricht.
Große Vorstellung am Direktionstisch, wo Lucys Kontrahenten schon versammelt sind, selbstverständlich auch Hanker-Schmühling, der theologische Publizist, der nirgendwo fehlt, wo den Erscheinungen der Zeit auf den Zahn gefühlt wird, er, der große Reisende in Sauce, die über jede Diskussion gekleckst wird. Ein zierlicher Dogmatiker mit Spitzbart ist noch dabei, Professor Kannebichl, dann ein gütiges Mondgesicht mit listigen Augen, der Chefredakteur Ewald Kregel, und schließlich Hilda Dupka-Moersch, die verdiente Leiterin eines Frauenwerks, x-beinig, grobes, aber leuchtendes Pferdegebiß. Sind das alle? Ich glaube: alle; sie fassen sich bei den Händen, Doktor Hoelzgen spricht fröhlich ein Tischgebet, und die Girlande der Arme auf und ab, auf und ab bewegend, wünscht man einander Gu – ten – Ap – pe – tit. Unerhört blasse Mädchen schleppen die größten Teekannen, die je hergestellt wurden, zu den Tischen und schenken beidhändig den dünnsten Tee ein, der je aufgegossen wurde.

Kenn ich, sagt Heller, unterbrechend, kenn ich von zu Hause.
Umso besser, sagt Rita Süßfeldt, hoffentlich mußten sie ihn nicht aus Akademietassen trinken wie Lucy, denn die sind schwer, von erschreckendem Fassungsvermögen und so dickwandig, daß viele Teilnehmer noch lange nach dem Abendbrot mit verquält aufgesperrten Mündern herumlaufen. Das kommt von den Tassen, ja. Obwohl es natürlich auch von den Schnitten kommen könnte, Knakken von einem Umfang, die jeden Kiefer auf seine

extreme Dehnbarkeit hin prüfen – die Wurstscheiben übrigens werden mit der Rasierklinge geschnitten.

Welch ein Tischgespräch könnten sie führen? Da Hanker-Schmühling anwesend ist und wie selbstverständlich das Wort nimmt, werden sie wohl über ihre Erfahrungen bei Fernsehauftritten reden, über technische Pannen, menschliche Mißverständnisse und über Honorare. Nach munterem Dankgebet strömen die Teilnehmer in den großen Sitzungssaal. Die letzten Reihen sind besetzt von Schwesternschülerinnen, geduldigen und aufmerksamen Geschöpfen, die, das läßt sich schon erkennen, nichts vom Stuhl reißen wird; in der Mitte die unentbehrlichen Tagungsteilnehmer, aufgeklärte Hausfrauen vor allem; die beiden ersten Reihen sind reserviert für Presse und Ehrengäste; junges Volk lümmelt sich an den Heizungen oder hockt auf den Fensterbänken.

Jetzt also der Einzug der geistigen Kämpen, Sitzverteilung – hier Wissenschaft; hier Glauben – und dann Doktor Hoelzgen: Vorstellung und Begrüßung, oder umgekehrt, und danach, nach Tradition des Hauses, eine behutsame Einführung in den Abend.

Man kann es sich vorstellen, wie Hoelzgen die Unterschiede »herausarbeitet«: der Glaube als bestätigende, als institutionsbildende Kraft, die ein Ziel kennt; die Wissenschaft als ziellose Energie der Erkenntnis, die nur sich selbst sucht; hier irrationale Erfahrung, die zu etwas verpflichtet; dort konkrete Erfahrung, die zu elementarer Gesetzmäßigkeit führt; hier Gewißheiten, dort Wissen; der Glaube als gesteigerte Sicherheit in der Welt, und so fort; die Wissenschaft als selbstlose Aufklärung, deren Resultate umstritten sind. Da kann man schon einhaken, aufnehmen, zurechtrücken, die Kamera läuft, der Ring ist freigegeben.

Es wird zuviel geraucht. Auf dem Podium hat man den Eindruck, als lösten sich die Schwesternschülerinnen auf zu leichten Fahrzeugen, die unter blassen Segeln davontreiben. Von einem, der außer seiner silbernen Mähne noch einen explosionsartigen Husten mitgebracht hat, denken viele, daß er gut und gern hätte zu Hause bleiben können. Die Beleuchter des Fernsehens, gesichtslos unter schlohenden Bärten, unter Zottel- und Kräuselhaar, könnten sich zumindest den Anschein geben, als hörten sie zu. Nur die Hausfrauen schreiben mit, protokollieren in Stichworten den Verlauf der Diskussion; das junge Volk lauscht in träger bis mißmutiger Erwartung.

Unterdessen versteifen sich auf dem Podium die Fronten, weil Frau Dupka-Moersch und mit ihr der zierliche Dogmatiker darauf bestehen, an einen göttlichen Schöpfungsakt zu glauben, dem das figurenreiche Ensemble der Erscheinungen zu danken sei. Das wird von Lucys Assistenten, der leise spricht, aus fachlichen Gründen bestritten. Nachmachen, sagt er, heute sind wir in der Lage, jedes denkbare biologische System künstlich herzustellen. Warum? Weil Leben zwangsläufig entsteht, sobald gewisse chemische und physikalische Voraussetzungen erfüllt sind. Und dann fährt er ein Geschütz auf, das Hanker-Schmühling baff werden läßt: Wer heute, so erklärt er, durch Wasserstoff, Ammoniak und Wasserdampf, also durch dräuende Urnebelsuppe, künstliche Blitze schickt, dem geben sich mit Notwendigkeit die Grundelemente des Lebens zu erkennen, nämlich die Aminosäuren Glycin und Alanin. Der einmalige Schöpfungsakt, stellt Brachvogel fest, ist ein Märchen, und zwar deshalb, weil aus Nichts

nichts werden kann. Dieser Glaube hat abgewirtschaftet. Auch wenn er uns ans Herz gewachsen ist: wir müssen uns von ihm trennen, denn er wird in Labors jeden Tag widerlegt.
Jetzt wickelt Hanker-Schmühling seine Lieblingsidee aus – die Versöhnung von Glaube und Wissenschaft –, und nachdem er versucht hat, alle Gegensätze unter sämiger Sauce verschwinden zu lassen, kommt er den Zuhörern mit Kant und Newton: warum Newton wohl den Raum als »Sensorium Dei« bezeichnet hat, möchte er wissen, und warum Kant wohl einige Ordnungsgesetze der Natur für einen Beweisgrund Gottes hielt, möchte er wissen. Wenn ihn nicht alles täuscht, seien doch damals Glaube und Wissenschaft nicht so weit voneinander entfernt gewesen.

Ich stelle mir vor, sagt Rita Süßfeldt nach einer Pause, daß gerade diese Diskussion dramatisch und aufschlußreich wiedergegeben werden muß – aufschlußreich für die Personen.

Hanker-Schmühling jedenfalls, als Dauergast wohlbekannt, erntet mit seinen prunkvollen Plattheiten nur das übliche Schweigen, niemand hat Lust, auf ihn einzugehen. Rainer Brachvogel indes hat ebensoviel Unruhe wie Zustimmung erfahren, und wenn auch nicht alle Sympathien zu ihm hinüberwandern, so ist es doch er, dem man die größte Aufmerksamkeit entgegenbringt; das hat keiner so sorgfältig registriert wie Professor Kanebichl, der zierliche Dogmatiker. Er fühlt sich alarmiert, aufgerufen, er mußte etwas verhindern, und mit einer Freundlichkeit, die nichts Gutes verheißt, wendet er sich an Lucys Assistenten, um ihm zunächst einmal beizupflichten: Es trifft zu, sagt er, daß man heute jedes biologische System künstlich herstellen kann; er wisse auch, daß der Mensch das Experiment des Lebens in eigene Regie genommen habe; er habe sogar von einem Versuch gehört, bei dem eine mathematische Formel gefunden werden sollte für die Selbstorganisation der Materie – also die Formel für ein universelles Gesetz. Ja, es stimmt, sagt er, was in der Natur einige Millionen Jahre dauerte, kann die Wissenschaft heute auf geradezu atemberaubende Weise beschleunigen. Und nachdem er dies alles festgestellt hat, räuspert er sich, verändert seine Stimme und fragt beinahe scharf, was wohl damit gewonnen sei? Wo aus den neuen Erkenntnissen die Hilfe fließt für einen ratlosen und immer noch bedrängten Menschen? Und wo der Beitrag der neuen Wissenschaft liegt zu einer Stabilisierung der Weltansicht und zu einer Gesamtorientierung in der Welt? Das möchte er erst einmal beantwortet haben.

Beifall natürlich, von den Hausfrauen, aber auch von den Schwesternschülerinnen – was Kannebichl zu einer schnellen Zusatzfrage ermutigt: er möchte außerdem wissen, wo die humanen Kontrollen bei der Anwendung der neuen Forschungsergebnisse liegen.

Das raunt jetzt, das rutscht auf den Stühlen und strafft den Oberkörper, während der Frager auf dem Podium sich zurückgelehnt hat und eine kleine, krumme, offensichtlich hoffnungslos verstopfte Pfeife in Brand zu setzen versucht. Wie wird Rainer Brachvogel antworten? Er, der eben noch die ungeheuren Möglichkeiten der neuen Wissenschaft ausbreitete? Er zögert. Er gibt zu, daß er hier nur für »seine Wissenschaft« sprechen könne, für die Biochemie. Und dann bekennt er, daß, wenn auch die Möglichkeiten ungeheuer seien, die zu erwartenden Resultate ihn schwanken ließen, und nicht nur dies: mitunter schaudere ihn vor den Folgen, die die Wissenschaft vom Leben haben könnte. Die furchtbarsten Triumphe der Alchemie, sagt er, stehen erst bevor, nämlich wenn sich der Mensch selbst zum Gegenstand des großen Experiments macht und Schöpfer und Geschöpf zugleich ist.

Lucy Beerbaum macht sich hier zum erstenmal lächelnd Notizen, und sie nimmt nickend zur Kenntnis, was der Assistent aufzählt, um sein Schaudern zu begründen. Dies ist denkbar, dies wird herstellbar sein: isolierte Gehirne, Aufzucht von befruchteten Eizellen im Labor; Aufschub von Alter und Tod; spezialisierte menschliche Wesen, die nur bestimmte Aufgaben zu erfüllen haben, niedere und höhere; biologische Kriege, die mit der Verblödung ganzer Völker enden. Und abschließend sagt er: Wenn der Mensch Schöpfer spielen will, dann könnte sich dies Spiel am Ende gegen den Menschen wenden.

Professor Kannebichl demonstriert heftiges Einverständnis, obwohl seine Fragen nur indirekt beantwortet sind, auch Frau Dupka-Moersch und Chefredakteur Kregel machen in Einverständnis, während Lucy, die bisher nur knappe, noch dazu schwer verständliche Bemerkungen gemacht hatte, sich in einer Weise sammelt, als habe sie ein Zeichen zu ihrem Auftritt erhalten. Sie übergeht, was vorher gesagt worden ist, und wendet sich in unerwarteter Vertraulichkeit an ihren Assistenten, man kann annehmen, sie setzt nur ein Gespräch fort, das unterbrochen worden ist. Die Stille jetzt, die Konzentration.

Sie wissen doch, Rainer – so sagt sie etwa –, was uns zum Glauben nötigt, das ist irrationale Erfahrung; was uns zu wissenschaftlicher Erkenntnis verpflichtet, das ist das Verlangen, unsere Stellung zu bestimmen im kosmischen Prozeß der Evolution. Wir haben das Vorrecht, mehr zu wissen als frühere Generationen; freilich müssen wir darauf gefaßt sein, daß Wissen auch tragisches Vorrecht sein kann. Mag sein, daß Wissen zur Selbstzerstörung führen kann; deswegen führt Dummheit noch lange nicht zum Heil.

Da entsteht schon Unruhe unter den Zuhörern, da werden besorgte Blicke ausgestauscht, und man hört kräftiges Ausatmen.

Lucy Beerbaum erinnert daran, was der Biochemie zu verdanken sei, vom Schlafmittel bis zum Insulin und zum Hormon. Und immer noch zu Rainer Brachvogel sprechend, schildert sie, was alles durch gezielte Eingriffe in das genetische Programm des Menschen erreicht werden kann: Heilung von Erbkrankheiten, künstliche Herstellung von Organen und Gliedmaßen, Vorherbestimmung des Geschlechts von Nachkommen; wirksame Bekämpfung von Krebs, und, ja, auch Gehirne, die mit Computern zusammengeschaltet werden. Das Fatum, früher eine Sache des Glaubens, liegt für uns im chemischen Aufbau einer Körperzelle, sagt Lucy Beerbaum und fragt: Ist damit nichts gewonnen? Ist das etwa kein Beitrag zur Gesamtorientierung in der Welt?

Wieder Unruhe, murrender Protest. Rainer Brachvogel erkundigt sich, wo denn die Reise des forschenden Geistes enden werde, und Lucy darauf: Wir wissen es nicht, und das müssen wir in Kauf nehmen. Hin und her geht es zwischen Lucy und ihrem Assistenten, auf skeptische Nachfrage folgt jedesmal prompte Bestätigung, mitunter verzweifelt, mitunter auch fragwürdig, so, wenn Lucy

von Ehre spricht – es kann auch darin eine Ehre liegen, Erkenntnis nur um der Erkenntnis willen zu suchen –, und dann wird das Publikum Zeuge eines Dialoges, der nächtliche Folgen hat. Fahrlässige Überheblichkeit: so nennt Brachvogel die gottähnliche Anwendung der Erkenntnismittel. Und Lucy entgegnet, daß der Eindruck von Hybris wohl nur entstehen konnte, weil wir uns noch nicht an unser Wissen gewöhnt haben. Manche Kollegen fangen an, Gott zu spielen, sagt Brachvogel unter Beifall, und Lucy wieder auf verlorenem Posten: Wer es nicht aushält, wer das neue Wissen nicht erträgt, dem steht es ja frei, zu desertieren. Fahnenflucht vor unaufhaltsamer oder unerträglicher Erkenntnis – sie habe es immer gegeben, und es gibt sie auch heute.
Man kann sich denken, daß nun alle über Lucy herfallen, der zierliche Dogmatiker vor allem, aber auch Hausfrauen, die spontane Zwischenrufe zum Podium hinaufschicken, nur ihr Assistent schweigt, ratlos, möchte ich meinen, und erbittert. Natürlich wird über die Zeit hinaus diskutiert, und später sitzt man noch im »kleinen Kreis« zusammen, ziemlich versöhnungsbereit, bei schwachem Rotwein – nur Brachvogel ist nicht dabei.
Der hat sich vermutlich in einen Forellenbach gestürzt, sagt Heller, und Rita Süßfeldt, nach einem verwarnenden Blick: Rainer Brachvogel fängt Lucy vor ihrem Zimmer ab, lange nach Mitternacht. Er lehnt ihre Aufforderung ab, ins Zimmer zu kommen, er fragt sie nur unvermittelt auf dem Gang, ob es ihrer Meinung nach auch gute Gründe für eine Fahnenflucht geben könnte. Aber gewiß, sagt Lucy, aber selbstverständlich. Und ob sie sich eine Desertion vorstellen könne, die nur aus dem Grunde geschieht, nicht mitschuldig zu werden? Das kann Pro-

fessor Beerbaum allemal. Und Rainer Brachvogel: Dann betrachten Sie mich von jetzt ab als Fahnenflüchtigen. Vielleicht schickt er noch einen Dank hinterher, vielleicht kommt es zu Verbeugung und förmlichem Abschied, jedenfalls endet die Geschichte mit einem Bruch, mit einer Trennung aus Überzeugung.

Tja, sagt Rita Süßfeldt erleichtert, das ist mein Vorschlag, ich habe mir eine Menge Notizen gemacht, alles ist belegt, nur: die Geschichte müßte noch geschrieben werden, wobei unser Thema—ich sage schon: unser Thema — vielleicht deutlicher herausgearbeitet werden sollte.
Pundt wiegt den Kopf. Valentin Pundt bläst die Backen auf und macht eine befehlshaberische Geste knapp über dem Tisch: Das ist das Beispiel, jetzt haben wir's gefunden, unsere Suche hat sich gelohnt. Wer aber schreibt die Geschichte, fragt Heller, wer besorgt die »kleine Unwichtigkeit«? Ich gebe zu: auch mich reizt der Vorfall, nicht zuletzt, weil ich da eine musterhafte Zweideutigkeit sehe, ein großes Ja, ein kleines Nein, nur scheint es mir zu früh für ein endgültiges Urteil. Damit wir erkennen können, was eine Sache wert ist, muß sie doch wohl erst geschrieben sein.
Also ich nicht, sagt Rita Süßfeldt; von mir wird's doch hoffentlich niemand erwarten.
Herr Kollege Pundt wird die Kleinigkeit übernehmen, sagt Heller, er hat die meiste Erfahrung und schreibt den sichersten Stil. Demnach ist also zu hoffen, daß wir morgen das dritte Kapitel begießen können; lange genug hat's ja gedauert.
Pundt erhebt sofort Einspruch: nein, nein, unmöglich, ausgeschlossen, für den Hausgebrauch ginge es an, da

wäre er bereit, etwas zu verfassen, aber nicht für ein offizielles Lesebuch, da fühle er sich einfach überfordert. Aber allmählich müssen wir zu Pott kommen, sagt Heller, und dann: ich bin dafür, daß wir uns morgen einigen, Beispiele gibt es genug; zur Not haben wir das bewährte Mittel der Abstimmung.

Besuch: Rita Süßfeldt lenkt die Aufmerksamkeit ihrer Kollegen zur Tür, dort steht Magda, das finstere Hausmädchen, still, aber doch auch so, als möchte sie bemerkt werden. Ja, was gibt's? Da sei ein Paket angekommen, zusammen mit einem Herrn, der wolle das Paket nicht ausliefern, sondern es unbedingt übergeben, persönlich, ein Herr Schnittlein übrigens.

Das ist für mich, sagt Pundt, Onkel Schnittlein aus Lüneburg hat Nachschub gebracht, gleich können wir einen zur Brust nehmen. Pundt folgt dem Hausmädchen in die Halle; von dort her hört man die Laute vorgegebener Überraschung und unverhältnismäßiger Danksagung, unterbrochen vom Klatschen einer Handfläche auf einem Regenmantel.

Wollen Sie wirklich schon morgen zu einer Einigung kommen, fragt Rita Süßfeldt, und Heller: Glauben Sie denn, daß uns noch Entdeckungen bevorstehen?

17

Auf dem Tisch liegen, von Brille und Bleistift beschwert, wieder Prospekte, grün, also für den Garten. Pundt liest: *Alles für den Garten,* und in den Lichtkreis geneigt, erkennt er die Abbildungen von Schaufeln und Stecheisen, Heckenscheren, sieht fröhliche, langgliedrige Mädchen hinter Motormähern und Schubkarren durch sonnige Gärten stelzen; die Preise sind scharf unterstrichen. Er denkt unwillkürlich an seinen ersten Besuch, damals, als Frau Meister Blumenzwiebeln aus Prospekten herausschrieb, Tulpen vor allem, und er erinnert sich, daß es Verwunderung gab über die Namen. Dort hinter dem Vorhang flüstert Herr Meister mit seiner Frau, beschwichtigt sie vermutlich, erklärt ihr, daß es »nur« Pundt sei, Rektor Pundt aus Lüneburg, den er selbst hergebeten habe, um den Rest abzuholen: weißt schon, die Bücher, die sein Sohn verliehen hatte und die am Sonntag zurückgebracht wurden.
Irgendwo in der Wohnung läuft ein Plattenspieler, Pundt gelingt es nicht, die Richtung zu bestimmen. Er hält seine Aktentasche auf den Knien und mustert die schlecht erleuchtete Wohnung geradeso, als könnten die Dinge sich durch eine allzu große Kenntnisnahme verschieben.

Aber bewerten muß er doch. Einen riesigen, messingfarbenen Schuhanzieher mit Pferdekopf als Griff, zum Beispiel; oder das Tiroler Ehepaar in Landestracht, er Salzstreuer, sie Pfeffer; oder einen Flaschenöffner, der in den Leib einer Nixe ausläuft.

Jetzt kommt Herr Meister wieder. Herr Meister schlägt den Vorhang zurück, verharrt und sagt mit angewinkeltem Arm, der den Fall des Stoffes unterbricht: Ich soll sie von meiner Frau grüßen. Danke, sagt Pundt, und bekräftigend: Vielen Dank. Während Herr Meister sich beinah unhörbar an ihm vorbeibewegt zu einem Heizkörper, auf dem einige Bücher liegen, hat Pundt das Gefühl, dem sanften Mann noch etwas sagen zu müssen, und auf die Prospekte deutend, fällt ihm gerade soviel ein, daß der nächste Sommer bestimmt kommt. Wenn wir erst wieder in den Garten hinauskönnen, sagt er, haben gewisse Krankheiten nichts mehr zu bestellen. Erkältung. Grippe.

Wir haben keinen Garten, sagt Herr Meister, leider. Er hebt die Bücher von dem geriffelten Heizkörper ab, sie sind warm. Er läßt sie nacheinander in Pundts geöffnete Aktentasche gleiten. Sie haben keinen Garten? fragt Pundt erstaunt, und Herr Meister darauf: keinen begehbaren zumindest; meine Frau entwirft sie nur, ihre Gärten, plant sie, bewirtschaftet sie in ihrer Vorstellung. Und ich darf sie begutachten.

Sie treten hinaus auf den Korridor, dort, am Ende, ist die Tür mit der Milchglasscheibe, dort ist Harald gestorben. Darf ich? fragt Pundt, da hat Herr Meister schon genickt und ihm den Vortritt gelassen mit einer allzu automatischen Handbewegung. Es brennt Licht hinter der Milchglasscheibe, die Musik wird deutlicher. Pundt zögert, wendet sich unentschieden um, doch Herr Meister hat schon, sein Zögern voraussehend, an ihm vorbeigelangt und geklopft, und – ohne eine Antwort abzuwarten – die Tür geöffnet. Tom; am Schreibtisch sitzt Tom im Schneehemd, schmal und lang, vor sich einen Packen loser, linierter Blätter, einige davon sind beschrieben. Er trägt das Eiserne Kreuz am Oberarm. Der Plattenspieler steht in Reichweite, *Songs of Hate and Memory*.

Entschuldige, wenn wir hier so eindringen, sagt Herr Meister und dreht sich zur Seite, um dem Jungen verständlich zu machen, weswegen man ihn gestört hat. Tom hebt den Blick, erkennt Pundt, fixiert ihn ausdauernd und mit zunehmender Geringschätzung, ohne ein einziges Wort der Begrüßung oder wenigstens der Überraschung. Und jetzt ist es Herr Meister, der das Schweigen nicht mehr aushält, der etwas fragen muß: Du arbeitest? Nicht doch, Väterchen, sagt der Schneehase und macht mit dem Kugelschreiber verneinende Bewegungen, ich verschaffe mir nur etwas Lustgewinn, indem ich dich in die Pfanne haue. – Wie oft habe ich dir gesagt, Tom, daß du auf deine Worte achtgeben sollst. – Na gut, wenn du's genau wissen willst: wir haben einen Hausaufsatz auf, vernünftiges Thema endlich, die Sprache der Reklame, und da mir niemand näher steht als du, Väterchen, plaudere ich ein bißchen über meine Erfahrungen mit dir: das teure Lächeln meines Vaters. Du hast doch nichts dagegen?

Tom, sagt Herr Meister rügend, neben mir steht Herr Pundt, Haralds Vater, vielleicht kannst du dich aufraffen und ihn begrüßen. Aber gewiß doch, sagt Tom, kreuzt die Arme über der Brust und verneigt sich in karikierender Ehrerbietung vor Valentin Pundt. Da gibt Herr Meister vor, empört und außer sich zu sein, womöglich ist er auch empört und außer sich, denn er bastelt mühsam eine Verwarnung zusammen, schickt eine unvollständige hinterher, und während er mit energischem Fingerknöchel den Tisch bearbeitet, fordert er, erwartet und verlangt er und bittet sich ein für alle Mal aus. Der Junge hat offensichtlich Mitleid mit dem Knöchel und zählt halblaut die Schläge mit, die auf die Tischplatte fallen. Und Pundt? Der blickt sich verstohlen um, der geht auf die Suche, obwohl er weiß, daß er nichts finden wird, und dabei versieht er sich mit einem Ausdruck, als bedaure er nicht nur die Auseinandersetzung zwischen Vater und Sohn, sondern als fühle er sich auch obendrein schuldig.

Erst einmal werde ich hier hausen, sagt Tom. – Ja, sagt Pundt. – Es wird'n bißchen gemütlicher aussehen als damals bei Harald, lässiger und gemütlicher. – Das glaub ich, sagt Pundt mit abgewandtem Gesicht; und der Junge darauf: Vor allem, ich werd kein Rechenschaftsbuch führen, in das man sich jeden Tag übergeben muß. Wissen Sie, wie Harald das nannte, wenn er abends sein Rechenschaftsbuch führte? Kotzen. Er sagte: ich muß jetzt mal den Tag auskotzen. – Es ist genug, Tom, sagt Herr Meister und legt Valentin Pundt eine Hand auf den Ellenbogen, zur Beschwichtigung, zur Mahnung, aber Tom ist noch nicht fertig: Zum Schluß, sagt er, da erlebt man doch nichts mehr richtig, da erlebt man alles nur fürs Rechenschaftsbuch. Feine Kacke, muß ich sagen, und sowas nennt sich dann vielleicht Wegweiser durchs Leben.

Ich glaube, Tom, sagt Herr Meister, wir sollten dich bei deiner Arbeit nicht mehr stören, und mit leichtem Schubs signalisiert er Pundt den Augenblick zum Aufbruch. Kein

Händedruck, kein Wort, nur ein angedeuteter Gruß, und Pundt verläßt das Zimmer mit dem Verdacht, daß Vater und Sohn hinter seinem Rücken schnelle Zeichen austauschen, zornig oder lächelnd komplizenhaft, doch er bleibt nicht stehen, er geht den Korridor hinab bis zur Wohnungstür, wo er sich kühl, aber dankbar verabschiedet.
So, und da ihn draußen das sattsam bekannte Hamburger Novemberwetter erwartet, knöpft Pundt seinen Lodenmantel im Hausflur zu und schlägt den Kragen hoch, bevor er in den schneekalten Schmadder hinaustritt. Er geht zur Alster hinab, die jetzt von Böen bewegt wird. Ein Hund schließt sich ihm an, trottet einige Schritte mit, entdeckt seinen Irrtum und bleibt unter einer Peitschenlampe stehen. Vorübergehende verbergen ihre Gesichter. Stumpf und abgestoppt durch den Schneeregen: so erscheinen die Lichtkegel der Autoscheinwerfer. Drüben, unter der schmutzigroten Glocke, zieht eine S-Bahn über die Lombardsbrücke, die erleuchteten Fenster schwimmen zu einem Lichtstreifen zusammen. Im Gehen hat Pundt das Gefühl, daß die Entfernung von den Füßen zum Kopf ständig wächst, und daß die Füße durch eine entschiedene Dunkelheit schreiten, die in Augenhöhe nicht mehr besteht. Obwohl er auf den weichen Wegen der Anlagen mit Pfützen rechnen muß, geht er in die Anlagen hinab, jetzt schon gewöhnt an den beißenden Wind und unbesorgt über den Schneeregen, der von vorn sein Gesicht trifft, sein Gesicht glänzen läßt.
Rechenschaft; ihre Feindseligkeit, sobald man sie zur Rechenschaft anhält, denkt Pundt. Es geht doch nicht darum, daß einer gesteht, beichtet, bekennt in der Hoffnung auf irgendeine Vergebung; vielmehr soll Rechenschaft dazu

dienen, daß einer zu unterscheiden lernt und dann zu bewerten. Und er hat es Kotzen genannt.
Da ist ein sehr scharfer, pfeifender Flügelschlag in der Luft. Enten? Fallen Enten auch im Dunkeln ein? Die Silhouette des gedrungenen Bootshauses, auf Pfählen ruhend; der lange, glatte Steg, auf dem aufgebockt, mit Persenningen abgedeckt, die Boote zum Winter liegen. Stimmen, denkt Pundt: das sind doch Stimmen, die zu unterschiedlichen Leuten gehören, zumindest läßt sich gleich heraushören, daß da einer in Not ist und protestiert gegenüber einem anderen, der das Sagen hat, und auf dem langen Steg, zwischen den aufgebockten Booten, kann er jetzt die Gruppe ausmachen, den lockeren Ring von sehr beweglichen Gestalten, und in ihrer Mitte – Bedrohung wird da wie von selbst und als Sinnbild deutlich – einen Mann und eine Frau, die Rücken an Rücken stehen, als versuchten sie, sich rundum zu verteidigen.
Das glatte, grünliche Holz des weit hinausragenden Steges; die dekorativen Wellen, die die Pfähle belecken; die Bootsrücken gleich schlafenden, gutmütigen Tieren, und dann der feinfleckige Hintergrund, der den beweglichen Figuren nicht nur die nötige Schärfe beläßt, sondern ihnen auch etwas Allegorisches verleiht: wird das nicht wie von selbst zur Szene?
Ein Freiluft-Ballett also, das Fell- und Lederjacken und kombinierte Trainingsanzüge da draußen ohne Publikum aufführen unter dem Titel: *Der kleine Überfall.* Keine Hilferufe, aber verstümmelte Warnungen, ungenauer Protest – da kann Rektor Pundt doch nicht weitergehen, da muß einer wie er doch stehenbleiben und sich versichern und, wenn er die Lage erkannt hat, einfach näher herangehen in der Annahme, daß es hier etwas zu tun

geben könnte. Schlichten. Ordnung schaffen. Frieden stiften. Und damit helfen. Er geht auf den Bootssteg, entschlossen, dann immer langsamer.
Der glatte Steg fordert von den Mitspielern Konzentration, er schreibt die Sprünge vor, er rät zu beherrschten Bewegungen. Also: *Préparation!* Und leichter bei *Petits battements dégagés!* Und nach einem Schlag von weither dann *Grand battement*. Hier gibt es keine Stange.
Der Wind überprüft die festgezurrten Persenninge, dort schlappt und trommelt eine lose Ecke Segeltuch gegen eine hölzerne Bordwand. Zwei helle, rötliche Punkte tauchen auf und erlöschen in einem Halbbogen – draußen, wo sie an ihren Zigaretten saugen.
Wird die Aktentasche schwerer? Pundt bildet sich ein, daß das Gewicht seiner Aktentasche zunimmt, nun, während er auf den glatten Steg hinausgeht, während er sich der Gruppe nähert, die ihn noch nicht bemerkt hat, während er fallende Schläge hört und hohle Geräusche auf dem grünlichen Holz. Die Frau im Kreis wimmert, der Mann hebt einen Ellenbogen schützend vor sein Gesicht. In all der unerwarteten Bewegung bleibt einer unbeweglich. Pundt faßt ihn ins Auge: das kantige Gesicht mit der Stirnfalte, das blitzende Amulett auf der nackten Brust, die knappe Felljacke, die engen Trainingshosen mit Reißverschlüssen. Der Junge steht abseits, gibt aus dem Abseits seine Befehle, herrisch und finster, er scheint gewohnt zu sein, daß man ihm gehorcht.
Wie mischt man sich ein, und mit welchen Worten unterbricht man ein Ereignis, das man nicht für rechtmäßig hält? Und besonders, wenn man es mit einer schlagenden Mehrheit zu tun hat?
Valentin Pundt, in wehendem Mantel, teilt mit ausge-

strecktem Arm den Ring, ruft zuerst: Aufhören! – danach: Was geht hier vor sich? – und noch einmal: Aufhören! – sodann produziert er eine gebieterische Geste, mit der man vielleicht aufmüpfige Schüler in die Bänke zurückschicken kann, hier jedoch, auf dem glatten Steg, vor den beweglichen und überlegenen Jungen keinen Eindruck machen kann. Er tritt auf den Anführer zu. Er droht ihm. Er sagt: Wenn ihr nicht sofort aufhört, Passanten zu belästigen, hol ich die Polizei. Schroff wendet Pundt sich ab, ist mit zwei Schritten bei den verängstigten Passanten, die sich bei den Händen halten, will sie schon, mit sachgemäßer Miene, aus der Gefahrenzone lotsen, da sagt einer der Jungen: 'n Spaßvogel, Hubert, nu sieh dir den Spaßvogel an, und ein Afghanermantel fügt hinzu: Bißchen zu alt für solche Scherze, was meinst du, Hubert?

Der alte Rektor will antworten, er hat da offensichtlich ein Wort auf der Zunge, das den Jungen bestätigen soll, wofür er sie hält, doch eine wegwerfende Handbewegung erscheint ihm ausreichend, so eine geläufige Geste der Verachtung: nicht mal ein Wort lohnt sich für euch.

Zum Ufer, zu den Peitschenlampen. Im Abdrehen wirft er die Arme hoch, nicht weil er ausgleitet auf dem glitschigen Holz, sondern weil ihm die Füße weggerissen werden, auf so kurzem Raum, daß sein Sturz unaufhaltsam erscheint, wie in Zeitlupe, so daß es ihm auch gelingen müßte, die Arme anzuziehen, um den Sturz abzufangen. Und es gelingt ihm auch: kaum der Länge nach auf dem Holz, da hebt er auch schon den Kopf, sucht und entdeckt seine Aktentasche, auf die sich ein hochhackiger Schuh gesetzt hat wie auf ein Tier, das an der Flucht gehindert werden soll. Er versucht, zu ihr zu kriechen.

Nicht höher als bis zum Knie einer engen Lederhose hebt sich sein Blick. Der erste Schlag trifft ihn in der Achselhöhle, und dann spürt er mehrere Schläge gegen die Rippen, und er denkt noch: ihre harten Schuhkappen, als ihn ein dröhnender Schlag hinter dem Ohr aufzucken läßt, ein echohafter Schmerz, unter dem er bei vorgestrecktem Kopf verharrt, gerade so, als lausche er seiner Vervielfältigung. Flach werden die stützenden Arme auseinandergedrückt, der Oberkörper sackt, fällt auf die Bretter, er zieht ein Knie an, wird getroffen, rollt auf die Seite und wird wieder getroffen. Da ist immer noch ein Rest von Spannung, von Verkrampfung, da probiert eine Schulter noch eine Möglichkeit aus – so lange, bis er an Schläfe und Kinn getroffen wird: jetzt öffnen sich die Finger, der Körper lockert, entspannt sich, ist nun endgültig bezwungen.
Sie könnten fliehen, einige erwarten wohl auch ein Zeichen zur Flucht, aber der, den sie Hubert nennen, beugt sich über Pundt, hebt mit federnder Stahlrute ein Stück des Mantels vom Gesicht, vertieft sich in das Gesicht und scheint etwas zu überlegen, beinahe feierlich. Dann klopft er mit der Stahlrute an ein Boot, sagt: Los! – und da man ihn noch nicht verstanden hat oder nicht wagt, zu verstehen, macht er sie stumm mit seinem Wunsch bekannt, das Boot zu Wasser zu bringen, den Mann hineinzulegen, das Boot hinauszuschieben auf die dunkle, mäßig bewegte Alster.
Da stehen sie, solange sie es sich leisten können. Er wird seinen Wunsch nicht wiederholen. Also kappen sie die Zurrleinen, ziehen die Persenninge ab, drehen das leichte Boot um und stoßen es ruckweise ins Wasser. Wie das Boot eintaucht, wie es sich bockig schüttelt und schwankt.

Auf dem Bauch liegend muß einer es festhalten. Dort hinten, schon im Licht, laufen die beiden Passanten, Hand in Hand; laßt sie laufen, schnell jetzt. Mit den Füßen voran fieren sie den Mann ins Boot, lassen ihn in den achteren Teil hineinsacken, einen Augenblick stützt ihn die mittlere Ducht im Rücken, dann kippt er zur Seite weg. Die Leine, wo ist die Vorleine? An kurzer Leine ziehen sie das Boot zur Spitze des Stegs hinaus, schneller wird die Fahrt, die Richtung eindeutiger, schon wird hinter dem Boot eine kleine Spur von Wirbeln und Schaum erkennbar, und mit einem letzten Schwung, mit einer energisch reißenden Bewegung werfen sie die Leine in die Luft und sehen ihr nach, wie sie in losen Buchten ins Wasser klatscht. Sie wollen nicht erfahren, wie weit das Boot hinausgleitet, wann es vor kurzen seitlichen Wellen zu treiben beginnt. Ihre Schritte betrommeln das Holz, nicht Tanzschritte mehr, nicht getupfte Ballett-, sondern Laufschritte. Wer trägt die Aktentasche?

Der mit dem Fuchsgesicht, der mit den langen einfältigen Wimpern wie Klappdeckel, muß noch einmal zurück und die Aktentasche holen, maulend: Warum ich, warum bloß immer ich? Doch einmal die Tasche unterm Arm, beginnt er zu laufen und konzentriert sich nur noch auf den Weg, raus aus den Anlagen, den asphaltierten Privatweg hinauf zu den enger stehenden gemütlichen Wohnhäusern, die man demnächst im Namen einer »wohnbaulichen Neuplanung« abreißen wird. Dort, neben der Baubude auf Hartgummirädern warten Bagger, Planierraupen, bullige Sattelschlepper: auch an ihnen vorbei, und dann über die bröckeligen Reste einer Mauer zum Kellereingang eines leerstehenden Hauses.

Fliesen, ausrangierte Bottiche, schadhafte, vergessene Fässer; hier war ein Milchgeschäft. Der Junge schließt die Tür hinter sich ab, tastet sich im Dunkeln voran. Seine Hand wischt über das Schwitzwasser an der ölglatten Wand, von alten Leitungsrohren tropft es. Jetzt die Nische, und hinter dieser Tür müssen sie sein.

Sie sind schon da. Auf Kisten, auf Fässern sitzen sie im Halbkreis, der Schein von Kerzenlicht flieht über nasse Kleidung, bricht sich auf Bierflaschen. Mief und Feuchtigkeit. Breitbeinig wird gesessen, selbstzufrieden wie nach rechtmäßig erworbener Erschöpfung. Nur einer steht, schmal und herrisch, vor einem Poster, auf dem Pferde ein sehr fotogenes Motorrad auf ihrer Koppel entdeckt haben, das sie umkreisen, beschnuppern. Hubert trägt die federnde Stahlrute nach der Art, in der englische Offiziere den Stock tragen. Er macht kurze, planlose Schritte, man könnte annehmen, er überlegt Wichtiges. Mitunter starrt er abwesend auf einen Tisch, einen wackeligen Gartentisch, von dem ein Laken tief und weihevoll herabhängt. Wie kurz sie sich verständigen können: ein Heben seines Blicks genügt, und das Fuchsgesicht, kränklich, scharfe Schatten unter den Augen, geht mit der Aktentasche nach vorn, wuchtet die Tasche auf den Tisch, packt sie nach einer geizigen Aufforderung aus: Bücher, Ordner mit Manuskripten, eine Packung Tee, Papiertaschentücher. Ist das alles? Ein Kästchen mit Büroklammern noch, sonst nichts. Die Stahlrute tippt auf Bücher, auf Manuskripte, hebt sich spontan und fällt pfeifend nieder. Das Fuchsgesicht drängt zurück, will zu seinem Bier, aber Hubert, der sich ein amerikanisches Offizierskäppi aufgesetzt hat, winkt ihm zu bleiben, sich an den Tisch zu setzen. Lies! – Was? – Nimm ein Buch, schlag es auf und lies! — Ich? — Lies! — Jetzt — Wir wollen mal etwas von dir hören, sagt Hubert, und mimt nicht nur, sondern ist in feierlicher Erwartung. – Irgendwas? – Irgendwas aus einem Buch.

Auf Kisten und Fässern wird gefeixt. Bierflaschen werden lautlos an die Lippen gehoben. Wieder einmal scheint Hubert eine gute Idee zu haben. Wo soll ich denn anfangen? Und wie? – Wenn's nicht anders geht, dann lies erst einmal den Anfang vor, zur Übung. Das Fuchsgesicht senkt sich, während auf den Plätzen das Feixen zunimmt, und plötzlich gelingt es: *Da-ten deut-scher Dich-tung.* Na, siehst du! Beifall. Prost! Die Spitze der Stahlrute drängt sich zwischen die Seiten des Buches: hier, Kleiner, und jetzt lies uns mal ein Stückchen vor, egal was. – Noch etwas? Einzeln fallen die Worte, tonlos, als ob sie nichts verbindet: »Die Ode, Hymne streifte den gedanklichen Ballast ab, schwang sich bei Goethe und Schiller über logische Bezirke hinaus. In den politischen Oden Schubarts trat an die Stelle theoretischer Betrachtungen und anempfundenen Tyrannenhasses echter Zorn und erlebtes Rachegefühl.« Das Fuchsgesicht hebt sich, ein flehender Blick erreicht Hubert: was soll das, verdammt nochmal, ich kapier das nicht, erfind mir was anderes, nur das nicht. Hubert tut, als erwache er, überfliegt Titel und Zwischentitel des Manuskripts und entscheidet: Probieren wir *das* mal, vielleicht ist das spannender. – Warum ich, warum ausgerechnet ich, fragt das Fuchsgesicht bekümmert, worauf einer, der auf einem Faß hockt, »Professor« ruft: ab heute machen wir dich zu unserem Professor. Wir wollen was hören. Hier steht: *Die Erfindung des Alphabets.* – Gut, weiter. – Also: »Aus der Geschichte des Buchstabens wissen wir, daß er mehr ist als ein Schriftzeichen, mehr als der Vermittler eines feststehenden Inhalts. Buchstaben, belebt zu Bildalphabeten, lassen manches Sinnbild deutlich werden.« Er unterbricht sich schon wieder, linst ratlos zu Hubert hinüber, der, gerade eingestellt auf zeremonielle Kenntnisnahme des Textes, ärgerlich den Kopf zu ihm wendet und fragt: Was is'n los? Wo hakt's denn bei dir? – Diese Wörter, sagt der Junge, ich werde einfach nicht mit diesen Wörtern fertig. – Sie sind alle im Gebrauch, sagt Hubert. Lies jetzt. Los.

18

Nur Tee; worum Rita Süßfeldt heute abend bittet, das sind: Tee und Ungestörtsein; die Tasse darf gut und gern auf dem Boden neben dem Stuhl stehen, denn den freien Platz auf dem zugewachsenen Schreibtisch hält schon das Ungetüm von glasiertem Steingutaschenbecher besetzt. Da morgen die Entscheidung fallen soll, möge man Verständnis für ihren Wunsch haben und die Tür schließen. Danke, Mareth, und entschuldige mich für heute.
Sie hebt die Beine auf den Tisch, streicht den Rock über die knubbeligen Knie hinab, als mißbillige sie die Dellen und Wülste. Sie öffnet das mit Lesezeichen gespickte Buch. Sie liest:

Vier Stunden nach ihrer zweiten Kündigung stand Johanna von der Bank auf, hob Koffer und Tasche an und ging den schattigen Rundweg des Innocentia-Parks zum Ausgang, blieb dort für kurze Zeit stehen – allerdings weniger in neuer Unentschlossenheit, als um sich vom Gewicht des Gepäcks zu erholen – und entdeckte, daß sie die Hausschlüssel nicht abgegeben hatte bei ihrem Fortgang. Das letzte Stück des Weges legte sie nach dieser Entdeckung schneller zurück und ohne das Gepäck noch einmal abzusetzen. Sie schloß auf; mit dem Rücken stemmte sie sich gegen die selbstschließende Tür, schleifte Koffer und Tasche ins Haus und lauschte, bevor sie den Mantel auszog und den Hut abnahm. Das Gepäck würde sie später in ihr Zimmer hinaufbringen, erst einmal mußte sie in die Küche, Tee aufgießen, es war höchste Zeit, und mit dem ungesüßten Tee würde sie an das Lager herantreten und wie selbstverständlich ihre Rückkehr bekanntgeben. In ihrem besten Kleid hantierte sie in der Küche, setzte Wasser auf, wärmte die Kanne vor, behutsam und darauf bedacht, keine Geräusche hervorzurufen, und wartend sah sie hinaus in den kleinen, abgestuften Hintergarten, wo das Frühjahr seine Farben ausprobierte. Ein weißer Tag unter verschwommenem Blau.

Sie goß den Tee auf und klopfte erst, nachdem sie die Tür zum Wohnzimmer geöffnet hatte, so, wie sie es gewohnt war, und durch den Halbschatten des Zimmers, durch seine künstliche Dämmerung trug sie das Tablett zur Couch, auf der Lucy Beerbaum lag, flach und zart. Die Schiebetür zum größeren Teil des Zimmers war geschlossen, das Fenster, bis auf die obere eingeschnittene Klappe, war verhängt, da konnte man in der Einbildung Enge und Verstelltheit annehmen, einen gewaltsam verringerten Raum, zumal da die Schlafstelle eingegrenzt schien von Hockern und Stühlen.

Hier ist der Tee, und er ist nicht gesüßt, auch nicht heimlich, sagte Johanna, und sie setzte das Tablett mit der gleichen vorwurfsvollen Teilnahme auf den Hocker, mit der sie es in den vergangenen Tagen getan hatte. Keine Überraschung, keine Verwunderung oder Freude darüber, daß sie es war, die den Tee brachte, Johanna, die doch erst vor vier Stunden gekündigt hatte, weil, wie sie sagte, alle Warnungen und Bitten nicht mehr nützten. Aber erwartet wurde sie anscheinend doch, denn Lucy Beerbaum setzte sich sogleich auf, lächelte, gab ihr die Hand, bevor sie die Tasse nahm, und schien bereit, Johannas Entschluß durch ihr Schweigen ungeschehen zu machen. Mißtrauisch musterte Johanna die Einzelheiten des Raums, es könnten ja Veränderungen geschehen sein in ihrer Abwesenheit: also die beiden harten, gedrungenen Hocker; der Brotkasten, in den sie an jedem Morgen die Tagesration zu legen hatte; das emaillierte Geschirr, das die Frau Professor jetzt selbst abwusch; unter der Pritsche lag immer noch der Stapel von ungelesenen Briefen und Telegrammen und Zeitschriften, und auf einem Regal, wie unerreichbar, das immer noch nicht benutzte Schreibpapier, in seinem ovalen Rahmen hing auch noch die Fotografie an der Wand, die Fotografie eines zwar sehr korrekt gekleideten, aber trotz hohen Sonnenstandes nicht genau bestimmbaren Mannes, da ihn der Schatten einer Kreissäge fast gesichtslos machte. Und Johanna sagte: Es muß sich doch einer sorgen um Sie, gerade, wenn Sie selbst alles gegen sich tun.

Lucy trank in kleinen Schlucken den Tee, sie aß nichts, sie fühlte keinen Hunger, jetzt am neunten Tag ihrer freiwilligen Gefangenschaft. Du irrst dich, Johanna: das, was ich auf mich genommen habe, tue ich auch für mich — ich kann die Erinnerung leichter aushalten, und den Freunden bin ich näher.

Ihre Freunde wissen nichts davon, sagte die Frau bitter, vermutlich wissen Sie nicht einmal, was Sie auf sich genommen haben hier in der Ferne. Wenn Sie noch etwas zuzusetzen hätten, körperlich, meine ich! Sie wiegte bedenklich den Kopf, knetete ihre Finger: wie sollte sie diesen Verzicht auf jede Fürsorge vereinbaren mit der von ihr übernommenen Verantwortung? Überredung hatte nichts geändert; Versuche, das Essen heimlich anzureichern, waren durchschaut worden. Hinweise auf bestehende Pflichten hatten nicht verfangen, und auch ihre Kündigung, als grobe Warnung gedacht, war wirkungslos geblieben.

Draußen, auf dem Korridor, ging ununterbrochen die Türklingel. Johanna überhörte sie so lange, bis sie genügend Zorn gesammelt hatte, dann stand sie auf, ging mit roten Flecken am Hals hinaus, eine Zurechtweisung war schon überdacht. Hinter dem Glas der Haustür, gegen das Licht, erkannte sie eine riesige Tüte – Eßt mehr Obst – und einen beweglichen, hin und her schwankenden Fliederstrauß, und über der Tüte – so, als ob es aus ihr herausstand – ein heiteres, dralles Gesicht, das unter einem blonden Haarpilz lag wie eine Ananas unter explodierenden Fruchtblättern: muß das nicht Professor Pietsch gehören? Nicht nur, daß er die Tüte, den Strauß und zwei Päckchen mit den Armen an sich preßte, eingeklemmt zwischen seinen kurzen, behaarten Fingern hielt er außerdem zwei Bücher und eine Flasche Cognac; die Klingel malträtierte er abwechselnd mit dem Ellenbogen oder mit dem Oberarm. Bei seinem Anblick, in Erinnerung an die freundlich dröhnende Anwesenheit dieses Mannes, milderte Johanna noch im Gehen die bereitgelegte Zurechtweisung und begrüßte Lucy Beerbaums Chef mit den Worten: Sie klingeln ja, als ob es brennt, Herr Professor, worauf sie erst einmal von den sommersprossigen Fingern die Mitbringsel abstreifte und ihm die Blumen aus der Armklemme zog. Auf seine Frage: Na, wie befinden wir uns? schien er grundsätzlich zufriedenstellende Antworten zu erwarten. Aber nachdem Johanna ihm im Flur alles abgenommen hatte und er schon vor der Tür zu dröhnendem Gruß ansetzte, bat sie ihn, gegen alle Regel, draußen zu warten, und ließ es außerdem als ungewiß erscheinen, ob Frau Professor Beerbaum ihren sonst gern gesehenen Besucher würde empfangen können. Wieviel er selbst davon hielt, gab er dadurch zu verstehen, daß er sich eine dunkle *Colorado claro* anbrannte, eine Zigarre, deren Umfang allein schon den Wunsch nach längerem Bleiben bekanntgab, und während Lucy auf ihrem Lager zu rechnen begann: wann der letzte Besuch, wann der nächste gestattet – wenn ihr schon alles auf die Einhaltung gleicher Bedingungen ankam –, durchmaß er die Länge des Flurs, bedachte die Figuren auf den Abbildungen attischer Vasenmalerei mit einem Zwinkern, sogar Theseus, der sich gerade mit dem Minos-Stier eingelassen hatte, und war weder besonders dankbar noch zufrieden, als Johanna zurückkam und ihm erlaubte, ins Wohnzimmer zu gehn.

Aus der Küche hörte sie seine unbelastete, dröhnende Begrüßung, Fröhlichkeit sollte Besorgnis verdecken, aber man hatte ja nie anders als in diesem Ton miteinander verkehrt, warum sollte er ihn ändern unter Umständen, die er noch nicht einmal erkundet, geschweige denn anerkannt hatte. Die Hand mit der Zigarre wie zur Stabilisierung des mächtigen, wenn auch proportionslosen Körpers seitlich weggestreckt, bewegte er sich auf Lucy Beerbaum zu, die ihm kopfschüttelnd entgegensah, die vermutlich schon ängstlich überlegte, wie sie ihm ausweichen sollte, falls er nicht würde bremsen können, doch wie alles an ihm war auch dies erprobt, berechnet: ein fast eleganter Stoppschritt, und Professor Richard

Pietsch kam kurz vor der Couch zum Stehen. Wie ein Waffeleisen legten sich seine beiden Hände um Lucys Hand, und zahlreich wie seine Mitbringsel waren seine Sätze zur Begrüßung: daß er, von einer Dienstreise zurückgekehrt, in grobem Umriß schon erfahren habe; daß er unzählige Grüße aus dem Institut; daß er Anteilnahme und Sorgen der Kollegen ... Schließlich gelang ihm aber doch die Pflichtfrage: So, und nun sagen Sie mal, wie es Ihnen geht, Lucy? Und zum Zeichen, daß er auch gekommen war, um bereitwillig zuzuhören, ließ er sich auf einen der gedrungenen Hocker nieder — freilich erst, nachdem er keine bequemere Sitzgelegenheit in der Nähe gefunden hatte. Also wie denn nun? Ich nehme doch an, daß Ihre Entscheidung eine Vorgeschichte hat?

Möchten Sie einen Tee, Richard, oder einen Kaffee? Johanna kann Ihnen beides machen, sagte Lucy. Professor Pietsch möchte nichts von beidem, aber gegen einen Cognac und einen Aschenbecher hätte er keinen Einwand, falls das im Bereich der Möglichkeiten liegt. Noch unter seiner Begrüßung hatte er Lucys Aussehen und Kondition erkannt und hatte sich Auskünfte verschafft, die mit Worten ihm gegenüber kaum zu widerlegen sein würden. Er erlaubte sich, auf Lucys Wohl zu trinken, erst einmal, und staubte seine *Colorado claro* sorgfältig über dem Aschenbecher ab, den Johanna auf den zweiten Hocker gestellt hatte. Er wußte, was er sagte, als er Lucy noch einmal anvertraute, wie groß die Sorge war, die man sich um sie im Institut machte.

Johanna wurde unruhig, sie wollte antworten, denn sie glaubte eine Adresse für ihre Beschwerde gefunden zu haben, doch sie wagte es nicht, sie überließ es Lucy, eine Entscheidung auch mündlich zu erläutern, die sie in einem

Brief bereits begründet hatte: Sie haben doch meinen Brief gelesen, Richard? – Ja. – Nun, dann wissen Sie alles. Für Lucy Beerbaum hatte sich nichts geändert, und auch nach neun Tagen Nachdenkens stellte sie ihren Entschluß dar wie etwas Übliches und in diesem Falle sogar Zwangsläufiges:

Als am 21. April neun Generale und Obersten in Griechenland die Macht übernahmen, war sie sich noch nicht schlüssig über die Form eines Protests. Er, Richard, erinnere sich ja, wie überraschend alles kam; sogar erklärte Gegner äußerten widerwillige Anerkennung über die »brillante militärische Aktion«. Das änderte sich, als das neue Regime es für nötig befand, Männer und Frauen festzusetzen, von deren unabhängiger Meinung es sich bedroht fühlte. Ein abendliches Telefongespräch – die Verbindung wurde unvermutet unterbrochen und ließ sich nicht wiederherstellen – brachte ihr die Gewißheit, daß auch Victor Gaitanides zu den Verhafteten gehörte, die man auf eine Insel deportiert hatte: da wußte sie nicht nur, daß es unerläßlich war, etwas zu tun; sie hatte auch schon eine Vorstellung davon, wie sie Anteilnahme und Solidarität ausdrücken sollte.

Sie sehen ja, Richard, wofür ich mich entschieden habe: ihr Los zu teilen auf diese Art. Um mich zu erinnern – und auch um darauf hinzuweisen –, unter welchen Bedingungen sie zu leben haben durch gewalttätigen Willen, habe ich mir selbst die gleichen Bedingungen auferlegt. Das ist alles. Ich habe gebeten, daß man mich auf unbestimmte Zeit vom Institut beurlaubt.

Mehr schien Lucy Beerbaum nicht zu sagen zu haben, aber jetzt mischte sich Johanna ein mit der Feststellung, daß man sich bei allem, was man tut, doch wohl fragen sollte, ob man es sich auch leisten kann – körperlich, vor allem. Das hielt Professor Pietsch für den Augenblick, sich einen zweiten Cognac geben zu lassen, und mit Glas und Zigarre stand er auf, trat vor das verhängte Fenster, starrte auf den grauen, ungemusterten Stoff, so als behindere dieser nicht seinen Blick auf den Garten und in den Nachbargarten. Dann löste er sich, trank sein Glas leer und begann vor dem Lager zu kreisen, und sie tauschten kaum einen Blick.

Professor Pietsch: Es kann nicht bei Ihrer Entscheidung bleiben, Lucy ... Ihretwegen nicht ... und unseretwegen nicht ... Sie müssen sie ... Lucy (darauf gefaßt): Widerrufen? Pietsch: Überprüfen. Ich glaube, Sie sind es uns schuldig, diese Entscheidung zu überprüfen. Lucy (betrübt): Ich weiß, Richard. Aber ich bin auch mir etwas schuldig. Pietsch (werbend): Im Institut, Lucy ... Es gibt keinen im Institut, der das nicht anerkennt. In einer Abteilung wurde sogar erwogen, Ihrem Beispiel zu folgen ... zu folgen, Lucy ... Man bringt das äußerste Verständnis für Sie auf ... Lucy: Aber? Pietsch: ... aber man zweifelt daran, ob Ihr Beispiel, nun ja, ob Ihr Beispiel die beste, die wirkungsvollste Art des Protests ist. Lucy (sie hat es sorgfältig bedacht): Ich nehme mir nicht so sehr das Recht zum Protest, Richard, was ich vor allem will: das Recht, meine Anteilnahme auszudrücken, öffentlich. Pietsch (andere Register probierend): Lucy, Sie leben über zwanzig Jahre bei uns. Seit zehn Jahren arbeiten wir zusammen ... Sie gehören hierher ... Sie gehören zu uns. Lucy: Dafür bin ich Ihnen dankbar, Richard ... Aber jeder kommt irgendwoher ... Und je älter er wird, desto mehr besinnt er sich darauf ... Heimkehr ... Es ist eine Art unfreiwilliger Heimkehr. Pietsch:

Solch eine Heimkehr endet immer in der Fremde. Sie sind hier zuhaus, Lucy ... Sie sind nicht verantwortlich für das, was dort unten geschieht ... in dem Land, in dem Sie zufällig geboren wurden. Lucy (berührt mit den Fingerspitzen ihre Schläfen): Ich fühle mich auch nicht verantwortlich ... Aber betroffen, Richard ... Ja, ich fühle mich in jeder Weise betroffen. Pietsch (besorgt): Sie müssen mir sagen, Lucy, wenn es zuviel wird ... Wenn ich Ihnen zusetze ... Lucy: Nein, nein, es geht schon wieder. Pietsch (als ob er aus Erfahrung spräche): Sie wissen doch, wer sich die Macht gewaltsam nimmt, der darf nicht erfolglos sein ... der muß aufs Ganze gehen ... Es sind Vorsichtsmaßnahmen, Lucy ... Das, was die Militärs in Ihrem Geburtsland veranstalten, sind die üblichen Vorsichtsmaßnahmen – (denkt darüber nach, dann verharmlosend): klassische und gewohnte Maßnahmen, die nur für den Anfang gelten, die uns jedenfalls nicht mehr befremden. Lucy (echohaft): ... nicht mehr befremden. Pietsch: Ich meine, die uns nicht mehr erstaunen ... Man verhaftet – vorsorglich – die Unzuverlässigen, überall ... (mit grimmiger Ironie) Und unzuverlässig sind nun mal alle, die eine Neigung zum Selbstgespräch haben ... Also auch wir, Lucy, wir und unseresgleichen ... Lucy: Wir haben nichts zu befürchten. Pietsch: Nein, wir haben nichts zu befürchten, nicht unmittelbar ... Aber das haben unsere Kollegen auch nicht. Lucy: Ihr Institut wurde geschlossen. Man hat sie ohne Angabe von Gründen festgesetzt. Pietsch: Man wird sie freilassen ... Die Leute – ich meine das neue Regime – können es sich nicht leisten, die Wissenschaftler des Landes festzusetzen ... auf unbestimmte Zeit. Lucy (bitter): Nicht leisten? Pietsch (rechtschaffen):

Die Weltöffentlichkeit – sie haben die Weltöffentlichkeit gegen sich. Lucy (beinahe sardonisch): Manche, Richard ... die fühlen sich ausdrücklich bestätigt, wenn sie die Weltöffentlichkeit gegen sich haben. Pietsch (zuversichtlich): Ein Zeichen der anfänglichen Furcht ... ein Zeichen der Krise, weiter nichts ... So übereilt die Maßnahme war, so rasch wird man die Kollegen freilassen ... Falls Sie es nicht wissen, Lucy, es wird bereits etwas unternommen ... auf verschiedenen Ebenen ... Lucy: Sie kennen nur eine Ebene. Darum sind Sie im Vorteil, immer. (Pause) Pietsch (bittend, eindringlich): Lucy, Sie müssen Ihre Entscheidung überprüfen. Lucy: Ich habe sie überprüft, und ich überprüfe sie unaufhörlich ... Ich weiß, daß ich sie begründen muß ... (ruhig) Ich bleibe, Richard, solange unsere Freunde nicht frei sind, bleibe ich hier. Es betrifft doch nur mich. Pietsch (zieht eine Zeitung aus der Tasche, legt sie auf den Hokker): Nein, Lucy, es betrifft nicht nur Sie ... Wenn eine Wissenschaftlerin von Ihrem Rang, von Ihrer Geltung ... Lucy (abwehrend): ... bitte, Richard! Pietsch: ... sich zu diesem Schritt entschließt, dann ist es keine Privatsache mehr. Lesen Sie, was die Presse über Ihre Protestaktion schreibt, die inländische und die ausländische Presse. Auch wenn Sie es nicht wahrhaben wollen: noch ist es von Bedeutung, wer gewisse Dinge tut. Lucy: Mir kommt es weniger auf den Protest an, Richard ... Bitte, verstehen Sie mich doch ... Anteilnahme, es ist vor allem demonstrative Anteilnahme. Weil ich mich diesen Menschen auf besondere Weise verbunden fühle, möchte ich ... ihr Los teilen ... Pietsch (bleibt vor ihr stehen): Eine Gefangenschaft aus Solidarität? Lucy: Ich komme dorther. Es sind meine Freunde. Was ihnen von anderen zugemutet wird, mute ich mir selbst zu. Pietsch (offiziell besorgt): Aber was können, was werden Sie erreichen? Sie hungern ... Sie isolieren sich ... Sie unterwerfen sich Bedingungen, denen unsere Kollegen unterworfen sind. Freiwillig nehmen Sie das Leid auf sich, das ihnen zugefügt wird ... Mit welchen Hoffnungen, Lucy? Lucy (auch auf diese Frage vorbereitet): Ich weiß es noch nicht ... Muß man sich bei allem, was man tut, fragen, wieviel man erreicht? Wie groß der Nutzen ist? Genügt es nicht, etwas zu tun, um sich selbst zu rechtfertigen? — Pietsch (nach einer Pause; er weiß, daß er jetzt das stärkste Argument ausspielt): Lucy, ich brauche Sie im Institut. Wir alle brauchen Sie. Lucy: Das fällt mir am schwersten. Pietsch (rasch): Wir wissen, wieviel uns Ihre Arbeit bedeutet, jetzt. Lucy: Richard, wenn ich nur könnte ... Pietsch: ... und daß wir abhängig sind von Ihrer Arbeit. Lucy: Ich habe an alles gedacht. Pietsch (mit behutsamer Anklage): Wirklich, Lucy? Auch daran, daß es noch eine andere Solidarität gibt — uns gegenüber? Oder haben wir kein Recht zu dieser Erwartung? Lucy: O ja, Sie haben ein Recht ... Ich weiß, was ich Ihnen verdanke, Richard ... Ihnen persönlich und den Kollegen im Institut. Pietsch: Ich dachte einstweilen nur an die Arbeit ... An das, was Ihnen gelungen ist ... Auch die Amerikaner, Lucy, suchen jetzt nach Enzymen, die Zellwandschäden ausbessern können. Sie wissen, was das bedeutet ... Was uns mit Ihrer Hilfe gelingen könnte, wenn ... Lucy (betrübt): Lieber Freund, Sie erinnern mich an meine Pflicht im Namen der biologischen Forschung. Pietsch: Ist das wenig? Denken Sie daran, was wir erreichen könnten, wenn wir die Arbeit fortsetzen. Lucy (leise, unbeirrt): Es ist nicht alles ...

Die zu Hause sind wehrlos ... Sie haben keine Stimme. Muß es da nicht einen geben, der es übernimmt, für sie zu sprechen? Oder nur darauf hinzuweisen, was ihnen geschieht? Ich habe mich gefragt, Richard, was leichter ist ... Pietsch: Sie haben die Antwort gegeben. Lucy: ... und ich möchte Ihnen sagen: wir sind nicht dazu da, Erfolg zu haben ... Erfolg an unserem Platz. Wenn wir dem Leben Glaubwürdigkeit geben wollen, dann müssen wir uns zuständig fühlen für das Unrecht, ja ... Pietsch (sein Blick gleitet von ihr zu dem ovalen, gerahmten Bild): Und Victor? Haben Sie Nachrichten von Victor Gaitanides? Lucy: In Haft ... er ist in Haft zusammen mit seinen Mitarbeitern. Pietsch (er hat eine Vermutung): Spielt das vielleicht auch eine Rolle, Lucy? In Ihrer Entscheidung, meine ich. Kollege Gaitanides ... nun ... er arbeitet zum Teil an den gleichen Problemen wie wir. Nach allem, was ich weiß, ist er auch so weit wie wir — was die Tertiärstruktur der Proteine angeht ... Er ist nicht nur Ihr Jugendfreund ... Lucy (leise, entschieden): Nein, Richard. Meine Entscheidung — sie hängt nicht damit zusammen, daß Victor an dem gleichen Problem arbeitet ... Ich weiß, was Sie jetzt annehmen ... Sie glauben, ich möchte auf den Vorsprung verzichten ... auf einen unerwünschten Vorsprung, der jetzt entstehen könnte. Das ist es nicht. Pietsch (nachdem er sie lange angesehen hat, nicht ohne versteckten Vorwurf): Ich mache mir Sorgen, Lucy. Lucy: Und Sie sind enttäuscht von mir. Pietsch: Ja, ich bin enttäuscht ... Und wenn Sie wissen wollen, warum: über kurz oder lang werden Sie sich als Märtyrerin vorkommen ... vorkommen müssen ... Sie werden einsehen, daß Ihre Entscheidung nichts bewirkt hat. Und um sich selbst zu entschädigen, werden Sie sich vorsagen, ein Märtyrer zu sein. Ich fürchte sogar, Lucy, es werden sich bei Ihnen die Genugtuungen eines Märtyrers einstellen ... Nein, ich habe kein Verständnis für Ihre Entscheidung. Durch Ihre Arbeit können Sie Vielen helfen. Mit dem, was Sie tun, helfen Sie niemandem. Verloren, es ist ein verlorenes Opfer. Lucy: Sie sind nicht der erste, Richard, der dies sagt ... Glauben Sie mir, ich kenne alle Einwände gegen das, was ich hier tue. Pietsch (aggressiv): Dann wundert es mich, daß Sie nicht auf sie hören ... ihre Einwände haben nämlich recht ... Lucy (höflich): Entschuldigen Sie, Richard, längere Besuche ... Pietsch (ironisch): Schon gut, die Sprechzeit ist abgelaufen ... Aber das werde ich noch sagen dürfen, nach all den Jahren, Lucy ... wir machen uns Sorgen um Sie ... Wir haben nicht die Möglichkeit, Ihre Entscheidung aufzuheben. Aber aus Freundschaft müssen wir Ihnen sagen, daß wir sie bedauern.

Je länger es dauerte, desto deutlicher sprach er sich in Erregung hinein, die Erregung machte einen anderen Besucher aus Professor Pietsch, sein Gesicht schien sich zu verändern, es kam zumindest Johanna hart und verkantet vor, und auch die verschwenderischen Bewegungen hörten auf, während er, von Enttäuschung inspiriert, Lucys Entscheidung auslegte: gereizt, verständnislos und so beteiligt, daß man ihm persönliche Erfahrungen zutraute aus vergleichbaren Situationen.

Die Szene konnte nicht enden, wie sie begann, nach diesem Austausch, nach diesen Bezichtigungen; es kann auch sein, daß er sich zuviel erhofft hatte von seinem Erscheinen, jedenfalls trat er auf einmal an die Couch heran und erkundigte sich in einem Tonfall, den man sicher dienstlich nennen könnte, nach der Frist, die Lucy sich ja wohl

gesetzt habe für ihr »Unternehmen«. Und durch seine Haltung gab er zu verstehen, daß ihm jetzt nur an genauer Auskunft gelegen sei. Da sah Lucy ihn verblüfft an, als ob sie jede andere, nur nicht diese Frage von ihm erwartet hätte, und mit einem Achselzucken: Wie kann ich die Dauer bestimmen? Liegt es denn an mir?
Ob er da schon zu einem Entschluß kam, ist zweifelhaft, aber er schien doch diese Auskunft nachdenklich aufzunehmen, so als werde sie noch einmal eine Rolle spielen bei künftigen Entscheidungen. Seine gemurmelte Frage zum Schluß, unter welchen Umständen man sich denn wiedersehen werde, geriet ihm so bissig, daß er seine Abschiedsworte gleich dranhängte und nach flüchtigem Handschlag, bei dem er einen Ausdruck ironischen Respekts nicht unterdrücken konnte, zur Tür ging. Und Lucy? Die hob mühsam die Beine auf die Couch herauf und blieb einen Moment gekrümmt liegen und seufzte erleichtert auf, als sie den flachen, sehnigen Körper streckte und die Augen schloß wie unter einer Wohltat. Sie achtete nicht auf die Abschiedsworte, die auf dem Flur gewechselt wurden, und sie blieb auch so liegen, nachdem Johanna zurückgekehrt war. Ich kann mir denken, daß ihr zu dem gleichen Ergebnis gekommen seid, nicht wahr, Johanna. Zumindest habt ihr euch bestätigen können. Ihr Besuch ist gegangen, sagte Johanna, und ich frage mich, warum ich bleibe. Es ist hier nichts, fast nichts zu tun. Wissen Sie überhaupt, daß ich fort war? – Du hast mir den Tee zur Zeit gebracht, sagte Lucy, und Johanna kühl: Ich bin gewohnt, mehr zu tun. – Ich weiß, sagte Lucy, aber du mußt dich an die neue Lage gewöhnen: je gewissenhafter du mir deine Fürsorge entziehst, desto mehr hilfst du mir.

Dabei kann man doch nicht weiterlesen, denkt Rita Süßfeldt, nicht bei diesem Poltern, Rucken, Rollen, dem rücksichtslosen Zimmergewitter, das Heino Merkel da veranstaltet: das scheppert, das produziert alle Geräusche eines Verschiebebahnhofs, sogar die Heizungsrohre in der Wand sind beteiligt, leiten helle, singende Schläge durchs Haus. Sie schickt warnende Blicke zur Decke, quittiert besonderen Lärm mit einem zerstreuten Ordnungsruf, bis ihr Argwohn sie aufspringen läßt.

Sie wirft das Buch auf den Tisch, stürzt auf den Flur und ohne zu horchen die Treppe hinauf, wobei sie diesmal ganz mechanisch den roten Läufer als gefährlich empfindet, da er sich ständig verwirft und verschiebt; ohne anzuklopfen reißt sie die Tür auf zu Heino Merkels Zimmer. Wo ist Mareth? Beim Anblick des Mannes, der auf den Knien liegt, der auf den Knien dem in der Wand verankerten Stuhl entgegenrutscht, ruft sie den Namen ihrer Schwester und ist dann mit wenigen Schritten bei ihm, beugt sich schon zu schneller Hilfeleistung hinab, als sie bemerkt, daß er sie bemerkt: da hält sie in der Bewegung inne, weicht langsam zurück, nicht übertrieben, nur gerade aus seiner Reichweite. Sie kennt dies vor Anstrengung geschwollene Gesicht, die pendelnden Bewegungen des Kopfes, sie kennt diese bläulich verfärbten Lippen und das Aufzucken des Körpers, als ob Stromstöße von nicht nur peinigender, sondern auch belebender Kraft durch ihn hindurchgeschickt würden. Noch einmal ruft sie den Namen ihrer Schwester, leiser, schon wie für alle Fälle, denn zurückweichend erkennt sie in den weit aufgerissenen Augen des Mannes sozusagen einen zweiten Blick, einen Schimmer von Energie und Auflehnung, der ihr erklärt, warum er sich zitternd über den Boden schleppt in gleichbleibender Richtung, ihr nach und auf den Stuhl, der hinter ihr steht.

Überwältigt von der Heimsuchung, ist es ihm dennoch gelungen, einen Rest von Widerstand aufzubieten, und nicht nur dies: auch in die Knie gezwungen, scheint er noch das Ziel zu wissen, das er sich selbst gegeben und wohl auch vermessen hat in ungefährdeten Augenblicken. Sie beobachtet, wie ein genaues Verlangen ihn voranbringt. Sie sieht das treppenartig gestutzte Haar am Rand der künstlichen Schädelplatte.

Du schaffst es, sagte sie plötzlich. Und obwohl sie über ihre Worte erschrickt, wiederholt sie: Du schaffst es bestimmt, Heino. Und langsam zurückweichend, ihn ermutigend und leitend, führt sie ihn an den Stuhl heran, wo er, sein Gesicht an das kalte Leder geschmiegt, erst einmal liegenbleibt, so lange, bis er die nötige Kraft gesammelt hat und sich nun aufstützt und den Oberkörper über die Sitzfläche schiebt bis zur Rückenlehne – alles begleitet von ihrem flüsternden Zuspruch und regelmäßiger Belobigung – und jetzt die Lehne packt und sich hochzieht: eine Drehung, er sitzt aufrecht im Stuhl. Tastend greift er nach den Lederriemen, zieht sie kreuzweis über seinen Schoß, er ertastet, ohne hinzusehen, die automatischen Schnappschlösser, führt sie zusammen und läßt sich durch ein Klicken bestätigen, daß sie sich gefunden und vereinigt haben. Als es ihn hochwirft, so daß die Fessel schon aufs äußerste erprobt wird, sagt Rita: Siehst du! – und in banger Anerkennung: Du hast es geschafft, siehst du! – und auf seinem ausgezehrten, verzogenen Gesicht glaubt sie für eine Sekunde Genugtuung zu erkennen, die aber sogleich weggewischt wird von einem Ausdruck qualvollen Protests.

Die Tabletten, sie holt die winzigen gelben Tabletten, löst sie in Wasser auf, flößt ihm, bei zurückgebogenem Kopf, die trübe Flüssigkeit ein, und läßt ihn noch eine Weile unter der gespannten Fessel aufmucken, ehe sie vorsichtig mit einer Massage des Nackens beginnt. Wenn erst die Starre nachläßt, wenn die Spannung weicht, wird er auch bald das erstaunte Gesicht zeigen mit dem unausbleiblichen Schuldbewußtsein, denkt Rita Süßfeldt und begutachtet die mäßige Verwüstung seines Zimmers. Was da im Sturz hinabgerissen wurde, was da in ungelenker und blockierter Gegenwehr beschädigt oder verändert wurde – sie selbst wird die Spuren beseitigen; denn was du heute geschafft hast, Heino, war beispielhaft, das muß auch Mareth erfahren, sie vor allem.
Wirklich, das hätten wir dir nicht zugetraut. Hinter der Stuhllehne stehend, überblickt sie Hocker, Bücher, Schreibutensilien und die verstreuten Ordner mit den Zeitungsausschnitten, und dort unter dem Regal steckt die Schere in den Dielen, mitten in einem Zeitungsblatt, das an den Boden gespießt ist. Sie zieht die Schere aus dem Holz, hebt das Blatt auf, tritt wieder hinter den Stuhl und liest, während sie mit einer Hand die Massage fortsetzt: Blitzschlag bei Sottje Böhnitz. Also: bei einem unerwarteten, meteorologisch höchst aufschlußreichen Novembergewitter traf ein Blitz das Gestüt Kullenried bei Tremsbüttel, dessen Besitzer, Horst Böhnitz, besser bekannt unter dem Namen »Sottje«, nicht nur einer der erfolgreichsten, sondern auch beliebtesten Springreiter Deutschlands ist. Acht Pferde kamen in den Flammen um, obwohl es der Stallwache und Sottje Böhnitz selbst zunächst gelungen war, alle Tiere ins Freie zu bringen und sie auf einer Koppel zu versammeln. Wie ein Zeuge

erklärte, führte ein Donnerschlag zu einer Panik unter den Tieren, die versuchten, in die Sicherheit des Stalles zu fliehen. Bei dem Versuch, die Tiere aufzuhalten, wurde die Stallwache erheblich, Sottje Böhnitz leicht verletzt. Der Verlust zählt nicht zuletzt deshalb schwer, weil zumindest drei hoffnungsvolle Nachwuchspferde ... außerdem »Nona«, deren Namen noch von manchem Mächtigkeitsspringen ... der Gesamtschaden wird beziffert auf ...

Rita Süßfeldt knüllt das Papier in der Hand zusammen, sucht ein Tasche, findet aber keine und steckt sich das gepreßte Zeitungsblatt in den Ausschnitt. Sie spricht ruhig auf den Mann ein. Obwohl sie weiß, womit er zu leben hat und worauf er jederzeit vorbereitet sein muß, spricht sie von der Aussicht, das Leiden erträglich machen zu können durch Vergessen. Du hast bewiesen, daß es geht, sagt sie. Vermutlich wird sie diesen Satz noch oft zu ihm sagen.

Soweit es die Fesseln erlauben, benutzt er die Handkanten, um die versteiften Oberschenkel zu bearbeiten, den Krampf fortzuhämmern, die Fühllosigkeit zu beenden. Er könnte noch verläßlicher bürgen für sich, wenn er nicht im kritischen Moment von der Hüfte abwärts nahezu gelähmt wäre. Ja, Heino, ja, ich weiß. Wie regsam das Spiel seiner Finger, seiner Hände wird und wie sehr er bemüht ist, von seiner Lage abzulenken. Daß sie dann gleich beginnt, die alte Ordnung herzustellen, macht ihn eher verlegen, er möchte es selbst tun, nicht allein deshalb, weil er ja alles verschuldet hat, sondern weil er einiges auch wiederfinden möchte nach dem Aufräumen, aber die Frau sammelt, packt mit so viel heiterer Bereitwilligkeit, daß er den Eindruck hat, sie tue es noch in Anerkennung seiner »Leistung«. Er betrachtet sie bei der Arbeit und wagt sie nicht zu berichtigen, wenn sie eine Ordnung herstellt, die nicht seine ist.

Wo nur Mareth steckt? Sie wollte sich beschweren über den Lärm, den die jungen Leute im Wohnheim der Post machen. Sein Schweigen dauert ihr zu lange, jetzt besonders: Habe ich dir schon gesagt, daß wir uns morgen entscheiden wollen? Ja, morgen wollen wir bestimmen, was vielleicht einer ganzen Generation von ahnungslosen Schülern als Vorbild erscheinen soll: denk dir, Heino.

Mittlerweile aber habe sich ein Übergewicht an Kenntnissen ergeben, vor lauter Möglichkeiten werde die Wahl immer schwieriger. Der Mann nickt, als ob er diese Schwierigkeiten vorausgesehen habe: je tiefer man eindringe in dieses Leben, desto mehr erstaunt man, wie fragwürdig doch das werden kann, was man bewundert. Das habe er schon vorausgesehen, als er den Vorschlag machte. Weniger zu wissen, bestätigt Rita, könnte wohl eine Entscheidung erleichtern, aber da seien so unbekannte Zwischenzeiten, fehlende Gelenke, Verbindungen von Geschehnissen und Jahren, die für sie im Dunkeln liegen.

Was denn zum Beispiel?

Also, was ich noch nicht herausfinden konnte: wann und woraufhin Lucy Beerbaum sich entschloß, in Hamburg zu bleiben; zwar, ihr Großvater stammte von hier, aber sie selbst wurde doch in Athen geboren, dort wuchs sie auf, dort lebten ihre Freunde. Der Mann im Stuhl öffnet die Schnappschlösser, zieht die ledernen Riemen lang, erschöpft, noch unsicher. Er bleibt sitzen, bittet um ein Taschentuch. Warum Lucy Beerbaum nach Hamburg kam und hier blieb? Er könne es ihr sagen, und mehr als dies: der Bruder des Großvaters – du erinnerst dich vielleicht: der Schiffsingenieur – war in Hamburg gestorben und hatte Lucy als Erbin eingesetzt. Da ihre Mutter grundsätzlich zu keinem Begräbnis ging, weil es sie zu sehr mitnahm, und weil sich ihr Vater aus gesundheitlichen Gründen einer Reise nicht gewachsen fühlte, beschloß der Familienrat, Lucy heraufzuschicken; bei dieser Gelegenheit konnte sie denn auch gleich ihr Erbe besichtigen. – Schaffte sie denn die lange Reise in den wenigen Tagen bis zum Begräbnis? – Eben; das verdient wirklich, erwähnt zu werden: wer zu dem Begräbnis eingeladen hatte, war Henry Beerbaum, also der Schiffsingenieur selbst; der hatte ein Gespür, als es soweit war mit ihm, er hatte es für sich glasen gehört sozusagen, und natürlich hatte er bei der frühzeitigen Einladung die lange Reise berücksichtigt. Hat er. Muß er.

Lucy hoffte während der ganzen Fahrt – Orientexpreß, einen Film kennt jeder über diesen Zug –, ihn noch am Leben anzutreffen; das gelang ihr nicht, aber zum Begräbnis kam sie zurecht. Man muß sich vorstellen: von weither kommt eine junge Frau zu dem Begräbnis eines Mannes, den sie nie gesehen, dem sie indes ausschweifend brieflich gedankt hat für Postkarten von überallher. Der Sarg ist schon fest verschraubt, es ist einer dieser nachglühenden Tage im August, mit stillstehender Luft, auf dem Ohlsdorfer Friedhof sind alle Bänke besetzt von ermatteten Besuchern. Lucy sagte, daß sie viel zu warm angezogen war. Am Grab eine übersehbare Trauergemeinde, alte Fahrensleute aus der Maschine haben sich eingefunden, vor allem aber drei verschleierte Frauen, von denen jede für sich den größten Schmerz beansprucht. Sie klagen geläufig, mitunter gelingt ihnen ein dreistimmiges Schluchzen. Betroffen, oder sogar mißtrauisch, sagte Lucy, hätten sie sich nur am Anfang zur Kenntnis genommen, später vereinigte sie der Schmerz so sehr, daß sie sich, da schon niemand sonst dazu bereit schien, gegenseitig stützten. Wie der Tote es sich gewünscht hatte, wurde an seinem Grab das Lied *La Paloma* gesungen, zunächst nur von einem Freund, später fielen alle ein, die drei Frauen kannten sämtliche Strophen. Du kannst dir denken, wie Lucy zumute war nach dieser Erfahrung. Jedenfalls begann sie noch am Abend nach dem Begräbnis, ihr Erbe näher in Augenschein zu nehmen. Sie wohnte in dem Haus, das ihr zugefallen war, ihren Aufenthalt hatte sie auf eine knappe Woche angesetzt. Wie soll ich es dir sagen: bei der Durchsicht seines Nachlasses – das hat sie mir selbst erzählt – entdeckte sie ein Album mit den Fotografien der häßlichsten Frauen und Mädchen, die sich denken lassen, und aus den Briefen und unachtsam geführten Tagebüchern erfuhr sie, daß dies offenbar eine Spezialität von Henry Beerbaum war: man durfte ihn den erklärten Freund der Unansehnlichen nennen. Jede Hasenscharte, jedes Doppelkinn zog ihn sofort an, er sammelte Quell- und Schielaugen, ihn hinderten weder unerhörte Zahnlücken noch ein Kropf, um seine Freundschaft anzubieten. Auch die drei Verschleierten, die Lucy auf einem Lampentisch wiedersah, sollen nach ihren Worten Beispiele eines übellaunigen oder mißgünstigen Gesichtsbildners gewesen sein. Dabei war er selbst so ein hochgewachsener, trockenhäutiger Hamburger, den sie auf jedem Werbeprospekt für die Maschinistenlaufbahn bei der Handelsmarine hätten abbilden können. Warum er es tat? Aus Mitleid; vielleicht aus einem erotischen Gerechtigkeitsgefühl. Die Besucherinnen, die

Lucy in den nächsten Tagen ihr Beileid ausdrückten, erhielten zum Andenken an Henry Zigarettenspitzen, Schuhanzieher, etliche Patentdosenöffner. Je länger Lucy in diesem Haus war, und je tiefer sie sich hineinblätterte in den Nachlaß, desto mehr bedauerte sie, diesen Mann nur von Postkarten her gekannt zu haben. Sie ließ ihm einen Grabstein setzen: *Hier ruht Henry Beerbaum; Ausgleich war sein Grundsatz.*

Aber daß sie in dieser Stadt schließlich blieb, das geschah doch nicht seinetwegen? fragt Rita Süßfeldt. Bestimmt nicht; es ist nicht auszuschließen, daß es mehrere Gründe für sie gegeben hat, die Rückfahrkarte nicht zu benutzen; ein Grund hat aber vermutlich den Ausschlag gegeben. Und der wäre? Wenn du glaubst, Rita, auch das wissen zu müssen: sie war wohl entschlossen, zu fahren, als an einem der letzten Tage der Brief kam von zuhause; man schrieb ihr, daß Victor Gaitanides sein Aufgebot bestellt hatte, und nicht nur dies: sie erfuhr, daß er die Sekretärin heiraten wollte, die für sie beide am Institut in Athen arbeitete, die sie sich zu teilen hatten, gewissermaßen. Von Lucy habe ich es nicht erfahren, das heißt, sie erwähnte es wohl einmal auf so unbeteiligte Weise, in die Ferne sprechend, weißt schon, aber wenn schon nur Vermutung bleibt, hier wird sie sicher recht haben: sie blieb, weil für sie etwas zu Ende gegangen war. Sie richtete das Haus ein nach ihren Wünschen, verschenkte, was ihr entbehrlich schien – und das war viel –, und bewarb sich um eine Stelle am Hamburger Institut, nicht postwendend, sondern erst nach einigen Wochen. Frag mich nicht, ob an ihrem Entschluß vornehmlich Enttäuschung mitwirkte oder verbaute Hoffnung, das wird wohl unentschieden bleiben, und da die Freundschaft zwischen ihnen ja bis zuletzt bestanden hat, ist auch nicht einmal zu beweisen – zu denken schon –, ob Verletztheit oder eine nicht eingestandene Kränkung eine Rolle spielten. Ich habe mich schon über die Dauer der Freundschaft gewundert: mir zumindest kam er nicht vor wie ein ebenbürtiger Partner für Lucy Beerbaum.

Rita richtet sich auf und wendet sich erstaunt nach ihm um, der jetzt entspannt in seinem Stuhl sitzt. Du kanntest ihn? Du kanntest Victor Gaitanides persönlich? Heino nickt gleichmütig; er sei doch mehrmals »da unten« gewesen, und auf der vorletzten Reise habe Lucy ihm etwas mitgegeben für den Kollegen und Gefährten; er, Heino, habe den Umschlag als Nachbar überbracht. Nach solchem Anvertrauen kann Rita Süßfeldt nicht weiterkramen, sie zündet sich eine Zigarette an, angelt sich einen Stuhl und besteht darauf, ihn anzusehen: und nun erzähl mal, du hast ihn also getroffen. Er muß ihre hochgehende Erwartung enttäuschen, einfach weil er diesem Mann und der Begegnung mit ihm nicht die Bedeutung beimißt, die sie voraussetzt; deshalb spricht er weiter, läßt sich in Athen sein, ruft da im Institut für Biologie an und läßt sich mit Professor Gaitanides verbinden, der den Besucher aus Hamburg und Nachbarn von Professor Lucy Beerbaum zögernd in sein Haus einlädt. Nicht anders war es, Rita.

Eine stille, schüchterne Frau öffnete ihm, nahm ihm den Mantel ab, bat ihn herein und ließ ihn zwischen einigen Erfrischungen wählen, da der Professor noch in seinem Arbeitszimmer war – sie sagte: »der Professor« und sprach von ihrem Mann. Soviel Ergebenheit, soviel leisetretende Fürsorge habe er noch nie aus der Nähe beobachtet, sagt Heino Merkel: wie sie das Stuhlkissen glattstrich, bevor er sich setzte, wie sie die Hausjacke herantrug, wie sie mit zufriedener Sorgfalt das Glas polierte, aus dem er trinken sollte – der Besucher konnte es nicht vergessen. Und der Professor? Der vergalt all die huschende Demut mit Korrektheit, mit Aufmerksamkeit. Lucys Umschlag trug er hinüber in sein Arbeitszimmer und legte ihn in eine Schublade; seine Nachfrage genügte der Höflichkeit und bezog sich vor allem auf die äußeren Umstände von Lucys Leben; an Einzelheiten könne er sich nicht mehr erinnern. Obwohl er, Heino, doch der Gast war, will er nur einen Bruchteil der Aufmerksamkeit erfahren haben, die der Professor erfuhr, Victor Gaitanides. Ich schenkte ihm ein Exemplar von ... *und die Arche schwamm doch;* ihm kam der Titel bekannt vor, denk dir! Und Lucy? fragt Rita Süßfeldt, erinnerte er sich nicht in aufschlußreicher Weise an Lucy? Ich glaube, er sah keinen Grund, mir Erinnerungen vorzuzeigen; kann sein, daß er auch Rücksicht nehmen wollte; wie gesagt, er erkundigte sich nur nach Lucys Ergehen. Jedenfalls, mehr als diese Kenntnisse habe ich nicht mitgebracht; daß er als Wissenschaftler einen Ruf hat, kann man ja auch hier erfahren.

Rita Süßfeldt drückt die Zigarette, da sie keinen Aschenbecher entdecken kann, auf der Streichholzschachtel aus, geht brütend zum Fenster, ihr ist Enttäuschung anzusehen. Ein Bursche in glänzendem Lederzeug, mit bemaltem Sturzhelm, besteigt ein schweres Motorrad, tritt den Starthebel durch und wirft mit riesigem Stulpenhandschuh einen Handkuß zu einem erleuchteten Fenster hinauf. Sie hat das Gefühl, daß Heino Merkel sich schon zum zweiten Mal bei ihr bedankt hat, und sie sagt gegen die beschlagene Scheibe: Nicht der Rede wert.

19

Es muß wahr sein! Die Zeitungen behaupten es, die Titelseiten der Illustrierten dokumentieren es, von Litfaßsäulen und Kiosken und versauten Bretterzäunen wird schwarzweißblau verkündet, daß er heute unwiderruflich abtritt, daß er zugunsten von Familie und Privatleben endgültig die Stiefel an den Nagel hängen wird: Charly Gurk, der vorerst unersetzbare Regisseur des Mittelfeldes, der Dirigent und so weiter, er gibt heute seine Abschiedsvorstellung, bei Flutlicht; er wird das letzte Spiel dirigieren, das ihm zu Ehren ausgetragen wird.

Janpeter Heller möchte es nicht mehr, muß es aber immer wieder sehen: dies gedrungene Gesicht mit den hängenden Augenlidern, den auffallenden Ohren, die wie Wirsingkohl an dem nur schütteren Schädel hervorblühen, dem überraschend kleinen, tatsächlich herzförmigen Mund — überall mustert ihn Charly Gurk mit ruhigen, maßnehmenden Augen, und auch hier, im Café »Zur Funkuhr«, entdeckt er ihn sofort auf liegengelassenen Zeitungen und auf dem Plakat, das sie ins Fenster gehängt haben.

Jetzt ist das Café kaum besetzt, nur einige bejahrte Funkregisseure, offenbar ein Teil des Mobiliars, hocken am Nebentisch und bebrüten bei Lütt un' Lütt einen Knüller,

von dem man sprechen wird – und wenn Heller sie richtig versteht, soll es eine Art Schnitzeljagd auf Prominente werden, unter Mithilfe der Hörer selbstverständlich.
Einen so erwünschten Platz hat Heller nicht erwartet: zwischen den luftig angeordneten Buchstaben, die den Namen des Cafés bilden, erkennt er die Zapfsäulen der Tankstelle, und in genauer Verlängerung, auf der anderen Straßenseite, das schräg und damit gut lesbar im Rasen steckende Emailleschild, das auf die Sprechzeiten von Dr. Gerhard Thormählen hinweist, Facharzt für Innere Krankheiten. Noch ist es dunkel hinter den Milchglasscheiben im Parterre, nur die Versicherungsräume darüber sind erleuchtet, und im Neonlicht wird da ein Mann deutlich, der von verlassenen Schreibtischen Hefter absammelt, Ordner, Handbücher.
Diesen Typ von Kellnerin, die sich mit flachem Gesäß von der Glasvitrine abstößt, die mit angelerntem Überdruß auf ihn zuschnürt – steifnackig, weil der aschblonde, gesteckte Turmbau, auf dem gut und gern ein Storchenpaar nisten könnte, es erfordert, und der dann mit frisierter Schnauze haucht: Was soll's sein? –, diesem Typ möchte Heller am liebsten sagen: Bevor ich Sie entdecke, muß ich leider eine Intelligenzprobe mit Ihnen machen.
Er sagt es nicht. Er verbessert nicht einmal ihr Deutsch. Schnaps, sagt er, einen Korn, wenn's geht, aber mit so niederen Marken gibt man sich hier nicht ab, er muß sich schon einen Himbeergeist bestellen, um die Sitzgelegenheit für sich beanspruchen zu können. Und wie die wegtrippelt auf den zu hohen Korkschuhen! Welch ein trauliches, mechanisches Grinsen sie am Tisch der Funkregisseure vorbeiträgt! Wie muß die sich erst bewegen, wenn sie wirklich pinkeln muß, denkt Heller. Was

schreibt die Zeitung? Charly tritt ab, der Mentor, der Motor. Heller liest ein Interview und erfährt, daß der Interviewer, ein Sportredakteur, mit Charly Gurk so gut wie befreundet ist, deshalb wohl darf er auch am Kaffeetisch sitzen und zwei Finger in die Häkeldecke hängen. Eingekastelt in dem Interview veröffentlicht die Zeitung ein Telegramm des ortsansässigen Theologen Hanker-Schmühling, in dem Charly Gurk die beispielsetzende Kraft eines Vorbildes für unsere Jugend zugesprochen wird. Sie sind und werden bleiben . . .
Heller erfährt, daß der große Stratege des Mittelfelds in seiner kargen Freizeit vor allem mit seinen beiden Söhnen und den drei Töchtern spielt, er kann stundenlang Auto fahren, ohne erschöpft zu sein, außer dem ebenerdigen Bungalow besitzt er zwei Miethäuser, vier Tankstellen, mehrere Tabakläden, in denen Wettscheine angenommen werden. Sein Lieblingsgetränk ist nach wie vor Milch. Nach seinem erlernten Beruf gefragt, antwortet er: Reisender.
Jetzt sprechen auch die Funkregisseure von Charly Gurk, er wird als erster Prominenter für eine Schnitzeljagd durch Hamburg ausersehen, Hörer sollen ihn nach seinen typischen Kennzeichen vergnügt durch die Stadt hetzen, über Anzahl und Höhe der Preise ist man sich noch nicht einig. Ist es so weit? Es scheint höchste Zeit zu sein, denn einer von ihnen stellt überstürzt das hoch angebrachte Fernsehgerät ein, man rückt die Stühle zurecht, ruft nach Edith – also heißt sie Edith – und bestellt vorsorglich eine neue Lage, und dann erscheint auf dem Bildschirm, was nur zwei Straßen weiter geschieht: Charly Gurks Abschiedsvorstellung.
Heller beobachtet eine schwammige, säbelbeinige Frau

im Fischgrätenmantel, die wackelnd den Vorgarten durchquert und im Gehen ein Schlüsseletui aus der Tasche zieht und sich das Haus öffnet. Gleich darauf springen hinter den Milchglasscheiben zuckend die Neonlichter auf. Aus den Bewegungen ihres Schattens schließt er auf ihre Tätigkeit. Ein alter Mann mit einem willenlosen Kind an der Hand mustert gleich ihm die Praxisräume — Patienten offenbar, die sich verfrüht haben.

Auf dem Bildschirm wird eine Ehrung für Charly vorgeführt, bei der Kuhglocken, Sirenen, Knarren wie tobsüchtig einfallen und den Reporter entbehrlich machen; der gibt aber nicht auf und liefert einen verstümmelten, mißverständlichen Kommentar zu der Zeremonie auf dem Rasen, bei der Charly von schwarzgekleideten Herren mehrere Würden angetragen werden: Ehrenspielführer auf Lebenszeit, beispielsweise, und Ratgeber des Außenministers des deutschen Fußballbundes, wenn das mal stimmt.

Die Kellnerin setzt ihm blicklos das Glas hin, balanciert ihren Haarturm zu den Funkregisseuren hinüber und läßt sich von einem von ihnen, der ihr die Bestellung wiederholt, einen Arm auf den übertrieben herausspringenden Hüftknochen legen.

Warum denn nun wirklich nicht er, denkt Heller, warum machen wir nicht einen wie ihn zum Vorbild, da ein Theologe ihm das schon bescheinigt hat? Warum sträube ich mich, Charly Gurk überhaupt in Erwägung zu ziehen? Gerade wird ihm ein eigens für ihn gestifteter Fairneß-Pokal überreicht: steckt hier nicht ein taufrisches Thema fürs Lesebuch?

Da verschwindet, raumgreifend über den großen Onkel latschend, eine hochgewachsene Rothaarige in dem Haus gegenüber, auch sie öffnet die Tür mit einem Schlüssel und erscheint nach einer Weile hinter der Milchglasscheibe.

Ein Brausen kommt auf, ein stetiger dunkler Laut der Bedrohung, schwellend, aus fernen Lungen: der Anpfiff ist erfolgt, und Charly beweist sogleich seinen Wert durch einen seiner leicht angeschnittenen Musterpässe über vierzig Meter, die er nun ab morgen, zugunsten seiner Familie, nicht mehr dreschen wird. So möchte jeder diesen Ball getreten haben; und prasselnd nähert sie sich, die Flut der Begeisterung, richtet sich steil in Erwartung auf, ebbt ab, wenn der Ball im Aus landet. Vermutlich eignet er sich deshalb nicht als Lesebuch-Vorbild, denkt Heller, weil da kaum etwas in problematischem Sinne offen ist, kaum etwas Widerspruch zeigt, der für das Allgemeine verbindlich ist. Was an seinem Leben deutlich gemacht werden kann, sind doch nur Als-ob-Probleme, meine ich, da läßt sich kein Ernstfall finden.

Das müssen sie sein, in dem schweren, dunklen Zweisitzer, der sich rumpelnd den Bordstein hinaufdrückt und auf dem Bürgersteig parkt, zwischen zwei Bäumen mit abgestoßener Borke, und über den Rand seines Glases hinweg sieht Heller zuerst Charlotte auftauchen, mit geläufiger Hüftdrehung, und dann ihn, den gutgelaunten Athleten, der ein zweites Mal in das niedrige Innere tauchen muß, um ein flaches, metallgefaßtes Köfferchen herauszuheben. Beide hängen den Blick an die erleuchteten Milchglasfenster, gehen schlenkernd durch den Vorgarten, plaudern, natürlich läßt sie ihn aufschließen, und sie ist es auch, die ihn bittet, die Tür geöffnet zu halten für den alten Mann und das Kind, die die ersten sein wollen.

Heller winkt die Kellnerin heran, bestellt ein Stück Käsekuchen, es wird ihm lustlos hingeschoben.
Das ist die Stimme des Zorns, das ist die Stimme der Wut und Enttäuschung, die beim ersten Bissen aus dem Apparat zu ihm dringt, denn sie haben das Idol gelegt, irgend jemand hat »sein Bein stehen lassen«, und darüber stürzt Charly Gurk, wie jeder gestürzt wäre, und kommt nun auch nach einer doppelten Rolle auf dem matschigen Rasen nicht hoch. Die Funkregisseure erläutern sich gegenseitig, was sie gesehen haben, Empörung läßt sie zum Glas greifen, und einer von ihnen blickt Heller mißtrauisch an, fast strafend – vermutlich, weil es ihm in solch einer Sekunde gelingt, die Kuchengabel zum Mund zu führen. Wird Charly Gurk nun seinerseits bei Gelegenheit »ein Bein stehen lassen«, fragt sich Heller und verlängert diesen Einfall im Hinblick auf das Porträt eines Vorbilds; verwirft ihn aber sogleich wegen milieubedingter Dürftigkeit. Er möchte zahlen, und da der Preis ihm nicht genannt, sondern mit ersterbender Stimme hingehaucht wird, knallt er nicht ohne Genugtuung seine Markstücke auf den Tisch und zählt mit, so laut und so deutlich es ihm gegeben ist, greift dann am aschblonden Turmbau vorbei nach seinem Mantel, streicht das gesamte Wechselgeld ein und steppt grußlos in die Drehtür.
Wer so die Steinstufen hinabspringt, wer so mutwillig im Vorbeigehen einen fremden Tankwart grüßt, wer so wie er eine glitschige, verschmierte Rothenbaumchaussee überquert, der gibt doch wohl zu, daß er entweder etwas hinter sich oder etwas vor sich hat, das diese aufgeräumte Art der Fortbewegung rechtfertigt. In offenem Mantel setzt Heller mit einem Scherenschlag über die niedrige Gartenpforte, der Gummistoff zischt auf unter der hefti-

gen Bewegung. Ein kleiner Sandsack hält jetzt die Außentür geöffnet; dort, dem Pfeil nach, geht's zur Praxis, hier ist die Klingel. Einer in seiner Lage muß natürlich mehrmals klingeln, und als der Summer ertönt, tritt er auch nicht gerade mit der Zaghaftigkeit eines Leidenden ein, vielmehr dringlich, erwartet, als habe er angenehme Telegramme abzuliefern.

Auf diesem Kommandostand also, von Karteikästen umgeben, den Korridor beherrschend und Wächterin über die hohen, gelackten Türen, die von ihm abgehen, sitzt in weißem Kittel Charlotte, schwingt da in einem Drehstuhl herum und prüft gerade Krankenscheine. An den Wänden bestätigen sich die Liebenden von Witebsk als Fußgänger der Luft, wie Chagall es ihnen Grün auf Blau bewiesen hat; daneben hat sich Buffets Tristesse einige Plätze erobert. Ja, gleich die erste Tür, sagt Charlotte und schwingt herum und sieht Heller an – so entgeistert, als sei er mit dem eigenen Kopf unterm Arm hereingekommen.

Das kann doch nicht sein – du? – Wie du siehst. Entgeisterung wird abgelöst von Befremden, dann von stockendem Vorwurf: Warum kommst du hierher? Warum tust du mir das an? Wir waren doch heute abend verabredet. Heller bedauert. Heller geht achselzuckend über alle Einwände, Bitten und skeptische Nachfragen hinweg, denn er hat das Gefühl, nicht zuletzt wegen seiner sitzenden Beschäftigung, daß mal eine gründliche Untersuchung bei ihm fällig sei. Charlotte glaubt ihm nicht, sie spricht hastig und übelnehmend, sie verdächtigt ihn, daß er nur gekommen sei, um sie bloßzustellen, um etwas anzurichten. Sie muß die Tonlage wechseln, um neue Patienten zu begrüßen und einzuweisen, dann, wieder mit Heller

allein: Erspar uns das doch, und wenn es schon sein muß: such dir einen andern Arzt, Janpeter.
Heller fühlt sich als Privatpatient, er besteht auf freier Wahl, und da man ihm die Tüchtigkeit von Dr. Thormählen bestätigt hat, möchte er sie sich selbst zugute kommen lassen. Also sei lieb, Charlotte, und nimm mich in deine Kartei auf. – Du weißt, was zwischen uns ausgemacht ist, sagt Charlotte, ich meine: zwischen Gerhard und mir. – Deswegen, sagt Heller, genau deswegen erwarte ich eine besonders teilnahmsvolle Untersuchung.
Sie schließt die Augen, lehnt sich zurück, ihre Lippen zittern, dann fischt sie eine grüne Karteikarte heraus und beginnt sie auszufüllen, schwerfällig zwar, doch ohne ein einziges Mal zu stocken bei den Angaben zur Person, während er, den Körper verzogen, in ironischer Bewunderung mitliest und nickt und jede Eintragung wie ein Zugeständnis an sich selbst aufnimmt: Sieh an, was du noch alles weißt. Den Zierfalter fixierend, der ihr gesammeltes Haar im Nacken bindet, gibt Heller gewissermaßen seiner Hoffnung Ausdruck, daß ihr derzeitiger Mann bei ihrem zukünftigen Mann das Interesse finden wird, das ihm zukommt. Nicht Charlotte, aber Heller selbst spürt bei diesen Worten, daß seine demonstrierte Überlegenheit verkrampft wirkt, und auch die Verbeugung erscheint überanstrengt, mit der er sich für die Aufforderung bedankt, im Wartezimmer nicht zu rauchen. Geht's hier ins Wartezimmer für Privatpatienten? Hier gibt es keine Unterschiede, sagt Charlotte ausdruckslos, wir haben nur ein Wartezimmer. Noch bevor er die Tür schließt, sieht er, wie Charlotte vom Drehstuhl gleitet und den Telefonhörer hochreißt, und er lächelt bei der Vorstellung, daß sie jetzt warnt, alarmiert, oder ein be-

sonderes Verhalten vereinbart: Achtung, ein Wolf ist da, wir dürfen nicht, wir müssen nun ...

Heller führt sich mit etwas zu lautem Gruß im Wartezimmer ein, was einige ältere Patienten – es sind mehr, als er erwartet hätte, unter anderem zwei müde Rentner – auffahren und ihre Lektüre unterbrechen läßt, medizinische Fachblätter zumeist, aber auch zerfledderte Exemplare des *Grundeigentümers* – demnach wird er wohl Grundeigentümer sein. Er hat sich noch nicht einmal für einen freien Platz entschieden, da duckt sich in seinem Rücken ein Junge zum Sprung – schmaläugig, schnaufend, im weinroten Pullover wie er selbst –, schnellt hoch und schmettert ihm eine dreckige Faust zwischen die Schulterblätter, so überraschend, daß Heller aufstöhnt, herumfährt und seine Fäuste instinktiv zur Boxauslage hebt, doch er senkt sie schon wieder und lächelt säuerlich, da der Junge zurückweicht zu einer schmächtigen, sehr jungen Frau, sich robust zwischen ihre Schenkel drängt und den Kopf auf ihre Brust legt, als wollte er ihre Herztöne abhorchen. Aus einem Auge pliert der Junge ihn feindselig an, die Frau hebt ihm eine schmale, zerkratzte Hand entgegen, drückt Hilflosigkeit aus und eine Bitte um Entschuldigung.

Heller müßte nicht Heller sein, wenn er sich jetzt nicht neben sie setzte, ihr beschwichtigend zunickte, wenn er nicht dem Jungen eine Hand auf die Schulter legte: gut gelungen, dieser Überraschungsangriff. Die sehr junge Frau, deren Pullover übersät ist von Katzenhaaren, zeigt auf eine Geranie, die geknickt ist, und mit einer Kopfbewegung deutet sie zu einem Brettspiel hinüber, auf dem alle Figuren schön hingestreckt liegen wie nach einem Volltreffer: die bisherige Bilanz des Wartens. Und Heller,

wegwerfend: das sei doch nichts, das lasse sich alles reparieren, wenn man nicht nur halbherzig für eine freie Erziehung sei, dann müsse man auch bereit sein zu Verlusten. Meint er. Und landet einen gutmütigen Rippenstoß bei dem Jungen, der, von Polypen beengt, gleichmäßig quäkende Töne von sich gibt.
Herr Heller? Er steht zögernd auf, er kann nicht glauben, daß er, der als letzter eintrat, schon als nächster dran sein soll, doch die Frau mit den Säbelbeinen winkt ihm, nein, nicht ins Sprechzimmer, sondern in einen gegenüberliegenden Raum, ins Labor, wie sie sagt, und weil er voraussetzt, daß Charlotte sie mit entsprechenden Kenntnissen geimpft hat, sucht er nun nach bestätigenden Zeichen im Verhalten dieser Frau, die ihn sanft am Ärmel faßt und ebenso sanft mit sich zieht. Sie drückt ihn weich auf einen Stuhl; dort auf dem Tisch, vor den Reagenzgläsern und Fläschchen liegt seine Karteikarte.
Wie still, wie träge sie sich neben ihn setzt, ihm wortlos Blut aus dem Ohrläppchen abzapft und dann einige Kubikzentimeter aus der Vene zieht. Heller hat den Eindruck, daß sie sich in eine Pflanze verwandelt, die ihm mit zartem Saugen das Blut entnimmt, so unmerklich, so schmerzlos holt sie es sich bei ihm. Was kann er sagen? Und wenn Sie mich leerpumpten — bei Ihnen würde ich es nicht spüren.
Die Frau zuckt die Achseln, tritt an den Tisch, sagt mit abgewandtem Gesicht: Sie könnten hinterher wohl kaum Ihren Geschäften nachgehen, Herr Heller. Dann hält sie ihm mit sehr ruhiger Hand ein Fläschchen entgegen: wenn ich Sie jetzt noch um eine Urinprobe bitten dürfte, wenn's geht — die Toilette ist gleich neben der Garderobe hier. Heller begutachtet den Flaschenhals, verharrt un-

schlüssig und wartet auf eine zweite Aufforderung der Frau, einfach deshalb, weil er ihr zeigen möchte, wie frohgemut er zur Mitarbeit bereit ist und mit welcher Überlegenheit er auch diese Forderung des Untersuchungsrituals erfüllen werde, aber die Frau vermeidet es, seinen Blick aufzufangen.

Während er versucht, in den Flaschenhals zu pinkeln, sieht er sich selbst krumm und andächtig dastehen, schräg niederspähend, allen Drang versammelnd und besorgt, daß er beim stoßweisen Heraustreten des Urins nicht ins Innere der Flasche treffen wird; er stellt sich vor, welch einen Eindruck er auf sich selbst machen müßte aus mittlerer Entfernung, in diesem Zustand ergebener und gewiß auch flehender Erwartung, drucksend, mit Kälberblick, und er muß lachen und die Flasche absetzen. Beim nächsten Versuch zieht er zunächst die stimulierende Spülung, diesmal ist er erfolgreich, und mit pedantischem Triumph trägt er das nun warme Fläschchen zu der Frau ins Labor.

Die hat auch jetzt kein Wort für ihn, klebt nur einen Papierzettel auf das Fläschchen, nimmt ihn abermals am Ärmel und zieht ihn über einen Gang in einen fensterlosen Raum, in dem ihn unter fettglänzendem, rotem Haar der breiteste Mund anlächelt, den er je gesehen hat. Unter Nennung seines Namens wird er übergeben, weitergereicht, die Frau aus dem Labor wünscht ihm einen guten Tag und alles Gute, und dann ist er allein mit der hochgewachsenen Gehilfin, im Licht einer Stehlampe. Was jetzt?

Und nun, Herr Heller, wollen wir mal ein ganz schnuckeliges – sie sagt schnuckeliges – EKG machen, mit dem wir alle zufrieden sein können. Ihre zu lang geratenen, fuchtelnden Glieder, ihre hinstürzende Art der Bewegungen, die hohe, erbarmungslos fröhliche Stimme, in der sich die ewige Kindergärtnerin äußert, und nicht zuletzt ihre Erscheinung – alles das könnte einen unvorbereiteten Patienten verstummen oder vielleicht sogar skeptisch werden lassen. Nicht Heller; der zieht sich aus, wie man es von ihm verlangt, der streift die Sachen ab und macht vergnügt, während die Riesin mitzählt, die vorgeschriebenen zehn Kniebeugen, ehe er sich auf dem kühlen Lager ausstreckt, spreizbeinig. Stecker finden klickend in passenden Dosen Kontakt. Mehrfarbige Drähte werden entwirrt und zurechtgeschlungen, Kontaktscheiben schmiegen sich an seine Haut, und im Aufnahmegerät wartet das Millimeterpapier, das wirre Stenogramm des Herzens festzuhalten. Die Riesin setzt sich auf die Kante des Lagers, betrachtet ihn zufrieden – Heller denkt: wie eine Beute, die sie mit Drähten gefesselt hat –, und er stellt sich vor, daß sie ihn gleich mit gelenkten Stromstößen auf handliche Größe einschmelzen und in ihrer Markttasche nach Hause tragen wird.

Also, sagt sie, nun wollen wir mal sehen, welche Unarten das Herz so mitzuteilen hat. Heller starrt auf das Gerät, in dem schwarze Walzen rotieren, spinnenbeinige Zeiger zuckend zu schreiben beginnen, und das nun ein wallendes, breites Papierband aus sich herauspreßt wie etwas Verdautes. Sehen Sie, sagt die Riesin, da kommt es schon, und Heller: ein Unterhaltungsroman, schätze ich, mehr nicht. Immerhin, zwei Leser sind Ihnen sicher, sagt die Riesin, stöpselt die Drähte um und verfolgt für einen Augenblick die Spur des schreibenden Zeigers, der nur gleichmäßig und nicht sehr temperamentvoll ausschlägt. Die chiffrierte Botschaft findet ihr Wohlgefallen, und als ob das Resultat nicht nur Heller, sondern auch sie selbst betreffe, sagt sie: Das ist brav, so wünschen wir uns das. Heller darf aufstehen und sich anziehen; er möchte wissen, welche Einzelheiten sie denn nun erfahren habe — man kann ja nie genug über sich selbst wissen —, die Riesin schüttelt den Kopf: sie will und darf nichts sagen, der allgemeine Befund werde ihm schon mitgeteilt werden, gleich, von Herrn Doktor persönlich. Ob er mal folgen wolle?

Zurück zum Labor, an einer Veranda vorbei, und vor einer nur angelehnten Tür verabschiedet sich die Frau mit Handschlag und lächelt ihm aufmunternd zu. Heller drückt die Tür auf und tritt in einen besonderen Warteraum. Ihre Jacken auf den Knien, den linken Arm bis zu gleicher Höhe entblößt, sehen ihm die beiden Rentner von der Fensterbank entgegen: ihr langsamer Gruß wirkt einstudiert. Feixend machen sie Heller darauf aufmerksam, daß sie in der Armbeuge Wattebäusche auf eine winzige Injektionswunde pressen. Ihr leidet wohl an derselben Krankheit? Als nächster ist Heller dran.

Die harte, trockene Hand eines Ruderers oder eines Reckturners umspannt die seine und zieht ihn ins Sprechzimmer und öffnet sich erst vor dem Schreibtisch, auf dem, strahlenförmig angeordnet, von einer Unterlage beklemmt, schätzungsweise siebenhundert rechteckige Zettel den Benutzer an Pflichten, Termine, Daten erinnern.

Guten Tag, Herr Heller, ich begrüße es, daß wir uns einmal kennenlernen, Charlotte hat mir schon so manches, wie Sie sich denken können ... Guten Tag. Pause. Stumme Kenntnisnahme. Erstes Beäugen aus der Nähe. Bewertung des gegenseitigen Erscheinungsbildes: in einem nächsten Film über Sauerbruch könnte der ohne weiteres

die Rolle des zweiten Assistenten, ohne Dialog freilich ... vermutlich soll der Bart nicht nur das fliehende Kinn tarnen, sondern auch Ausdruck eines überlegten Protests sein. Dies also ist er. So also sieht mein Vorgänger aus.
Um es Ihnen gleich zu sagen, Herr Heller: ich wußte selbstverständlich, daß Sie in der Stadt sind, Charlotte hat mir erzählt, daß Sie an einem Pädagogen-Kongreß teilnehmen. Und Heller, überlegen, mit dem Daumen über die Lippen gleitend: Charlotte fällt immer etwas ein, und ihre Berichte sind immer eine Nummer zu groß – kein Pädagogen-Kongreß, nur eine bescheidene Lesebuch-Konferenz, zu dritt. – Ach so. – Ja. Wenn Sie bei Charlotte eine Nummer abziehen – dies nur vorsichtshalber –, dann treffen Sie das tatsächliche Maß.
Der lange, gestärkte Arztkittel, der die Taille betont und Thormählen noch schlanker erscheinen läßt, als er ist, wächst jetzt raschelnd hinter dem Schreibtisch auf, gleich wird er wohl eine Erklärung abgeben, eine – damit wir uns verstehen, Herr Heller – grundsätzliche Feststellung machen, aber sie bleibt aus, da der junge Pädagoge mehr leutselig als listig zu bedenken gibt, daß, was den Umgang mit seiner Frau angehe, noch einiges von ihm zu lernen sei, er habe immerhin Erfahrungen häufen können. Damit wir uns verstehen, Herr Heller, sagt der Arzt, ich hoffe nicht, daß Sie in meine Sprechstunde gekommen sind, um mit mir über Charlotte zu sprechen. Heller schmunzelt, legt sich zurück und bringt einen Ausdruck von Vertraulichkeit auf sein Gesicht, der den Arzt zu reizen scheint. Er weiß, daß es eine erpresserische Bemerkung ist, und er macht sie dennoch: Einstweilen, sagt er, ist Charlotte noch meine Frau. – Das ist mir nicht unbekannt, Herr Heller; trotzdem sehe ich keinen Grund, mit

Ihnen über dies Thema zu sprechen, weder heute noch sonst irgendwann. Und da Sie es schon für notwendig halten, mich an die Existenz Ihrer Ehe zu erinnern: ich verzichte darauf, Sie an die Art dieser Ehe zu erinnern, die Sie seit einigen Jahren führen. Falls Sie Wert darauf legen, als Patient behandelt zu werden ... Aber sicher, sagt Heller, unterbrechend, deswegen bin ich doch hier, und so gut es ihm gelingt, stellt er schicksalhafte Ergebenheit zur Schau und die Bereitschaft, am Befund mitzuarbeiten. Darf ich Sie dann bitten, den Oberkörper freizumachen? – Nur den Oberkörper? – Es genügt uns. Während Heller sich genüßlich auspellt, entdeckt er auf dem Schreibtisch seine Karteikarte und, angeheftet, einen gelben und einen weißen Zettel sowie einen luftigen Pakken Millimeterpapier. Der Arzt liest, und Heller bringt seine runden Schultern zum Vorschein, eine unbehaarte, eher weiche als muskulöse Brustpartie, eine von Streifen und landkartenähnlichen Flecken gemusterte Haut, und da ihm Nacktheit noch nie als Zustand vorgekommen ist, der das Hinfällige oder sogar Erbarmungswürdige automatisch preisgibt, erwartet er den Arzt in breitbeiniger Stellung, unerschütterlich, siegesgewiß.

Doktor Thormählen überhört zweimal das Läuten des Telefons, dann greift er lesend zum Hörer, meldet sich mit abwesender Stimme, hebt langsam das Gesicht, streift Heller mit einem Blick, der sich langsam zusammenzieht und auf eine Fotografie gerichtet bleibt, die das Porträt eines alten Arztes zeigt. Er läßt den Telefonhörer sinken, obwohl der Partner weiterspricht – ein Bild, das Heller aus mehreren Filmen in Erinnerung hat und das, wenn nicht äußerste Erschütterung, so doch Erregtheit vorführt, die keiner Sprache mehr fähig ist. In Zeitlupe

führt er den Hörer dem Apparat zu, hängt ein, schüttelt den Kopf, legt sich gespreizte Finger auf die Augen. Dann tastet er nach dem Griff einer Schublade und zieht sie auf. Dann hebt er eine Zigarettenpackung auf den Tisch und steckt sich eine Zigarette so überhastet und stümperhaft an, daß er den Gelegenheitsraucher zu erkennen gibt. Dann starrt er rauchend das Telefon an, steif in den Schultern, als wolle er so sitzen bleiben.
Heller möchte darauf hinweisen, daß er nicht nur anwesend ist, sondern mit nacktem Oberkörper wartend dasteht, und fragt: Schlechte Nachrichten? — und gleich darauf noch einmal: Ist etwas schiefgelaufen?
Thormählen nickt, es genügt ihm nicht, die Zigarette auszudrücken, er preßt sie zusammen, bis sie platzt, und zerbricht sie. Entschuldigen Sie, Herr Heller, das war nicht vorgesehen. — Etwas kann immer schieflaufen, sagt Heller beziehungsvoll, und der Arzt darauf, den Blutdruckmesser aus der Schublade ziehend: Wir wissen immer noch zu wenig, und wenn wir das einmal vergessen, werden wir gleich drastisch daran erinnert.
Er bittet sachlich um Hellers ausgestreckten Arm, schlägt um den Ellenbogen eine graugrüne Leinwand und befestigt sie. Hoffentlich kein privates Unglück? — Wie man's nimmt, das Krankenhaus hat mich vom Tod eines Patienten benachrichtigt. Der Arzt pumpt Luft in das Leinwandkissen, der Druck auf Hellers Arm wächst, eine kühle Klammer. Na, sagt Heller, es besteht ja heutzutage und hierzulande keine Pflicht, für jeden gestorbenen Patienten eine rote Laterne vor die Praxis zu hängen, und er merkt zu spät, daß dieser Satz unter Wert war, daß er sich ihn hätte verkneifen sollen. Thormählen hat ihn nicht verstanden, und wenn er ihn verstanden hat,

dann gibt er es nicht zu; vielleicht will er Heller durch die notorische Sachlichkeit seines Betragens von Anfang an zu verstehen geben, daß dieses Zimmer nur einem Zweck dient.

Er pumpt das Kissen prall auf, der Druck der Klammer verstärkt sich, jetzt glaubt Heller seinen eigenen Pulsschlag über Hall zu hören, ein kleiner mechanischer Gong in den Verliesen seines Körpers.

Wie sie sich anstellte, denkt Heller, was sie alles unternahm, um sich für jede Krankheit zumindest zwei Diagnosen geben zu lassen, einfach weil sie davon ausging, daß jeder Arzt sich einmal irren und ganz besonders in ihrer Familie irren könnte; so sehr brauchte sie diese doppelte Sicherheit, und er sagt: Charlotte, so wie ich sie kenne, würde sich nie mit einer einzigen Diagnose zufriedengeben.

Ihr Blutdruck ist normal, sagt Thormählen, und nun möchte ich Sie bitten, tief ein- und auszuatmen, mit offenem Mund. – Es ist nämlich so, sagt Heller, wenn man Charlotte zwei Möglichkeiten vorstellt, sie wird in jedem Fall die schlimmere für wahrscheinlich halten und sich auf sie einrichten. – Sie vergessen das Atmen, Herr Heller. Das Stethoskop wandert über den schlaffen Rücken, belauscht Hellers innere Signale, scheint auf einmal Nebengeräusche zu entdecken, da es sich auffällig oft unter dem linken Schulterblatt festsetzt. Merkwürdig, daß sich Erfahrungen nicht verschenken, vererben lassen; als ob jeder darauf besteht, sich nichts zu ersparen: meinen Sie nicht auch, Herr Doktor? – Strecken Sie einmal die Arme aus und atmen Sie regelmäßig, so ist es gut. Hat sich das Metall auf seinem Rücken festgesaugt? Sehen Sie, was Charlotte angeht, so habe ich einen reellen Vorsprung an Erfahrungen, und ich könnte nicht nur, ich bin auch bereit, gratis davon abzugeben.

Es ist wohl nichts, Herr Heller, sagt der Arzt, trotzdem sollten Sie eine Kontrollaufnahme machen lassen, eine Röntgenaufnahme; ich werde Ihnen die Adresse eines Kollegen aufschreiben. – Wenn man Sie sprechen hört, sagt Heller, oder genauer, wenn man Sie schweigen hört, dann möchte man Charlottes Einfluß annehmen: bereits heute weiß Stefanie, auf welche Fragen man grundsätzlich nicht antwortet. – Sie können sich jetzt anziehen, Herr Heller. Thormählen kehrt zum Schreibtisch zurück, vertraut mit großzügiger Schrift einem Zettel eine Nachricht an und schiebt den Zettel halb unter die Schreibunterlage, während Heller sich den Pullover über den Kopf streift, verkniffen und faunisch lächelnd. Nehmen Sie Platz.

Also Eröffnung, Sichtung der erbeuteten Ergebnisse, Zusammenfassung, aber vorher und zunächst, nach geschwindem Überschlag, eine allgemeine Beschwichtigung: im großen und ganzen, dies mal vorweg, kann der Herr Heller beruhigt werden. Der ist weder überrascht noch erleichtert, der hat das immer von sich angenommen, und der sitzt wohl nur hier, um endlich zu dem Thema zu kommen, das ihn interessiert. Aber der Arzt gibt ihm keine Gelegenheit und verpflichtet ihn zum Zuhören, indem er ihm die frisch gewonnenen Einsichten über Heller anbietet und Gründe dafür nennt, warum beide, Arzt und Patient, beruhigt sein können. Wie sorgsam der seine Worte entläßt, denkt Heller, der läßt den ganzen Befund auf epische Weise in einen hineinschneien, stetig, unbeirrt, und jetzt, da Heller etwas sagen will, folgt eine Ermahnung, wiederholt er die Bitte um eine Kontrollaufnahme, nicht mehr vom Schreibtisch aus, sondern schon unterwegs zur Tür, so daß Heller wie von selbst aufstehen und sich ebenfalls in Richtung zur Tür bewegt. Einen Haken allerdings wirft er noch aus, im Rücken des Arztes: Da Sie schon so zufrieden mit mir sind, Herr Doktor, werden Sie mir wohl auch meine Ehetauglichkeit bescheinigen, oder?

Thormählen dreht sich um, mustert ihn mit einem Ausdruck, den man für Bedauern halten könnte, dann neben der offenen Tür: Selbstverständlich werden Sie den Befund auch schriftlich erhalten. Auf diesen Abschluß ist Heller nicht vorbereitet, er hat ein Gefühl, als ob sich Pfeifensaft in seinem Mund ausbreitet, bitter, stringierend, und er übersieht die Hand, die ihm keineswegs deutlich, eher wie für alle Fälle hingehalten wird, und er winkelt den Oberkörper zu einem Gruß, der ihn im gleichen Augenblick an den Grußabtausch zweier Männer erinnert, »einander in höherer Stellung vermutend«.

So abrupt, so unerwartet gelangt er auf den Korridor, daß er eine Weile kein Wort für Charlotte findet, die ihm auf ihrer Kommandobrücke blinde Beschäftigung vormacht über Karteikästen und einer versenkbaren Schreibmaschine. Den Mantel, er sollte erst einmal seinen Mantel aus dem Wartezimmer holen, das nun keinen unbesetzten Stuhl mehr bietet; alle sehen ihn dringend an, forschend, möchten wohl aus seinem Gesicht Hoffnung für ihre eigenen Leiden herauslesen.

Siehst du, Charlotte, so schmerzlos ging alles, sagt Heller, nun hab ich zumindest meine Sicherheit. Anders als bei seinem Eintritt kommt er sich kleiner, unterlegener vor, sie hingegen scheint noch unerreichbarer geworden zu sein auf ihrer Kommandobrücke, und im Schutz, in der Sicherheit dieses Möbels, kann sie es sich ohne weiteres

leisten, eine Antwort geradezu unerträglich hinauszuzögern.
Du siehst aber gar nicht zufrieden aus, sagt sie nach schnellem Aufblicken. – Ich? Man hat mich in jeder Weise beruhigt, ich bin topfit, ein schriftlicher Befund wird mir noch zugeschickt, man kann mir gewissermaßen gratulieren. Um den Abstand zu verringern, tritt er nah an das erhöhte, kastenförmige Pult heran, verfolgt belustigt Charlottes besessene Tätigkeit, hinter der sie sich zu verschanzen versucht, wirft den Kopf hin und her wie ein Zuschauer beim Tennis. Du machst mich nervös, sagt Charlotte, merkst du es nicht, und Heller, unschuldige Anerkennung mimend: Ich? Ich bewundere doch nur die Hirnzelle bei der Arbeit, das mechanische Hirn, wenn ich so sagen darf. – Tu doch nicht so überlegen, Janpeter, ich weiß, was du von meiner Arbeit hältst. Ist es denn nicht genug, daß du hierher gekommen bist? Daß du hier einbrachst, um mich bloßzustellen? Sie verabschiedet einen alten Mann in familiärem Tonfall und wünscht ihm gute Besserung. Hör zu, sagt Heller, ich möchte dir einen Vorschlag machen: steck die Karteikarten weg, zieh den Mantel an und komm mit. Komm mit, Charlotte. Die Frau hebt ohne Überraschung das Gesicht, sieht ihn abschätzig an, mit trauriger Verwunderung, gerade als habe sie, wenn nicht mit diesem, so doch mit einem ähnlichen Vorschlag gerechnet, mit einem Angebot, das – und sie spürt es – noch nicht galt, als er die Praxis betrat.
Wozu, fragt sie leise. Um wieder einmal zu reden, nichts als zu reden? Und die Arbeit hier? Jeder kann sie übernehmen, sagt Heller und knöpft seinen Mantel zu. Du glaubst doch nicht, daß du unersetzbar bist? – Nein, aber ich weiß, was ich einstweilen zu tun habe. Heller lauscht

zur Tür des Behandlungszimmers, hinter der stoßweises, fröhliches Meckern hörbar wird, vermutlich ein kitzliger Patient, denkt Heller. Und nun legt er beide Hände auf das uneinnehmbare Möbel und wiederholt seine Aufforderung, und die Frau, über ihre Arbeit gebeugt, schüttelt den Kopf. Und zurücktretend vergewissert er sich, ob es denn wie abgemacht beim späten Abend bleibe, und die Frau, die zunächst nur unentschieden die Schultern hebt, korrigiert sich gleich darauf und bemerkt, daß man sich ja nun getroffen habe, und damit sei es ja wohl getan. Und nicht allzu enttäuscht erkundigt er sich, wann er sie mit Sicherheit zu Hause antreffen könne, und Charlotte scheint sich langwierig zu bedenken, ehe sie die Auskunft gibt, daß es für sie die nächsten Tage keine sicheren Zeiten gebe. Das hat Heller vorausgesehen, aber er wartet immerhin, bis sein Gruß erwidert wird – ich sagte doch »Wiedersehen«, oder? –, schlägt den Kragen hoch und trottet hinaus.

Wer Heller jetzt nachsieht, wer den davongehenden Mann begutachtet, der eher kopfhängerisch als mutwillig die Praxis verläßt und in sich verschlossen fortstrebt, der wäre wohl bereit, das Naheliegende anzunehmen: daß da bei ihm gerade eine unvermutete Krankheit festgestellt, daß ihm strenge Verhaltensmaßregeln mitgegeben wurden. So geht, von hinten betrachtet, ein Beladener, ein Heimgesuchter geht so, einer, dem sie zuviel aufgebuckelt haben. Feuchtigkeit klimmt an seinen Wildlederschuhen hoch – daß einer bei diesem Wetter Wildlederschuhe tragen muß! Sind das Stecknadeln, die eine Bö in seine Wangen treibt, Nadeln, die eine heiße, wütende Massage verrichten, unter der das Blut zu klopfen beginnt?

Zwei Jungen stolpern vorbei, sie tragen ein zur Hälfte

eingerolltes Transparent, das der Wind ihnen abspenstig machen will; hoch über ihren Köpfen bauscht und bläht sich das Tuch, mit dem sie zum nahen Sportplatz hasten; denn Charly Gurk muß erfahren, daß auch die Hamburger Elektrizitätswerke ihn heute grüßen. Heller schüttelt den Kopf, Heller bleibt stehn und horcht in den Wind, der ihn soeben, an einem glitschigen Tag im November, die abgerissene Melodie eines Weihnachtsliedes zugetragen hat, und da ist es wieder ... aaalles schläft, einsam wach ... von Kindern gesungen, offensichtlich vom Kinderchor des Norddeutschen Rundfunks, der in einem leeren Studio probt.
Immer noch gekrümmt, beschleunigt Heller seinen Schritt und wird erst langsam am Mittelweg, dort, wo das Gelände des Rundfunks endet. Über Reste von schwarzem Laub, an blinkenden Pfützen vorbei, sucht er seinen Weg zur Hotel-Pension Klöver, keine Hupe schreckt ihn auf, kein warnendes Lichtsignal eines Autos macht ihn leichtfüßiger in seiner Vermummung. Sogar an dem klotzigen, rechthaberischen Bau der Standortkommandantur treibt er gleichgültig vorbei, an dem düsteren Archiv, das wohl auch seinen Namen auf Abruf bewahrt.
Er irrt sich nicht: die Hotel-Pension Klöver hat auch einen Hintereingang, gemauerte Treppen führen hinab; in dieser schwankenden Dunkelheit hat Heller den Eindruck, die Treppen führten ihn aufs Dach und von dort in den Bauch des Hauses. Hier der genudelte Briefkasten, der schon auszuspeien versucht, was man gewaltsam in ihn hineingestopft hat – Heller nimmt sich das Recht, ihn zu leeren, fischt Zeitungen und Briefe heraus, sieht sie durch und nimmt sie mit zum Empfang.
Da sitzt unter weißer Haube Magda und zählt mit breitem

Finger Quittungen zusammen, sie sitzt auf den Bändern ihrer weißen Schürze, streitet sich mit Zahlen und wird sich gleich wieder verrechnen, wenn die klamme Post klatschend auf den Tisch fällt. Für die Störung fängt Heller einen vorwurfsvollen Blick ein und erhält den Schlüssel mit betonter Achtlosigkeit. Ob Rektor Pundt schon im Haus sei, möchte er wissen. Herr Pundt wollte kommen, ja, er hat sich Tee bestellt, doch bisher ist er noch nicht aufgetaucht, sein Schlüssel hängt hier. Ob sie ihm, Heller, den Pundtschen Tee bringen würde? In den Konferenzraum? Nein, auf mein Zimmer. Wenn Sie sich einen Augenblick gedulden, bring ich den Tee in Ihr Zimmer rauf, sagt Magda und legt die beiden Stapel Quittungen wieder übereinander. Heller steigt zu seinem Zimmer hinauf, schlägt sich aus dem Mantel, wirft mit einem Schleuderstab die Gardinen zu, dann streift er, ohne sich zu bücken, die nassen, ausgelatschten Schuhe ab und wirft sich aufs Bett. Er verschränkt die Hände im Nacken, starrt geblendet, doch ausdauernd in das Lampenlicht, sortiert anscheinend und bewertet frische Erfahrungen, ohne allerdings zu einer Entscheidung zu kommen, denn auf einmal, als blase er gegen eine heiße Kartoffel, läßt Heller mit gespitztem Mund Luft entweichen und hebt den Packen fotokopierter Blätter vom Nachttisch und legt sie auf seinen Bauch. Er richtet ein Bein erstaunlich steil auf und bewegt die Zehen in den zu dünnen Socken. Er schreibt mit dem Fuß ein Wort in die Luft, es könnte »Scheiße« sein.

Ist das schon Magda? Ihr mürrisches Gesicht verrät, daß die Quittungen ihr abermals einen erhofften Beweis schuldig blieben und daß sie sich, um den Druck der Bestellung loszuwerden, erst einmal dafür entschieden hat, den Tee zu servieren. So, Herr Heller, hier haben Sie Ihren Tee. — Hoffentlich ist er wärmer als die Heizung. — Ist es Ihnen bei uns nicht warm genug? — Es gibt Leute, die kommen nur deshalb im Winter nicht nach Hamburg, weil es hier mit der Heizung hapert. — Die frieren dann wohl auch im Sommer! — Na, in Ihrem Zimmer scheint's jedenfalls warm zu sein. — Ich hab nicht mal Heizung, nur ein elektrisches Öfchen. — Niemanden sonst? — Wie meinen Sie das? — Vielleicht so eine anschmiegsame Wärmflasche? — Sie müssen aber Ihren Tee auch trinken, bevor er kalt wird. — Ihr Zimmer liegt über den Privaträumen, stimmt's? — Das brauch ich Ihnen nicht zu sagen. — Falls es überraschend einen Kälteeinbruch geben sollte: als Wärmflasche bin ich nicht zu verachten, wirklich. — Mal langsam, Herr Heller. — Also? — Trinken Sie Ihren Tee.

Magda schlägt das leere Sperrholzbrett gegen ihren Schenkel, während sie lächelnd zur Tür geht, und vor der Tür fragt sie auf den entspannt daliegenden Heller hinab: Mich würde schon mal interessieren, was Sie hier eigentlich verhandeln, ehrlich, und danach bleibt sie stehen, eine Hand auf dem Drücker, und scheint schon jetzt eine Antwort mitnehmen zu wollen. Was wir verhandeln? Heller stockt, bedenkt sich, weiß alles und weiß nichts; dann aber: Also wir suchen etwas, eine Figur, eine Type, eine Persönlichkeit — verstehen Sie —, einen Mann oder eine Frau, die trockenen Fußes durch ein Meer schreiten können und dabei möglichst vielen Leuten helfen, ebenfalls trockenen Fußes an gelobte Küsten zu kommen. — Jetzt machen Sie sich über mich lustig, Herr Heller. — Dann will ich es anders sagen: wir suchen ein Vorbild, ein Idol, jemanden, der sich so beispielhaft betragen hat — wenn Sie verstehen, was ich meine —, daß er in vielen den Wunsch weckt, ihm nachzueifern. – Sind Sie dann vielleicht von der Reklame? fragt Magda, und Heller, nach genüßlicher Erwägung: in gewisser Weise machen wir Reklame, ja. Ausführlich erzähl ich's Ihnen später, wenn ich mit der Wärmflasche komm.

Magda schließt die Tür, und Heller wirft sich auf die Seite und zieht die fotokopierten Blätter in den Schein der Nachttischlampe. Aufgestützt beginnt er zu blättern, liest: *Das mißglückte Interview*, blättert weiter und auf einmal wieder zurück und liest sich fest:

BRENNPUNKT, zu einem BRENNPUNKT-Gespräch, das der Reporter Hermann Graf Katulla führte, und zwar am vierundvierzigsten Tag von Lucy Beerbaums freiwilliger Gefangenschaft. Obwohl Lucy den Zeitpunkt des Gesprächs selbst bestimmt hatte, mußte sie, da sie vor Erschöpfung auf ihrer Couch eingeschlafen war, erst von Irene geweckt werden, und das massige, langsame Mädchen mit den immer rutschenden Kniestrümpfen war es auch, das Katulla und dem Stenografen die Tür öffnete und sie auf dem Flur zu warten bat. Verschämt lief im ersten Stock ein Tonband; Gelächter, das über sich selbst erschrak, sprang auf und wurde verschluckt. Der Reporter, ergiebigen Kontrastreiz witternd, sah den Stenografen an, dann blickten beide nach oben, wo eine Kichererbse nicht aufhören wollte, aus allem Komik zu ziehen.

Meine Tante läßt Sie bitten, sagte das Mädchen versonnen, und holte nicht nur die Blicke wieder herunter, sondern veranlaßte auch Katulla sogleich zu einer Nachfrage: Tante? – Wir nennen sie Tante, meine Schwester und ich. Der Reporter, der – vermutlich aus zu vielem Wissen – eine Art Dauerresignation über sich verhängt hatte, wollte erfahren, ob überhaupt ein Verwandtschaftsgrad bestehe, darauf sagte Irene: Eigentlich schon, aber um so viele Ecken, daß man es kaum durchschauen kann. Da ihr Katullas Gesicht bekannt vorkam, musterte sie ihn nachdenklich, aber offenbar nur in der Absicht, herauszubekommen, wie sehr es den Fotografien entsprach; den Mund, gleichmäßig, wie von einem Reißverschluß zugezogen; die schmale, etwas aus dem Kurs geratene Nase; den fast kummervollen Ausdruck von Gewißheit, am Ende recht zu behalten, in jedem Fall recht zu behalten. Wenn ich Sie mal führen darf, sagte Irene, die Haushälterin hat heute ihren freien Tag.

Lucy blieb auf ihrer Couch liegen, und liegend streckte sie den Männern die Hand zur Begrüßung hin und äußerte heiter die Überzeugung, daß BRENNPUNKT ja wohl noch nie Anstoß an der Lage eines Befragten genommen habe, zumindest sei ihm die Horizontale nicht fremd und kein Hindernis, ein Gespräch zu führen. Katulla, gewohnt, Komplimente und respektvollen Argwohn zu empfangen, hielt auch diese Worte nur für eine Form der Anerkennung, und nachdem er um Raucherlaubnis gebeten hatte, glaubte er sich zu erinnern, daß früher die entscheidenden Gespräche ausschließlich im Liegen geführt wurden, die römischen Thermen seien doch nur eine lockere Nebenstelle des Senats gewesen, meinte er. Beide, der Reporter und der Stenograf, dankten für den Kaffee, den Irene vorbereitet hatte, und breiteten schweigend ihr Arbeitszeug aus: handschriftliche Notizen, Zeitungsausschnitte, einen Stenogrammblock.

Lucy lag auf dem Rücken, still, eine Decke über den Beinen, nur ihre Lippen zuckten: wer sagte ihr, daß sie mit ihren Fragen einem das letzte Futter aus dem Mantel trennen? Sie hörte die Männer flüstern, tuschelnde Verständigung wie bei der Vorbereitung einer Falle. Irene fragte scheu, ob sie sich das mal mit anhören dürfte, und der Reporter wußte nicht, was er dagegen haben sollte. Dann die letzte protokollarische Bekanntmachung, geschäftsmäßig und beinahe lustlos gegen Lucy gesprochen: man werde also das komplette Gespräch, mit allen Abschweifungen und Nebenwegen – mit Rücksicht auf die besondere Leserschaft müsse man auch die privaten Aspekte – Ihre Biografie wird in einem Sonderkasten – die komprimierte Schlußfassung werde man auf keinen Fall ohne Einverständnis – das Erscheinungsdatum sei übrigens noch nicht ...

Lucy wandte den Kopf, sie suchte Irene im dämmrigen Hintergrund des Zimmers und blinzelte ihr zu und schnippte mit den Fingern. Katulla sah sie auffordernd an, mit der berufsmäßigen Nachsicht eines Mannes, der bisher allen Enttäuschungen und Katastrophen stilistisch überlegen war.

Frage: Frau Professor Beerbaum, seit vierundvierzig Tagen erstaunen Sie Ihre Umwelt durch eine freiwillige Gefangenschaft. Was haben Sie sich dabei gedacht? Antwort: Am 21. April hat, wie Sie wissen, in Griechenland die Armee die Macht übernommen. Unter den vielen Verhafteten befinden sich auch Freunde und Kollegen. Auf ihr Los möchte ich aufmerksam machen. Frage: Was Sie hier, in Ihrer Hamburger Villa, für nötig halten – geschieht es aus Protest, aus Solidarität, oder ist es eine Demonstration? Wie möchten Sie Ihre Aktion bezeichnen? Antwort: Es ist mein Wunsch, durch Anteilnahme zu protestieren. Frage: Wem gilt die Anteilnahme? Antwort: Meinen unschuldigen Freunden. Frage: Und Ihr

Protest? Antwort: Denen, die sich unter einem Vorwand die Macht genommen haben. Frage: Können Sie uns näher erläutern, wie Sie Ihre Anteilnahme praktizieren? Antwort: Ich gestehe mir nur zu, was ihnen zugestanden wird: den gleichen Bewegungsraum, die gleichen Essensrationen, die gleichen Bedingungen. Auf diese Weise bleibe ich ihnen nah. Frage: Woher kennen Sie die Rationen und die Bedingungen, unter denen Ihre Freunde gefangengehalten werden? Antwort: Aus Briefen. Aus Berichten und Briefen. Frage: Ihre gefangenen Freunde haben reale Gegenspieler: zwanzig Offiziere, einhundertfünfzig Panzer und dreitausend Soldaten. Sie bestimmen über Art und Dauer der Gefangenschaft. Wen möchten Sie als Ihre Gegenspieler bezeichnen, als Ihre Richter, Ihre Wächter? Antwort: Meine Einbildung. Sie reicht aus, um mich in eine Lage zu bringen, die der meiner Freunde ähnlich ist. Frage: Verstehen wir Sie richtig, daß es für Sie keinen eigentlichen Unterschied gibt zwischen einer eingebildeten und einer wirklichen Gefangenschaft? Antwort: Es gibt allenfalls Unterschiede äußerer Natur. Frage: Frau Professor Beerbaum, nach Lage der Dinge können wir Sie eine Gefangene mit Haushälterin nennen. Sie haben es in der Hand, die Dauer Ihrer Gefangenschaft selber zu bestimmen. Und wenn wir richtig sehen, entbehren Sie nicht die Anwesenheit sorgender Familienmitglieder. Glauben Sie nicht, daß Sie unter diesen Umständen die Gefangenschaft Ihrer Freunde bereits dadurch entwerten, daß Sie sich mit ihnen vergleichen? Antwort: Nach meinen Erfahrungen kann eingebildete Not zumindest ebensoviel bewirken wie äußere Not. Frage: Georgios Mangakis, einem Ihrer mitgefangenen Landsleute, gelang es, einen Brief aus dem Gefängnis zu schmuggeln.

Er bekennt darin: In der Hölle der Verhöre verlor ich meine persönliche Würde, an ihrer Stelle gab es nur Schmerz. Ihnen werden weder Verhöre noch körperlicher Schmerz oder Erniedrigungen zugemutet. Bleiben Sie nach wie vor bei der Ansicht, daß sich Ihre Gefangenschaft und die Ihrer Freunde vergleichen läßt? Antwort: Nehmen Sie ein Gefängnis mit hundert Zellen: in jeder Zelle wird eine andere und doch die gleiche Gefangenschaft erlebt. Frage: Haben Sie Informationen, daß Ihre freiwillige Gefangenschaft in Ihrem Geburtsland zur Kenntnis genommen wurde? Antwort: Einige wissen es. Frage: An entscheidender Stelle? Antwort: Ich bin keine Buchhalterin. Frage: Gesetzt den Fall, Sie hören, daß man an entscheidender Stelle von Ihrem Protest erfährt und achselzuckend über ihn hinweggeht – werden Sie ihn gleichwohl weiterführen? Antwort: Ja. Frage: Wie lange? Antwort: So lange, bis das Los meiner Freunde sich ändert, zum Besseren. Frage: Verstehen wir Sie richtig, daß Sie mit Ihrer Aktion etwas Grundsätzliches verfolgen? Daß Ihr Protest einem allgemeinen Unrecht gilt? Antwort: Was ich will – meine Anteilnahme am Los von Unschuldigen bekunden. Frage: Auch wenn diese Unschuldigen im Namen einer neuen Ordnung, einer Revolution verhaftet wurden? Antwort: Es gibt keinen Grund, der die Leiden Unschuldiger rechtfertigt. Frage: Frau Professor Beerbaum, wir haben erfahren, daß Sie mit einem der Gefangenen eine spezielle Beziehung verbindet: mit Ihrem griechischen Kollegen Victor Gaitanides. Er gilt als bedeutender Biochemiker. Könnte es sein, daß der Entschluß zu Ihrer Aktion besonders damit in Verbindung zu bringen ist, daß sich Professor Gaitanides unter den Gefangenen befindet? Antwort: Professor Gaitanides gehört zu den Inhaftierten, ja. Frage: Wir wollten uns nur vergewissern – trifft es zu, daß eine persönliche Beziehung vielleicht den Ausschlag für Ihre Aktion gegeben hat? Antwort: Eine Entscheidung, wie ich sie getroffen habe, hat immer mehrere Beweggründe. Frage: Die Nato-»Prometheus«-Order, nach der der Staatsstreich verlief, brachte den neuen Machthabern Erfolg. Wie sicher sie sich fühlen, zeigt sich unter anderem daran, daß sie eine erhebliche Zahl von Gefangenen wieder entlassen haben. Falls mit einem nächsten Transport nun auch Ihr Kollege Victor Gaitanides heimkehrt–wird dann Ihre freiwillige Gefangenschaft automatisch aufhören? Antwort: Ich bedaure, auf diese Frage nicht antworten zu können. Frage: Möchten Sie uns Ihre Weigerung erläutern? Antwort: Ich hoffe, Sie wissen selbst, wann Unterstellungen unzumutbar werden. Und Ihre Frage enthält eine Unterstellung. Frage: Glauben Sie nicht, daß, wenn eine Wissenschaftlerin von Ihrem Rang sich zu einem solchen Schritt entschließt –, daß dann alles von Interesse ist, sogar ihre privaten Beziehungen? Antwort: Sie werden mich nicht davon überzeugen, daß die Öffentlichkeit ein natürliches Interesse an meinen privaten Angelegenheiten hat. Sie sind es, der die Öffentlichkeit erst dazu anstiftet, Interesse zu nehmen. Frage: Wir wissen, daß Professor Gaitanides und Sie Jugendfreunde waren. Wir wissen ferner, daß Ihre wissenschaftliche Karriere gleichartig verlaufen ist. Nehmen wir einmal an, Professor Gaitanides wäre der einzige Wissenschaftler, den die Väter des Staatsstreichs festgesetzt hätten: wäre das bereits Grund genug gewesen zu der Aktion? Antwort: Ja, das wäre für mich Grund genug. Frage: Wem gälte in solch einem Fall die überwiegende Anteilnahme, dem Jugendfreund oder dem wissenschaftlichen Kollegen, der, wie wir wissen, auf dem gleichen Feld arbeitet? Antwort: Sie stellen mir hypothetische Fragen und verlangen eine konkrete Rechtfertigung. Ich glaube nicht, daß ich mich Ihnen gegenüber zu rechtfertigen habe für meinen Entschluß. Frage: Aber Sie gestehen uns doch zu, daß wir uns bemühen, den Hintergrund aufzuhellen? Ihre Aktion verständlich zu machen? Antwort: Unter Hintergrund verstehen Sie offenbar die Bloßstellung des Partners; die Fragen, die Sie bevorzugen, beweisen mir das. Frage: Heißt das, daß Sie den Lesern das Recht absprechen, alles zu erfahren? Antwort: Ihre Leser erfahren nicht alles. Sie täuschen ihnen doch nur vor, alles zu erfahren, indem Sie Ihr Objekt denunzieren oder es dazu bringen, sich selbst zu denunzieren. Rufen Sie sich doch einmal Ihre Fragen in Erinnerung: was kennzeichnet sie? Elegische Herablassung und der Versuch, eine Entscheidung fragwürdig erscheinen zu lassen. Frage: Wir bitten um Entschuldigung, wenn dieser Eindruck bei Ihnen entstanden ist. Sie teilen also nicht unsere Meinung, daß der Leser ein Recht darauf hat, mehr zu erfahren als die Außenansicht? Antwort: Ich frage mich, ob Ihre Leser dadurch mehr erfahren, daß Sie von Anfang an meine persönliche Entscheidung nicht nur herabsetzen, sondern auch dem Verdacht der Leser ausliefern: seht her, das steckt hinter der Sache, macht euch euren Reim darauf. Sie versuchen, dunkle Verbindungen aufzudecken, prekäre Beziehungen anklingen zu lassen. All Ihre Fragen enthalten vorweggenommene Urteile; merken Sie das nicht, oder nicht mehr? Was nicht verurteilt, denunziert, verspottet werden kann, was kein Hautgout hat, das scheint für Sie nicht zu zählen. Frage: Sind Sie damit einverstanden, wenn wir das Interview abbrechen?

Oder verschieben? Antwort: Es würde mich interessieren, auf welcher Seite Sie stehen; das heißt, falls Ihre Herablassung es Ihnen überhaupt erlaubt, eine Seite zu wählen. Frage: Wie meinen Sie das? Antwort: Ich verfolge nicht das Ziel, Sie der Schadenfreude auszuliefern; mich interessiert lediglich, wem Sie zuneigen: dem ehrwürdigen Parlamentarismus oder den stiernackigen Vaterlandsrettern, die Griechenland bedroht sahen? Frage: Erwarten Sie, daß wir bei der angebotenen Alternative zu einer anderen Antwort kommen könnten als Sie selbst? Antwort: Nein, natürlich nicht. Jetzt muß ich Sie um Entschuldigung bitten. Frage: Frau Professor Beerbaum, halten Sie es für ratsamer, wenn wir wiederkommen, sobald es Ihnen besser geht? Antwort: Oh, ich glaube, daß ich — daß ich Ihren Fragen gerade noch gewachsen bin. Unser Mißverständnis können wir ja eliminieren. Also fragen Sie. Frage: Wir selbst sind gerade in Griechenland gewesen. Wir haben uns davon überzeugen können, daß man zumindest in Kreisen der Universität Ihre Protest-Aktion kennt. Auch einige Kollegen von der Presse sind unterrichtet — natürlich dürfen sie nichts veröffentlichen. Wie möchten Sie aber die Tatsache erklären, daß Professor Gaitanides lediglich zugegeben hat, Sie aus gemeinsamer Studienzeit zu kennen? Daß er jede weiterreichende Verbindung abstritt? Und daß er Ihre Protest-Aktion ein sinnloses Zeichen nannte, das keinem hilft? Gegenfrage: In welcher Verfassung war er? Ich meine, welch einen Eindruck machte er auf Sie? Antwort: Wir glauben nicht, daß man ihn gefoltert hat. Möchten Sie sich also zur Haltung von Professor Gaitanides äußern? Antwort: In seiner Lage — jeder in seiner Lage verdient, daß man ihm ein Ausnahmerecht zubilligt. Frage: Und Sie selbst möchten auch jetzt darauf verzichten, etwas über Ihre Beziehungen zu sagen? Antwort: Ich muß darauf verzichten, ja. Frage: Sind Sie dann nicht mit uns einer Meinung, daß es besser ist, wenn wir das Interview unter diesen Umständen abbrechen? Antwort: Da ich in Ihrem Sinne wenig ergiebig bin – von mir aus können wir abbrechen. Frage: Aber immerhin dürfen wir Ihnen doch für dieses Gespräch danken?

Eine bedauernde Geste von Lucy nahm der Reporter wie selbstverständlich als Entschuldigung für ihre unzureichende Rolle, und dann kramten sie unter säuerlichem Schweigen ihre Unterlagen zusammen, Katulla und sein Stenograf, und standen für einen Augenblick unentschieden da, als wollten sie sich zunächst über die Form des Abschieds einigen. »Alles Gute« konnten sie der Frau ja wohl kaum wünschen, ebensowenig »guten Erfolg« oder »ein angenehmes Wochenende«; schließlich bekannte der Reporter, daß es ihn trotz allem gefreut habe – und dieser Meinung war offenbar auch der Stenograf. Gehen wollte er aber noch nicht, vielmehr lauschte er mit ziemlich verdrehtem Kopf nach oben, wo das Tonband nicht mehr gedrosselt und verschämt lief, sondern so, daß *O happy days* im ganzen Haus herrschten und unüberhörbar waren; und da ihm niemand seine zur Schau getragene stumme Frage beantworten wollte, wandte er sich an Irene mit der Feststellung, daß Musik einen immer noch entschädigt hat und wohl immer auch entschädigen werde. Sie hat Geburtstag, sagte Irene kühl, meine Schwester; darf ich Sie zur Tür bringen.

Lucy, in sich versunken, bretthaft starr, doch mit offenen Augen, sie erwiderte nicht den zweiten, undeutlichen Abschiedsgruß der Männer, und sie sah ihnen auch nicht nach. Und sie sagte auch Irene nichts, als sie sich zu ihr setzte und anhand einzelner Fragen, die sie mitgeschrieben hatte, Lucys Protest oder doch ihre Weigerung zusätzlich begründen wollte; und weil das Mädchen sie so noch nicht erlebt hatte — so weggeglitten, unempfindlich und verloren an etwas, das ihren Atem beengte —, erschrak es mit Verzögerung, verzog sich, während der Schreck ihren Blick weitete, rückwärts zur Tür und lief die Treppen hinauf.

Hier störte sie, hier unterbrach sie ein Spiel. Auf der Couch und auf Sesseln einander gegenübersitzend, in nicht nur angestrengter, sondern gequälter Haltung, hatten sich Ilse in Udo verbissen und Vera in Armin; locker umarmt hielten sich die beiden Paare, ihre Münder mehr als nötig aufgerissen und wie aufeinandergenäht, während der mißtrauisch spähende Blick die Rivalen nicht losließ, bereit, jeden Regelverstoß aufzudecken. Noch war der Sieger nicht ermittelt, noch hielt man durch, saugend, und vielleicht hätten sie den Wettbewerb fortgesetzt, wenn Irene nicht ihren Schrecken mitgebracht hätte. Sie stellte das Tonband ab. Zu wem sollte sie sprechen, da die Gesichter einander so nahe waren? Entschuldigt, wenn ich störe — Ilse, kannst du mir mal zuhören?

Ihre Schwester schwang die Beine von der Couch, japste — vermutlich, weil die Mund-zu-Mund-Beatmung zu abrupt abgebrochen war —, und erst nach mehrmaligem Beklopfen der eigenen Brust fragte sie: Was issen los? Ich denke, Ihr seid beim Interview? Und außerdem: kannst du nicht anklopfen? Das Interview ist vertagt, sagte Irene langsam, und auf einmal zu den anderen: Geht jetzt, bitte geht.

Dies ist mein Geburtstag, sagte Ilse ruhig drohend, und

dies sind meine Freunde: sie bleiben hier, und dünn und zappelig war sie schon beim Tonbandgerät, drückte die Starttaste, stellte die Musik allerdings leiser. Tante Lucy, sagte Irene, bitte habt Verständnis, ihr müßt jetzt gehen. Die Freunde räkelten sich, zogen die Pullis glatt, probierten das Aufstehen und sahen unschlüssig auf Ilse, die ihnen kein Zeichen geben wollte, die einfach entschied: Es wird hiergeblieben, weil Tante Lucy selbst... ja, Tante Lucy bestand sogar darauf, daß der Geburtstag stattfindet, das weißt du genau, weil du dabei warst. Oder hat sie etwa nicht gesagt, daß sie weder Rücksicht noch Schonung...? Siehst du! Also, ihr bleibt.

Und *ich* bitte euch, zu gehen, weil es Tante Lucy nicht gut geht, sagte Irene, und zu ihrer Schwester: Wenn sie keine Rücksichten verlangt, dann heißt das doch wohl nicht, daß wir keine Rücksicht zu nehmen haben, oder? Geh doch mal runter. Sieh sie dir an. – Ich war bei ihr, heute morgen, sagte Ilse, und weißt du, was Tante Lucy mir auf den Weg gab? – Natürlich, sagte Irene, sie hat dir geraten, so zu tun, als betreffe alles nur sie allein. Aber glaubst du das wirklich? Kannst du zufrieden sein damit? Fängt so etwas nicht irgendwann an, auch uns zu betreffen?

Die Freunde standen mißvergnügt auf, kamen sich sichtlich vor wie in Zugluft, in jedem Fall bestätigten sie einander blickweise, daß wohl der gemütliche Teil vorüber sei.

Tu doch nicht so, Irene, sag bloß, du kannst Tante Lucy auf einmal verstehen, oder willst du dich ihr sogar anschließen? – Geh nur runter, sagte Irene und: wie sie daliegt. – Na, wie denn? Als ich bei ihr war – wir beide haben gelacht, sagte Ilse. Sie flitzte zu ihren Freunden, duckte sich, streckte ihre Arme aus: nein, bitte bleibt, es ist mein Geburtstag. Aber die beiden Jungen unterfingen sie schon mit einem schmerzlosen Achselgriff und hievten sie seitlich weg: sie hatten sich für das Ende des Geburtstags entschieden. Lässiges Tätscheln der Schulter, leichte Stüber auf Kinn und Wangen zum Abschied – Tschüüß, altes Haus; den Geburtstag holen wir mal außer der Reihe nach – während Irene in unveränderter Haltung dastand und den Aufbruch registrierte und bemüht schien, keinem, der sie antippte oder einen nachsichtigen Kuß an ihr abwischte, mehr zu gönnen als ein gebieterisches Kopfnicken.

Ilse warf sich auf die Couch, zog die Beine an, flennte trocken, bis die Freunde sich getrollt hatten, doch mit dem Zuschlagen der Tür hob sie den Kopf: Nun hast du es geschafft, nun hast du mir den Geburtstag kaputtgemacht. – Ich glaube, wir müssen uns um Tante Lucy kümmern, sagte Irene; etwas ist passiert mit ihr. – Tante Lucy war einverstanden, sagte Ilse, und damit du es genau weißt: mich geht das, was sie tut, überhaupt nichts an. Das ist doch eine Art von gestern; überflüssig, nutzlos. Es ist ja fast nicht mehr auszuhalten in diesem Haus! So, nun weißt du es, und von mir aus kannst du es Tante Lucy stecken.

Irene sah ihre Schwester an, ohne Feindseligkeit oder Bestürzung, und es war auch kein Vorwurf in ihrer Stimme, als sie sagte: Damit du auch weißt, was ich denke – niemand kann mehr tun als Tante Lucy. Du nennst es eine Art von gestern, und ich meine, es könnte die Art von morgen sein, wenn viele es täten, alle womöglich. Für mich ist sie ein Beispiel. – Mitleid in großer Auflage und als allgemeine Bürgerpflicht? – Nein, Ilse: durch

Anteilnahme protestieren – wie Tante Lucy es nannte. Mit der Wiedergabe dieser frisch übernommenen Ansicht ging sie und brauchte nicht erst hinter der Tür zu horchen, sie wußte auch so, daß ihre Schwester sich nach einer Weile trockenen Flennens an ihr Tagebuch setzen würde, um – wie immer, wenn etwas nicht nach ihrem Willen ging – in ihrer gehetzten Schrift Beschwerde zu führen und dabei ihre Wut beinahe restlos zu deponieren.

Es muß doch Magdas Stimme sein, denkt Janpeter Heller; denn wer sonst sollte auf dem Gang und jetzt in Pundts Zimmer die nötigen, gleichmütigen Fragen beantworten, die offenbar ein Herr Griesgram persönlich stellt, und aufblickend muß er die Geräusche in Pundts Zimmer deuten – die Schritte, das Klicken, das Wimmern nie geölter Schranktüren –, so lange, bis sich die Überzeugung ganz von selbst einstellt, daß nebenan etwas Außergewöhnliches geschieht. Wird da ein Koffer geöffnet? Plündert da etwa ein wissenschaftlicher Rivale Pundts Erkenntnisse über die Entstehung des Alphabets? Schon angeln seine Füße nach den Schuhen, finden schlappend hinein, schon ist er vom Bett und, nach abermaligem Lauschen, das nichts einträgt, leise, leise auf dem Gang, schon bereitet er sich vor, den fremden Besuch in Pundts Zimmer durch schreckschnelles Erscheinen zu vernageln, als die nur angelehnte Tür von innen aufgezogen wird und er nun geblendet und selbst überrascht dasteht.
Was ihn da zur Begrüßung anblinkt, das sind zwei Blechmarken am Band, und ehe er noch darauf gefaßt ist, hört er schon von Magda den Grund des Besuchs: Furchtbar, den Herrn Pundt ham se überfallen und ertränken wollen, er schwamm in einem Boot auf der Alster. Heller nickt

den Blechmarken zu und empfindet es als überflüssig, daß diese sich mit dem Wort »Kriminalpolizei« vorstellen. Ohne Aufforderung tritt er in das Zimmer seines Kollegen. Sie sind ein Kollege des Verunglückten, fragt eine Blechmarke, und Heller: Ist Herrn Pundt etwas passiert? — Das kann man wohl sagen: zufällig waren noch die Kollegen von der Wasserschutzpolizei da, zufällig entdeckten sie das treibende Boot, und nur einem Zufall ist es zu verdanken, daß der bewußtlose Mann geborgen werden konnte. Heller tastet nach einem Stuhl, der wartet dienstbereit hinter ihm, und sitzend läßt er sich noch einmal — und ausführlicher — erzählen, wie der Zufall dem Kollegen Pundt auf abendlicher bockiger Alster zuhilfekam. Und je länger er zuhört, desto mehr nimmt der Schauder ab, muß abnehmen, weil die verwendete Sprache aus dem Überfall einen Vorgang von kanzleihafter Sachlichkeit macht, mit zwei Fingern getippt ... diesbezüglich kann Raubüberfall nicht als erwiesen angenommen werden ... Tatzeitbestimmung ... Spurensicherungsdienstergebnisse ... zufolge nicht vorhandener Zeugenaussagen ... Und jetzt müssen sie, wollen sie, kommen sie nicht umhin, alle Anhaltspunkte, die zur Aufklärung führen könnten, einer eingehenden Untersuchung zu unterziehen. Was fragt einer wie Heller nach dieser erschöpfenden Unterrichtung? Er fragt: Wissen Sie, ob Herr Pundt überhaupt sprechen kann nach allem? Und eine Blechmarke antwortet: Der Verunglückte ist nur bedingt vernehmungsfähig, wenn Sie das meinen.

20

Und Rita Süßfeldt springt, die gelblichen Raucherzähne in ein halbes Butterbrötchen geschlagen, vom Frühstückstisch auf – mit keiner anderen Erklärung, als daß sie längst überfällig sei –, stürzt in ihr Arbeitszimmer, schnappt sich die Ledermappe und entleert sie auf den Fußboden, um sogleich, das Brötchen wie eine totgebissene Beute vor dem Mund, fliegend Notizen zusammenzutragen, mit denen sie ihren Vorschlag begründen wird; dazu gehören auch Merkblätter vom zugewachsenen Tisch.

Und Janpeter Heller, die Aktentasche gegen ein Tischbein gelehnt, bestätigt dem Hausmädchen Magda schon zum zweiten Mal, daß er den Herrn Pundt bestens grüßen und ihm die aufgetragenen Genesungswünsche übermitteln wird; dabei blickt er nicht von der Zeitung auf, die heute noch einmal in fetter Aufmachung über Charly Gurk berichtet und unter anderem erwähnt, daß dieser Sportler für ein Handgeld von sechshunderttausend Mark nicht nach Italien gehen wollte, weil er seinen Platz immer unter den alten Kameraden gesehen habe, mit denen er so viele Triumphe und Niederlagen sammeln durfte.

Und nach dem Versuch, das Brötchen mit einem Streichholz anzuzünden, unterstreicht Doktor Süßfeld mit rechthaberischem Rotstift zuerst einzelne Sätze, wirft dann seitenlange Ausrufungszeichen aufs Papier, hält auch das nicht für ausreichend und sucht, aber findet nicht, ihren Grünstift, dafür holt sie sich bei der Suche auch am zweiten Strumpf eine Laufmasche, ohne sie allerdings zu bemerken.

Und als dem jungen Pädagogen gemeldet wird, daß die Taxe wartet, lüftet er summend seine Aktenmappe, schlägt, bevor er sich zum Ausgang wendet, einen Haken und klemmt Magda am Ecktisch ein, schweigend, und schweigend berührt er mit zielsicherem Zeigefinger ihre gutmütige Brust, worauf sie, als ob sie diese Geste als neuen Gruß empfindet, lediglich sagt: Na, dann bis später.

Und Rita Süßfeldt stürzt — schon wieder mal und unabänderlich — in offenem Mantel zu ihrem Auto, fährt hüpfend an und schleicht sich, rechts und wieder rechts abbiegend nach einem festgelegten System, bis in die Nähe des neueröffneten Zentralkrankenhauses, wo sie unter einem Schild parkt, das nicht einmal Krankenwagen das Halten erlaubt. Dafür braucht sie nur unter einer Absperrstange hindurchzutauchen, um das schlauchartige Obstgeschäft zu erreichen, in dem sie — da Heller vermutlich mit Blumen aufkreuzen wird — Weintrauben, Bananen und Äpfel in ein Körbchen packen läßt.

Und Heller bemüht sich erst gar nicht, die dröhnenden Scherzfragen zu beantworten, mit denen ein gnadenlos heiterer Taxichauffeur weniger ihn als sich selbst zu unterhalten versucht; auch ein Lächeln gelingt ihm nicht, als der Taxichauffeur ihm bekennt, daß er sich mitunter nur deshalb wünscht, eine Schlange zu sein, weil er sich

dann nicht mit kaltem Wasser die Achselhöhlen waschen müßte. Da er voraussetzt, daß Rita mit Blumen aufkreuzen wird, läßt er kurz hinter einem Obstgeschäft halten, und sucht Weintrauben, Bananen und Äpfel aus und dazu zwei knisternde Tüten mit gemischtem Backobst.
Und Rita Süßfeldt hämmert über den Steinfußboden der schmucklos weiten Empfangshalle und wendet sich, da der Pförtner vor den fünf gleichzeitig läutenden Telefonen geflohen zu sein scheint, an eine offenbar siamesische Schwesternschülerin: ob hier nicht ein einzelner Herr – ob es hier noch andere Empfangshallen, und schließlich, welche Zimmernummer Rektor Pundt habe, Pundt mit d-t. Die Schwesternschülerin hebt die Arme, knickt die Hände ab, läßt mit Hilfe regsamer Finger Blütenkelche ahnen, die mit der Sonne debattieren, und schüttelt freundlich den Kopf.
Und von der Schwingtür prompt im Rücken erwischt, verläßt Janpeter Heller die Toilette, hört einen kurzen Freudenschrei von der Pförtnerloge her und latscht grinsend Doktor Süßfeldt entgegen, die, ehe sie noch seine Hand ergreift, ein paar Entschuldigungen hervorstöhnt, während er seine Tüte so dreht, daß die Frau lesen kann, was auch auf ihrem Mitbringsel steht: Eßt mehr Früchte und ihr bleibt gesund. Wenn das nicht hilft!
Also unser Patient liegt auf Zimmer vierhundertunddrei, sagt Heller, und es soll ihm besser gehen. Aufgeregt? – Ein bißchen. Ein Lift, der jedes Stockwerk mit wohltönendem Klingelzeichen begrüßt, trägt sie erschütterungsfrei nach oben; mit ihnen fährt ein Hilfskrankenpfleger, ein riesiger dunkler Mann, offenbar aus dem Stamm der Massai, der auf die Frage nach Zimmer vierhundertunddrei mehrmals hintereinander *Thank you* sagt, *thank you.* Da-

bei verbeugt er sich mit seinem offenen Plastikkasten, in dem eine Anzahl Rasierapparate liegt. Dies dürfte schon der vierte Stock sein: der ausgestorbene Korridor, der schallschluckende Fußboden, an den Wänden verglaste Aquarelle von Heilkräutern: Johanniskraut, Augentrost, Schlehdorn und Kamille. Zimmer vierhundertunddrei ist leer, offene Fensterflügel schlagen, unheilvoll, wenn auch dekorativ, bauscht die Gardine — hat Pundt sich hinabgestürzt? Das wollen wir doch nicht annehmen, man könnte ja mal bei der Stationsschwester nachfragen.
Die wurde abberufen, selbstverständlich, doch eine Schülerin wacht, allein mit Teetassen und dampfenden Pötten: Monsieur Pundt? Ja, der ist bei uns, wir aben ihn nur verlegen müssen, weil er geklagt at über die Eizung. Bitteschön. Nun aber keine weitere, wenn auch rechtmäßige Verzögerung mehr, auf Nummer vierhundertundsiebzehn liegt Valentin Pundt: Wollen Sie klopfen? Soll ich? Und gemeinsam drücken sie die Tür auf, da ist er ja, das ist er. Trotz des Druckverbandes erkennen sie ihn wieder, Valentin Pundt, verschwollen, grün-gelb-blau verfärbt, die Hände über der Decke ineinandergelegt, grübelnd, wie zum Feierabend. Mühsames Wiedererkennen. Eine lasche Geste, die Hilflosigkeit und Freude zugleich andeutet. Damit haben Sie wohl nicht gerechnet; damit hab auch ich nicht gerechnet.
Beim Ausschälen ihrer Mitbringsel übergeben sie ihm schon ihre gebündelten Fragen: Wie konnte es nur, wie war es nur, und warum ausgerechnet Sie? So etwas darf doch wohl nicht angängig sein mitten in der Stadt, meinen sie und können nicht genug Verwunderung aufbringen und so eine Art empörter Ungläubigkeit. Sie erlassen ihm nicht, zu erzählen, wie es geschah, wobei sie ihm ohne

allzu große Aufmerksamkeit zuhören; sie bestehen darauf, zu beiden Seiten seines Bettes sitzend, daß er ihnen mehr als Stichworte liefert, doch alles, was Pundt weiß, ist ihnen nicht genug. Den Hintergrund, den tieferen Anlaß – als ob man die immer voraussetzen könnte. Tja, sagt Pundt, so einfach ging es zu: ich hörte da Hilferufe, ich wollte helfen; die Folgen sehen Sie vor sich. Er zupft an der Bettdecke, blickt auf die Mitbringsel, lächelt, als er das Backobst entdeckt, und bedankt sich und gesteht den Kollegen, daß ihm ein Schluck von seinem »Großen Lüneburger Kikeriki« jetzt, wenn auch nicht auf- so doch weiterhelfen würde.

Und dann produzieren sie, wie auf Verabredung, Zuspruch, stellen ihm zum Trost eine schlimmere Möglichkeit vor, gehen zu Glaube, Hoffnung, Zuversicht über: wird schon noch, kann gar nicht ausbleiben, und über kurz oder lang werden wir wieder, weil das sprichwörtliche Unkraut, und so weiter, und so weiter. Und es ist Heller, der als erster ihr Thema am Krankenbett ausspricht: Also wissen Sie, Herr Pundt, je länger ich's mir überlege, je genauer ich bewerte, was Ihnen da zugestoßen ist, desto zwangsläufiger stellt sich die Ansicht ein: Warum nicht Sie? Warum sollte nicht Ihre Aktion als Beispiel vorbildlichen Verhaltens geeignet sein? Motto: Wer Hilfe bringt, muß sich auf Unannehmlichkeit gefaßt machen – wäre das nichts? Pundt wehrt gravitätisch ab, senst mit versteifter Hand die Frage nieder: Nein, Herr Kollege, das werden Sie mir doch wohl nicht antun, und Rita Süßfeldt unterstützt ihn mit dem Hinweis, daß das Ereignis doch wohl erst noch geschrieben werden müsse. Die Bemerkung wirkt wie eine Lockerungsübung. Sie stellen fest, daß sie ziemlich verkrampft dasitzen, gleiten von der

Bettkante auf die Stühle hinab, wippende Metallrohrstühle, die zu rhythmischen Bewegungen verführen.
Sind die Mappen mit den Unterlagen in der Nähe? Was drückt Pundts Gesicht aus? Darf man in diesem Zimmer, angesichts der reduzierten Gegenwart eines Kollegen, mit der Abstimmung beginnen? Oder muß man jetzt erst recht? Ist es überhaupt denkbar, daß er sich für ein Beispiel entschieden hat? Daß er seine Wahl begründen kann? Wie aber soll, darf man sich einleiten, wenn Pundt so leeräugig und in sich gekehrt daliegt, eine kolossale norddeutsche Mumie im Druckverband?
Während sie ihn betrachten, während sie schonungsvoll nach einem Anfang suchen, denkt Pundt für sich: ja, ich werde sie noch einmal schreiben, mit den gelben Tabellen und der gleichen Aufteilung in den Kapiteln; also: Die Mutter der Alphabete, vom Phönizischen fortschreitend zum Althebräischen. Die großen Wanderungen des Alphabets: wie aus dem späten syrischen das mongolische Alphabet entstanden ist. Bilder-, Knoten-, Rebusschrift: ihre Geschichte werde ich noch einmal schreiben, so bald wie möglich, sobald sie mich nach Hause lassen.
Er strafft sich. Der mächtige Oberkörper pumpt sich auf und scheint an Volumen zu gewinnen, Verkündigungsvolumen, eine unwirsche Autorität geht jetzt auf einmal von ihm aus, und zum Fußende seines Bettes hinsprechend, ohne förmliches Bedauern stellt der alte Pädagoge fest, daß er aus dem Unternehmen aussteige: hiermit. Er habe sich sorgfältig bedacht, er kenne die Konsequenzen, sein Entschluß sei unwiderruflich.
Ja, wenn es sich erweisen sollte — und es ist so gut wie erwiesen —, daß das Manuskript verloren ist, so werde ich es noch einmal schreiben.

Nach solcher Eröffnung kann man wohl nicht sitzen bleiben; sie umkreisen das Bett, sie nehmen sich Raucherlaubnis und mustern aus den Augenwinkeln Valentin Pundt, der nach seiner Erklärung sichtbar erschlafft und die Füße ausstreckt. Und dann ist es Rita Süßfeldt, die als erste auf den bekanntgegebenen Entschluß antwortet: Das kann doch nicht Ihr letztes Wort sein, sagt sie, so kurz vor dem Ziel. Sie sagt: Wenn ich es recht übersehe, nach all der investierten Arbeit, so bleibt uns doch nur eine Formalität übrig; wir treffen unsere Wahl und vergessen die Mühen. Und sie sagt auch: Wir verstehen durchaus, lieber Herr Pundt, daß Ihre Lage solche Entscheidungen nahelegt, und deshalb setzen wir zuversichtlich darauf, daß Sie sie wieder rückgängig machen, sobald es Ihnen besser geht. Mit unserer Rücksichtnahme dürfen Sie immer rechnen.

Der alte Pädagoge nickt, er nickt sogar dankbar, und aus ihrem Schweigen hört er die Aufforderung heraus, ihnen die Gründe für seinen Verzicht zu nennen.

Sie werden überrascht sein, sagt Heller, wie schnell wir uns einigen können, wenn die Umstände es verlangen. Da wir unsere Vorschläge doch auf der Zunge tragen: wollen wir's nicht zumindest versuchen?

Das Kapitel über die Hieroglyphenschrift muß sogar noch in einer Abschrift zuhause sein, denkt Pundt und weiß auch schon, wo er es finden wird . . .

Sie dürfen mir glauben, daß meine Entscheidung nichts mit meinem Zustand zu tun hat, sagt er.

Die Entstehung von Silben- und Lautschrift muß noch im Koffer liegen, im Hotelzimmer . . .

Nichts mit diesen vorübergehenden Schmerzen, nein. Meine Entscheidung ist grundsätzlicher Art: ich habe eingesehen, daß ich nicht der Mann bin, der anderen Vorbilder empfehlen kann. Ich bin, wenn Sie so wollen, nicht zuständig dafür.

Und wir, fragt Heller, ist unsere Zuständigkeit denn größer? Haben wir denn eine besondere Eignung für diese Aufgabe? Ich muß es Ihnen überlassen, dies festzustellen, sagt Pundt; in meinem Fall sprechen die persönlichen Erfahrungen dagegen.

Was mir das Kerbholz alles sagt – so hieß die Einleitung, und so werde ich sie wieder nennen, denkt Pundt.

Glaubt Heller wirklich, daß er Pundt noch beeinflussen kann? Er erinnert ihn an frühere Äußerungen; er ruft ihm sein Bekenntnis ins Gedächtnis, wonach es beispielhafte Taten immer geben wird, und er gibt zu verstehen, daß er, Pundt, es war, der ihn, Heller, schließlich von der Nützlichkeit des Themas überzeugt habe. Und nun auf einmal diese Wendung? Der Sprung aus dem gemeinsamen Boot? Die Zurückgabe des Auftrags, der doch fast schon erfüllt ist? Pundt, dem die Fragen anscheinend zu schroff vorkommen, wehrt ab und bittet, daß man ihm etwas zugute hält: damit wir uns nicht mißverstehen, ich bin immer noch davon überzeugt, daß es im pädagogischen Auftrag liegt, auf die vorbildhafte Tat hinzuweisen, doch ich bin ebenso davon überzeugt, daß ich es mir nicht leisten kann, ein bestimmtes Vorbild zu empfehlen. Was mir fehlt: das Recht zur Empfehlung. — Woraufhin? fragt Heller, und Rektor Pundt, in nachdenklicher Bitterkeit: Ärzte und Pädagogen sollen sich nur einmal irren dürfen, und auch das kann schon zuviel sein. Meine Irrtümer jedenfalls haben das zulässige Maß erreicht, noch weiß ich nicht, wie ich mit den bisherigen Folgen fertig werden soll. Verstehen Sie nun, warum ich nicht das Risiko weiterer Empfehlungen laufen kann?

Wer aber wird mir die Tabellen anfertigen, so akkurat, wie Harald es damals tat, denn bei ihm wurde die Entwicklung der Buchstaben – zumindest in den älteren Formen des Westens und des Ostens – wie von selbst deutlich ...

Dann können wir also einpacken, sagt Rita Süßfeldt, dann war das ganze Herumjäten in Lucy Beerbaums Leben für die Katz – es sei denn, Herr Pundt, Sie geben uns großzügig Erlaubnis, Ihren Namen zu benutzen, wobei Sie natürlich sicher sein können, daß wir eine Wahl treffen, die halbwegs in Ihrem Sinne ist. Immerhin gelten wir drei ja als Herausgeber, und wir drei haben den Auftrag bekommen.

Pundt schüttelt den Kopf, er scheint diesen Vorschlag erwartet zu haben, und er schließt ablehnend die Augen, als Heller ihm vorschlägt, daß man nach getroffener Wahl zu ihm kommen, daß man ihm Gelegenheit geben werde, das gefundene Beispiel zu segnen. Nein, sagt Pundt, hier helfen keine halben Lösungen. Selbst wenn Sie sich für einen meiner Vorschläge entscheiden sollten – ich bin außerstande, ihn mit meinem Namen zu decken.

Ansprüche gibt es für mich nicht; die Karolingische Minuskel oder die Herrschaft des Schnörkels wurde ja schon vorabgedruckt, ja, die zweite Niederschrift wird leichter.

Was nun? Zunächst kommt die Lernschwester mit Tee und freundlicher Mahnung, schüttelt Monsieur Pundt das Kissen auf, zählt vor seinen Augen drei Stücke Würfelzucker in die Tasse, zeigt auf ihre große, stramm sitzende Armbanduhr: Monsieur Pundt, er at Ruhe nötisch, isch bitte sehr. Sind Sie vielleicht Familie von Monsieur

Pundt? – Sicher, sagt Heller, so eine Art Schicksalsfamilie, wenn Sie wissen, was ich meine.

Also was nun? Aufgeben, Hinschmeißen, Auseinandergehn? Dem Verlag, und das heißt dem drängenden Doktor Dunkhase, ein Stadttelegramm schicken: Am Vorbild gescheitert, geben Auftrag mit Dank zurück? Dem Oberregierungsrat Kock ein zweites Telegramm schicken: Arbeit am Lesebuch eingestellt. Kein Vorbild zu entdecken, für das man Verantwortung übernehmen kann? Was bleibt denn noch, da Valentin Pundt sich selbst unwiderruflich disqualifiziert hat?

Es ist doch hoffentlich noch nicht viertelnachzehn, fragt Rita Süßfeldt plötzlich, und als Heller ihr einsilbig bekanntgibt, daß es bereits fünfvorhalbelf sei, inszeniert sie einen panischen Aufbruch: um halb nämlich wird der Züllenkoop-Preis überreicht, sie gehört nämlich zur Jury, und da nämlich ihr Kandidat den Preis erhalten wird, sollte sie wohl, ist es doch unerläßlich, daß sie selbst anwesend ist. Entschuldigen Sie, lieber Herr Kollege Pundt, ich wünsche Ihnen gute Besserung, und Sie hören von mir, so oder so.

Pundt hat nichts dagegen, er winkt ihr schon erleichtert sein Einverständnis, ihr, aber auch Heller, der seine Absichten noch gar nicht ausgesprochen hat, der vielmehr ratlos von einem zum anderen blickt und nur noch fragen kann: Und was geschieht mit mir? Doktor Süßfeldt weiß schon etwas für ihn, er könne, er müsse sie sogar begleiten, da man jetzt gemeinsam eine Lösung zu finden habe: Nun sagen Sie Herrn Pundt schon Lebewohl und kommen Sie mit. Heller trägt noch an der Überraschung, als er Pundt die Hand hinhält, vermutlich hätte er den alten Pädagogen noch ein bißchen bearbeitet, um ihn wankelmütig zu machen, aber Doktor Süßfeldt mahnt schon wieder, und so sagt er nur zum Abschied: Immerhin, die Überraschung ist Ihnen gelungen.

Wie gehemmt sie ihm von der Tür noch einmal zuwinken, wie ungelenk. Da sie sich schon auf die Hacken treten, bemerkt keiner von ihnen den dräuenden Zug um Pundts Mund, regungslos liegen die Arme neben seinem Körper, sein starrer Blick geht über sie hinweg. Was nun?

Auf dem Korridor, im Fahrstuhl, in der Empfangshalle: überall möchte Heller wissen, welches die wahren Gründe sind, die Pundt dazu brachten, das Handtuch zu werfen. Können wir uns überhaupt mit seinen Gründen zufriedengeben? Und müssen wir ihn nicht zwingen, uns alles zu sagen? – Es gibt keine anderen Gründe, Herr Heller, kommen Sie, nun müssen wir allein fertig werden, sagt Rita Süßfeldt wiederholt und dirigiert ihn zum Auto, wo sie gleichmütig ein Strafmandat vom Scheibenwischer pflückt und es ohne zu lesen in die Manteltasche stopft. Steigen Sie ein, Herr Heller, ich schließe mein Auto nie ab, darum wird es auch nie geklaut.

Kurze, generalstabsmäßige Erörterung des Weges, dann beginnt, rechts und wieder rechts herum, die gefahrlose Annäherung an die Kunsthalle, wo im kleinen Vortragssaal der Züllenkoop-Preis übergeben werden soll. Für mich jedenfalls steht es fest, sagt Rita Süßfeldt, nach allen Vorarbeiten gebe ich den Auftrag nicht zurück; außerdem habe ich meinen Vorschlag in der Tasche. Auch Heller hat seine Wahl getroffen, er hat sich festgelegt und mit Argumenten der Verteidigung gespickt, doch jetzt, wo Pundt ausgefallen ist, kommt ihm etwas seltsam vor: Seltsam, solange er mit von der Partie war, ist er mir wie ein persönliches Hindernis erschienen — und nun fehlt er mir. — Falls Sie ein Hindernis so nötig haben, sagt Doktor Süßfeldt: vielleicht gelingt es mir, Herrn Pundt in dieser Hinsicht zu ersetzen. – Also machen wir weiter? – Ich werde Doktor Dunkhase benachrichtigen. – Und ich werde Oberregierungsrat Kock einweihen. – So wird das Lesebuch also nur zwei Herausgeber haben. – Spricht etwas dagegen? – Ich sehe nichts, was dagegen sprechen könnte. Wir können gleich beginnen. Zuerst müssen wir nur noch diese Zeremonie über uns ergehen lassen.

Bis zur Garderobe kann Rita Süßfeldt nicht hinauffahren, aber juckelnd erklimmt sie den Kantstein, und dann mit einem Rad die erste Stufe des Nebeneingangs: so können wir doch stehenbleiben, oder? Heller solle nur alles unbesorgt im Auto lassen, seine Mappe, den Mantel, sie werde vorsichtshalber nicht abschließen. Kommen Sie! Es hat bestimmt schon angefangen.

So, und nun soll die Tür einmal nicht knarren, sie ziehen weder mißbilligende noch feindselige Blicke des lässig lauschenden Publikums auf sich, der Redner unterbricht auch nicht seine Rede, um sie durch ungnädiges Schweigen zu strafen, vielmehr schlupfen sie fast unbemerkt in den halbdunklen Raum, trippeln bis zur ersten Reihe vor, die mal wieder für neunundneunzig Ehrengäste reserviert, aber bei weitem nicht besetzt ist. Sie finden zwei nebeneinanderliegende Plätze am Mittelgang, unter dem Rednerpult.

Im Augenblick spricht das Rednerpult, es spricht mit alter Stimme, fistelnd, meckernd, sehr vergnügt, jeder Satz ein krähender Ausruf, ein fröhlicher Peitschenschlag. Von großer, von ureigener Tradition ist da die Rede, von Tugenden, die nur rotweiß und das heißt: hanseatisch

blühn, und daß die etwas Besonderes sind, beweist das Pult, beziehungsweise der kahle, zartwüchsige Greis, der jetzt neben ihm sichtbar wird, an seinem Großvater, der außer dem ortsüblichen kaufmännischen Wagemut auch einen bezeichnenden Wahlspruch besaß, nämlich: *Nimm und gib!* Das ist der alte Züllenkoop persönlich, flüstert Rita Süßfeldt Heller zu, er ist der erste Stifter des Preises. Selbst ein wagemutiger Sojabohnenhändler wie sein Großvater schon und wie sein Vater, glaubte der traditionsbesessene Alte eines Tages, Wagemut und ungemeine Leistung auch auf anderen Gebieten vernehmlich auszeichnen zu müssen, und deshalb hat er nicht weniger als vierzehn Preise gestiftet, ein Preis für die beste Arbeit auf dem Sektor der Erkältungskrankheiten ist ebenso dabei wie einer für parlamentarische Debattierkunst.
Hamburg hat nicht nur, Hamburg ist Tradition, verkündet er triumphierend, und zwar seine eigene, tja; und damit die nicht überlagert, verwässert werde, habe er diesen Preis ausgesetzt, denn die Tugenden dieser Stadt, die ausgewiesenen, dürften nicht in Vergessenheit geraten, tja, weil sie auch heute noch — ein pigmentloses Ärmchen stößt bedeutsam in die Luft — Maß und Wert setzen könnten.
Merken Sie was? fragt Heller flüsternd, und Rita Süßfeldt, nah an ihn herangebeugt: Und ob! Heller dreht sich um, schwenkt den Saal ab, es sind weniger Gesichter, als er erwartet hatte, und nicht lokaler Wagemut zeichnet sie, sondern müde Zustimmung — ein Auditorium von vertrauenerweckender Temperamentlosigkeit. Warm, aber gemäßigt ist der Beifall, den der alte Züllenkoop erhält, es hört sich an, als ob der Beifall hier nur mit einer Hand geklatscht wird, denkt Heller und will selbst zu-

greifen, um das ausgelassene Männchen vom Podium herabzuheben, aber sie schaffen es schon, zwei vierschrötige Schwiegersöhne heben ihn im Achselgriff herab.

Musik? Brahms vielleicht? Oder, als beliebte Einlage, Händel? Musik fällt aus, weil Züllenkoop das Honorar für die Musiker einem Preis zufließen ließ, der für die beste Arbeit auf dem Gebiet der Umweltprobleme verliehen wird. Das ist Anker Kallesen, flüstert Rita Süßfeldt, der Vorsitzende unserer Jury, und der Genannte – Hohlkreuz, fleckiges Gesicht, rote Weste, vermutlich Dressurreiter aus Neigung – läßt sich von einem vermutbaren Gaul zum Podium hinauftragen und gibt einen Bericht von der Arbeit der Jury. Die Aufgabe, nicht wahr, bestand darin, aus einhundertzweiundzwanzig eingegangenen Manuskripten die beste Darstellung des Themas *Hamburger Tradition* ausfindig zu machen. Man – er sagt: man – hat sich ihrer erledigt nach bestem Wissen und Gewissen, unter Zuhilfenahme strenger Maßstäbe, erstaunt darüber, wie sehr das Niveau in die Breite gegangen sei, und das zeigt ihm an, wie begehrt der Preis geworden ist. Fünfzehn Arbeiten blieben im groben Sieb der Jury hängen, drei im feinmaschigen, und eine unumgängliche Abstimmung ermittelte den Preisträger, dessen Arbeit sich mit den anonymen Stiftungen zu Hamburg beschäftigt. Hier sieht die Jury den Anspruch des gesetzten Themas beispielhaft erfüllt, in der Aufdeckung und Beschreibung einer Tugend, die durch und durch hamburgisch ist: unerkannt zu geben, unbemerkt zu helfen, aus der Anonymität Gutes zu tun.

Die Hamburger Zuhörer sind einverstanden, sie klatschen gedämpft Beifall, nur Heller klatscht nicht, da er zu sehr damit beschäftigt ist, Rita Süßfeldts wachsender Unruhe

auf den Grund zu kommen, vor allem herauszufinden, wem ihre versteckten, komplizenhaften Grüße gelten, die sie mit lockerer Hand in immer die gleiche Richtung streut. Die vierschrötigen Schwiegersöhne von Züllenkoop können es nicht sein, allenfalls der Mann, der von ihnen verdeckt wird. Aber nun glaubt Anker Kallesen für die, die es noch nicht wissen, den Namen des Preisträgers nennen zu müssen, keinen unbekannten Namen, im Gegenteil: in Fachkreisen geschätzt, als Autor eines weitverbreiteten Buches – ... *und die Arche schwamm doch* –, sogar einem größeren Publikum bekannt, ist der neue Preisträger Heino Merkel alles andere als ein unbeschriebenes Blatt. Und nun darf er Heino Merkel bitten, aufzustehn, nach vorn zu kommen, einige Sätze zu sagen, falls er dies möchte.
Heino Merkel? fragt Heller verblüfft, doch Rita Süßfeldt, beidhändig und ausdauernd Beifall spendend, überhört seine Frage, springt auf und klatscht nicht nur, sondern will augenscheinlich auch klatschend bemerkt werden vom Preisträger. Nicht alle, aber fast alle sind aufgestanden, um Heino Merkel auf seinem Weg zum Rednerpult mit Beifall zu begleiten, wofür er sich zweimal mit amateurhafter Hast verbeugt, unwillig zum Pult strebt, dort mit losen Blättern spielt, sie schichtet und gegeneinanderreibt, wobei jedem – auch seinem Feind in der zweiten Reihe –, erkennbar werden muß, daß hier nicht etwas genossen, sondern erduldet wird. Loslegen möchte er, in die Sicherheit seines Textes tauchen, den scharf blitzenden Fragen von hundert spezialgeschliffenen Brillen entrinnen, aber zunächst muß er das verlesene Lob der Jury ertragen, muß Urkunde und Scheck in Empfang nehmen und den glückwünschenden Händedruck für die

Fotografen wiederholen. Sind Sie nicht auch Jury-Mitglied, fragt Heller, und Rita Süßfeldt darauf: Ja, wieso? Hab ich das nicht erzählt? Hören Sie sich mal an, was er sagen wird.

Heino Merkel also dankt der Jury, dankt dem Stifter, dankt, ohne aufzuschauen, den Anwesenden; er gibt zu, daß er seine Arbeit ohne einen Gedanken daran schrieb, daß sie ausgezeichnet werden könnte. Nicht aus öffentlichem Interesse, eher aus familiärem Argwohn und für sich selbst versuchte er das »Wesen der anonymen Stiftungen in Hamburg« zu erforschen; daß das Ergebnis seiner Arbeit nun diese Würdigung erfährt, macht ihn glücklich, und so weiter.

Es ist sein erster Preis, flüstert Rita Süßfeldt, und er hat ihn wirklich verdient. Dem querulantischen Alten in der zweiten Reihe, der immer etwas zu brabbeln hat – Heller sieht in ihm einen Feind des Preisträgers –, rutscht der Stock weg und schlägt knallend aufs Parkett. Der stumme, gesammelte Vorwurf macht ihm nichts aus, er setzt den nörgelnden Kommentar fort. Der Preisträger braucht nichts zu bestätigen: seine Freude nicht; seine Ergriffenheit und Gehemmtheit nicht, denn die sind ihm anzumerken. Da man schon so freundlich war, seine Arbeit derart auszuzeichnen, sollte man ihm einige Bekenntnisse zum Thema gestatten, insbesondere möchte er einige Worte verlieren über eine durch und durch hamburgische Sensibilität. Worin die sich zeigt? Nun, auch anderwärts wird – unter Umständen sogar viel – Geld verdient, doch nirgendwo sonst hat man solch eine Sensibilität für den Punkt entwickelt, an dem Einnahmen unanständig zu werden beginnen. Und das heißt, nach seiner Meinung, daß man in dieser Stadt ein traditionelles Gespür dafür hat, wann man sich für übermäßigen Gewinn loskaufen muß von selbstverständlicher Verpflichtung.

Protest, der Feind in der zweiten Reihe meldet Protest an, aber Heino Merkel hört ihn nicht und erlaubt sich, von zaghaften Lachern dazu verleitet, einige weitere Bekenntnisse. Der Hai, sagt er, ist eine weitverbreitete Erscheinung, doch nirgendwo sonst ist er so erpicht darauf, sich nach einverleibter Beute Absolution zu verschaffen, wie hier in Hamburg. Wie er das tut? Er stiftet. Und um nicht identifiziert zu werden, stiftet er anonym.

Unerhört, ruft der Feind in der zweiten Reihe, sein Stock pickt zornig in den Fußboden, und etwas lauter ruft er: Wir sind Protestanten in dieser Stadt!

Heino Merkel verbucht amüsierten Beifall, schon ist er ganz und gar entkrampft, und jetzt stellt er fest, daß auch anderwärts Gutes getan wird, und so weiter, etwa in Amerika, wo sich jeder erfolgreiche Wurstfabrikant an seinem sechzigsten Geburtstag zu einer Stiftung entschließt. Als Großsegel bauscht sich über ihr für die Dauer des Bestehens der Name des Stifters, schwellend, weithin sichtbar, nicht wahr, die gute Tat segelt dem guten Mann zusätzlich Reputation ein. Welche Rückschlüsse indes, so möchte er mal fragen, läßt die gute Tat zu, die in der Dunkelheit geschieht?

Bescheidenheit, ruft der Feind dazwischen, eine ehrenwerte Diskretion, wenn Sie es genau wissen wollen. Das hat Heino Merkel gehört, er stutzt, er lächelt unschlüssig, dann nimmt er den Zuruf auf, erwägt ihn und stellt fest: einerseits ja; Bescheidenheit und ehrenwerte Diskretion. Doch andererseits: weckt die gute Tat, die im Verborgenen geschieht, nicht auch den Verdacht, daß da jemand sein Gewissen erleichtern und dabei unerkannt bleiben möchte? Nach der Parole: Dank ist ein mißliches Geschäft? Schließlich, so meint der Redner, kann eine gebende Hand, die niemand kennt, nicht gebissen werden; und daher ist doch wohl die Annahme gerechtfertigt, daß anonymes Stiften von dem Hintergedanken ausgeht, Bißwunden zu vermeiden.

Heino Merkels Feind findet diese Schlußfolgerung »unerhört«, er ruft auch mehrmals »unerhört!« und schlurft so demonstrativ wie möglich durch den Raum, begleitet von einem Beifall, der seinem Zorn unrecht gibt: unter Gelächter geht er ab.

Ein empfindlicher Feind, flüstert Heller, und Rita Süßfeldt, abwinkend: nur Wilhelm Wanderkluth, stadtbekannt; er hat die Hamburgische Geschichte gepachtet. Jetzt winkt sie Mareth zu, die in der Mitte des Raumes sitzt, streng, aufmerksam; man könnte glauben, daß in ihrem Blick eine Warnung liegt. Gilt sie Rita Süßfeldt? Ihrem vorschnellen, unbesorgten Beifall? Ihrer zur Schau gestellten Begeisterung vielleicht? Sie will sich nicht von ihrer Skepsis trennen, erwidert nur sparsam den Gruß der Schwester und ist gleich wieder bei Heino Merkel, der ohne Stimmaufwand weiterspricht und mit Entlarvungen unterhält, die, zu seiner Ratlosigkeit, temperierten Beifall finden. Kann sein, daß er deshalb immer leiser wird, weil jede Bloßstellung neue Fröhlichkeit hervorruft; Heller will ihm sogar eine wachsende Mutlosigkeit ansehen und glaubt zu erkennen, daß er beim Reden ganze Absätze in seinem Manuskript ausläßt, zu schnell wird da gelegentlich umgeblättert.

Und darum glaube ich, daß anonyme Stiftungen als eine hamburgische Spezialität angesehen werden dürfen: freuen wir uns, daß es einen Ort gibt, an dem ein gelungener Beutezug wie von selbst an gebotene Verpflichtungen gegenüber der Allgemeinheit erinnert; sagen wir ja zu einer Stadt, in der es Tradition ist, daß sich bedrängte Gewissen entlasten, wenn auch unter der Hand.

Schon hat Heino Merkel sich verbeugt, schon hat er die losen Blätter gebündelt und das Podium verlassen, während die Zuhörer, ganz auf behagliche Kopfwäsche eingestellt, noch zurückgelehnt dasitzen, nicht gefaßt auf den abrupten Abgang. Den Schlußbeifall braucht der Preisträger nicht mit ungeschützter Brust auszuhalten, längst ist er umringt von Gratulanten, Stiftern, Familienmitgliedern.

Auch Heller möchte ihm gratulieren, er drängelt sich näher heran und hört den alten Züllenkoop danken für eine Rede, die ganz nach seinem Geschmack gewesen sei: Tadellos, wie Sie es uns gegeben haben, mein Lieber, die vorzüglichste Schimpfe, die in letzter Zeit zu hören war. Der Preisträger wird eingeladen, er soll Züllenkoop auf eine österreichische Jagdhütte begleiten, um dort den Auerhahn zu schießen, notfalls Forellen zu fischen in garantiert klarem Gewässer. Aber darüber soll ausführlich beim Essen gesprochen werden. Nun zwängt Heller seinen Arm zwischen zwei schwarzbetuchten Körpern hindurch, öffnet seine Hand und fühlt sie ergriffen, bevor Heino Merkels Blick ihn findet, doch dann entdeckt ihn der Preisträger, zieht ihn zu sich heran, und obwohl der Augenblick doch ihm gehört, fragt er leise: Was macht denn unser Vorbild? Schon entschieden? Heller schüttelt langsam den Kopf. Neue Schwierigkeiten, sagt er, Herr Pundt hat sich abgesetzt, jetzt müssen wir's zu zweit versuchen.

Ist Lucy Beerbaum noch im Rennen, sozusagen?

Immer noch, sagt Heller, und sie führt mit Abstand. Heute jedenfalls fällt die Entscheidung.
Heino Merkel tritt überraschend zu Anker Kallesen, dem Vorsitzenden der Jury, bespricht sich leise mit ihm, während er mehrmals zu Heller hinüberblickt, scheint eine Einigung zu erreichen, denn mit zufriedenem Lächeln kehrt er zu Heller zurück und bittet ihn, am gemeinsamen Essen teilzunehmen. Vielleicht kann ich Ihnen die Entscheidung leichter machen, Herr Heller, denn da ist noch was, da wäre noch was, und da ich es war, der Lucy Beerbaum vorschlug, fühle ich mich verpflichtet, Ihnen alles zu sagen. Sie machen mir doch die Freude? Und Doktor Süßfeldt, fragt Heller. Die, sagt Heino Merkel, ist selbstverständlich auch dabei.

21

Zu zweit im Konferenzraum, über den ausladenden Palisandertisch hinwegsprechend, in würdig steifem Gegenüber, das alle Leidenschaft unschädlich macht, und noch dazu unter den gekreuzten exotischen Waffen: da müßte man sich doch wie ein englisches Gouverneurs-Ehepaar vorkommen, dem die Entfernung nur noch übrig läßt, sich nach dem gegenseitigen Befinden zu erkundigen.

Deshalb schlägt Heller vor, die Sache in seinem Zimmer abzumachen, das sei zwar nicht übertrieben warm, dafür aber von scheußlicher Gemütlichkeit, und die sei der Konzentration ja allemal förderlich gewesen.

Also stiefeln sie zu Hellers Zimmer hinauf, anscheinend unbemerkt, hängen ihre feuchten Mäntel auf den einzigen Bügel, entleeren ihre Mappen auf den bescheidenen Tisch, der fast schon an der Stehlampe zuviel trägt, und setzen sich, wo es allein möglich ist: Rita Süßfeldt auf den einzigen Stuhl, Heller auf die Bettkante. Ein winziger glasierter Aschenbecher, der für Hamburger Starkbier Reklame macht, steht bereit. Um nicht von herumturnenden Dachdeckern unterbrochen zu werden, zieht Heller die Vorhänge zu und schaltet das elektrische Licht

ein. Soweit einigt man sich zügig. Wer läßt nun als erster die Katze aus dem Sack?
Sie haben noch nicht einmal die erste, gesprächsfördernde Zigarette angezündet, als schon an die Tür geklopft wird, ziemlich fordernd, und ohne ein Herein abzuwarten, schiebt sich Magda ins Zimmer, sieht Heller und nur ihn allein undurchdringlich an und braucht sehr lange zu der Frage, ob hier vielleicht Tee gewünscht werde. Es wird kein Tee gewünscht. Vielleicht, meint Heller in unpersönlicher Form, werde man Tee nach getaner Arbeit bestellen, einstweilen wünsche man sich nur, für einige Zeit ungestört zu bleiben. Kann das Hausmädchen da anders abschieben als wortlos und gekränkt? Jedenfalls, sagt Rita Süßfeldt, scheint man hier sehr besorgt zu sein um Sie. Kein Wunder, sagt Heller, außer mir wohnen im Augenblick nur Urologen in diesem Haus.
Wie also einleiten, anbieten, den eigenen Vorschlag mit Preisschildern spicken? Beide lächeln, beide versichern einander, daß man gespannt ist, beide halten es nicht für ausgeschlossen, daß man am Ende sogar das gleiche Kapitel empfiehlt. Möchten Sie? – Von mir aus können Sie ruhig anfangen.
Wieder klopft es an der Tür, lasch diesmal, mit Pausen, und nach Hellers gereizter Aufforderung, einzutreten, vergeht berechnete Zeit, ehe die Tür sich öffnet. Sie, Frau Klöver? Da steht die Inhaberin der Hotel-Pension, leicht schnaufend wie immer, bei jeder Bewegung ihres Körpers zittert das lose Wangenfleisch. Außer ihrem Überdruß zeigt sie leichte Verlegenheit, die vorgebrachte Entschuldigung gerät ihr etwas grollend. Entschuldigen Sie, Herr Heller, wenn ich Sie in Ihrer Arbeit störe, aber ... Aber was? Der schwere Schmuck schiebt sich klunkernd

zusammen, als ihre Hand einen Bogen beschreibt, das Zimmer von Wand zu Wand vermessend: hier nämlich, sagt sie, in diesem Haus ist es nicht üblich, sich zu zweit aufs Zimmer zurückzuziehen, weil zur Arbeit ja der Konferenzraum zur Verfügung steht. Bedauerlich, aber so ist es nun einmal. Die Bemerkung hindert sie nicht, Rita Süßfeldt mit schwermütiger Freundlichkeit zu begrüßen und auch Heller eine fleischige Hand hinzuhalten. Der nimmt sie ratlos, tut so, als ob er sich verhört hätte, und fragt dann ungläubig nach: Heißt das, daß Sie was dagegen haben, wenn wir auf dem Zimmer arbeiten? – Es ist bei uns nicht üblich, Herr Heller. Mißmutig schleudert der Mann die Vorhänge zurück, knipst das Licht aus, starrt auf seine Papiere. Er sagt: Wissen Sie überhaupt, Frau Klöver, was hier entsteht? – Wir haben es immer so gehalten, sagt die Frau müde. Ein Lesebuch, sagt Heller, ein Lesebuch für junge Menschen, das ihnen endlich einmal zeigen soll, in welch einer Welt sie leben. – Das war auch die Ansicht meines Mannes, sagt die Frau: für gewisse Arbeiten steht der Konferenzraum zur Verfügung. Sie bedauert abermals, grüßt durchaus höflich und entfernt sich in der Sicherheit, kein Mißverständnis hinterlassen zu haben. Und nun? Machen wir ihr die Freude, sagt Rita Süßfeldt, richten wir uns nach ihrem Vorbild und gehen wir nach unten.

Mit Papieren und Heften, mit ihrer Gereiztheit, mit Mantel und Mißmut ziehen sie also um in den bekannten Konferenzraum, breiten sich auf dem Palisandertisch aus, an dem Pundt unsichtbar zwischen ihnen sitzt. Hier sind alle sicherer, sagt Heller grimmig: Sie vor mir, ich vor Ihnen, und Frau Klöver vor der allzeit wachsamen Öffentlichkeit. Was soll man davon halten: für die meisten

Menschen ist wohl der Inbegriff von Gefahr ein Bett. Gelegentlich, sagt Rita Süßfeldt, haben die auch schon recht bekommen. Jetzt vielleicht Tee mit Rum? Nichts; die Getränke beim Festessen waren in jeder Hinsicht zufriedenstellend. Da wären wir denn wieder. Ja, der Ring schließt sich.

Sie legen die Papiere zurecht, die Vorschläge obenauf, darunter handschriftliche Notizen: was also ist übriggeblieben, hat sich im pädagogischen Schleppnetz gefangen? Rita Süßfeldt sitzt schon bereit, ist entschlossen, anzufangen, doch Heller zögert noch, dreht, seine Notizen befragend, einige ohnehin schon gekräuselte Barthaare, und auf einmal bittet er um kurzen Aufschub und begründet sogleich seine Bitte. Das letzte Kapitel, er habe immer noch nicht das letzte Kapitel über Lucy Beerbaum gelesen, und wie er gerade beim Essen erfahren habe, enthalte es womöglich das, wonach sie suchten. Dann haben wir uns gar nichts mehr vorzuwerfen, sagt er. Wenn wir auch das letzte Kapitel bewertet haben — und Herr Merkel hat es mir dringend genug empfohlen —, wird uns niemand beschuldigen können, Lucy Beerbaum Unrecht getan zu haben. Außerdem sind wir es ihr selbst schuldig, sagt er, nach allem. Ob Doktor Süßfeldt bereit sei, die Entscheidung solange aufzuschieben? Rita Süßfeldt ist dazu bereit, und Heller blättert sich an das letzte Kapitel heran, netzt die Lippen, liest:

Am zweiundachtzigsten Tag ihrer Isolierung stieg das Fieber abermals, und Johanna siegte über alle Einwände und Zweifel und rief Doktor Paustian an. Er versprach, gleich zu kommen. Darauf ging Johanna in die Küche, holte die letzten Waffeln aus dem Eisen, bekleckste sie mit Fruchtmarmelade, und mit den Waffeln und der Nachricht, daß der Arzt bereits unterwegs sei, kehrte sie zu der Couch zurück, auf der Lucy lag, geschüttelt von Fieberfrost. Zu geschwächt für einen Protest, mußte sie eine Daunendecke ertragen. Johanna brachte ihr, was sie sich zuletzt doch noch gewünscht hatte: Waffeln mit Fruchtmarmelade, alle anderen Vorschläge hatte sie sanft abgelehnt mit dem Hinweis, daß ihr Widerwille gegen jede Art von Nahrung zu groß sei, und auch jetzt, als Johanna sie aufsetzte, als sie ihr den Teller mit dem warmen Gebäck reichte und die Herzmuster mit einem Gabeldruck zerstörte, sah Lucy lange und unentschieden auf die Speise, bevor sie den Überredungen nachgab. Einmal nur hob sie die Gabel zum Mund, kaute angestrengt und schob den Teller schon wieder zurück: es geht nicht, Johanna, entschuldige, aber ich kann nicht. – Aber Sie selbst haben doch gesagt, daß Waffeln ihre Lieblingsspeise waren, schon in der Kindheit. – Sie werden es wieder sein, eines Tages.

Nicht mehr die Vorwürfe der ersten Tage, sondern nur ein mechanischer Jammerton: so quittierte Johanna Lucys Entscheidungen, und jammernd bereitete sie das Zimmer für den Besuch des Arztes vor. Die Stirn mußte abgetrocknet werden, der Hals und die bläschentreibende Oberlippe. Kämmen? Sie wagte es nicht, einen Kamm durch Lucys feuchtes Haar zu ziehen, sie begnügte sich damit, es mit den Fingern zu strählen und die vernuschelte Spur des Scheitels zum Vorschein zu bringen. Was noch? Die Daunendecke schüttelte sie noch einmal auf. Zum Schluß trug sie unberührtes Geschirr in die Küche und nahm an sich selbst vor, was sie Doktor Paustian schuldig zu sein glaubte: band also die Schürze ab,

wechselte die Schuhe, verbesserte, immer den wortkargen Arzt vor Augen, den Sitz der Haarnadeln und schob ein unbenutztes Taschentuch unter den Ärmelaufschlag.
Mit zusammengelegten Händen vor ihr sitzend, hatte sie das Gefühl, daß Lucy immer noch nicht bereit war, anzuerkennen, daß der Besuch von Doktor Paustian notwendig war; deshalb fing sie an, ihre Gründe aufzuzählen. Obwohl Doktor Paustian seit Monaten nicht mehr bei ihnen gewesen war, glaubte Johanna ihn schon an der Art zu erkennen, wie er die Klingel betätigte: knapp meldete er sich an, doch unüberhörbar – wie einer, der gewohnt ist, erwartet zu werden. Auch diesmal konnte Johanna seinen Gruß nicht verstehen, und ihren Versuch, ihn aufzuhalten, unter eine Verschwörerdecke zu ziehen, beendete er sogleich, indem er mit verschlossenem Gesicht an ihr vorbeitrottete zur Garderobe und seinen Mantel auszog und ihn selbst auf einen Bügel hängte.
Natürlich wartete er auch nicht, bis Johanna ihn zum Krankenlager komplimentierte, vielmehr öffnete sich Doktor Paustian jede Tür selbst und begann, angesichts der Kranken, vorwurfsvoll den Kopf zu wiegen, geradeso, als sei die Krankheit gegen ihn persönlich gerichtet. Muß das denn sein, schien er zu sagen, und: was haben wir da wieder angestellt, so daß den Kranken ein schlechtes Gewissen erfüllte. Kopfschüttelnd steuerte er auf das Lager zu, ließ seine Tasche fallen, fischte sich Lucys Hand unter dem Zudeck heraus und beklopfte sie mit seinen Händen. Lucy lächelte schon so, wie er's haben wollte, und seinen Blick auslegend, konnte sie gar nichts anderes sagen als: es tut mir leid, mein Lieber, daß wir Sie bemühen mußten, aber ...

Doktor Paustian nickte, schon gut, ist schon recht, alle Welt macht uns Kummer, warum also nicht auch Sie. Lucys Hand tätschelnd, musterte er den Ort der freiwilligen Gefangenschaft, sachlich, ohne Erstaunen, anscheinend hatte er sich ihn so vorgestellt. Kein Wort über das verhängte Fenster, über den Stapel von ungeöffneten Briefen und Telegrammen. Hoffentlich mache ich Ihnen keine allzu großen Sorgen, sagte Lucy, und der Arzt darauf: das wird sich gleich zeigen, meine Liebe. Er mochte jetzt nicht unterbrochen werden, und als Lucy wissen wollte, wie und wodurch sie ihm bei der Untersuchung helfen könnte – wollen Sie mich sitzend, Henry, oder liegend? –, stellte er, mehr für sich als für den Patienten bestimmt, grummelnd fest: Entkräftung infolge Unterernährung, vermutlich Anorexie.
Johanna, vom Tisch der Untersuchung folgend, bestätigte die erste Diagnose mit einem Jammerton. Welche Temperatur, Lucy? – Neununddreißigsieben, vor einer Stunde gemessen. – Dann wollen wir mal Herz und Lunge abhören, wenn's recht ist. Er beugte sich über den flachen Körper, ließ das Stethoskop ruckend wandern, horchte sich fest, beklopfte den Brustkorb und entschied etwas, ohne es auszusprechen. Schmerzen beim Einatmen, Lucy? – Ja. – Hitze und ständiger Durst? Bräunliche Sputa? Kurzatmigkeit bei steigendem Fieber?
Lucy bestätigte die Fragen des Arztes, und jetzt erst, nach dieser Vergewisserung, sagte Doktor Paustian: Was uns zu schaffen macht, ist eine regelrechte Lungenentzündung. Während er eine Spritze aufzog, erinnerte er Lucy an zwei Brustfellentzündungen: die hinterlassen häufig eine chronische Verdickung des Lungengewebes.
Johanna seufzte hinter dem Rücken des Arztes, hustete,

und Doktor Paustian sah sie verblüfft an und sagte: Sie doch wohl nicht auch, Johanna? – Nein, nein.
Es gelang Lucy, sich mit eigener Kraft aufzusetzen, sie sammelte den Stoff des Hemdes und zog ihn hoch, beobachtete, wie die Nadel sich in ihr Fleisch senkte. Sie wissen vermutlich, in welcher Lage ich bin, Henry. Erst einmal sind Sie krank, sagte der Arzt, und das heißt, Sie können nicht fortsetzen, was Sie sich vorgenommen haben; jetzt hat ein anderer Protest Vorrang. Lucy legte eine Hand auf seinen Arm. Ich weiß, sagte sie, wenn's nach Ihnen ginge, so bliebe in der Welt alles den Gesunden überlassen: wer das Recht zum Protest erheben will, muß sich erst ärztlich untersuchen lassen. – Nicht das, Lucy, mich bekümmert etwas anderes. – Wollen Sie es mir sagen? Er kramte in seiner Tasche, baggerte eine Medizin herauf, schien nicht zu finden, was er gehofft hatte, und schrieb auf den Knien Rezepte aus, die er, ohne hinzusehen, Johanna reichte. In warnendem Tonfall zählte er Speisen auf, Kraftbrühen vor allem, die er hiermit nicht beliebig empfahl, sondern verordnete.
Johanna fühlte sich nicht getroffen, sie gab ihrerseits die Verwarnung blickweis an die Kranke weiter: merken Sie sich das, Frau Professor, hören Sie gut zu und befolgen Sie einen Rat, den ich Ihnen seit langem gebe.
Ich werde Ihnen mal etwas sagen, Lucy: wenn man schon bereit ist, sich zu opfern, dann muß das Opfer doch wohl seinen Sinn haben, eine vernünftige Wirkung zumindest. Ein so weitgehender Einsatz muß doch gerechtfertigt sein, meine ich. Und dann erlebt man, wie leichtfertig und verschwenderisch ein äußerstes Opfer angeboten wird, so ganz und gar unangemessen, da kann es doch nur Zorn und Bedauern geben oder beides. Glau-

ben Sie mir, ich habe Gründe, wenn ich zu sparsamem Gebrauch des letzten Opfers rate. Erwarten Sie nicht, daß man es anders als gleichmütig annimmt: heute erreicht alles nur den Rang eines Tagesgesprächs, auch der größte Einsatz.

Unter seiner Hand rutschte Lucy weg und lag starräugig vor ihm. Dann wandte sie sich Doktor Paustian zu. Was, Henry, flüsterte sie auf einmal, was geschieht bei einer Lungenentzündung, schlimmstenfalls? — Warum müssen Sie das wissen, fragte Doktor Paustian, es ist doch wohl schlimm genug, daß wir eine haben. — Es erleichtert mir manches, sagte Lucy, vereinfacht und erleichtert, also? — Sie gewinnen nichts dabei, wenn ich es Ihnen erzähle, sagte der Arzt, und Lucy wieder: Kenntnisse haben mir noch nie zugesetzt, Henry, nur das Unbekannte, das Halbgewußte – das machte mich unruhig.

Doktor Paustian wich ihrem Blick aus, erhob sich, und gepreßt, um Beiläufigkeit bemüht, bot er Stichworte an: Im weitesten Sinne ist die Krankheit ... im engeren Sinne nimmt man an ... das heißt, eine Entzündung oder Verdickung im Bindegewebe der Lunge — oder aber eine entzündliche Ausschwitzung in die lufthaltigen Lungenbläschen. Er unterbrach sich, musterte Lucy mit zusammengepreßten Lippen, und geläufiger, freier als am Anfang setzte er plötzlich fort: Gut, Lucy, dann hören Sie zu. Nach einem Stadium der Blutstockung in den Gefäßen wird in die Lungenbläschen ein Exsudat ausgeschwitzt. Das ist flüssig, wird aber mehr oder weniger fest. Es verdrängt die Luft und macht den erkrankten Abschnitt so derb, daß er sich wie Leder anfühlt, wir nennen das Hepatisation. Je weiter die Hepatisation fortschreitet, desto größer wird die Atemnot. Auf der Höhe der Hepatisa-

tion, wenn die Luft aus einem allzu großen Abschnitt der Lungen verdrängt wird, kann der Tod eintreten.
Der Arzt machte vor, wie erbittert man sein kann über sich selbst, vor allem deswegen, weil er nun nicht mehr zurückrufen konnte, was gesagt war. Mürrischer Aufbruch. Zur Seite gesprochene Verhaltensmaßregeln. Schon abgewandt, sagte er: Ich komme bald wieder, Lucy, heute noch, so gegen Abend; hoffentlich dient nun das Wissen der Therapie.
Er wollte nicht hinausbegleitet werden, er schnappte sich mit hartem Griff seine Tasche und – man muß schon sagen – ging eilig hinaus und gab sich nicht einmal Mühe, die Tür behutsam zu schließen.
Johanna setzte sich auf den Schemel und wartete auf Lucys Blick: Jetzt sehen Sie, Frau Professor, daß ich nicht allein bin mit meiner Sorge und Unzufriedenheit. Auch Doktor Paustian, auch er. Da Lucy sich nicht rührte, nur starräugig die gerissenen Balken an der Decke musterte, ging Johanna in die Küche, wärmte die Kalbsbouillon, hackte Petersilie hinein und ließ einige Butterflocken vom Löffel herabschmelzen, die sie spurenlos verrührte. Dann schmeckte sie ab und füllte einen Teller auf und trug ihn zu Lucy: So, jetzt gibt's kein Entkommen. Auf Ablehnung gefaßt, auf kleinlaute Weigerung wie immer, hob Johanna den Teller in Lucys Gesichtskreis, bereit, sich diesmal nicht wegmaulen zu lassen, doch zu ihrer Überraschung nickte Lucy, setzte sich angestrengt auf, strich das Handtuch über dem Zudeck glatt – und dann nahm sie wie selbstverständlich den Löffel. Nun aber auch essen, Frau Professor. – Ja, ja. Johanna half ihr, und die Kranke aß leise stöhnend, mit Unterbrechungen, eine Hand auf den Leib gepreßt, mitunter schloß sie die

Augen vor Widerwillen. Keine Genugtuung, keine Wohltat, auch nachdem sie den Teller leergelöffelt hatte, blieb nur ein Ausdruck von Widerwillen, und als Johanna, nach breiter Belobigung, noch einmal auffüllen wollte, winkte Lucy ab: fürs erste muß es wohl doch genug sein. Johanna erkannte die Gelegenheit, wollte sie nicht ungenutzt lassen und stieß nach: Und nun eine Zeitung vielleicht oder ein Buch, oder einige Briefe, die ich öffnen soll? – Nichts, Johanna. Das klang ein wenig übelnehmend, das verriet schon wieder Eigensinn und Selbstbewußtsein, und durch abweisende Haltung gab sie zu verstehen, daß sie alleingelassen werden wollte, bei abgedunkeltem Fenster. Sie reagierte nicht, als Johanna das Tageslicht aussperrte – ruckweise, weil sie mit der Zugvorrichtung eines Rollos in Streit geriet –, doch als sie zur Tür ging, hob Lucy die Hand: Noch einen Augenblick, Johanna, bitte; und Johanna kehrte zurück, das Geschirr in den Händen.
Und zum ersten Mal umspannte Lucy ihr Handgelenk, zog sie an sich heran und fragte stockend, ob jetzt denn nicht alles entwertet und aufgehoben sei, und Johanna fragte dagegen: Was denn, wodurch denn? Und Lucy fragte vor allem sich selbst, ob dies nicht Inkonsequenz sei und so etwas wie eine halbe Aufgabe, einfach weil sie in kritischer Lage eine Fürsorge erfahre, die keiner von denen, auf deren Los sie aufmerksam machen wolle, je erfahren würde. Und Johanna entschied, daß es für sie keine Inkonsequenz sei, wenn man versuche, gesund zu werden. Und Lucy, unnachsichtig mit sich selbst, fragte weiter, wieviel ihre Aktion denn noch wert sei, wenn sie sich mehr zugestehe als denen, die keine Sonderwünsche äußern dürfen. Ob es denn nicht eine Verletzung der

Solidarität sei, wenn sie jetzt außerplanmäßige Betreuung in Anspruch nähme? Und Johanna wieder: Um so etwas zu tun, was die Frau Professor tut, muß man ja wohl erst einmal gesund sein; und außerdem könne sie sich nicht vorstellen, wem mit einer Krankheit gedient sein soll. Und Lucy fragte zweifelnd, ob es denn, wenn sie wieder gesund sei, noch der gleiche Protest sein könnte wie zu Anfang. Und Johanna darauf: Wenn es schon sein muß, ich sehe keinen Unterschied.

Hm, macht Heller und unterbricht sich; das Kapitel ist noch nicht zu Ende, da sind noch gut und gern ein halbes Dutzend Seiten zu lesen über einen sogenannten sanften Tod, der – wie um die Erfahrungsregel zu bestätigen – am fünften Tag eintrat, doch er glaubt, sich das Ende schenken zu können, da es keinen Vergleich aushält mit dem Kapitel, auf das seine Wahl gefallen ist. Was meinen Sie – können wir uns das ersparen?
Rita Süßfeldt möchte ihm zustimmen, wenn da nicht kurz vor dem Tod der Augenblick wäre, in dem Lucy Johanna zu sich ruft und nicht nur alles Offenstehende mit ihr bespricht, sondern auch alle Anweisungen, Ratschläge und Verfügungen wiederholen läßt – eine Szene, die sie durch beispielhafte Sachlichkeit beeindruckt habe: so stelle sie sich zeitgemäßes Sterben vor. Das möchte Heller nicht bezweifeln, doch er gibt zu bedenken, ob Vorbildhaftigkeit ausgerechnet an einer so allgemeinen – und wohl auch sinnlosen – Erscheinung wie dem Tod gezeigt werden solle, und zwar in einem Lesebuch? Denn worauf sollte hier die pädagogische Absicht hinauslaufen? Doch nicht etwa auf die Empfehlung, erst einmal ordentlich sterben zu lernen, bevor man sich ins Handgemenge

mit dem Leben einläßt? Rita Süßfeldt sagt: Sie legen das zu rabiat aus, alles sollte zusammengesehen werden – Lucys Entscheidung nämlich, ihr Protest aus Anteilnahme, dann die unerwartete Krankheit und schließlich die Regelung der letzten Angelegenheiten. So möchte sie die Szene verstanden und ausgelegt sehen; aber Rita Süßfeldt versteift sich nicht, will nicht streiten, zumindest nicht für das letzte Kapitel, da sie längst weiß, was sie vorschlagen wird. Ob er, Heller, aber nicht trotz allem den Schluß lesen möchte, nur die letzten anderthalb Seiten vielleicht, weil da noch einmal etwas gerafft und gesammelt werde, was zusätzlich Aufschluß geben könnte? Von mir aus – also:

... und lud zuerst seine Tüten, Flaschen und Päckchen in der Küche ab, ehe er zu Lucy hineinging und sich dem Arzt bekannt machte, der am Fußende des Krankenlagers saß. Dann nahm Professor Pietsch Lucys Hand und winkelte den Oberkörper ab und senkte sein Gesicht über sie, der entspannenden Wirkung sicher, die sein Erscheinen noch jedesmal hervorrief, und so verharrte er, bis Lucy sich regte, bis sie den Blick hob. Gute Nachrichten, Lucy, sagte er; ihre Lippen zitterten, in plötzlicher Furcht schien sich ihr Körper wegzuducken. Er spürte, wie sich die Finger in seiner Hand krümmten, dann griff sie nach seinem Arm, ruckte leicht, als wollte sie ihn fortziehen. Sacht streifte Pietsch ihre Hand ab, legte sie auf die Decke zurück wie einen unabhängigen Gegenstand, sah ratlos zum Arzt hinüber und dann zurück zu Lucy. Lange sammelte sie ihre Kraft für den Versuch, sich aufzurichten, doch es mißlang. Die Fenster waren verhängt, nur eine Tischlampe brannte auf einem

Sekretär hinter der halbgeschlossenen Schiebetür, vor der Johanna stand. Leiser sagte Professor Pietsch: Auf Ihre Wiederkehr, Lucy, im Institut freut man sich auf Ihre Wiederkehr; und dadurch, daß sie nicht antwortete, hörte sich dieser Satz so unaufrichtig und fadenscheinig an, daß der Mann sich, peinlich berührt, vom Lager zurückzog und auffordernd den Arzt musterte, geradeso, als erwarte er seinen Beistand. Der tauchte sein übermüdetes Gesicht in die offenen Hände und schwieg. Pietsch tippte ihm auf den gekrümmten Rücken, der Arzt sah zu ihm auf: Ja, was ist? Eine knappe Bewegung drückte Verzicht aus: Nichts, entschuldigen Sie. Er wollte gehen, grußlos, an Johanna vorbei, doch er kam nicht bis zur Tür; auf einmal entdeckte er den Schaukelstuhl im halbgeöffneten Nebenzimmer, und als ob dies von Anfang an seine Absicht gewesen wäre, ging er auf ihn zu, erprobte mit leichtem Druck die Schwingfähigkeit und setzte sich. Er holte das Lederetui mit den Zigarren hervor, ließ es leicht gegen ein Knie schlagen, nach einer Weile öffnete er es, zog eine Zigarre heraus und beleckte sie. Er ließ die kalte Zigarre von einem Mundwinkel in den anderen wandern. Während er nach Streichhölzern fingerte, beobachtete er gespannt Johanna und den Arzt, sie bewegten sich nicht, selbst als die Schachtel zu Boden fiel. Aber dann, als er nach einer Pause ein Streichholz anriß — er tat es hinter schirmender Handfläche und konnte es dennoch nicht vermeiden, daß das Ratschen und die Explosion des Schwefelkopfes so gewaltsam die Stille unterbrachen, daß er selbst erschrak —, als er das brennende Streichholz an die Zigarre hob, da blickten beide, Johanna und der Arzt, zu ihm hinüber, nicht gleich zurechtweisend, sondern eher verblüfft, und Doktor Pau-

stian stand auf, beklopfte seine Brusttasche und ging, nach kurzer Unschlüssigkeit, auf ihn zu.
Schon hob Professor Pietsch ihm erleichtert das Etui entgegen, doch der Arzt winkte ab, zog ihn mit zu dem großen, abgedunkelten Blumenfenster, unter die Kletterpflanzen, und je beharrlicher er schwieg, desto unmißverständlicher gab er Pietsch zu verstehen, womit er sich abzufinden hatte. Trotzdem sagte Professor Pietsch: Ich habe eine Nachricht für Lucy.
Sinnlos, sagte der Arzt, dies alles war beispielhaft und sinnlos. Unsere Arbeit, sagte Pietsch, unsere gemeinsame Arbeit im Institut: jetzt sind wir weitergekommen. Sie brauchen sich keine Mühe mehr zu geben, sagte der Arzt, und schon wieder auf dem Weg zum Hocker: Verschenkt ist alles, ein verschenktes Opfer. Mit Ihrer Nachricht werden Sie nichts mehr ändern. Was ist denn nun erreicht? Was verändert? Kann mir irgendeiner sagen, was nun erreicht ist?

Nein, sagt Heller und wirft den Text auf den Tisch, hier können wir unser Beispiel nicht herholen, nicht aus dem letzten Kapitel; denn wenn unsere Lucy auch eindrucksvoll stirbt – ihren Tod können wir ja wohl nicht zur Nachahmung empfehlen. Was mich betrifft: ich möchte bei meinem Vorschlag bleiben.
Das möchte, nach halbherzigem Bedenken, auch Rita Süßfeldt: Gut, dann wollen wir also mal die Karten aufdecken.
Zögern, Drucksen, vergnügte Bereitwilligkeit, dem anderen den Vortritt zu lassen – beide schienen das erwartet zu haben, beide scheinen auch jetzt darauf aus, den anderen kommen zu lassen, fast könnte man annehmen, ein

Aufschub der Bekanntgabe käme ihnen nicht ungelegen. Es hilft nicht: auch wenn Heller noch einmal ihre Methode zeitschindend erwägt, einmal müssen die Hosen runter, einmal muß Farbe bekannt werden. Darum stellt Rita Süßfeldt für sich fest: Also mein erster und letzter Vorschlag – etwa unter dem Titel *Das verlorene Opfer* – ist das Gespräch zwischen Lucy Beerbaum und Professor Pietsch, bei seinem ersten Besuch. Das Kapitel soll vorbildhaftes Verhalten belegen. Das Vorbild selbst soll in einem Dilemma vorgestellt werden. Zwei Möglichkeiten der Deutung soll es zumindest geben. Ich meine, hier werden alle Forderungen erfüllt, offenkundig ist der Konflikt zwischen äußerer Pflicht und innerer Anteilnahme; die verschiedenen Standpunkte werden klar gegeneinander abgegrenzt; die Frage nach der Nützlichkeit des Opfers wird zwar gestellt, bleibt aber offen. Was zählen sollte: die Situation ist zeitgemäß. Der junge Mensch kann sich in sie versetzen und Gründe suchen für das eine und für das andere Verhalten. Der Dialog ist bekenntnishaft. Wenn wir Wert darauf legen, daß ein Vorbild nicht chloroformieren, sondern zum Zweifel anstiften soll: hier können wir es finden, in diesem Kapitel. Nun, Herr Heller?
Der junge Pädagoge wirft die Lippen auf, nickt, schmatzt leicht; das ist, wenn auch keine übertriebene, so doch nachdenkliche Anerkennung: Durchaus, ja, hat schon was für sich. Nun muß ja wohl er die Katze aus dem Sack lassen, und zwinkernd kündigt er gleich eine Überraschung an: Sie werden erstaunt sein, wie nah wir beieinander liegen; denn das ist mein Vorschlag: das Interview des BRENNPUNKT-Reporters. Als Titel möchte ich empfehlen: *Das mißglückte Interview.* Wie Sie sehen:

auch dies eine kritische Besichtigung des Vorbilds, Lucys Aktion ist in die Wochen gekommen, die Fackel des Protests brennt gemäßigt, die Argumente haben sich abgeschliffen — mit der Einführung in den Konflikt erfolgt gleichzeitig eine Bestandsaufnahme. Im Mittelpunkt steht, wie in Ihrem Beispiel, die Nützlichkeit des Opfers; sein Sinn, beziehungsweise seine Sinnlosigkeit werden zwar erörtert, doch nicht abschließend festgestellt. Insofern berühren sich unsere Beispiele. Was aber diesen Vorschlag als besonders geeignet erscheinen läßt: das Problem wird unmittelbar aufgenommen von den beiden Mädchen, sie veranschaulichen schon den Riß, der durch Lucys Aktion entstanden ist, durch ihre gegensätzliche Ansicht legen sie eine Entscheidung nahe. Tja, nach allem, was wir selbst zur Wahl gestellt haben: für unser Lesebuch scheint mir nichts so geeignet zu sein wie dies Kapitel.

Rita Süßfeldt atmet auf: So fern sind wir tatsächlich nicht voneinander, spricht das nun für uns? Aus Augenhöhe läßt sie einen Ohrring auf ihre Zigarettenpackung fallen, schnippt ihn zu Heller hinüber, der ihn abfängt und berechnet zurückrollen läßt. Trotzdem, Herr Heller, meinen Vorschlag möchte ich noch nicht zurückziehen. Das Vorbild soll ja auch in seinem Widerspruch gezeigt werden, eine Krise kann es nur glaubwürdiger machen, und in meinem Beispiel wird diese Krise augenfällig: indem Lucy eine Solidarität — nämlich die mit den wehrlosen Freunden — herstellt, verletzt sie eine andere, nämlich die mit ihren Kollegen am Institut, von deren Arbeit sehr viel abhängt. Ich meine, dadurch wird ihre Aktion mehrschichtiger, und dem Interpreten stellt sich eine zusätzliche Aufgabe.

Davor möchte Heller warnen; zu viele Anlässe zur Deutung könnten auch einen Nebel auf das Problem herunterbringen, einen lastenden deutschen Begriffsnebel. Eine gewisse Neigung zur Überinterpretation müsse er ohnehin schon feststellen. Für ein bestimmtes Alter sei es da schon besser, wenn von faßlichen Gegensätzen ausgegangen wird. Er kenne im übrigen Leute, die die Welt sehr gut verstehen konnten, solange man sie ihnen nicht vielsagend gedeutet hat. Worauf es ihm ankomme: daß Lucys Konflikt nicht für sich selbst gesehen werde, sondern weitergegeben und gespiegelt wird und dadurch seine Lebensfähigkeit beweist.

Also, was machen wir? Sollen sie eine Pause einlegen? Tee mit Rum oder Apfelsaft bestellen? Sollen sie, da eine Abstimmung nicht möglich ist, eine neue Suche nach einem Vorbild beiden unzumutbar vorkommt, die Segel streichen und sich bis zu einem zufälligen Wiedersehen bei anderer Gelegenheit verabschieden? Heller verweist auf die Waffensammlung an der Wand: Warum nicht so – Sie nehmen das Blasrohr, ich den kleinen Bogen, wir sorgen für Dunkelheit, und wer überlebt, dessen Vorschlag ist automatisch angenommen.

Rita Süßfeldt lächelt nicht, vermutlich hat sie die Einladung gar nicht verstanden, da sie bei hastigem Text- und Seitenvergleich Manuskriptblätter verschiebt und nebeneinanderhält, hier nach Übergängen und Anschlüssen sucht, dort eine Streichung erwägt, und allein an ihrem Gesicht, das sich allmählich von verspanntem Ernst zu gelöster Zufriedenheit wandelt, könnte Heller Entstehung, Überprüfung und Bestätigung eines Einfalls ablesen. Und? fragt er – haben wir wirklich noch eine Chance? Soll ich Rauchzeichen geben, damit eine

gebannt wartende Öffentlichkeit endlich aus der Ungewißheit erlöst wird, welch ein Vorbild ihr serviert wird?
Hören Sie zu, sagt Rita Süßfeldt: wir verschmelzen die beiden Vorschläge. Eine kleine Operation, mit der Schere auszuführen: die beiden Mädchen, die durch ihre Haltung den Konflikt veranschaulichen, treten nicht nach dem mißglückten Interview, sondern nach dem Besuch von Professor Pietsch auf. Wir brauchen keinen neuen Übergang zu schreiben; was uns vorschwebt, erreichen wir durch Klebearbeit. Wollen Sie den Text einmal prüfen?
Heller zieht die Seiten skeptisch zu sich hinüber, vergleicht, wendet, trennt Sätze ab, verknüpft auseinanderliegende Geschehnisse, ohne ein einziges Mal aufzusehen. Wird er zustimmen? Kann einer wie er überzeugt werden?
Jetzt steht er abrupt auf, geht mit einem Gesicht, das nichts preisgeben will, zur hochgelegenen Tür und drückt den Klingelknopf so entschlossen, daß das Schrillen der Glocke im ganzen Haus zu hören ist. Dann dreht er sich um. Dann streckt er, über den ganzen Raum hin, Rita Süßfeldt eine gratulierende Hand entgegen. Dann horcht er auf die unauffälligen Schritte des Hausmädchens. Dann hüpft er die Stufen hinab, kehrt in bedeutungsvoller Haltung zum Tisch zurück, und auf Ritas Frage: Das geht doch, oder, das läßt sich doch machen, schüttelt er sanft den Kopf. Das geht nicht nur, sagt Heller, ich glaube, dies ist das Beispiel, nach dem ich selbst gesucht habe. Damit können wir uns sehen lassen. Darauf müssen wir etwas trinken.
Na also, sagt Rita Süßfeldt, und Papiere, Bücher, Hefte

zusammenraffend: Ich werde den Text fertigmachen; Doktor Dunkhase wird ihn noch heute lesen. Soll der Titel so bleiben? – Zu aufgepustet, sagt Heller, zu steil und zu pathetisch, ich schlage vor: *Umstrittene Entscheidung.* – Erinnert das nicht an Fußball? – Ja, sagt Heller, und es erinnert an noch viel mehr, und gerade darum möchte ich diesen Titel vorschlagen.
Da kommt das Hausmädchen; bevor Heller seine Bestellung aufgibt, sagt Rita Süßfeldt: Das nächste Kapitel jedenfalls verspricht Erholung. Wissen Sie, was vorgesehen ist? Entweder *Tier und Mensch* oder *Recht und Unrecht.*

22

Einer muß es erfahren, einer muß jetzt stillhalten und zuhören, wie die leidige Entscheidung endlich gefallen ist, nach allem Sieben und Jäten, nach allem Aufwand bei diesem dritten Kapitel; darum bremst Rita Süßfeldt härter als sonst ab, hält sich erst gar nicht damit auf, die Scheinwerfer abzustellen, wirft die Wagentür mit dem Absatz zu und rudert eilig durch den Vorgarten; Licht brennt, das kleine sogenannte Räuberlämpchen, dem Mareth abschreckende Wirkung genug zutraut; die Türen sind geschlossen. Im offenen Mantel durchquert sie die Zimmer, läßt das große Licht aufflammen und ruft den Namen ihrer Schwester, ruft, vom Treppenabsatz, auch nach Heino Merkel, dringend, appellhaft zuerst, dann immer leiser, enttäuscht, mit sich allein zu sein. In der Küche, auf mehlbestäubtem Tisch, liegen ausgestanzte Sterne aus bräunlichem Teig, Zimtsterne; neben dem eingefetteten Blech eine Tasse Kaffee im Fußbad, nicht zu Ende getrunken. Der weißgraue Aschewurm einer Zigarette liegt in voller Länge auf einer Untertasse, nur der Filter, schwerköpfig, ist abgeknickt. Dort neben einem Stuhlbein ringelt sich Mareths verklebte Schürze. Der vorgeheizte Backofen gibt immer noch spürbare Wärme ab.

Rita Süßfeldt geht in ihr Arbeitszimmer, wirft die Mappe auf den Schreibtisch, das heißt, mitten im Schwung fängt sie die Bewegung ab und tritt, von Argwohn gebremst, an den Tisch heran – so wie jeder es täte, wenn man ihm auf die beengte Schreibunterlage achtlos eine schweinslederne Urkunde hingefeuert hätte und obendrein die Schnipsel eines zerrissenen Schecks. Verfilmt, könnten sich nun etwa folgende Bilder ablösen: eine fahrige Hand greift nach den Schnipseln des Schecks; nah ist eine in Sütterlin geschriebene, wenn auch unvollständige Zahl zu erraten, sagen wir: Fü ... send; der schweinslederne Deckel hebt sich und gibt den Blick frei auf eine befleckte Urkunde, die ein erstes Eselsohr aufweist; aus halber Höhe regnen graugrüne Papierfetzen auf die Urkunde herab; groß Ritas Gesicht, verkniffene Lippen, sinnender Blick, der sich zusehends verengt vor begriffenem Unheil. Verdacht entsteht. Fingerkuppen betrommeln erregt die Urkunde. Mißtrauen kreist etwas ein und findet einen Beschluß.

Und dann springt Rita Süßfeldt aus dem Stand zur Tür, stürmt die Treppe hinauf und läßt sich in Heino Merkels Zimmer bestätigen, was sie befürchtet hat: langsamer Schwenk über breitmäulige Schubladen, über aufgerissene Schränke, über ein gleichgültig hinterlassenes Durcheinander, das einen entschlossenen Aufbruch bezeugt. Da braucht nichts berührt, eindringlich untersucht zu werden: der große Koffer liegt nicht mehr auf dem Schrank, und der Ablagekorb mit Notizen und Ausschnitten ist vom Schreibtisch verschwunden. Ein Brief vielleicht? Ein Zettel? Nicht auf dem Tisch jedenfalls, auch auf dem Stuhl nicht, den Rita zögernd umkreist, bevor sie ans Fenster tritt und einen Augenblick auf die Straße hinabsieht. Zwei

schwarze Regenschirme streben vorbei, gleich darauf, in Dwarslinie, zwei geräuschlos segelnde Nonnen, die zum dunklen Garten der Elisabethkirche abdrehen — so windgerecht in ihrem Verhalten, wie Günter Grass es ihnen in einem Trockenkurs ein für allemal beigebracht hat.
Rita bindet das Stirnband fest, verläßt das Zimmer, zielbewußt verläßt sie das Haus, ohne die Lichter zu löschen, und fährt zügig die Rothenbaumchaussee hinab, Richtung Dammtor-Bahnhof, verfolgt von einem gebrechlichen, mit rosafarbenen Kleeblättern bepflasterten Auto, das vor den Ampeln neben ihr hält, ziemlich nah, als suchte es eine Berührung. Junge Leute winken ihr zu und deuten die Spannweite ihrer Arme an. Einem Radfahrer in der Uniform des Hamburger Wachdienstes – baumelnde Taschenlampe an der Lederbrust – gelingt es an der Ampel, zu ihnen aufzuschließen. Aus Gewohnheit parkt Rita Süßfeldt vor dem Amerikahaus.
Dort ist der Dammtor-Bahnhof, eine düstere Moschee des Reiseverkehrs im Jugendstil, dort sind sie immer eingestiegen und angekommen, Mareth und Rita, aber auch er, Heino Merkel; es ist *ihr* Bahnhof.
In einem Pulk von Studenten schiebt sich Rita Süßfeldt über den Zebrastreifen, zwängt sich durch dunsterzeugende Afghanermäntel, umrundet gemächlich latschendes Volk, bis es auf einmal langsamer geht und sie an einer lockeren Versammlung aufläuft. Durchlassen, lassen Sie mich doch mal vorbei. Maulend rücken sie zur Seite, verschieben sich, denn sie wollen die nächste Nummer der Polizei-Kapelle hören, die zum Abschluß der Freundschaftswoche mit volkstümlichen Melodien wirbt. Bis auf ihren elastischen Dirigenten wirken die uniformierten Freunde und Helfer erstaunlich lustlos, sie spielen mit

finsterer Konzentration und klammen Fingern, und wer will, der kann aus ihrer Version von *Down by the Riverside* Klage und Beschwerde heraushören, so getragen klingt das. Vorbei, an allem vorbei; an den Schlangen vor den Kartenausgaben, an den Hungrigen, die sich vor dem Kiosk lümmeln und stierend von dampfenden Würstchen abbeißen; auch an den jaulenden Reservisten vorbei, die sich unter Strohhüten zusammenfinden, um ihrer Freude einen Ausdruck zu suchen, vorbei und die Treppen hinauf zum Bahnsteig der Fernzüge.

Novemberdunst über blankgehämmerten Geleisen, halslose Wartende in Mäntel vergraben, regelmäßig fallende Tropfen schlagen ein Muster in den feuchten Staub und bringen in winzigen Kreisen die ursprüngliche Reinheit des Betons zum Vorschein.

Wo und wer könnte er sein? In hastiger Patrouille kontrolliert Rita Süßfeldt den Bahnsteig, einmal hinauf und hinab, überprüft Wartende, mustert überraschend fröstelnde Gesichter, aus so plötzlicher Nähe, daß sie sich dann und wann entschuldigen muß; einen dunkelblauen Mantel, der durchaus sein Mantel sein könnte, berührt sie sogar an der gepolsterten Schulter. Und wenn er nun doch die S-Bahn zum Hauptbahnhof nimmt?

Drüben, auf dem S-Bahnsteig, im gegeneinanderlaufenden Strom Kommender und Gehender, gibt es nicht wenige, die ihm gleichen in Gang und Haltung, er könnte ebensogut am Zeitungskiosk stehen wie neben der ausladenden Plattform, von der ein rotbemützter Mann die Abfahrtssignale gibt. Ist das nicht Mareth? Dort, die Frau, die sich in offenem Mantel, mit angewinkelten Ellenbogen, durch die Reisenden zwängt, Ausschau hält, erschöpft an der Treppe stehenbleibt, um Wegtauchende und Heraufwachsende zu beobachten: es muß Mareth sein, die wie sie auf der Suche ist und die jetzt zu ihr herübersieht, ohne sie oder die überdeutlichen Zeichen zu bemerken.

Ich komme, Mareth, warte auf mich, wo du bist – das signalisiert Rita Süßfeldt ihrer Schwester und springt die Stufen des Fernbahnsteigs hinab und hastet abermals durch die Halle. Hände greifen nach Rita, sie schlägt sie weg, eine Hand legt sich sozusagen maßnehmend auf ihren Hintern, und sie drängt vorwärts, ohne sich umzusehen. Langsam, es geht ihr viel zu langsam, die Treppe hinauf, eingekeilt in einer mürrischen Prozession, die jeden Versuch, die Gangart zu beschleunigen, ziemlich gereizt beantwortet. Wo ist Mareth? Sie ist nicht mehr auf dem Bahnsteig, sie muß den zweiten Ausgang genommen haben; dort, hinter dem Kiosk, vielleicht hat sie auch die S-Bahn zum Hauptbahnhof genommen. Hoch in der Kuppel sprüht eine Lötlampe Wunderkerzen. Wohin denn nun? Dieses Ziehen in den Schläfen, dieser kleine rotierende Schmerz im Magen, der sie leicht schwanken läßt: unentschieden bewegt Rita sich zur Bahnsteigkante, blickt vor und zurück und dann nur der bulligen, einlaufenden Bahn entgegen, gerade so, als wollte sie den günstigsten oder sichersten Augenblick für einen Sprung errechnen.

Sie steigt nicht ein. In den Sog geraten, läßt sie sich forttreiben, in die Halle hinab, wo sie die Wartenden an den Fahrkartenschaltern durchmustert und die Telefonierenden in den Telefonzellen. *Anchors away* spielt die Kapelle, es klingt wie der letzte Gruß an ein Schiff, das zur Abwrackwerft geschleppt wird. Ein Zeitungsverkäufer wirbt mit einem Zugunglück.

Das könnte Mareth sein, die eilige Frau, die den Bahnhof verläßt in Richtung Stephansplatz – aber warum ist sie so uninteressiert an allen, die ihr begegnen? Rita Süßfeldt folgt ihr, versucht sie einzuholen, ruft sie auch unterdrückt an, doch dann verschwindet sie in dem wogenden Haufen beim Denkmal. Da geschieht etwas am klotzigen Gefallenen-Denkmal, da hält etwas die Passanten auf, bringt sie zu Drohungen, Ermunterungen, etwas passiert da, was Meinungen erzwingt und sie sogleich spaltet; ein Hammer ist da jedenfalls tätig und vermutlich auch ein Meißel. Drüben, ist das nicht Mareth? Rita Süßfeldt zwängt sich durch die Zuschauer, schiebt, drückt sich nach vorn. Sie irrt sich. Sie muß zurück; sie muß nach Hause.

Kaum fährt sie an, da flammen hinter ihr Autoscheinwerfer auf, da folgt ihr jemand, Zeichen gebend, in gleichbleibendem Abstand; da versucht jemand, wie sie rechts und wieder rechts abbiegend, ungefährdet voranzukommen. Überholen will er nicht, abhängen lassen mag er sich auch nicht, vermutlich einer dieser sinnlosen Verfolger, denkt Rita und deckt den Rückspiegel mit der Hand ab.

Folgenlos an einem alten Radfahrer vorbei, vor einem Herrn mit Hund sicherheitshalber gebremst, durch schnelles Ausweichmanöver einen rücksichtslosen Rentner der Familie erhalten: alles gelingt heute, sogar die Vermeidung eines Auffahrunfalls bei einem unbeleuchteten Verkehrsteilnehmer – so kommt sie voran, biegt schon in die Hoheluftchaussee ein und jetzt in die Innocentiastraße.

Ist er immer noch da? Immer noch. Als sei er von gleichem Wunsch erfüllt oder von gleichem Mechanismus gesteuert, verlangsamt er wie Rita Süßfeldt die Fahrt, hoppelt wie sie mit einem Rad den Bürgersteig hinauf und rollt vor der Laterne aus.

Wenn das nicht Matthiessen ist! Es ist Lektor Matthiessen, Doktor Dunkhases Mitarbeiter, der nun etwas schneller aussteigt als sie, gemächlich herankommt und lediglich wissen will, wie weit sie mit ihrer Arbeit sind. Und ob er sie zum Essen einladen dürfte. Ja, sagt sie, das heißt nein, oder vielleicht können Sie doch warten und die Arbeit gleich mitnehmen. – Lassen Sie sich Zeit, sagt er, ich bin gut im Warten, ich halte es lange mit mir aus.
Rita Süßfeldt braucht jetzt nicht zu grüßen, sie wendet sich ab und geht auf das Haus zu, das heller erleuchtet ist als die Nachbarhäuser, steigt die Stufen hinauf und dreht sich plötzlich um und winkt zu dem Auto hinab – nicht, als ob es von ihr erwartet würde, sondern um eine ungewohnte Spannung aufzulösen.
Die Türen stehen offen oder nur angelehnt, nichts hat sich verändert, seit sie das Haus verließ, immer noch liegen Urkunde und zerrissener Scheck auf ihrem Schreibtisch, die Teigsterne auf dem Küchentisch warten auf den Ofen. In der Garderobe allerdings hängt Mareths Mantel, schimmernd vor Feuchtigkeit, achtlos über einen Bügel geworfen.
Mareth? Wo bist du, Mareth? Obwohl ihre Schwester nicht antwortet, weiß Rita, wo sie sie finden wird, und sie geht die Treppe hinauf, so verzögert und geräuschvoll, als wollte sie sich von weither ankündigen. Kein Aufblicken, keine Erwiderung des Grußes in Heino Merkels Zimmer, wo Mareth die Spuren des Aufbruchs beseitigt; auch als Rita ins Zimmer tritt, will ihre Schwester sie nicht bemerken, wirkt nur grübelnd und verbissen vor sich hin in einer Art von Tätigkeit, die Abweisung sofort fühlbar werden läßt. Offenbar muß man ihr den Weg verstellen, um überhaupt bemerkt zu werden, vor dem

offenen Schrank am besten oder vor dem geplünderten Regal. Wie sie ein Paar Schuhe hochhebt, dreht, wie sie sie wegstellt mit den Spitzen nach vorn und dann betupft, da möchte man schon annehmen, sie wollte sie zum Leben erwecken oder wer weiß was.

Meinen Gruß könntest du doch wohl erwidern, Mareth. Nur ein kleines Innehalten darauf, eine kurze Unschlüssigkeit, dann setzt ihre Schwester ihre Tätigkeit fort. Was ist denn nur geschehen, Mareth? Soll das unsere neue Umgangsform werden? Immerhin trifft sie jetzt ein Blick aus der Hocke, abschätzig und verweisend. Warum sagst du nicht, was geschehen ist? Warum liefst du vor mir weg am Dammtor-Bahnhof? Eine Handbewegung immerhin, knapp, wegwerfend: laß doch solche Fragen, sie helfen nicht mehr. Ein roter, ein blauer, ein weißer Schal werden nacheinander gefaltet, eingeordnet, glattgestrichen.

Wenn du mich schon anklagst, Mareth, solltest du mir auch die Gründe nennen. Auch wenn sie es nicht zugibt, darauf scheint die ältere Schwester nur gewartet zu haben, auf eine Herausforderung, auf ein Stichwort, das den gesammelten Vorwurf freisetzt, und fassungslos, als ob Rita sich alles andere, nur keine Frage nach den Gründen hätte leisten dürfen, wendet Mareth sich ihr zu und zieht einen doppelt gelegten Ledergürtel so energisch aus, daß ein trockener Knall abspringt.

Du weißt wirklich nicht, was geschehen ist? Immer noch nicht?

Offenbar kann sie nicht weitersprechen in diesem erregten Gegenüber, sie muß zu ihrer Tätigkeit zurückkehren, um loszuwerden, was sie an Enttäuschung und Bezichtigung gestapelt hat: Jetzt hast du es geschafft, Rita, durch dich

hat er erfahren, wieviel er in Wirklichkeit wert ist, und wenn du mich fragst – an seiner Stelle wäre ich auch fortgegangen.
Wieder das Ziehen in den Schläfen und der kleine rotierende Schmerz im Magen, der eine drückende Übelkeit hervorruft. Entschuldige, Mareth, aber ich muß mich setzen. – In seinem Zustand, bei seiner Empfindlichkeit: du weißt doch, Rita, daß er alles verdächtigte, was ihn an Mitleid erinnerte. Ihm konnte nur eines helfen: Bestätigung von außen, ohne Nachsicht. Rita Süßfeldt schnippt sich eine Zigarette aus einer Packung, vergißt jedoch, sie anzuzünden. Aber ich, Mareth, was hab ich damit zu tun?
Heino weiß, wem er den Preis zu verdanken hat; er hat erfahren, wer ihm in der Jury die fehlende Stimme verschafft hat, verstehst du? Vermutlich hat er sogar eure Sitzungsprotokolle gelesen. Rita Süßfeldt beobachtet, wie die Zigarette zwischen den Fingern zu zittern beginnt; schnell schiebt sie sie in die andere Hand, doch das Zittern hört nicht auf.
Gut, Mareth, ich wollte ihm helfen, ich gebe es zu. Wir beide wissen, was er in seiner Lage brauchte, du hast es selbst gesagt: eine Bestätigung von außen, ein Zeichen der Anerkennung. Ich habe es ihm verschafft, nur – ich habe seinen Argwohn nicht berechnet; das muß ich mir vorwerfen. – Nicht dies allein, Rita, jetzt hast du erfahren, was man anrichten kann mit unbedachtem Mitleid. – Hast du noch einmal mit ihm gesprochen, fragt Rita, und ihre Schwester: Er hat angerufen, er wollte dich sprechen, doch du warst noch nicht zu Hause. Er hat dir zurückgelassen, wozu du ihm verholfen hast, den Scheck, die Urkunde, den verdammten Preis. Ja, durch dich hat er

erfahren, was er wert ist: ein Ausrangierter, ein Kostgänger der Barmherzigkeit, der den Preis nur seiner Krankheit zu verdanken hat.
Rita Süßfeldts stummer Protest, ihre in Abwehr emporgerissene Hand, die langsam wieder herabsinkt; es bleibt unentscheidbar, ob Mareth ihre Worte versteht: Aber es war für mich die beste Arbeit; nie hätte ich mich so für Heino eingesetzt, wenn ich nicht davon überzeugt gewesen wäre, daß seine Arbeit alle anderen übertraf — das glaubst du mir doch, Mareth?
Nichts wandert unachtsam in die Schubläden und Regale zurück, auch jetzt nicht, selbst die Beschwerer aus Glas und Messing kommen an ihren alten Platz. Es scheint Mareth leichter zu fallen, aus dieser Tätigkeit her zu beschuldigen, mit abgewandtem Gesicht — da wirkt das Gesagte einfach kühler und endgültiger, wie seit längerem vorbereitet. Die bevorzugten Wendungen der Anklage: Somit hast du; nun ist es dir; es bleibt festzustellen . . .
Und dann fragt Rita leise, wohin er gefahren sei oder wohin er vorhabe zu fahren, und die Schwester antwortet ungenau: dies sei ein definitiver Abschied. Und Rita, auf Gemeinsamkeit aus, schlägt vor, seinen Schulfreund bei Hannover anzurufen, diesen merkwürdigen Apotheker, für alle Fälle, und Mareth übergeht den Vorschlag, da nur sie weiß, daß der Apotheker gestorben ist und Heino also nicht bei ihm wohnen kann. Und Rita Süßfeld fragt sich selbst, was denn nun überhaupt zu tun sei, und Mareth sagt: Beglückwünschen kannst du dich, da dir gelungen ist, was du erreichen wolltest. Ist das abschließend gemeint? Soll das bereits andeuten, wie man künftig wird leben müssen in diesem Haus? Ist das schon die Kündigung der Gemeinsamkeit? Ach, Mareth. Rita möchte

etwas sagen, verzichtet aber darauf. Sie geht zur Tür, wartet, jetzt muß Mareth ja wohl das Ordnen beenden und sie zumindest einmal anblicken, und nun tut sie es und wiederholt: Beglückwünschen, ja.

Hör zu, Mareth, hör zu und sieh mich an, sagt Rita Süßfeldt, du bist dabei, dir etwas vorzumachen; du glaubst, daß es die Preisgeschichte allein war, die ihn bewogen hat, fortzugehen – der Preis, zu dem ich ihm verholfen habe. Ich sage dir, Mareth, dies war nur der letzte, willkommene Anlaß, denn fortzugehen, das stand für ihn schon früher fest, als er merkte, wie abhängig ihn seine Krankheit von dir machte. Seit langem konnte er diese Abhängigkeit nicht ertragen, deshalb brauchte er mehr als alles andere eine Gelegenheit zur Selbstbestätigung.

Wie ruhig Rita bleibt vor den verengten feindseligen Blicken, und wie gelassen sie antwortet auf Mareths Frage: Woher willst du das wissen, woher? Von ihm selbst, sagt sie, und damit du auch dies weißt: er hatte manchmal das Gefühl, daß er dir nichts Schlimmeres antun könnte, als gesund zu werden, weil er fürchtete, dadurch das Opfer zu entwerten, das du ihm in der Zeit seiner Krankheit gebracht hast; das sagte er mir. Nein, Mareth, er ging nicht fort, weil er über den Preis enttäuscht war, sondern weil er sich beweisen muß, daß er ohne deine Hilfe auskommen kann.

Und darüber hat er mit dir gesprochen? – Ja, sagt Rita.

Was bietet sich nicht an nach solcher Eröffnung – verstärkte Beschuldigungen zum Beispiel oder Mißtrauen oder Lossagung; man könnte sich auch vorstellen, daß die ältere Schwester auf eine Weise hinausgeht, die am Abbruch aller Beziehungen keinen Zweifel mehr läßt, doch Mareth reagiert, wie es nicht einmal Rita vorausgesehen hat: verkrampft, leicht zusammengesackt geht sie auf das Ungetüm von Sessel zu, fischt sich den Lederriemen herauf, führt die Schnappschlösser zusammen und läßt sie klickend ineinanderfahren. Sie erprobt nicht die Verläßlichkeit der Fessel, sitzt nur regungslos da, als hätte sie sich zum Bleiben eingerichtet, oder, auch das ist richtig, als müsse sie sich abgewöhnen, etwas Bestimmtes zu erwarten.

Da kann Rita sich nicht wegdrehn und die Schwester sich selbst überlassen, die nun keine Frage mehr stellt, die sich nicht einmal vergewissern will über das, was sie bisher erfahren hat. Wie immer, wenn etwas gewonnen wird, muß andres verlorengehen. Jetzt hebt sie das Gesicht und begleitet mit ängstlichen Blicken Rita, die durch den Raum geht, nur, um sich die Streichhölzer vom Regal zu holen, und als Rita sich ihr gegenüber hinsetzt, rauchend, teilnahmsvoll, senkt sie schon wieder den Blick.

Was denn nun, Rita, was bloß: später wird sie so fragen, wenn sie ihre Unterlegenheit anerkannt hat. In diesem Augenblick aber möchte sie nur die Schnappschlösser öffnen, zur Tür laufen und erfahren, wer dort zum wiederholten Mal läutet, nicht unduldsam, sondern eher zaghaft, doch Rita ist ihr schon voraus und unterwegs, und sie kann ihr nur hinterherrufen: Laß mich nicht allein, nicht zu lange allein.

Natürlich ist Matthiessen beunruhigt, er will nicht drängeln, nicht stören, nur erkundigen möchte er sich, wie lange die redaktionelle Arbeit wohl noch dauern wird; außerdem möchte er vorschlagen — falls es Schwierigkeiten gäbe —, den Text gemeinsam auf Glanz zu bringen, vielleicht bei einem vierundsechziger St. Emilion — na, wie wär's?

Rita Süßfeldt horcht ins Haus zurück, und dann: Es geht nicht, heute nicht; Sie müssen mich verstehen. Aber Dunkhase, sagt der Mann, er soll das Manuskript doch noch heute lesen. – Warten Sie.
Und dann geht Rita Süßfeldt in ihr Arbeitszimmer – er sieht sie bei offener Tür hastig Manuskripte anlesen, durchblättern, wegschieben – und kehrt mit zwei Packen gehefteter Blätter zurück und reicht sie dem Mann, ohne aufzublicken.
Hier, das sind sie, die beiden Kapitel, die ineinandergeschoben werden müssen. Sie bittet den Mann, die Texte bei Dunkhase abzugeben, mit einem Gruß, ja, und wenn möglich mit dem Hinweis, daß beide Kapitel miteinander verschmolzen werden sollen zu einer neuen Arbeit: *Umstrittene Entscheidung* oder so ähnlich, es muß also auf verschränkende Weise gelesen werden. Ob sie ihm das zumuten dürfe? Ob sie sicher sein kann, daß er Verständnis aufbringe für ihre Lage? Und ob sie sich nun entschuldigen dürfe, da etwas geschehen sei, was ihr keine andere Wahl lasse, als hierzubleiben?
Matthiessen zuckt die Achseln, rollt die Manuskripte zusammen und schlägt sie in seine offene Hand und dann, weich, fast streichelnd, auf Ritas rechte Schulter. Hoffentlich, sagt er, kommt uns nichts Ähnliches bei der Schlußredaktion dazwischen, denn die möchte ich mit Ihnen zusammen machen.
Darf ich jetzt gehn, fragt Rita, und er: Aber gewiß doch, ich warte nur darauf, um mir Ihren Gang von hinten einzuprägen – er erinnert mich an Leute, die auch beim besten Vorsatz immer zu spät kommen.

23

Mit seiner unentbehrlichen Lieblingszeitung bewaffnet, latscht Janpeter Heller an diesem Morgen durch die Empfangshalle und stäubt sich den Schnee vom Mantel, bevor er an die Pförtnerloge tritt, um sich seinen Schlüssel reichen zu lassen. Sein Schlüsselbund hängt nicht am Brett; dennoch nennt er Ida Klöver seine Nummer, und während die schwerfällige Frau zu suchen beginnt, begrüßt er das Hausmädchen mit steifem Fingerspiel, öffnet und schließt da eine angedeutete Schere, umsonst allerdings, denn Magda blickt ihn nur kurz und verständnislos an und beugt sich mit schweißbedeckter Oberlippe über ihre Toto- und Lottoscheine, die Mühe bezeugend, die man wohl aufbringen muß, um sein Glück durch Kreuze dingfest zu machen.

Ach ja, sagt Ida Klöver, wir haben Ihr Gepäck schon heruntergebracht, Sie wollten doch sowieso abreisen, Ihr Zimmer ist bereits wieder belegt. Dort neben dem verkleideten Kamin steht Hellers Koffer, und auf dem Koffer, gut ausbalanciert, liegt seine Aktenmappe. Wer bezahlt denn nun die Rechnung?

Heller möchte selbst bezahlen, er fragt: Was macht'n der Spaß? – und unter den Augen von Frau Klöver zählt er lappige Geldscheine auf den Tisch, die er, nur von einer Büroklammer zusammengehalten, in der Hosentasche trägt. Er faltet die Quittung mit einer Hand – gerade als wollte er der alten Frau vorführen, was er mit einer Hand alles fertigbringt –, da schiebt Ida Klöver ihm mit einem scharf wischenden Geräusch einen Zettel zu: Hier noch, das hätte ich fast vergessen. – Doch nicht etwa Heizungszuschlag? – Ihre Frau, Herr Heller, sie hat schon zweimal angerufen; unter dieser Nummer können Sie sie erreichen.

Dies ist nicht meine Nummer, es wird die Nummer der Praxis sein, denkt er, während er die Telefonzelle betritt. Er dreht sich um, nachdem er gewählt hat, und sieht durch das staubige, verglaste Guckloch die beiden Frauen im Gespräch, bedenklich den Kopf wiegend die ältere, grinsend und mit einem Bleistift zu ihm hinzielend die junge. Charlotte? – Einen Augenblick, bitte.

Anscheinend hat sie den Hörer auf die Brüstung ihrer Kommandobrücke gelegt, um frei zu sein für einen anspruchsvollen Abschied oder für eine Aufnahme. Charlotte? – Ja, entschuldige, hier ist Hochbetrieb heute morgen. Er spürt ihre Not, zu beginnen, stellt sich vor, wie sie die Türen beobachtet, während sie mit ihm spricht, hastig, unterdrückt, und er weiß sogleich, daß sie nicht nur angerufen hat, um zu erfahren, ob er noch da sei. Ein Ton in ihrer Stimme bereitet ihn darauf vor, daß etwas Ungewöhnliches geschehen ist oder dabei ist, zu geschehen, Charlottes kleiner Schicksalston, der zu feierlicher Erwartung verpflichten möchte.

Hör zu, Janpeter: ich bin entschlossen, zu kündigen. – Du? – Ich hab es noch nicht getan, aber seit gestern abend überlege ich's mir. – Weiß er es? – Wenn ich es tue, dann geschieht es seinetwegen. Charlotte schweigt, nicht, weil sie zu schweigen gezwungen ist, sondern aus Enttäuschung darüber, daß Heller nicht erregter oder wenigstens beteiligter fragt; ja, sie hat sogar das Gefühl, daß sein Interesse abnimmt, während sie ihm nun eine gängige Auseinandersetzung schildert, zu der natürlich sein Besuch in der Praxis Anlaß gab: im Auto noch – so versteht er – harmlose Bilanz des Tages; im Lokal beim Essen schon bissige Kommentare, die allesamt Heller galten; auf der Heimfahrt, mit all dem Rotwein, spöttische Anspielung auf die verflossene Ehe; und zu Hause dann, Stefanie war glücklicherweise schon im Bett, eine Litanei von Verachtung und Haß. Sag doch selbst, da muß man sich einfach mitbetroffen fühlen. Jedenfalls, ich bin drauf und dran, zu kündigen.

Hellers Seufzen, Hellers verwunderter Blick auf die Muschel des Telefonhörers, bevor er, das Erfahrene bewertend und die Folgen abschmeckend, zu sprechen beginnt: Wenn du mich schon fragst, Charlotte... zu überstürzt... zu gewaltsam und unangemessen; denn sieh mal, prüf mal und versuch auch mal die andere Seite zu verstehn, nicht zuletzt deshalb, weil vieles anders klingt, als es gemeint ist.

Er möchte ihr abraten von vorschneller Kündigung, er möchte sie überhaupt warnen vor vorschnellen Entschlüssen. Charlotte? Bist du noch dran? Ja, ja, und dann, nach einer Pause, fast monoton: Du rätst mir also ab? Nein, sagt Heller, nicht grundsätzlich; aber im Augenblick, Charlotte, rate ich dir abzuwarten und nicht gleich die Flinte ins Korn zu werfen, denn die spontane, die unüberlegte ...

Heller spricht und hört sich selbst aufmerksam zu beim

Sprechen, und je mehr Worte er macht, desto weniger versichert er sich, ob sie angenommen werden und etwas hervorrufen. Das ist der Grund, Charlotte: ich will dich vor etwas bewahren, das du bereuen könntest.
Sie kann ihm nicht länger zuhören, der Stimmensalat vor ihrer Kommandobrücke zeigt ihm bereits an, daß sie bedrängt, verlangt wird: warum bemüht er sich da so, das Wort zu behalten? Verstehst du mich, Charlotte? Sie muß auflegen, sie möchte nur noch wissen, ob er noch einmal anrufen kann, hier oder zu Hause: Bitte, Janpeter, ruf mich noch einmal an.
Heller bleibt unbestimmt. Heller wird es versuchen. Durch das Guckloch in der Telefonzelle erkennt er Rita Süßfeldt, die sich jetzt aus einem Gespräch mit der alten Frau löst und auf ihn zukommt, und eilig, so als ob er damit allein ihrer Aufforderung entspreche, sagt er zu Charlotte: Ich werde es versuchen, irgendwann. Beide legen grußlos auf, sie früher als er.
Durch die Art, wie er aus der Telefonzelle tritt, fühlt Doktor Süßfeldt sich zu der Frage veranlaßt, ob alles in Ordnung sei, worauf Heller antwortet: Warum soll nicht alles in Ordnung sein? Forscher Handschlag. Von ihm aus sei alles klar, er habe beglichen, was zu begleichen war, sein Gepäck stehe auch schon bereit, nur verabschieden müsse er sich ja wohl noch.
Und zuerst gibt Heller Frau Ida Klöver die Hand, und da ihm gleich bescheinigt wird, daß er ein angenehmer Gast gewesen sei, kann er nicht mehr, wie er's vorhatte, langzähnig Dank sagen für mäßige Heizung, für mäßiges Frühstück und ebenso mäßige Bedienung; vielmehr gibt er nur zu verstehen, daß er sich insgesamt wohlgefühlt habe – jedenfalls war es zum Aushalten.

Danach gibt er Magda die Hand, streicht unbemerkt über die flachen Dellen und ist nicht überrascht, daß das Hausmädchen den Händedruck brüsk verkürzt und sich in ihrem Drehsessel, kraftvoller als nötig, so herumwirft, daß ihre Tippzettel vom Tisch flattern. Aus seinem hinübergerufenen »Tschüß noch mal« kann man ohne weiteres Erleichterung heraushören. Aufgeräumt lüftet er sein Gepäck. Rita Süßfeldt hält ihm beide Türen auf. Und draußen?

Draußen sucht er vergeblich das gemütliche, froschgrüne Auto, und Rita Süßfeldt entschuldigt sich und stellt gleichmütig fest, daß heute der allmonatliche Streik fällig gewesen sei, daran könne sie nichts ändern. Auch wenn sie äußerste Vorsorge treffe: einmal im Monat laufe die Batterie leer, an diese Laune habe sie sich gewöhnt, nicht zuletzt deswegen, weil ihr Auto sie durch andere Vorzüge reichlich entschädige.

Sie schlägt vor, den Bus in die Innenstadt zu benutzen, ausnahmsweise.

Heller muß zustimmen. Der Bus ist nur zur Hälfte besetzt, Heller kann den Koffer zwischen die Beine nehmen, die Mappe ruht an seinem Schenkel, nein, er belästigt keinen Fahrgast mit seinem Gepäck, anders als der Alte mit dem verkniffenen Gesicht, der tatsächlich einen betagten Kinderwagen voll Werkzeug bei sich hat, Wasserwaage, Fuchsschwanz, Stemmeisen, alles mit Sacktuch umwickelt. Zu lange schon halten die beiden — Rita und Heller — den Blick des anderen aus, jetzt muß etwas gefragt werden, und es ist Heller, der wissen will: Immer noch ein gutes Gefühl? Ich glaube schon, sagt Rita Süßfeldt, beide Kapitel zusammengenommen sollten ein brauchbares Resultat ergeben. Leider habe ich sie nicht mehr verschmelzen können, der Dunkhase wird ja wohl lesen können.

Sind Sie von Lucy begeistert? fragt Heller plötzlich. Nein, und Sie? — Ich auch nicht, und gerade das bestätigt mir immer mehr, wie sehr sie geeignet ist. Eine strahlende Lucy, eine Lucy, die uns aus dem Häuschen bringt und uns baff werden läßt vor Bewunderung: kein empfehlenswertes Beispiel. Strittig bei allem Wegweisenden — das schwebte mir vor. Ein Vorbild, mit dem man auch ins Gericht gehen kann. — Manchmal, sagt Rita, hat es Augenblicke gegeben, in denen ich unserem Vorbild gern zur Hilfe gekommen wäre: große Entschlüsse scheinen wohl schutzlos zu machen — oder verwundbar nach anderer Seite —, und so erschien sie mir mitunter: schutzlos. — Und vielleicht beschränkt, sagt Heller, im Sinne der großartigen Beschränktheit, zu der ein Vorbild wohl verpflichtet ist. – Wir haben es ausgesucht, sagt Rita, dieses Vorbild; und wenn ich mir vorstelle, wie viele junge Leute sich an ihm reiben werden — also mir wird etwas bange dabei.

Zwei Sitze vor ihnen entwickelt sich zügig eine Auseinandersetzung, selbstverständlich wird sie mal wieder von einem amtlichen Kontrolleur entfacht, der dem Kerl mit der transportablen Werkstatt beibringen will, daß es noch eine gute Viertelstunde zu früh ist, um auf verbilligtem Rentnerfahrschein zu reisen; worauf der Alte nur drohend sagt, daß die Wohnung seiner Tochter schon seit heute morgen unter Wasser steht. Nun möchte der Kontrolleur gern wissen, welche Bedingungen wohl an die, wie er sich ausdrückt, Inanspruchnahme eines verbilligten Rentnerfahrscheins geknüpft sind; ob es nicht so sei, daß man öffentliche Verkehrsmittel nur zu besonderen Beförderungszeiten benutzen dürfe. Dat segt Se man

dem Hochwasser, sagt darauf der Rentner und wendet sich beleidigt ab.
Man muß sich wundern, wie unentmutigt der schmächtige Kontrolleur bei der Sache bleibt, denn nun versucht er herauszufragen, ob es dem Rentner überhaupt bewußt sei, daß er eine gute Viertelstunde vor der erlaubten Zeit von seinem Rentnerpaß Gebrauch macht. Als der Rentner darauf trocken Leck mich am Arsch sagt, möchte der Kontrolleur zu einem Zweck, den nur er kennt, diesen Ausdruck wiederholt haben.
Jetzt ist es wohl unvermeidlich, daß Heller sich einmischt, und zwar von seinem Sitzplatz aus. Er ruft: Was soll das? Warum reizen Sie den alten Mann? Wenn er etwas nachzuzahlen hat — ich übernehm es. Nicht der Kontrolleur, der Rentner ist es, der Heller antwortet: Nu spielen Sie sich man nich so auf, sagt er, Sie halten einen wohl für wer weiß was. Und der Kontrolleur zwängt sich am Kinderwagen vorbei, wortlos zwar, doch begierig, und als ob dies seine Antwort sei, bittet er Heller um Aushändigung seines Fahrscheins, den er genußvoll auf Datum und Nummer kontrolliert, den er zwischen den Fingern reibt und sogar gegen das Licht hält. Mit den Worten »Glück gehabt« gibt er den Fahrschein zurück und wendet sich zunächst wieder dem Alten zu, wie einer halbwegs sicheren Beute, die es gilt, erst einmal einzubringen.
So, und nun muß jeder das mögliche Ende einer alltäglichen Auseinandersetzung für sich selbst erfinden; denn Rita Süßfeldt gibt Heller zu verstehen, daß sie aussteigen müssen: dort drüben, das magere Haus, das alte. Heller jongliert sein Gepäck an den Männern vorbei, die für die kurze Zeit des Stopps ihre Auseinandersetzung unterbro-

chen haben. Soll ich Ihnen etwas abnehmen? – Es geht schon, sagt Heller, ich komm schon zurecht.
Die klemmende Tür, die ausgetretenen Steinstufen, der behelfsmäßige Glaskäfig, hinter dem ein bis zur Unhöflichkeit sachliches Mädchen den Empfang regelt und Telefonverbindungen herstellt: hier erst fragt Rita Süßfeldt, ob Heller, da er sein gesamtes Gepäck bei sich habe, in jedem Fall abreisen werde, gleich, wie alles ausgeht. Er werde wohl abreisen müssen, sagt Heller, es habe sich so ergeben. Stoßweise schorrt er den Koffer mit dem Schienbein neben den Glaskäfig, genau an die Stelle, die das Mädchen ihm mit klimperndem Lid bezeichnet, danach wird ihnen der Weg freigegeben zu Doktor Dunkhase: Erster Stock, folgen Sie nur immer dem Schild mit den drei Barken.
Die winkligen Gänge, vor allem aber die verbrauchte, stehende Luft, ja, Doktor Süßfeldt ist davon überzeugt, daß es diese Luft in den Gängen ist, die den Blick trübt und ein schmerzhaftes Dröhnen hervorruft. Sie schwankt, sie wischt sich die Augen, reibt flüchtig ihre Schläfen, doch auf Hellers fragende Geste nickt sie beschwichtigend: Ich kann schon. Nur noch einen Haken, und dort ist die vielfach unterteilte Glastür, auf der als Scherenschnitt drei stilisierte Barken kleben, von wenigen, aber dekorativen Wellen umspült.
Sie also, diese Barken, segeln den Geist heim, das Bleibende, das schöne Unbestrittene, zur Zeit unter dem Kommando von Doktor Dunkhase. Muß man hier anklopfen?
Keine Antwort auf das Klopfzeichen, deshalb treten sie ein, scheren auseinander und drücken sich wie Türhüter neben die Pfosten; einfach, weil ihnen nichts anderes

übrig bleibt in einem Raum, dessen Fußboden und Wände, dessen Tische und Heizungen und Regale von großformatigen Fotografien bedeckt sind. Und dort am Fenster, auf kleiner, verbleibender Landzunge sozusagen, Doktor Dunkhase mit sorgfältig vernachlässigter Titusfrisur, dickwandige Teetasse in der Hand, mißmutig die Fotografien auf dem Boden musternd, gleich einem enttäuschenden Gewässer, dem nichts abzugewinnen ist.

Heller denkt sofort: der könnte gut und gern in meiner Klasse sitzen. Links neben Dunkhase, betreten, karierten Sporthut auf dem Hinterkopf, ein älterer Fotograf; rechts neben Dunkhase, blaß, flachwangig, mit dem Rangabzeichen eines amerikanischen Sergeanten am Oberarm, die Tochter des Fotografen, offenbar mit im Geschäft.

Jetzt also Begrüßung über die Bilder hinweg, ziemlich sparsam, nur angedeutet, und gleich wieder Rückversetzung in melancholische Betrachtung. Da soll augenscheinlich ein Bildband entstehen, ein Band unter dem Titel *Die Gesichter Deutschlands*, und was Dunkhase so mißmutig macht, scheint gerade dies zu sein: daß die Bilder keinen Aufschluß geben über Deutschland, zumindest scheinen sie ein Land zu illustrieren, das er nicht im Sinn hat. Sein Fuß zuckt, mit einem Fuß schiebt er umsichtig die Bilder zur Seite, scharrt sich da eine Furt und begutachtet die Fotos aus anderem Blickwinkel – mit dem gleichen traurigen Ergebnis, denn nun schüttelt er angewidert den Kopf, seufzt und erklärt der Fotografen-Familie den Grund seiner Unzufriedenheit: Lastkähne auf dem Rhein – wenn ich das schon sehe, dies glitzernde Dreieck im Wasser, ornamentaler Dunst über den Hängen, und darüber natürlich die unvermeidliche Burgruine – schön ist das, friedhofsschön, vielleicht für einen Speisewagen

der Bundesbahn, aber doch nicht für uns. Oder hier: norddeutscher Krabbenfischer, durch aufgehängtes Netz fotografiert – das ist ja ein geradezu wunschloser Feierabend, braucht nur noch einen Goldrahmen, und dann wird niemand mehr erfahren, wie beschissen es den Krabbenfischern geht. Und diese fröhlichen Kumpel, die hier nach der Schicht duschen – ich kann mir nicht vorstellen, daß die schon mal etwas von einer Staublunge gehört haben. Schöne Bilder, erlesene und friedfertige Bilder, das schaffende Deutschland in Mattglanz – Menschenskind, aber genau so wollten wir es nicht haben.
Doktor Dunkhase stürzt seinen Tee hinunter, blickt hilfesuchend auf Heller und Rita Süßfeldt, erkennt, daß sie noch keine Tassen haben, und ruft in einen Nebenraum hinein: Olga, mehr Tee und zwei Tassen. Fassungslos wandert er durch Landschaften, an Stadtbrunnen und erleuchteten Industrien vorbei, ärgerlich versenkt er sich in sattsam bekannte Sonntagsgesichter – alter Weinbauer von der Mosel; Meßdiener in Rottach am Inn; Hamburger Hafenarbeiter –, während das Mädchen hinter ihm damit beginnt, die Fotos einzusammeln, lautlos beinah.
Nun kommt Olga mit dem Tee, eine verschreckte Frau, die die Tassen am langen Arm über die Bilder hinwegbringt, halb gefüllte Tassen, und danach schenkt sie Dunkhase Tee aus einer Flasche ein. Wohl bekomm's also. – Mein Gott, sagt Rita, das ist ja reiner Whisky, und Dunkhase beiläufig: Wir nennen es Tee, und uns bekommt es wie Tee.
Eine umfassende Handbewegung: Was machen wir nun mit diesen schrecklich guten Bildern? Was meinst du, Paul? Ich kann mir nicht helfen: alles, was dir vor die Linse kommt, wird zum Schatzkästchen, sogar dieses

Land. Bei dir erscheinen die Trauben süßer, der Schnee weißer, die Gesichter mitteilsamer, und selbst der Dunst wird zum Kompositionserlebnis. Wenn ihr nur ein bißchen weniger vollkommen wärt! Wenn ihr, die Liebhaber des Stillstands, euch auch mal mit der Aktion befreunden könntet! Selbst aus der Notlage macht ihr noch einen übersonnten Winkel. Wo sind bei dir die Zeichen der Unruhe? Wo war deine Kamera, als gegen den Schah protestiert wurde? Warum verschont sie den schlagenden Polizisten? Weshalb verbündet sie sich nicht mit den jungen Leuten, die das leerstehende Haus an der Alster besetzten?
Er unterbricht sich, blickt auf die Tür, die umsichtig geöffnet wird: Lektor Matthiessen, der jede Aufmerksamkeit zurückweist, der storchenhaft zu seinem Schreibtisch watet, vermutlich, um die Post durchzusehen, doch jetzt schiebt er sie nur zur Seite und setzt sich neben das Telefon: Olga? Tee!
Bevor Olga bedient, zieht er ein Manuskript aus der Brusttasche und streckt es Dunkhase hin mit den Worten: Einig, da gibt's nichts. Dunkhase nickt, als habe er nur diese Auskunft erwartet, sein Blick läuft zu Rita Süßfeldt und Heller hinüber, die er erst einmal um Entschuldigung bittet, daß er ihnen keinen Stuhl anbieten kann, dann bittet er sie zu entscheiden, wann sie drankommen wollen. Keine Meinung? Das heißt also gleich.
Im übrigen sei auch zu den Bildern mehr zu sagen, über einzelne könne man sich sogar verständigen — langer Schluck, kurzes Besinnen. Geläufiger Sprung von einer Szene zur anderen. Schon faltet sich verpflichtend die neue Dekoration auf: Tja, Freunde.
Diese Eröffnung läßt nichts Gutes ahnen. Doktor Dunk-

hase wiegt das Manuskript in der Hand, mimt Anerkennung und deutet auf Matthiessen und dann auf sich: Wir haben es beide gelesen, das dritte Kapitel, oder doch das, was für's dritte Kapitel herhalten soll. Wir meinen: ein interessanter Vorschlag. Der Konflikt: diskutabel; der politische Hintergrund: einleuchtend. Lucy Beerbaum selbst, das Vorbild: immerhin achtbar. Wir verkennen auch nicht, wie viel gewonnen wäre, wenn man beide Kapitel miteinander verschmilzt.

Mit anderen Worten, sagt Heller, Sie schätzen unseren Vorschlag, sehen ihn aber fürs Lesebuch als völlig ungeeignet an. So schnell möchte Dunkhase nun auch wieder nicht verstanden werden, schließlich hat er den Vorschlag mit Interesse gelesen, und außerdem besteht er darauf, abgegebene Urteile auch zu begründen. Er macht sich notdürftig Platz auf dem Fensterbrett, verschränkt die Beine, nippt aus der Tasse und richtet sich zu einer Ansprache ein, doch Rita Süßfeldt läßt ihm keine Gelegenheit, grundsätzlich zu werden. Sie fragt: Der Name dieser ungewöhnlichen Frau und ihre Aktion – sie sind Ihnen doch hoffentlich bekannt? – Vollauf, sagt Dunkhase; ich war lange genug mit einem ihrer Assistenten befreundet, Rainer Brachvogel, vielleicht kennen Sie ihn.

Und dann möchte er sagen, daß die Arbeit, auch wenn sie für sich genommen durchaus anregend sei, keine Aufnahme finden sollte in ein deutsches Lesebuch. Wenn ihn nicht alles täusche, sollte doch ein Vorbild ausfindig gemacht werden, ein Vorbild für diese Zeit: so habe der Auftrag gelautet, darüber sei man sich einig gewesen.

Sagen Sie bloß, Sie kennen ein besseres, sagt Rita Süßfeldt. Die engen Jeans scheinen Dunkhase im Schritt zu kneifen, er bezupft da spielerisch die Gegend seines Ge-

schlechtsteils und bringt die Beine sacht auseinander. Es geht nicht um das beste Beispiel, sagt Dunkhase, vielmehr suchen wir ein Vorbild, das uns heute angemessen ist und uns auf diesem Breitengrad entspricht. Ist Lucy das etwa nicht, fragt Rita Süßfeldt schroff und fordert Heller mit einem Rippenstoß auf, seine Gegenkritik sogleich anzumelden. Der aber hört nur zu in einer Haltung ironischer Interessiertheit, gerade so, als wisse er bereits im voraus, was hier gesagt werden wird, und als sei er lediglich geblieben, um sich seine Befürchtungen nacheinander bestätigen zu lassen. Und darum nickt er prompt, als Dunkhase Lucys Tat ein Beispiel der passiven Auflehnung nennt, das zwar schön anzusehen, im übrigen aber von nobler Wirkungslosigkeit sei. Er denkt jetzt mal an die vielen jungen Leute, denen heute als Vorbild eine alte oder doch ältere Frau angeboten wird: er selbst sei noch jung genug, um schon dies Angebot als Herausforderung seines Generationsgefühls zu erleben. Mißtrauen stellt sich da wie von selbst ein. Und Zweifel. Und die Unlust, etwas davon zu übernehmen, was solch ein Vorbild lehrt.
Ich hör wohl nicht recht, sagt Rita Süßfeldt, und Dunkhase, der die Worte von einer Leuchtschrift abzulesen scheint: Größer noch wird meine Skepsis, wenn ich an den Fall denke, der hier als beispielhaft dargestellt wird. Protest gegen illegale Gewalt – gut. Aber es ist ein privater Protest. Beschaulich, meditativ. Ein elegisches Nein. Eine Auflehnung in Demut. Damit kann sich eine emanzipatorische Erziehung nicht zufriedengeben: mit einem Protest, der taten- und deshalb folgenlos bleibt. Und ich kann mir ebensowenig vorstellen, daß unsere jungen Leute sich mit einem Vorbild zufriedengeben, das vor allem einprägsam leidet, mitleidet.

Eben, sagt Heller, und darum darf nur solch einem Vorbild Tauglichkeit bescheinigt werden, das entweder zu Aktionen aufruft oder Aktionen vormacht; alles andere ist Götterspeise mit Himbeergeschmack.
Dunkhase übergeht nicht nur den Sarkasmus, er nimmt Hellers Satz einfach an, als ob er ihn selbst gesprochen hätte, und fährt fort: Schließlich bestätigen Theorie und Praxis des politischen Kampfes, daß nur durch Aktionen Veränderungen herbeigeführt werden können. Das revolutionäre Potential in den Schulen muß jedenfalls anders geweckt werden: durch Vorbilder, die handeln.
Die um jeden Preis handeln, ergänzt Heller, weil sie den Kompromiß als Unglück ansehen. Handeln als neue Form der Lösung, als Religion, ohne Rücksicht darauf, wohin die Gemeinde gelangt. Die Lösung ist das, was jeweilig entsteht, und das Gelobte Land ist gerade da, wo der Zug hält.
Dunkhase zögert, er fragt: Ich weiß nicht, worauf Sie im Augenblick hinauswollen, und Heller, einfühlsam: Ich wollte Sie nur auf eine neue Spielart der Arroganz aufmerksam machen – Handeln um jeden Preis.
So, sagt Dunkhase, das scheint mir entgangen zu sein, aber da ist noch ein dritter Einwand gegenüber Ihrem Vorbild, und wenn Sie einverstanden sind ...
Meinen Sie etwa die Vergeblichkeit des Opfers, fragt Rita Süßfeldt. Nein, es ist etwas anderes: diese vertrackte Neigung Ihres Vorbilds, sich zu rechtfertigen. Uns wird da zuviel um Verständnis gebeten. Zu uferlos begründet. Überlegen Sie mal, wieviel Zeit Ihr Vorbild allein damit zubringt, um Nachsicht zu bitten. Eigenwerbung zu betreiben. Sie werden doch wohl nicht annehmen, daß unsere jungen Leute dafür etwas übrig

haben werden. Wir meinen: ein Vorbild braucht sich nicht selbst zu rechtfertigen. Seine Aktionen, die sind gerechtfertigt durch die herrschenden Zustände. Entschuldigen Sie, Herr Heller, in Ihrem Alter, da kann einem Lucy Beerbaum wohl als Vorbild erscheinen; auf uns macht sie den Eindruck, als hätte sie zu spät ihren Gandhi gelesen. Olga? Tee!

Und Olga huscht aus dem Nebenraum, eine dienstbare Maus, die jederzeit bereit ist, und wieder schenkt sie Spezialtee aus einer Flasche ein, nicht Heller, auch nicht Rita Süßfeldt, dafür scheint's der Fotograf aber besonders nötig zu haben, denn er läßt sich die Tasse randvoll füllen.

Du siehst, Paul, sagt Dunkhase zum Fotografen: Schwierigkeiten kommen in allen Familien vor, gleichartige Schwierigkeiten; und dann zu Heller und Rita Süßfeldt: Tja, Freunde, nichts für ungut, aber das dritte Kapitel verdient es wirklich, noch einmal gemacht zu werden. Wenn ihr wollt, schafft ihr es bis morgen, nur schminkt euch Typen wie Lucy Beerbaum ab, diese Lotosblüten des gewaltlosen Widerstands. Alle Bindungen beruhen nun einmal auf Gewalt, und um der zu begegnen, muß ein gegenwärtiges Vorbild handeln. Greift nicht so hoch und nicht so weit: ein Mieterprotest, eine Hausbesetzung, ein Vorgang in der Schülerverwaltung, alles Gelegenheiten, um vorbildhaftes Handeln vorzuführen. Oder irre ich mich, Lothar?

Lektor Matthiessen, auch sitzend ein lebendes Fragezeichen, hebt seinen Zeigefinger, läßt ihn mit rhythmischem Schnalzen nach beiden Seiten ausschlagen wie ein Metronom: ein Irrtum ist ausgeschlossen. Da er aber schon dies festgestellt habe, möchte er auch noch hinzufügen: falls ein Mangel an Stoff auftreten sollte oder an Beispielen – er verfüge über Dankschreiben als anonymer Anreger, und falls man ihn rufe, sei er bereit, auch in diesem Fall seine Fähigkeiten spielen zu lassen, und so weiter. Dunkhase lächelt. Ob er hiermit das Manuskript zurückgeben dürfe zu beliebiger Verwendung? Ob er fest mit einem neuen Vorschlag rechnen dürfe, vielleicht schon morgen nachmittag? Und ob man ihm jetzt wohl erlaube, sich der weiteren Arbeit zuzuwenden, ohne daß er das Gefühl haben müsse, ihnen allzu heftig auf die Füße getreten zu haben?

Zum Erstaunen von Rita Süßfeldt, der eine spitze, flammende Zunge über den Hals wächst und die eine Zigarette so überhastet anzündet, daß zwei Streichhölzer brechen, schlägt Heller seinen Mantelkragen hoch, rollt mit den Schultern und fängt dann lässig das Manuskript auf, das Dunkhase ihm über den Fotografen hinweg zuwirft: Gut denn, gehen wir. Rita Süßfeldt weigert sich, sie streift Hellers Hand von ihrem Unterarm, sie will sich nicht einfach mitziehen lassen, denn wenn das Urteil auch nicht aufzuheben ist, so möchte sie doch einiges loswerden.

Wissen Sie überhaupt, so fragt sie, wie lange wir zu dritt gearbeitet haben, bis wir uns für dieses Vorbild entschieden? Wieviel wir gelesen, beurteilt, ausgemustert haben? Können Sie sich vorstellen, daß es eine mühselige, eine langwierige Einigung war?

Dunkhase, in der Annahme, dieses Gutachten und seine Folgen hinter sich zu haben, macht jetzt vor, wie Verblüffung in Gereiztheit übergeht und wie Gereiztheit das Argument bestimmt. Entschuldigen Sie, sagt er, aber Sie werden doch wohl einsehen, daß nicht die Mühseligkeit

Ihrer Einigung zur Debatte steht, sondern allein das abgelieferte Resultat; das nur haben wir zu bewerten.
Er hat recht, sagt Heller und langt zielbewußt nach Ritas Arm, um sie wegzuziehen: Und je länger Sie sich verteidigen, desto sicherer behält er recht. Außerdem haben Sie doch gehört: ein Vorbild soll sich nicht rechtfertigen. Zum Abschied tarnt Heller seine Geringschätzung mit ausladender Hochachtung, während Rita Süßfeldt ankündigt, daß für sie dieser Film noch nicht gelaufen sei, sie habe da noch einiges anzumerken, anzumelden, man solle sich darauf gefaßt machen, denn sie gebe nichts verloren, bevor sie nicht zur Einsicht genötigt werde — so ungefähr.
Und dann im Gänsemarsch hinaus, und ebenso den verwinkelten Gang hinab, und da Heller vorangeht, ist es fast unvermeidlich, daß er auf einmal ein brennendes, prickelndes Gefühl am Hals spürt, es kribbelt zwischen den Schulterblättern, es summt im Hinterkopf und sticht in seine Kniekehlen, und da alles um so ungemütlicher wird, je länger sie schweigend hintereinander hergehen, läßt er Rita Süßfeldt auflaufen, packt sie an den Oberarmen und biegt das zornige Gesicht ins Licht und sagt extra gedehnt: Wenn Ihre Wut nicht nachläßt, schlagen gleich Flammen aus meinem Mantel, es sengelt nämlich schon. Ein Befreiungsversuch, ein Aufstöhnen, eine wegwerfende Handbewegung. Ach, lassen wir das, Herr Heller.
Dann wieder im Gehen über die Schulter nach hinten sprechend, benennt er, was sie so außer sich gebracht hat: den Anlaß zu doppelter Enttäuschung, also die Ablehnung des Vorschlags und daneben seinen, Hellers Verzicht auf jede Art von Verteidigung. Sie sind wütend,

weil ich mich nicht gewehrt habe, stimmt's? Weil ich ihn nicht korrigierte, zurückschoß, fertigmachte. Es wäre Ihnen wohler, jedenfalls, wenn ich mich stark gemacht hätte für unser Kapitel, anstatt mich in Ironie zu retten.
Der harte Rhythmus ihrer Schritte ist die einzige Antwort, und Heller wieder nach einer Pause: Vielleicht werfen Sie mir sogar vor, daß ich unserer Arbeit untreu wurde durch vorschnelle Unterwerfung. Wenn Sie das wirklich tun, dann muß ich Ihnen mal etwas sagen. Auch wenn ich nicht viel gelernt habe, dies weiß ich im ersten Augenblick: ob sich ein Überzeugungsversuch lohnt oder nicht. Und Dunkhase gehört zu den Typen, die niemand überzeugen kann, weil für sie jede andere Meinung eine verdächtige Autorität ist. Die werden nie unser Vertrauen in den Widerspruch begreifen. Die einzige Genugtuung, die man in solchen Fällen für sich herausschlagen kann, besteht darin, Worte zu sparen.
Keine Antwort von Rita, sie gehen jetzt schweigend zum Empfangskäfig; Heller nimmt sein Gepäck auf, läßt sie vorangehen und als erste hinaustreten auf die Straße.
Die Kälte, der Wind, ein leichter Schmerz und ein kleines Atemstocken. Der Wind trägt feinen Mörtel mit heran, von der Abbruchstelle drüben, wo sie ein noch gut und gern bewohnbares Haus zerschlagen und ausweiden, einen geräumigen alten Kasten, der berechneten Schlägen ziemlich berechnet nachgibt.
Was nun? Ist dies die Gelegenheit zum Abschied? Ja, sagt Rita Süßfeldt, ihre Handschuhe um die Finger wikkelnd, ein bißchen mehr an Selbstverteidigung hätte ich schon von Ihnen erwartet, einfach Zunder, Gegenwehr, Sie wissen schon. Schließlich sind auch wir mittlerweile zu Experten geworden. – Experten ohne Mittel, sagt Hel-

ler und schwankt, ob er sein Gepäck absetzen soll, um den Abschied einzuleiten, doch er braucht sich nicht zu entscheiden, da Rita an ihm vorbei auf die Fahrbahn stürzt und ein Taxi heranschnippt: So, und jetzt bringen wir Sie zum Hauptbahnhof.

Er ist kaum überrascht, daß sie zu ihm auf den Rücksitz kommt und dem Fahrer das Ziel nennt auf ihre Weise: Einmal Hauptbahnhof, wenn's möglich ist. Still sitzen sie nebeneinander, den gleichen Erschütterungen ausgesetzt, beschäftigt mit dem Geschmack der Trennung. Vieles verlangt noch gesagt zu werden, die Fahrt könnte erträglicher werden durch Sprechen, ja, einige bekenntnishafte Sätze würden vielleicht den stringierenden Geschmack verändern, aber beide verzichten darauf, machen sich allenfalls knapp auf Baustellen aufmerksam oder auf zwei dunkle Limousinen mit Motorrad-Eskorte, derentwegen sie gestoppt werden. Erst vor dem Hauptbahnhof beginnt Rita sich nach den Reisevorbereitungen zu erkundigen, und Heller muß zugeben, daß er noch keine Fahrkarte hat, und daß er noch nicht einmal weiß, wann die nächsten Züge nach Diepholz gehen. Und er muß zugeben, daß er nicht mit dem besten Gefühl abfahre, zumindest nicht in der Stimmung, die er sich gewünscht hätte. Behutsam schubst er das Zellophanpapier einer Zigarettenpackung, das Rita mit überlegener Achtlosigkeit auf den Boden wirft, unter den Fahrsitz dieser betulich gepflegten Taxe, die ihn mit ihren Fußabtretern, Wachsblumen, Schonbezügen an eine deutsche gute Stube erinnert. Eine Aufgabe wartet noch auf uns, sagt Rita Süßfeldt. Welche? Später, später in der Halle: Wir müssen doch beschließen, wie es nun weitergeht.

Die Frau übernimmt die Spitze, stemmt ihm eine Gehrinne auf durch Gruppen palavernder Gastarbeiter und Schulklassen aus der Provinz, die eine Hafenrundfahrt hinter sich haben, und die sich im Hinblick auf den unvermeidlichen Aufsatz gegenseitig erklären, was sie gesehen haben. Sie lotst ihn um den Gepäckhügel zweier Türken herum, die beweisen, daß man auch mit einer vollständigen Elektroküche verreisen kann, und weiter an Seeleuten, Müßiggängern, drallen Bahnpolizisten vorbei zu einer Auskunftstafel. In jedem Fall müssen wir Richtung Bremen. Heller nickt, Heller hat sich schon entschieden, nun fehlt nur noch die Fahrkarte. Auch Rita Süßfeldt möchte etwas besorgen, also trennt man sich und verabredet ein kurzfristiges Wiedersehen im Milchrestaurant, an einem der Ecktische, wenn's geht.

Und während der Mann einem Fahrkartenverkäufer sein Ziel nennt, kämpft die Frau sich zu einem Kiosk durch und wartet darauf, daß der drehbare Turm mit Ansichtskarten freigegeben wird. Und mit der erstandenen Fahrkarte geht Heller nicht zum Treffen, sondern zu der belagerten Front der Telefonzellen hinüber. Und Rita Süßfeldt, den Turm drehend, begutachtet kolorierte Ansichten von Hamburg, sommerliche Hafenporträts mit Michel, Schwäne auf der Alster, St. Pauli bei Nacht, und entschließt sich für die Fotografie eines Taucherprahms, neben dem das Ruderhaus einer abgesoffenen Schute einwandfrei zu erkennen ist: *Die Bergung*. Und Heller, endlich in einer freien Zelle, wählt entschlossen eine Nummer an, läßt es fünfmal klingeln, wählt eine zweite Nummer an und läßt es nur viermal läuten, und dann verläßt er die Zelle mit dem Gesicht eines Mannes, der gerade die vorteilhafteste Nachricht des Tages erhalten hat. Wie er die Aktentasche schlenkern läßt! Wie er, bei all dem

Gewicht, diese gelöste Gangart durchhalten kann bis zum Milchrestaurant!
Rita Süßfeldt hat einen Ecktisch ergattert, hat bereits Milch mit Himbeer für ihn bestimmt – jetzt sagen Sie bloß, Sie mögen keine Himbeeren –, und nun zieht sie seinen Blick hinab auf die Postkarte, auf die Adresse in Blockbuchstaben. Pundt? Ja, sagt Rita Süßfeldt mahnend, Valentin Pundt; nun überlegen Sie mal, was wir ihm schreiben. Heller, gut gelaunt, schlägt vor, dem alten Kollegen die Abfahrtszeit nach Bremen mitzuteilen, mit den besten Genesungswünschen natürlich, doch Rita Süßfeldt winkt vorwurfsvoll ab, starrt auf die Karte, sieht auf, als ob sie einen Einfall hätte, und verwirft ihn noch vor dem ersten Wort.
Was also? Und wie soll es überhaupt weitergehen? Heller zieht die Karte flach über den Tisch zu sich heran, dreht sie um, betrachtet den Taucherprahm, und nach einem schmatzenden, schnalzenden Einleitungsgeräusch: Warum nicht über unseren Schiffbruch? Warum soll Kollege Pundt nicht erfahren, daß wir mit unserm Projekt aufgelaufen sind auf ein Riff namens Dunkhase? Erstens, sagte Rita Süßfeldt, müssen wir Rücksicht nehmen auf einen Genesenden, und zweitens fühle ich mich durchaus nicht gestrandet: sicher noch nicht morgen, aber schon in den nächsten Tagen wird Dunkhase einen neuen Vorschlag lesen müssen – oder besser gleich zwei Vorschläge. Es liegt auch an Ihnen, Herr Heller, wie prompt, wie hartnäckig wir liefern können.
Heller rührt mit einem Plastiklöffel in seiner Himbeermilch, läßt durch schnelle Berührungen Blasen platzen, schüttelt dann den Pappbecher und bringt es nicht über sich, ihn an die Lippen zu setzen. Ein Preßton, in die

Länge gezogen, kündigt Unentschiedenheit an, Lustlosigkeit zumindest: Unter uns gesagt, ich komme mir vor wie ein Hochspringer, dem man die Latte höher und höher legt — weit über das, was ihm aus Erfahrung möglich ist. — Wennschon, sagt Rita, wir können doch nicht mitten in der Konkurrenz aufhören. – Wenn die Höhe aber unzumutbar wird, sagt Heller, verzichte ich auf jeden weiteren Versuch. — Also geben auch Sie auf?

Heller macht eine Schraubbewegung, er kann und möchte nichts Bestimmtes sagen, nicht in diesem Augenblick, nicht an diesem Ort, doch er wird sich melden, das verspricht er, und sie wird seine endgültige Antwort unter allen Umständen früh genug erfahren. Rita Süßfeldt denkt seinen Worten nach — weder enttäuscht noch verbittert —, sie scheint sich zufriedenzugeben, dann schiebt sie ihm die Ansichtskarte zu und ihren Kugelschreiber und fordert ihn auf, zu schreiben, während sie mit geschlossenen Augen trinkt.

Also: Lieber Herr Pundt; das hätten wir schon einmal, was weiter? Rita Süßfeldt starrt auf seine Hand, auf den bereiten Kugelschreiber, der ausschlägt, der zu zucken beginnt, kurze Girlanden in die Luft zeichnet, und den eine Sperre daran hindert, auf die Ansichtskarte hinabzusinken. Was ist denn überhaupt mitteilenswert? Welche Nachricht können wir ihm zumuten?

Lieber Herr Pundt: das ist wenigstens sicher. Die Frau neben ihm schweigt ohne Anstrengung, hat sich ganz eingerichtet in Geduld. Soll er erfreut, geärgert, verletzt oder nur gegrüßt werden? Und mit welch einem Interesse darf man bei ihm noch rechnen? Lieber Herr Pundt, ja; und auf einmal setzt Heller den Kugelschreiber an, preßt die Lippen zusammen, stockt, wie um sich zu ver-

sichern, und schreibt dann, jedes Wort mitlesend: Kurz vor meiner Abfahrt ist es uns noch gelungen, das zeitgemäße Vorbild ausfindig zu machen: es handelt sich um eine intakte Windmühle, die, bei ausreichender Regung in der Luft, für jedermann sichtbar vierflügelig um sich schlägt. Dies vertraut Ihnen, bei Milch mit Himbeergeschmack, Ihr Janpeter Heller an, verbunden mit den besten Genesungswünschen.
Dann wirft er den Kugelschreiber auf den Tisch und schiebt die Ansichtskarte mit versteiften Fingern ihr zu. Und Rita Süßfeldt? Die verzichtet darauf, den Text noch einmal zu lesen, die klemmt nur ihre Unterschrift an den Rand; plustert sich auf, als ob sie auf einmal fröre, und wünscht Heller, bevor sie eilig durch die Schwingtür tritt, nichts anderes als Gute Reise. Er blickt auf die fächelnde Karte in ihrer Hand und fragt sich, womit er diese Eile verdient hat.

3,–

2311